Knaur.

Im Knaur Taschenbuch Verlag ist bereits folgender Roman der Autorin erschienen:
Die Bernsteinfrau

Über die Autorin:
Jo Schulz-Vobach ist freischaffende Journalistin und Schriftstellerin. Sie lebt und arbeitet seit 1992 in Österreich. Sie hat zahlreiche Artikel und Erzählungen in Zeitungen und Zeitschriften veröffentlicht und Romane und Kurzprosa geschrieben. Ihr Roman *Die Bernsteinfrau* war ein großer Erfolg.

Jo Schulz-Vobach

Die Hebammen von Königsberg

Roman

KNAUR TASCHENBUCH VERLAG

Dieser Titel erschien im Knaur Verlag bereits in der gebundenen Ausgabe unter dem Titel »Das Geheimnis der Wölfin«.

Besuchen Sie uns im Internet:
www.knaur.de

Vollständige Taschenbuchausgabe November 2007
Knaur Taschenbuch.

Ein Unternehmen der Droemerschen Verlagsanstalt
Th. Knaur Nachf. GmbH & Co. KG, München

Redaktion: Dr. Gisela Menza
Umschlaggestaltung: ZERO Werbeagentur, München
Umschlagabbildung: AKG images/Königsberg, stadtansicht/stahlst.
Satz: Adobe InDesign im Verlag
Druck und Bindung: Clausen & Bosse, Leck
Printed in Germany
ISBN 978-3-426-63812-5

2 4 5 3 1

»Jeder muss den richtigen Weg finden.
Du kannst ihn nicht sehen,
deshalb ist er schwer zu finden.
Keiner kann ihn dir zeigen.
Jeder Mensch muss den Weg allein finden.«

Charlie Knight vom Stamm der Ute,
USA, 1991

PROLOG

Der Herbst kommt schnell in diesem Land, erfüllt die Luft mit dem herben Geruch von wildem Thymian und mit dem süßen Verströmen von Blüten und Gräsern vor dem Zerfall, auch mit der Ahnung vom nächsten Winter, der lang und kalt, dunkel und erbarmungslos sein wird wie alle sibirischen Winter.

Fedja hat vor einigen Wochen aus alten Brettern eine Bank gezimmert, die Flächen abgeschmirgelt und mit Leinöl gestrichen und sie dann, schweigend wie oft und mürrisch, weil Victor, der Doktor, ihm den Wodka verboten hat, vor mein Haus gestellt. Da sitze ich nun und sehe dem Dunst zu, der aus den Tümpeln im Moor, aus Wiesen und aus den in der vergangenen Nacht schon gefrierenden Erdkrumen der Felder nach oben steigt. Katharina ist mit einem vollen Korb gekommen und hat sich neben mich gesetzt. Sie riecht nach ihrem immer frischen Hefegebäck und anderem aus ihrer Küche und erzählt in munterem Ton von Onkel Wanja und seinem Rheumatismus, von Afronsija, deren Antrag auf eine Kur endlich genehmigt wurde, und von der jungen Maria, der Frau von Dimitri Asamowitsch, die ihr erstes Kind erwartet und voller Angst ist und auf Zuspruch von mir, der Hebamme, hofft. Katharina erzählt auch von Victor und der zu erwartenden Grippewelle in diesem Herbst, bei der er meine Hilfe brauchen wird.

Und während Katharina redet, denke ich an Lara, die ihrem Vater so ähnlich ist und nun das Erbe der »Wölfinnen« in unserer Familie übernehmen will. Ich erinnere mich an Laras Freundin Albina, die Raissas Schamanenkleidung unter dem prächtigen Wolfsfell trägt, das einmal Raissa, ihrer Urgroßmutter, gehörte, weshalb ich es ihr geschenkt habe. Lara und Albina haben ihre Träume von einem Leben und Lernen in den Wäldern nicht aufgegeben; sie sind heute Morgen aufgebrochen, um Grenzen zu erproben und auch zu überschreiten. Alexej, Laras ehemaliger Kollege, der sie liebt, geradezu schmerzhaft liebt, wie ich in den Gesprächen mit ihm erfuhr, hat sich den beiden Frauen für ein paar Wochen oder sogar Monate angeschlossen. Er ging ganz schief auf dem Pfad vom Haus zur Dorfstraße, wo das Auto geparkt war, die Fotoausrüstung hing schwer auf seiner Schulter. Er wird die Bilder für das von Lara geplante Buch über die neuen Schamanen Sibiriens machen. Der Wind trug Laras fröhliche Stimme und Albinas und Alexejs Lachen, auch das Geräusch des anfahrenden Autos hierhin und dorthin; ihre winkenden Hände waren eine ganze Weile zu sehen, bis das Fahrzeug in einer Biegung verschwand.
Noch lange danach blieb ich vor meinem Haus stehen, die eine Hand wie zum Winken von der Luft festgehalten, mit der anderen leicht auf die mir von Victor aufgedrängte Krücke gestützt. Dicht an mein Knie gedrängt saß Lupa, meine kleine Wölfin, meine Gefährtin langer, stiller Abende in der Wohnküche und meiner kurzen Ausflüge ins Moor oder in den Wald. Lupa, Hüterin meiner Träume und meiner Erinnerungen. Wir blickten gemeinsam zur Straße und dann zum Dorf hinüber, das sich in diese Endlosigkeit zwischen Himmel und Land schmiegt.

An diesem Morgen dachte ich auch darüber nach, dass eine verlorene Heimat sich nie ersetzen lässt und dass dieses Land und die Stadt, in der ich vor langer Zeit geboren wurde und die ich bald darauf verlassen musste, in meinen Knochen, in meinen Augen, in meinen Erinnerungen und in meiner Geschichte nisten, dass ich aber schon so lange in Nowgoje lebe, dass ich die Stärke des Bodens unter meinen Füßen und seine Bereitschaft, meinen Wurzeln neuen Halt zu geben, spüren kann.

Und schließlich erfüllte mich Erleichterung und Zufriedenheit darüber, nach all den Jahren der rastlosen Suche nun meinen Platz gefunden zu haben – hier in Nowgoje, in diesem Sibirien.

»Gut geht es uns, Wölfin«, höre ich Katharina neben mir sagen. Sie legt ihre rundliche, warme Hand auf meinen Arm, ich spüre jeden ihrer kräftigen Finger durch den Stoff der Jacke auf meiner Haut; es ist eine angenehme Wärme. Victors Frau sieht mich mit ihren dunklen, schönen, immer ein wenig geheimnisvollen Mongolenaugen fest an. »Gut geht es uns.«

Und ich erwidere ihr Lächeln. »Ja, gut geht es uns.«

I
Helene

Sie hat niemandem, auch nicht Victor, Bescheid gegeben, dass sie kommt. Deshalb geht sie die paar Kilometer von der kleinen Bahnstation bis zum Dorf zu Fuß. Der Schnee knirscht bei jedem Schritt, und sie geht langsam die kaum erkennbare Straße entlang. Es ist unerwartet windstill, doch sie fröstelt trotzdem, und das Gewicht des prall gefüllten Rucksacks zerrt an ihren Schultern, während die Segeltuchtasche bei jedem Schritt gegen ihre linke Hüfte schlägt. Der Schmerz pflanzt sich fort in Arme und Rücken, wird zum Ziehen und Zerren, der Nacken wird steif, die Schultermuskeln verspannen sich.

Aber sie nimmt das und die Kälte nur am Rande wahr. Das Wiedererkennen der Landschaft und ihrer Unbeweglichkeit, das Knacken der frostigen Luft auf ihrer Haut, in ihrem Mund und schließlich das Zulassen einer noch zögernden, aber freudigen Erwartung, nach ihrer Reise, die eine lange, seltsam unruhige und vergebliche Suche nach einem Ort, der Heimat sein konnte, war, vielleicht hier, in diesem Land Sibirien, dessen Kälte sie kennt, auch seine zuweilen überraschende Wärme, ankommen und bleiben zu können, sind stärker als alle anderen Empfindungen, als alle schmerzhaften Erinnerungen. Stärker – und von einer ungewohnten Wärme, die sie nachgiebig stimmt, fast bereitwillig macht zu vergessen und die Gespenster der Vergangenheit zu vertreiben.

»Zu Hause ankommen«, sagt sie laut. Sie schmeckt diese Worte eisig, aber nach der enttäuschenden Erfahrung in fremden Ländern irgendwie tröstlich wirkend auf ihrer Zunge, auf ihren Lippen. Sie denkt daran, dass ein Zuhause nicht Heimat ist, nicht bedeuten kann, denn Heimat ist dort, wo Wurzeln sind. Und sie ist eine Entwurzelte, eine, dic bisher nirgendwo richtig Fuß fassen konnte, weil der Boden ihr nicht genügend Nahrung gab, die Luft nicht zum Atmen reichte. Eine Suchende ist sie, die irgendwo, vielleicht in Amerika, vielleicht in einem europäischen Land, aufgegeben hat, von Müdigkeit überwältigt, und jetzt vom Wunsch vorwärts getrieben wird, wenigstens ein Zuhause zu finden, irgendwo, und dort vielleicht für immer zur Ruhe zu kommen.

Sie sagt sich, dass sie Ordnung schaffen muss, um ankommen zu können. Vor allem das muss geordnet werden, was sie vor mehr als zwei Jahren aus diesem Land vertrieben hat, nein, vor dem sie geflüchtet ist, in Panik fast und mit der Absicht, zumindest räumliche Distanz zu dem, was geschehen war, zu schaffen und sich Neuem zu öffnen. Sie wollte vergessen und gleichzeitig etwas wiederfinden, weshalb sie gereist ist, unaufhörlich auf der Suche. Immer weiter hat sie sich von diesem Land und seinen Menschen entfernt. Doch in ihren Träumen, in ihren Gedanken, in ihren Erinnerungen waren sie ihr so nahe wie in den Jahren, den Jahrzehnten zuvor. Und weil sie nie gereist war, nie eine andere Sprache ausprobiert und keine Erfahrung im Erkunden unbekannter Städte und Landschaften hatte, fühlte sie sich überall fremd, enttäuscht, oft auch überfordert von der Aufdringlichkeit mancher Menschen, die sie, wenn sie ihnen etwas von ihrer Lebensgeschichte offenbarte, als Exotin betrachteten

und die Unsicherheit, mit der sie sich ohnehin fortbewegte, nur noch vergrößerten.
Zügig schreitet sie nun aus. In der Ferne, da, wo der schneeschwere Himmel und die Erde sich berühren, kann sie schon die Konturen des weitläufigen Dorfes zwischen Moor und Wald erkennen. Die Häuser ducken sich in die Mulden zwischen aufgeworfenen Schneewällen, von vielen ist gerade das Dach zu erkennen. Silbriger Rauch steigt spiralig aus Schornsteinen auf und zeichnet seltsame Geisterfiguren in die Luft. Und Helene wird plötzlich bewusst, dass sie in der Zeit ihrer Reise die behagliche Wärme der rundbauchigen Kachelöfen in den Wohnküchen sibirischer Häuser, den Anblick glühend roter Herdplatten und zerbeulter Wasserkessel und Töpfe darauf und den Geruch nach Kohl und Fleisch oder Fisch, nach Hefegebäck und nach Wodka, sogar die trunkenen Gespräche zwischen Onkel Wanja und dem alten Fedja, Katharinas weiche Stimme und Victors Bass dazwischen vermisst hat. Sie geht schneller, fast rennt sie jetzt die Straße entlang, wobei das Gepäck schmerzhaft gegen ihren Körper schlägt, und sie beginnt zu schwitzen. Sie atmet stoßweise und sagt laut: »Ich werde alles in Ordnung bringen.« Und ihre Worte klingen in der Weite der stillen weißen Landschaft fast wie eine Beschwörung, die sich gleich einem weichen, sanften Tuch auf alle noch unbeantworteten Fragen und alle Ängste in ihrem Innern legt.
Sie kann das Tempo nicht halten. Kein Wunder, sagt sie sich, ich bin nicht mehr die Jüngste, ich bin vierundsechzig Jahre alt. Also geht sie wieder langsamer und erinnert sich auf einmal an ihre Wanderungen durch Königsberg, ihre Geburtsstadt, die nun einen fremden Namen trägt – Kaliningrad. Ein Name, der die Vergangenheit übertüncht, die Menschen

von damals vergessen lässt, auch ihre Geschichten, ihre Schicksale, ihre Sprache. Mehr als fünf Jahrzehnte liegen zwischen dem Damals und der Gegenwart. Fast mein ganzes Leben, wird ihr bewusst. Der Gedanke deprimiert sie, wie diese Zeit sie deprimiert hat, die sie in Kaliningrad verbrachte, zwischen Plattenbauten und Baustellen, im winzigen Garten an der Stadtgrenze, in dem ihre Cousine Henriette, ihre einzige noch lebende Verwandte, ein paar Kartoffeln, ein bisschen Gemüse anbaut, und im hektischen Getriebe auf großen Plätzen und breiten Straßen mit Geschäften, am von russischen Touristen überfüllten Badestrand an der Ostsee oder im neu erstandenen Dom, wo ein junger Mann Vorträge vor deutschen und russischen Besuchern hielt. Königsberg – das ist eine Stadt aus einem anderen Leben, eine Stadt aus einem längst vergangenen Traum, denkt Helene. Kaliningrad, das ist die Wirklichkeit, ist eine Gegenwart, in der sie sich nicht mehr zurechtfindet, in der sie keinen Platz mehr zu haben scheint, das hat sie schon nach wenigen Tagen bei ihrer Cousine erkannt. Erst als sie weiter, viel weiter gereist war, konnte sie wieder mit Sehnsucht an ihre Heimatstadt denken und sie sich für eine Weile sogar als den Ort vorstellen, an dem sie den Rest ihres Lebens verbringen würde, denn Zeit und Entfernung hatten die Tristesse der Plattenbauten, das Bedrückende überall sichtbarer Armut und die Zeichen müder Resignation in den Gesichtern von Menschen ihres Alters schon wieder gemildert, Menschen, deren Schicksal der Geschichte ihrer Cousine ähnelte. Nur noch wenige gebürtige Ostpreußen hatte Helene in Kaliningrad getroffen, vor allem Frauen in ihrem Alter, die den Krieg und seine Folgen überlebt hatten und die untereinander immer seltener Deutsch sprachen.

Eine bereits verformte Sprache dünner, zittriger Stimmen war das Deutsch in dieser Stadt geworden; sie klang seltsam fremd in Helenes Ohren. Doch fremd klang auch die Sprache deutscher Touristen, die sich meist in Gruppen über die belebten Plätze von Kaliningrad oder durch Museen schoben und deren Gesprächen sie zuweilen unbeabsichtigt lauschte.

Noch etwa anderthalb Kilometer sind es bis zum Dorfrand. Helene bleibt kurz stehen, um Atem zu holen, geht dann wieder zügig voran, das Denken mit Absicht ausgeschaltet, und meint die Stille im blätterlosen Birkenwald neben dem Weg zu hören, das stete Knistern in den Schneewällen. Sie hört, ohne wirklich zu hören, das gemächliche Dahingleiten des nahen Flusses unter der dicken Eisschicht, das Nagen der Strömung an den Uferrändern, sogar das leichte Stupsen einer Fischnase gegen das Eis. Sie sieht, obwohl die Dunkelheit zunimmt, den winzigen aufgeplusterten unbeweglichen Vogel im dürren Geäst, der ein Bein angezogen hat. Sie sieht das einzelne, von der Kälte zusammengerollte Blatt an einem fernen Baum. Sie riecht die vom Winter aufgebrochene helle, fast weiße Rinde der Bäume, den Atem des Frostes, der alles erstarren lässt. So geht sie und geht, setzt Fuß vor Fuß und spürt kaum noch das Gewicht an ihrem Arm, so konzentriert ist sie auf das, was sie umgibt.

Das Haus, ihr Haus, klein, kaum sichtbar mit seinem tief nach unten gezogenen Dach, steht vielleicht einen halben Kilometer vom Dorf entfernt, dort, wo der Wald sich hier und da ins offene Land streckt und nach den schneebedeckten Feldern und Wiesen fingert. Eigentlich ist es gar kein Haus, denkt Helene, während sie im Näherkommen das Gebäude betrachtet, dessen Konturen bereits in der Däm-

merung verschwimmen. Eigentlich ist es nur eine einfache Hütte, aus dicken Holzstämmen grob zusammengefügt, die einst, als Nowgoje noch gar kein richtiges Dorf war, den Holzfällern oder dem einen oder anderen Jäger im Winter als Unterkunft gedient hatte. Mit Moospolstern, die bald spröde wurden und in jedem Herbst erneuert werden mussten, hat Helene damals die Ritzen zwischen den Stämmen ausgefüllt und zuerst alte Teppiche und Decken, die Katharina, Victors Frau, ihr gab, im Innern der Hütte aufgehängt, um die Kälte abzuhalten, bis Victor Holzbretter besorgen konnte und an die Balken nagelte. Und erst später hatte sie mit seiner und Onkel Wanjas Hilfe ebenso dicke Bretter über den festgestampften Boden gelegt und das vorher flache Wellblechdach, auf das im Frühjahr und im Herbst der Regen trommelte, durch ein schräges Schindeldach ersetzt.
Je näher sie dem Dorf kommt, desto schneller geht sie wieder, mit raumgreifenden Schritten eilt sie ihrem im trüben Grau des Tages düster wirkenden Haus zu. Als sie nach Atem ringend innehält und sich mit dem Handrücken übers Gesicht wischt, hört sie in der Ferne den Ruf eines Wolfes. Ohne Zögern, ohne Nachdenken reckt sie den Kopf und antwortet dem sonderbar dringlichen und melodischen Gesang, in dem sich Lust und Klage, Sehnsucht und das Gefühl von Einsamkeit vereinen. Plötzlich hört er auf, so plötzlich, wie er begonnen hat. Und die gefrorene Linie des Waldrands hinter und neben dem einsamen Haus beginnt in der diffusen Dämmerung zu zerfließen, bewegliche, Geistern ähnliche Schatten huschen geräuschlos über die stille Weiße, verharren kurz, um sich dann aufzulösen und in der Schwärze des Waldes zu verschwinden. Helene blickt ihnen nach, auch sie wieder still und plötzlich am ganzen Körper zit-

ternd, nicht vor Kälte, nein. In diesem Moment möchte, will sie lächeln, vielleicht sogar lachen, ihre nach außen drängenden Gefühle in lautes, befreiendes Gelächter fassen. Doch ihre Lippen bleiben unbeweglich, eingefroren, und nur ein Seufzen entweicht ihrem Mund.

Der Frost sitzt im Türschloss, der Schlüssel lässt sich schwer drehen. Das Holz ächzt; es ist wohl lange nicht bewegt worden. Victor schrieb einmal, dass er von Zeit zu Zeit in ihrer Hütte nach dem Rechten schaue. Die Luft, die Helene jetzt aus dem dunklen Innern des Hauses entgegenschlägt, ist eisig und angefüllt mit Gerüchen und Schwingungen, die Abschiede und lange Abwesenheiten erzeugen. Sie riecht Staub und kalte Asche und Mäusedreck, schimmelnde Feuchtigkeit und Vergänglichkeit, doch sie ahnt auch den tröstlich-vertrauten Duft getrockneter Kräuter, die noch immer, wahrscheinlich spröde, zerbrechlich geworden mit der Zeit, in dichten Büscheln an den Balken unter dem Dach hängen. Und sie spürt Leblosigkeit und Einsamkeit, die verlassene Häuser überfallen und die sie nur zögernd und wie staunend wieder aufgeben, wenn jemand unvermutet über ihre Schwelle tritt. Es ist, denkt Helene verwundert, als würde dieses Haus die angehaltene Luft knisternd und ächzend ausstoßen und lange brauchen, um wieder frei atmen zu können.
Sie greift in die Wandnische gleich neben der Haustür, wo früher Kerzen und Zündhölzer aufbewahrt wurden, und ertastet auf dem schmalen Bord einen Kerzenstummel und eine feuchte kleine Schachtel. Während sie noch versucht, eines der Zündhölzer zum Aufflammen zu bringen, ist Victors dunkle Stimme hinter ihr, streift sein warmer, sein fast schon

vergessener und auf einmal wieder so vertrauter und lebendiger Atem das bloße Stück ihres Nackens, da, wo es die kleine Lücke zwischen ihrem festen Haarknoten und dem Kragen ihrer wattierten Jacke gibt. Sie muss die Augen schließen, weil ihr schwindlig wird beim plötzlichen Rückwärtsrasen der Zeit und weil alles um sie herum sich verwandelt und verdrängte Schrecken und vergessene Freude Besitz von ihr ergreifen wollen und sie Stimmen und Geräusche vernimmt, die zur Vergangenheit gehören sollten. Sie hält den Atem an; sie hat nicht gewusst, nicht geahnt, dass die Erinnerungen, die mit diesem Ort und seinen Menschen verbunden sind, sie mit solch einer Wucht überfallen werden.
Victor hat ihr die Schachtel abgenommen, und Helene hört ein Streichholz aufflammen und dann das Knistern des Kerzendochts. Ihr Gehör ist plötzlich so geschärft, dass sie auch hört, dass er einige Wachstropfen auf den Boden der Nische fallen lässt und die Kerze darauf festdrückt.
»Ich habe die Wölfe gehört«, sagt er.
Sie spürt, wie er seine Hände, jetzt irgendwie zu groß und zu schwer für ihren mit der Zeit und dem Alter immer schmaler gewordenen Körper, auf ihre Schultern legt und sie zu sich herumdreht. Sie hat ihre Augen noch immer geschlossen, aber sie weiß, dass er sie ansieht; sie kennt diesen Blick, in dem Wärme ist, Erleichterung und Freude, vor allem aber Triumph.
»Und da wusste ich, dass du zurückgekommen bist.«
»Ja«, murmelt sie. »Die Wölfe. Sie haben mich verraten.« Sie macht die Augen auf. Das flackernde Licht erhellt Victors Gesicht, und Helene betrachtet es lange. »Du bist älter geworden«, sagt sie dann.
»Das Leben zehrt auch an mir.«

Er lacht breit, kehlig, vertraut. Seine weißen Zähne ziehen eine helle Furche in seinen Bart. Hier und da kann sie ein wenig Grau in dem braunen Gestrüpp erkennen. Das war noch nicht da, als sie sich damals auf dem Moskauer Flughafen von ihm verabschiedete. Sie legt ihre Fingerspitzen auf die tiefen Falten, die an Victors Nasenflügeln beginnen, sich um seine Mundwinkel biegen und im Bart verschwinden. Ihre Finger sind dünn, fast hager geworden, Spinnenbeinen gleich in diesem breitflächigen, ein wenig groben und dunkelhäutigen Gesicht mit den leicht schräg gestellten Augen über hoch angesetzten Wangenknochen und der kräftigen Nase über dem volllippigen Mund. Alles an diesem Gesicht erscheint ihr für einen Moment neu, weil Zeit und Erinnerungen die Konturen verwischt hatten, bis nur noch eine Fläche blieb. Doch auf einmal ist alles wieder da, und selbst im flackernden Licht einer einzigen Kerze kann sie jede Falte, jede Pore, jeden Fleck auf seiner Haut sehen, den leicht spöttischen Schwung seiner Mundwinkel und die vielen Fältchen unter und seitlich an seinen Augen, die vom Lachen kommen und haarfein sind und sich hell von seiner übrigen Haut abheben.

»Du bist lange fort gewesen, Wölfin«, sagt er.

»Ja. Jahre.«

»Aber nun bist du zurückgekommen.«

Seine dunklen, glänzenden Augen sind auf sie gerichtet, scheinen das flackernde Licht der Kerze einzufangen. Wie in einem Spiegel sieht sie sich in diesen Augen, klein und verzerrt, ihr seltsam verflachtes, großäugiges Gesicht ihm näher als ihr verkürzter Körper.

»Ich habe dich vermisst.«

»Ich gab mir Mühe, dich zu vergessen«, sagt sie. »Dich und die anderen hier in Nowgoje.«

»Ich habe nie verstanden, warum du gehen musstest.«
»Es genügt, dass ich es wusste.«
Victor greift nach ihren Händen. »Aber du bist zurückgekommen. Und du wirst bleiben.« Sie schweigt, und er beugt seinen Kopf über sie, um in ihrem ihm zugewandten Gesicht zu forschen. »Für immer. Ich spüre das.«
Sie hebt ihre Schultern. »Typisch Victor«, sagt sie, und in ihrem Mund ist auf einmal ein bitterer Geschmack. »Du stellst keine Fragen, du bestimmst einfach. Du hast dich nicht verändert. Du …«
Er hört ihr nicht zu, er hat ihr nie richtig zugehört. Seine Stimme ist lebhaft, als er sie unterbricht: »Die Familie wird sich freuen. Alle werden sie sich freuen, Katharina, Onkel Wanja, Olga, die Kinder, alle Nachbarn.«
Sie starrt auf die Kerze in der Nische. Es ist eine einfache Kerze, die Helene vor langer Zeit aus Wachsresten selbst gezogen hat.
»Wirklich alle, Victor?«, fragt sie, obwohl sie gerade das nicht fragen wollte. Lara, denkt sie, während ihr Herz zu klopfen beginnt. Was ist mit Lara? Warum nennst du, wenn du schon die anderen aufzählst, nicht auch den Namen meiner Tochter?
»Ja, auch Lara«, erwidert er in diesem heiteren Ton, der schon früher oft an ihren Nerven gezerrt hat. »Ich werde sie in Surgut anrufen und erzählen, dass du wieder da bist, gleich morgen früh. Sie kommt – sie kommt bestimmt!«, fügt er eifrig hinzu.
»Nicht einmal du bist dir dessen sicher, Victor.«
»Doch, doch! Ich bin mir sicher! Aber jetzt ist erst einmal wichtig, dass du wieder nach Hause gekommen bist.«
Er redet drauflos, drückt und reibt ihre eiskalten Hände, die

plötzlich schmerzen. Der Schmerz strahlt in ihre Arme aus, umklammert ihre Brust, während sie ihre Ohren vor Victors Stimme verschließt, denn nicht nur ihr Verhältnis zu ihm und seiner Frau, auch das zu Lara gehört zu jenen Dingen, die sie in Ordnung bringen muss, bevor sie sagen kann: Ich bin zu Hause angekommen.

In der Nähe ruft wieder ein einzelner Wolf. Victor hört auf zu reden, und auch Helene lauscht dem lang gezogenen Ton. Sie spürt mit Erleichterung, dass die Anspannung in ihrem Körper sich zu lösen beginnt, und lehnt sich ohne nachzudenken gegen Victor.

»Die Wölfe«, flüstert er, seinen Mund sanft an ihre Stirn gelegt. »Damals hat man fast das ganze Rudel abgeschossen, erinnerst du dich? Die letzten verschwanden, nachdem du fortgegangen warst.«

»Die Leute werden viel zu reden gehabt haben, nehme ich an.«

Victor lacht; sein Atem ist warm auf ihrer Haut. »Du weißt doch, wie sie sind. Es gibt hier im Dorf nicht viel Abwechslung, da spricht man eben über alles. Dass du nach all den Jahren doch noch weggegangen bist, war lange Zeit Gesprächsstoff.«

»Sie werden sich die Mäuler über die Wölfin zerrissen haben.«

Er schiebt sie ein wenig von sich, um wieder in ihr Gesicht zu sehen. »Das klingt bitter.« Sie zuckt mit den Schultern. Victor will sie wieder an sich drücken, doch als ihr Körper sich versteift, lässt er sie los. »Ach was!«, meint er dann. »Du bist zu empfindlich. Du hast lange genug in Nowgoje gelebt, um zu wissen, wie die Leute hier sind. Die Stadt ist weit. Und wie überall auf dem Land sind wir hier oft noch

abergläubisch und von dem Glauben besessen, dass Wölfe unser Vieh, unsere Vorräte und Kinder stehlen. Nicht nur die Alten glauben auch heute noch immer ein bisschen an Geister und Dämonen in den Wäldern.« Wieder lacht er, es klingt gutmütig und auch eine Spur spöttisch. »Und du kamst damals aus dem Wald, mitten im Winter und lautlos und in dieser seltsamen Kleidung und mit dem Wolfsfell darüber, sodass man nicht wusste, war das ein Mensch oder tatsächlich ein Geist.«
»Es waren Raissas Sachen, die ich trug«, sagt Helene in scharfem Ton. »Ich besaß nichts anderes.«
»Die Schamanin, ich weiß«, erwidert Victor, unbeeindruckt von ihrem Ton. »Die alte Hexe!«
»Ohne Raissa hätte ich nicht überlebt, damals – nach der Flucht aus dem Lager.«
Er legt erneut, vorsichtig jetzt, beide Arme um sie, und ein paar Herzschläge lang überlässt sie sich ihm, lässt sich wiegen, sachte hin und her, dann tritt sie zurück. Nun stehen sie wieder voneinander entfernt in dem engen Flur, dessen Decke so niedrig ist, dass Victors Haare fast den Querbalken streifen.
»Für die Leute in Nowgoje warst und bist du die Wölfin. Die Frau, die mit den Wölfen redet und singt. Und sie haben nach wie vor Respekt vor dir.«
»Warum nennst du es nicht beim richtigen Namen, Victor?«
Er zuckt mit den Schultern und grinst sie vielsagend an. »Nun ja – sogar ich war erschrocken, als ich dich in diesem komischen Aufzug so plötzlich aus dem Wald kommen sah.«
»Aus einem ganz bestimmten Grund, nehme ich an«, sagt

sie bitter. »Du hattest nicht damit gerechnet, dass ich dich suchen und nach Nowgoje kommen könnte.«

»Richtig«, gesteht er. »Aber dann habe ich …«

»Ach, sei doch ruhig!«, unterbricht sie ihn. »Für dich und die anderen bin ich doch noch immer die Deutsche, die Faschistin, obwohl ich seit fast fünf Jahrzehnten in Sibirien lebe, vierzig Jahre davon in Nowgoje.«

»Du selbst hast das gewollt, Jelena, vergiss das nicht«, erinnert er sie in versöhnlichem Ton. »Du hast nie viel für das Anpassen übrig gehabt. Wir Nowgojer haben das respektiert, und ich denke, das ist auch eine Art von Akzeptanz.«

Als er seine Jacke auszieht, wendet sie ihm den Rücken zu und verschränkt die Arme vor der Brust.

»Du brauchst dich nicht auszuziehen«, sagt sie böse. »Du solltest nach Hause zu deiner Katharina gehen und mich in Ruhe lassen.«

Einen Moment lang schweigt er, dann fragt er leise: »Meinst du nicht, dass dein Urteil zu hart ist? Vergiss nicht die Menschen, die dir sehr zugetan sind. Katharina zum Beispiel.«

Sie spürt ihn dicht hinter sich und hebt abwehrend die Schultern.

»Einsamkeit kann einen Menschen bitter und ungerecht machen, weißt du.«

»Du hättest nicht einsam sein müssen, Jelena. Meine Familie, die auch deine Familie ist, von Anfang an gewesen ist, war für dich da – wenn du Nähe zugelassen hättest. Sie ist es immer noch, aber das scheint dir nicht wichtig zu sein.«

»Ach Victor, wir beide wissen es besser, denke ich.« Sie dreht sich wieder zu ihm um. Sein Gesicht liegt im Schatten. Sie kennt es gut genug, um zu wissen, dass auf seiner Stirn mit dem tiefen Haaransatz Falten entstanden sind. Es sind

keine freundlichen Falten, sie machen sein Gesicht streng, seine Miene vorwurfsvoll. »Ich werde nie vergessen, was ihr, du und Katharina, für mich getan habt«, sagt sie schnell und horcht wieder nach draußen.
Er öffnet den Mund, zögert dann aber und lauscht ebenfalls nach draußen. Der vorher eher leichte Wind des Nachmittags hat sich, ohne dass sie es bemerkt haben, in einen Sturm verwandelt, der die Zweige der Birke neben dem Haus gegen das Dach schlägt. Von weit her, dann wieder von nah ist Wolfsgeheul zu hören.
Helene geht an Victor vorbei zu dem kleinen Flurfenster und zieht die alte, schon etwas löchrige Gardine zur Seite. »Sie sind ganz in der Nähe. Ich kann sie sehen – drüben, am Waldrand.«
»Der erste Wolf tauchte im Oktober auf, eine große Wölfin«, berichtet er, während er neben sie tritt. »Dann kamen die anderen, alte und junge. Seit ein paar Tagen bleibt das Rudel in der Nähe des Dorfes.«
Sie nickt. »Ich habe sie auf dem Weg hierher gezählt. Es sind mehr als zwanzig Tiere. Und die Leute haben bestimmt schon wieder Angst und reden vom Abschießen.«
»Es liegt in ihrer Natur, die Wölfe zu fürchten und sie zu jagen«, erklärt er. »Aber für einen Abschuss brauchen sie seit einiger Zeit eine offizielle Genehmigung.« Er wirft ihr einen raschen, undeutbaren Blick zu, bevor er weiterredet. »So ziemlich alles ist inzwischen gesetzlich geregelt. Wer gegen eines dieser Gesetze verstößt, der wird bestraft.«
»Falls er beim Abschuss eines Wolfes erwischt werden sollte«, fügt Helene sarkastisch hinzu. »Ach Victor«, sagt sie dann, als er schweigt, »mach mir doch nicht weis, dass die Menschen hier jetzt anders leben oder denken als seit jeher.«

»Nein«, stimmt er ihr ärgerlich zu. »Aber ich finde es nicht richtig, wenn du nur an die negativen Seiten deines Lebens in Nowgoje denkst. Du tust gerade so, als hätte es hier nie etwas anderes als Schmerz, Enttäuschung und Kummer für dich gegeben. Verdammt noch mal, erinnere dich wenigstens einmal an die guten Seiten deiner Zeit bei uns.«
Helene sieht ihn von der Seite an. Wütend denkt sie: Dein Dorf, dein Sibirien, dein Land – das ist nicht mein Leben. Dieses Leben wurde mir aufgezwungen.
Schweigend stehen sie da, so dicht nebeneinander, dass sie sich atmen hören, und doch weit voneinander entfernt. Und plötzlich erinnert Helene sich an ein Gespräch, das sie vor ein paar Monaten mit einem älteren Türken in einem Café in Berlin in Deutschland geführt hat. Der Mann war in den sechziger Jahren als Gastarbeiter in die Bundesrepublik gekommen. Es hatte angefangen in Strömen zu regnen, und Helene war, auch angelockt durch die fremdartige Musik und die vielen Stimmen und lautes Lachen aus dem Innern, hineingegangen. Als sie merkte, dass es eine geschlossene Gesellschaft war, wollte sie wieder gehen, doch einer der älteren Männer hielt sie auf und lud sie zum Mitfeiern ein.
»Wissen Sie«, sagte er, »jeder, der aus seiner Heimat verschleppt oder vertrieben wurde oder geflüchtet ist oder sie aus anderen Gründen verlassen musste, hat doch den Wunsch, seine nationale Identität zu bewahren und seine familiären und kulturellen Wurzeln nicht zu verlieren.« Er zeigte auf die Anwesenden, unter ihnen viele Frauen mit Kopftüchern. »Aber es ist nicht leicht, sich diesen Wunsch in der Fremde zu erhalten. Unsere Kinder und sogar schon viele Enkelkinder sind hier in Deutschland geboren worden, sie sprechen die Sprache, sie verstehen die Kultur dieses Landes

besser als die ihrer Väter. Und unser Wunsch erzeugt Entfremdung – in unseren eigenen Familien und vor allem im Zusammenleben mit den Menschen dieses Landes. Wir alle, ob jung oder alt, befinden uns in einer Art Niemandsland und wissen nicht recht, wohin wir uns wenden sollen.«
Daran muss Helene jetzt denken, und sie fragt sich wie damals in Berlin und inmitten dieser fröhlichen, warmherzigen und ihr dennoch fremden Menschen, ob sie nicht doch etwas falsch gemacht hat in all den vergangenen Jahren, in denen sie darum kämpfte, in Nowgoje Helene Wolf zu bleiben. Aus Trotz, geradezu verbissen sprach sie mit ihrem Kind nur Deutsch, hielt es dazu an, ihr in dieser Sprache zu antworten – so lange jedenfalls, bis ihr dieses Kind weggenommen wurde. Nein, man nahm mir Lara nicht weg, sie wollte von sich aus gehen, korrigiert sie sich in Gedanken. Aber die Tatsache, dass ich mich weigerte, meine Tochter zur Russin zu erziehen, hat Victor darin bestärkt, den Wunsch einer knapp Zwölfjährigen, bei ihm und Katharina und damit in der Gemeinschaft statt bei einer Außenseiterin zu leben, zu unterstützen.
Sie wendet sich wieder Victor zu. Er hat sie etwas gefragt, irgendetwas, dem sie nicht zugehört hat. Jetzt sagt er: »Ich wusste, dass die Wölfe aus einem ganz bestimmten Grund zurückgekommen sind. Deshalb habe ich Ausschau nach dir gehalten. Jeden Tag.«
»Ja.«
»Bist du heimgekehrt?«
»Ich kann nicht heimkehren«, erklärt sie. »Sibirien ist nicht meine Heimat. Ich kann höchstens nach Hause kommen.«
Sie hört ihn dramatisch seufzen, dann entgegnet er: »Das ist eine deiner typischen Spitzfindigkeiten, meine Liebe.«

»Ach, lass mich doch in Ruhe, Victor Litowski!«

Sie nimmt die Kerze aus der Wandnische und geht an ihm vorbei in die Wohnküche, wo sie die dicke verstaubte Kerze auf dem Tisch anzündet und eine andere auf dem Regal über dem alten Eisenherd. Dann lässt sie ihren Blick durch den Raum wandern, auf dessen Wände das flackernde Kerzenlicht flüchtige Schattengebilde malt. Die meisten Leute in Nowgoje haben ihre Gespenster, denkt sie. Sie fühlt, ihre eigenen sind schon bereit, über sie herzufallen. Sie wird sich mit ihnen auseinander setzen müssen, wenn sie bleibt – in diesem Land, in diesem Dorf, in diesem Haus. In Victors, Katharinas und in Laras Nähe. Aber das wusste sie schon, bevor sie sich auf den Weg zurück nach Nowgoje machte.

»Kalt ist es hier, ich werde dir den Ofen anzünden«, hört Helene Victors Stimme.

»Ich weiß nicht, ob ich länger bleiben werde«, sagt sie unvermittelt. »Vielleicht gehe ich doch zu meiner Verwandten nach Kali…«

»Kaliningrad?«, unterbricht er sie. »In diese Exklave zwischen Polen und Litauen? In die Armut, während du den Kapitalismus direkt vor deinen Augen hast? Nun ja«, meint er dann, »dieses Kaliningrad ist von Nowgoje jedenfalls nicht so weit entfernt wie dein New York in Amerika.«

»Es ist nicht mein New York!«

»Ach ja?« Er zieht die Augenbrauen hoch. »Warum bist du dann zwei Jahre bei … bei diesen Goldbergs geblieben? Und hast auch noch einen von ihnen geheiratet!«

Sie weiß, es hat keinen Sinn, diese Tatsache zu leugnen. Sie wundert sich auch nicht oder fragt, woher er von ihrer Heirat weiß. Victor hat schon immer seine besonderen Verbindungen gehabt, schon immer mehr gewusst als andere.

Eine Weile ist nur das Toben des Windes draußen, ein leises Knacken im alten Holz und der auf- und abschwellende Gesang der Wölfe am Waldrand zu hören. Irgendwo trippelt etwas, vielleicht eine Maus, die über einen der Deckenbalken läuft, vielleicht ein Marder oder ein Wiesel oder ein anderes kleines Raubtier, das unter dem Dach Schutz vor dem Sturm sucht.

»Ja«, sagt Helene schließlich. »Es gibt in New York tatsächlich einige Menschen, die mir wichtig sind und denen ich viel zu verdanken habe. Heshel Goldberg und seine Familie haben mir ermöglicht, in Amerika zu bleiben und mir durch Arbeit meine Unabhängigkeit zu erhalten.« Sie starrt ihn an, und als er schweigt, fügt sie schnell hinzu: »Mit meinem Touristenvisum hätte ich das Land nach spätestens sechs Monaten wieder verlassen müssen.«

»Willst du damit sagen, dass diese Verbindung lediglich eine Zweckheirat war?«, fragt er gespielt ungläubig. Diesmal ist sie es, die schweigt. Victor wartet eine Weile, dann fragt er: »Und, besteht diese Ehe noch?«

»Ja und nein«, antwortet Helene. »Heshel, mein Mann, ist vor acht Monaten gestorben.«

»Oh, das tut mir Leid.«

»Warum sollte es dir Leid tun, du kanntest ihn doch gar nicht«, sagt sie. »Heshel war schon über achtzig und ein schwer kranker Mann, als wir heirateten. Seine Frau, Menuchah, war zwei Jahre vorher gestorben, seine Töchter und Söhne haben ihre eigenen Familien, denen er nicht zur Last fallen wollte. Wir brauchten beide einen Halt, und den haben wir uns gegenseitig geben können – zumindest für ein paar Monate.« Sie sieht Victor an, aber sie sieht nicht sein Gesicht, sondern das von Heshel, alt, von den Monaten in einem Konzentrationslager des Naziregimes für immer gezeichnet und doch voller Güte, Verständnis und Dankbarkeit, wenn sie die Kissen in seinem Rücken richtete oder seine hageren, immer kalten Hände in ihren wärmte oder voller Zweifel und voller Fragen an ihn war. Ein gutes Gesicht war es, in dem die Augen bis zum Tod hellwach waren, voller Interesse und Anteilnahme an Helenes Schicksal, an ihrem Leben in Sibirien, ihren Plänen, ihren Träumen.

Victor schweigt, und Helene ist erleichtert darüber, denn die Erinnerung an Heshel und seine große Familie, die jahrelang nach ihr gesucht hatten, nur weil ihre Großmutter und ihre Mutter ihnen dabei geholfen hatten, Hitlers Schergen zu entkommen, die gehört nur ihr, die will sie nicht einmal mit Victor teilen.

Sie wendet sich von ihm ab und lehnt sich mit dem Rücken an das halb hohe offene Geschirrregal, während sie die Erinnerungen an die Zeit in Heshels Familie zurückdrängt. Sie zwingt sich dazu, wieder an den Besuch bei ihrer Cousine Henriette in Kaliningrad zu denken.

»Dieses Kaliningrad«, sagt sie, als Victor sich nach den Holzscheiten bückt, sie in den Ofen schichtet und anzündet, »das ist nicht mehr das Königsberg meiner Kindheit.«

Sie versucht sich das Gesicht von Henriette in Erinnerung zu rufen, doch es gelingt ihr nicht. Sie hat nur die Schimmelflecken an den Wänden ihrer winzigen Wohnung im fünften Stock eines grauen Plattenbaus in der Nähe des Hafens vor sich und die ärmliche Einrichtung und entsinnt sich der Fremdheit zwischen ihrer Cousine und ihr, obwohl sie deutsch miteinander sprachen, und des überwältigenden Gefühls der Verlorenheit, als sie nach der Gasse suchte, in der Großmutter Emmas Haus einmal gestanden hatte. Aber

Henriette ist eine Verbindung zu ihrer Vergangenheit, und aus diesem Grund hat sie ihr beim Abschied nach ein paar Tagen gemeinsamer Tränen über das Verlorene, das Unwiederbringliche und langen Gesprächen über eine Möglichkeit, den Rest des Lebens zusammen in Kaliningrad zu verbringen, versichert: »Ich werde darüber nachdenken.« – »Ich warte auf dich, egal wie lange es dauert«, hatte Henriette entgegnet.

»Und trotzdem«, sagt Helene jetzt. »Meine Cousine und ich, wir sind beide allein, sie ist ein paar Jahre jünger als ich, zusammen hätten wir es wahrscheinlich einfacher mit dem bisschen Rente. Vielleicht …«

Sie verstummt, weil sie selbst bemerkt, wie falsch und hohl ihre Worte klingen, und weil ihr umherschweifender Blick plötzlich an dem alten Medizinbeutel hängen bleibt, der auf dem Schemel gleich neben der Tür liegt, da wo er auch früher immer lag, damit sie ihn, wenn sie in Eile war, nicht lange suchen musste. Sie betrachtet das Leder, an dem noch einige Fellreste jenes Tieres, von dem es stammt, sind, es wirkt brüchig und ist fast schwarz und fleckig vom Alter. Sie denkt daran, was Raissa ihr erzählte, dass nämlich schon lange vor ihr heilkundige Frauen aus Sibirien diesen Beutel mit sich getragen oder auf den Rücken ihres Rentieres gelegt hatten. Wie Raissa hatten sie ihn mit den unterschiedlichsten Kräutern und Geräten gefüllt, hatten farbige, seltsam geformte Steine, bunte Federn, Tierknochen und andere Sachen hineingelegt, die schwangere Frauen oder Neugeborene als Amulette bei sich trugen.

Schon will Helene ihre Hand ausstrecken und das vertraute Leder berühren, da schiebt sich vor den Beutel unerwartet das Bild, das sie bis in ihre Träume verfolgt, das immer dann präsent ist, wenn sie es nicht erwartet oder sich vor ihm fürchtet. Es zeigt Nicolai, Laras Sohn, ihren Enkel, der wie schlafend zwischen den Decken auf seinem Lager liegt und tot ist und tot bleibt, obwohl Helene wie wild in diesem Beutel wühlt, auf der Suche nach einem geeigneten Instrument, nach einer Medizin, die Wunder bewirken und den Kleinen zurückholen wird aus diesem endgültigen Schlaf, während Lara sie in diesem Bild von irgendwoher anstarrt, ihr bleiches, versteinertes Gesicht ein Oval vor dunklem Hintergrund und ihr Zeigefinger, ohne eine Verbindung zu einer Hand, einem Arm, einem Körper, gleich einem flammenden Speer auf Helene gerichtet.

»Ich habe doch alles versucht«, hat Helene zu ihrer Tochter gesagt, als Schmerz und Verzweiflung schon zwei Jahre zurücklagen und doch so frisch waren wie in jener Nacht, obwohl sie Härte und Kälte darüberzulegen versucht hatte. Doch Lara hat sich, erbarmungslos schweigend in ihrer Abwehr und ohne ihre Mutter noch einmal mit ihren schönen und gleichzeitig so grausamen graugrünen Augen anzusehen, von ihr abgewendet und ist gegangen. Und auch Helene ging; sie wollte Nowgoje für immer hinter sich lassen.

Helene, in dieser schmerzhaften Erinnerung verfangen, hält still, einen Herzschlag, vielleicht auch eine Ewigkeit lang, als Victors Fingerspitze sanft ihre Wange berührt.

»Kein Problem ist so groß, als dass man es nicht lösen könnte, Jelena.«

Vielleicht ist es seine Stimme, vielleicht diese Berührung, vielleicht dieses vertraute »Jelena«, das sie zum Zittern bringt.

Später, viel später an diesem Tag, da ist Victor endlich gegangen, es ist schon fast Nacht, und der Wintersturm heult ums Haus und rüttelt an Fenstern und Tür, und Ofen und Herd, von Victor bei seinem zweiten Besuch noch bis oben hin mit Holz gefüllt, bevor er wieder zu seiner Frau ging, verstrahlen erste Wärme, da setzt Helene sich neben den alten Lederbeutel auf die Bank, öffnet den Verschluss und betrachtet lange seinen Inhalt. Dann legt sie alles vor sich auf den Tisch, die Leinensäckchen mit getrockneten Kräutern und Teemischungen, die Zange, das Stethoskop und andere Geräte, schließlich auch die Tuben und Fläschchen, deren Inhalt eingetrocknet ist, die bunten Kiesel, die Tierknochen und Amulette, die noch von der Schamanin stammen. Stück für Stück holt Helene diese Sachen aus den Falten des Beutels und breitet sie vor sich aus, und manchmal meint sie im Knistern und Fauchen des Feuers in Herd und Ofen den Klang von Raissas Trommel und den heiseren Gesang der alten Schamanin zu vernehmen, mit denen sie sich den Geistern und den durch die Welt wandernden Seelen ihrer Ahnen näherte.
Ganz zum Schluss, ganz unten im Beutel, wo die Schicht aus Staub und zerbröselnden Blütenblättern das Leder grau verfärbt hat, ertasten Helenes Finger etwas, das nicht in diesen Beutel gehört. Und als sie nachsieht und es herausholt, da ist es ein Bündel vergilbter Schulhefte, zusammengehalten von einem jener Bänder, mit denen sie vor vielen, vielen Jahren die Zöpfe ihrer Tochter gebunden hatte. Sie kann sich nicht erinnern, dass sie jemals Hefte dieser Art für ihre Aufzeichnungen benutzt hat. Sie hat eine Art Tagebuch über ihre Arbeit geführt, das ist richtig, doch diese unförmige Kladde aus billigem Papier, die sie zu Beginn ihrer Arbeit in Now-

goje von Victor geschenkt bekommen hatte, hat sie verbrannt, bevor sie wegging. Es gab niemanden im Ort, der sich für ihre in deutscher Schrift gehaltenen Notizen hätte interessieren können, auch ihre Tochter nicht.

Vorsichtig löst Helene nun das schmale Band und blättert in dem Heft, das oben liegt. Auf den Linien stehen kleine, mit rotem Stift korrigierte Texte in kyrillischer Schrift. Die Schrift kennt sie, so zügig, so schwungvoll schreibt nur Lara.

Und dann, als Helene Heft für Heft aufschlägt, sind es keine Schulaufgaben mehr, sondern fortlaufende Texte, die Seite um Seite füllen. Sie muss zweimal, dreimal hinsehen, bis sie endlich begreift, dass diese Worte und Sätze aus anders geformten Buchstaben bestehen. Deutsch, denkt sie verwundert, Lara hat das auf Deutsch geschrieben! Hastig, immer schneller blättert sie weiter und weiter, liest hier und da einen Satz, einen Absatz, manchmal eine ganze Seite. Was ist das?, fragt sie und weiß doch schon, von wem und wovon diese Texte erzählen, weil sie selbst diese Geschichten erzählt hat, vor langer, sehr langer Zeit und immer wieder, weil dieses wissbegierige, neugierige, maßlose Kind, das Lara einmal war, alles wissen wollte, was es über die Wölfinnen zu berichten gab. Helene hat diese Geschichten in jener Sprache erzählt, in der sie selbst sie gehört hatte, damals, in diesem friedlichen Haus in Königsberg – in keiner anderen Sprache hätten sie sich erzählen lassen, jede Übersetzung hätte diese Nähe, diese Wärme, die während des Erzählens zwischen ihr und Lara und der Vergangenheit entstand, nur zerstört. Die deutsche Sprache war ein Zauber, denn Nähe und Wärme waren auch in ihren anderen Gesprächen spürbar geblieben. Sie verschwanden, als Lara

ihr plötzlich auf Russisch antwortete. Da wurde ihr das eigene Kind fremd.
Helenes Hände zittern, als sie die Hefte, eines nach dem anderen, aufeinander schichtet. Sie hat bis zu dieser Nacht nicht gewusst, noch nicht einmal geahnt, dass Lara, ausgerechnet Lara, die trotz ihres blendenden Schulabschlusses nicht nach Moskau oder wenigstens nach Omsk auf die Universität ging, um dort Medizin zu studieren, wie Victor und Katharina und auch Helene sich das wünschten, sondern aus Trotz gleich nach der Schule diesen einfachen Jungen Ilja Nefremow geheiratet hatte, diese Erzählungen aufgeschrieben hat, mit ihren eigenen Worten, naturgemäß, aber in der Sprache ihrer Mutter.
Eine Weile starrt Helene wie blind auf den Heftstapel vor sich und horcht auf die Stimmen der Vergangenheit in ihrer Hütte, die das Rad der Zeit zurückdrehen, behutsam zunächst, dann schneller und schneller, bis nur noch der Dampf aus dem zerbeulten Wasserkessel auf der Herdplatte an die Gegenwart erinnert. Sie steht auf und gießt ohne hinzusehen das Wasser in die vorbereitete Teekanne und stellt sie und einen Becher auf den Tisch. Sie setzt sich auf die Bank. Langsam, behutsam nimmt sie das oberste Heft vom Stapel und beginnt zu lesen.

II

Lisbeth
(um 1670)

Lisbeth war ein furchtloses Kind, und auch als junges Mädchen durchstreifte sie trotz ihres missgebildeten Fußes oft tagelang allein und ohne jegliche Angst die dunklen, einsamen, von Bär und Wildschwein, Wolf, Luchs und dem mächtigen Elch mit seinem riesigen Schaufelgeweih bewohnten Wälder ihrer samländischen Heimat. Sie war ein wissbegieriges Kind, das schon früh die Gestalt und die Lebensäußerungen aller Pflanzen und Tiere genau kennen lernen wollte, auch die Triebkräfte der Jahreszeiten, die Zusammensetzung des Wassers, des Schnees und der Wolken, selbst die Flugformation der Zugvögel über dem Moor. Lange und mit gespannter Aufmerksamkeit konnte sie einen im Wind schwankenden Halm Strandhafer oder eine emsige Hummel auf einer lilafarbenen Stranddistel betrachten, um dann plötzlich aufzuspringen und davonzuhüpfen gleich einem übermütigen Zicklein.

In den Wäldern, die zumeist aus Föhren, Buchen und Birken bestehen, sammelt sie schon zu Beginn des Herbstes Holz für den Ofen in der winzigen Hütte, in der sie mit der alten Hedwiga Wolf lebt, die Heilkundige und Hebamme ist. Die Leute im Dorf und in der Umgebung bis hin zur Küste schätzen die Hilfe der Alten, die keinen Weg, kein Wetter scheut, wenn man nach ihr rufen lässt. Aber sie begegnen ihr, die sie

»die Wölfin« nennen, auch mit einer gewissen Vorsicht, denn man sagt Hedwiga nach, nicht nur in einer geheimnisvollen Verbindung zu den Wölfen in der Umgebung zu stehen, sondern auch in die Zukunft sehen zu können und wahrscheinlich auch etwas von der Magie zu verstehen, weswegen die eine oder andere Frau noch in der jüngsten Vergangenheit sogar auf dem Scheiterhaufen verbrannt worden war.
Lisbeth nennt Hedwiga Wolf Großmutter, obwohl sie nicht verwandt mit ihr ist. Ihre Eltern kennt Lisbeth nicht, denn sie ist ein Findelkind. Manchmal erzählt Hedwiga von jenem Abend im Winter, an dem sie ihre neue Hebammentasche aus Schweinsleder, die sie bei einem Mann, der sich auf die Anfertigung von Zaumzeug und Sätteln für die Pferde versteht und in einem entfernteren Dorf lebt, abgeholt hatte. Unterwegs hatte sie noch bei einer schwierigen Geburt im Haus eines Köhlers geholfen und war dann durch den düsteren Wald nach Hause zurückkehrt. Unweit ihrer Hütte wurde sie auf das laute Heulen und Knurren eines Wolfsrudels ganz in ihrer Nähe aufmerksam. Sie hatte keine Angst, wollte aber trotzdem eilig weitergehen. Da spürte sie, wie einer der Wölfe nach ihrem Rock schnappte und daran zerrte.
»Ich weiß nicht, warum, aber ich ließ mich von ihm direkt zu diesem dichten Brombeergestrüpp ziehen.« Hedwiga lächelt bei der Erinnerung und lässt ihr lückenhaftes Gebiss sehen. »Vielleicht dachte ich, dass es schon einen Grund für dieses ungewöhnliche Verhalten des Wolfes geben müsse. Vielleicht wollte ich aber auch nur meinen Rock retten, denn es war der einzige, den ich damals besaß. Und es war ein guter Rock, einer aus dem festen Wollstoff, den mir unsere Fürstin persönlich aus Königsberg mitgebracht hatte.«
»Doch dann hörtest du mich, Großmutter.«

»Ja. Als der Wolf mich schließlich losließ, da ich ihm ohne Gegenwehr folgte, hörte ich ein kleines Kind kichern und lachen. Die Dornen rissen mir die Haut auf, aber ich achtete nicht darauf. Und dann sah ich dich. Du lagst in einer Erdmulde mitten zwischen dornigen Ranken und lachtest. Neben dir lag ein Wolfsjunges. Es leckte dein Gesicht, und sein Fell kitzelte dich«, erzählt Hedwiga weiter.

Lisbeth lehnt sich dichter an sie. »Und keiner der Wölfe hat uns beiden etwas angetan.«

Die Alte streicht mit knotigen Fingern das Blondhaar aus der Stirn des Mädchens. »Kein Mensch, der die Tiere liebt und achtet, muss sich vor Wölfen fürchten, wenn er ihnen aus dem Weg geht. Weißt du, man muss nur sie und ihr Recht respektieren, in dieser Welt so frei und unabhängig leben zu können, wie wir Menschen es als unser natürliches Recht ansehen.«

Eine Weile sitzen sie schweigend nebeneinander auf der schmalen Bank vor der Hütte. Die schon schräg stehende Sonne lässt die Blätter der Birke am Zaun flirren und malt zittrige Kringel auf den schmalen Weg, der zur Pforte führt, vorbei an üppig blühenden Blumenbeeten auf der einen Seite und Hedwigas von Bienen und anderen Insekten umsummten Kräutergarten auf der anderen. Lisbeth kennt alle diese Kräuter, die ihre Großmutter im Herbst bündelt und trocknet, mit Namen. Sie erkennt sie an der Form ihrer Blüten und Blätter und an ihrem Geruch und weiß genau, gegen welches Leiden sie helfen.

»Und dann hast du mich in deine große neue Tasche gelegt und mit zu dir nach Hause genommen«, nimmt sie ihr Gespräch wieder auf.

Hedwiga lächelt sie von der Seite an. »Jaja, meine Tasche. In sie wollte ich an diesem Abend, als ich dich fand, eigentlich alles, was ich für die Geburtshilfe benötige, einräumen. Du weißt schon, die Schere und das scharfe Messerchen zum Durchtrennen der Nabelschnur und einen leinenen Faden zum Abbinden, das Klistier, ein wenig Essig, ein wenig Laudanum für die, denen die Schmerzen zu sehr zusetzen, Melissenwasser zur Beruhigung und das Fläschchen mit Weihwasser für eine Nottaufe und die eine oder andere selbst bereitete Salbe für Komplikationen bei einer Geburt. Und dann natürlich meine selbst gesammelten und getrockneten Kräuter, dazu ein bisschen gutes Öl, Knoblauch und Zwiebel, um die Lebensgeister einer von den Wehen geschwächten Frau wiederzubeleben, und …«

»Aber das weiß ich doch alles, Großmutter!«, unterbricht Lisbeth sie ungeduldig und wackelt mit ihren nackten Zehen. »Erzähl lieber weiter von mir!«

Die Alte seufzt ein bisschen, doch in ihren Augen glimmt ein seltsam fröhliches Funkeln.

»Ich hatte keinen Platz in meiner Hütte, an dem du hättest sicher schlafen können. Also legte ich dich weiterhin in die Tasche, wenn du müde warst. Es schien dir zu gefallen, denn du hast nie geweint. In dieser Tasche habe ich dich sogar mit mir genommen, wenn ich zu einer Geburt gerufen wurde.« Sie lacht keckernd. »Du wurdest mit der Zeit ganz schön schwer. Und du weißt doch, wie lang die Wege manchmal sein können.«

»Und deine Instrumente und Arzneien musstest du weiterhin in deinen alten zerrissenen Beutel tun, damit du ein weiches Kissen und mich darauf in deine neue Tasche legen konntest.«

»Schlimm, wirklich schlimm war das mit dir!«

Lisbeth zieht die Nase kraus. »Aber du hast es getan, weil du mich von Anfang an liebtest, nicht wahr? Du hast mir sogar deinen Namen gegeben. Wolf. Ich bin Lisbeth Wolf.«

»Meine kleine Wölfin bist du.«

Hedwiga wiegt das Mädchen, das sich in ihre Arme geschmiegt und seinen Kopf auf den hageren, knochigen Brustkorb ihrer Großmutter gelegt hat. Lisbeth stellt sich vor, dass die Worte irgendwo tief im Innern von Hedwigas Brust geformt werden, dann grummeln und rollen sie mit sonderbaren, fernem Donner ähnlichen Geräuschen hoch, bis sie endlich aus ihrem Mund springen.

»Erzähl weiter, Großmutter!«

Und Hedwiga erzählt: »Ein hübsches Kindchen warst du, mit schneeweißer, zarter Haut und Goldflaum auf deinem Köpfchen und mit einem Spitzenhemdchen bekleidet und eingehüllt in feinstes Linnen. Ich sah sofort, dass du etwas Besonderes warst.«

»Aber mein Fuß«, unterbricht Lisbeth sie. »Mein Fuß war hässlich. Er ist noch immer hässlich.« Sie streckt ihren nackten Klumpfuß in die Höhe. »Die Leute zeigen auf mich, wenn ich durchs Dorf gehe. Und sie sagen, dass meine Mutter eine der feinen Damen ist, die mit dem Fürsten in jedem Herbst in unser Dorf kommen. Und weil sich meine Mutter schämte, ein Kind mit einem Klumpfuß zu haben, wurde ich im Wald ausgesetzt. Die Wölfe oder ein Bär sollten mich töten.«

»Du musst nicht alles glauben, was die Leute erzählen.« Hedwiga schiebt das Mädchen von sich. »Vergiss nie, dass es nicht Menschen, sondern Wölfe waren, die dich fanden und mich zu dir führten. Weißt du, Tiere haben oft einen viel besseren Instinkt als unsereiner für etwas, das besonders wichtig oder wertvoll ist.«

»Bin ich wichtig oder wertvoll, Großmutter?«
Hedwiga gibt der Kleinen einen freundschaftlichen Klaps aufs Hinterteil. »Ja, ja, du bist eine Wölfin. So, und jetzt lauf. Wir brauchen frischen Portulak, Kamille und Minze. Und bring auch Wurzeln und Blätter vom Huflattich, die ich für die Wundbehandlung brauche, sowie die Spitzen junger Himbeerblätter für unseren Wintertee mit.«
Im Frühjahr, Sommer und Herbst läuft Lisbeth also bloßfüßig durch die Wälder und sucht nach Beeren und Pilzen. Sie hält Ausschau nach heilsamen Kräutern, die ihre Großmutter bündelt und zum Trocknen an den schweren Balken in der Wohnküche hängt. Sie gräbt mit ihrem Messerchen nach essbaren Wurzeln und fängt mit der Schlinge ab und zu sogar einen Hasen oder ein fettes Eichhörnchen, obwohl die Jagd in den Wäldern des fürstlichen Gutsherrn streng verboten ist und dessen Verwalter aufpasst wie ein Luchs. Die Winter sind frostig und lang, und manchmal kommen die Wölfe auf der Suche nach Nahrung bis in die Nähe des Dorfes. Schnell lernt Lisbeth, auf ihre Rufe zu antworten. In manchen mondhellen Nächten, wenn sie nicht schlafen kann und die Wölfe hört, tritt sie vor die Tür der Hütte, um mit ihnen gemeinsam den Mond anzusingen.
In einem dieser Winter, da ist Lisbeth etwa sieben Jahre alt, findet sie ein verlassenes, dem Tode nahes Wolfsjunges. Der linke Vorderlauf ist bis zum Kniegelenk abgerissen, die Schulter ist ausgerenkt. Wahrscheinlich ist der junge Wolf in ein Fangeisen geraten und hat sich nur unter Aufbietung all seiner Kräfte daraus befreien können. Auf drei Beinen versucht er zunächst vor Lisbeth zu fliehen, legt sich dann aber bald erschöpft auf den Rücken, winselt und bietet ihr seinen weichen, pelzigen Bauch dar. Als sie ihn krault, zieht er die

winzigen Lefzen über den spitzen Zähnchen hoch. Es sieht aus, als würde er lächeln. Das Herz wird Lisbeth warm bei diesem Lächeln, und sie erwidert es freudig.
Sie trägt das kleine Tier in ihrer Schürze nach Hause und zeigt es ihrer Großmutter. Als sie ihre Schürze öffnet und sie sich beide über ihn beugen und ihn schweigend betrachten, guckt der kleine Wolf zunächst ebenso ernsthaft zurück. Dann verzieht er plötzlich wieder seine Lefzen.
»Schau nur, er lächelt!«, ruft Lisbeth begeistert, während ihre Großmutter vorsichtig den Körper des Tieres betastet.
»Nicht er, sondern sie«, sagt Hedwiga. »Und rede nicht so – ein Wolf, der lächelt, ha! Bilde dir nur nichts ein. Ein Wolf zeigt seine Zähne, weil er Angst hat oder drohen will.«
Lisbeth will so manches fragen, doch sie schweigt lieber. Zuweilen kann ihre Großmutter sehr launisch sein, und da ist es besser, man widerspricht ihr nicht. Stumm beobachtet sie die Alte, die nun den verletzten Lauf untersucht und dann mit ihrem Fingernagel vorsichtig das schon eiternde Fleisch vom zersplitterten Knochen schabt. Das Tier winselt, doch es hält still. Als Hedwiga die Wunde gesäubert hat, hält sie inne und betrachtet das Kind neben sich eine Weile unter halb gesenkten Lidern. Auch Lisbeth sieht sie an. Sie erschauert unter diesem merkwürdig prüfenden Blick. Die Großmutter hat nämlich zwei verschiedenfarbige Augen – das eine ist dunkelbraun und liegt tief in seiner Höhle, das andere schimmert grüngelb und steht etwas vor. Beide lodern zuweilen in einem seltsamen Feuer, das Lisbeth gleichzeitig fasziniert und ängstigt. Auch jetzt sieht sie dieses Glühen in Hedwigas Augen.
»Warum darf ich nicht sagen, dass meine Wölfin lächelt?«, wagt das Mädchen schließlich zu fragen.

»Ach, ich weiß nicht«, winkt Hedwiga mürrisch ab und wendet sich wieder dem verletzten Tier zu. »Man sollte nicht auf alles hören, was die Leute so sagen.«
»Und was sagen die Leute, Großmutter?«
Doch Hedwiga presst nur ihre Lippen zusammen.

Oft begleitet Lisbeth ihre Großmutter auf den großen Hof des Fürsten. Und weil Hedwigas Tasche dann prall gefüllt ist mit Flaschen und Tiegeln und anderem, wechseln sie sich auf dem Weg mit dem Tragen ab. Während der Fürst und Hedwiga nach der Untersuchung und Behandlung im Salon des Herrenhauses Tee trinken, kleine Ingwerkuchen dazu knabbern und über die Politik im Lande reden, darf Lisbeth in der großen warmen und gut duftenden Küche bei der dicken Köchin Marthe sitzen und heiße Schokolade oder verdünnten Himbeersaft trinken und mit braunem Zucker bestreute Butterbrote oder dicke saure Milch mit einer Zuckerkruste auf der Rahmschicht dazu essen. Bei fast jedem dieser Besuche kommt eine der vornehmen Damen der Fürstin in die Küche, eine immer ein wenig traurig wirkende Frau mit prachtvollen blonden Locken, die ein wenig Lisbeths Locken ähneln, unter ihrer Haube. Sie fragt das Kind über alles Mögliche aus, will genau wissen, wie Lisbeth lebt und ob sie es im Dorf auch gut hat, und steckt ihr ab und zu sogar ein paar Münzen in die Schürzentasche, die Lisbeth später ihrer Großmutter gibt. Einmal erzählt Lisbeth, dass Hedwiga ihr ein wenig lesen und schreiben beigebracht hat. Von da an hat die Dame zu diesen Treffen in der gemütlichen Küche meist eines der Bücher aus der Bibliothek des Fürsten dabei, um Lisbeth daraus vorlesen zu lassen. Sie schenkt Lisbeth sogar ein dünnes Heft, ein Fässchen mit Tinte und einen Federkiel dazu und trägt ihr auf, das Gelesene schriftlich nachzuerzählen und ihr das Heft beim nächsten Besuch zu zeigen. So kommt es, dass Lisbeth bald das einzige Kind im Dorf ist, das flüssig lesen und schreiben und sogar etwas rechnen kann. Dass die anderen Kinder, die vom Dorfpfarrer unterrichtet werden, weil man sich keinen Lehrer leisten kann, sie deshalb hänseln und niemand mit ihr spielen will, stört sie nicht, denn ihre langen und einsamen Streifzüge durch die Natur und das Leben mit der alten Hedwiga, die sie zu ihren Krankenbesuchen mitnimmt, bieten ihr Anregendes genug.

Sie nennt die Wölfin Lupa und lässt sie mit auf ihrem Strohlager schlafen; eines wärmt das andere in kalten, stürmischen Winternächten. Doch eines Tages läuft Lupa fort und kommt nicht mehr wieder. Lisbeth weint bitterlich.
»Sie musste dich verlassen und wieder in der Wildnis leben, damit auch ihre Seele frei bleiben kann«, erklärt Hedwiga.
Lisbeth ist nur wenig getröstet und sucht lange nach der Wölfin. Manchmal findet sie die unverkennbaren Spuren ihrer dreibeinigen Wölfin in der Nähe der Hütte. Und sie erkennt mühelos Lupas Ruf im vielseitigen Wolfsgeheul der klaren Winternächte. Oft, wenn sie in der einfallenden Abenddämmerung mit schwerem Korb oder mit Hedwigas alter Hebammentasche nach Hause wandert, begleitet sie der vertraute Schatten, dem zuweilen noch andere folgen, nicht weit entfernt von ihr zwischen den Bäumen.
Als Lisbeth vierzehn Jahre alt ist, freit Miesko, der Schmied ihres Heimatdorfes, um sie. Er ist nicht der einzige Mann in der Umgebung, der sie trotz ihrer körperlichen Behinderung zur Frau nehmen will. Sie hat von der alten Hedwiga

alles gelernt, was sie als Heilkundige und Hebamme wissen muss. In Hedwigas Fingern wütet nun die Gicht, und das Rheuma lässt die alte Frau ganz krumm gehen. Sogar ihre seltsam zweifarbigen Augen wollen nicht mehr so recht sehen, obwohl Lisbeth sie täglich mit einer Tinktur aus Kamille und Augentrost wäscht. Hedwiga liebt es jetzt, vor der Hütte in der Sonne zu sitzen und die tägliche Arbeit ihrer Enkelin zu überlassen.

Am Anfang will Lisbeth dem Schmied Miesko eine gute Frau sein. Auch sie will viele gesunde und starke Kinder gebären und ihren Haushalt ordentlich führen, wie alle Ehefrauen im Dorf das tun. Daneben will sie ihrer Großmutter weiterhin zur Hand gehen und dafür sorgen, dass die Kranken in der Umgebung wieder genesen und Kinder gesund auf die Welt kommen. Doch der gute Wille vergeht ihr bald.

Miesko ist schon weit über dreißig. Er stammt aus dem Polnischen und ist groß und stark und bei den gelegentlichen Raufereien in der Dorfschänke gefährlich wie ein Bär. Und er ist schwarz von oben bis unten vom Rauch in der Schmiede. Auch in seiner windschiefen Hütte, die neben der Dorfschmiede steht, ist alles schwarz, so oft und so verbissen Lisbeth auch putzt und scheuert. Miesko, der am Tag den Hammer schwingt und auf seinem Amboss Hufeisen, Nägel, Schwerter und Pflugeisen und anderes Gerät in Form schlägt, schwingt in den Nächten die Fäuste gegen seine junge Frau und schlägt sie damit ins Gesicht, auf Schultern und Arme, gegen Brüste und Bauch, bevor er sich zu ihr legt. Das erste Kind, einen Jungen, verliert Lisbeth wegen der gezielten Schläge auf ihren angeschwollenen Bauch im siebten Monat ihrer Schwangerschaft. Nur ein paar Wochen

später ist sie erneut schwanger und hat im vierten Monat eine Fehlgeburt; wieder hätte es ein Junge sein sollen.
Weil sie dabei viel Blut verloren hat und Miesko mit einer kranken Frau nichts anfangen kann, geht sie für eine Weile zurück in Hedwigas Hütte. Es ist schon Frühling und dennoch kalt, und Lisbeth friert sich fast zu Tode auf ihrem dünnen Strohlager. Nach zwei Nächten, in denen sie nur gezittert und vor Schmerzen und Kummer leise gejammert hat, schleicht sich in der nächsten Nacht auf einmal die Wölfin ins Haus und drängt sich sofort dicht neben sie. Lupa ist groß für eine Wölfin, wenn auch etwas zu mager. Und sie hat Junge zu nähren, denn ihre Zitzen strotzen vor Milch. Trotzdem wärmt sie Lisbeths ausgezehrten und geschundenen Körper. Lisbeth kommt es vor, als flösse ein unaufhörlicher Kraftstrom zwischen ihnen beiden hin und her. In der Morgendämmerung läuft das Tier fort, um in der Dunkelheit wiederzukommen. Manchmal, wenn Lisbeth zu ihr redet, lächelt Lupa, ihre bernsteinfarbenen Augen fest auf Lisbeths Gesicht gerichtet. So geht das eine Weile, bis die junge Frau genesen ist und Lupa wieder in der Tiefe der Wälder verschwindet.
»Lass mich bei dir bleiben«, bittet Lisbeth ihre Großmutter.
Hedwiga aber schüttelt den Kopf und sagt: »Du hast es nicht leicht, das weiß ich. Doch jeder Mensch muss tragen lernen, was sein Schicksal ihm aufbürdet. Und dein Schicksal ist es jetzt, mit Miesko verheiratet zu sein und seine Kinder zu gebären.«
Also nimmt Lisbeth ihr Bündel und geht zurück zu ihrem rabiaten Ehemann. In ihrem Herzen ist viel Angst, aber auch eine lodernde Wut, die in den Nächten, in denen die

Wölfin neben ihr gelegen hat, entstanden ist und die nun wächst und wächst.
Als zwei Sommer später Ilsa, ihre erste Tochter, geboren wird, boxt Miesko sie eines Tages mehrmals hart gegen ihre milchschwere Brust. Lisbeth greift ohne zu überlegen nach einem Holzstück und schlägt mit aller Kraft auf ihn ein. Lisbeths zweites Kind, Hanna, das anderthalb Jahre später auf die Welt kommt, kann Miesko nicht mehr sehen. Da haben ihn die Wölfe auf dem Weg in das gut zwei Tagereisen entfernte Königsberg, wo Fürst Monte ein Stadthaus besitzt, schon überfallen und getötet. Im Dorf wird erzählt, es seien wahrscheinlich versprengte Schweden gewesen, die sich auch nach Beendigung des Großen Nordischen Krieges, an dem sich Preußen beteiligt und der das Ende der schwedischen Großmachtstellung im Baltikum bedeutet hat, noch in kleinen Gruppen im Samland herumtrieben und es wohl auf den hoch mit Eisenwaren beladenen Karren und auf das kräftige Pferd des Schmieds abgesehen hatten. Sie, so hieß es, hatten Miesko sowie seine beiden Begleiter, Knechte vom Gutshof, erschlagen und dabei schrecklich zugerichtet, sodass ihre Gesichter und Körper kaum noch zu erkennen waren. Wagen und Pferd hatten sie selbstverständlich mitgenommen; ihre Spuren verloren sich in Richtung Norden.
Lisbeth aber weiß, dass nicht nur die Schweden schuld an Mieskos Tod sind, schließlich hat sie in vielen Nächten heimlich Zwiesprache mit Lupa und ihrem Rudel gehalten. Sie hält es aber für angebracht, nicht öffentlich darüber zu reden. Es ist die Zeit, in der es in den Wäldern mehr Wölfe als je zuvor gibt. Da sie unter dem Wild großen Schaden anrichten, zahlt Fürst Monte den Dorfbewohnern und den Bauern der Umgebung eine Prämie für jeden erschlagenen

oder erschossenen Wolf. Außerdem gibt es Gerüchte, dass seit einiger Zeit auch im Samland wieder Frauen verfolgt und dem peinlichen Verhör unterzogen werden, denen man gotteslästerliche Zaubereien und den Pakt mit dem Teufel nachsagt. Und wenn eine Frau, die sich mit Kräutern und deren Wirkung gut auskennt, auch noch mit Wölfen spricht und sie sogar dazu bringen kann, einen Menschen zu töten, dann ist das in den Augen der Dorfbewohner und des Pfarrers sicher ein Grund, sie der Hexenprüfung zu unterziehen, denkt sich Lisbeth.

Nur ihrer Großmutter erzählt sie schließlich von jener Nacht, in der Miesko getötet worden war. Da war die dreibeinige Wölfin plötzlich in der halb offenen Tür ihrer Hütte aufgetaucht und hatte Lisbeth und die kleine Ilsa auf deren Arm eine Weile mit irrlichterndem Blick angesehen und aus ihrem Fang dann einen blutigen Stofffetzen auf den Boden fallen lassen. Es war ein Stück aus Mieskos Jacke, die Lisbeth ihm genäht hatte. Sie warf es ins Feuer in der Schmiede, und als es zischend aufflammte und rasch zu Asche verbrannte, zog die Wölfin langsam ihre Lefzen hoch und ihre Mundwinkel nach oben. In diesem Lächeln lag so viel Zuversicht und Freude, dass Lisbeth es einfach erwidern musste, bevor Lupa im Dunkeln verschwand.

Hedwiga nickt ernst, als Lisbeth schweigt. Das Kerzenlicht lässt flinke Schatten über ihr verrunzeltes Gesicht fließen, und ihre seltsamen, inzwischen erblindeten Augen glühen. Sie streckt die Hand aus und streicht mit ihren knochigen Fingern sacht über Lisbeths Wange.

»Lass es gut sein, Mädchen. Alles, was geschehen ist und noch geschehen wird, hat seine Richtigkeit. Übrig bleiben wird das Lächeln der Wölfin.«

Und dann stirbt die alte Hedwiga.
In der Nacht vor ihrem Tod tobt einer dieser wilden Frühjahrsstürme, die den grobkörnigen Sand von der Küste tief ins Land hineintragen und die Spitzen der stärksten Föhren im Wald bis auf den Boden zwingen. Lisbeth sitzt neben dem schmalen, von einem Schaffell bedeckten Lager und hält die Hand ihrer Großmutter. Sie horcht auf das Flüstern und Murmeln der Alten, das sich mit dem Heulen und Seufzen des Windes draußen, mit dem unaufhörlichen Kratzen der Birkenäste über das Hüttendach und mit dem Rascheln der Mäuse im Stroh, dem Knistern von brennendem Holz und dem Knacken in den vom Rauch geschwärzten Balken vermischt. Sie versteht nur Bruchstücke von dem, was Hedwiga im Fieber fantasiert, und lässt ihre Gedanken deshalb hierhin und dahin wandern.
»Meine Tasche«, sagt die alte Frau plötzlich laut und deutlich. »Achte auf meine Tasche. Du wirst sie bald Ilsa geben, deiner Tochter.«
»Aber … aber meine Ilsa ist doch noch ein Kind«, unterbricht Lisbeth sie ratlos. »Wie soll ich jetzt schon wissen, ob sie einmal Hebamme wird?« Sie legt ihre freie Hand auf Hedwigas heiße Stirn. »Du bist krank und fieberst.«
Doch die Alte redet schon weiter: »Ilsa, alle Frauen, die nach dir kommen werden – alle sind sie Wölfinnen wie du.« Dann packt sie plötzlich Lisbeths Hand und zieht sie mit erstaunlicher Kraft noch näher zu sich.
»Sie alle werden leiden und den Schmerz kennen lernen«, flüstert sie heiser. »Doch nichts ist umsonst.«
Der Sturm über dem Land beruhigt sich, und als der Morgen graut, ist das Fieber vergangen, und Hedwiga scheint wieder bei klarem Verstand zu sein.

»Löse das zweite Brett über meinem Lager«, befiehlt sie ihrer Enkelin mit fester Stimme.
Als Lisbeth das Brett aus der Wand genommen hat, findet sie in der Lücke dahinter einen ledernen Beutel, in dem viele Münzen klimpern.
»Nimm das Geld«, sagt die Alte. »Es ist das Geld, das die Dame Radegunde dir gegeben hat. Nimm es und geh fort aus diesem Dorf.«
»Aber warum und wohin soll ich gehen, Großmutter?«
»Das gehört zu deinem Schicksal, Lisbeth.« Hedwiga drückt die Hand ihrer Enkelin. »Du musst in die Stadt gehen. Geh nach Königsberg, denn dort wird sich dein Schicksal und das deiner Kinder und Kindeskinder erfüllen.«
»Königsberg!« Lisbeth zittert vor Aufregung und vor Angst. In der großen Hafenstadt am Pregelfluss ist gerade Friedrich III. zum König von Preußen gekrönt worden, und noch immer reden die Leute über nichts anderes als seine Salbung durch zwei eigens dazu ernannte evangelische Bischöfe und über die Einweihung der Burgkirche, der ersten reformierten Kirche in Preußen. Händler und die Boten des samländischen Fürsten Monte tragen begeisterte Berichte über den prunkvollen Krönungsakt bis in die kleinsten der samländischen Dörfer.
»Du bist eine tüchtige Hebamme«, unterbricht Hedwiga ihre Gedanken. »Kinder werden auch in Städten geboren.« Sie hebt ihren Zeigefinger, der nicht mehr ist als ein Knöchelchen. »Und vergiss nie, dass du bei mir gelernt hast! Gib das Wissen der alten Hedwiga und ihre Erfahrungen weiter an Ilsa, deine Tochter.« Sie hält einen Moment lang inne, und zwei Tränen rollen über ihre faltigen Wangen, als sie flüstert: »Du musst die Zeit nutzen, mein Kind. Dir bleibt

nicht viel.« Sie verzieht ihren zahnlosen Mund zu einem kraftlosen Lächeln. »Und nun such weiter.«
Ganz hinten in dem Versteck findet Lisbeth einige eng beschriebene Blätter Papier, die von einem dünnen Faden zusammengehalten werden. Neugierig beugt sie sich über das oberste Blatt – und vergisst sofort alles andere. Die Schrift ist schon ein wenig verblasst, aber noch lesbar. Sie liest auf dem obersten der Blätter: »Hebammen Buch / Darinn von Fruchtbarkeit und Unfruchtbarkeit der Weiber / zeitigen und vorzeitigen Geburt / Zustand der Frucht in und außerhalb des Mutterleibes« Sie überfliegt die nächsten Zeilen, bis ihr Blick an dem Namen hängen bleibt, den Hedwiga bei ihren Erklärungen und Berichten so manches Mal genannt hat.
»Marie-Louise Bourgeois!«, ruft sie aufgeregt.
Hedwiga tastet nach ihrer Hand und drückt sie so sehr, dass Lisbeth leise aufschreit. »Bewahre sie gut, diese Schrift. Sie wird das Schicksal deiner Töchter sein.«
Faltige Lider fallen über ihre blinden Augen, sie wendet den Kopf zur Seite. Lisbeth hält die Blätter der Abschrift in ihren Händen und betrachtet das ruhig gewordene Gesicht ihrer Großmutter und horcht auf ihren seufzenden, manchmal stockenden Atem. Sie hofft und wartet darauf, dass sie wieder aufwacht, denn sie hat die alte Hedwiga noch so vieles zu fragen.
Doch Hedwiga stirbt. Ein seltsam berührendes Lächeln, das merkwürdigerweise an das Lächeln der Wölfin Lupa erinnert, verschönt ihr Gesicht. Vorsichtig legt Lisbeth ihre Fingerspitzen auf dieses Lächeln und schließt ihre Augen und fühlt einen warmen Strom der Zuversicht durch ihren Körper fließen.

III
Helene

Sie hatte an diesem ersten Abend ihrer Rückkehr, nachdem Victor endlich gegangen war, langsam ihren Rucksack und ihre Reisetasche geleert und die mitgebrachten Kleidungsstücke in den Schrank gehängt oder gelegt und die paar Bücher, von denen sie sich nicht hatte trennen wollen, ins Regal gestellt. Und dann, als das Feuer im Ofen knisternd brannte, als die im Frost erstarrten Balken seufzend zu knacken begannen wie lange nicht mehr benutzte Gelenke, als die Holzwände, gerade noch eisige Kälte verströmend, allmählich die Farbe von dunklem Waldhonig annahmen – dann hatte sie sich also auf die Bank am Ofen neben den alten Medizinbeutel gesetzt, die Finger einer Hand leicht, ganz leicht nur auf dem brüchigen Leder, und ihn schließlich geöffnet und seinen Inhalt vor sich auf den Tisch gelegt und ganz zuletzt die voll geschriebenen Schulhefte gefunden. Dann hatte sie Lisbeths Geschichte gelesen. Dabei ist der Tee in der Kanne kalt geworden, und das Feuer im Ofen ist fast erloschen.

Nun horcht sie eine Weile mit geschlossenen Augen auf die Geräusche im Haus, die nicht mehr so fremd sind wie noch vor einigen Stunden. Ihr linker Oberschenkel berührt den Medizinbeutel neben sich. Und sie denkt daran, dass Lisbeths Schicksal und das ihrer Töchter und Enkelinnen mit einer Hebammentasche verbunden war und ihres mit einem unförmigen Beutel mit Fransen und Perlenverzierungen, der einmal einer sibirischen Schamanin gehört hat, die sich wie die Hebamme Hedwiga aus dem Samland darauf verstand, die Heilkräfte der Natur gegen Krankheiten zu benutzen. Sie denkt mit aufwallender Wärme an Raissa, die sie, Helene, ohne zu fragen, einst zu ihrer Hütte in der Nähe einer verlassenen Bärenhöhle gebracht, ihre Wunden verbunden, sie genährt und gewärmt und sie schließlich mit seltsamen Melodien, die ihre Albträume besänftigten, in den Schlaf gesungen hat. Bevor dieser Winter zu Ende war und die Taiga sich unter der nur langsam schmelzenden Schneedecke zaghaft zu neuem Leben regte, hatte die Alte Helene vieles gezeigt und erklärt, was sie über das Geheimnis der Zeugung und Geburt wissen musste, hatte sie an geheimnisvollen Ritualen mit den wenigen Menschen, die in den Wäldern zwischen weitläufigen, versteppten Ebenen lebten, teilnehmen lassen und sie den Mythos von der Erde als Mutter, als Ernährerin und Spenderin allen Lebens gelehrt. Und Helene, in einer anderen Zeit auf brutale Weise herausgerissen aus einem Leben, das sich auf die Wärme im Elternhaus, die Beständigkeit und Überschaubarkeit des Alltags in dessen Umkreis und auf Fröhlichkeit im Beisammensein mit anderen Kindern beschränkt hatte und trotzdem schon überschattet war vom nahenden Krieg, nahm das, was ihr da nach den Schrecken in einem sibirischen Arbeitslager geboten wurde, mit allen Sinnen in sich auf.

Eine Weile bleibt Helene so sitzen, reglos, in sich selbst und die Flut der anstürmenden Erinnerungen versunken und ohne zu merken, dass der Frost wieder Besitz vom Haus zu nehmen versucht. Später, da bildet ihr Atem schon kleine Wolken vor ihrem Gesicht, und ihre Hände sind so kalt und starr, dass sie Mühe hat, das Feuer im Ofen und auch im

Eisenherd neu zu entfachen und Holzscheite nachzulegen, wartet sie darauf, dass die Flammen sich ausbreiten. Dann setzt sie sich wieder auf die Bank und blickt sich im Innern des kleinen Hauses um. Sie erkennt die beiden hellen rechteckigen Flecken auf der Wand dem Herd gegenüber wieder, wo einmal die Kinderfotos von ihrer Tochter hingen, bevor Lara sie entfernt hatte, wie sie auch alle ihre anderen Sachen aus dem Haus ihrer Mutter mitgenommen hatte. Sie betrachtet die beiden klobigen Stühle am Tisch, die Victor vor vielen Jahren im Stall entdeckt und für sie abgeschliffen und die sie dann mit Sonnenblumenöl gestrichen hatte, bis das alte Holz wie matte Seide schimmerte. Und während ihre Blicke umherwandern, spürt sie, wie ihre Finger, ihre Hand, ihre Haut wieder Besitz nehmen von Raissas Beutel, dann von der Bank, auf der sie sitzt, von der Tischplatte vor ihr, von den Dielen unter ihren Füßen. Sie lehnt sich zurück und spürt an ihrem Rücken das Raue der Ofenkacheln. Und wie immer ist sie fasziniert von den seltsamen Wegen der Erinnerung, die sich manchmal an unerklärlichen Reizen, auf unvorhergesehene Assoziationen hin aufbaut und nun die Landschaften und Gesichter und Begebenheiten entstehen lässt, die sie gesehen, an denen sie teilgenommen hat.

Sie berührt wieder den Medizinbeutel und sieht plötzlich Raissas Gesicht vor sich, das sich damals aus dem vom Himmel fallenden Weiß schälte und über sie beugte, umrahmt von zwei, drei Tierköpfen, Wolfsköpfen mit bernsteinfarbenen Lichtern. Sie sieht die eng beieinander stehenden Augen über der merkwürdig stumpfen Nase und den schmallippigen, zahnlosen Mund, das zottelige graue Haar unter der Fellkapuze. Und sie spürt Hände auf ihrem Gesicht und an ihrem Hals, knorrige, prüfende Hände, die nach Wärme,

einer Spur von Leben tasten. Sie duckt sich unwillkürlich, wie sie sich damals in das Schneeloch unter den Ästen eines Nadelbaums duckte, in Todesangst, schon fast erfroren in diesem dünnen Mantel, den sie jemand anderem, der schon erfroren war, abgenommen hatte, bevor sie durch das Loch im Lagerzaun gekrochen war, und schon ergeben in ein unabwendbares Schicksal.
Sie schreckt hoch, gestört von einem Knacken in den Balken über ihr oder von einem Ast, der über das Dach streicht. Und als die Holzscheite im Ofen knisternd und polternd zusammenfallen, da sind die Kerzen auf dem Tisch fast abgebrannt. Helene stöhnt leise auf, als sie sich von der Bank erhebt. Ihre Glieder sind steif vom langen Sitzen. Sie nimmt den alten Wasserkessel, den sie, bevor sie zu lesen begann, beiseite gestellt hatte, und tritt vor die Tür, um Schnee zu holen und dem wilden und gleichzeitig so tröstlichen Gesang der Wölfe zuzuhören. Sie legt den Kopf zurück und betrachtet den hohen, klaren Sternenhimmel, den der schon wieder nachlassende Sturm leer gefegt hat, und den fast runden Mond, der sich in die schwarz wirkenden Baumwipfel gehängt hat, dann geht sie wieder ins Haus.

Es ist auch jetzt, am Morgen, noch ziemlich kalt im Haus. Victor war am Abend, bevor sie in Laras Heften zu lesen begann, noch einmal gekommen und hatte ihr einen Topf mit einem Rest warmer Kohlsuppe gebracht, die Katharina, seine Frau, für die Familie gekocht hatte. Er bestand darauf, dass Helene sofort aß, sah ihr schweigend zu, und sie kratzte demonstrativ auch noch den letzten Rest vom Topfrand. Die Suppe schmeckte, natürlich schmeckte sie, alles aus Katharinas Küche war gut.

»Komm mit zu uns«, hatte er sie dann aufgefordert. »Katharina wartet auf dich. Es dauert mindestens drei Tage, bis das Haus einigermaßen warm ist. Erinnere dich daran, dass die sibirischen Stürme durch die kleinsten Ritzen dringen. Ich kann nicht zulassen, dass du dir eine Lungenentzündung holst oder sogar erfrierst!«

Doch Helene lehnte es ab, ihre Hütte zu verlassen. Victors Besorgnis war rührend und gefährlich zugleich, die Aussicht auf die wohlige Wärme in Katharinas Küche war verlockend. Aber sie war plötzlich erschöpft, schon wieder erschöpft von der erdrückenden Aura, die seine Gegenwart erzeugte. Ihr fehlte plötzlich die Kraft, sich ihm weiter zu widersetzen. Doch sie hatte nicht die Absicht, sofort wieder zu einem Teil seiner Familie zu werden. Es war ihr nur mit Mühe gelungen, sich zumindest für eine Weile aus dieser Vereinnahmung, dieser Umklammerung zu lösen und ihren eigenen Weg zu gehen. Die Gefahr, sofort wieder in alte Mechanismen zurückzufallen, war einfach zu groß.

»Ich werde hier bleiben, akzeptiere das endlich.«

Also war Victor ohne sie nach Hause zu Katharina gegangen. Helene blieb einen Moment in der offenen Tür stehen und sah ihm nach, wie er verbissen durch den Schnee zur Straße stapfte. Der Mond, auf dessen Fläche vorbeijagende Wolken bizarre Muster bildeten, übergoss ihn mit kaltem gelbem Licht.

Sie erinnert sich jetzt, am Morgen, dass sie sich, nachdem Victor gegangen war, eine Decke über die Schultern legte, eine zweite über die Knie, und so eine Weile zitternd auf der Ofenbank saß. Diffuse, geisterhafte Schatten umwaberten sie, alles um sie herum wisperte, knackte und raschelte, als sie schließlich wieder aufstand, frierend, und im Schrank nach dem alten Wollrock und einem dicken Pullover suchte. Auch den Schal fand sie, den mit den von Motten oder Mäusen abgefressenen Fransen, und sie stellte sich Laras Lachen vor, wie sie früher, als Kind, manchmal gelacht hatte, wenn ihre Mutter sich in diesen alten Sachen zeigte, die schon Generationen von sibirischen Frauen getragen haben mussten, von der einen auf die andere vererbt, so alt und abgetragen wirkten sie. Sie zog die alten Filzstiefel über ihre Wollstrümpfe und legte sich wieder die Decke um die Beine, bevor sie sich erneut auf die Bank am Ofen setzte, um diesen alten Lederbeutel neben sich anzufassen und gleichzeitig in alten Schulheften zu blättern und schließlich Lisbeths Geschichte zu lesen, die sie seit ihrer Kindheit kannte, die ihr aber nun, mit Laras Worten und Gedanken aufgeschrieben, neu erschien.

Und dabei ist es früher Morgen geworden. Sie legt das Heft zu den anderen in den Beutel zurück und tritt vor die Tür und betrachtet lange den Himmel, der über dem dunklen, wie in jedem Winter fast schwarzen Wald ins Grünliche schimmert und den ganzen Tag lang grau, nur grau sein wird. Der Mond, nun eine bleiche flache Scheibe, hängt westlich von ihr. Die Wölfe sind verstummt, sie haben sich, wie sie es in den Morgenstunden immer getan haben, in den Schutz der Wälder oder ins Moor zurückgezogen.

Helene macht ein paar Schritte nach links, wo das Holz aufgestapelt liegt, und schichtet sich einige Scheite auf den Arm. Ihr Arm wird schnell lahm; sie hat lange außer ihrem leichten Gepäck kein Holz oder etwas anderes Schweres, Unhandliches mehr getragen. Wieder im Haus, betrachtet sie die karge Einrichtung und ihre Schäbigkeit zum ersten

Mal bei Tageslicht. Damals, als sie fortging, mit diesen Briefen in ihrer Tasche, der eine aus Kaliningrad, der andere aus New York, dazu ein paar amtliche, eine Bestätigung ihres Reiseantrags der Deutschen Botschaft in Moskau zum Beispiel, durch die ihr Leben plötzlich auf eine völlig andere Bahn geriet, hat sie darauf geachtet, dass sie alles sauber hinterließ. Sie machte sich keine Gedanken um ihre Zukunft oder um ein baldiges Wiederkommen, sie wollte nur weg. Alles, was auf einmal vor ihr lag, was plötzlich möglich wurde, erschien ihr in einem überwältigend hellen Licht, in dem sie sich verändern konnte, in dem sie Ballast abwerfen und sich erheben und fliegen konnte gleich einem Vogel. Der Zeitpunkt ihrer Reise war gut gewählt, denn das politisch veränderte Russland begann sich mit Beginn der neunziger Jahre gegenüber dem Westen mehr und mehr zu öffnen. Sogar Reisen ins westliche Ausland waren nun möglich, auch wenn es noch immer von Vorteil war, über gewisse Verbindungen zu verfügen. In dieser Hinsicht hatte Helene sich auf Victors Unterstützung verlassen können. Er hatte, wenn auch widerstrebend, dafür gesorgt, dass sie ihr Visum bekam und ohne große Schwierigkeiten zunächst nach Kaliningrad und dann sogar in den Westen reisen konnte. Das Wissen, Nowgoje verlassen, bisher starre Grenzen überschreiten zu können, war für Helene aufregend und beunruhigend zugleich. Sie machte sich Sorgen um ihre Patientinnen, die ihr seit Jahren vertrauten, und begann damit Unmengen von Kräutern zu sammeln, zu trocknen oder sie zu verarbeiten und genaue Gebrauchsanweisungen aufzuschreiben, bis Victor sie daran erinnerte, dass sie nicht die einzige Hebamme im Bezirk war und die bisher von ihr versorgten Frauen auch von ihm betreut werden konnten.

Sie war noch nie in ihrem Leben mit einem Flugzeug geflogen, doch davor hatte sie keine Angst. Aber beim Gedanken, in einen Waggon der Eisenbahn steigen zu müssen, geriet sie in Panik.

»Und wie gedenkst du dann nach Moskau zum Flughafen zu kommen?«, wollte Victor wissen. Helenes Hals war plötzlich so eng, dass sie kaum noch atmen konnte und kein Wort herausbrachte. Sie starrte ihn nur hilflos an, unfähig zu einer Erklärung. Unfähig auch dazu, die rasende Bildfolge in ihrem Kopf anzuhalten oder in ihren Ohren das Rattern der Räder, das Stöhnen, das Klagen und Schreien der Frauen, Mädchen und Kinder, die auf verdrecktem, stinkendem Stroh zusammengedrängt einer ungewissen Zukunft entgegenfuhren, und über ihnen die grinsenden, gierigen Fratzen der russischen Wachsoldaten, die gutturalen Befehle, die drohend erhobenen Gewehrläufe. Instinktiv hob Helene bei diesen Bildern die Hände und presste sie auf die Ohren, kniff die Augen zu und wiegte ihren Oberkörper vor und zurück, bis sie Victors Arme um sich spürte und seine beruhigende Stimme hörte.

»Hab keine Angst, Jelena, ich bring dich mit dem Auto nach Moskau«, sagte er, und sie lehnte sich dankbar an ihn.

Also fuhren sie in seinem klapprigen Lada nach Moskau. Dort stieg sie, nun doch mit etwas zittrigen Knien, in ein Flugzeug nach Kaliningrad und ein paar Tage später in ein anderes, das sie nach Berlin brachte.

Als sie aus diesem stieg, wurde sie von einem Ehepaar erwartet, das sie kurz zuvor in Kaliningrad im Bernsteinmuseum am Wassilewskogo-Platz kennen gelernt hatte. Ernst und Elisabeth Wagner waren mit einer Reisegruppe unterwegs gewesen. Es war ihr letzter Tag in ihrer ehemaligen

Heimat Ostpreußen, erfüllt von Wehmut und dem Gedanken an einen endgültigen Abschied. Vor einer Vitrine mit alten Schmuckstücken kamen sie mit Helene ins Gespräch, das sie später bei einem gemeinsamen Abendessen fortsetzten. Und weil Helene in Berlin niemanden kannte und auch nicht wusste, wo sie bleiben sollte, außer in einem Hotel, wurde sie von den Wagners eingeladen, während ihres Aufenthalts in der einst durch eine Mauer geteilten Stadt bei ihnen zu wohnen.

Da Samuel, Heshel und Menuchah Goldbergs Sohn, ihr das angekündigte Ticket für den Flug nach New York schon in die US-Botschaft geschickt hatte, stieg Helene dann abermals in ein Flugzeug. Am John-F.-Kennedy-Flughafen wurde sie von jener Familie empfangen, der ihre Mutter und Großmutter vor vielen Jahren zur Flucht aus dem Nazi-Deutschland verholfen hatten und mit der Helene entfernt, wirklich sehr entfernt verwandt ist. Dass sie eine Ururenkelin jenes jüdischen Rechtsanwalts Ira Goldberg ist, der ihre Vorfahrin Clara Wolf einst vor dem Zuchthaus bewahrte, hatte Großmutter Emma ihr viele Male erzählt. Dicht hatten die alte Frau und ihre zwölfjährige Enkelin sich in einer ihrer letzten gemeinsamen Nächte aneinander geschmiegt, um die Schrecken des unvermeidlichen Zusammenbruchs ihrer Heimat zu verdrängen. Während Emma die romantische Liebesgeschichte von Ira und Clara erzählte, hatten sie gemeinsam auf das Dröhnen und Grollen der nahen Front gehorcht. Dann war Emma plötzlich aufgestanden, hatte in einer kleinen Truhe gekramt und Helene jenen Brief gezeigt, in dem Menuchah Goldberg ihr und ihrer Tochter Margarete, Helenes Mutter, für ihre Unterstützung bei der Flucht aus Deutschland dankte.

»Erzähl niemandem davon, Kind«, hatte Emma geflüstert. »Ist unser Geheimnis, das mit den Juden und unserer Verwandtschaft mit ihnen.«

Und Helene hatte geschwiegen. Sie ahnte nicht nur, sie wusste ja, was mit den Juden in Deutschland geschah und dass es gefährlich war, mit ihnen in Verbindung zu sein.

Und dann beendete Heshel Goldberg einige Wochen nach ihrer Ankunft in New York und nach langen Gesprächen mit ihm und der Familie seines Sohnes Helenes latent vorhandene Zukunftsängste mit dem Vorschlag, ihn zu heiraten, damit sie legal in den Staaten bleiben konnte. Einer von Samuels Freunden, der in der Einwanderungsbehörde arbeitete, sorgte dafür, dass sie eine Arbeitserlaubnis bekam, damit sie in Samuels deutscher Buchhandlung mitarbeiten konnte. Der Verdienst aus dieser Tätigkeit und das Honorar, das sie für eine über Samuels Freunde in einer deutschen Wochenzeitschrift initiierte Artikelreihe über ihre Erfahrungen als Landhebamme und das Wiederaufleben des Schamanismus in Sibirien erhielt, reichten aus, um finanziell unabhängig von Heshel zu sein. Als Familienmitglied nahm Helene an den jüdischen Ritualen und Feiern der Goldbergs teil. Im ersten Jahr ihres Aufenthalts besuchte sie an drei Abenden in der Woche einen Englischkurs. Und kurz bevor sie sich nach dem zwar nicht unerwarteten, aber doch schmerzlichen Tod ihres Mannes zur Rückkehr nach Europa entschloss, übersetzte sie noch die Doktorarbeit eines russischen Medizinstudenten und verschiedene Essays über fachbezogene Themen ins Deutsche.

»Vergiss nicht, dass du in diesem Land deine Familie hast, Helene«, sagte Samuel, als er sie zum Flughafen fuhr. »Wir lieben dich.«

Sie wusste nicht, in welche Worte sie ihre Dankbarkeit und ihre Rührung fassen sollte, denn jedes Wort erschien ihr nicht groß, nicht gewichtig genug für das, was sie in den vergangenen zwei Jahren erfahren hatte. Wieder hatte sie einen für sie wichtigen Menschen verloren, wieder war etwas zu Ende gegangen. Ihr Herz war schwer, doch sie sah sich nicht mehr nach Samuel um, als sie durch die Passkontrolle ging. In ihrem Notizbuch waren mehrere Adressen und Telefonnummern eingetragen. Adressen von Heshels weitläufiger Verwandtschaft, von Freunden in Deutschland, Österreich und Italien.

»Sie werden dich überall mit offenen Armen aufnehmen«, hatte er ihr noch am Tag, als er starb, versichert.

Von Berlin aus fuhr Helene mit dem Zug nach München, von dort aus ein paar Tage später nach Venedig. Sie wählte die eine oder andere Telefonnummer und legte den Hörer wieder auf, wenn sich jemand meldete. In Wien blieb sie länger, die Stadt gefiel ihr. Hier unterbrach sie ihren Telefonanruf nicht und nahm sogar das Angebot von Samuels Nichte Galja an, eine Weile bei ihr zu wohnen. Galjas Mann Udi, ein Ingenieur, befand sich gerade im Ausland, Kinder hatten sie noch nicht, und in der geräumigen Wohnung im 9. Bezirk gab es ein gemütliches Gästezimmer. Mit Galja, einer Klavierlehrerin, zusammen genoss Helene Konzerte und andere Kulturveranstaltungen, sie las viel und unternahm Ausflüge in die Umgebung von Wien.

Doch an einem lauen frühherbstlichen Abend, an dem sie mit ihrer jungen Freundin und einigen Bekannten in einem der lauschigen Heurigenlokale am Stadtrand von Wien saß, wurde ihr auf einmal bewusst, dass sie des Reisens müde war, unendlich müde. Sie war des Packens und Auspackens überdrüssig, sie wollte ihre Kleidung endlich wieder in einen Schrank hängen und legen, der ihr gehörte, der in ihrem Haus stand. Während ihre Begleitung über die Sehenswürdigkeiten der Stadt und Ausflugsmöglichkeiten in die Weingebiete rundherum plauderte, in dem voll besetzten Lokal Gespräche, Gelächter und Rufe hin und her schwangen, zwei Musiker Lieder sangen und auf der Zither begleiteten und sich die warme Luft gleich einem Netz auf ihr Gesicht und ihre nackten Arme legte, erinnerte Helene sich plötzlich an die Stille nach einem sibirischen Wintersturm, an den entfernten Ruf der Wölfe und an das knisternde Geräusch, mit dem einzelne Schneeflocken durch die kahlen Äste der Birken zur Erde fielen oder frisch angezündete Holzscheite sich in einem Ofen gemächlich übereinander legten. Sie erinnerte sich an den Geruch von frisch gefallenem Schnee, sie hatte ihn in der Nase, obwohl die Luft um sie herum noch immer nach sich verfärbenden Kastanienblättern, nach Wein und nach der Küche des Lokals roch. Und sie sah in die Gesichter der Menschen vor und neben sich und sah doch Victors Gesicht, das von Katharina, das von Onkel Wanja und den anderen in Nowgoje. Sie sah Galja an, die so alt war wie ihre Tochter – und sah in Laras Gesicht. Heimweh überfiel sie, eine derart große, körperlich spürbare Sehnsucht, dass sie das heitere Gespräch der anderen unterbrach.

»Ich will nach Hause«, sagte sie laut. »Ich will zurück nach Sibirien.«

Helene wischt die schmutzigen Flecken, die die Holzscheite auf ihren Händen hinterlassen haben, mit einem Lappen ab. Der Gedanke an ihre Tochter schmerzt, wie er immer geschmerzt hat, nachdem Lara sie verlassen hatte. Vorher gab es Augenblicke der Nähe, zum Beispiel dann, wenn sie ihrer Tochter die Geschichten der Wölfinnen erzählte, wieder und wieder. Denn das Kind Lara liebte und fürchtete sich gleichzeitig vor Helenes Geschichten, wie sie die gruseligen Aspekte der Geschichten liebte und fürchtete, die Victor oder Katharina, Onkel Wanja oder jemand anders aus dem Dorf ihr erzählten. Aber nicht nur von Geistern, von Erfrorenen, Ertrunkenen, beim Holzfällen Erschlagenen, in den Wäldern Verirrten oder im Moor Verschwundenen wurde da erzählt. Geredet und getuschelt wurde im Dorf auch viel über Helene, die Frau, die aus dem Wald gekommen war. Über »die Wölfin«, die »Njemka«. Und ebenso über das seltsame Verhältnis zwischen der Wölfin und dem Genossen Doktor. Victor, der doch mit Katharina, der einzigen Tochter von Kiril Jewtuschenko und seiner Frau Larissa verheiratet war. Und weil Lara größer und verständiger wurde, begann sie zu fragen. Und als Lara zu fragen begann, warum die Leute in Nowgoje so viel über ihre Mutter redeten, verstummte Helene. Naturgemäß hätte es viel zu sagen, zu erklären, zu erzählen gegeben, doch ihr Mund verschloss sich zu diesen Fragen von selbst, er verweigerte die Sprache, die Lippen wurden zum Strich, dessen Enden sich nach unten bogen und dort einfroren.

Da entschied sich Lara für ein Haus mit vielen Worten und mit Offenheit. Für Victors Haus. Für ein Leben mit Familie und mit Verwandten, mit fröhlichen Festen, zu denen alle zusammenkamen, mit Spielen mit Gleichaltrigen und lockeren Gesprächen. In Helenes Leben gab es nun mal keine Familie mit Verwandten, keine Leichtigkeit, kein Lachen, da gab es vor allem Verluste und Einsamkeit. Victor – vielleicht hätte er ihr damals etwas von der Leichtigkeit in seinem

Haus abgeben können, ja, aber Victor war mit Katharina verheiratet und trotz seiner Zuneigung zu Helene nicht der Mensch, der sie von ihren Albträumen hätte befreien können. Eine Weile hatte sie sich eingebildet, dass Lara, ihr Kind, ihr dabei helfen könnte. Doch die verschlüsselten Hinweise in ihren Geschichten über die Frauen vor ihnen auf ihr eigenes Schicksal hatten ihre Tochter überfordert und irritiert, das erkannte Helene. Es dauerte lange, sehr lange, bis sie endlich einsah, dass Raissa Recht gehabt hatte. Sie musste die Lösung für ihre Probleme einzig und allein bei sich selbst suchen.

Und noch immer sucht sie danach. Noch immer weiß sie nicht, wie sie ihrer Tochter begegnen soll, die bald nach Nowgoje kommen wird, um ihre Mutter wiederzusehen.

Helene steht von der Bank auf. Sie muss sich bewegen, sie geht auf und ab, mit langen, raumgreifenden Schritten, vier Schritte zwischen dem Waschbecken mit seinen Rostflecken und den beiden kleinen Fenstern an der gegenüberliegenden Wand, fünf Schritte zwischen Schlafkammer und Flur. So ist sie früher oft umhergegangen, hierhin und dorthin, gleich einem gefangenen Tier hat sie sich bewegt, und so bewegt sie sich auch jetzt bei der Erinnerung an ihre Tochter. Sie denkt an jenen Tag im Winter vor etwa fünfzehn Jahren, an dem Lara überraschend zu ihr kam und in der Tür stehen blieb und nicht einmal ihre Handschuhe auszog, um ihr zu sagen, dass sie Ilja Nefremow heiraten werde, ausgerechnet diesen Jungen, sie noch nicht einmal achtzehn, er gerade zwei Jahre älter, so jung noch beide, so unreif, so unerfahren für ein gemeinsames Leben. Ilja, der auf Geheiß seines ehrgeizigen Vaters schon mit vierzehn im Bergwerk nahe Surgut zu arbeiten angefangen hatte, um sich rechtzeitig auf den möglichen Posten als Verwalter vorzubereiten, und der bereits ein Jahr später Mitglied der Kommunistischen Partei geworden war. Ilja, hinter dessen abstehenden Ohren, unter dessen abgekauten Fingernägeln, in dessen Hals- und anderen Körperfalten die Schwärze von Kohle und der Dunkelheit in Stollen und unterirdischen Höhlen nistete, auch wenn er sich, wenn er für ein paar Tage nach Hause zu seiner Familie in Nowgoje kam, noch so eifrig wusch und schrubbte, um seine Freunde in der Partei und auch das eine oder andere Mädchen im Dorf zu beeindrucken. Warum ausgerechnet dieser Ilja, der Vater ein eitler, arroganter, schmallippiger Mann und die Mutter geschminkt wie eine Puppe mit wasserstoffblonden Haaren, die sich für etwas Besseres hält?, hatte Helene damals, als sie diesen Jungen zum ersten Mal in Victors Haus sah, gedacht. Du, sagte sie zu ihrer Tochter, aber nur in Gedanken, weil diese Tochter sofort wieder ihre Krallen ausgefahren oder sie mit ihrem vernichtenden Blick gelähmt hätte, du mit deiner Schulbildung, mit deiner Fantasie, deiner Kraft, du hast mehr vor dir als ein Leben an der Seite dieses plumpen, sich aufspielenden Mannes, der Hetzreden gegen den wachsenden Kapitalismus des Westens und die Ausbeutung sibirischer Gas- und Ölfelder durch westlich orientierte Unternehmen führt, aber nichts, gar nichts von den Fähigkeiten und Träumen einer Frau wie dir versteht. Doch sie sprach das nicht aus, sie hatte jedes Recht auf ihre Tochter verloren, als sie ihre Unterschrift unter das Adoptionspapier gesetzt hatte, das Lara zum Familienmitglied der Litowskis machte. Sie hatte ihre Einwilligung dazu gegeben. Es war ihr nichts anderes übrig geblieben, weil Lara selbst es so wollte und weil Helene damals ihre Zweifel und ihren Kummer unter dem fadenscheinigen Denken verbarg, nichts anderes im Sinn zu haben als das Wohl ihres Kindes. Also schwieg Helene, als Lara ihre Hochzeit mit Ilja Nefremow ankündigte. Bei der lärmenden Feier in Victors Haus blieb sie im Hintergrund, sprach mit niemandem und ging bald, ohne dass es jemand unter den zahlreichen Gästen zu bemerken schien. Später schämte sie sich zuweilen ihres distanzierten Verhaltens ihrem Schwiegersohn gegenüber. Denn wer war sie, dass sie sich ein Urteil über den Jungen einer russischen Familie erlauben konnte? Eine ungeliebte Deutsche war und blieb sie, obwohl sie schon lange wie alle Leute des Landes sprach und ihre Muttersprache nur noch in Gedanken oder Selbstgesprächen oder zum Zitieren von medizinischen Texten in deutscher Sprache aus einem zerfledderten Buch aus Victors Bibliothek benutzte, um sie und ihren Klang und Rhythmus nicht zu vergessen.

Der Parteisekretär, der damals über die Weiterreichung des Adoptionsantrags zu entscheiden hatte, ein undurchschaubarer Mann mit dem breiten, glatten Gesicht eines Mongolen und den Augen eines erfolgreich jagenden Tiers, hatte das Wort »Njemka« ausgespuckt wie einen ungenießbaren Bissen. Eine »Njemka« sei aus verschiedenen Gründen unfähig, ein Kind, auch ihr eigenes, im Sinne der Kommunistischen Partei zu erziehen, machte er ihr klar; und deshalb werde er die beantragte Adoption ihrer Tochter durch die Familie des ehrenwerten Genossen Doktor Victor Litowski befürworten, und auch sie habe zuzustimmen und müsse sogar dankbar sein für diese Lösung. Helene hörte ihm schweigend zu, ihren Oberkörper ein wenig nach vorn gebeugt, den Blick auf ihre Hände im Schoß gerichtet. Diese Haltung hatte sie vor Jahrzehnten im Arbeitslager gelernt

und sich nie abgewöhnt. Sie wusste, es brachte in diesem Land nur Ärger, aufrecht zu stehen oder zu gehen, und ihr Leben war kompliziert genug.
Und Helene schwieg auch, als Lara Ilja Nefremow mit den schmutzigen Ohren und dem Geruch des Erdinnern an sich heiratete. Sie schwieg, als Lara, die nach ihrem Schulabschluss ein Stipendium für die Universität in Omsk ausgeschlagen hatte, am Fließband der Maschinenfabrik in Surgut zu arbeiten anfing, weil sie und Ilja mehr Geld für eine Wohnung und für die Arbeit in der Partei brauchten.
Helene sagte auch dann nichts, als Lara eines Tages mit ihrem Baby im Arm zu ihr kam und kühl forderte: »Sorg du eine Weile für meinen Sohn, ich muss zurück in die Fabrik, und Iljas Eltern sind zu alt, um auf ein so kleines Kind aufzupassen.«
Aus der Weile wurden fünf Jahre, anstrengend und köstlich zugleich für Helene. Dann starb der kleine Nicolai, erstickte bei einem seiner Asthmaanfälle. Nur einmal in fünf Jahren, nur in dieser einzigen Nacht hatte Helene ihren tief schlafenden Enkel für ein paar Stunden allein gelassen, um das Kind von Maja, Jewgenji Krajews Frau, auf die Welt zu holen. In jeder anderen Nacht in diesen fünf Jahren war sie bei ihm gewesen oder hatte ihn mitgenommen, wenn man sie zu einer Entbindung rief, und ihn auf eine Bank, auf einen Ofen oder ins Bett zu anderen Kindern gelegt und wieder aufgenommen, wenn sie in ihre Hütte zurückkehrte. Nur in dieser Winternacht nicht, in der ein heftiger Sturm ums Haus heulte und große Mengen Schnee vor Tür und Fenster häufte und Helene sich den Pfad zur Straße nur mühsam frei schaufeln konnte, wo Fedja mit dem Pferd auf sie wartete. Was sollte dem Kleinen denn passieren? Er hatte brav seine

Medizin geschluckt. Im Haus war es warm, auf dem Herd blubberte das Wasser im Topf, und der Dampf, angereichert mit dem kräftigen Geruch von Heilkräutern, zog durch die offene Tür in die Schlafkammer, wo Nicolai fest und ruhig schlief. Vergewissert hatte Helene sich, dass er warm zugedeckt war. Sie hatte ihn einen Moment lang betrachtet, mit Rührung und jener überwältigenden Liebe für dieses Kind, die ihr manchmal das Herz abzuschnüren drohte. Sie hatte ihre Hand vorsichtig auf seine kühle Stirn gelegt und auf seinen ruhigen Atem gehorcht. Doch als sie, nachdem sie das andere gerade geborene Kind gesund, gereinigt und in warme Tücher gehüllt in die Arme seiner Mutter und die benutzten Instrumente wieder in ihre Tasche gelegt hatte und dann durch den tobenden Sturm, dessen Kälte sie bis ins Mark frieren ließ, nach Hause ritt, da war ihr Enkelsohn schon tot. Wie friedlich schlafend lag er im Bett, das Helene mit ihm teilte. Vielleicht waren seine Wangen ein bisschen blasser als sonst, die violetten Ringe unter seinen geschlossenen Augen etwas zu tief, doch kein Grund zur großen Besorgnis, denn er war von Anfang an ein kränkliches Kind gewesen, das sie immer wieder zu Victor in die Praxis tragen musste. Helene legte wieder ihre Hand auf seine Stirn. Sie war kalt, viel zu kalt für einen Jungen im Schlaf. Und als sie sich horchend über sein Gesicht beugte, war da kein Atem mehr, nur das plötzlich rasende Klopfen ihres eigenen Blutes und das Geräusch des köchelnden Wassers mit den Kräutern auf dem Herd in ihren Ohren.
Lara, die Victor in der Fabrik angerufen hatte und die erst nach Stunden aus Surgut kam, maß ihre verzweifelte, sich mit geballten Fäusten auf die Brust schlagende Mutter mit einem dieser Blicke, unter denen Helene zu Eis erstarrte.

Danach war Lara nur noch einmal in dieses Haus gekommen, um Nicolais Sachen mitzunehmen.
Diese Erinnerung schmerzt fürchterlich, ist schneidend gleich einem Messer, das in ihrem Innern wühlt. Es dauert eine Weile, bis Helene den Raum um sich wieder wahrnehmen kann. Sie setzt sich und entspannt sich erst, als der Schrecken langsam nachlässt und das Bild von dem toten Kleinen zwischen den dicken Federkissen sich auflöst und ihre Gedanken sich nicht mehr überschlagen. Die Zeit, gerade noch erstarrt, beginnt zu tröpfeln und sich dann wieder in Bewegung zu setzen. Es gelingt Helene, ihren Blick auf den Medizinbeutel der alten Raissa zu konzentrieren, der neben ihr auf der Ofenbank liegt.
Und schon beginnen ihre Gedanken erneut zurückzurennen. Sie erinnert sich an ihre Hoffnung, dass Lara einmal Raissas Beutel übernehmen und die Tradition der Frauen ihrer Familie fortsetzen würde. Manchmal, zur Zeit des Erzählens über die Wölfinnen, ist Lara noch mitgegangen, wenn Helene zu einer Geburt gerufen wurde.
»Erinnere dich, wenn du selbst eine Hebamme geworden bist, immer an die Frauen vor uns, die seit jeher Heilkundige und Hebammen waren«, forderte sie ihre Tochter auf. »Es ist ein guter, ein schöner, ein erfüllender Beruf«, versicherte sie, wenn sie Zweifel, Abwehr und Trotz in Laras Gesicht zu erkennen meinte. »Immer waren es Frauen, die Kranken und anderen Frauen beistanden, wenn ihre Zeit gekommen war. Man muss nicht studieren, um Hebamme werden zu können, aber je mehr eine Frau über das Wunder der Geburt und des Lebens weiß, desto besser wird sie ihre Arbeit tun können – zuweilen sogar besser als ein Arzt.« O ja, Helene hatte damals viel über ihren Beruf zu erzählen. Sie sprach

eifrig und immer nur auf Deutsch und spürte selbst, wie ihre Wangen sich dabei röteten. Dieses Wissen um die Aufgabe, die Lara eines Tages übernehmen würde, war etwas Großes, das sie an ihre Tochter weitergeben konnte, ein Erbe sozusagen. Sonst war ja nicht viel da zum Vererben.
Zunächst hörte Lara zu, wenn Helene über ihren und den Beruf ihrer Vorfahrinnen berichtete. Später machte sie ein gelangweiltes Gesicht und brachte ihre Mutter mit seltsam starren Blicken aus der Fassung. Dann, da war sie fast zwölf Jahre alt und hatte gerade die Zulassung für die höhere Schule bekommen, sagte sie auf einmal auf Russisch: »Ich will keine von diesen Wölfinnen sein, von denen du mir immer erzählst. Und ich will auch nicht Hebamme werden. Ich will eine Sibirierin sein wie die anderen Kinder in Nowgoje.« Und trotzig fügte sie hinzu: »Ich will auch nicht mehr in dieser komischen Sprache mit dir reden, die sowieso niemand versteht, sondern so wie alle Leute hier im Dorf sprechen.«

Auch diese Erinnerung will Helene nun mit Dunkelheit überschwemmen. Abrupt steht sie wieder auf. Die Holzdielen, die sie fast weiß geschrubbt hatte, bevor sie Nowgoje verließ, und über die sich die Zeit als grau-bunt-fleckiger Schimmer gelegt hat, knarren unter ihren Füßen, als sie durch die Wohnküche in die Schlafkammer und dort zur Kommode geht, ohne zu überlegen. Hastig zieht sie eine der Schubladen auf. In diese Schublade hat sie am Vorabend ihr Schreibmaterial geräumt, Briefpapier, einen Spiralblock und Kugelschreiber. Viele Kugelschreiber. Sie nimmt einen nach dem anderen in die Hand und betrachtet ihn. Die meisten Stifte aus ihrer Sammlung hat sie noch nie benutzt, sie weiß nicht einmal, ob die verschiedenen Minen noch funktionieren. In New York und auch in Wien hat sie für ihre Übersetzungen einen Computer zur Verfügung gehabt. Früher, sehr viel früher hat sie manchmal etwas mit der Hand geschrieben, mit Kreide, mit einem Bleistift. Kleine, immer wieder ausradierte Geschichten schrieb sie dann in Nowgoje mit Bleistift auf Papierfetzen, denn Kugelschreiber kannte man in den Dörfern Sibiriens damals noch nicht, und auch leeres weißes Schreibpapier war wie vieles andere, zum Beispiel Nylonhemden oder Seidenstrümpfe, eine Kostbarkeit.

Sie legt den Stift zurück und schließt die Schublade, dann geht sie in die Wohnküche und setzt sich wieder auf die Ofenbank, den Rücken fest an die Kacheln gelehnt, die endlich warm sind. Wieder öffnet sie den Verschluss des Medizinbeutels, in den sie beim Morgengrauen Laras Schreibhefte zurückgelegt hat. Beim Durchblättern hat sie, bevor sie das Heft mit Lisbeths Geschichte entdeckte, viele leere Seiten bemerkt. In manchen Heften sind nur die ersten drei, vier Seiten beschrieben. Hier in Nowgoje bekommt leeres Papier für Helene auf einmal wieder die Bedeutung früherer Jahre. Welch eine Verschwendung, denkt sie, während sie den Heftstapel aus der Tasche nimmt, ein bestimmtes heraussucht und die anderen beiseite legt. Eine Weile bleibt sie so sitzen, das Heft mit der Geschichte von Ilsa und ihrer Schwester Hanna auf den Knien, während sich ihr Rücken langsam erwärmt und ihre Muskeln sich zu entspannen beginnen.

Nach einer Weile fängt sie an zu lesen.

IV

Ilsa

(um 1715)

Es ist wenig, was die siebzehnjährige Ilsa Wolf an ihre tote Mutter Lisbeth erinnert. Da ist natürlich Hanna, Ilsas um anderthalb Jahre jüngere Schwester. Weitaus bedeutender sind für sie jedoch die alte, stets ein wenig zu schwere Instrumententasche und die schon verblassende Abschrift eines Textes aus dem wissenschaftlichen Buch über Geburtsheilkunde, das vor fast hundert Jahren von einer französischen Hebamme verfasst wurde. Ebenso wichtig ist ein abgegriffenes Heft, in dem Ilsas Mutter alles das, was sie von ihrer Großmutter gelernt, gehört und bei den gemeinsamen Krankenbesuchen erfahren hatte, aufgeschrieben und mit etwas unbeholfenen, aber durchaus erklärlichen Zeichnungen illustriert hatte. An Hedwiga, die ihre Mutter Großmutter genannt hatte, kann sich Ilsa nicht mehr erinnern, denn sie war gestorben, als Ilsa noch ganz klein war. Da aber Lisbeth immer wieder von ihrer Kindheit und Jugend bei der Wölfin, wie Hedwiga im Dorf im Samland genannt worden war, gesprochen hatte, ist die alte Heilkundige und Hebamme irgendwie noch immer lebendig für Ilsa und sogar ein Teil ihres eigenen Lebens geworden. Manchmal, wenn sie bei einer schwierigen Geburt helfen muss, redet sie in Gedanken mit der Alten und fragt sie um Rat. Und sie wundert sich nicht, wenn sie, von wo auch immer, Antworten auf ihre Fragen zu hören bekommt.

Vor allem die Geschichte von den Wölfen, die Hedwiga zu dem ausgesetzten Kind geführt hatten, fasziniert Ilsa. Auch dass ihre Mutter eine Wölfin zähmen konnte, beschäftigt sie. Sie selbst hat noch nie einen Wolf gesehen, denn sie lebt seit ihrem vierten Lebensjahr in der Stadt und bewegt sich auf ihren täglichen Wegen zu Schwangeren, Gebärenden oder Wöchnerinnen und Kranken meistens nur im Bereich der düsteren Gassen der Altstadt von Königsberg. Selten wird sie nach Kneiphof, dem wohlhabenden Viertel der Kaufleute und Händler, oder gar in einen Seitenflügel des königlichen Schlosses gerufen. Auch bis zum Tod ihrer Mutter vor nun fast zehn Jahren war das nicht anders. Und schon als Vierjährige begleitete Ilsa sie, um von ihr so viel wie möglich über die Anatomie des weiblichen Körpers und alle Facetten der Geburtshilfe zu lernen. Denn Ilsa wollte unbedingt Hebamme werden, und das vor allem deshalb, um einmal diese Tasche zu bekommen. Manchmal fuhr sie heimlich mit den Fingerspitzen über das vom Fett glänzende Außenleder; sie mochte es, die Laschen ganz langsam aus den Schlaufen zu ziehen, damit die Tasche sich ganz von selbst öffnete und ihre Geheimnisse darbot. Sie liebte es auch, wenn ihre Mutter ihr aus dem Text der französischen Hebamme vorlas; ganze Absätze konnte sie schon damals auswendig.

»Wirst eine gute Hebamme werden, wie die alte Hedwiga und ich«, sagte Lisbeth manchmal, wenn Ilsa mit kundiger Kinderhand den aufgetriebenen Leib einer Schwangeren nach der Lage des Kindes abtastete oder einer jungen Wöchnerin zeigte, wie sie ihren Säugling beim Stillen halten musste, damit er richtig trinken konnte. Dann strich sie mit ihrer Hand über das gelockte Blondhaar ihrer ältesten Tochter, das dem ihren so ähnlich war.

»Nimm du Hedwigas Tasche, Ilsa … nimm … halte sie gut fest!«, rief Lisbeth mit letzter Kraft, als sie sterbend im Gossendreck lag, zermalmt vom Rad eines schweren Pferdefuhrwerks. Und Ilsa griff nach der beim Unfall, verursacht von scheuenden Pferden, fortgeschleuderten Tasche, nach der schon jemand anders seine Hand ausgestreckt hatte. Sie starrte in das blutverschmierte Gesicht ihrer Mutter, deren Lippen sich zu einem seltsam verstörenden Lächeln verzogen, und umklammerte dabei die Tasche mit beiden Armen, drückte sie fest an ihren Körper, denn die Tasche war noch immer viel zu groß für sie, obwohl Ilsa schon sieben Jahre alt war. Sie hatte keine Hand frei, um die anderthalb Jahre jüngere Hanna festzuhalten, als ihre Mutter mit schwacher Stimme sagte: »Gib gut auf deine Schwester Acht.«
Wenn Ilsa sich an diesen Schreckenstag erinnert, dann sieht sie manchmal noch das gleichzeitig beängstigende wie berührende Lächeln auf dem ausgezehrten Gesicht ihrer toten Mutter vor sich, das die scharfen Linien weich und seltsam zart gemacht hatte wie nie zuvor. Denn das Leben hatte Lisbeth ziemlich gebeutelt, und das Lachen war ihr schon früh vergangen. Mehr als einmal hatte sie nachdenklich gesagt: »Wären wir doch bloß im Samland geblieben.« Doch auch dort hätten sie nach dem Tod der alten Hedwiga nicht länger bleiben können. »Die Menschen dort sind abergläubisch, das ist kein Ort für Wölfinnen wie uns«, hatte sie Ilsa erklärt.
Also hatte Lisbeth eines Tages ihre Kinder und die Hebammentasche mit all ihrem Inhalt sowie den Beutel mit den klimpernden Münzen, die Hedwiga ihr vererbt hatte, genommen, hatte die kleine Hütte, in der sie zumindest ein paar glückliche und sorglose Kinder- und Jugendjahre ver-

lebt hatte, sorgsam versperrt und war mit ihren Töchtern Ilsa und Hanna auf den Karren eines Bauern aus der Umgebung gestiegen, der zum Markttag nach Königsberg fuhr. Einen Tag und eine Nacht hatten sie zwischen Säcken mit Kartoffeln, süßen Karotten, saftigen Zwiebeln und Körben mit duftenden Brotlaiben, Käserädern und Eiern verbracht, als sie im Morgengrauen des zweiten Tages endlich durch das Osttor der Altstadt rumpelten und schon von weitem die mächtigen Mauern des weitläufig angelegten Schlosses auf der anderen Seite des Pregelflusses sahen. Sie bewunderten den nach oben spitz auslaufenden Turm des Doms und die Türme anderer Kirchen, passierten unheimlich wirkende Gebäude wie das Königliche Waisenhaus und das Gefängnis, ohne zu ahnen, dass diese einmal ihr Leben mitprägen sollten, und tauchten schließlich in die stinkende, enge Düsternis der Nebengassen ein, in denen Haus an Haus stand und sich das Leben auch heute noch auf dunkle und feuchte, von Ratten und Ungeziefer verseuchte Kellerräume, auf verdreckte Hinterhöfe, Torbögen voller Schatten, Küchen, in denen es immer nach Kohl und Rüben riecht, und stickigen Stuben, in denen sich viele Menschen zusammendrängen, zu konzentrieren scheint.
In einem dieser Kellerlöcher hatte Lisbeth, die sich nun wieder Wolf nannte, endlich eine Bleibe für sich und ihre Kinder gefunden. Der Schimmel überzog die Wände als dicke, schwammige Schicht, das einzige Fenster war ein Loch, das man bei schlechtem Wetter mit Sackleinen verhängte, und das Wasser zum Waschen und Kochen musste von einem entfernten Brunnen geholt werden. Lisbeth säuberte den Raum, so gut es eben ging. Sie kratzte den Schimmel wieder und wieder von den Wänden und achtete darauf, dass Ilsa

und Hanna einigermaßen trockenes Stroh auf ihrem gemeinsamen Lager hatten und zumindest eine Mahlzeit am Tag bekamen. Es war eine schlimme Zeit so kurz nach der Krönung von Friedrich III. zum König. Zur gnadenlosen Steuereintreibung und Ausbeutung der Bevölkerung Preußens kamen katastrophale Seuchen wie Hungertyphus und die Pest, die vor allem in den ländlichen Gebieten wüteten, aber auch in den Städten viele Menschen hinrafften.

Lisbeth Wolf war im Frühjahr 1707 getötet und auf dem Armenfriedhof am Stadtrand begraben worden. Weil sich keine Familienangehörige gefunden hatten, denen man die beiden Waisen Ilsa und Hanna übergeben konnte, kamen die Schwestern in das vom preußischen König aus Prestigegründen geförderte Waisenhaus in der Nähe des Schlosses, das von Nonnen geführt wurde. Obwohl Ilsa weinte und Hedwigas Tasche mit beiden Armen an sich drückte, nahm man sie ihr weg. In den folgenden sechs Jahren lernte Ilsa hinter den gewaltigen Mauern des düsteren Gebäudes nähen und sticken, sie flocht Körbe aus Weidenzweigen und Matten aus Stroh, sie half in der Küche und in der Wäscherei und schrubbte wie alle anderen Mädchen den Steinfußboden der großen Halle, in der gegessen und gebetet wurde. Als eine der Nonnen, die das Krankenzimmer leitete, herausfand, dass Ilsa nicht nur ein wenig lesen und schreiben konnte, sondern sich auch bei der Behandlung von Verletzungen äußerst geschickt anstellte und mit erstaunlicher Kenntnis Arzneien mischte, durfte sie bald auf der Krankenstation mithelfen. Als sie vierzehn Jahre alt war, begleitete Ilsa schließlich eine der Nonnen, die sich auf Frauenheilkunde und Geburtshilfe verstand und manchmal ins Schloss gerufen wurde, auf ihren Gängen. Schließlich nahm

sie all ihren Mut zusammen und bat die Schwester Oberin, die die wenigen Habseligkeiten der beiden Mädchen bis zu ihrer Entlassung aus dem Waisenhaus aufbewahrte, um die Tasche ihrer verstorbenen Mutter.
»Du bekommst die Tasche, wenn du sechzehn Jahre alt bist, mein Kind«, wehrte die Oberin Ilsas Bitte ab.
»Aber ich brauche sie jetzt«, beharrte das Mädchen. »Ich kenne mich mit den Gerätschaften aus. Meine Mutter hat mir schon früh gezeigt, wie ich damit umgehen muss. Ich werde als Hebamme arbeiten, wenn meine Schwester Hanna und ich das Waisenhaus verlassen können.«
Weil die Nonnen, denen Ilsa im Krankenzimmer zur Hand ging, für sie sprachen, durfte sie Hedwigas Tasche mitnehmen, wenn eine von ihnen wieder ins Schloss gerufen wurde.

Seit zwei Jahren leben die Schwestern nun in einer Wohnstube mit angrenzender Schlafkammer unter dem Dach eines spitzgiebligen Hauses in der Nähe des Hafens. Die Miete, so gering sie auch ist, kann Ilsa manchmal nur mit Mühe aufbringen. Das Gebäude, das sich schmal und hoch zwischen zwei andere, größere schmiegt, ist alt und zugig, Keller und Hof sind wegen der Nähe zum Hafen von Ratten und Ungeziefer bevölkert. Aber von der Dachstube aus kann man die Möwen über dem Pregel kreisen und den prachtvollen Dom auf der Kneiphofinsel sehen oder die Dächer der Altstadt mit ihren roten oder buntfleckigen Schindeln.
Nur Hanna jammert tagtäglich über ihr armseliges Leben, obwohl sie doch viele Stunden am Tag in der warmen Stube der Witwe im Erdgeschoss verbringt. In diesem Herbst hus-

tet sie manchmal, dann hält sie sich anmutig ein Tüchlein vor den Mund, das sie sofort auf eventuelle Blutspuren untersucht.

»Du hast weder die Schwindsucht noch eine andere schlimme Krankheit«, sagt Ilsa zu ihr mit jener Gelassenheit, die sie sich in den fünf Jahren im Waisenhaus und danach im täglichen Umgang mit Fehl- und Missgeburten, Steißlagen und Kaiserschnitten, verblutenden Müttern und schwangeren Kindern angewöhnt hat. Es ist ein elendiges Leben, das sich ihr tagtäglich präsentiert und wo der Tod in jeder Ecke einer Kammer, in jeder Ritze einer Lagerstatt hocken kann. Ilsa hilft, wo es ihr möglich ist. Sie ist unermüdlich unterwegs. In den Wehenpausen der Gebärenden kocht sie dünne Kohlsuppen für die bereits vorhandenen Kinder in einem Kellerloch, sie desinfiziert Rattenbisse und andere Verletzungen, pult verkrustete Haut von Säuglingsköpfen und Säuglingshintern und flickt die von zahllosen Geburten oder gewalttätigen Männern malträtierten Leiber der Frauen, so gut es geht, wieder zusammen, um vielleicht einen Kanten Brot, einen Salzhering oder einen schon abgekochten Knochen dafür zu bekommen.

»Du solltest an die Luft gehen und dir endlich eine Arbeit in einer Spinn- oder Nähstube suchen, Hanna. Dann wärst du nicht mehr so bleich und auch diesen Husten bald wieder los.« Ilsa streicht sich die unter ihrem Kopftuch hervorgerutschten hellen Locken aus der Stirn. Unter der äußerlichen Ruhe ist sie gereizter Stimmung, weil sie müde ist, unendlich müde nach einer durchwachten Nacht am Lager einer älteren und schwer Gebärenden. Im Morgengrauen, als die Kräfte der Frau und Ilsas Hilfe nicht mehr ausreichten, um das Kind endlich in die Welt zu entlassen, hatte Ilsa Franz

Hutter, den für das Armenviertel zuständigen Arzt, holen lassen. Mit ihm arbeitet sie manchmal zusammen, und sie ahnt schon lange, dass er nicht nur ihre Arbeit als Hebamme schätzt. Manchmal, wenn ihre Hände sich wie zufällig berühren oder ihre Augen sich über dem Leib einer Patientin in stillem Einvernehmen treffen, durchströmt Ilsa eine sonderbare Wärme. Doch das ist das einzige Gefühl, das sie zulässt, denn für Träume hat sie angesichts des Elends keine Zeit und keinen Sinn.

Nur im Umgang mit Hanna ist Ilsa meistens ebenso machtlos, wie ihre Mutter es war.

„Gib auf deine Schwester Acht«, hat sie damals, als der Tod schon nach ihr griff, noch geflüstert. Und Ilsa gibt auch heute noch auf Hanna Acht, die nun sechzehn Jahre alt und zart und zerbrechlich ist und die für keine Arbeit, nicht einmal das Nähen und Sticken, zu taugen scheint. Sie macht sich Sorgen, weil ihre Schwester oft hustet und so blass ist wie ein Leinentuch. Und nicht selten verzichtet sie auf einen Kanten Brot und ein Stück Käse, nur damit Hanna genug bekommt.

Doch manchmal, wie an diesem Morgen, reagiert Ilsa unerwartet schroff auf Hannas ewige Jammerei und Nörgelei. Ihre Gereiztheit wächst, als sie das ungewaschene Kochgeschirr auf dem Herd und den Haufen schmutziger Wäsche im Korb daneben entdeckt.

»Du tust den ganzen Tag nichts«, murrt sie. »Du hättest wenigstens das Geschirr abwaschen können.« Ärgerlich kratzt sie den eingetrockneten Rest einer Suppe vom Topfboden. Hanna stellt sich neben sie und sieht ihr dabei zu.

»Ich bin schwanger«, sagt sie plötzlich. »Du musst mir das Kind wegmachen.«

Was sie erzählt, zuerst stockend, dann so schnell, dass Ilsa Mühe hat, sie zu verstehen, gleicht dem, was sie schon oft gehört hat. Irgendwer, ein betrunkener Nachbar, Bruder oder Vater, ein Student aus gutem Haus vielleicht, einer der festen Soldaten des Königs, ein Reisender, der in den Nebenstraßen der Stadt ein Abenteuer suchte, oder ein anderer, der so jung, so arm, so verlassen, so wärmebedürftig war, dass man sich seiner einfach erbarmen musste, ist die Ursache neuen Elends. Manchmal ist auch ein Gefühl mit im Spiel, wie manche der Frauen und Mädchen, plötzlich seltsam entrückt, erzählen, ein sonderbares Flattern im Bauch und Leere im Kopf, ein Sehnen, ein Zwang, ein wunderschöner eben, die Beine breit zu machen, ohne auch nur einmal an die möglichen Folgen zu denken. Und doch ist Ilsa jetzt zunächst sprachlos. Dass dies auch ihrer Schwester passieren kann, hat sie nie gedacht.

»Wer war es?«

Hanna hebt die schmalen Schultern.

»Wer war es?«

»Wer, wer! Das ist doch gleich, oder?«

Mit ihrer vom Abwasch feuchten Hand umklammert Ilsa den Arm ihrer Schwester.

»Sag es mir! Ich werde dafür sorgen, dass dieser Mistkerl dich heiratet!« Hannas verschleierter Blick irrt durch den Raum.

»Ich kann es nicht sagen.«

»Wer?«

In ihr Schweigen klingt das mächtige Dröhnen der Domglocken, mit dem die katholischen Gläubigen zum Morgengebet gerufen werden.

»Franz«, sagt Hanna mit weinerlicher Stimme. »Dein

Freund. Der junge Doktor mit den schönen, den feinen Händen.«

»Franz Hutter?« Ilsa lässt den Arm ihrer Schwester los. Ungläubig, fassungslos wiederholt sie den Namen: »Franz Hutter.« Dann sagt sie: »Du lügst.« Sie verstummt, erschüttert, weil ihr plötzlich bewusst wird, dass sie den Mann, der dieses sonderbare Wärmegefühl in ihr erzeugt hat, eigentlich gar nicht kennt. Dass sie sich geirrt hat, wenn sie das Aufleuchten seiner Augen hinter der Nickelbrille, sein freundliches Lächeln, das sein ein wenig zu rundes Gesicht noch runder machte, auf sich bezog.

»Du musst mir helfen, ich will das Kind nicht.«

»Ich treibe kein Kind ab.«

Aber sie hat es bereits gemacht, viele Male schon, um Frauen und vor allem Mädchen, die noch Kinder sind, von ihrer Last zu befreien, ein weiteres Kind oder ein Kind der Sünde in die Welt zu setzen und nicht zu wissen, was sie damit anfangen sollen, außer es zu lieben, es wegzugeben oder gar zu töten. Und sie wird es auch weiterhin tun, wenn die Frauen an die Tür der Dachkammer klopfen.

»Du wirst es tun müssen«, unterbricht Hannas Stimme ihre Gedanken. »Denn wenn du es nicht tust, dann erzähle ich dem Herrn Pfarrer und auch deinem Herrn Doktor, was du treibst.«

Schweigend blickt Ilsa in das ihr zugewandte Gesicht, das sogar bei diesen harten Worten noch so kindlich aussieht, so harmlos, so ängstlich und Trost suchend, dass sie ihre Hände heben und diese Knöchelchen zärtlich umfassen und sagen will: Du armes Kind, du armes, was hat man dir nur angetan. Doch dann wird ihr bewusst, was Hanna gesagt hat, und ihre Hände hängen wie Blei an ihrem Körper her-

unter. Sie ist nicht besonders religiös, aber sie fürchtet die Hölle wie alle anderen Menschen auch.
»Das kannst du nicht, ich bin doch deine Schwester«, flüstert sie mit zitternden Lippen. Ihr Blick streift über den leicht, ganz leicht gewölbten Leib unter dem blauen Kleidchen. »Spürst du das Kind schon in dir?«
»Ja, manchmal.«
»Und trotzdem willst du …?«
»Ja.«
Ilsa atmet flach.
»Ich werde mit Franz Hutter reden. Er wird dich heiraten.«
»Ihn heiraten?« Hanna lacht hysterisch. »Diesen Arme-Leute-Doktor, der nie genug Geld heimbringen wird, um seine Familie ordentlich ernähren und kleiden zu können? Und der von seiner künftigen Frau auch noch erwarten wird, dass sie schmutziges Verbandszeug auskocht und ihm bei seinen Krankenbesuchen zur Hand geht?« Sie schüttelt sich vor Ekel. »Nein, nie werde ich das tun!«
»Es ist auch sein Kind.«
Hanna starrt sie unverwandt an, dann schlägt sie die Augen nieder.
»Vielleicht. Vielleicht nicht. Ich bin mir nicht sicher.«
Ilsa packt ihre Schwester an beiden Armen, so fest, dass sie die zarten Knochen unter dem Fleisch fühlt.
»Bist du etwa auf die Straße gegangen wie eine Hure?«
Hanna entwindet sich ihrem Griff, dreht sich vor ihr, fasst dabei mit kokett wirkender Geste nach dem Rocksaum und entblößt ihre schlanken Beine. Dann bleibt sie dicht vor Ilsa stehen. Ihr Atem streift deren Gesicht, er ist rein und süß wie der eines Kindes.

»Ich bin anders als du. Du bestehst nur aus Eis. An dir erfriert jeder Mann.« Und als hätte sie noch nicht genug angerichtet, fügt sie entschlossen hinzu: »Ich werde alles tun, um aus diesem elendigen Loch und aus dieser Stadt herauszukommen. Und wenn du mir nicht hilfst, dann …« Mit einem einzigen Schritt ist sie am Eisenherd, in dem ein Feuerchen flackert, und hält über die Flammen ein paar lose Papiere, die sie hinter ihrem Rücken versteckt hatte. »Dann werde ich dafür sorgen, dass du das hier nie wieder, hörst du, nie wieder in die Hand nehmen kannst!«

Schon leckt das Feuer am Papier, sengt die ersten Buchstaben an, die Wörter »Hebammen Buch / Darinn von …« beginnen sich zu bräunen, zu kräuseln, und Ilsa starrt fassungslos darauf und dann in Hannas verzerrtes Gesicht, wird gebannt vom Hass, von der Wut in ihren Augen.

»Nein … nicht, bitte nicht«, flüstert sie. »Nicht Hedwigas …«

Doch da greifen sich die Flammen schon das ganze Blatt, fressen das zweite, das dritte. Hanna lässt sie fallen, lässt alle Blätter ins Feuer fallen, das faucht, das rast, Höllenfeuer, über den eisernen Rand, einen Herzschlag lang, eine Ewigkeit, fällt in sich zusammen, bedeckt von leichten, federleichten schwarzgrauen Flocken. Ilsa hebt die Hand, und Hanna weicht schnell, zu schnell zur Seite aus. Da schlägt ihr Kopf, schlagen ihre zarten, zerbrechlichen Schädelknöchelchen gegen den harten, den scharfkantigen Balken, ein Nagel, ein großer, an den man einen schweren Eisentopf hängen könnte, findet keinen Widerstand, keinen ernsthaften Widerstand, bohrt sich ins Weiche …

Ilsa Wolf wird wegen Mordes an ihrer Schwester zu lebenslangem Kerker verurteilt. Man nimmt ihr das Wenige, das sie besitzt, auch die lederne Tasche mit ihren Instrumenten und das Heft mit den Aufzeichnungen ihrer Mutter. Als Ilsa in eine Zelle des düsteren Gefängnisses von Königsberg geführt wird, die sie mit fünf anderen Frauen teilt, ist sie knapp achtzehn Jahre alt. Hoch über dem festgestampften Boden aus Lehm ist ein Loch in der meterdicken Mauer, mit einem Gitter davor. Manchmal, ganz selten, ist das Stückchen Himmel, nicht viel größer als ein Seifenstück, in dem Loch von strahlender Bläue. Meistens bleibt es so lichtlos, dass die Gesichter der anderen Frauen in der Zelle nur bleiche Schatten sind.

»Warum hast du deine Schwester getötet?«, will eine von ihnen wissen.

»Es war ein Unglück, ein Unfall«, antwortet Ilsa mit jener teilnahmslosen Stimme, mit der sie auch vor den Polizisten und später vor dem Richter diese Frage beantwortet hat.

»Das sagt fast jede von uns«, meint die andere Frau. »Was soll man denn sonst sagen? Dass es immer besondere Umstände waren, die uns ein Messer, einen Hammer oder sonst etwas in die Hand nehmen und zustechen oder zuschlagen ließen, interessiert doch niemanden. Keine von uns bringt einen anderen ohne Grund um. Aber ist einer tot, muss der, der ihn umgebracht hat, dafür bezahlen.« Sie lacht grell. »Und so was nennt sich dann Gerechtigkeit.«

Ein paar Wochen nach ihrer Verurteilung wird Ilsa eines Morgens von einer der Aufseherinnen aus der Werkstatt gerufen und in das Büro des Zuchthausleiters geführt. Der Mann sitzt an einem großen, klobig wirkenden Schreibtisch und liest in einem Schriftstück. Ilsa, verängstigt, weil sie nicht weiß, warum man sie rufen ließ, bleibt an der Tür stehen und mustert ihn verstohlen. Er ist ein kräftiger Mann mit breiten Schultern, die seine saubere Uniformjacke fast sprengen. Der Stuhl unter ihm knarrt bei jeder Bewegung. Sein dichter, von erstem Grau durchzogener Bart und auch das Haupthaar sind ordentlich gestutzt, die Brauen gleichen dicken, buschigen Strichen, die sich über seiner Nasenwurzel treffen. Sein Blick, der sich nun unerwartet auf Ilsa richtet, dass sie erschrocken den Atem anhält, ist prüfend. Der Mann deutet mit seiner Hand auf den Stuhl, der vor dem Schreibtisch steht.

»Du hast als Hebamme im Armenviertel gearbeitet, nicht wahr?«

»Ja, Herr.«

Er bückt sich zur Seite, hebt etwas Schweres hoch und stellt dann Hedwigas Tasche auf die Schreibtischplatte.

»Hat diese Tasche dir gehört?«

»Ja, Herr, sie gehört mir.«

Er erhebt sich von seinem Stuhl, kommt um den Tisch herum und bleibt dicht vor ihr stehen. Sie spürt seine kräftigen Finger an ihrem Kinn. Er hebt ihren Kopf, damit sie ihn ansehen muss.

»Wem hast du sie gestohlen?«

Ilsa erwidert seinen durchdringenden Blick ruhig.

»Ich habe sie nicht gestohlen.«

»Dann erzähl mir, wer sie dir gegeben hat«, fordert er sie auf. Der Ton seiner Stimme ist kühl, aber nicht unfreundlich, und in seinem Gesicht ist etwas, sie weiß nicht was, das ihr seltsam vertraut vorkommt und das ihr Tränen in die Augen treibt. Die Starre, die ihr Inneres in dem Moment überfallen hat, in dem ihre Schwester Hanna starb, wird zum ersten Mal etwas brüchig. Ihre Hände fangen an zu zittern. Sie verkrampft sie in ihrem Schoß.

»Meine Mutter gab sie mir. Sie war eine Heilkundige und Hebamme, wie ich eine bin.«
»War?«
»Sie wurde von einem Fuhrwerk überfahren und getötet, da waren meine Schwester und ich noch Kinder, Herr.«
»Wer hat dich zur Hebamme ausgebildet?«, fragt er, als sie, plötzlich überwältigt von Erinnerungen, verstummt. Er lässt ihr Kinn wieder los.
»Meine Mutter hat mich vieles gelehrt. Alles andere, was ich für meinen Beruf brauchte, habe ich später im Waisenhaus gelernt.«
»Woher stammt deine Familie?«
»Aus einem Dorf nahe der Küste im Samland. Mein Vater war Schmied im Dienst des Fürsten Monte. Wir verließen das Dorf kurz nach seinem Tod.«
Er nickt zustimmend, als würde er ihre Geschichte und sogar den Namen des Dorfes kennen. Dann schiebt er ihr die Tasche zu.
»Sieh nach, ob etwas fehlt.«
Ihre Hände zittern, als sie den Griff umfasst und das abgeschabte Schloss öffnet. Der vertraute Geruch nach Minze, Kamille, Rosmarin und Thymian und anderen Heilkräutern steigt ihr in die Nase. Mit geschlossenen Augen tasten ihre Finger die Instrumente in den Laschen an den Seitenwänden der Tasche ab, überprüfen dann Beutel, Tiegel und Flaschen auf dem geräumigen Boden.
»Es fehlt nichts, Herr.«
»Gut.« Er legt seine Hände auf den Rücken und geht ein paar Schritte auf und ab. »Hast du nur im Armenviertel der Altstadt gearbeitet?«, fragt er plötzlich.
Ilsa denkt daran, dass ihre Mutter sie stets dazu angehalten

hatte, die Wahrheit zu sagen. Also antwortet sie: »Manchmal haben mich auch Frauen aus den besseren Häusern rufen lassen, damit ich ihnen bei einer Geburt oder … oder bei Schwierigkeiten helfe.«

Er dreht sich um und lässt seinen intensiven Blick wieder auf ihrem Gesicht ruhen. Bevor sie den ihren senkt, fällt ihr auf, dass seine Augen von warmem Braun sind.

»Es geht mich nichts an, was du dort getan hast. Das musst du mit dir selbst oder mit deinem Herrgott ausmachen.« Er beugt sich etwas vor. »Du heißt Ilsa Wolf?«

Da seine Worte nicht unbedingt wie eine Frage klingen, schweigt sie lieber.

»Meine Leute leben in Cranz, nahe der Kurischen Nehrung«, erzählt er nach einer Weile. »Als Junge habe ich eine Zeit lang auf dem Hof des Fürsten Monte gearbeitet, bevor ich in die Stadt ging. Dort sah ich öfter eine alte Frau, die man Wölfin nannte und die eine Heilkundige war.« Das war Hedwiga, die Großmutter meiner Mutter, will Ilsa sagen, doch der Mann redet schon weiter, bevor sie überhaupt den Mund geöffnet hat. »Eine meiner jüngeren Schwestern hat vor ein paar Jahren nach Königsberg-Kneiphof geheiratet. Bald darauf hat ihr Mann sie verlassen. Ich war vor einem Jahr bei ihr, als das jüngste ihrer Kinder geboren wurde – ein Mädchen.« Ilsa sieht ihn schweigend an. Sie hat in den vergangenen Jahren viele Samländerinnen, die voller Hoffnungen und Illusionen nach Königsberg kamen und hier gestrandet sind, getroffen. »Sie war schon lungenkrank, bevor sie heiratete«, redet er weiter, ohne den Blick von ihr zu nehmen. »Sie hätte nie Kinder haben dürfen. Ohne die Hilfe der Hebamme, die mit Nachnamen so hieß wie du, wäre sie wohl bei der Geburt ihres letzten Kindes gestorben.« Er macht eine Pause, dann fährt er fort: »Ich habe jener Hebamme damals nicht sagen können, wie dankbar ich für ihre Hilfe war. Das möchte ich jetzt nachholen – falls du diese Hebamme bist.« Einen Herzschlag lang lächelt er sie erwartungsvoll an, dann wird sein Gesicht wieder ernst.

Ilsa zögert. Sie kann sich nicht an diese Geburt erinnern. Sie hat viele Frauen behandelt, die aus gesundheitlichen Gründen keine Kinder haben sollten und sie trotzdem bekamen.

»Ich hoffe, Ihrer Schwester und ihrem Kind geht es gut, Herr«, sagt sie leise.

»Ja, ich denke schon. Sie ist mit ihren Kindern ins Samland zurückgekehrt.« Er setzt sich wieder hinter seinen Schreibtisch und blättert in einigen Papieren. Abermals verschönt dieses flüchtige Lächeln sein Gesicht. »Nun, auch wenn du mir nicht antworten willst, nehme ich an, dass du die Hebamme warst, Ilsa Wolf. Schließlich gibt es nicht viele bekannte Geburtshelferinnen in der Altstadt und keine andere mit diesem Namen.« Er winkt ab, als sie etwas sagen will. »Nun gut. Wir haben hier im Haus einige schwangere Frauen, die schon bald die Hilfe einer Hebamme brauchen werden. Es wäre für alle Beteiligten am einfachsten, wenn du diese Aufgabe übernehmen würdest, Ilsa.«

Ihre Hände fangen wieder an zu zittern. Ungläubig starrt sie ihn an, bevor sie »Ja« sagen kann.

Wieder lächelt er und entlässt sie dann mit einer Handbewegung. Als sie schon in der Tür ist, sagt er: »Du kannst dir deine Tasche hier in meinem Büro holen, wenn du zu einer der Frauen gerufen wirst.«

Schon ein paar Tage nach dem Gespräch mit dem Anstaltsleiter hat Ilsa eine schwangere Zuchthäuslerin zu untersuchen. Andere folgen. Und immer wird sie von einer Wärterin in das Büro geführt, wo ihr die Tasche der alten Hedwiga übergeben wird, die sie später dort wieder abliefert. Oft sitzt der Mann an seinem Schreibtisch, in Schriftstücke vertieft oder mit einer anderen Angelegenheit beschäftigt. Einmal steht er vor ihr, den Rücken ihr zugewandt und über etwas auf dem Tisch gebeugt. Einen Moment lang betrachtet sie das Stück Nacken zwischen Haar und Hemdrand. Sie möchte es berühren. Es ist lange her, dass sie etwas berührt hat, das weich und warm ist und sauber aussieht.
Manchmal ist der Raum leer, der Schreibtisch wirkt sonderbar aufgeräumt und unberührt, und Ilsa spürt mit Verwundern Enttäuschung in sich aufsteigen.
So vergeht die Zeit.
»Ich habe dir einen Vorschlag zu machen, Ilsa Wolf«, sagt der Mann eines Tages zu ihr, als sie ihre Tasche in sein Büro zurückbringt. »Meine Frau ist vor einem Jahr gestorben. Wir hatten keine Kinder. Ich brauche jemanden, der mein Haus sauber hält, für mich kocht und meine Wäsche richtet. Ein paar Stunden am Tag werden reichen, denke ich.« Er lächelt sie an, es ist ein zögerndes Lächeln, das in seinen Augen beginnt, sein breites Gesicht in Falten legt und sofort wieder verschwindet. »Wenn du zustimmst, kannst du gleich heute beginnen. In meinem Haus ist viel liegen geblieben.«
Ilsa sieht auf ihre Hände und horcht dem Klang seiner Stimme nach. Es ist eine dunkle, ruhige Stimme, ohne falschen Nebenton und ohne die Verachtung und Feindseligkeit oder die Gier, die sie während ihrer Arbeit im Armenviertel oft aus den Stimmen anderer Männer herausgehört hat. Sie be-

trachtet ihre Hände mit den rissigen, wunden Fingerspitzen und den abgebrochenen Nägeln, die schon unzählige Kinder ins Leben geholt und gelernt haben, die Wolle von Schafen zu dünnen Fäden zu drehen. Sie vertraut ihren Händen. Sie fürchtet weder Schmutz noch Blut oder andere Körperausscheidungen. Also, denkt Ilsa entschlossen, also werde ich mit diesen Händen auch das Haus dieses Mannes putzen können.

»Ja, ich werde für Sie sorgen, wenn Sie das wünschen, Herr.«

»Eine gute Entscheidung.« Er beugt sich wieder über seine Schriftstücke.

Und so geht sie nun an jedem Morgen über den weitläufigen Hof der Gefängnisanlage zu dem unscheinbaren grauen Haus mit den schmalen Fenstern und der schweren Holztür hinüber, das sich mit dem Rücken an die hohe Außenmauer lehnt. Sie fegt und wischt und scheuert, wo es etwas zu fegen, zu wischen und zu scheuern gibt. Sie wäscht die Kleidung des Mannes und flickt und stopft. Sie bereitet ihm sein Essen aus den vorhandenen Nahrungsmitteln zu und setzt es ihm vor, wenn er beim Mittagsläuten des Doms für eine Stunde in sein Haus kommt. Und wenn sie mit diesen Arbeiten fertig ist, geht sie wieder über den Hof und zurück in ihre Zelle.

Bis er sie eines Tages vor dem schmalen Bücherregal im Wohnraum überrascht, wo sie beim Staubputzen die Titel auf den ledernen Buchrücken liest und halblaut vor sich hin spricht.

»Wer hat dich lesen gelehrt?«

Sie berichtet ihm stockend und errötend vor Verlegenheit von ihrer Mutter, die ihr etwas lesen und schreiben beigebracht hatte, bevor sie starb.

»Geübt haben wir an der Abschrift aus einem Buch einer französischen Hebamme, die meine Mutter von ihrer Mutter und die wieder von ihrer Großmutter bekommen hatte«, erzählt sie ihm. Bei der Erinnerung an diese Kostbarkeit, an die Flammen, die sie verzehrten, an das schadenfrohe Gelächter ihrer Schwester und an das, was dann folgte, schließt sie für einen Moment die Augen. Doch der Drang, das Gespräch mit diesem Mann nicht abzubrechen, ihn mehr über sich wissen zu lassen, ist stärker als diese Bilder, und so atmet sie tief und sagt dann: »Und später hat mir eine der Nonnen im Waisenhaus ab und zu ein Buch geliehen. Vor allem eines über Kräuterheilkunde, geschrieben von der Benediktinerin Hildegard von Bingen, hat mich sehr interessiert.« Sie blickt schüchtern zu ihm auf. »Wenn ein Text nicht allzu schwer ist, kann ich ihn ganz gut entziffern.«

»Nun«, meint er und zeigt einladend auf die Buchrücken im Regal, »das lässt sich leicht durch mehr Praxis ändern.«

Von nun an scheut sie sich nicht mehr davor, seine Bücher nicht nur mit dem Staubwedel abzuwischen, sondern sie auch in die Hand zu nehmen, in ihnen zu blättern und das Geschriebene zu lesen. Meist handelt es sich um Bücher über Gesetze und Verordnungen, aber auch diese stellt sie nicht gleich wieder zurück ins Regal.

»Wenn du willst und ich Zeit habe, könnte ich dir auch den Umgang mit Zahlen beibringen«, schlägt er ihr eines Tages vor. Also sitzen sie, wenn sie zu Mittag gegessen haben, eine Weile am Tisch in der Küche und addieren und subtrahieren, bis Ilsa der Kopf schwirrt von all den Zahlen.

Und bald ergibt es sich von selbst, dass sie auch am Nachmittag in seinem Haus bleibt und erst bei Einbruch der Dunkelheit in ihre Zelle geht.

Eines Tages kehrt er schon am Vormittag und mit vor Fieber glänzenden Augen wieder heim, schiebt den Bierkrug, den sie ihm hinstellt, beiseite und klagt über heftige Kopf- und Leibschmerzen. Ilsa führt ihn in die Schlafkammer, entkleidet ihn vorsichtig und legt ihm Wadenwickel an, um die Temperatur zu senken. Sie erneuert die Bettwäsche, die er beschmutzt hat, und taucht dann unermüdlich einen sauberen Leinenlappen in eine Schüssel mit kaltem Essigwasser und wischt ihm Gesicht, Hals und Brust damit ab. Immer wieder hält sie ihm einen Becher mit frischem Wasser an die rissig gewordenen Lippen.

»Sie müssen trinken, Herr, viel trinken.«

Einmal hält er ihre Hand fest und murmelt: »Habe ich dir je meinen Vornamen genannt?«

Als sie den Kopf schüttelt, zieht er sie näher zu sich heran. »Wilhelm«, sagt er schwach. »Ich heiße Wilhelm.« Dann lässt er sie wieder los und greift sich an den Kopf. »Was ist nur mit mir?«

Ilsa weiß, dass es keine harmlose Infektion ist. Im Armenviertel der Stadt und auch im Gefängnis gibt es immer wieder Fälle von Typhus, weil das Wasser verschmutzt ist und viele Lebensmittel bereits verdorben sind, wenn sie in die Küchen kommen. Die Abwässer fließen oft noch durch offene Rinnen und Gräben zwischen den Häusern; fast überall wird der Unrat einfach auf die Gasse gekippt. Die Ansteckungsgefahr ist groß. Meist sind alle Familienmitglieder befallen, und der Tod hält reiche Ernte. Ilsa kennt die Anzeichen der Krankheit, an der Wilhelm leidet, nur zu gut. Auch auf seiner Haut zeigen sich bereits die Symptome. Ein Ausschlag mit rosafarbenen Flecken breitet sich auf seinem ganzen Körper aus. Sie hofft darauf, dass ihr Dienstherr dem Typhus mehr entgegenzusetzen hat als viele andere Menschen in der Stadt und vor allem in ländlichen Gebieten, die wegen der gnadenlosen Steuereintreibung des Königs von Hunger und anderen Entbehrungen geschwächt sind.

»Es ist wohl besser, wenn Sie einen Arzt kommen lassen«, wendet Ilsa sich am Abend an eine der Aufseherinnen im Gefängnis. »Der Herr hat Typhus.«

Erschrocken weicht die andere vor ihr zurück. »Komm mir nicht zu nahe!«

Der Arzt, ein älterer Mann, dessen grauer Bart schütter ist und ihm bis auf die Brust reicht, lässt sich von Ilsa den bisherigen Verlauf der Erkrankung und deren Behandlung genau schildern.

»Ja«, sagt er und nickt, als er Wilhelm flüchtig untersucht hat. »Es ist Typhus.« Er kritzelt etwas auf ein Stück Papier und reicht es Ilsa. »Hier, lassen Sie das noch heute aus der Apotheke in der Stadt holen. Am besten wird es sein, wenn Sie selbst gehen. Die Arznei ist nicht billig, und es gibt auch im besten Haus der Stadt Dienstboten, die das Geld nehmen und auf Nimmerwiedersehen verschwinden.«

Ilsa dreht das Papier in ihren Händen.

»Ich kann nicht.« Sie verstummt, hochrot vor Scham.

»Warum nicht?«, fragt der Arzt ungeduldig, während er den Inhalt seiner ledernen Tasche prüft und dann das messingfarbene Schloss zuschnappen lässt. »Sind Sie sich etwa zu gut für Gänge dieser Art?« Er zuckt mit den Schultern. »Dann schicken Sie eben eine Magd, aber schnell.«

»Außer mir gibt es keine Dienstboten«, erklärt Ilsa. »Und ich sorge nur tagsüber dafür, dass in diesem Haus alles ordentlich ist.«

Er blickt sie überrascht an, dann formen seine schmalen Lippen unter dem grauen Bartgekräusel ein »Oh«. Sein Blick gleitet über die Wadenwickel, die Wasserschüssel und anderes, was Ilsa benutzt hat, und bleibt am fiebrig glänzenden Gesicht des Patienten haften.

»Ich verstehe. Sie … du«, korrigiert er sich beiläufig, »du hast einige Kenntnisse in der Krankenpflege, wie ich sehe. Wo und was hast du gearbeitet, bevor du ins Gefängnis kamst?«

»Ich war Hebamme im Armenviertel.«

»Ah ja«, sagt er und nickt mit plötzlich verdrossen wirkender Miene. »Eine von diesen Frauen also. Was war es, wofür man dich verurteilte – ein bisschen Gift für den unerwünschten Ehemann oder eine dieser schmutzigen Abtreibungen, bei der die Frau starb?« Als Ilsa schweigt, wendet er sich zum Gehen. Noch einmal dreht er sich um, als er das Haus verlässt, und betrachtet Ilsa prüfend. »Bist du etwa diese Hebamme, die ihre Schwester ermordet hat? Sie hieß Wolf, wenn ich mich recht erinnere.«

Sie schließt die Tür mit Nachdruck hinter ihm. Als sie sich nach einer Weile zu Wilhelm umdreht, sieht sie ihn sachte lächeln.

»Ich glaube dir, dass du unschuldig bist«, murmelt er. »Und ich werde dafür sorgen …« Er fällt zurück in seinen fiebrigen Schlaf.

Er nähert sich ihr vorsichtig, schüchtern. Einmal, während sie ihm Gesicht und Oberkörper wäscht, berührt er scheinbar unbeabsichtigt ihren nackten Arm, ein anderes Mal ihre Wange. Es dauert eine Weile, bis Ilsa sich dieser Berührungen bewusst wird, und noch länger, bis sie sich ein-

gesteht, dass Wilhelm ihr nicht nur als Kranker, sondern auch als Mann etwas bedeutet.
Einige Monate nach seiner Genesung weiß sie, dass sie schwanger von Wilhelm ist und dass sie dieses Kind in ihren Armen halten will, trotz all ihrer sorgenvollen Gedanken um dessen Zukunft. Die Kinder, die im Gefängnis geboren wurden, werden ihren Müttern nach sechs Wochen weggenommen und entweder zu Familienangehörigen oder aber ins Königliche Waisenhaus gebracht. Ilsa hat keine Mutter, keine Schwester oder andere Verwandte, die sich um ihr Kind kümmern könnten. Nur Wilhelm, denkt sie. Und Wilhelm wird sich um das Kleine kümmern.
Trotzdem zögert sie, ihm von ihrer Schwangerschaft zu erzählen. Erst als sie die ersten Kindsbewegungen spürt, nimmt sie wortlos seine Hand und legt sie auf ihren Leib. Seine Augen, zunächst überrascht, weiten sich im Staunen, im Erkennen und dann vor Freude.
Er lässt einen Pfarrer aus einer lutherischen Kirche im benachbarten Loebenicht kommen, um ihn und Ilsa heimlich zu trauen. Nach der Trauung schreibt Ilsa zum ersten Mal ihren neuen Namen auf ein Stück Papier – Schmied.

Jetzt, bei der Erinnerung an jenen Tag, lächelt sie und legt eine Hand auf ihren gewölbten Leib. Das Kind bewegt sich, ein Flattern, ein sanftes Entlangstreichen von Leben in ihrem Innern, dem flüchtigen Flügelschlag eines Schmetterlings ähnlich. Welches Leben erwartet dich?, fragt Ilsa sich, auf einmal bang geworden. Wirst du, wenn man dich nach deiner Herkunft fragt, sagen müssen, die Tochter einer wegen Schwestermordes Verurteilten zu sein, die ihr Leben in einer Gefängniszelle beendet hat?

Sie schreckt auf, als Wilhelm sie prüfend ansieht und seine Hand auf ihre legt.
»So ernst, mein Herz?«
Wärme springt von ihm zu ihr über und vertreibt ihre trüben Gedanken.
Wie zuvor geht sie jeden Morgen über den weitläufigen Hof zu Wilhelms Haus und bei Einbruch der Dunkelheit wieder zurück in den Kerker. An einem dieser Tage im Frühling 1720 sitzen sie wie so oft am Fenster der Wohnstube in Wilhelms Haus. Die letzten Sonnenstrahlen lassen Ilsas blondes Haar aufleuchten wie den Bernstein, den die Wellen der Ostsee an den Strand tragen. Wilhelm streckt seine Hand danach aus. Ilsa aber wendet den Kopf ab. Sie legt das Buch, in dem sie gerade gelesen hat, weg.
»Wenn jemand es erfährt«, sagt sie.
Er umfasst ihr schmales Kinn mit seiner großen Hand und dreht ihr Gesicht behutsam zu sich.
»Wer soll es erzählen, Ilsa? Nur du und ich und Pfarrer Sudauer wissen von unserer Heirat. Und keiner von uns wird darüber reden, solange ich hier arbeite.«
Sie ängstigt sich trotzdem. »Man wird dich aus dem Dienst entlassen und dir dieses Haus nehmen. Du hast eine Gefangene geheiratet, das hat der König selbst verboten.« Ihre Augen weiten sich. »Ich werde nicht mehr zu dir kommen dürfen. Was wird dann aus meinem Kind?«
»Ich werde immer für dich und unser Kind sorgen.«
»Man wird es mir bald ansehen, dass ich ein Kind erwarte. Sie werden es mir wegnehmen, wenn es geboren ist. Sie werden …« Die Erinnerungen an die Zeit im Waisenhaus fallen mit allen ihren Schrecken, mit ihren Ängsten und Albträumen über sie her.

Er umfasst mit seinen warmen Händen ihre eiskalten.
»Sorge dich nicht, Ilsa. Es wird alles gut werden, glaube mir.«
Sie nickt zögernd, doch sie glaubt ihm nicht. Ihr Schicksal ist vorgezeichnet, nichts lässt sich daran ändern, so hat es die alte Hedwiga vorhergesagt.
Sie bleibt eher schmal und mager bis zum Ende ihrer Schwangerschaft. Bevor sie in ihre Zelle zurückkehrt, legt sie Schürze und Kleid ab und hüllt sich in das lose, sackähnliche Gewand, das alle Zuchthausinsassinnen tragen. So bleibt ihr Zustand verborgen.
Die Wehen setzen am frühen Morgen eines hellen, warmen Sommertages ein. Es ist eine unkomplizierte Geburt, und das Kind, ein Mädchen, ist zwar etwas klein, aber gesund. Als Wilhelm zum Mittagessen ins Haus kommt, nimmt Ilsa seine Hand und führt ihn in die Schlafkammer, wo das winzige Menschlein in der Wiege schlummert.
»Eine Tochter, Wilhelm.«
Staunend beugt er sich über das Kind und betrachtet es mit weit geöffneten Augen. »Unsere Tochter, Ilsa.«
Nach dem Essen legt er ein gebündeltes Schriftstück auf den Tisch. »Dein Fall wird vor Gericht neu verhandelt werden«, sagt er. »Unser guter Pfarrer Sudauer aus Loebenicht hat sich deiner angenommen, wie mir scheint. Und er gilt als unnachgiebig, wenn er sich für jemanden einsetzt.« Sie dreht und wendet das Schreiben in ihren Händen, ohne zu begreifen, was es für sie bedeuten kann. Sie hat nicht gewusst, dass der Geistliche, der sie und Wilhelm getraut hat und der manchmal zu ihnen ins Haus kommt und gern ein frisch gezapftes Bier trinkt, sogar an den König geschrieben hat. »Es besteht die berechtigte Hoffnung, dass deine lebens-

lange Strafe aufgehoben wird«, hört sie Wilhelm sagen. »Doch es wird noch eine Weile dauern, bis alle Fakten zusammengetragen sind und ein Richter sich findet, der den Fall übernimmt.« Er umfasst ihr Gesicht mit seinen Händen. »Du kannst bald entlassen werden.«

»Wann bald?«

Er zuckt mit den Schultern. »Wenn wir Glück haben, in ein paar Jahren.«

Sie blicken beide auf das friedlich schlafende Kind in ihrem Arm.

»Die Kleine wird nachts nach mir weinen, Wilhelm.«

Sie schaut wieder in sein lächelndes Gesicht.

»Ich habe das bedacht, Ilsa. Freda, eine meiner Schwestern, wird noch heute kommen und unser Kind versorgen, wenn du nicht da bist.«

»Ein Kind in deinem Haus – man wird Fragen stellen.«

»Fredas Mann ist vor ein paar Wochen tödlich verunglückt. Wir werden sagen, dass unsere Lena ihr Kind ist, das sie mitgebracht hat. Und«, er streicht ihr zärtlich eine Haarsträhne aus der Stirn, »auch meine kleine Oda wird schon bald bei uns eintreffen.«

»Oda?«

»Ich habe vier Schwestern«, erklärt er. »Oda ist die jüngste und der Sonnenschein in meiner Familie. Vor einem Monat hat sie einen jungen Mann geheiratet, der zur Schlosswache hier in Königsberg gehört. Verständlicherweise möchte sie in seiner Nähe sein. Und bis sie und ihr Mann eine passende Bleibe gefunden haben, wird sie in meinem Haus wohnen können.« Er legt den Arm um ihre Schultern. »Außerdem«, fügt er glücklich lachend hinzu, »bin ich ihr einziger Bruder, und mein Wohlergehen liegt ihnen am Herzen.«

Ilsa schmiegt sich an ihn, fühlt seine Wärme, seine Freude auf ihren Körper übergehen. Doch dann weicht sie zurück und starrt ihn aus geweiteten Augen an.

»Zwei Frauen in deinem Haushalt, Wilhelm! Du wirst meine Hilfe nicht mehr benötigen!«

Sie fängt an zu zittern, und er zieht sie wieder an sich und hält sie fest umschlungen.

»Ruhig, Liebes, ich habe auch daran gedacht. Freda wird sich um unser Kind kümmern. Und Oda wird damit beschäftigt sein, eine Wohnung für sich und ihren Mann zu finden und einzurichten.«

Da kann sie endlich nachgeben und weinen.

Sie leben so, wie Wilhelm es vorgesehen und geplant hat. Freda, der eigene Kinder verwehrt geblieben sind, ist eine liebevolle und fürsorgliche zweite Mutter für die kleine Lena. Und Oda, jung und vor Lebenslust sprühend, füllt das graue Haus an der Gefängnismauer auch dann noch oft mit ihrem Lachen, als sie und ihr Fritz schon ihren eigenen Hausstand gegründet haben.

Und als Oda eines Tages strahlend vom Beginn ihrer Schwangerschaft erzählt, da rundet sich Ilsas Leib unter dem losen Gefängniskittel bereits ein zweites Mal. Wieder weiß Wilhelm eine Antwort auf ihre Bedenken, wieder versteht er es, ihre Ängste zu mindern.

»Gott wird uns auch diesmal beistehen«, versichert er ihr. »Vertraue auf ihn. Und darauf, dass die Gerechtigkeit bald über ein falsches Urteil siegen wird und du freikommst.«

Auch wenn die Zweifel sie zuweilen überwältigen, versucht sie zu glauben, zu vertrauen. Wenn sie Wilhelms Haus betritt und Lena ihr lachend entgegentrippelt, dann schließt sie mit der Haustür ihr anderes Leben weg. Dann ist sie Mutter, auch Frau und Geliebte und nicht Ilsa, die angebliche Mörderin, nicht Ilsa, die Kundige, die um Leben und Tod weiß und die in schlaflosen Nächten in ihrer Hebammentasche nach den Instrumenten tastet, die keimendes Leben vernichten könnten.

Der, auf den Wilhelm so fest vertraut hat, lässt ein ebenso grausames wie fügendes Schicksal zu. Ein paar Tage, bevor Ilsas Kind auf die Welt kommt, stirbt Oda, die lebensfrohe, vor Glück überschäumende junge Frau, gerade siebzehn Jahre alt, bei der viel zu frühen Geburt eines kleinen, von seinen Eltern sehnlichst erwarteten Mädchens, und das Kind stirbt mit ihr. Wilhelm führt nach der Beerdigung ein langes Gespräch mit seinem Schwager. Dann tritt er mit Fritz zusammen in das geräumige Wohnzimmer, in dem Freda und Ilsa, an deren schweren Leib geschmiegt Lena tief schläft, in bangem Schweigen auf sie gewartet haben.

»Die Stadt ist groß, und die Leute in einem Viertel wissen meist nicht, was in einem andern passiert«, beginnt er behutsam. »Oda aber ist in diesem Haus ein und aus gegangen, und so ist bekannt, dass sie meine Schwester war und ein Kind erwartete.« Er sieht Fritz einen Moment lang an, und als dieser nickt, fährt er mit leiser Stimme fort: »Wir werden bei der Wahrheit bleiben, wenn wir sagen, dass meine Schwester die Geburt nicht überlebt hat. Aber wir verschweigen, dass ihr Kind mit ihr starb. Und deshalb wird es verständlich sein, wenn es in diesem Haus auf einmal zwei Kinder gibt. Denn Freda hat mit meiner Zustimmung das Kind ihrer verstorbenen Schwester aufgenommen, um es zusammen mit Lena aufzuziehen.« Er verstummt, seufzt und schließt die Augen. Niemand im Raum bewegt sich oder spricht, kein Kleid raschelt, kein Schuh streift über den

Dielenboden, nur das schnelle Atmen des schlafenden Kindes ist zu hören. »Es kann trotzdem Fragen und Vermutungen geben«, sagt Wilhelm nach einer Weile. »Und sie werden unsere Trauer belasten. Aber Gott und die Zeit werden uns dabei helfen, auch das zu überstehen.« Er legt seine Hand auf Fritz' Arm, der neben ihm sitzt. »Oda und ihre kleine Tochter werden in unseren Herzen und in Ilsas und meinem Kind weiterleben. Vielleicht können dir diese Gewissheit und unser Dank für deine Zustimmung Trost in dieser schweren Stunde sein.«

»Wie lange noch?«, fragt Ilsa leise, als sie Wilhelm ihre zweite Tochter, Elsbetha, in den Arm legt.
Er senkt den Kopf und blickt zur Seite.
Sie löst eine ihrer dicken Flechten unter der Haube und zeigt ihm den Grauschimmer im Blond.
»Ich werde bald eine alte Frau sein, Wilhelm.«
Sein Lachen klingt erstickt.
Elsbetha, im Frühsommer geboren, ist ein kräftiges Kind und entwickelt sich rasch. Schon bald führt Freda die beiden Mädchen in den Park nahe dem Stadtwall. Ilsa blickt ihnen durchs Fenster nach, wie sie davongehen – Lena an Fredas Hand und das Elsbethchen im hochrädrigen Kinderwagen. Das hohe Eisentor in der Mauer öffnet sich wie von selbst für sie und schließt sich hinter ihnen mit Getöse.
»Werde ich jemals wieder durch dieses Tor gehen können?«, fragt sie Wilhelm, der neben ihr steht, einen Arm um ihre schmalen Schultern gelegt.
»Es wird neues Beweismaterial zu deinem Fall gesammelt«, antwortet er. »Wir müssen Geduld haben. Wir haben unser Leben noch vor uns.«

Ilsa hat Geduld.
Aber ihr Leben endet in dem folgenden Winter, der außergewöhnlich hart und lang ist. In Scharen kommen die Wölfe aus den Wäldern Polens und aus dem Osten bis in die Nähe der Stadt. In mondhellen Nächten hört Ilsa ihren Gesang. Dann drückt sie ihr Gesicht noch tiefer ins faulige Stroh, damit niemand ihre Tränen sieht. In den Zellen gibt es keine Öfen und auch keine zusätzlichen Decken für die Häftlinge. Durch das offene Fensterloch hoch oben im Mauerwerk dringt Eiseskälte. Ilsa und die anderen Frauen rücken eng zusammen. Eine von ihnen, erst seit ein paar Wochen hier, hat die Lungenkrankheit mit ins Gefängnis gebracht. Sie hustet und spuckt Blut. Ilsa sucht in ihrer Hebammentasche nach den letzten Resten von getrocknetem Spitzwegerich und Huflattich für einen krampflösenden Tee. Die meisten ihrer Beutel, Tiegel und Fläschchen sind schon lange leer. Hilflos, ihren eigenen Husten nur mit Mühe unterdrückend, sieht sie zu, wie die junge Frau stirbt.
Eines Tages, da ist es schon Ende März, und die Stare kehren aus dem Süden zurück, fühlt sie sich fiebrig und matt. Freda will nach dem Arzt schicken, doch Ilsa weiß schon, dass nun auch sie die Lungenkrankheit hat und nichts und niemand ihr noch helfen kann, weil es zu spät ist.
Am Nachmittag holt jemand sie zu einer Geburt, die nicht recht vorankommen will. Wilhelm versucht sie zurückzuhalten. Freda und die Kinder weinen und klammern sich an ihr fest, doch Ilsa löst sich behutsam aus ihren Armen.
»Achte auf die Kinder, Wilhelm«, sagt sie. »Vergiss nicht, Lena soll Hebamme werden. Gib ihr Hedwigas Tasche, wenn die Zeit gekommen ist.« Und Freda flüstert sie zu:

»Sie werden dich brauchen, er und die Kinder. Ich vertraue sie dir an, alle drei.«
Das Kind, das in dieser Nacht geboren wird, ist eine Missgeburt und nicht lebensfähig, als es auf die Welt kommt. Ilsa wickelt das winzige Wesen in ein Leinentuch und legt es beiseite, zu erschöpft vom Fieber, um der jungen Mutter noch ein paar Worte des Trostes sagen zu können. Als sie die Frau versorgt hat, nimmt sie ihre Tasche und schleppt sich zurück in ihre dumpf riechende, eiskalte Zelle, in der nur die Atemzüge, Röcheln und ein schläfriges Murmeln der anderen Frauen zu hören sind.
Sie ist noch nicht ganz tot, da streckt sich schon eine gierige Hand nach der Hebammentasche aus und zieht sie behände und lautlos in die dunkelste Ecke, wo sie unter einem Lumpenhaufen verschwindet.
Später, als Ilsas Gedanken, die Erinnerungen und die Bilder in ihrem Kopf endgültig verblassen, sieht sie noch einmal, ganz kurz, das zarte, friedliche Gesicht ihrer toten Mutter vor sich.
Und auch Ilsa überschreitet die Grenze zwischen Leben und Tod mit dem sanften, wissenden Lächeln der Wölfinnen.
»Sieh nur, wie sie lächelt«, sagt eine der Frauen, die sich über die Sterbende geneigt hat, zu den anderen in der Zelle. »Die hier scheint glücklich zu sein, dass sie's endlich hinter sich hat.«

V
Helene

Helene starrt auf den letzten Satz von Ilsas Geschichte. Sie fragt sich, ob Lara damit gerechnet hat, dass ihre Mutter diese Hefte irgendwann einmal finden und darin lesen wird. Und welche Reaktion hat sie erwartet – oder erwartet sie vielleicht noch? Vielleicht, dass sie, Helene, endlich darüber spricht, was ihr das Lächeln oder gar das Lachen für immer genommen zu haben scheint? Das ist eines der Schuldgefühle, die sie Lara gegenüber plagen – dass sie nie mit ihrer Tochter gelacht hat. Nie in den gemeinsamen Jahren hat sie Lara diese herzliche, überschwappende Fröhlichkeit vermitteln können, wie sie zum Beispiel in Victors Haus noch heute üblich ist. Stets hing eine dunkle, bedrohlich wirkende Wolke über ihrem Leben. Sie folgte ihr überallhin, sogar bis in die Tiefe der Wälder um Nowgoje, in denen sie, wenn der letzte Schnee getaut war, nach Heilkräutern zu suchen begann. Diese Wolke drückte auf ihre Seele und füllte ihr Herz mit Schwärze. Nicht einmal Raissa, der Zauberin und Heilerin, war es gelungen, diese Wolke zu vertreiben. Sie hatte gegen diese Wolke angetrommelt, wieder und wieder, hatte auf ihren Reisen in andere Welten mit ihren Ahnen gesprochen, übernatürliche Mächte und Geister beschworen, die Seele dieses Mädchens loszulassen, damit sie, Raissa, sie heilen konnte. Mit ihren starren Blicken, mit denen sie Helenes Blick festhielt, wollte sie das Grauen, die Schrecken

für immer bannen. Doch jeder ihrer Versuche war vergeblich. Sie versetzten Helene lediglich in einen seltsam schwebenden Zustand, in dem sie das beunruhigende Gefühl hatte, sich in einer weiteren Dimension zu bewegen, in der nichts mehr wirklich und deshalb nur beängstigend war.
Helene legt das Heft beiseite, es bleibt aufgeschlagen auf dem Tisch liegen. Sie steht auf und geht unruhig in der Stube auf und ab, die Arme vor der Brust gekreuzt. Sie atmet schwer, weil wieder erwachte Schrecken ihr plötzlich die Luft abschnüren, wie sie ihr schon immer die Luft abgeschnürt haben, da sich kein Weg, keine Möglichkeit finden ließ, sie zu formulieren, zu artikulieren, mitzuteilen, sie hinauszuschreien.
»Erzähl, berichte, schrei!«, hatte Victor sie damals, nachdem sie aus dem Wald nach Nowgoje gekommen war, und auch Jahre danach immer wieder aufgefordert.
Helene versuchte es. Sie versucht es auch jetzt. Es funktioniert nicht, kein Laut kommt aus ihrem Mund. Steifbeinig geht sie zu dem rostigen Becken neben dem Herd, über dem der Spiegel hängt. Sie sieht in ihr Gesicht, das von roten Flecken überzogen ist. Das passiert oft, wenn sie ihre Gefühle nicht unter Kontrolle hat. Ihre tief liegenden Augen unter dünn gewordenen Brauen huschen hin und her, die schmalen Lippen senken ihre Mundwinkel nach unten, bis sie in den strengen Falten daneben verlaufen, die sich bis zum Kinn ziehen. Obwohl sie nur mühsam atmen kann, versucht sie krampfhaft ein Lächeln. Es missglückt, natürlich missglückt der Versuch. Ihr Mund bleibt eine halbmondförmige, erstarrte, an beiden Seiten nach unten gerichtete Linie. Sie kann sich nicht erinnern, dass sie diesen Mund jemals zu einem Lächeln verzogen hat, mit leicht geöffneten Lippen

und nach oben gebogenen Winkeln. Sie sucht nach spielenden Muskeln in ihrem Gesicht – vergeblich.
Helene dreht sich hastig vom Spiegel weg und starrt mit blicklosen Augen irgendwohin. Dann geht sie zur Ofenbank zurück, setzt sich und legt beide Hände auf das aufgeschlagene Heft vor sich auf dem Tisch. Sie wartet darauf, dass ihr Herzschlag in seinen gewohnten Rhythmus zurückfindet. Diese Panikattacken sind seit Jahren unverändert heftig und erschöpfen sie jedes Mal. Müdigkeit breitet sich in ihrem Körper aus, unendliche Müdigkeit. Alles an ihr und in ihr wird schlaff. So muss sterben sein, denkt sie, eine völlige Hingabe aller Muskeln und Empfindungen an diese Müdigkeit. Es ist fast dunkel im Haus, nur noch schwach kann sie die Konturen der wenigen Möbelstücke in der Wohnküche erkennen. Sie hebt die Hände und betastet ihr Gesicht und legt sie schließlich um ihren schmerzenden Kopf. So bleibt sie sitzen, während die Zeit verstreicht, begleitet vom Ticken der alten Weckuhr auf dem Regal.

Später erinnert sie sich daran, dass sie zum Essen erwartet wird. Victor hatte, als er mittags kurz bei ihr vorbeischaute, Holzscheite neben den Ofen stapelte und die allmählich aufkommende Wärme in der Hütte prüfte, indem er seine großen Handflächen auf die Holzwände legte, von einem Willkommensfest für sie erzählt.
»Alle werden da sein, die ganze Familie, alle freuen sich«, hatte er gesagt.
Helene sieht die Gesichter der anderen vor sich. Vielleicht wird Katharina sich tatsächlich freuen, zumindest im ersten Moment, denkt sie. Die anderen werden sich zurückhalten, sie aus der Distanz betrachten, mit Argwohn, mit Unbeha-

gen und mit der unausgesprochenen Frage: Wann gehst du wieder?
»Du siehst Gespenster«, hat Victor früher ungeduldig, oft ärgerlich gesagt, wenn Helene ihre Furcht vor diesen Familienfesten zu begründen versuchte. Sie sah Gespenster, natürlich sah sie die. Gespenster gehörten nun einmal zu ihr. Aber sie hätte nicht erklären können, wen sie mehr fürchtete, ihre Gespenster oder Victors lebende Verwandte. Doch sie will Victor und vor allem Katharina nicht gleich wieder enttäuschen. Also wird sie an diesem Abend zum ersten Mal seit ihrer Rückkehr den Schutz und die Stille ihres kleinen Hauses verlassen und durch das Dorf zu seinem Haus gehen. Sie wird die Frauen umarmen und sich von den Männern umarmen lassen müssen. Sie wird weiche Wangen und faltige oder kratzige küssen, zweimal auf jede Seite, und sich wieder küssen lassen. Sie weiß, es wird raue Rufe und lautes Gelächter geben, neugierige Blicke und endlose Fragen nach und Kommentare zu ihren vielleicht geäußerten Erlebnissen. Sie wird reden müssen und reden und lachen lassen, während Katharina, Victors Frau, die Wodkaflasche und Schalen mit salzigem oder süßem Gebäck herumreicht, bevor sie die Schüsseln mit dampfendem Kohl und Kartoffeln und gekochtem Fleisch auf den Tisch in ihrer Küche stellt. So wird in Victors Haus seit jeher jeder Ankömmling oder Gast begrüßt, egal wie lange er fort gewesen ist. Und so, mit dieser aufgesetzten, lärmenden Fröhlichkeit, wird jeder auch verabschiedet, egal ob er willkommen war oder nicht.
Helene steht auf und starrt wieder in den Spiegel, der fast blind ist von Altersflecken. Und wieder betrachtet sie ihr Gesicht, das Gesicht einer älteren Frau mit müden Augen

und grauer Haut, und fragt sich, warum sie nicht nein zu Victors Einladung gesagt hat, und dann, während sie sich leicht vorbeugt, um sich noch genauer anzusehen, wem sie jetzt ähnlich sein könnte, vielleicht Margarete, ihrer Mutter? Ihrem Vater, der im September 1939, gleich zu Beginn des Krieges, in Polen fiel und an den sie sich kaum noch erinnert? Oder eher Emma, ihrer Großmutter, die damals, Anfang Februar 1945, etwa Mitte fünfzig war, also um einige Jahre jünger als sie selbst jetzt. Die sich weigerte, das von den Russen belagerte und beschossene Königsberg zu verlassen, und lieber in ihrem kleinen Haus in der Gasse südlich vom Schloss als irgendwo auf fremder Scholle sterben wollte? Es gibt kein Foto, auf dem sich Ähnlichkeiten feststellen ließen. Fotos, Geburtsurkunde und andere Dokumente ergriff sich der Wind über einem Feld in Polen, spielte damit und trug sie davon. Nur Helenes eigenes Gesicht von damals, ihr Kindergesicht, treibt zuweilen wie ertrunken dicht unter der lose und transparent wirkenden Oberfläche ihres gegenwärtigen Gesichts in einem Spiegel. Vielleicht sollte sie diese Oberfläche abstreifen wie einen Strumpf? Aber es würde nichts nützen, denn ihr Leben ging ja weiter, sie ist nicht Kind geblieben, nicht junges Mädchen. Nur die Erinnerungen an diese Zeit nisten in ihrem Kopf. Sie sind hartnäckig. Sie kleben hinter ihren Augen. Sie sitzen in ihren Fingerspitzen, in ihren Fußsohlen, in ihren Geschmacksnerven, in ihrer Nase, sogar in ihren Ohren. Und in ihrer Haut und in ihrem Leib. Sie sind da, wenn sie ihre Hände auf einen Baumstamm im Wald legt, der Nowgoje umschließt und der wie alle Wälder in Sibirien ist, nämlich hell und licht im Sommer und zu Eis erstarrt im Winter. Die Erinnerungen sind da, wenn sie den Duft einer wilden Akelei zwischen weißen Birkenstämmen riecht, die überall zwischen dem Ural im Westen und dem Osten Sibiriens blühen. Wenn sie barfüßig über den moorig-fetten Boden bei Nowgoje geht und sich Blaubeeren in den Mund steckt, dann muss sie an den moorig-fetten Boden rund um das Arbeitslager bei Ussinsk, wohin man sie zuerst gebracht hatte, und an die Hand voll Blaubeeren denken, die man ihr nach dem, was man ihr angetan hatte, in den Mund stopfte. Wenn sie auf das leise Knacken im Holz ihres Hauses lauscht, drängen sich Erinnerungen an Hütten aus Holz, Gespenstern gleich, in ihr Denken. Nichts, was sie sieht, hört, riecht, denkt, ist ohne diese Bilder, diese Empfindungen von einst, auch dann nicht, wenn sie dem wilden Gesang der Wölfe lauscht. Und es gibt kein Mittel gegen diese Erinnerungen. Sie nisten in einem Winkel ihres Denkens, jederzeit bereit, über sie herzufallen.

Helene hebt die Hände zum Mund, greift zwischen ihre Lippen, zerrt und zerrt an den Mundwinkeln, bis sie rissig werden und bluten.

»Lächle, Wölfin!«, herrscht sie sich erbittert an. »Lächle!«

Sie denkt an das Lächeln der Wölfinnen, über das ihre Tochter geschrieben hat. Muss ich ebenfalls erst sterben, um mein Schicksal akzeptieren, um endlich lieben und verzeihen zu können?, fragt sie sich voller Zorn.

Sie entfernt ihr Gesicht mit der Müdigkeit in den Augen aus dem Spiegel an der Wand und greift nach dem Beutel auf der Ablage, in dem sie Puder und Lippenstift aufbewahrt, um ihn dann doch gleich wieder wegzulegen. Als sie abwesend war, in der Fremde, da hat sie sich jeden Morgen geschminkt, etwas zurechtgemacht mit Cremes, Puder und Stiften, die sie in den Kosmetikabteilungen großer Kaufhäuser sorgsam

ausgesucht hatte. Ihre ersten Versuche, das, was eine Kosmetikerin mit ihrem Gesicht gemacht hatte, zu kopieren, waren unbeholfen, und sie wischte die zu dick geratenen Striche auf ihren Lidern und Lippen wieder weg. Doch mit der Zeit bekam sie Übung darin, kleine Akzente in ihr immer blasses Gesicht zu setzen, Makel zu verwischen.
Aber für Katharina und Victor, ihre Tochter Olga und ihre Enkelkinder, sogar für die Onkel und Tanten und ihre Nachbarn, die kommen werden, wie sie zu allen Festen im Dorf zusammentreffen, wird sie nicht einmal ihren Lippenstift benutzen. Hier muss sie eine von ihnen sein, um nicht aufzufallen, um nicht zu stören. Wie immer werden Victors und Katharinas Gäste bald vergessen haben, dass sie eigentlich aus einem anderen Grund als dem, wieder einmal zusammenzusitzen, zu essen und zu trinken und danach sehnsuchtsvolle Lieder zu singen, in Victors und Katharinas Haus gekommen sind.

VI

Barbara
(um 1798)

Sie weiß, wenn sie anfängt zu weinen, dann ist alles aus, dann haben die Schrecken gewonnen. Aber sie wird nicht weinen, denn sie gehört schließlich zu diesen Frauen, die nicht aufgeben. Sie wird kämpfen bis zum letzten Atemzug. Sie ist Barbara Wolf, die Tochter von Lena Wolf, die Enkelin von Ilsa Wolf und Urenkelin der Lisbeth Wolf, der eine alte Hebamme namens Hedwiga diesen Namen gab. Sie alle waren Wölfinnen, auch wenn sie kurzzeitig einen anderen Namen trugen. Barbara ist eine von diesen Wölfinnen, furchtlos und kämpferisch, zumindest nach außen hin.

Schlaflos durchwandert sie das kleine zweistöckige Haus in der Nähe des Hafens, in dem sie mit Lena, ihrer Mutter, und ihren drei Töchtern, Thekla, zehn, Anna und Luise, neun und sieben Jahre alt, lebt. Obwohl sie sich in eine Decke gehüllt hat, friert sie bis ins Mark. Doch es ist nicht nur die Kälte dieses schneearmen, aber frostigen Winters zwei Jahre nach Kriegsende, die sie immer wieder erschauern lässt. Es sind die Erinnerungen, die sie verfolgen, die mit gierigen Händen nach ihr greifen und sie lähmen wollen.

Eine seltsame Stille liegt über der Stadt, die sich nur langsam von der fünf Jahre andauernden Besetzung und Ausplünderung durch das mit der österreichischen Erzherzogin Maria Theresia verbündete Russland erholt. Noch schlimmer hat es die ländlichen Gebiete getroffen, wie Barbara aus den Berichten von Flüchtlingen erfahren hat. Denn mit dem russischen Heer von Zarin Elisabeth, Tochter von Peter dem Großen, waren auch Horden polnischer Räuber in den Osten Preußens eingedrungen und hatten die Bevölkerung mit Raub, Brand und Mord in Schrecken versetzt. Unzählige Menschen hatten Haus oder Hof verlassen und waren ins Landesinnere geflüchtet oder hatten sich in den Wäldern versteckt. Doch auch dort gab es keine Sicherheit, denn die besten Waldgebiete wurden für den russischen Flottenbau in Pillau rücksichtslos abgeholzt. Fichten, Tannen, Eschen, Eichen, Birken und Erlen fielen zu tausenden der Axt zum Opfer. Und mit dem Wald wurde das Wild ausgerottet; inzwischen gibt es kaum noch einen Elch in Wäldern und Mooren.

Die Stadt Königsberg, die erstmals seit ihrer Entstehung einen Eroberer in ihren Mauern erlebt hatte, ist auch deshalb so still, weil ein Großteil der Kaufleute und des Adels schon vor dem Krieg in den Westen geflüchtet war. So manches Bürgerhaus steht nun leer, Fenster und Türen sind fest verriegelt oder von den Besetzern aufgebrochen. Andere Gebäude verfallen, weil sich niemand um ihren Erhalt kümmert. Auch wenn König Friedrich nun mit einer umfassenden Kulturarbeit und Siedlungspolitik sowie der Verbesserung der Gerichtsbarkeit dafür sorgt, die Schäden des sieben Jahre andauernden Krieges so rasch wie möglich zu beseitigen und aufgrund eines verstärkten Getreideanbaus in der ostpreußischen Provinz wieder Vorräte für mögliche Hungersnöte zu schaffen, bleibt das Leben in der Stadt Königsberg mühsam wie in den Jahren davor.

Sogar das kleine, einmal so stabil wirkende Haus in der

Nähe des Hafens, das Gregor, Barbaras Mann, mit in die Ehe gebracht hatte, zeigt Risse in seinen Mauern. Zwei Fenster zum Wohnraum, in dem Gregor, der Arzt war, vor dem Krieg seine Patienten empfing und behandelte, sind zerbrochen und notdürftig mit Holzlatten und Sackleinen abgedichtet. Doch die Kälte dieses Winters, die ein heftiger Nordostwind seit vielen Tagen vor sich hertreibt, dringt durch jedes Loch, durch jeden Spalt, durch jede Ritze.

»Ach Gregor«, seufzt Barbara, weil die Schrecken sie nun doch wieder einholen. Es ist noch nicht so lange her, dass sie die Nachricht von seinem Tod erhalten hat. Verhungert ist er, elendig umgekommen und dann verscharrt worden wie viele andere aus König Friedrichs Armee. In einem schlesischen Dorf dicht an der polnischen Grenze waren er und Barbara mit einer abgesprengten Gruppe von Soldaten gestrandet, dort hat sie ihn schließlich, wenn auch widerstrebend, verlassen, um nach zwei Jahren als seine Begleiterin und Helferin im Krieg nun als Mutter zu ihren kleinen Kindern, die sie in die Obhut ihrer Mutter Lena gegeben hatte, nach Königsberg zurückzukehren. Monatelang hat sie auf eine Nachricht von ihm gewartet, gehofft, hat Stunde um Stunde an jedem Tag am Fenster gestanden, von dem aus sie die Gasse nach beiden Seiten gut übersehen kann, und Ausschau nach ihm gehalten und die Kranken vertröstet, die nach dem Herrn Doktor fragten, und ihre Leiden behandelt, so gut sie es eben konnte.

Doch wie sollte er, der starb, kurz nachdem sie fortgegangen war, ihr noch eine Nachricht zukommen lassen? Gregor habe an einem Abend einen Kanten Brot und seine letzten Medikamente unter seinen Kameraden verteilt, erzählte Adam Bennings, Gregors Gefährte aus einstigen Studientagen und bester Freund, der den Weg zurück in die Heimat mit nur einem Bein geschafft hatte; dann habe er sich auf sein Lager zurückgezogen und sei im Schlaf gestorben. Wie schlafend habe er ausgesehen, berichtete Adam, und gelächelt habe er. »Ein schöner Tod, Barbara. Schöner als jeder Tod im Feld.«

Das zumindest ist ein tröstlicher Gedanke. An dem kann Barbara sich festhalten, denn sie hat diese anderen Tode gesehen, hat sie hautnah miterlebt. Das Sterben auf dem Schlachtfeld oder jenes langsame Verrecken eines Verletzten in einem Schlammloch oder unter den Händen eines von Blut und Dreck beschmierten Arztes, das hat sie gesehen, hat sie miterlebt und ist manchmal selbst gestorben unter den Schreien, den Zuckungen der Körper, den Strömen von Blut und den Bergen von amputierten Gliedmaßen. Denn als Gregor dem Ruf seines Königs folgte, der in Schlesien gegen die Truppen Österreichs zog, da war sie mit ihm gegangen, obwohl sie drei Kinder hatte – Thekla drei Jahre, Anna noch nicht einmal zwei Jahre und ihre Schwester Luise gerade ein paar Monate alt.

»Ich bin nicht nur Hebamme, sondern auch eine ausgezeichnete Krankenschwester, wie du selbst bemerkt hast«, hatte Barbara zu ihrem Mann gesagt, als er im vierten Kriegsjahr seine Praxis schloss, um ebenfalls ins Feld zu gehen. »Und so wie du dem König als Arzt verpflichtet bist, bin ich es als Krankenschwester.« Seine heftigen Einwände hatte sie energisch beiseite gewischt und ihn mit seinen eigenen Argumenten, mit denen er seine Teilnahme am Krieg begründete, geschlagen. »Unsere Kinder sind bei meiner Mutter gut aufgehoben. Wir werden, wie du sagst, bestimmt bald wieder zu Hause sein, denn die russische Zarin Elisabeth, die sich mit Österreich verbündet hat, ist, wie man hört, sehr krank. Peter, der Thronfolger Elisabeths, aber stammt aus Holstein und ist außerdem mit einer Preußin verheiratet. Und diese Katharina wird keinen Krieg gegen die Heimat ihrer Kindheit dulden oder sogar führen.«

Oh, wie wir uns getäuscht haben, sagt sie sich bitter. Wir haben uns für unverwundbar gehalten. Noch heute kann sie sich an das Glühen, das Lodern in ihrem Körper erinnern, als sie Gregors und ihr eigenes Bündel packte. Als großes, aufregendes Abenteuer hatte sie es empfunden, Gregor in diesen Krieg zu begleiten. Ein verrücktes Abenteuer war es. So verrückt, so überwältigend, wie ihre Liebe zueinander auch nach knapp sechsjähriger Ehe noch war.

Gregor schnitt ihr am Tag, bevor sie aufbrachen, unter Lenas Gezeter ihre langen Flechten ab. »Du siehst aus wie ein Junge«, sagte er lachend, während ihre Mutter schimpfte wie ein Rohrspatz. Einen von Barbaras Zöpfen wickelte er in ein Tuch und trug ihn später unter seiner Jacke, direkt über seinem Herzen. »Er wird mich beschützen«, meinte er. Barbara versteckte ihre nun nur noch kinnlangen Locken unter einer Mütze, wie manche Laufburschen sie trugen. Später, als ihr langer Rock sie beim Rennen zu einem Verletzten, der noch im Schlamm des Schlachtfeldes lag, beim Verbinden von Blut spritzenden Wunden oder beim Klettern auf Wagen oder ein Pferd behinderte, zog sie kurz entschlossen eine von Gregors Hosen und ein Hemd von ihm an. Nur in jenen Nächten, in denen sie abseits vom Lager etwas Zeit fanden, den von Sternen übersäten Himmel zu betrachten und einander ihre Gedichte vorzulesen, verlor sie ein wenig von ihrer Stärke, die wohl eher Fatalismus war, und wurde wieder weich und nachgiebig wie eine Frau in seinen Armen.

»So liebe ich dich – so undurchschaubar, als Frau mit vielen Gesichtern«, sagte Gregor dann zuweilen verträumt. »Ich liebe die Gesichter, die du machst, wenn du bei einer Operation hilfst oder wenn du die Hand eines Sterbenden hältst. Vor allem aber liebe ich das Gesicht, das du nur für mich hast.« Und Barbara nickte und verlor sich in seiner Umarmung, in der Wärme seines Atems und seines Körpers. Nur in diesen Momenten der Nähe ließ sie die Gedanken an ihre Kinder und an Lena zu, die im von den Russen besetzten Königsberg geblieben waren. Die schlimmste Zeit war wohl vorbei, denn Zarin Elisabeth war tatsächlich gestorben, und ihr Nachfolger, Zar Peter, hatte sofort alle Feindseligkeiten gegen Preußen eingestellt und damit begonnen, sämtliche preußischen Gebiete zu räumen und seine Truppen ebenfalls gegen Österreich aufzustellen.

Es konnte also nicht mehr lange dauern, und sie, Barbara, und Gregor waren auf dem Weg nach Hause. Sie trug kleine Bildnisse ihrer Kinder, auf Holz gemalt, in einem Beutelchen unter ihrem Hemd. Wenn sie gemeinsam mit Gregor manchmal ihre beiden älteren Töchter Thekla und Anna betrachtete, die ihr äußerlich noch immer viel ähnlicher sind als Luise, die jüngste, dann sah sie sich selbst wieder als Kind und im Haus von Professor Giesecke, in dem ihre Mutter Lena zwei winzige Zimmer unter dem Dach gemietet hatte. Der Professor war es, der dafür gesorgt hatte, dass sie zur Schule gehen konnte, und dem sie dafür in seinem frauenlosen Haushalt half, während Lena, ihre Mutter, mit ihrer Hebammentasche unterwegs war zu Kranken oder Schwangeren. Und er war es auch, der ihr Bücher in die Hand drückte, bevor sie überhaupt lesen konnte, und mit ihr tiefgründige Gespräche über Literatur und Philosophie führte.

Viel von dem, was er sagte, verstand sie anfangs nicht, doch er schürte damit ihre Wissbegier und ihren Ehrgeiz, seinen Gedanken folgen zu können und eine eigene Meinung zu entwickeln und zu äußern. In der düsteren, aber gemütlichen Wohnstube seines Hauses in einer Gasse gleich hinter der Universität trafen sich damals Studenten und Professoren, um sich die Köpfe heiß zu reden und über die politischen und kulturellen Veränderungen in Europa zu diskutieren. Meistens saß Barbara dann in einer Ecke, unbemerkt von den anderen und mit einer Flickarbeit beschäftigt. Und oft musste sie sich arg zusammennehmen, um den Mund zu halten. Es drängte sie, zu diesem oder jenem Thema ihre Meinung zu äußern oder, wenn über Literatur und da vor allem über die Veröffentlichungen von weiblichen Dichtern diskutiert wurde, ihre eigenen Gedichte vorzutragen, zu denen der Professor sie ermutigt hatte und die sie in einem alten Holzkästchen, das immer ein bisschen nach Mäusedreck roch, aufbewahrte.
Der Medizinstudent Gregor Baczko, hoch gewachsen, dunkelhaarig und dunkeläugig, Sohn eines Arztes, der vor Jahren aus Litauen nach Königsberg gekommen war und eine gut gehende Praxis im Kneiphofviertel hatte, gefiel Barbara am besten unter all den jungen Leuten, die sich um Professor Giesecke scharten. Wenn er sprach, dann horchte sie noch aufmerksamer zu als sonst. Sie merkte sich so manchen Satz, so manche Redewendung, um dann, wenn die Gäste das Haus wieder verlassen hatten, darüber nachzudenken oder mit dem Professor darüber zu reden. An jedem Mittwoch, wenn die jungen Leute erwartet wurden, flocht sie ihre weizenblonden Locken zu festen Zöpfen. Dann band sie auch die Schürze, die sie normalerweise über ihrem

einfachen Kleid trug, ab und kniff sich in ihre immer etwas blassen Wangen, damit sie rosig aufblühten.
Damals war sie gerade vierzehn Jahre alt und begleitete, wenn der Professor sie nicht im Haus oder für Besorgungen in der Bibliothek der Universität brauchte, ihre Mutter auf ihren Gängen durch die Häuser im Armenviertel. Doch Barbara hatte längst etwas anderes vor, als nur Hebamme zu werden.
»Ich werde Arzt«, hatte sie ihrer Mutter schon als Achtjährige erklärt. »Eine Ärztin für Frauen.«
»So einen Arzt nennt man Gynäkologe«, korrigierte Lena sie. »Aber so etwas kannst du nicht werden.«
»Warum nicht?«
»Weil man studieren muss, um Arzt werden zu können. Und weil du ein Mädchen bist und später eine Frau sein wirst. Frauen dürfen nicht studieren.« Lena musterte sie mit einem prüfenden, kühlen Blick, den Barbara trotzig erwiderte.
»Sei froh und dankbar, dass du überhaupt auf eine Schule gehen kannst, Tochter. Für eine gute Hebamme reicht das, was du dort und bei mir lernst, vollkommen aus.«
Die Schulpflicht für alle Kinder, ob nun Junge oder Mädchen, war bereits lange vor ihrer Geburt eingeführt worden. Es war nun nichts Besonderes mehr, eine Schule zu besuchen, obwohl die meisten Kinder schon nach drei, vier Jahren wieder abgingen, weil sie mit Arbeit zum Unterhalt ihrer Familie beitragen mussten. Mädchen wurden von ihren Eltern oft in einen Haushalt verkauft, Jungen an Kaufleute oder Fuhrunternehmen. Barbara konnte froh sein, dass ihr dieses Schicksal erspart geblieben war. Ihre Mutter war nie verheiratet gewesen, und ein lediges Kind war nicht nur in

den Augen der Kirche eine Schande. Nur weil Lena Wolf die beste aller Hebammen in Königsberg war und weil Professor Giesecke die kleine Barbara unter seine Fittiche genommen hatte, konnte sie überhaupt in der Stadt bleiben.
Barbara wusste aus Erfahrung, dass Diskussionen über ihren Berufswunsch mit ihrer Mutter zu nichts führten, denn diese war nun einmal davon überzeugt, dass ihre Tochter ihre Nachfolgerin sein und Hedwigas Tasche übernehmen würde, wie es eben Tradition in ihrer Familie war. Lena sah zum Beispiel die Gespräche zwischen dem Professor und Barbara, die sie am Anfang noch gutgeheißen hatte, bald als völlig überflüssig an. »Das ganze Zeugs verdreht dir nur den Kopf«, meinte sie. »Man sagt nicht umsonst, Schuster bleib bei deinen Leisten. Das gilt auch für uns Hebammen. Unser Beruf ist so alt wie die Menschheit selbst, das kannst du mir glauben. Immer waren es die Frauen, die sich auf Heilkunde und Gebären verstanden.«
Schließlich schwieg Barbara lieber, um ihre Mutter nicht zu reizen. Sie wollte sich auf keinen Fall die Möglichkeit verderben, in der Nähe des Professors bleiben zu können, wenn Lena unterwegs zu ihren Patientinnen war.
Als sie dann Gregor kennen lernte und heiratete, waren ihre hochfliegenden Träume und Pläne sowieso beendet, denn Gregor brauchte eher eine Krankenschwester in seiner kleinen Praxis denn einen Arzt als Konkurrenz. Außerdem wurde Barbara gleich zu Anfang ihrer Ehe zum ersten Mal schwanger. Und da sie sich wie Gregor eine möglichst große Familie wünschte, fügte sie sich schließlich klaglos in ihr Schicksal.
Und nun, da Gregor tot, die Not immer größer, das letzte Geld längst verbraucht und Lena etwas müde geworden ist,

greift auch Barbara immer öfter und freiwillig zur Tasche ihrer Mutter.

»Diese Tasche ist eine ganz besondere«, sagt Lena manchmal, wenn sie und Barbara am Abend noch in der Küche zusammensitzen. »Du weißt, dass ich nicht an Zauberei oder sonst was glaube, dafür weiß ich zu viel über die Kräfte der Natur. Doch die alte Hedwiga, die erste Hebamme unter uns Wölfinnen, muss noch etwas von Magie verstanden haben, denn wer diese Tasche übernimmt, der kann sich keinen anderen, erfüllenderen Beruf für sich vorstellen als den einer Hebamme. Sie wird noch viele Generationen nach uns überdauern, diese Tasche, glaube mir.«

Nachdenklich betrachtet Barbara auch jetzt das lederne Behältnis, das, klobig, unhandlich und schon schwärzlich und fleckig vom Alter, auf der Bank neben dem Eisenofen steht, griffbereit zu jeder Tages- und Nachtzeit. Sie hat die Geschichte von Hedwiga und Lisbeth und die von Ilsa, die Lenas Mutter war, und ihrer Schwester Hanna mehr als einmal gehört. Sie weiß auch, dass ihre Mutter eine Schwester hat, Elsbetha, die einen polnischen Grafen geheiratet hat und in einem großen Haus am Schlossteich lebt.

»Keinen Kontakt mit ihrer armen Verwandtschaft wünscht sie!«, regt Lena sich auf, wenn sie von Elsbetha erzählt. »Eingebildet ist sie, und ihre Nase trägt sie so hoch, dass sie vergisst zu schauen, wohin sie tritt.«

Lena hat ihrer Tochter sogar gebeichtet, dass sie selbst nie verheiratet war und dass sie, Barbara, kein Kind der Liebe, sondern das Ergebnis einer zufälligen wie einmaligen Begegnung von zwei sich einsam, auch verloren fühlenden Menschen war, die nichts gemeinsam hatten, nicht einmal ihre Sprache. Barbaras Vater war einer der französischen Schweizer, die, zusammen mit preußisch-litauischen Bauern, Nassauern, Pfälzern, Süddeutschen, Magdeburgern und Halberstädtern, vom König nach seiner Krönung ins Land gerufen wurden, um neue Städte zu gründen und mit ihren Steuern die Staatskasse zu füllen, den Handel anzutreiben und noch mehr Kirchen und Klöster zu errichten. Lena kann, wie sie in den seltenen Momenten der Rührung sagt, sich an das Gesicht des Mannes erinnern, auch an die fordernde Zärtlichkeit seiner Hände und an seinen kräftigen, festen Körper, der die Begehrlichkeit in ihrem Leib weckte, aber nicht an seinen Namen, den er ihr nannte, bevor er nach ein paar gemeinsamen Stunden im abgelegenen Heuschober eines samländischen Bauern wieder aus ihrem Leben ging.

»Dann merkte ich, dass ich schwanger war«, erzählte sie. »Und obwohl ich wusste, dass es nicht leicht sein würde, ein Kind allein aufzuziehen, wollte ich dich. Ich wünschte mir eine Tochter, der ich einmal Hedwigas Tasche geben würde.«

»Bin ich ihm ähnlich oder dir?«, wollte Barbara einmal wissen.

»Mir!« Lena betrachtete ihre Tochter mit kritischen Augen. »Obwohl … ein wenig hast du bestimmt auch von ihm, wie jedes Kind etwas von beiden Elternteilen geerbt hat.«

»Was ist es?«, bohrte Barbara. »Bin ich so schön wie er?«

Ihr gefiel diese Geschichte von dem Fremden. Sie stellte sich ihren geheimnisvollen Vater als wagemutigen und starken Mann vor.

Lena aber lachte herzhaft und kniff sie leicht in die Wange. »Wahrscheinlich ist es dein sturer Kopf, den du von ihm hast, ich weiß es nicht, ich kannte ihn doch gar nicht.«

Ebenso gern aber hört Barbara noch heute zu, wenn Lena von ihrer Suche nach der Tasche berichtet, die man ihrer

Mutter Ilsa, die im Zuchthaus gestorben war, gestohlen hatte. Auch Thekla, Anna und Luise bedrängen ihre Großmutter oft, sich an die Vergangenheit zu erinnern.

»In einem Pfandhaus in einer dieser Gassen in Königsberg, in die selten Sonnenlicht fällt, sah ich sie«, erzählt Lena dann, während ihre im Alter knochig gewordenen und bei einer Schwangeren doch so sensiblen Finger wieder und wieder über das fleckige Leder streichen. »Da, zwischen einer schwarzsilbernen Taschenuhr und einem Holzkästchen mit metallenen Verzierungen, neben einem Wollschal mit Fransen und einem ausgestopften Eichhörnchen auf einem dürren Ast – da stand sie im Regal, Hedwigas Tasche.«

»Und dann?«, fragen Thekla, Anna und Luise immer wie aus einem Mund und mit leuchtenden Augen.

»Nun«, fährt Lena nach einer genüsslichen Pause fort, »ich lehnte meine Stirn gegen das trübe Fenster, nicht weil ich müde war, sondern weil ich mich nicht satt sehen konnte an der Tasche. Und dann bin ich hineingegangen und habe dem Pfandleiher, einem Mann mit einem Fuchsgesicht und Brille und mit bis zu den Ellbogen reichenden schwarzen Ärmelschonern über seinem gräulichen Hemd, gesagt, dass die Tasche einst meiner Familie gehört und dass man sie meiner Mutter gestohlen habe und ob ich sie mitnehmen könne. Er sagte: ›Ein gutes Stück, Fräuleinchen. Ist nie abgeholt worden, all die Jahre. Wollt sie keiner haben, na ja, nu kriegt sie der, der gut dafür bezahlt.‹ Ich hab heimlich nach meinem Geldbeutel gefasst, war ja nicht viel drin, sind auch heute noch nie mehr als ein paar Groschen drin, als Hebamme verdient man nicht viel, aber es ist eine schöne Arbeit, die man macht, all die Kinderchen, die geboren werden wollen, auf die Welt zu holen. Also, ich war gerade aus Tapiau zurückgekommen, wo ich einer Freundin bei der Entbindung geholfen hatte. Mein Kleid roch noch nach der Kate, nach Moor und nach schlammigem Wasser. Ich trug einen Sack über meiner Schulter, aus dem quollen die Stängel von wilden Kräutern, die ich im Moor gesammelt hatte. Auch mein Haar, meine Hände und Arme rochen, und unter meinen Fingernägeln sammelte sich schwarzer Schmutz. Und an meinem Gürtel hingen die Tiegel und Fläschchen mit meinen Salben und Tinkturen.«

»Und dann hat der Pfandleiher gesagt, dass er die Tasche gegen eine Medizin tauscht, nicht wahr, Großmutter?«, fragt Anna atemlos, die sonst immer viel zu still ist, bei Lenas Erzählungen aber auflebt und rosige Wangen bekommt, jedes Mal. Denn Lena macht immer an dieser Stelle eine bedeutungsvolle Pause in ihrem Bericht und schaut irgendwohin, als wäre sie ganz weit weg, nur nicht in dieser Stube.

»Ja, ja«, sagt Lena dann auf einmal kichernd. »Ich muss ihn wohl auf eine besondere Art angeschaut haben, wahrscheinlich so, wie ich eben Leute anschaue, die mir von ihren Schmerzen erzählen und Hilfe von mir erwarten. Jedenfalls ist er auf einmal dicht an mich rangetreten, und es graulte mir vor seinem muffigen Altmännergeruch. Ich dachte, wahrscheinlich hat er Gicht in seinen Gelenken und auch was mit seiner Leber und mit seinem Magen. Ich dachte, ein Tee aus Kamille, Pfefferminz und Fenchel wird seine Beschwerden lindern, auch eine Mischung aus Löwenzahn, Ingwer, Gelbwurz, Ringelblume oder Mariendistel könnte ihm helfen, vorübergehend, nicht auf Dauer, denn als Kräuterfrau kenne ich doch meine Grenzen. Und dann, nach einer ganzen Weile, sagte er tatsächlich: ›Kannst sie haben, Marjell, die Tasche, mit allem, was drin ist, steht nur rum hier, nimmt Platz weg,

und keiner will sie.‹ Er rückte mir noch ein bisschen mehr auf die Pelle, und als er wieder grässlich kicherte und sagte: ›Wenn du mir deine Seele gibst, Mädchen, bekommst du die Tasche dafür‹, da wäre ich am liebsten weggerannt. Doch auf einmal strich er mir mit seinen Gichtfingern übers Haar und meinte: ›Musst dich nicht fürchten, ist nur der Spaß eines alten, einsamen Mannes. Hast ein gutes Gesicht, nicht so wie andere, die in meinen Laden kommen und am liebsten alles haben wollen, ohne dafür zu bezahlen. Gibst mir eine gute Medizin dafür, die Schmerzen im Leib bringen mich noch mal um.‹ Also gab ich ihm eine meiner Kräutermischungen gegen seine Beschwerden und einen Tiegel Salbe dazu, nahm die Tasche und rannte dann, so schnell ich konnte, aus dem Laden und die Gasse entlang, bevor er es sich anders überlegen konnte. Sein Lachen aber hat mich verfolgt, das gellte noch lange in meinen Ohren. Und wenn ich nicht doch manchmal in die Kirche gehen und zum Herrgott beten würde, könnte ich heute noch glauben, der Leibhaftige selbst war damals hinter mir her.«
Und dann macht Lena manchmal vor, wie sie damals gerannt ist. Mit so hoch gerafftem Rock, dass ihre spillerigen Beine in den löchrigen Strümpfen bis übers Knie zu sehen sind, hüpft und hastet sie durch die Wohnküche, bis ihre ausgelatschten Pantoffeln durch die Luft fliegen und die Kinder sich vor Vergnügen krümmen und sogar Barbara Tränen in den Augen hat vor lauter Lachen.

Bei dem Gedanken an diese Szenen muss Barbara jetzt lächeln. Sie zieht sich die Decke enger um die Schultern. Welch ein Glück, dass wenigstens Lena und die Kinder nicht vergessen haben, wie man lacht, denkt sie, während sie weiter in der kalten Wohnstube umherwandert. Es gibt sonst so wenig zum Lachen in diesem Haus und in dieser Zeit. Früher, ja, da kamen Gregors Freunde oft, um ihn und seine junge Frau zu besuchen. Jetzt klopft selten jemand an die schlichte Tür. Wer es tut, braucht Lenas oder ihre Hilfe bei einer Geburt oder Krankheit. Heute ist in den Nächten nur noch das Tappen und Rascheln der Mäuse in den wegen der Kälte nicht mehr benutzten Räumen im Obergeschoss zu vernehmen. Und die leisen Atemzüge der schlafenden Kinder in der Kammer nebenan, in die sich Lenas Seufzen und Stöhnen mischt, wenn sie im Halbschlaf nach einer bequemeren Lage für ihren früh verbrauchten Körper sucht. Oft gelingt es ihr nicht, dann steht sie auf und geht eine Weile umher oder sitzt, die Hände um einen dampfenden Becher Tee gelegt, in der Küche.

Auch in dieser Nacht findet Lena keine Ruhe und setzt sich ihrer Tochter gegenüber an den Küchentisch.

»Ich mache mir Sorgen«, sagt sie. »Nicht um mich, denn ich bin alt, und das Sterben wird sowieso eines Tages kommen. Aber um dich und die Kinder sorge ich mich.« Sie nimmt den Teebecher, der auf dem Tisch steht, und nippt daran. »Ah, gut, der wird wärmen, ich bin halb erfroren.«

»Ich werde mir eine andere Arbeit suchen«, erklärt Barbara unvermittelt.

Lena mustert sie lange mit müden Augen, dann schüttelt sie den Kopf.

»Es geht nicht anders, Mutter.«

»Die alte Hedwiga wäre stolz auf dich gewesen.« Lena blickt an ihrer Tochter vorbei. In ihren ohnehin blassblauen Augen ist kaum noch Farbe. »Und du bist realistisch genug, um zu wissen, dass auch eine gute Hebamme nicht auf Reichtum hoffen kann.«

»Ich will nur verhindern, dass meine Kinder verhungern oder erfrieren«, sagt Barbara schließlich. Sie streckt die Hände nach Lena aus und berührt scheu die mageren Schultern unter dem dünnen Tuch. Sie weiß, sie hat ihrer Mutter viel zu verdanken. »Ich wünschte, es wäre anders. Aber ich …« Sie verstummt vor Elend, und die plötzliche Stille im Raum legt sich gleich einem erdrückenden Tuch auf die beiden Frauen.

»Flausen hat er dir in den Kopf gesetzt, dein Gregor«, murrt Lena nach einer Weile und zieht sich den Schal enger um ihren Körper. »Aus lauter Lust am Kämpfen und Töten ist er in diesen verdammten Krieg gezogen – und hat dich auch noch mitgenommen. Hätte er dich nicht heimgeschickt, dann wärst auch du auf irgendeinem Schlachtfeld krepiert. Und deine Kinder wären im Waisenhaus gelandet, wie meine Mutter Ilsa und ihre Schwester Hanna damals. Und glaub mir, das war bestimmt kein Zuckerlecken.« Sie schüttelt erneut den Kopf. »Nein, nein. Dein Gregor hätte hier bleiben sollen. Er war ein guter Arzt, die Leute kamen zu ihm, weil er mehr von der Medizin verstand als die meisten Herren Doktoren in der Stadt. Die Kranken, die er behandelte, kamen nicht nur aus unserem Viertel, es waren viele aus Kneiphof und sogar aus dem Schloss unter seinen Patienten. Die konnten seine Hilfe wenigstens gut bezahlen. Er hätte erfolgreich sein können. Aber nein, er musste in den Krieg ziehen.« Sie presst ihre knittrig gewordenen Lippen zusammen.

Barbara umklammert ihren Teebecher. Dieses Gespräch hat sie mit Lena in den vergangenen zwei Jahren wieder und wieder geführt. Es hat ihr nie etwas gebracht außer einem schlechten Gewissen ihrer Mutter und ihren Kindern gegenüber. Aber hätte es etwas geändert, wenn sie in Königsberg geblieben wäre, statt Gregor zu folgen? Sie hätte als Hebamme und vielleicht sogar als Krankenpflegerin weiterarbeiten können. Das wäre immerhin besser gewesen als die Arbeit an einem Webstuhl, in einer Fabrik oder im Geschäft des Ehemannes für nicht mehr als einen Hungerlohn. Schicksale, die die Mehrzahl der Königsberger Frauen aus kleinbürgerlichen Verhältnissen betreffen und denen Barbara fast täglich begegnet. Doch eine Bildung, wie Barbara sie sich einmal erträumt hat, ist ihr als Frau, als Witwe und Mutter von drei unmündigen Kindern auch weiterhin verschlossen. Und nicht zum ersten Mal fragt sie sich, ob alles das, was Professor Giesecke sie einst gelehrt und was sie sich selbst erarbeitet hat, für immer brachliegen soll.

Sie seufzt, ohne es zu merken. Eine Möglichkeit gibt es allerdings, doch dafür braucht sie die Unterstützung ihrer Mutter.

»Ich werde um eine Stelle als Hauslehrerin fragen«, sagt sie leise.

»Soso, Hauslehrerin!« Missmut und Verachtung sind Lenas faltigem Gesicht anzusehen. »Da enden also deine hochfliegenden Träume von Kultur und viel Bildung – im Kinderzimmer einer hochnäsigen Adligen.«

»Eine bessere Lösung weiß ich nicht.«

Lena mustert sie aus tief liegenden Augen.

»Wenn ich nicht wüsste, was dir dein Gregor bedeutet hat, dann würde ich sagen, heirate wieder.«

»Wen denn?« Barbara bedeckt ihr Gesicht mit den Händen. »Von Gregors Freunden ist nur Adam aus dem Krieg zurückgekehrt.«

»Bist dir also zu fein für einen aus der Fabrik, was?«

Verbittertes Schweigen breitet sich erneut zwischen ihnen

aus. Schließlich erhebt Lena sich mühsam und brüht nochmals Tee auf, eine Mischung aus Brombeerblättern und Zitronenmelisse. Sie starrt eine Weile in die Kanne, dann füllt sie wieder die beiden Becher.

»Da, trink, Tochter!« Ihre Stimme ist mürrisch. »Und wenn dir die Hebammenarbeit nicht gut genug ist, dann tu doch, was du willst. Ich kann und werde dich zu nichts zwingen.«

»Du weißt, dass ich eine gute Hebamme bin, Mutter.«

»Es reicht nicht, gut zu sein«, erklärt Lena. »Wenn du nicht mit deinem Herzen dabei bist, wirst du Fehler machen, schwerwiegende Fehler. Keine Hebamme kann sich Fehler erlauben.«

»Ach Mutter!« Barbara legt eine Hand auf Lenas Arm. Leicht nur, denn Lena ist in den vergangenen Jahren schrecklich abgemagert, und unter der papiernen Haut ist der Knochen spürbar. »Du hast mich stets dazu angehalten, so viel wie möglich zu lernen. Du hast auch nichts dagegen gehabt, dass Professor Giesecke mich unterrichtete. Und du hast mich in die Schule gehen lassen, anstatt mich in eine Spinnstube zu stecken oder mich irgendwo in Dienst zu geben. Dafür bin ich dir dankbar – wie für vieles andere.« Wieder berührt sie sanft Lenas Schulter. »Bitte verstehe, dass ich mehr sein möchte als eine Hebamme, die zusehen muss, wie ihre Kinder verhungern. Ich möchte auch nicht heiraten, nur weil ich meine Kinder nicht mehr allein ernähren kann. Aber ich kann das, was ich einst gelernt habe und was ich weiß, an andere weitergeben – und das als Hauslehrerin.«

Lena nickt langsam, ihre Gesichtszüge verlieren ein wenig von ihrer Härte. Mit ihrer freien Hand streicht sie sich das ergraute und mit den Jahren immer dünner werdende Haar zurück, das im Nacken zu einem losen Zopf geflochten ist.

»Dann wird eben eine deiner Töchter mit mir gehen und später Hedwigas Tasche bekommen«, sagt sie mit fester Stimme. »Wenn du nicht willst, wird bald eine von ihnen dafür sorgen müssen, dass wir Wölfinnen weiterleben.«

Doch dann kommt alles ganz anders, denn Lena will ihre Schwester Elsbetha um Hilfe bitten.

»Immerhin ist sie meine Schwester«, erklärt sie Barbara ihren Entschluss. »Und auch wenn wir nie besonders gut miteinander ausgekommen sind, wird sie wohl nicht vergessen haben, dass ich ihr einmal geholfen habe.«

Was das war, erzählt sie ihrer Tochter in einer dieser schlaflosen Nächte, die sie gemeinsam in der Küche verbringen.

»Elsbethas erster Mann war ein Tuchhändler aus dem Württembergischen, der den Reichen unter uns Preußen kostbare Stoffe und Bänder aus dem italienischen Venedig und anderen fernen Ländern verkaufen wollte. Aber das Geschäft, das er hier in Königsberg eingerichtet hatte, lief nicht gut. Und als Elsbetha mit Zwillingen schwanger war, hat er sie wieder verlassen. Ist einfach auf und davon, angeblich nach Polen oder sogar zu den Russen, was weiß ich. Als ihre Kinder geboren wurden, viel zu früh, wie das bei Zwillingen meistens passiert, da war ich noch im Gefängnis.« Sie verstummt, beißt sich auf die Lippen und schaut hierhin und dorthin, nur nicht in Barbaras Gesicht.

»Im Gefängnis? Aber warum?« Barbara hört diese Geschichte zum ersten Mal.

»Na ja«, meint Lena, noch immer verlegen, und zupft an ihrer Schürze herum. »Obwohl der König Hexenprozesse in Preußen doch schon verboten hatte, wurde ich angezeigt.«

»Aber wer hat das getan, Mutter? Und warum?«

Wieder windet Lena sich. Schließlich sagt sie leise: »Meine eigene Schwester. Eifersüchtig war Elsbetha auf mich, weil sie doch schwanger war und der Josef, also ihr Mann, ein bisschen auf mich schaute.« Sie reckt sich etwas in die Höhe, und in ihren Augen ist auf einmal ein Funkeln und Glänzen. »Schlank war ich damals, schlank und rank wie eine Birke. Und meine Haare blond wie der Weizen, bevor er gemäht wird. Dem Josef hat es gefallen, und gezeigt hat er mir das und mich das heimlich fühlen lassen.« Sie seufzt. »Und deshalb und weil Elsbetha schon immer neidisch darauf war, dass ich in der Stadt einen guten Ruf hatte, hat sie dann beim Hexengericht mit dem Finger auf mich gezeigt und gesagt: ›Ja, ich habe mit eigenen Augen gesehen, wie sie sich mit der Hexensalbe eingerieben hat und dann auf einem Besen davonflog, um sich mit den Priesterinnen des heidnischen Fruchtbarkeitskultes im samländischen Moor zu treffen und Böses und Sündhaftes zu tun.‹ Ja, das hat Elsbetha vor dem Gericht behauptet und auch, dass ich sie verhext hätte, denn sie trage kein Kind in ihrem Leib, sondern ein Ungeheuer. Dabei war sie nur deshalb so aufgeschwollen, weil sie Zwillinge erwartete. Sie glaubte es mir nur nicht, als ich es ihr sagte.«

»O Mutter!« Barbara ist aufgestanden, will ihre Arme um Lenas schmale Schultern legen, doch die wehrt sie mit einer heftigen Bewegung ab.

»Bloß kein Mitleid«, sagt sie schroff. »Das ist lange her. Und mir konnte sowieso keiner was nachweisen oder tun, obwohl der Mann, der mich verhörte, ein gefürchteter Hexenjäger aus Bayern war und ich mir in der Zelle, in die man mich gesperrt hatte, schon überlegte, wo ich Eisenkraut herbekommen sollte, weil Eisenkraut doch unempfindlich gegen Feuer und Hitze macht, denn in Berlin hatte man gerade eine andere Frau wegen Hexerei angeklagt und auf dem Scheiterhaufen verbrannt. Das Schlimmste«, sie atmet tief, »das Schlimmste war, dass mich der Gefängniswärter immer wieder dazu aufforderte, endlich zu gestehen. Ihn kannte ich von Kindesbeinen an, mit seinen Kindern hatte ich gespielt. Wir haben zusammen nach Würmern und nach Asseln gegraben und sie an Stöckchen über einem Feuer geröstet, bis sie knackend oder zischend zerplatzten. Seinen Kindern hatte ich die Kräuter in Fredas Küchengarten erklärt. ›Das ist Petersilie‹, sagte ich, ›harntreibend und menstruationsfördernd, das ist Beifuß, krampflösend und zugleich gefäßverengend, das da ist Eisenkraut, das da Majoran, beides nützlich zur Verstärkung von Geburtswehen.‹« Sie lacht, und ein wenig von der Leichtigkeit früherer Jahre klingt für einen Moment in diesem Lachen mit, bevor es wieder kratzig und abgehackt wird. »Ja, ja, ich hatte schon früh viel von Ilsa, meiner Mutter, gelernt, sogar die Kraft, die Zelle, den Moder und den Dreck darin, das Hemd aus grobem Leinen, das auf meiner Haut scheuerte und kratzte, und die vulgären Bemerkungen von Huren, die zu Mörderinnen geworden waren, zu ertragen.«

Barbara ist empört und fasziniert zugleich über und von dieser Geschichte und auch von der Atemlosigkeit, mit der Lena sie erzählt, so rasch, als wäre sie unendlich erleichtert, das alles endlich, endlich in Worte gefasst und ausgesprochen zu haben.

Lange sitzen sie da und schweigen, jede von ihnen in ihre eigenen Gedanken versunken. Die Teebecher sind längst geleert, und in den Fenstervierecken zeigt sich, noch zögernd, erstes Morgenlicht.

»Und obwohl deine Schwester dir das angetan hat, hast du ihr später geholfen?«, fragt Barbara schließlich.
»Ja«, sagt Lena, schon wieder leicht mürrisch, wie es eben ihre Art ist. »Nachdem ihr Mann sie verlassen hatte und die Leute über sie redeten, ging sie mit ihren Kindern ins Samland. Freda, die Vater nach dem Tod unserer Mutter heiratete, hatte dort Verwandte. Ich wurde aus dem Gefängnis entlassen, aber hier in Königsberg konnte ich eine Weile nicht mehr als Hebamme arbeiten. Du weißt ja, wie die Leute sind. Hast du erst einmal Dreck am Stecken, ob nun berechtigt oder nicht, dann will niemand mehr etwas mit dir zu tun haben. Also ging ich ebenfalls ins Samland, um Elsbetha mit den Kindern zu helfen und darauf zu warten, dass das Gerede in der Stadt aufhörte.« Ein flüchtiges Lächeln huscht über ihr ausgezehrtes Gesicht. »Es waren so hübsche Kinderchen, die Zwillinge meiner Schwester, eines dunkelhaarig wie seine Mutter, das andere blond wie ich. So lieb und fein waren sie. Aber sie waren Frühgeburten, schwächlich und immer krank. Kurz bevor die Mädchen starben, noch nicht einmal ein Jahr alt, ließ Elsbetha mich mit den Kindern allein und ging zurück in die Stadt. Da wussten wir schon, dass ihr Mann Josef bei einem Kutschenunglück in Polen umgekommen war. Und einige Monate später hat Elsbetha dann einen polnischen Adligen geheiratet. Und damit war sie raus aus all dem Schlamassel in unserem Leben, während meines weiterging.«
»Wie konnte sie das tun!«, empört sich Barbara.
Lena hebt die Schultern. »Sie hat bald danach andere Kinder von ihrem Grafen bekommen, drei oder vier sogar. Elsbetha war schon als Kind schnell zu trösten.«
Barbara weiß darauf nichts zu sagen. Sie steht auf und räumt das benutzte Geschirr weg, während sie nachdenkt.

»Mir gefällt der Gedanke nicht, dass du jetzt als Bittstellerin zu ihr gehen willst«, meint sie schließlich. »Nach allem, was sie dir aufgebürdet hatte, hast du meiner Meinung nach schon lange ein Anrecht auf ihre Unterstützung.«
Wieder zuckt Lena mit den Schultern. »Du kennst meine Schwester nicht, Tochter. Sie hat nicht viel übrig für ihre Mitmenschen, ob nun mit ihr verwandt oder nicht.« Auch sie steht vom Tisch auf und wirft ihren langen Zopf mit einer energischen Kopfbewegung auf den Rücken. Kaum verständlich murmelt sie: »Und manchmal muss unsereiner eben über seinen eigenen Schatten springen.«

Aber Barbara lässt sie nicht allein gehen.
»Ich komme mit«, entscheidet sie, als ihre Mutter ein paar Tage später in ihrem schwarzen, schon schäbigen Sonntagskleid aus dünnem Tuch und mit weißem Krägelchen am Ausschnitt vor ihr steht. Das Kleid ist Lena in den vergangenen Jahren zu groß geworden, es schlottert an ihrem hageren Körper. Aber ihre Wangen sind rosig angehaucht, und sie strahlt Entschlossenheit aus.
Schließlich gehen sie alle, denn nun wollen auch Thekla, Anna und Luise diese ihnen unbekannte Großtante in ihrem schönen Haus am Schlossteich besuchen. Selbstverständlich haben sie dieses Haus schon aus der Ferne gesehen, denn manchmal geht Barbara mit ihren Töchtern zum Teich, um Enten und Schwäne auf dem Wasser zu beobachten.
»Warum nicht«, meint Lena aufmüpfig, als die Kinder frisch gewaschen und mit sauberen Schürzen über ihren Kleidern vor ihr stehen. »Soll meine Schwester ruhig sehen, dass doch noch was aus mir geworden ist.«

Eilig strebt die kleine Gruppe durch die holprigen Gassen der Altstadt, Lena und Luise vorneweg, Barbara mit Thekla und Anna hinter ihnen.

»Nicht so schnell, Großmutter!«, jammert Luise. Die Rüschenhaube ist ihr vom Haar gerutscht, die schwarzen Locken lösen sich aus den Zöpfen und hängen ihr über den Rücken bis zur Taille, wo die Schürzenbänder zu einer nachlässigen Schleife gebunden sind, die unter dem kurzen Umhang hervorlugt. Ihre großen kirschdunklen Augen aber glänzen lebhaft, als sie sich einmal zu ihrer Mutter umdreht und sie anlächelt, und die zarten Wangen sind von der Kälte gerötet. Luise ist ihrem Vater sehr ähnlich, und Gregor war ein gut aussehender Mann.

»Dumme Heulsuse«, hört Barbara Anna neben sich zischeln. Und sie denkt: Immer müssen sie sich streiten, diese beiden, dabei sind sie doch Schwestern! Anna ist wie Thekla und ganz anders als Luise, nämlich unscheinbar, blasshäutig, mit graublauen Augen, die stets ein wenig verschleiert wirken, als würden die Mädchen nach innen schauen. Wo Luise zu viel plappert, werden Thekla und Anna immer stiller.

So eilen sie voran, durch die Gassen der Handelsinsel, dem Kneiphof, wo sich die Giebel der alten Kaufmannshäuser um den roten Backsteindom scharen, dessen Glocken über den Pregel bis zum Schloss und an klaren, windstillen Tagen sogar bis in die Vorstädte klingen. Sie eilen vorbei an der Schlosskirche, vorbei an den Wirtshäusern, aus denen schon jetzt, früh am Tag, das Grölen eines Betrunkenen schallt. Vorbei auch an einigen kleinen Marktständen, wo Eier und Käse vom Land verkauft werden und ein Jongleur Bälle in die Luft wirft und wieder auffängt, während ein mageres Äffchen mit Greisengesicht auf seiner Schulter balanciert.

Luise, neugierig wie immer, will an der offenen Tür einer Spinnstube stehen bleiben und hineinschauen, wo einige junge Mädchen, nicht viel älter als ihre Schwestern, eifrig arbeiten.

Aber Lena hat es eilig und zieht das Kind mit sich. Und Barbara fragt sich beklommen, was sie in diesem großen Haus erwarten wird. Sie haben Hilfe bitter nötig, das ist richtig, doch wer etwas haben will, der muss auch etwas hergeben können. Umsonst ist nicht einmal der Tod, denkt sie voller Bitterkeit.

Sie lassen die Rückseite des gewaltigen Schlosses auf der Anhöhe hinter sich, auch das große Stadttor in der alten Befestigungsmauer, und überqueren die schmale Brücke über den verschlammten Katzbach östlich davon. Hier riecht es eine Weile nach stinkenden Abfällen, nach verdorbenem Fisch und nach Katzenpisse. Der beklemmende Geruch verfolgt sie und hört erst auf, als sie in die prächtige Allee mit Kastanienbäumen einbiegen, die am Schlossteich vorbei zu dem großen Haus führt, in dem Elsbetha mit ihrem Mann lebt. Hinter einem hohen Zaun breitet sich ein parkähnlicher Garten mit Bäumen und Sträuchern aus. Hier ist alles einschüchternd still und wirkt deshalb auch abweisend. Ein wenig riecht es nach Pferden und Heu, nach frisch aufgeworfener Erde und altem Laub. Und irgendwo auch nach gebratenem Fleisch und Zwiebeln. Ein Geruch, der nicht nur Barbara das Wasser im Mund zusammenlaufen lässt.

»Da kommen wir anscheinend zur richtigen Zeit«, meint Lena, die schon lange vorher ziemlich schweigsam geworden ist, mit rauer Stimme und zieht die Nase kraus. »Wir wollen doch einmal nachsehen, wo die Küche ist.«

Aber weiter als bis vor das geschlossene hohe Gartentor

aus Schmiedeeisen kommen sie erst einmal nicht. Da stehen sie, um Lena gedrängt, und schauen, die Kinder mit offenen Mündern, durch die Zaunstäbe und zur anmutig geschwungenen Steintreppe vor dem Haus dahinter, die gerade ein elegant gekleideter Mann betritt.
»Das ist er höchstpersönlich, der Herr Graf, also der Mann meiner Schwester Elsbetha«, erklärt Lena den anderen leise. »Schaut ihn euch nur genau an, seine Kleider und alles andere. So etwas kann sich nur einer leisten, der keine Sorgen hat.«
Und Barbara, die schon lange den Klatsch und Tratsch in der Stadt über diesen Kaufmann kennt, der, allem Schönen und Jungen nicht abgeneigt, seine Finger in undurchsichtigen Geschäften haben und dazu dem Kartenspiel verfallen sein soll, spürt Unbehagen, sogar so etwas wie Furcht und gleichzeitig Zorn, als sie seinem raschen raubvogelartigen Blick begegnet, mit dem er zuerst Lena, dann Thekla und Anna und sie streift und der schließlich an der kleinen Luise an ihrer Seite hängen bleibt. Unwillkürlich legt sie ihren Arm um ihre jüngste Tochter, die mit ihren dunklen Haaren und blitzenden Kirschaugen, dem roten Mündchen, den von der Kälte geröteten Wangen und sowieso ganz reizend aussieht.

»Gregor Baczko – doch, doch, den jungen Doktor aus Kneiphof kannte ich.«
Der Graf, der veranlasst hat, dass die ihm bisher unbekannten Verwandten seiner Frau in den Salon des Hauses geführt werden, wendet sich kurz an Elsbetha, bevor er wieder Luise fixiert, die zwischen ihm und seiner Frau auf einem zierlichen Sofa sitzt. »Das ist also dein Vater«, sagt er zu dem Kind, das an einem Ingwerkeks knabbert.

»Ja, mein Herr«, antwortet die Kleine artig. »Aber mein Vater ist schon lange tot und jetzt im Himmel.«

»Unser Vater ist im Krieg gegen die Österreicher gestorben«, meldet sich Anna eifrig zu Wort. »Wir wissen nicht genau, wo er begraben ist.« Sie drängt sich an ihre Mutter, und Barbara streicht ihr mechanisch übers Haar. »In Polen, oder, Mama?«

»In Schlesien. Aber nahe der polnischen Grenze«, korrigiert Barbara ihre Tochter.

Doch der Graf achtet nicht auf sie, nicht auf Lena oder Thekla oder Anna. Er hat, wie Barbara mit zunehmendem Unbehagen bemerkt, nur Augen für ihr Luischen.

»Du musst nicht Herr zu mir sagen, ich bin doch dein Onkel, Onkel Cyprjan. Und das da neben dir ist deine Tante Elsbetha, nicht wahr, meine Liebe?«

Er legt eine seiner schmalen, beringten Hände auf Luises Knie.

»Aber sicher sind wir dein Onkel und deine Tante, Herzchen.« Elsbetha, seine Frau, lächelt und lächelt und legt ihre Hand auf Luises anderes Knie.

Barbara starrt mit zusammengezogenen Brauen auf diese beiden Hände, die besitzergreifend Luises Knie umfassen, dann steht sie abrupt auf.

»Ich denke, wir sollten jetzt gehen, Mutter«, sagt sie laut.

Aber Lena reagiert nicht, wirft ihr nicht einmal einen Blick zu. Sie bleibt ganz vorn auf der Kante des mit rotem Samt bezogenen Sessels sitzen, wie sie schon die ganze Zeit sitzt, mit sehr geradem Rücken und ihren Kopf hoch erhoben. Mit spitzen Fingern hat sie die hauchdünne Porzellantasse gefasst und nippt an dem dampfenden Getränk, während sie abwechselnd ihre Schwester und den Grafen betrachtet.

»Ich habe dich bisher nie um etwas gebeten, Elsbetha«, sagt sie plötzlich und stellt die Tasse ab, so hart, dass sie auf dem Tablett leise klirrt. »Jetzt muss ich es tun, denn ich will, dass meine Tochter und meine Enkelkinder diese schwere Zeit überleben.«

»Wenn du Geld meinst ...«, beginnt Elsbetha, doch Lena unterbricht sie sofort.

»Almosen aus deiner sicher gut gefüllten Geldbörse nehmen wir nicht, danke«, sagt sie spitz. »Aber vielleicht könnten Sie, Herr Graf, meiner Tochter dabei helfen, in einer Ihnen bekannten Familie eine Stellung als Hauslehrerin zu finden?«, wendet sie sich dann an Lobinski. Doch der ist ganz auf Luise konzentriert und scheint Lenas Worte gar nicht vernommen zu haben.

»Wir werden uns umhören, ob in unserem Bekanntenkreis jemand benötigt wird«, antwortet schließlich Elsbetha.

Barbara horcht, während sie das seltsam maskenhafte Gesicht des Grafen weiter beobachtet, dem Klang von Elsbethas Stimme nach, die hell, zwitschernd, fast singend ist. Und unecht, genauso unecht wie ihr Lächeln, ihre höflich-freundliche Miene und das Getue um mein Kind, denkt sie wütend und starrt dabei unverwandt den Mann neben ihrer kleinen, liebreizend anzuschauenden Tochter an, dessen weiße Hand an Luises nacktem Ärmchen hochwandert und sich an ihren zierlichen Hals schmiegt. Endlich scheint er zu spüren, dass Barbara ihn ansieht. Mit einem Lächeln, das ihr einen Schauer über den Rücken jagt, beugt Lobinski sich über das Kind und legt seine unnatürlich roten Lippen auf die dunklen Locken. »Welch bezauberndes Kind du hast, meine Liebe.«

Barbara, die sich wieder gesetzt hat, steht so hastig auf, dass

der zierliche Sessel nach hinten umfällt. Sie geht um das Tischchen mit den geschwungenen Beinen herum, packt Luise am Arm und zieht sie von dem Sofa und dann fest, ganz fest an sich.
»Komm, wir gehen.« Ihre Stimme zittert, aber sie geht, Luise an der einen Hand, mit der anderen Thekla und Anna vor sich herschiebend, kerzengerade aus dem Salon.
»Wir sehen uns wieder!«, hört sie den Grafen hinter sich sagen. Es klingt wie eine Drohung.

Zwei Winter nach jenem Besuch im Haus des Grafen liegt Lena auf dem Sterbebett, ausgehöhlt von den lebenslangen Entbehrungen, vom Hunger und vom Leid, das sie mit unzähligen Frauen im Armenviertel geteilt hat. Barbara sitzt an ihrem Lager und hält ihre Hand. Thekla und Anna hocken still und wohl in Gedanken versunken in einer Ecke der kleinen Schlafkammer. Das Luischen ist schon seit einigen Wochen nicht mehr hier. Es lebt jetzt im Haus des Grafen Lobinski und dessen Frau, wo es nun schöne Kleider trägt und in eine teure Schule geht. Thekla und Anna dagegen besuchen weiter die öffentliche Schule in Kneiphof. Hier drängen sich während des täglichen Unterrichts fast sechzig Kinder zwischen acht und vierzehn Jahren in einem muffigen Klassenraum zusammen, wo sie von einem einzigen Lehrer unterrichtet werden. Aber Barbaras Töchter sind wissbegierig und lernen eifrig, weshalb sie die Enge nicht stört. Und Anna will eine gute Hebamme werden wie ihre Großmutter und ihre Mutter, während Thekla davon redet, in einen Haushalt zu gehen.
»Hat nicht sollen sein, nicht einmal ein klein bisschen vom Glück«, murmelt Lena. Sie atmet rasselnd, weil ihre Lungen

zerfressen sind von Krankheiten, vom Hunger und von der ewigen Kälte in diesem Haus. Sanft streichen ihre hageren Hände über den Arm ihrer Tochter. Auch Barbaras Finger sind mager und hart geworden, denn die Arbeit mit Kranken und Schwangeren, die paar Unterrichtsstunden, die sie im Haus eines neureichen Fischhändlers erteilt, und ab und zu eine Näherei für Frauen in der Nachbarschaft bringen nicht mehr als ein paar Taler im Monat ein. Es kommen viele Arbeitssuchende vom Land in die Stadt und versammeln sich vor Nähstuben, Spinnereien, im Hafen und auf den Märkten zuhauf. Die Schäden, die der Siebenjährige Krieg angerichtet hat, sind nur unter großem Aufwand zu beseitigen. Vor allem die Königsberger und den im Land verbliebenen Adel schmerzt es, dass der König es ablehnt, die Provinz Ostpreußen noch einmal zu betreten, da sie so rasch und ohne großen Widerstand russisch geworden war.

Das anfängliche Interesse der Lobinskis an den armen Verwandten in der Altstadt von Königsberg ist erloschen, seitdem der Graf erreicht hat, dass Luise als Ziehtochter seiner Frau in seinem Haus lebt. Und noch einmal wird Barbara das schlossähnliche Gebäude am großen Teich nicht betreten, das hat sie sich nach einer heftigen Auseinandersetzung mit dem Mann ihrer Großtante geschworen. Darum, dass sie ihre Tochter regelmäßig sehen kann, ist es gegangen. Lobinski hatte seltsam gelächelt, wobei sich seine vollen roten Lippen hochzogen und sein starkes weißes Gebiss entblößten. Er hatte Barbaras schäbige, aber saubere Kleidung von oben bis unten gemustert und dann in zynischem Ton gesagt: »Ich denke nicht, dass ein solcher Umgang für unsere Luise noch gut oder von Vorteil ist.« Nichts hatte geholfen, kein Weinen, kein Drohen, kein Betteln. Als Barbara schließlich das Haus verließ und sich noch einmal umdrehte, war an keinem der vielen Fenster eine Bewegung zu erkennen. Kein Kindergesicht presste sich irgendwo an das Glas, kein Stimmchen rief nach ihr.

Seit einigen Tagen redet man in Königsberg nun über angeblich unlautere Geschäfte des gebürtigen Polen Cyprjan Lobinski mit dem östlichen Nachbarland. Wilde Gerüchte gibt es über seine Spielleidenschaft, über Schulden und anderes. Aber darüber und über ihre ständig wachsenden Ängste um Luise kann Barbara weder mit ihrer Mutter noch mit Leuten in der Nachbarschaft sprechen. Die Verwandtschaft mit der Gräfin und die Tatsache, dass Barbaras jüngste Tochter sogar in das prächtige Haus aufgenommen wurde, hat unter den Nachbarn schon Misstrauen und Neid erzeugt, nun kommt Schadenfreude dazu.

»Wenigstens dem Luischen geht es besser. Es geht ihm doch besser, oder nicht?« Lenas Stimme zittert, wird so leise, dass Barbara das Rascheln der Mäuse im Strohlager hören kann. Sie hört auch das stoßweise Atmen und die Schluchzer von Thekla und Anna und dreht den Kopf ein wenig zur Seite, um ihre Kinder sehen zu können, doch das Kerzenlicht reicht nicht aus, um auch ihre Gesichter zu erkennen. Barbara weiß um die Gefühle ihrer Töchter. Bei Thekla, ja, bei ihr ist es der Kummer, den Lenas langsames Sterben mit sich bringt. In Anna aber brodelt zusätzlich ein großer Zorn, das spürt sie, das erkennt sie, wenn sie in Annas Augen blickt. Dieser Zorn richtet sich gegen das armselige Leben in diesem Haus und gegen die Unmöglichkeit, Träume zu verwirklichen. Er gilt den Fesseln dieses Lebens, denn in Anna ist der Drang riesig, mehr zu wissen, mehr zu erfahren und zu lernen, als man ihr in der Schule bieten kann. Sie hat geweint und geschrien vor Wut und Verzweiflung, als Barbara nach und nach Gregors medizinische Bücher verkaufen musste, weil es an Geld fürs tägliche Leben mangelte. Sie hat mit ihren Kinderfäusten wütend gegen das große Tor der Universität gehämmert, wenn es sich hinter den Studenten und vor ihrer Nase schloss. Denn die Universitäten in Königsberg, in Berlin und anderswo bleiben weiblichen Studierwilligen nach wie vor verschlossen, daran wird sich wohl nie etwas ändern.

»Weiß nicht eine Hebamme oft viel mehr über Schwangere und Gebärende als ein Arzt?«, fragt Anna manchmal ihre Mutter. »Und wenn diese Frauen so viel wissen, warum dürfen sie dann nicht auch an der Universität studieren, wie jeder Student, der nichts von der Frauenheilkunde weiß und trotzdem Arzt werden will, das tun kann?«

»Eine Frau kann nun einmal nicht studieren und Arzt werden, Kind.« Barbara ahnt, wie verletzend, wie enttäuschend diese Antwort für Anna sein muss.

Aber es gibt einen Lichtblick. In der Stadt Göttingen im Kurfürstentum Sachsen ist vor ein paar Jahren eine erste deutsche Entbindungsanstalt eingerichtet worden. Da will Anna, die jetzt knapp zwölf Jahre alt ist, gleich nach der Schulzeit hin, denn dort werden auch Hebammen ausgebildet. Eine Hebammenschule, das klingt doch vielversprechend, fast wie eine Universität. Barbara bleibt geduldig bei diesen Überlegungen, die bei Anna Atemlosigkeit, rote Wangen und blitzende Augen hervorrufen. Selbstverständlich hat auch Barbara von dieser Klinik gehört. Und ebenso von der heftigen Polemik, mit der die deutschen Hebammen auf das wichtigste Ziel der Göttinger Frauenanstalt reagieren, nämlich »für das Ausland geschickte, ihres Namens

würdige Geburtshelfer« heranzuziehen. Also männliche Geburtshelfer!
Seit jeher wird die Geburtshilfe in Deutschland fast ausschließlich von Hebammen praktiziert, weil eine Frau erfahrungsgemäß nur selten in Gegenwart oder mit Hilfe eines Mannes gebären will. Soll nun etwa auch diese traditionelle Frauenkunst bald von Männern dominiert werden?, fragt Barbara sich, aber nur in Gedanken, denn sie will ihrer Tochter nicht auch noch diese Illusion nehmen. Oder ihren Zorn schüren, der sich zuweilen sogar gegen ihre jüngste Schwester Luise richtet.
»Was hat sie, was ich nicht habe?«, wütet Anna dann. »Mich oder Thekla hat dieser Mann nicht einmal angesehen! Nur Luise, Luise, Luise! Warum bekommt sie alles – und ich nicht einmal die Möglichkeit, Arzt zu werden wie mein Vater?« Und sie sagt auch mit seltsam düsteren Augen: »Du hättest sein Geld nehmen sollen, statt ihm Luise zu geben, denn Luise wird er …«
Aber diese Gedanken, diese Andeutungen, diese unkindliche Ahnung lässt Barbara nicht zu. Sie, die sonst jede Gewalt ihren Kindern gegenüber scheut, wäscht ihrer Tochter den Mund mit Kernseife aus und droht: »Kein Wort mehr darüber in diesem Haus, sonst …!«

Ein rasselndes Seufzen lässt sie aus ihren Gedanken aufschrecken. Besorgt beugt sie sich über ihre Mutter und benetzt die rissigen Lippen mit einem in warmes Ölwasser getauchten Leinentuch.
»Du sorgst dich um Luise, ich sehe es dir an«, flüstert Lena.
Barbara betrachtet ihr schmal gewordenes Gesicht, das dem

ihren und dem von Thekla und Anna so ähnlich ist und aus dem das Leben nun weicht, unaufhaltsam und still. Schon hat die Haut einen gelblich-weißen Schimmer angenommen, die violetten Schatten unter den Augen gleiten ins Schwärzliche. Sogar das ergraute Haar, das Barbara am Morgen zu einem dünnen Zopf geflochten hat, wirkt bereits tot.

»Aber warum sollten wir dem Luischen das bisschen Glück missgönnen?«, murmelt Lena.

Glück?, grübelt Barbara, während sie den vogelleichten Druck von Lenas Fingern in ihrer Hand sanft erwidert. Bedeuten denn schöne warme Kleider und genug Nahrung, ein großer Garten und Bedienstete schon Glück? Sie erschauert, wenn sie an das Grinsen des Grafen denkt. Sie beginnt zu zittern, wenn sie sich an den harten, den gierigen Glanz in seinen Augen erinnert, als er Luise betrachtete. Als wäre sie ein besonders schönes und wertvolles Stück aus seiner Kunstsammlung! Und Elsbetha? Aufgeputzt, mit Schmuck behängt und zwitschernd und flötend wie ein Vogel, ohne etwas Genaues zu sagen? Glatt wie Marmor, und im Innern vielleicht aus Eis, an dem alles abprallt, alles erfriert?

»Überlass uns Luise«, hat Elsbetha ohne Umschweife damals gesagt, nachdem sie, bestaunt, begafft von den Leuten in der ärmlichen, nach Unrat stinkenden Gasse, unerwartet vor Barbaras Haus aus der gräflichen Kutsche gestiegen, vorsichtig über die schleimige Abflussrinne getreten und in die kärglich eingerichtete, kalte Wohnstube gekommen war. Lange hatte sie sich, ihre Lippen verächtlich gekräuselt, ihre Brauen zum Halbmond geformt, umgesehen und sich schließlich zögernd auf einem der wackligen Stühle niedergelassen.

»Ich werde sie als meine Ziehtochter aufnehmen. Der Graf

und ich haben, wie du weißt, nur Söhne, und die sind erwachsen und haben ihr Elternhaus verlassen. Eine Tochter ist uns leider verwehrt geblieben. Ich sehne mich nach einer Tochter, ebenso wie mein Gemahl.«

Barbara hat diesen Auftritt, denn Elsbethas hochmütige Miene, ihre bewusst aufrechte Haltung, ihre teure Kleidung, ihre gewählten Worte waren nun einmal ein Auftritt in dieser Gasse und in diesem Haus, mit Misstrauen und wachsender Abwehr verfolgt und nur immer »Nein, niemals!« gesagt. Doch Elsbetha gab nicht auf. Und schließlich hatte Barbara das Luischen angeschaut, sah das schäbige, zu enge und zu kurze Kleidchen, die gestopften Strümpfe und die zerfledderten Stiefelchen. Sie sah auch die vor Aufregung blitzenden Augen und hörte das Betteln: »Lass mich zu Tante Elsbetha gehen, Mama, bitte, bitte!« Sie war des Redens, des Streitens, der Sorgen müde und überlegte: Ein Esser weniger am Tisch, nur für ein Weilchen, ein paar Tage, vielleicht ein paar Wochen. Und sie hoffte, dass auch vielleicht für ihre beiden anderen Mädchen ein bisschen von dem Geld und dem Getue dieser Frau übrig bleibt. Sie sah Thekla an, ihre unauffällige, zu ernsthafte, zu stille Älteste mit dem mageren Gesichtchen, der etwas zu spitzen Nase und den zu großen düster dreinblickenden Augen. Dann Anna, die ihre Hände zu Fäusten geballt hatte. Sah ihr abweisendes Gesicht, ihren kritischen, skeptischen Blick, mit dem sie die vornehm gekleidete Frau frech musterte. Plötzlich verstand sie, warum die Lobinskis das fröhliche, das unkomplizierte, noch formbare, einfach liebenswerte Luischen und nicht Thekla oder Anna wollten. Vor allem Anna nicht, die schon früh hinter Fassaden sah und Masken abriss, auch wenn ihr das schaden konnte.

Wieder schreckt Barbara auf, als ihre Mutter sich bewegt. Lena spuckt mühsam blutigen Schaum in ein Tuch und fällt zurück in die aufgetürmten Kissen. Barbara zieht die dünne Decke höher und streicht zärtlich das graue Haar aus Lenas Stirn.

»Warum hast du geweint, Tochter?« Lenas Stimme ist nur noch ein Hauch.

Barbara wischt sich mit dem Kleiderärmel übers feuchte Gesicht.

»Es war nicht richtig, Luise zu den Lobinskis gehen zu lassen«, spricht sie endlich das aus, was sie schon seit einiger Zeit bedrückt. »Ich habe kein gutes Gefühl.«

Lange schweigt Lena, lange sehen sie und Barbara sich nur an. Sorge, Ahnung, Erschrecken werden greifbar zwischen ihnen. Dann tastet sie nach der Hand ihrer Tochter und drückt sie überraschend fest. Sie flüstert in abgehackten Sätzen, immer wieder von schluchzenden Seufzern unterbrochen, und Barbara muss sich dicht über sie beugen, um sie zu verstehen.

»Ist ja nichts passiert, noch nicht … geht zu Ende mit mir … musst sie holen, gleich … man redet in der Stadt über …« Der letzte Satz kommt klar und laut und fordernd aus Lenas Mund: »Du musst unser Kindchen vor diesem Mann schützen.«

Erschöpft schließt sie die Augen.

Lena stirbt noch in dieser Nacht. Sie geht unauffällig und entschlossen, wie sie einst unauffällig und entschlossen gelebt hat. Das Lachen war in ihrem Leben selten, und erst jetzt, im Tod, macht ein sanftes, ein wissendes Lächeln die harte Linie ihres Mundes weich.

Barbara, von den morgendlichen Geräuschen auf der Gasse aus ihrem Kummer geholt, betrachtet Lenas eingefallenes, im Tod so ruhiges und wieder schönes und friedlich wirkendes Gesicht. Dann zieht sie das fadenscheinige Leinentuch darüber und bedeckt auch das Lächeln der Wölfin damit.
»Bleibt ihr bei Großmutter, ich gehe Luise holen«, sagt sie zu Thekla und Anna, die sich furchtsam auf einem alten Kleiderbündel in einer Ecke zusammendrängen und ihre erschreckend dünnen Ärmchen umeinander geschlungen haben.
Sie stemmt sich gegen den kalten Januarwind, sie spürt nicht den Graupelschauer, der ihr fast waagerecht entgegenkommt. Sie rennt, getrieben von Angst, von einem unbändigen Zorn und auch von Erleichterung, weil sie auf einmal genügend Kraft in sich spürt, um ihr Kind befreien zu können, durch die Stadt. Sie weiß nicht, woher diese Kraft kommt. Vielleicht, denkt sie, ist sie von Lena auf mich übergegangen, vielleicht ist es ihr berührendes Lächeln, das mich vorwärts treibt und dieses Drängen in mir nährt, mein Kind zurückzuholen und mich mit ihm und meinen beiden anderen Mädchen dem Schicksal zu stellen. Sie rennt, ohne auf andere Passanten oder auf Kutschen zu achten, deren Fahrt sie kreuzt. Mit raumgreifenden Schritten, manchmal Sprüngen, ihren Kopf, ihren Oberkörper wie witternd weit nach vorn geneigt, so eilt sie vorwärts, gleich einer Wölfin, deren Junges entführt wurde und nun in Gefahr ist und das sie sich zurückholen wird, notfalls mit Klauen und Zähnen.
Aber sie kommt zu spät.

VII
Helene

Spät am Abend hatte es zu schneien begonnen. Der neue Schnee schichtete sich pulvrig auf Bäume, auf Straßen und Wege und auf die endlosen Flächen von unberührtem, im Eiswind erstarrtem Weiß, unter denen sich Wiesen, Felder und Moore verbergen. Die Wölfe sangen, als Victor sie auf dem Weg zurück zu ihrem Haus begleitete. Es war ihr nicht gelungen, sich früh und allein davonzustehlen. Victor und sie schwiegen und gingen im Gleichschritt und ohne sich zu berühren. Unter ihren Stiefeln knirschte der Schnee. Katharina stand vor dem Haus und sah ihnen eine Weile nach. Helene wusste es, denn sie spürte ihren Blick im Rücken. So hatte Victors Frau ihnen auch früher nachgesehen, wenn sie zusammen weggingen. Auch damals hatte Katharina mitten im hell erleuchteten Türrahmen gestanden, eine schweigsame, unbewegliche, verloren wirkende Gestalt mit vor der Brust gekreuzten Armen.

»Wirst du bleiben?«, hat Olga, Katharinas und Victors Tochter, irgendwann beim Essen gefragt, ihre schmalen katzenhaften Augen für einen Moment fest auf Helene gerichtet. Helene hat mit den Schultern gezuckt und dabei zu Victors Frau hingesehen. Katharina, ihr Gesicht noch dunkler und runder, ihre Figur noch kräftiger, die Hüften noch breiter als schon vor Jahren, blieb ungewohnt still an diesem Abend, beobachtend, abwartend. Wenn Helene sie ansah, huschte ihr Blick kurz zur Seite, um dann mit dem gewohnten warmen Ausdruck in ihm zu ihr zurückzukehren.

Schließlich hat Helene Olgas Frage ausweichend beantwortet: »Vielleicht, ich weiß es noch nicht.«
Später, da war Victor schon aufgestanden, um Helene zu begleiten, und sie hatte schnell in Katharinas Gesicht gesehen und gesagt, das sei nicht nötig, sie komme allein zurecht, und ihn dann doch mitgehen lassen, fragte sie sich, warum sie nicht einfach ja zu Olga und in Katharinas Schweigen hinein gesagt hatte. Sie ärgerte sich, weil sie noch immer – oder schon wieder? – gleich einem Seismografen auf die Schwingungen in ihrer Umgebung reagierte und eine Beunruhigung unter der Oberfläche dieses Abends mit vielem Lächeln und lärmender Fröhlichkeit der anderen zu empfinden meinte. Ich bin lange genug fort gewesen, und außerdem bin ich inzwischen zu alt für solche Sachen. Also warum belauert ihr mich? Es ist vorbei, was einmal zwischen Victor und mir war – das hatte sie beim Abschied zu Katharina und auch zu Olga sagen wollen, aber sie schwieg, da sie sich ihrer Gefühle nicht sicher war.
Als sie weit genug entfernt waren, um vom Haus aus nicht mehr gesehen zu werden, hatte Victor seinen Arm um ihre Schultern gelegt. Er habe versucht, Lara telefonisch bei der Zeitung in Surgut zu erreichen, erzählte er.
»Leider habe ich sie nicht selbst sprechen können. Sie ist für eine Reportage über den Bergbau im Osten unterwegs, wo es wieder eine Reihe von Unfällen gegeben hat. Einer ihrer Kollegen hat mir gesagt, dass man sie erst in ein paar Tagen zurückerwartet.« Er lächelte Helene von der Seite an. Sie

spürte es, obwohl sie starr geradeaus blickte. »Sie ist ziemlich tüchtig, musst du wissen. Eine richtige Journalistin ist sie geworden, deine Tochter. Manchmal kann man eine Reportage von ihr sogar in einem der größeren Magazine lesen. Du kannst stolz auf sie sein.«

»Ihr«, korrigierte Helene ihn. »Ihr, du und Katharina, könnt stolz auf sie sein. Ihr habt sie zu dem gemacht, was sie jetzt ist.«

Victor, dessen Atem nach Wodka roch, hatte sie irritiert angesehen und dann seinen Arm von ihren Schultern genommen. Er lachte kurz auf, es klang ärgerlich.

»Das ist typisch Jelena – kratzbürstig, stachelig wie seit eh und je! Und ich Dummkopf hatte mir eingebildet, du könntest auf deiner Reise etwas gelernt haben.«

»Und was?«, fragte sie barsch.

Aber er zuckte nur mit den Schultern.

In der Nacht, wahrscheinlich schon gegen Morgen, träumte Helene von Lara. Nebeneinander wanderten sie durch eine moorige Landschaft mit knorrigen Baumstümpfen. Wo sie auftraten, gurgelte schmutziges Wasser an die moosige Oberfläche. Wölfe heulten in der Ferne, und große schwarze Vögel hingen bewegungslos an einem Himmel aus Blei. Der Weg wurde schmaler, und sie mussten hintereinander gehen. Lara ging auf einmal schneller und schneller. Langes Haar umfloss ihren Rücken gleich einem Umhang. Die Träumende streckte ihre Hände nach diesem Rücken aus, aber er war ohne feste Konturen, war schwammig, zerfloss hierhin und dahin, war nicht zu fassen, war wie ein Schatten, durch den ihre Hände glitten. »Bleib!«, rief sie, voller Angst vor dem endgültigen Verschwinden.

Von diesem Ruf wacht Helene auf. Sie entzündet die Petroleumlampe, die Katharina ihr mitgegeben hat, und legt einige Holzscheite auf die schwache Glut im Ofen, dann holt sie im Kochtopf Schnee von draußen und setzt ihn auf die Herdplatte, bevor sie einen Stuhl ans Fenster rückt, um, in eine Decke gehüllt, hinauszuschauen. Es liegt etwas Tröstliches darin, die schwindende Nacht und den langsam beginnenden Tag, deren Grenzen im sibirischen Winter ineinander zu fließen scheinen, zu beobachten und darauf zu horchen, dass das Wasser im Topf zu sieden beginnt. Als sich im Fensterviereck die fahlgraue Helligkeit des Tages zeigt, verliert der nahe Wald ein wenig von seiner Schwärze. Wo der Sturm die letzten Blätter der vereinzelten Birken zwischen den Nadelbäumen davongetragen hat, recken sich bizarre Astgespinste in die Morgendämmerung. Der Himmel hängt tief und schneeschwer über der Unendlichkeit der Landschaft. Es wird ein dunkler Tag bleiben, ein Wintertag wie viele andere in dieser Gegend.
Helene steht auf und gießt das nun kochende Wasser auf die Teeblätter. Mit beiden Händen umfasst sie den Becher mit der dampfenden Flüssigkeit und betrachtet nachdenklich den Heftstapel auf dem Tisch. Bevor sie in der vergangenen Nacht zu lesen begann, hatte sie sich nach dem Schlaf gesehnt, hatte um ihn gekämpft, aber er war wie ein Vorhang, der nicht fiel. Also las sie die nächste Geschichte und ergab sich dabei dem Wispern, dem Flüstern um sie herum, ergab sich schließlich den Stimmen von Lena und Barbara, von Elsbetha und dem polnischen Grafen in ihrem Kopf. Sie ließ die Figuren in der Geschichte lebendig werden und stellte sich vor, dass ihr Haus sich in Lenas schmalbrüstiges Haus verwandelte und sie selbst von irgendwoher beobach-

ten konnte, wie Lena, Barbara und ihre Kinder sich darin bewegten. Darüber war sie müde geworden und endlich eingeschlafen.

Auch jetzt, da sie wieder durch eines der kleinen Fenster nach draußen blickt, spürt sie die Müdigkeit. Die Schwerfälligkeit dieses Tages macht sich überall bemerkbar. Zwei schwarze Vögel schwingen sich träge und lautlos über den Schnee. Gekräuselter Rauch aus Schornsteinen hängt scheinbar bewegungslos in der Luft. Ab und zu klingt ein dünner Laut durch die Stille. Ein paar Kinder mit vom Frost geröteten Gesichtern und Fellmützen ziehen einen Schlitten, auf den sie ihre Schultaschen gehäuft haben, hinter sich her. Ein zweirädriger Karren mit gummibereiften Rädern und beladen mit einem Ballen Heu, vor den ein zottliges Pferd gespannt ist, fährt gemächlich auf der Straße vorbei. Langsam, Schritt für Schritt, folgt ihm ein dick vermummter Mann. Er hat sich seine Pelzmütze mit den Ohrenklappen tief ins Gesicht gezogen. Fedja Skuridin wird es sein, denkt Helene. Fedja war schon immer um diese Zeit unterwegs zu den Tieren im Stall am anderen Ende des Dorfes. Ein paar Ziegen und Schafe, zwei Kühe hatte er früher zu versorgen. Jeden Morgen und jeden Abend fuhr er damals, als das Dorf noch eine Kolchose war, mit seinem Karren durchs Dorf, um die Kühe und Ziegen zu melken und um die vollen Milchkannen auf dem Wagen zur Abholstelle zu bringen.

Helenes Augen bewegen sich nur mühsam hierhin und dorthin. Wie in ihrem Traum ragt hier und da ein Baum oder ein Zaunpfahl aus der frischen Schneedecke, zu wenig, zu vage, um ihren Blick festzuhalten. Sie erinnert sich an andere Dörfer, Dörfer voller Bewegung, voller Leben. Dörfer und Städte, die sie durchfahren hat, in verschiedenen Ländern, zu verschiedenen Jahreszeiten. Keines von ihnen war so weiß und gleichzeitig so dunkel, so lautlos, so kalt, keines so langsam, so in sich zurückgezogen wie dieses hier. Es ist, als hätte Nowgoje eine hohe unsichtbare Mauer um sich gezogen, um sich nicht vom Rest der Welt draußen berühren lassen zu müssen.

Am Nachmittag kommt Olga mit ihren beiden Kindern, bringt Kälte mit und außerdem einen Henkelkorb mit Resten vom gestrigen Abendessen. Kolja, sieben, und Pjotr, fünf Jahre alt, haben rote Nasen und Wangen vom Frost und blitzend schwarze Augen. Sie drängen sich, scheu im fremden Haus, an ihre Mutter. Olgas flinke Augen sind überall, huschen in jede Ecke, über den Ofen und den Topf auf der Kochplatte, streifen die ausgepackten Kleidungsstücke, die Helene über einen Stuhl gehängt hat, verweilen auf dem Medizinbeutel, der noch immer auf der Ofenbank liegt. Sie bleiben schließlich an dem Heftstapel auf dem Tisch mit der verrußten Petroleumlampe hängen.

»Mutter lässt fragen, ob du etwas vom Markt brauchst.« Sie nimmt eines der voll geschriebenen Hefte, blättert darin, während sie munter weiterredet. »Sie fährt morgen mit dem Auto zum Einkaufen nach Nojabrsk. Du kannst ihr eine Einkaufsliste mitgeben. Aber wenn du willst, kannst du auch mit ihr fahren, sagt sie. Was ist das, dein Tagebuch?«, fragt sie dann. Sie hält sich das Heft dichter vor die Augen. »Auf Deutsch geschrieben. Ich habe gehört, dass die Kinder in der Schule in Surgut jetzt Deutsch als Fremdsprache lernen, hast du das gewusst?« Sie wartet Helenes Antwort nicht ab und plappert weiter: »Lara hat mir vor Jahren ein paar Worte beigebracht, aber ich habe sie wieder vergessen. Ich denke, ich brauche bald eine Brille. Oder es ist diese

funzlige Petroleumlampe. Du hast noch keinen elektrischen Anschluss, nicht wahr? Du wirst dir die Augen verderben, wenn du bei diesem Licht schreibst.« Sie stöhnt. »Was für eine Schrift, wirklich kaum leserlich!« Sie macht das Heft wieder zu. »Schade, dass du kein besseres Papier benutzt hast, diese alten Schulhefte lösen sich mit der Zeit ganz von selbst auf«, sagt sie dann. »Warum schreibst du nicht auf Russisch? Na ja, ich würde es wahrscheinlich doch nicht lesen. Ich habe keine Zeit für so etwas.« Sie kichert. »Ich war nie gut in der Schule, nie so gut wie Lara. Sie hat, bevor sie Ilja heiratete, jedes Buch aus Vaters Bibliothek gelesen, ich kein einziges. Es interessiert mich nicht, was andere über das Leben schreiben. Ich habe mit meinem eigenen Leben genug zu tun.« Sie lächelt Helene breit an. Sie hat schöne weiße und gerade Zähne, eine Seltenheit bei sibirischen Frauen. »Weißt du, wenn ich es mir richtig überlege, möchte ich doch irgendwann einmal dein Tagebuch lesen. Dich kenne ich. Ich möchte doch wissen, wie es dir in den letzten Jahren ergangen ist. Du hast gestern nicht viel erzählt. Du schweigst und beobachtest lieber, habe ich Recht? Mutter hat selbstverständlich alle deine Briefe gelesen und mir manchmal etwas vom Inhalt erzählt. Aber ein Tagebuch ist etwas anderes als zum Beispiel ein Roman. Ein Tagebuch schildert das wirkliche Leben, nicht wahr? Und deines – nun ja, ich denke, das würde mich interessieren.«
Helene nickt und nickt und schaut dabei abwechselnd in Olgas Gesicht und auf das Heft. Sie würde es ihr gern wegnehmen, aber sie zögert. Katharinas Tochter ist von Natur aus neugierig, nichts scheint sicher vor ihr zu sein. Niemand in diesem abgelegenen Dorf kann etwas für sich behalten, vor allem nicht im Winter, wenn es im Alltag kaum noch

eine Abwechslung gibt. Wenn sie dieser jungen Frau nun das Heft aus der Hand nimmt, wird Olga wahrscheinlich Geheimnisse wittern. Sie wird mit den anderen darüber reden. Es wird Fragen geben. Fragen, auf die Helene nicht antworten will. Das würde alles nur noch komplizierter machen, als es schon ist.

»In meinem Alter erlebt man nicht mehr viel, Olga«, weicht sie aus.

»Ja, ja, so redet ihr alle, ihr Alten!« Die junge Frau lacht strahlend und zupft mit ihrer freien Hand an Pjotrs Pullover herum. »Immer erzählt ihr von der Vergangenheit, als hättet ihr vergessen, dass ihr jetzt, also in der Gegenwart, auch noch lebt.« Sie zuckt mit den Schultern und legt das Heft endlich zurück auf den Tisch. »Aber ich werde nicht lockerlassen. Ich lasse bei niemandem locker, weißt du, und am Schluss erzählen mir die Leute dann doch alles, was sie bewegt. Ich kriege auch aus dir raus, was du auf deiner Reise erlebt hast, glaub mir das.«

Olga kichert wieder und streicht sich eine dunkle Haarsträhne aus der Stirn.

Sie ist eine hübsche, ein wenig zu mollige junge Frau in stramm sitzenden Hosen und selbst gestricktem Pullover unter der Steppjacke. Die Filzstiefel reichen ihr bis über die Knie. Als Kind hatte sie dicke Zöpfe, die ihr bis zur Taille über den Rücken hingen. Wie Lara. Wenn man die beiden Mädchen von hinten sah, wusste man manchmal nicht so recht, wer nun wer war.

Olga schiebt Kolja und Pjotr von sich weg. »Schau sie dir an, die zwei Racker. Tun so, als könnten sie kein Wässerchen trüben, dabei haben sie es faustdick hinter den Ohren.«

Helene betrachtet die kleinen Jungen. Kolja, der sie keck

angrinst und dabei einige Zahnlücken zeigt, hat das breitflächige Gesicht und die stämmige Figur seines Großvaters. Bei dem kleineren und zierlicheren Pjotr erinnern lediglich die dunklen, leicht schräg stehenden Augen und das borstige Haar an Victor.

»Es sind prächtige Jungen, Olga.«

Ihre Wangen röten sich vor Freude, und sie nickt. »Meistens – ja.«

»Ich würde auch deinen Mann gern wiedersehen.«

»Wenn er wieder einmal zu Hause ist, bringe ich ihn dir«, verspricht sie und runzelt ihre Stirn. »Aber es wird eine Weile dauern. Als Ingenieur bei der Ölgesellschaft ist er oft unterwegs und hat viel zu tun. Und der Weg zu uns ist weit und sogar mit dem Auto beschwerlich. Deshalb lohnt es sich nicht, nur für ein paar freie Tage heimzukommen. Eigentlich sehen wir uns nur, wenn er länger Urlaub hat. Und das passiert selten.«

»Du vermisst ihn, nicht wahr?«

Sie knöpft die Jacken der Jungen zu, zieht ihnen die Mützen über und seufzt. »Den Kindern täte es gut, ihren Vater öfter um sich zu haben. Sie brauchen eine Respektsperson. Mein Vater geht zu lässig mit ihnen um, bei ihm können sie sich alles erlauben. Und mir fehlt Juri auch. Ja, ich vermisse ihn. Juri stammt aus Katarsk, wie du weißt. Er ist einer, der viel und gern redet, und er hat viele Interessen, über die er mit mir spricht. Er erzählt auch viel von seiner Arbeit auf den Bohrstellen. Eigentlich redet er Tag und Nacht, wenn wir beisammen sind. Und wenn er dann wieder weg ist, ist es auf einmal furchtbar still in meinem Leben.« Sie lächelt ein wenig schief. »Ich weiß, das klingt komisch, weil ich doch die Kinder habe, und die machen nun wirklich Krach genug. Aber hier im Dorf gab es außer der täglichen Schufterei noch nie viel, was junge Leute interessiert. Weißt du, ich wollte Juri unbedingt heiraten, da war ich erst sechzehn, und Kinder haben und nicht aus Nowgoje weggehen wie andere in meinem Alter. Aber trotzdem vermisse ich manchmal etwas in meinem Leben. Nicht einmal ein Kino haben wir hier. Und das Kulturhaus, na ja, nur noch Chöre und Volkstänze. Ein Tag ist in diesem Dorf wie der andere.«

Helene betrachtet sie und denkt an Lara, die sich wahrscheinlich ebensolche Gedanken gemacht hatte, bevor sie mit Ilja Nefremow nach Surgut ging, um dort am Fließband zu arbeiten. Was war wohl aus ihren Träumen geworden?

»Warum fährst du nicht ab und zu nach Katarsk, wo dein Mann zu Hause ist?«, fragt sie.

Olga zuckt mit den Schultern. »Ach, du weißt doch, wie das ist, Helene. Man geht nicht so leicht weg aus Nowgoje. Und wenn man geht, dann muss man wiederkommen, egal wie weit der Weg ist. Sogar du bist zurückgekommen.«

Sie sehen sich an und schweigen eine Weile miteinander. Die Kinder sind schon aus dem Haus gelaufen; sie haben die Tür aufgelassen, ihr fröhliches Gelächter und kalte Luft drängen ins Innere.

Schließlich sagt Helene: »Du kannst deine Kinder zu mir bringen, wenn du einmal allein sein oder ein paar Tage zu deinem Mann fahren möchtest.«

»Oh!« Olgas Augen werden rund vor Verwunderung und Freude. »Ich dachte ...« Sie verstummt, und ihre Wangen sind wieder heftig gerötet.

»Du musst nicht alles glauben, was man über mich redet«, sagt Helene freundlich.

Später, da ist Olga mit Kolja und Pjotr wieder gegangen, denkt Helene: Was Katharina wohl ihrer Tochter über mich erzählt hat? Dass ich eine Rabenmutter war, meinen Enkelsohn sterben gelassen habe und jetzt im Alter erst recht nicht fähig dazu bin, auf ein Kind aufzupassen und darauf zu achten, dass ihm nichts passiert?

Als der Tag dämmrig wird, erinnert sie sich daran, dass sie Wasser aus dem Dorfbrunnen holen wollte. Bisher hat sie Schnee aufgetaut und das Wasser zum Waschen und auch zum Kochen verwendet. Aber das Brunnenwasser wird sauberer sein, und außerdem ist es einfacher, den Kessel unter die Öffnung des Kanisters zu halten, als rund ums Haus nach sauberem Schnee zu suchen. Sie zieht den Schlitten aus dem kleinen Stall hinter ihrer Hütte. Seine Kufen sind rostig, der Strick ist schimmlig und von Mäusen angefressen. Sie säubert beides und knotet die dünnen Seilstellen zusammen. Früher hatte sie eine große Milchkanne, die sie im Winter auf den Schlitten und im Sommer auf ein niedriges Wägelchen stellte, um damit zum Brunnen zu fahren und Wasser für einen ganzen Tag zu holen. Die Kanne ist verschwunden, dafür findet sie zwei zerbeulte, rostige Zehn-Liter-Kanister und einen alten Eimer, die sie mit Schnee reinigt und dann auf den Schlitten stellt.
Der Brunnen befindet sich mitten im Dorf, gleich neben dem Haus, in dem Victor und Katharina leben. Die Nacht kommt schnell; um diese Zeit geht sonst niemand mehr durchs Dorf. Als Helene auf den Platz mit dem Brunnen einbiegt, spürt sie die Blicke der Neugierigen, Wachsamen, die hinter dünnen Gardinen, hinter Türen und Fenstern stehen, die heimlich, lautlos einen Spaltbreit geöffnet werden.

So war es schon immer in Nowgoje, daran wird sich auch nie etwas ändern.
Sie betrachtet, während sie den hölzernen Brunnendeckel zur Seite schiebt, offen die Häuser, die sich um den kleinen Platz mit dem Brunnen ducken. Häuser, die schon damals, bevor sie ging, vielleicht stabil, aber irgendwie unscheinbar waren mit ihren winzigen mit hölzernen Zäunen umgebenen Vorgärten, in denen es in den kurzen, aber heißen Sommern Sibiriens üppig blühen kann. Während der langen Winter sammelten sich in diesen Vorgärten schon damals Abfälle und altertümliche Geräte, die nicht mehr funktionierten. An manchen Tagen durchwühlte hier und da ein mageres Schwein diese stinkende und rostende Idylle. Oder ein Kind hatte sich eine Burg aus Schnee gebaut, wie Helene sie jetzt vor dem Haus am Ende des Platzes entdeckt.
Nein, Wesentliches scheint sich in Nowgoje während ihrer Abwesenheit nicht verändert zu haben, außer dass es in fast allen Häusern und Hütten im Dorf jetzt elektrisches Licht und hier und da sogar einen Fernseher gibt, auch Telefon und fließendes Wasser, wie Victor ihr gestern Abend berichtet hat, als sie zusammen durchs Dorf gingen.
»Ich werde dafür sorgen, dass du ein richtiges Haus in unserer Nähe bekommst«, hatte er ihr auf dem Weg zu ihrem Heim gesagt. »Zwei der Häuser stehen leer, weil die Alten gestorben und die jungen Leute weggegangen sind.«
»Ich werde bleiben, wo ich bin, Victor.«
Er seufzte dramatisch, wie er immer geseufzt hat, wenn sie ihm widersprach. Nach einer Weile sagte er: »Dann werden sie dir zumindest Anschlüsse an die Strom- und die Wasserleitung legen, damit du Licht im Haus hast und nicht mehr zum Brunnen gehen musst.«

Sie hatte ihm versichert, sie komme mit dem, was sie habe, vorläufig ganz gut zurecht.
»Ich will dir doch nur helfen«, sagte er ärgerlich. »Du wirst auch nicht jünger. Und inzwischen sind einige Jahre …«
»Zwei und ein paar Monate, Victor, nicht einige Jahre«, hat sie ihn korrigiert.
»… vergangen«, fuhr er heftig fort, »und manches hat sich hier verändert. Aber das willst du nicht sehen, nicht wahr? In deinen Gedanken ist Nowgoje noch immer das hinterwäldlerische Dorf, nicht zu vergleichen mit den Orten, in denen du diese Zeit verbracht hast.« Er unterbrach sich, sein Atem ging schwer. Als er schließlich weiterredete, war sein Ton schon weniger aggressiv. »Ich weiß, es hat lange genug gedauert, bis unser Dorf an die Leitungen angeschlossen wurde. Aber jetzt können auch wir die Bequemlichkeit genießen, einfach einen Schalter zu kippen, statt eine Lampe erst mit Petroleum füllen und nach Streichhölzern suchen zu müssen oder den Wasserhahn aufzudrehen, statt zum Brunnen zu gehen. Und«, er wandte sich ihr zu, »auch du kannst es jetzt leichter als damals haben, Jelena. Du wirst in New York Luxus erlebt haben, und ich möchte verhindern, dass du hier zu viel davon vermisst.«
Es war zu dunkel, um seinen Gesichtsausdruck deuten zu können, aber sie wusste auch so, dass er aufgewühlt war, und das machte sie betroffen. Bisher hatte sie nur wenig darüber nachgedacht, was ihre Rückkehr für manche Menschen in Nowgoje bedeutete.
»Ja«, sagte er, als hätte er ihre Gedanken gelesen, »es sind einige Leute hier, die dich beneiden, und dazu gehöre auch ich, obwohl ich schon immer beweglicher sein konnte als die anderen. In Nowgoje leben Männer und vor allem Frau-

en, die noch nie weiter als bis nach Nojabrsk oder Surgut gekommen sind. Seitdem es auch hier das Fernsehen gibt, werden wir Tag für Tag über andere Länder informiert, und das bringt uns dazu, zu vergleichen und zu erkennen, was uns alles fehlt und dass wir trotz der Sau oder der Kuh oder der Ziege in unserem Stall arm, furchtbar arm sind. Das wussten wir vorher nicht – aber jetzt leiden wir darunter. Und das ist ein verdammt schlimmes Gefühl, das kannst du mir glauben, denn bisher sind sogar wir Leute aus Nowgoje immer stolz darauf gewesen, unsere Heimat zu vertreten. Nicht einmal in den schlimmsten Zeiten der Sowjetunion haben wir uns hier in Sibirien so beschissen gefühlt wie jetzt.«

»Das tut mir Leid«, sagte sie, weil sie nicht wusste, was sie sonst sagen sollte. »Und, ja, ehrlich, es wäre schön, wenn ich wenigstens elektrisches Licht im Haus haben könnte.«

Danach schwiegen sie, und erst später, als sie fast den Pfad von der Straße zu ihrem Haus erreicht hatten, sagte er: »Weißt du, seit du uns verlassen hattest, haben wir keine Hebamme mehr für diese Gegend bekommen. Es werden immer weniger Kinder geboren, weil es die jungen Leute nach den politischen Veränderungen in den vergangenen Jahren mehr und mehr in die Städte zieht. Sie sehen in abgelegenen Dörfern wie Nowgoje keine Zukunft mehr. Das betrifft die jungen Frauen ebenso wie die jungen Männer. Die wenigen Frauen, die hier heiraten und bleiben und auf eine Geburtshelferin angewiesen sind, die müssen bis nach Nojabrsk oder noch weiter fahren. Darja Damorowa hilft, wie sie kann, aber sie ist fast siebzig und so gut wie blind. Und die Verkehrsverbindungen sind so schlecht wie seit jeher.« Er legte seine Hand fest auf ihren Arm. Seine Körperwärme durchdrang den Stoff ihrer Jacke und die Wolle ihres Pullovers. Unwillkürlich trat sie einen Schritt zur Seite, aber nicht weit genug, denn seine Hand blieb auf ihrem Arm liegen und verstärkte ihren Druck noch. »Du siehst, du wirst hier gebraucht, Jelena. Ich und etliche andere in Nowgoje sind wirklich froh darüber, dass du zurückgekommen bist, auch wenn du es jetzt noch nicht glauben willst. Und wer gebraucht wird, der muss es zumindest warm und bequem in seinem Haus haben und sogar telefonisch erreichbar sein.«

»Es genügt doch, dass du als Arzt hier bist«, entgegnete sie, in Gedanken noch mehr bei dem, was er gerade gesagt hatte. »Außerdem haben die sibirischen Frauen selten Schwierigkeiten während der Schwangerschaft und gebären erfahrungsgemäß problemlos.«

»Nicht immer, Jelena. Du hast es an dir selbst erfahren müssen.«

»Ja, aber ich bin keine aus Sibirien, und es gab Gründe ...«

Sie verstummte, sie wollte nicht darüber sprechen und war froh, dass auch Victor schwieg. Er redete erst weiter, als sie von der Straße auf den schmalen Pfad zum Haus einbogen, den er früher am Tag frei geschaufelt hatte. Jetzt musste er seine Hand von ihrem Arm nehmen, weil sie nur hintereinander gehen konnten.

»Die Sterblichkeitsrate bei Müttern und Säuglingen ist in den vergangenen Jahren immer gleich hoch geblieben.«

Sie drehte sich beim Gehen halb zu ihm um. »Das liegt an der Kälte, an dem langen Winter hier in Nowgoje und an den Leuten, die bis zum letzten Moment warten, bevor sie zum Doktor gehen oder eine Hebamme rufen.«

»Du kennst dich gut aus, Jelena.« Er grinste sie an, sie sah den hellen Strich seiner Zähne in seinem dunklen Gesicht. »Und weil du die Kälte hier gut kennst und bestimmt auch noch weißt, wie schnell jemand im Winter erfrieren kann, musst du in deinem alten Haus noch einen elektrischen Heizofen aufstellen und telefonisch erreichbar sein. Ich werde mich gleich morgen darum kümmern.«

Helene schwieg. Victor lachte, als sie kurz vor dem Haus stolperte, und griff nach ihr. Sie spürte erst jetzt die volle Wirkung des Wodkas, den Katharina immer wieder großzügig ausgeschenkt hatte. Victors Lachen klang in diesem Moment so gut, so vertraut in ihren Ohren. Sie lehnte sich, ohne nachzudenken, an ihn, genoss die Wärme seines Atems auf ihrem Gesicht und den Druck seines Körpers an ihrem. Doch als er beide Arme um sie legen und sie noch näher an sich ziehen wollte, wurde ihr bewusst, was sie tat, und sie stieß ihn von sich.

»Geh nach Hause, Victor«, sagte sie mit rauer Stimme. »Katharina wird schon auf dich warten.«

Und noch lange nachdem er gegangen war, fühlte sie sich seltsam schwach und angreifbar und ärgerte sich darüber.

An das alles erinnert sie sich jetzt, während das metallene Gefäß an seiner Kette in die Tiefe rasselt und die dünne Eisschicht auf dem Wasser unten im Brunnen durch sein Gewicht klirrend bricht. Sie füllt beide Kanister und auch den Eimer bis zum Rand. Auf dem Weg zurück hört sie im Wald die Wölfe. Sie denkt an die Zeit mit Raissa. Manchmal waren die Schamanin und sie auf ihren Wegen durch die einsamen Gegenden Sibiriens Wölfen begegnet.

»Wo der Wolf seine Fährte zieht, wächst und gedeiht der Wald«, hatte Raissa ihr schon bei ihrem ersten gemeinsamen

Ausflug in die Wälder erklärt. In den folgenden Jahren erzählte die Alte ihrem Schützling noch vieles über Wölfe. Zusammen hatten sie im Sommer und verborgen im dichten Unterholz Jungwölfe dabei beobachtet, wie sie vor ihrem Bau nach Käfern und Würmern oder Mäusen gruben und im Spiel schon die künftige Rangordnung im Rudel festlegten. An einem Wintertag fanden sie im Moor die Reste eines Elchkadavers, und Raissa zeigte Helene die Wunde am Hinterlauf des Tieres.

»Die Beine sind der häufigste Angriffspunkt für einen Wolf«, erklärte sie. »Eine zerrissene Sehne bedeutet den Tod für das betroffene Tier, ebenso eine geöffnete Bauchunterseite. Manchmal hängen sich mehrere Wölfe gleichzeitig an Hals und Äser und ringen ihre Beute durch Zerren und Drehen zu Boden.«

Manchmal war der eine oder andere Wolf in den eisigen Winternächten auch bis zu Raissas Hütte gekommen. Dann horchte Helene, auf ihrem Lager hochgefahren aus einem ihrer Albträume, nach draußen und versuchte den Schrecken ihres Traums mit dem beschwörenden Gedanken zu besänftigen: Ich bin eine von euch, ich bin auch eine Wölfin!

VIII

Anna
(um 1820)

Die Tasche ist weg!«, sagt sie heftig atmend und setzt den schweren Wäschekorb am Boden ab. »Was hast du mit meiner Tasche gemacht?«

Karel, der am Tisch in der Wohnküche sitzt, weicht ihrem Blick nicht aus, grinst breit und zuckt nur lässig mit den Schultern. Bei dieser Bewegung steigt aus seinen Achseln überwältigender Schweißgeruch, und Anna rümpft die Nase.

»Wem hast du sie verkauft? Und wo ist das Geld geblieben?«

Als er wieder nicht antwortet, sondern nach dem Bierkrug greift und seinen Becher erneut füllt, schlägt sie mit beiden Fäusten auf ihn ein. Verblüfft versucht er ihre Schläge abzufangen und stößt dabei den Krug um. Eine helle Lache breitet sich auf der Tischplatte aus. Trotz seiner Größe und seiner meist bedächtigen Bewegungen kann Karel Czepek blitzschnell reagieren, wenn es um seine eigene Haut geht. Er fängt Annas Hände ab und dreht ihr den rechten Arm so brutal auf den Rücken, dass sie vor Schmerz aufschreit.

»So nicht, Weib!«, brüllt er. »Nicht mit mir!«

»Ich will wissen, wem du meine Tasche verkauft hast!«, keucht sie und windet sich in seinem Griff.

Er lässt sie los und wendet sich wieder seinem Bierbecher zu.

»Was weiß ich. Irgendjemand wollte sie unbedingt haben.« Er grinst sie frech an. »Und du weißt, ich kann schlecht nein sagen.«
Wer ist dieser Irgendjemand?, will sie fragen; doch das hat Zeit. Anna hat gelernt, ihre Gefühle vor ihm zu verbergen. An ihrer Furcht, Hedwigas Tasche für immer verloren zu haben, würde er sich nur weiden.
»Das Geld, Karel! Gib mir das Geld, das du dafür bekommen hast!«, sagt sie stattdessen. Sie weiß, dass es zwecklos ist, denn Geld rinnt wie Wasser durch seine Hände.
Wieder hebt er die Schultern, beobachtet sie lauernd, triumphierend.
»Es ist weg. Verschwunden. Weg. Basta.«
Sie sieht auf den Bierkrug, auf das Holzbrett, das Messer daneben. Ein Stückchen abgeschabter Schwarte ist übrig geblieben. Annas Blick wandert zu Karels Mund. Seine Lippen und sein Kinn glänzen vom Speck, den er gerade aufgegessen, nein, aufgefressen hat. Es war ein gutes Stück, mit einer kräftigen Schwarte, das saftige Rot durchzogen von dicken, fettigen Streifen. Ein Speck, wie ihn nur die polnischen Bauern machen können, die auf dem Warschauer Wochenmarkt ihre Waren anbieten, wo vor allem die Dienstmädchen und Köchinnen aus den feineren Häusern der Stadt einkaufen. Anna hat sich das Geld vom Mund abgespart. Der Speck hätte über die Weihnachtstage für alle gereicht, für eine sättigende Suppe zum Beispiel, mit schönen Fettaugen zwischen Kartoffeln und Zwiebelstücken. Der gute, würzige Geruch nach diesem nun von einem einzigen Menschen und auf einmal aufgegessenen Stück Speck hängt noch in der Küche, und die Kinder, hohläugig, hohlwangig vom Hunger und furchtsam zusammengedrängt in

einer Ecke, schnuppern mit gekrausten Nasen in die Luft gleich kleinen hungrigen Tieren.
»Verreck endlich, gottverdammter Tscheche!«, sagt Anna, plötzlich unendlich müde, bevor sie sich bückt, um den schweren Korb aufzuheben.
»Welch frommer Wunsch zum fröhlichen Weihnachtsfest«, erwidert er sarkastisch und wischt sich mit dem Handrücken genüsslich über den Mund.
Schlaflos wie so oft liegt sie in der Nacht neben ihm auf dem Strohlager und bedauert den Verlust ihrer Träume und verflucht gleichzeitig ihr Schicksal, das sie mit diesem Mann verbunden hat. Sie horcht nach den leisen Atemzügen ihrer Kinder, die von Karels Schnarchen und Grunzen übertönt werden. Zwei kräftige Kinder, Marek und Josef, hat sie dem Tschechen Karel Czepek in den vergangenen vier Jahren geboren. Eines, ein winziges verkrüppeltes Mädchen, ist gleich nach der Geburt gestorben. Dafür ist die kleine blondhaarige, blauäugige Emilia, die Anna, ihrer Tante, um so viel ähnlicher ist als ihrer Mutter Luise, noch dazugekommen. Wegen ihrer Nichte Emilia, Luises Tochter, ist Anna vor mehr als fünf Jahren auf die Reise nach Warschau gegangen. Nur wenig zum Überleben, aber Hedwigas Tasche hat sie damals mitgenommen, obwohl auch Thekla, ihre ältere Schwester, Anspruch auf das Erbstück erhob. An den Griffen dieser gewaltigen Tasche hat Anna sich in ihrer Ehe mit dem Tschechen schon oft festgehalten; sie geben ihr Kraft und Halt, wenn er von seinem abendlichen Gang durch die Gasthöfe die Treppe hinaufpoltert, die Fäuste in sinnloser Wut gegen sie und die Kinder erhoben. Die seltsamen, zum Teil scharfen oder zangenförmigen Instrumente in den Schlaufen an den Seitenwänden der Tasche flößen ihm Respekt, vielleicht sogar so

etwas wie Furcht ein. In den winzigen Flaschen, in Tiegeln und Säckchen vermutet er Giftessenzen oder Kräuter, die ihm schaden könnten, sollte Anna sie gegen ihn verwenden.
Die heimlichen, oft im Zorn geweinten Tränen, die Anna in diesen elenden Jahren nicht zurückhalten kann, haben das mit der Zeit abgewetzte Leder von Hedwigas Tasche benetzt. Und ihre abgearbeiteten Hände streichen darüber, wenn sie nach einer langen Wache am Bett einer Gebärenden endlich in ihre armselige Behausung zurückkehrt, in der sie mit ihrer Familie lebt.
Anna schiebt Karels gewaltige, von der Zimmermannsarbeit schwielig gewordene Hand weg, die er im Schlaf auf ihre linke Brust gelegt hat, und denkt: In dieses Elend bin ich wegen Emilia geraten, denn nur wegen ihr bin ich nach Warschau gegangen. Und sagt sich im nächsten Moment: Nein, nein, wie könnte ich diesem armen kleinen Ding die Schuld an meinem Schicksal aufbürden! Nicht nur wegen Emilia bin ich fortgegangen. Es gab andere und gewichtigere Gründe. Luise war einer davon, ihre so hilflos, so verloren wirkende und trotzdem so durchtriebene kleine Schwester. Martin, damals noch Student der Medizin, ein anderer. Die schöne, geheimnisvolle Luise, die ein Hochzeitskleid aus rotem Stoff bügelte, zusammen mit Martin, der Anna, seine wahre Braut, nicht mehr ansehen wollte, sind der eigentliche Grund für ihr Weggehen aus der Heimat gewesen.
An diesen Tag, an dem alles begann, erinnert Anna sich, als wäre es gestern gewesen.

Sie hört die Stimme ihrer Mutter, sich fast überschlagend vor Aufregung, Überraschung und Freude, im Haus: »Thekla, Anna, eure Schwester Luise ist heimgekommen!«

Und Anna, die ihre Näharbeit beiseite gelegt hatte, um im Garten nach frischen Kräutern und ein wenig Gemüse für das Mittagsmahl zu suchen, lässt alles fallen, das Messerchen, den Korb, die Petersilie und das Liebstöckelkraut, den Schnittlauch und die Zwiebeln, und rennt zum Haus, vorbei am blühenden Apfelbaum, der zarte Blütenblätter auf sie regnen lässt. Luise ist gekommen, denkt sie und weiß nicht, ob sie weinen oder lachen soll. Es ist Jahre her, dass ihre Schwester aus Königsberg verschwand. Damals waren sie noch Kinder, und oft haben Thekla und Anna danach an ihre kleine Schwester Luise gedacht und sich gefragt, ob sie in der Familie des polnischen Grafen wohl glücklich geworden war und ob sie nun gefüllte Kapaunen zu essen bekam und nicht nur Kohlsuppe und Haferbrei.

Doch jetzt wirbeln die Gedanken durch Annas Kopf, dass ihr fast schwindlig dabei wird. Luise ist also wieder da, und nun wird Mutter keinen Anlass mehr haben, sich die Augen um ihre jüngste Tochter auszuweinen. Luise wird ihren Platz in dem kleinen Haus wieder einnehmen, als wäre sie nie weg gewesen. Mutter wird Martin, der an der Universität Philosophie und außerdem Medizin studiert und seit zwei Jahren in den beiden Stuben im oberen Geschoss des kleinen Hauses zur Miete wohnt, bitten, sich eine andere Bleibe zu suchen. Martin Pfeiffer, der Anna liebt und den sie liebt und den sie heiraten wird, in ein paar Wochen schon, und mit dem sie Pläne für die gemeinsame Zukunft schmiedet. Und Kinder werden sie haben, nicht nur eines oder zwei, sondern viele, die ihr Haus mit fröhlichem Gelächter und mit Geschrei füllen werden. Martin stammt aus Allenstein im Westpreußischen, seine Familie ist wohlhabend, wie er sagt. Er hätte eine bessere Bleibe als diese zwei kärglich eingerichteten Zimmerchen in Barbaras Haus finden und bezahlen können. Aber die Universität ist nur ein paar Schritte entfernt. Und Martin hat sich in Anna verliebt, damals, als sie ihm im Gasthof begegnete, wo er zuerst wohnte und wo sie, auf dem Weg zu einer jungen Wöchnerin, einen Korb frisch gewaschener und gebügelter Wäsche aus der Küche ihrer Mutter ablieferte.

So in Gedanken verloren, eilt Anna, während sie sich die schmutzigen Finger an ihrer Schürze abwischt, den Weg zwischen Beeten und Rabatten entlang und durch die offene Küchentür, aus der ihr der gewohnte Dunst nach Kohlsuppe und feuchter Bügelwäsche entgegenschlägt. Barbaras Gesicht, sonst eher bleich, ist wie im Fieber gerötet, ihre Augen glänzen. Thekla steht hinter ihr, mit weit aufgerissenen Augen, als sähe sie einen Geist.

»Denk dir nur, unser Luischen ist zurückgekommen!«

Barbaras Stimme klingt wärmer, weicher, freudvoller als sonst, und Anna spürt den Stich schon lange vergessener Eifersucht im Herzen. Aber sie beachtet ihn nicht mehr, sie ist in diesem Moment wirklich voller Freude. Sie will nur ihre Arme ausstrecken und die nach acht Jahren Abwesenheit endlich Heimgekehrte berühren. Will sicher sein, dass sie nicht mehr nur die Traumfigur ist, wie sie durch die Gespräche zwischen ihr und Thekla und ihrer Mutter schwebte. Doch die Fremde, die da mitten in der Küche steht, weicht ihr aus. Sie hat ein greinendes Kleinkind auf dem Arm, ein anderes, der Kleidung nach ein Junge und schon etwas größer, klammert sich an ihrem Umhang fest. Sie alle wirken elend und schmutzig, als wären sie lange und auf unbequemen Wegen unterwegs gewesen. Ihre Gesichter sind von geisterhafter Blässe, weit aufgerissene Augen darin, die

Lippen zusammengekniffen. Alles an ihnen strahlt Vorsicht, Misstrauen und Abwehr aus, und so macht Anna einen Schritt zurück. Sie denkt plötzlich an jede einzelne Träne, die sie in den vergangenen Jahren heimlich um diese Schwester geweint hat. Sie weint auch jetzt, tief in ihrem Innern. Sie weint, weil Luises Augen alt und ausdruckslos sind, weil nichts, nichts in ihrem Gesicht oder an ihrem Körper noch an das Kind erinnert, das sie einmal gewesen ist. Im Innern weint Anna auch um die Angst und die Wildheit in den Augen dieser beiden Kinder, die sich an Luise klammern. Und sie weint, weil damals, als Luise, gerade acht Jahre alt, mit Elsbetha und ihrem polnischen Grafen aus Königsberg verschwand, auch ihre eigene Kindheit vorbei war.

Und dann, endlich, erzählt Luise. Erzählt tagelang. Erzählt stockend, mit langen Unterbrechungen und immer wieder nach Worten suchend von ihrer Flucht vom Gut des Grafen Cyprjan Lobinski. Ihre Augen bleiben trocken dabei, obwohl das, was sie erzählt, so schrecklich ist, dass Barbara, Thekla und Anna nicht aufhören können mit dem Weinen und Klagen. Erst als sie von dem Säugling berichtet, den sie zurücklassen musste, werden auch Luises Augen ein wenig feucht. Zum Schluss, da hat sie von der erzwungenen Ehe mit dem Sohn des alten Grafen berichtet, weil die Leute in Warschau schon über die Lobinskis redeten und der Pfarrer auf der Kanzel von Todsünde und Höllenqualen für die Sündigen sprach, und davon, dass dieser Cyprjan Lobinski seine Finger auch nach ihrer Hochzeit mit Josef, seinem Sohn, nicht von ihr gelassen hat und dass alle drei Kinder die Kinder des Alten sind, natürlich, sagt sie, denn sein Sohn konnte sie, die doch selbst noch ein Kind war, noch nicht einmal dreizehn, als sie ihr erstes Kind gebar, nicht einmal anfassen aus lauter Ekel vor den Verhältnissen in diesem Haus. Zum Schluss schiebt Luise den dreijährigen Leon und die anderthalbjährige Christine zu den anderen Frauen hinüber und sagt leise: »Achtet auf meine Kinder. Ich muss zurück, ich muss Emilia holen, sonst vergreift sich der Alte auch noch an einem Säugling.«

Herzerweichend, schrecklich, dieses Schicksal!, das meint auch Martin, der demnächst Annas Mann werden wird. Während er das sagt, hält er Annas kühle Hände fest in den seinen und wärmt sie, doch seine Augen gleiten immer wieder über Anna hinweg zu Luise. Anna, noch arglos, betrachtet lächelnd sein schmales, ernsthaftes Gesicht unter den rötlich-blonden Locken, die ihm bis auf die Schultern fallen. Sie liebt seine blasse Haut, die Linie seiner mädchenhaft zarten, hoch angesetzten Wangenknochen und das Blaugrün in seinen Augen, das an die Farbe des Meeres bei Sturm erinnert. Martin ist ein schöner junger Mann, und Anna fragt sich, wie er sich ausgerechnet in sie verlieben konnte, in Anna, die Hebamme des Armenviertels von Königsberg, die ihrer Mutter auch noch als Näherin und zuweilen sogar als Wäscherin aushilft, wenn Thekla mit Hedwigas Tasche unterwegs ist, und die rissige Hände von der Gartenarbeit und widerborstige Haare unter der Haube hat.
»Nur die innere Schönheit ist die wahre Schönheit«, hat er ihr gesagt, wenn sie nicht recht an seine Zuneigung glauben wollte. Diese Worte erschienen ihr wie ein Zauber, bei ihnen blühte sie auf seltsame Weise auf, spürte ihr Blut, wie es ihre Wangen rosig färbte, ihre Haut feinporiger und empfindsamer machte und Sehnsucht nach Martins Berührungen in ihr weckte.

Luise aber war schön, wunderschön mit der Melancholie in ihren dunklen Augen, und Martin verfing sich in ihrer äußeren Schönheit wie in einem Spinnennetz.
Aus politischen Gründen, denn der französische Kaiser Napoleon und seine Truppen führen gerade Krieg gegen Russland und Österreich, und Grenzen haben sich verschoben, Wege sind unsicher geworden, aus politischen Gründen also, wie Luise sagt, und mehr noch unter Martins verschleierten Blicken verschiebt Luise ihre Absicht, Emilia aus Warschau zu holen, immer wieder, von einem Tag auf den nächsten, vom nächsten auf den übernächsten. Und obwohl Martin noch immer Annas Hände in den seinen halten will, schaut er nur noch auf Luise, nach Luise. Mit gerunzelter Stirn denkt Anna über die Verschiebung der Werte nach. Aber noch macht sie sich keine ernsthaften Sorgen, weil doch der Zauber, den Martins Worte in ihr erzeugt haben, noch wirkt.
Aber eines Tages, als Anna schon eine weiße Spitzenborte an Ausschnitt und Saum ihres Sonntagskleides näht, da der Tag, an dem sie getraut werden sollen, naht, gesteht Martin ihr, dass er nicht sie, sondern ihre jüngere Schwester heiraten wird.
Da nimmt sie ihre Hände aus den seinen und wird wieder Anna, die Hebamme, die Näherin und Wäscherin. Alle Zauberkraft entflieht. Ihre Haut ist auf einmal fahl, ihre Nase wird spitz, ihre Lippen sind blass, ihr Haar ist widerborstig. Mit müden, schleppenden Schritten geht sie ihrer Arbeit nach, wie sie es immer getan hat. Und wenn sie in den Nächten nicht einschlafen kann, fragt sie sich: Was hält mich in der Stadt? Es gibt inzwischen genug Hebammen in Königsberg. Und Barbara, ihre Mutter, der sie sich stets innig verbunden glaubte, scheint sie nicht mehr zu brauchen. Sie ist

glücklich mit ihrer heimgekehrten Tochter und mit deren Kindern, die jetzt mit im Haus leben. Thekla geht schon lange ihre eigenen Wege. Und Luise – Luise, noch immer etwas zu still, aber unaufhaltsam aufblühend, flickt und bügelt schon ein Kleid für die Hochzeit mit Martin, ein Kleid aus rotem Stoff, mit feinem Kragen aus weißem Pelz, das noch aus ihrer Zeit bei dem Grafen stammt. Anna sieht ihr bei dieser Arbeit schweigend und mit verhangenem Blick zu. Der Kummer um ihre verlorene Liebe hat ihr Herz zernagt, da ist kein Platz mehr für Gefühle.
Nur das Schicksal der kleinen ihr unbekannten Emilia, die in Polen zurückgeblieben ist, berührt sie seltsamerweise. Darüber kann sie manchmal lange grübeln.
»Erzähl mir von Emilia«, fordert sie Luise auf, die am Saum ihres roten Kleides näht.
Luise hebt die Schultern und erwidert mit leiser Stimme: »Was soll ich erzählen, ein Kindchen eben.«
»Warum hast du sie nicht auch mitgenommen, als du aus Warschau geflüchtet bist?«
Luises Hand mit der Nadel wird fahrig, plötzlich sind die vorher geraden Stiche schief.
»Sie war noch so klein, gerade ein paar Wochen alt. Ich hatte Angst, dass sie unterwegs stirbt. Es war auch so nicht leicht, mit zwei Kindern.« Eine Träne kullert über ihre Wange.
Doch Anna ist unnachgiebig. »Du wolltest sie nach Königsberg holen. Inzwischen sind mehr als drei Monate vergangen. Warum gehst du nicht jetzt und holst dein Kind?«
Luise senkt den Kopf noch tiefer über die Näharbeit und schweigt.
Es ist Martin, der antwortet: »Er wird Emilia nicht freiwillig hergeben, dieser Graf.« Er tritt neben Luise, legt seinen Arm

um ihre schmalen Schultern und erwidert Annas wilden Blick mit kalten Augen. »Warum sollten wir um sie kämpfen?« Er neigt sich über die Sitzende und legt seine Wange an ihr Haar, ohne Anna aus den Augen zu lassen. »Wir werden eigene Kinder haben, wenn wir verheiratet sind«, fügt er ruhig hinzu.

Kurz vor Luises und Martins Hochzeit ordnet Anna den Inhalt ihrer Tasche.

»Die Tasche«, sagt Thekla. »Du kannst sie nicht einfach nehmen, sie gehört uns allen, nicht nur dir.«

Anna sieht ihre Schwester an. Sieht zum ersten Mal in all den Jahren die Frau, die Thekla geworden ist. Obwohl noch nicht einmal zwanzig, wirkt sie schon verbraucht von den unzähligen schlaflosen Nächten, vom täglichen Umgang mit Schmerz und Qual, mit Armut und Elend. Die Freude, die der Hebammenberuf ebenfalls mit sich bringt, ist Thekla wohl längst vergangen.

Spontan umarmt Anna den mageren Körper ihrer älteren Schwester.

»Komm mit mir«, sagt sie. »Lass uns zusammen weggehen.«

Theklas Augen weiten sich und gleiten unruhig hierhin und dorthin.

»Aber wohin, Anna, wohin?«

»Zuerst nach Polen, um Emilia zu holen. Dann nach ... nach Amerika!«

Anna hält inne, sprachlos jetzt, da dieses Wort tatsächlich laut über ihre Lippen gekommen ist, einfach so. Noch nie hat sie es bisher ausgesprochen, nur manchmal, nachdem sie von Martins Sehnsucht, Luise zu heiraten, erfahren hatte, in ihrem Kopf gedreht und gewendet. Einmal hat sie zufällig

ein Gespräch zwischen Seeleuten im Hafen mit angehört. »Dieses Land Amerika ist so groß, das braucht jeden Menschen«, hat einer von ihnen gesagt. »Dort hat jeder von uns eine Chance.« Da hat dieses Wort »Amerika« für sie etwas Magisches bekommen.
Über Theklas Schulter hinweg blickt Anna zu ihrer Mutter hin, doch die beugt sich zur kleinen Christine, die über ein zerbrochenes Spielzeug weint.
»Ja, lass uns zusammen nach Amerika gehen, Schwester«, flüstert Anna, von einer sonderbaren Hektik erfasst. »In dieses große, reiche Amerika, das ohne die Unterstützung der Frauen gar nicht hätte besiedelt werden können. Dort treten Frauen inzwischen für die Abschaffung der Sklaverei ein. Sie gehen für die Frauenrechtsfrage auf die Straße, sie kämpfen sogar neben ihren Männern.« Aufgeregt redet sie weiter, Worte und Sätze strömen nur so aus ihrem Mund. »Wir gehen nach New York, Thekla! Dort werden Frauen wie wir gebraucht. Denn dort hat Elizabeth Blackwell, eine britische Ärztin, vor einigen Jahren eine große Frauen- und Kinderklinik eröffnet, die erste in ganz Amerika. Ich bin sicher, man wird weitere Kliniken bauen, Thekla, denn das Land braucht Menschen. Viele, sehr viele Kinder werden geboren werden, um dieses große Land zu besiedeln. Und wir beide sind Hebammen, Schwester! Gute, tüchtige Geburtshelferinnen, die keine Schwierigkeiten scheuen.«
Mit klopfendem Herzen, rasch atmend wartet sie auf Theklas Antwort.
Das Weinen des Kindes übertönt alle anderen Geräusche im Haus, draußen auf der Gasse, in der Stadt, in der Welt.
»Ich kann nicht«, erklärt Thekla nach einer Weile. »Ich bin

keine Abenteuerin wie du. Ich fürchte mich vor allem Fremden.«

Enttäuscht, zutiefst enttäuscht lässt Anna sie los, stößt sie von sich.

Barbara weint beim Abschied, aber Barbara hat schon immer um eines ihrer Kinder weinen müssen.

»Wohin willst du gehen?«, fragt Martin, der Anna nicht mehr offen ansehen kann oder ansehen mag, seit er ihr gestanden hat, Luise heiraten zu wollen. »Ich habe Verwandte in Allenstein und in Bartenstein, wie du weißt. Wenn du willst ...«

»Ich brauche niemanden in Allenstein oder Bartenstein. Ich gehe nach Warschau«, unterbricht sie ihn mit ruhiger Stimme, nicht an ihn, sondern an ihre schöne, schweigsame Schwester neben Martin gewandt. Prüfend betrachtet sie das zarthäutige Gesicht, das von dunklen, üppig fallenden Locken umrahmt wird und in dem sich nichts, gar nichts regt. Nur Luises Hände, die sich, knochig und weiß wie Totenhände, um ein Taschentuch krampfen, verraten Anna ihre innere Anspannung.

Anna empfindet nichts mehr für diese junge Frau, keine Zuneigung, kein Mitleid, keine Trauer, nicht einmal Hass. Das Band, das vielleicht einmal zwischen ihr und dieser Schwester bestand, ist durchschnitten worden. »Nach Warschau«, sagt sie erneut und fügt zum wiederholten Mal laut hinzu: »Ich werde dort nach meiner Nichte Emilia suchen. Und wenn ich sie gefunden habe, werde ich mit ihr nach Königsberg zurückkommen.«

»Du kannst nicht allein reisen, du bist eine anständige Frau und nicht verheiratet«, versucht Barbara ihre Tochter doch noch aufzuhalten. »Man wird über dich reden, man wird ... du wirst ...« Sie wischt sich mit der Hand übers Gesicht. So viele Einwände hat sie in den vergangenen Tagen schon vorgebracht, ihre Ängste um ihre Tochter so oft artikuliert, dass ihr jetzt die Worte fehlen.

Doch Anna ist vorbereitet.

»Ach Mutter, hör endlich auf!«, ruft sie, zornig über das Lamentieren geworden, und streckt ihre rechte Hand aus, an deren Ringfinger ein schmaler Silberreif glänzt. »Da – den habe ich im Pfandhaus erstanden. Und warum sollte man mir nicht glauben, wenn ich angebe, dass mein Mann in der polnischen Armee dient und ich bei ihm in Warschau lebe? Dass ich für ein paar Wochen in Königsberg war, um meine Mutter und meine Schwestern zu besuchen, und mich jetzt auf dem Rückweg zu meinem Mann befinde?«

Einen Moment lang starren sich die beiden Frauen an, die eine aufsässig, die andere voller Sorge. Aber noch etwas anderes ist in Barbaras Blick, das Anna vergeblich zu ergründen sucht.

»Man wird dich nach Papieren fragen, Tochter.«

»Ich kann mich ausweisen, ich habe schließlich einen Namen – Anna Baczko«, entgegnet Anna laut. »Versteh doch, ich werde mich von nichts und niemandem aufhalten lassen, Mutter. Ich weiß, was ich will und was ich dafür zu tun habe.«

Nach diesen heftigen Worten breitet sich Stille in der Wohnstube aus. Anna mustert unauffällig das versteinert wirkende Gesicht ihrer Mutter, dann bückt sie sich nach dem Kleidersack auf dem Boden und schnürt ihn zu. Sie greift nach der alten Hebammentasche, in die sie frische Vorräte an Kräutern und Tinkturen gelegt hat und in der jedes Instrument seinen festen Platz hat.

»Nein!«, sagt Babara plötzlich. »Nicht Baczko, Wolf – du

bist Anna Wolf!« Und als Anna sie nur verständnislos ansieht, sagt sie: »Alle Frauen vor uns nannten sich Wolf und wurden von anderen so genannt, auch wenn sie verheiratet waren und den Namen ihres Ehemannes angenommen hatten. Und sie alle waren Hebammen wie ich und du.«

»Mutter, ich werde jetzt …«, beginnt Anna.

Doch Barbara lässt sich nicht unterbrechen. »Und wenn man eine Geburtshelferin brauchte, rief man eben nach der ›Wölfin‹. Auch mich ruft man so, falls du das vergessen haben solltest.«

Noch immer betrachtet sie aufmerksam Annas Gesicht und lässt sich auch nicht ablenken, als Martin, der neben der schweigsamen und verängstigt wirkenden Luise steht, beinahe einen Stuhl umstößt. Mit verhaltener Stimme wendet er sich an seine Braut: »Ich habe nie verstanden, warum deine Mutter sich ›Wölfin‹ nennen lässt – das klingt doch eher gefährlich, meinst du nicht auch?«

Jetzt fährt Barbara doch zu ihm herum. Ihre Wangen sind auf einmal stark gerötet, ihre Augen blitzen.

»Hast du etwa Angst vor einer Wölfin, Martin?«, fragt sie aggressiv. »Ist das der Grund, warum du dich gegen eine mutige Frau entscheidest und dafür lieber ein harmloses Schaf nimmst?« Sie wartet seine Reaktion nicht ab und fährt aufgebracht fort: »Ja, eine Wölfin ist bereit zu töten, da hast du Recht. Aber sie tötet nie aus Lust am Töten, sondern dann, wenn sie Nahrung braucht. Oder wenn sie keinen anderen Ausweg mehr sieht, um ihre Jungen zu schützen.« Sie wendet sich wieder an Anna. »Alle Frauen in unserer Familie haben um das, was ihnen wichtig war, gekämpft, es geschützt und gegen Angreifer verteidigt.«

Anna hält dem zwingenden Blick ihrer Mutter stand, in ihrem Kopf wirbeln die Gedanken durcheinander.

»Willst du damit sagen …«

»Ja!«, ruft Barbara. »Geh nach Warschau und kämpfe um deine Nichte, um mein Enkelkind! Rette Emilia aus den Klauen dieses Wüstlings, der schon Luise zerbrochen hat. Und geh mit Gott, Anna.«

»Wolf«, ergänzt Anna mit fester Stimme. »Anna Wolf.« Sie lacht Barbara an, erleichtert und voller Freude. »Oder noch besser – Anna, die Wölfin.«

Sie fährt mit der Postkutsche zunächst nach Bartenstein, einer kleinen Regimentsstadt in einer Flussschlinge der Alle, in der Friedrich Wilhelm III. und Zar Alexander von Russland die »IV. Koalition« schlossen. Ein paar Tage verbringt sie im Haus von Reisegefährten, einem älteren Ehepaar, dessen Tochter, verheiratet mit einem Kaufmann, nach den Geburten von zwei Töchtern nun zum dritten Mal in den Wehen liegt und mit Annas Hilfe den lang ersehnten und gesunden Stammhalter zur Welt bringt. Der Lohn ist ebenso reichlich bemessen wie die Gastfreundlichkeit, die ihr in diesem Haus begegnet. Anna näht den Großteil der Münzen in ihren Rocksaum. Bevor sie nach Neidenburg weiterreist, wandert sie noch einmal durch die Straßen zum Markt und betrachtet lange die große Kirche, eine dreischiffige Basilika. Der Küster erzählt ihr von der Kirchenschule, die man bereits im Jahre 1377 eingerichtet hatte und die vor hundert Jahren in eine Lateinschule umgewandelt worden war. »Und versäumen Sie nicht, sich die ganz in der Nähe unserer Stadt gefundenen Steinfiguren aus pruzzischer Zeit anzusehen, kleines Fräulein«, sagt er. »Diese zwei Figuren, die man

Baben oder auch Bartel und Gustebalde nennt, deuten nämlich darauf hin, dass dieser Ort schon zur Zeit der alten Pruzzen bewohnt war. Unser Bartenstein ist also viel älter als das große Königsberg, woher Sie kommen.«
Anna dankt ihm für diesen Hinweis und verabschiedet sich schnell, als sie merkt, dass er gern mehr von der Geschichte seiner Heimatstadt erzählen möchte. Sie aber drängt es weiter. Eine ihr unerklärliche Unruhe treibt sie jetzt voran, auch ein seltsam euphorisches Gefühl von Freiheit, wie sie es nie zuvor empfunden hat. Eine gleichzeitig berauschende wie beängstigende Lust erfüllt sie, Abenteuer zu erleben, Fremdes zu erfahren. Hat so vielleicht die Abenteurerin Friederike von Riedesel gefühlt, die vor ein paar Jahren allein in Hamburg auf einen Dampfer stieg, um nach Amerika zu reisen? Welch ein Leben!, denkt Anna sehnsuchtsvoll. Ihre Schritte, mit denen sie, wenn die Kutsche in einem Ort hält, unruhig umhergeht, sind schwebend geworden. Sie ahnt, sie hat eine ihr vorgeschriebene Lebensbahn verlassen; ein einziger Schritt nach vorn oder zur Seite hat ihr eine völlig andere Dimension eröffnet. Als hätte sie unsichtbare Fesseln abgelegt, spürt sie auf einmal eine Verwandlung ihres Selbst. Sie atmet rascher, wenn Dörfer und Städte an ihr vorbeigleiten, wenn die hinter ihr liegende Ferne sich mit jeder Radumdrehung noch weiter von ihr entfernt und gleichzeitig eine andere Ferne sich ihr nähert und langsam Formen annimmt. Sie forscht dieser Verwandlung in sich erstaunt nach, wenn sie in einer der Herbergen mit fremden Menschen ins Gespräch gerät. Sie entdeckt Wissbegier und Schlagfertigkeit in sich, ein helles Lachen, sogar den Mut, ihre eigene Meinung, nicht immer frei von Kritik, zu vertreten. Ihr bisheriges Leben war geprägt von ihrer Arbeit als Hebamme im Armenviertel von

Königsberg, von der Verbitterung der Frauen in düsteren Behausungen, von deren oft schweigsamer Erduldung des Schicksals und der ständigen Begegnung mit Elend und Not und mit dem Sterben und dem Tod. Geprägt von der Verlogenheit und der Brutalität der Männer dieser Frauen. Geprägt schließlich von der Enttäuschung der eigenen Mutter, die früh ihre Träume verloren hatte und ihre Verbitterung auf ihre Töchter übertrug, ohne es zu ahnen. Das alles schleift sich nun ab in dieser Zeit, reibt sich mit jeder Wagenumdrehung, die sie weiterträgt, ein wenig mehr auf und lässt darunter eine andere Anna entstehen. Eine Anna, die sich, obwohl sie nie auf einem Schiff gewesen ist, sogar auf einen der Dampfer, die in Hamburg auf die Reise in eine ferne und unbekannte Welt starten, begeben würde und sich ganz vorne am Bug mit weit geöffneten Armen dem Wind oder sogar einem heftigen Sturm entgegenstellen möchte. Eine Anna, die sich der Gratwanderung, auf der sie sich befindet, in jedem Augenblick dieses Lebens bewusst ist, die aber die Gefahr, beim geringsten Fehltritt abzustürzen, auf sich nimmt.
Ja, eine Anna ist sie, die den Tod nicht fürchtet, denn dieses Jahr 1807 ist keine ruhige Zeit, in die sie aufgebrochen ist. Gerade hat der französische Kaiser Napoleon in der Schlacht bei Austerlitz Russland und Österreich besiegt, Preußen hat durch den Sieg der Franzosen bei Jena und Auerstädt nicht mehr viel zu sagen, und mit der Gründung des Großherzogtums Warschau hat sich Napoleons Machtbereich weit nach Osten vorgeschoben.
Doch von den politischen Veränderungen im Land spürt Anna auf der ersten Etappe ihrer Reise wenig. Einer der Kaufleute, die kurz darauf mit ihr in der Reisekutsche in die Stadt an der Neide fahren, erzählt ihr dagegen von den

Überfällen der Tataren vor zweihundert Jahren auf Neidenburg.
»Diese Räuber haben unsere Stadt viele Jahre lang immer wieder angegriffen und ausgeraubt«, berichtet er, während er seine junge Reisegefährtin wohlwollend betrachtet. »Wenn sich Neidenburg von solch einem Überfall erholt hatte, warteten die Bürger schon auf den nächsten Angriff der Barbaren. Doch eines Tages war Schluss damit. Die Legende erzählt von einem Bürger namens Nowak, der eine Kugel auf die angreifenden Tataren abfeuerte und tatsächlich ihren Anführer traf. Und stellen Sie sich vor, Fräulein, die Horden sind in Panik geflüchtet und nie mehr wiedergekommen.« Er bietet sich an, Anna in der Stadt herumzuführen. »Inzwischen haben sich viele Handwerker und Kaufleute bei uns angesiedelt. Es gibt eine Anzahl reicher Bürgerhäuser, und eines davon gehört mir und meiner Familie. Sie werden sehen, Neidenburg ist eine schöne Stadt, nicht sehr groß, aber schön mit der Burg und der Stadtkirche am Marktplatz.« Er betrachtet Anna von der Seite. »Es wird Ihnen bei uns gefallen. Ich hoffe sehr, dass Sie ein wenig länger bleiben werden.«
Dass auch sie ihm gefällt, ist offensichtlich. Sein rundliches Gesicht ist leicht gerötet, seine Augen blitzen sie an.
Anna hält ihre rechte Hand so, dass er den Silberring an ihrem Finger sehen muss, das Zeichen dafür, dass sie eine ehrbare und verheiratete Frau ist. Sie erwidert das freundliche Lächeln aus Höflichkeit; sie hat anderes im Sinn als eine Schäkerei, auch wenn ihr der redselige junge Mann nicht unsympathisch ist. Sie wendet den Kopf zur Seite, um durch das staubige Fenster der Kutsche die sich verändernde Landschaft zu betrachten. Wo sich vor einiger Zeit noch in der

Sonne blinkende spiegelglatte Seen, saftige Wiesen und gelb leuchtende wogende Getreidefelder ausbreiteten, rücken nun dunkle Wälder, in denen sich Elche mit breiten schaufelförmigen Geweihen und scheue Bären ihren Weg durchs Gebüsch bahnen, immer dichter zusammen, machen nur dann und wann Platz für kleinere Ortschaften, einzelne Höfe oder rauchende Meiler. Auch das Wetter hat sich verändert. Über Nacht ist es Herbst geworden. Stürmischer Wind beugt die Bäume, und Regenschauer prasseln auf das Kutschendach, während sich die Pferde über schlammige Wege mühen. Zeit und Raum scheinen sich zuweilen aufzulösen, wenn der Morgennebel Geisterfiguren in die Landschaft zaubert und nur der Hufschlag der Pferde noch Leben verheißt.

Während ihr Reisegefährte immer noch über seine Heimatstadt plaudert, hängt Anna ihren eigenen Gedanken nach. Es war Sommer, als sie aufgebrochen ist. Seitdem bewegt sie sich unablässig gen Süden, quert Flüsse auf breiten Kähnen oder in schwankenden, zerbrechlich wirkenden Nachen, durchwatet seichte Gewässer und endlose Moore. Andere Reisende begleiten sie eine Weile, verlassen sie wieder, weil sie an ihrem Ziel angekommen sind oder nach Osten oder nach Westen gehen. Nur sie allein scheint immer nur südwärts zu ziehen.

Noch weiß Anna nicht, ob und wie sie von Neidenburg aus weiterkommen kann. Von anderen hat sie erfahren, dass der Weg nach Warschau wegen der vielen Überfälle auf Reisekutschen und Handelszüge durch polnische Räuber nicht ungefährlich ist. Man riet ihr dringend dazu, sich einer jener größeren und von Angehörigen der Garnison begleiteten Gruppen anzuschließen, die von der kleinen Stadt an der Neide aus zu Fuß oder auf Reitpferden nach Süden weiterziehen.

Um sich von diesen Sorgen abzulenken, hört sie wieder ihrem Nachbarn zu, der ununterbrochen redet.
»Mit der medizinischen Versorgung der Bürger steht es in Neidenburg nicht zum Besten«, sagt er gerade. »Was hier vor allem fehlt, ist eine tüchtige Hebamme, die unserem schon recht betagten Arzt zur Hand geht und die außerdem etwas von der Heilkunde versteht.«
Spontan beschließt Anna, den Winter in Neidenburg zu verbringen. Sie hat ein Ziel, aber nichts und niemand zwingt sie zu unnötiger Eile.

Im Frühling, als die braunen Hüllen der pelzigen Weidenkätzchen platzen, als die Hasel zu stäuben beginnt und die hellgrünen Blattspitzen von Schneeglöckchen und Krokus die verharschte Schneedecke durchstoßen, als die Nächte noch frostig sind und die Tage schon mild und sonnig, da wird Anna unruhig. Sie überprüft wieder und wieder den Inhalt von Hedwigas Tasche und schnürt schließlich ihr Bündel. Sie nimmt tränenreichen Abschied von dem alten, ihr wohlgesonnenen Arztehepaar, in dessen gemütlichem Haus am Fuß des Hügels mit der halb verfallenen Ordensburg sie mehr als vier Monate verweilt und wo sie in der Praxis als Hebamme mitgearbeitet hat. Bedauern empfindet sie auch bei dem Gedanken an Ferdinand Gregorius, den jungen Kaufmann, dessen Begleitung sie bei ihren vielen Streifzügen durch die Stadt und ihre nähere Umgebung ebenso schätzte wie die langen Gespräche mit ihm. Nachdem sie ihm gestanden hatte, dass es gar keinen Ehemann in ihrem Leben gab, machte er ihr einen Heiratsantrag.
»Ich kann nicht bleiben«, hat sie dem enttäuschten Ferdinand an jenem mondhellen Abend, als sie nebeneinander an

der gemächlich dahinfließenden Neide entlangspazierten, erklärt. »Ich muss weiter nach Warschau. Ich will Emilia suchen. Und wenn ich sie gefunden habe, dann gehe ich nach Amerika.«

»Heiraten Sie mich«, wiederholte er und legte beide Arme um sie. »Dann werden wir Ihre Emilia gemeinsam suchen und vielleicht sogar gemeinsam nach Amerika gehen.« Er lachte sie an, vielleicht auch aus, Anna war sich nicht ganz sicher. Aber es war nicht wichtig. Sie mochte ihn, sehr sogar, doch ihr Lebensweg war ein anderer als der, den er ihr vorschlug.

Also schüttelte sie lächelnd den Kopf und entwand ihm ihre Hand, die er hielt und sanft drückte.

Und so geht sie im beginnenden Morgenlicht allein durch die noch stillen Gassen des Städtchens zum Marktplatz, wo sich im Hof der Brauerei schon andere Reisende versammelt haben. In der allgemeinen Aufregung, im eifrigen Hin und Her der Zurufe, beim nervösen Schnauben und Tänzeln der Pferde vor dem großen Wagen, der mit Gepäckstücken beladen wird, überfällt sie plötzlich wieder diese unbändige Lust, sich fortzubewegen, unaufhaltsam vorwärts zu gehen. Sie lacht leise und atmet tief die morgenfrische Luft ein, die voll ist vom Geruch aus dampfendem Pferdemist auf dem Hofpflaster, voll von den Düften aus der Brauerei, einer nahen Backstube und der Waschküche daneben. Eine berauschende Luft ist es, voll von den Geräuschen einer lebendigen Stadt, vom Tschilpen der Spatzen und dem Gurren der Tauben auf den Dächern der Häuser. Eine Luft voller Verlockungen, voller Verheißungen, und Annas Sinne sind offen für das Kommende.

Sie ahnt nichts, sie weiß nichts von dem Albtraum, der sie auf diesem Teil ihrer Reise schließlich erwartet.

An all das erinnert Anna sich nun, mehr als vier Jahre nach diesem Morgen in der hübschen, heilen Welt des Städtchens Neidenburg, während sie schlaflos neben dem schnarchenden, schnaufenden, ächzenden Mann liegt, der Teil des Albtraums ist, aus dem es kein Entkommen zu geben scheint. Ihre Kräfte, die Euphorie, auch ihr einstiger Mut und das Kämpferische in ihr haben sich irgendwie verbraucht im täglichen Überlebenskampf. Die überschäumende Freude, die große Lust auf das Vorwärtsgehen, die Eile, Neues wahrzunehmen und sich zu Eigen zu machen, das alles liegt irgendwo außerhalb dieser düsteren, feuchten Wohnung, außerhalb dieses Hauses, dieser Straße, dieser Stadt. Vielleicht, denkt Anna, vielleicht liegt das alles sogar außerhalb dieser Zeit und dieses Lebens und ist für immer verloren. Was ihr geblieben ist, ist diese unendliche Müdigkeit und dieser zuweilen schwach aufflackernde Rest einer einstmals riesigen Wut in ihrem Bauch.

Der glimmt auch jetzt, nährt sich von der Furcht, die alte Hebammentasche für immer verloren zu haben. An den dicken ledernen Griffen in ihrer Hand konnte Anna sich und irgendwie auch ihr Leben festhalten, wenn sie auf dem Weg zu einer der polnischen Offiziersfrauen war, die untereinander französisch reden, ihre rot gefärbten Lippen geschürzt, ihre Brauen zu Halbmonden ausgezupft, ihre zarten Wangen gepudert, ihr Haar zu schwankenden, mit blitzenden Edelsteinen verzierten Gebilden aufgetürmt und ihre Brüste fast bis zum Kinn hochgeschnürt und entblößt. Nur in einem gleichen sie der verschüchterten Magd, die

ihnen das Gebäck auf porzellanweißer Schale mit durchbrochenem Rand aus der Königlichen Manufaktur Schwedens serviert, nur in einem gleichen sie der Wäscherin mit den roten, rauen Händen, der Bäckerin mit vom Mehl bestaubten Wangen oder der Bettlerin, die im Unrat der Gasse nach Essbarem für ihre Kinder wühlt. Diese feinen Frauen, die lässig oder gnädig, großzügig oder mit der Geste grenzenloser Verachtung in ihre Geldbörsen greifen, um Annas Hilfe bei der Abtötung beginnenden Lebens in ihrem Leib beziehungsweise der Austreibung der Leibesfrucht zu bezahlen, auch diese feinen Frauen also jammern und schreien, fluchen und betteln, bluten und sterben manchmal nicht anders, nicht mehr und nicht weniger als jede andere schwangere oder gebärende Frau in dieser großen Stadt Warschau und anderswo auf der Welt.
Ohne die Tasche aber wird Anna nicht mehr zu diesen Frauen gehen können, auch nicht in die Küchen dieser feinen Häuser, in denen sie manchmal einen Becher heißen Kakao von der Köchin erhielt. Ohne diese Tasche ist Anna nicht mehr »die Wölfin«, fühlt sie sich als Hebamme unvollständig. Diese Tasche ist für Anna und für die Frauen, zu denen sie gerufen wird, mehr als nur ein Behältnis für die Instrumente und die Arzneien einer guten Geburtshelferin und Heilkundigen. Das eher unförmige Ding aus abgeschabtem Leder ist Annas Markenzeichen, an dieser Tasche erkennt man sie. Wenn sie diese Tasche trägt, ist sie »die Wölfin«, und als diese erweckt sie bei den Frauen Vertrauen, das Gefühl von Sicherheit und die für eine Untersuchung oder eine Geburt notwendige Entspannung von Körper und Geist. Und bei vielen Männern erzeugt der Anblick der Tasche sogar so etwas wie Respekt. Anna ist nur eine Frau, und eine

Frau hat in den Augen eines Mannes normalerweise nicht viel Wert. Aber Anna mit der Tasche ist, das hat sich bis in die höheren Kreise von Warschau herumgesprochen, keine Hebamme, die den Leib vornehmer Frauen mit schmutzigen Händen abtastet, die fleischige Engen mit brutalen Fingern weitet. Bevor sie jemanden angreift, holt sie aus ihrer Tasche ein Seifenstück, eine Bürste und ein sauberes Handtuch und wäscht und bürstet Hände und Arme bis hoch zum Ellbogen. Wenn sich ein Kindchen weigert, den Weg in diese Welt zu betreten, dann holt Anna aus der Tiefe ihrer Tasche ein Fläschchen mit einer Lösung, die Wehen fördert, ein Tiegelchen mit feiner schmelzender Creme und manchmal, sehr selten, eine glatte, kühl schimmernde Zange, mit der sie sorgsam den kleinen Kopf umfasst, und ganz zuletzt, wenn das Neugeborene auf der Brust seiner Mutter schlummert, das Säckchen mit den Milchfluss fördernden Kräutermischungen.
Ja, mit ihren sauberen, ruhigen, weichen, kundigen Händen und mit dem schier unerschöpflichen Inhalt von Hedwigas Tasche verdient Anna den Lebensunterhalt für sich und drei Kinder. Denn Karel, ihr Mann und Vater von Marek und Josef, versäuft, verhurt, verspielt seinen Lohn, kaum dass er ihn in die Hand bekommt.
Und nun hat Karel Czepek, der Zimmermann aus Prag, Annas Tasche verkauft. Oder er hat sie bei einem Kartenspiel in einer verrauchten, verrufenen Kneipe verspielt. Oder damit eine seiner Huren bezahlt.
Und in Annas Bauch glimmt und schwelt die Wut. Sie fletscht die Zähne gleich einer wütenden Wölfin. Wem, wem hast du sie verscherbelt?, will sie den schlafenden Mann fragen. Sie ballt die Fäuste, will sie in dieses vom Bier auf-

geschwemmte Gesicht stoßen. Aber mit Gewalt lässt sich in diesem Leben nichts lösen. Gewalt erzeugt nur neue Gewalt, das hat Anna bereits zu Beginn ihrer Ehe erfahren. Nur einmal, ein einziges Mal, so kurz, so sacht wie der Flügelschlag eines Falters, ist er sanft mit ihr umgegangen, hat ihr ein ganz besonderes Lächeln geschenkt. Das war, bevor sie seinen Namen und die Kraft seines Körpers erfuhr. Dieses eine Mal und dieses eine Lächeln hat sie sich über all die Jahre hinweg bewahrt, hat es fest verschlossen in ihrem Innern. Sie hat diesen Mann nie spüren lassen, dass es in ihr war und ihr Herz ein wenig wärmte, manchmal, wenn seine Faust sie traf, seine Worte, seine Blicke sie beleidigten oder verletzten. Wahrscheinlich war es nur ein Traum, von der Gefahr, von Angst erzeugt, sagt sich Anna zuweilen, um mit dieser Bitterkeit die Süße der Erinnerung noch süßer zu machen.

Laut, herrisch, prahlerisch, mit seinem starken Rücken und den harten Muskeln an seinen Armen und seiner Leidenschaft für das Kartenspiel protzend, so ist der Zimmermann aus Prag damals aufgetreten, als er sich jener Reisegruppe anschloss, mit der Anna die Grenze nach Polen überschritt. Schnell hatte er die anderen um sich geschart, wenn es darum ging, am abendlichen Lagerfeuer die Karten zu mischen und die eine oder andere Münze in die Mitte des Kreises zu legen. Das Spiel faszinierte Anna; rasch erfasste sie die Regeln. Und ebenso rasch erkannte sie auch die Tricks, die der Tscheche anwendete, um fast jedes Spiel zu gewinnen. Immer wieder erbat sie sich die sechsunddreißig Karten von ihm, um sich die Abbildungen und Symbole genau anzusehen und sich ihre Bedeutung einzuprägen.

Karel ist um einiges älter als Anna und hart geworden in den langen Jahren seiner Wanderschaft durch den Osten Europas, sowohl was seinen Körper als auch seine Seele betraf. Anna bekam das zu spüren, als er sich zum ersten Mal neben und schließlich auf sie legte. Dieses Zusammenrücken ihrer Körper war die Reaktion auf die Schrecken eines nächtlichen Überfalls auf die Reisenden und auf das blitzartige Erkennen, der Anzahl der polnischen, an Waffen überlegenen Banditen nichts anderes als die eigene Körperkraft, vielleicht ein Messerchen, ein Revolverchen entgegensetzen zu können. Die Hand voll Soldaten, die diese Reisegruppe begleiteten, und mehr als die Hälfte der Reisenden wurden trotz verzweifelter Gegenwehr getötet, die anderen entkamen mit Mühe, verstreuten sich in alle Richtungen des dichten Waldes.

Auch Anna, die ihre Tasche fest an sich drückte, und der von einem gewaltigen Axthieb an der Schulter verletzte Zimmermann konnten flüchten und verkrochen sich gemeinsam in einer Felsenhöhle, voll mit noch feuchter Bärenlosung, so dicht aneinander gedrängt, dass der eine den Herzschlag des anderen spüren konnte. Eine Weile noch horchten sie auf das entfernte Geschrei und das Klagen der sterbenden Geschlagenen.

In der folgenden unerwarteten Stille, nur ab und zu unterbrochen von einem Vogellaut oder dem Rascheln eines Insekts oder kleinen Säugetiers im Blattwerk vor der Höhle, wurden die beiden Menschen sich plötzlich ihrer körperlichen Nähe bewusst. Es geschah langsam, ganz langsam, während ihre verkrampften Glieder sich lockerten, auch ihre Sinne sich entspannten und ihre Haut wieder empfindsam für Berührungen wurde. Anna tastete nach der Flasche mit der desinfizierenden Arznei in ihrer Hebammentasche, dann riss sie ein Stück Stoff von ihrem Unterrock ab und band es um die kaum noch blutende Schulterwunde des Mannes. Im fahlen Mondlicht, gefiltert durch das Strauchwerk vor dem Höhleneingang, sah sie den großen Mann lächeln. Ohne nachzudenken schmiegte sie ihren Kopf in seine Armbeuge und schaute von dort aus hoch auf dieses sie sonderbar berührende und freundlich wirkende Lächeln. Unter ihrem Blick verlor sich das Lächeln langsam. Der Mann öffnete, ohne dass Anna sich dagegen zu wehren vermochte, ein paar Knöpfe an ihrem Kleid und legte seine schwielige Hand auf ihre nackte Brust. Da lag sie eine Weile, bis ihre Brustwarze sich härtete und aufrichtete und gegen die raue Handinnenfläche drängte. Die Bewegung wurde mit anderen Bewegungen beantwortet. Ein Wechselspiel begann, in dem schließlich Haut an Haut gelegt wurde, Mund an Mund, zärtlich zuerst, köstlich für Anna und mit wachsender Sehnsucht nach mehr von diesen wärmenden Gefühlen, die das Vorher mit all seinen Schrecknissen endlich vergessen ließen.

»Ich bin Anna, wie heißt du?«, flüsterte sie in seinen Mund. Und er sagte ihr seinen Namen und woher er kam und presste und knetete dabei ihr Fleisch unter ihrem hochgeschobenen Rock mit Händen, die immer kräftiger, immer zupackender wurden. Anna aber wurde wachsam, auf schmerzhafte Art. Sie begann sich zu wehren. Nun war es kein Spiel mehr, nicht mehr Zärtlichkeit und sanftes Verlangen, nicht mehr Wärme, Trost und Geborgenheit, was sie empfand. Jetzt war es nur noch brutale Gier, nur noch die Kraft eines wilden, keuchenden Tieres, die ihre Gegenwehr, schließlich auch ihre Illusionen, ihre Träume gewaltsam erstickte.

Sie weinte nicht, als er endlich von ihr abließ. Ihr Kopf hatte sich von ihrem Körper getrennt. Sie betrachtete den Mann neben sich mit kühlem, abschätzendem Blick. Sie spürte die Stille und die Einsamkeit des Waldes, das Fehlen von Geräuschen und Gerüchen einer menschlichen Ansiedlung in der Nähe. Dass dieser Mann neben ihr nicht feige war, das hatte er im Kampf gegen die Banditen bewiesen. Sie überlegte. Mit ihm gemeinsam konnte sie es wahrscheinlich schaffen, aus diesem verdammten Wald, in dem sich alle Wege, alle Stege zu verlieren schienen, hinaus und vielleicht sogar bis nach Warschau zu kommen. Denn dass er nach Warschau wollte, das wohl nur noch zwei Tagereisen entfernt war, um dort eine Weile zu arbeiten, bevor er nach Prag zurückkehrte, das hatte er ihr kurz vor dem Überfall erzählt.

Später an diesem Tag, als er ihren Körper wieder und wieder genommen hatte, hockte er neben Anna und betrachtete sie aus kalten Augen. Sie erwiderte seinen Blick mit ebensolcher Kälte, sah ihn an, als nähme sie Maß für ein Kleidungsstück. Sie sah seine niedrige Stirn unter dem borstigen Haar, die grobe, fleischige Nase, die wulstigen Lippen, das angriffslustig vorgeschobene Kinn, den kräftigen kurzen Hals auf dem ebenfalls kräftigen Körper. Sie betrachtete seine Hände, die beinahe quadratisch und groß und schwielig waren, und auch das gut erhaltene Werkzeug, das er nach Zimmermannsart am Gürtel mit sich trug. Nun gut, dachte sie und wandte sich ab, ich habe schon hässlichere Menschen als diesen Karel Czepek gesehen. Sie nahm sich vor, ihn zu benutzen, wie er sie benutzt hatte und wieder benutzen würde. Noch hatte sie nur eine flüchtige Ahnung von dem Ort, an dem sie Emilia zu finden hoffte. Aber mit einem

Mann wie Karel Czepek an ihrer Seite würde sie diesem seltsamen Grafen Lobinski und seiner Frau Elsbetha das Kind ihrer Schwester wohl leichter entreißen können, wie wenn sie allein kam.
Ihm schien es gleich zu sein, ob sie mit ihm ging oder an diesem elendigen Ort verreckte. Er drehte sich nicht einmal nach ihr um, wenn sie hinter ihm über Wurzeln stolperte oder im Dornengestrüpp hängen blieb. Doch als sie nach zweitägiger und mühsamer Wanderung endlich die ersten Häuser von Warschau erreichten, knurrte er: »Wir werden wohl noch eine Weile zusammenbleiben können. Aber du sorgst für dich selbst, jetzt und in Zukunft, ist das klar?« Sie hatte ihm nicht widersprochen.

Aus der Weile sind vier Jahre geworden. Vier Jahre, in denen Anna und Karel geheiratet haben und Anna drei Kinder geboren hat, von denen nur zwei überlebt haben. Jahre, in denen sie Emilia gesucht, gefunden und um sie gekämpft hat. Jahre, in denen Karel seine Frau und seine Kinder grün und blau geschlagen hat, in denen er Anna benutzte, quälte, demütigte, sie bestahl, betrog, belog. Jahre, in denen ihre Träume verblassten und das Wort »Amerika« allen Glanz verlor. Nur eines hat ihr diese Zeit nicht nehmen können – ihren Ruf als Anna, die »Wölfin«. Nicht nach Anna Czepek, sondern nach Anna, der Wölfin, schicken die Frauen aus Warschau, wenn sie die Hilfe einer Hebamme benötigen oder jemanden, dem sie mehr vertrauen wollen als einem studierten Mann.
Warum sie bei diesem Mann geblieben ist, darüber grübelt sie auch jetzt, in dieser schlaflosen Nacht, in der das Mondlicht wirre Muster auf den Boden der Schlafkammer zeich-

net. Es ist nie Liebe, nicht einmal Zuneigung zwischen ihnen gewesen. Es war die Notsituation, die sie zusammengeschweißt hatte. Dann waren es die Kinder und die Suche nach Emilia und schließlich der tägliche Überlebenskampf, was sie dazu zwang, die Realität zu sehen und zu akzeptieren. Obwohl der Mann an ihrer Seite herzlich wenig zum Überleben der Familie beiträgt, bietet er einer Frau und ihren wehrlosen Kindern doch einen gewissen Schutz in dieser politisch unruhigen Stadt, deren Völkergemisch sich seit ihrem Entstehen nie entscheiden konnte, ob es zu Russland, zu Preußen oder gar zu Österreich gehören wollte.

Nun, da Karel die alte Tasche verkauft hat, erwachen Annas Kampfgeist und ihre Wut wieder. Bevor sie ihn mit den Kindern verlässt, muss sie wissen, an wen er sie verkauft hat! Ohne die Tasche wird sie nicht nach Königsberg zurückkehren. Niemals!

Sie packt Karels muskulösen Arm und zerrt und schüttelt ihn.

»Wem hast du sie verkauft, du Mistkerl? Antworte!«

Knapp zwei Wochen nach dieser Nacht wird Karel Czepek, gerade fünfundvierzig Jahre alt geworden, auf einer Baustelle von einem herabstürzenden Balken erschlagen. Sein Kopf ist zerschmettert, das Gesicht nur noch eine blutige Fleisch- und Knochenmasse. Anna kann den Toten anhand einer auffallend schartigen Narbe an seiner rechten Schulter identifizieren. Zögernd streicht sie mit den Fingerspitzen über das aufgeworfene Fleisch, wo einst ein polnischer Bandit die schartige Schneide seiner Axt hineingetrieben hatte.

Einen flüchtigen Moment lang empfindet sie so etwas wie Trauer um diesen Mann und um sein vor unendlich langer

Zeit verlorenes Lächeln. Dann ist nur noch ohnmächtige Wut in Anna. Denn Karel hat den Namen des Käufers von Hedwigas Tasche mit in den Tod genommen. Und obwohl sie in den Tagen nach Karels Beerdigung auf einem winzigen Friedhof außerhalb der Stadt in den Kneipen, in denen er verkehrt hatte, in den Hurenhäusern, auf den Märkten und sogar in den Küchen der feinen Offiziersfrauen nach ihrer Tasche fragt, erhält sie nie mehr als ein Schulterzucken und mitleidige Blicke zur Antwort.
Aber in Warschau will Anna nicht bleiben. So wie sie sich einst nach Amerika sehnte, so sehnt sie sich jetzt zurück nach Königsberg und in das kleine Haus ihrer Mutter. Die ungeweinten Tränen der vergangenen Jahre sammeln sich hinter ihren Augäpfeln, die lautlosen Seufzer und Klagen in ihrer Brust. Mit aller Macht treibt es Anna weg aus Warschau, das ihr fremder als je zuvor erscheint, und zurück in ihre Heimat, damit ihre Tränen endlich, endlich fließen und sie die Seufzer und Klagen endlich, endlich hinausschreien kann.

Was ihnen gehört, ist an einem Morgen zu Beginn des Sommers rasch gebündelt und auf einen kleinen zweirädrigen und schon recht klapprigen Karren geworfen, den Anna für ein paar Münzen einem fahrenden Händler abgekauft hat. Der kleine Josef darf auf dem Gepäck sitzen und hält sich an einem Strick fest. Marek und Emilia sind groß genug, um nebenher zu laufen. Anna legt sich den Gurt um eine Schulter und zwischen ihre Brüste und geht mit raumgreifenden Schritten voran. Sie ist sich der Gefahren dieses langen Weges, der vor ihr liegt, bewusst, doch nichts kann sie nach diesen Jahren mit dem Tschechen noch erschrecken.

Sie müssen Umwege machen, immer wieder den Truppen der Franzosen ausweichen, die Kaiser Napoleon quer durch Polen in einen Russlandfeldzug schickt. Anna hat vor, sich mit den Kindern bis nach Neidenburg durchzuschlagen. Dort hat sie Freunde, bei denen sie sich erholen können, bevor sie nach Königsberg weiterreisen. Sie hofft, bei dem alten Doktor, der ihr schon einmal geholfen hatte, vorübergehend eine Arbeit zu finden, auch wenn sie nun ohne ihre Hebammentasche kommt.

Fast zwei Monate sind sie nun schon unterwegs. Nur ein dunkles Waldstück trennt sie noch von der Grenze nach Preußen. Doch genau in diesem Wald wird der kleine Handelszug, dem Anna sich kurz vorher angeschlossen hat, von Räubern überfallen und ausgeplündert. Und nur, weil Anna einen der Banditen, dem ein Streifschuss die halbe Wange bis auf den Knochen weggerissen hat, fachkundig versorgt, werden sie und die Kinder von dem Gemetzel unter den Reisenden verschont.

»Geh einen halben Tag lang genau nach Westen und dann einen halben Tag nach Norden, dann bist du auf der Straße nach Bischofswerder und in Sicherheit«, rät der Verwundete ihr und grinst sie trotz seiner Verletzung an. »Entlang der Grenze gibt es nämlich eine ganze Menge Leute, die nicht so viel Rücksicht nehmen wie wir, wenn es etwas zu holen gibt.«

Also gehen Anna und die Kinder einen halben Tag lang nach Westen und die zweite Hälfte des Tages genau nach Norden. Tatsächlich gelangen sie gegen Abend auf die südöstliche der beiden Handelsstraßen, die sich bei der Stadt Bischofswerder kreuzen.

Und hier, in dieser Stadt, im Hinterzimmer eines schmutzigen, stinkenden Gasthofes nahe der Brücke über die Ossa, inmitten von lärmenden, schreienden, sich streitenden Menschen, sieht Anna ihre Tasche auf einer Bank und dicht daneben eine alte, ganz in Schwarz gekleidete und stark geschminkte Frau, die ihre knochig bleiche Hand besitzergreifend auf das Leder gelegt hat.

»Sieh an, sieh an«, sagt Cyprjan Lobinski kehlig, als Anna sich an trunken grölenden Männern vorbei durch die niedrige Tür schiebt, weil sie einen freien Platz in einer Ecke zu finden hofft, von wo aus sie die Gäste unauffällig mustern kann. Obwohl sie erfahren hat, dass Lobinski sich in Bischofswerder aufhält, hat sie nicht erwartet, ihn hier, in diesem billigen Gasthof, zu finden, wo sich vor allem die Fuhrleute, Bauern aus der Umgebung und der eine oder andere, der es auf eine Geldbörse, eine Taschenuhr oder ein kostenloses Bier abgesehen hat, aufhalten.

Vor Überraschung hat sie den Atem angehalten, ihr Herz hämmert in ihrer Brust, ihr Gesicht wird heiß. Sie spürt die Raubvogelaugen des Mannes am Kartentisch wie ein Gewicht auf ihrem Gesicht. Und obwohl der Lärm um sie herum so groß ist, dass sie am liebsten die Ohren zuhalten oder fliehen möchte, hört sie die schmeichelnde Stimme des Grafen überdeutlich. Bei dem Klang stellen sich die Härchen in ihrem Nacken und auf ihren Armen auf.

»Wenn das nicht Anna ist, die Schwester unserer teuren Luise.« Lobinski wendet sich mit einer ruckartigen Kopfbewegung an die Frau an seiner Seite. »Du erinnerst dich doch an Anna, die Diebin, die unsere Emilia gestohlen hat?«

Während Anna noch ungläubig auf die Frau, die ihre Großtante Elsbetha ist, starrt, zupft jemand an ihrem Rock. Und als sie sich unwillig umdreht, sieht sie Emilia hinter sich

stehen. Sie will das Kind wegschieben, irgendwohin, wo es dunkel ist, wo dieser Mann es nicht sehen kann. Doch die Kleine wehrt sich und stellt sich dicht neben sie. Als Anna etwas sagen will, kommt Emilia ihr zuvor und wispert: »Ich fürchte mich nicht vor ihm.« Sie schiebt ihre Hand in Annas und drückt sie fest. »Er kann uns nichts tun.«
Mit glänzenden Augen beobachtet Lobinski die Szene, dann verziehen sich seine roten Lippen zu einem Grinsen. Er legt den Kartenfächer verdeckt auf die Tischplatte und streckt seine Arme mit den klauenartig gebogenen Fingern nach Emilia aus.
»Und nun hat sie uns unsere Tochter wiedergebracht! Komm her, mein Täubchen, komm zu mir.«
»Hör nicht auf ihn, Emilia«, sagt Anna. »Er kann dir nichts tun.«
Die Kleine schaut zu ihr hoch. »Ich weiß. Ich habe das immer gewusst.«
Als er sie miteinander flüstern sieht, sagt Lobinski in scharfem Ton: »Diese Anna Baczko, oder wie immer sie jetzt heißt, hat nichts mit dir zu schaffen, du gehörst zu mir.«
Emilia drückt wieder ihre Hand, und Anna strafft die Schultern und hebt den Kopf.
»Mein Name ist Anna Wolf«, sagt Anna. Ganz am Rande ihres Denkens erinnert sie sich an die Geschichten, die Großmutter Lena ihr von der alten Hebamme Hedwiga und der kleinen Lisbeth Wolf erzählt hat. »Nach dir werden andere kommen«, hatte Hedwiga erklärt. »Und auch wenn sie zuweilen andere Namen tragen werden, sie werden immer Wölfinnen bleiben. Und Wölfinnen kämpfen um das, was zu ihnen gehört.«
Und in diesem Moment, da sie das Kind neben sich fühlt

und ihre Augen an der schwarzen Tasche hängen, sie nicht mehr loslassen können, spürt Anna eine überwältigende Wildheit und Wut, größer als alle früheren Gefühle, in sich aufsteigen, eine fast beängstigende Bereitschaft, um alles, was ihr wichtig ist, mit all ihrer Kraft zu kämpfen.

Auf und ab geht Anna in dieser Nacht in der kleinen Kammer unter dem Dach des Gasthofes, die sie und ihre Kinder mit drei weiteren Frauen und deren Kindern teilen. Drei Schritte sind es bis zur schrägen Fensterluke, drei Schritte bis zur gegenüberliegenden Wand. Unruhig schlägt ihr Herz, das Atmen fällt ihr schwer in der stickigen Luft. Hin und wieder bleibt sie am Lager in der hinteren Ecke stehen, auf dem sich Marek, Josef und Emilia im Schlaf zusammendrängen, und hält die brennende Kerze über sie, um sie zu betrachten. Die Jungen schlafen fest, mit offenen Mündern, Arme und Beine umeinander geschlungen. Die schmalen Wangen des kleinen Mädchens neben ihnen sind rosig angehaucht, die Lider mit den langen Wimpern flattern. Als Anna sich über sie neigt, schlägt Emilia plötzlich die Augen auf und sieht sie an. Ihr Blick ist hellwach und forschend, er wirkt sogar in dem schwachen Kerzenlicht seltsam eindringlich. Es ist der Blick einer Erwachsenen, und auf Annas Armen stellen sich wieder die Härchen auf.

»Du willst die Tasche zurückhaben, nicht wahr?«

Anna nickt. Dann sagt sie leise, eher zu sich selbst als zu dem Kind: »Sie ist ein Teil von mir.«

Emilia löst sich vorsichtig aus der Umklammerung der beiden Jungen.

»Du könntest die Tasche gegen mich eintauschen. Sie ist ohne Wert für den alten Mann. Aber ich …«

Anna weicht dem klaren, eindringlichen Blick des Kindes aus. Sie hat das Gefühl, von der Sechsjährigen durchschaut zu werden.
»Niemals!«, sagt sie rasch.
Emilia richtet sich auf. »Das ist keine Lösung für dein Problem.«
»Nein«, gibt Anna mit zusammengebissenen Zähnen zu. »Das ist keine Lösung.«
Sie hilft dem Mädchen beim Aufstehen und drückt es dann fest an sich. Emilia ist klein für ihr Alter, sie reicht Anna gerade bis zur Taille. Auch sie ist wie die beiden Jungen und Anna dünn, viel zu dünn. Seit Tagen, nein, seit Wochen, seit sie unterwegs sind, haben die Kinder und sie nichts Rechtes mehr zu essen bekommen. Und sie haben noch einen weiten Weg vor sich.
»Ich habe deiner Mutter versprochen, dich zu suchen und zu ihr zurückzubringen.« Das stimmt nicht ganz, geht Anna durch den Kopf. Luise hat sie nie darum gebeten, nach ihrer Tochter zu suchen. Anna ist gegangen, um Luise und Martin aus dem Weg zu sein. Und weil sie nicht einfach zusehen konnte, wie Luise ihr rotes Hochzeitskleid bügelte.
Emilia reckt sich, legt den Kopf in den Nacken, um Anna wieder ansehen zu können.
»Meine Mutter will mich nicht, sie hat mich vergessen«, sagt sie. »Du wirst mich behalten müssen.«
Anna bückt sich und schlingt ihre Arme um das Körperchen. »Und ich möchte dich behalten.«
»Ich werde mit ihm und Tante Elsbetha gehen«, sagt Emilia, und es klingt entschlossen. »Ich bin schlau und schnell. Ich kann ihm entwischen und wieder zu dir laufen. Dann hast du uns beide, die Tasche und mich.«

»Ach Kind!«
Natürlich hat Anna in dieser Nacht auch daran gedacht. Viele Möglichkeiten hat sie überlegt und wieder verworfen, denn keine, keine einzige davon kommt für sie in Frage. Einmal, als es nur um Emilia ging, ist es ihr gelungen, Lobinski zu überlisten, ein zweites Mal wird es ihr nicht gelingen.
Sie schaudert, als sie sich an die Einzelheiten der Begegnung mit dem Grafen und seiner Frau in der Hinterstube dieses Gasthofes erinnert.
»Auf diese Tasche hast du es also abgesehen«, hat er gesagt und dabei zynisch gegrinst. Anna, die sich auf einen freien Platz auf der anderen Seite des Spieltisches gesetzt hatte, sah ihn forschend an. Es ist viele Jahre her, dass sie ihn zum ersten Mal gesehen hatte; damals war sie selbst noch ein Kind. Bevor sie Emilia von seinem Gutshof holte, hatte sie ihn ein paarmal aus der Ferne beobachtet. Zum Zeitpunkt dieser mehr als waghalsigen Aktion befand er sich auf Reisen, sonst hätte er sie sicher verhindert und dafür gesorgt, dass Anna im Gefängnis landete.
Lobinski hielt ihren Blick mit seinen seltsamen Augen gefangen. Sein völlig ergrautes, schütteres, bis weit über die Schultern reichendes Haar hatte er straff zurückgekämmt und im Nacken mit einem dünnen Lederband zusammengebunden. Diese Frisur unterstrich das Asketische seines Schädels. Und trotz der einfachen, fast ärmlichen Kleidung, trotz der rot geäderten Augen und der fahlen Gesichtshaut wirkte dieser Mann auf der anderen Seite des Kartentisches so arrogant, so selbstsicher, so undurchschaubar und dämonisch wie bei ihrem ersten Zusammentreffen in seinem herrschaftlichen Haus am Schlossteich von Königsberg.

Anna musste ihren Blick von ihm abwenden und betrachtete die Frau neben ihm. Es war tatsächlich Elsbetha, Großmutter Lenas einzige Schwester. Schlimmer, viel schlimmer als dem Grafen haben die Jahre ihr zugesetzt. Vor zwei Jahren, als Anna am Tor des Gutshofes im Osten von Warschau auf sie traf, das Kind an ihrer Hand, da war Elsbetha noch eine stattliche Frau, die mit seltsam gleichmütiger Stimme »Nimm Emilia und geh, geh schnell und weit weg!« zu ihr gesagt hatte. Nun ist alles an ihr schwammig, zerknittert, voller Falten, verbraucht. Unterstrichen wird dieser Eindruck noch von der strengen dunklen Kleidung, die sie trägt. Ihre Augen liegen in tiefen, fast schwarzen Höhlen. Ihre Lippen sind nach innen verschwunden, zwischen ihnen schimmert bleicher, zahnloser Kieferknochen. Und ihre Stimme klingt wie das Krächzen eines Raben. Sie sagte an diesem Abend nur ein Wort, ein einziges Wort, und es hätte genauso an ihren Mann wie an Anna gerichtet sein können, denn sie sah keinen von beiden an.
»Kämpfe!«

Durch Annas Körper geht ein Ruck bei dieser Erinnerung. Noch fester drückt sie das Kind an sich und seufzt, ohne es zu merken. Sie spürt die zarten Glieder, die sich an ihren Körper schmiegen, spürt die Wärme, die auf sie überspringt. Und in ihrem Innern bricht ein Stückchen von dem Eispanzer ab, den sie dort schon so lange mit sich trägt.
Nie werde ich dieses Kind hergeben, denkt sie. Nicht noch einmal wird dieser Teufel mein kleines Mädchen anfassen.
Doch genauso entschlossen ist sie, alles zu tun, um ihre Tasche zurückzubekommen!

Nach einer Weile löst Emilia ihre mageren Ärmchen von Annas Taille und schaut mit ernstem Gesicht zu ihr hoch. »Erzähl mir von den anderen Wölfinnen in unserer Familie.«
Zärtlich streicht Anna über den blonden Lockenkopf. »Nicht jetzt. Erst muss ich überlegen, wie …« Sie beißt sich auf die Lippe. Ihr wird kalt bei dem Gedanken an das, was sie tun muss.
Das Kind schaut lange zu ihr auf. Morgendämmerung sickert durch die Dachluke und legt Schatten und Licht auf sein feines Gesichtchen.
»Du kannst uns beide haben, mich und die Tasche«, sagt Emilia. »Es ist ganz einfach, du musst dich nur trauen. Der Alte ist ein Spieler. Am liebsten mag er das Tarockspiel, das mit den Karten von dem Künstler aus Prag. Ich weiß, dass auch du diese Karten kennst. Also musst du ihn dazu bringen, gegen dich zu spielen. Sein Einsatz ist die Tasche. Dein Einsatz bin ich.« Wieder lächelt sie Anna an, strahlend diesmal. »Und du wirst gewinnen, ich weiß es.«
Anna schiebt das Kind von sich. »Niemals!«, wiederholt sie fest. Und denkt gleichzeitig und schon frohlockend: Ja!
Der Morgen graut bereits, als Emilia wieder eingeschlafen ist. Anna holt das Kartenspiel des Karel Czepek aus ihrem Beutel, den sie beim Überfall an der Grenze unter einen Busch geworfen und somit vor den Banditen gerettet hatte. Dass Lobinski die in Italien und Bayern und in Prag überaus populären Tarockkarten bevorzugt, hat sie am gestrigen Abend schon beim Betreten des Hinterzimmers bemerkt, in dem an mehreren Tischen gespielt und gewürfelt wurde. Und diese bunten Karten mit den kryptischen Bildern und Symbolen sind ihr bestens bekannt, schließlich hat

sie dem Tschechen oft genug über die Schulter geschaut und sich später ab und zu sogar auf ein Spiel mit ihm eingelassen. Und ihn dann meistens und zu seinem grenzenlosen Ärger geschlagen. Dass sie ihre Kenntnisse in so manch fremder Küche vervollkommnet hatte, während sie auf den Fortgang der Wehen einer Gebärenden im Nebenraum horchte, hat sie Karel nie erzählt.

Lange hat sie diese Karten nicht mehr in den Händen gehabt. Und nun durchfährt sie schon bei der ersten Berührung des Spiels ein erregender Schauer. Nervös blättert sie die sechsunddreißig Bilder in ihrer linken Hand auf, erinnert sich an die Regeln des Spiels, an Täuschungen und Tricks. Sie weiß, sie ist gut in diesem Spiel. Und sie hofft, besser zu sein als der Graf.

Lange überlegt sie, grübelt sie, während sie die Karten betrachtet. Einmal beugt sie sich über die schlafenden Kinder, und ihr Blick ist lange auf das zarte, im Schlaf so rein, so unschuldig wirkende Gesicht der kleinen Emilia gerichtet. Der Eindruck täuscht, das hat sie schon erkannt, als es ihr vor fast zwei Jahren gelang, dieses Kind aus dem Haus des Polen zu holen. Hinter dieser reinen, klaren Kinderstirn verbergen sich der Verstand, der eiserne Wille und die Härte eines jungen Erwachsenen.

Am nächsten Abend überlässt sie die Kinder der Obhut einer anderen Frau und huscht mit einer Gruppe lärmender Männer in das Hinterzimmer des Gasthofs. Sie setzt sich in eine dunkle Ecke, von der aus sie den Tisch, an dem Lobinski spielt, genau beobachten kann. Sie verfolgt jede Handbewegung des Mannes, jede Regung in seinem Gesicht. Sie prägt sich ein, wie er die einzelnen Karten benutzt, welche

Konstellationen er bevorzugt. Seine Schnelligkeit, mit der er Zusammenhänge erfasst, die Art, wie er die Reaktionen seiner Gegenspieler für sich zu nutzen versteht, fasziniert und ängstigt sie zugleich. Als sein Blick sie in ihrer Ecke streift, als seine unnatürlich roten Lippen sich zu einem zynischen Lächeln verziehen, duckt sie sich unwillkürlich. Doch dann richtet sie sich rasch wieder auf und reckt ihr Kinn trotzig nach vorn.

Am folgenden Abend sitzt sie wieder still und beobachtend in der Ecke. Am dritten Abend weiß sie, dass sie gegen Lobinski nur dann gewinnen kann, wenn sie ebenso riskant und falsch spielt wie er. Noch ist sie nicht ganz überzeugt davon, dass sie das schaffen wird. Bisher hat sie immer darauf geachtet, möglichst ehrlich zu spielen. Aber dabei war es meist nur um den Spaß am Spiel oder höchstens um ein paar Kopeken oder ein Stück Brot oder Käse oder um einen kleinen Kuchen gegangen, nie um einen größeren Einsatz.

Dann fällt ihr Blick auf die Tasche, die neben Lobinski auf der Bank steht. Das Licht der Fackeln an den Wänden irrlichtert über das glänzende Leder. Plötzlich erinnert Anna sich an Emilias Worte: »Du kannst uns beide haben, mich und die Tasche ... Du wirst gewinnen, ich weiß es.«

Und sie denkt, während ihr das Blut in den Kopf steigt: Ja, ich will beide, das Kind und die Tasche!

Am Tisch werden die Karten neu gemischt. Als hätte er Annas Gedanken erraten, greift Lobinski mit einer raschen Handbewegung nach der schwarzen Ledertasche und stellt sie schwungvoll mitten auf den Tisch.

»Mein Einsatz für ein Spiel nur mit Anna, der Wölfin«, sagt er laut und in provozierendem Ton. An den anderen Männern vorbei blickt er zu ihr hinüber. Als sie nicht reagiert, sondern ihn nur überrascht anstarrt, öffnet er, ohne sie aus den Augen zu lassen, die Tasche, holt mit seinen knochigen Händen die Zange und die Saugglocke aus ihrer Halterung und zeigt sie den anderen Männern am Tisch. »Ei, ei, was sind denn das für Folterinstrumente! Wofür man die wohl braucht?« Unter dem ordinären Gelächter der Leute legt er die Instrumente wieder zurück an ihren Platz, nimmt dann verschiedene Flakons und Döschen heraus, hält sie gegen das Licht oder öffnet ihre Deckel und riecht am Inhalt. Schaudernd schüttelt er sich oder grinst vielsagend, während die anderen lachen und zweideutige Bemerkungen machen. »Nun, Wölfin!«, ruft Lobinski durch den Lärm. »Hat es dir etwa die Sprache verschlagen oder gar den Mut genommen?«

Da steht Anna auf, wie von Fäden hochgezogen. Die Männer sehen sie kommen und rücken zur Seite. Jemand schiebt ihr eilfertig einen Schemel hin. Sie setzt sich und legt die Handflächen auf den Tisch. Die Tasche steht genau vor ihr. Sie streckt eine Hand aus und fährt mit geschlossenen Augen mit den Fingerspitzen über den Metallbügel und über das Schnappschloss.

»Wie ich sehe, kennst du den Wert dieser Tasche«, hört sie Lobinskis sarkastische Stimme. »Hast du etwas Entsprechendes dagegenzusetzen, Wölfin?« Das letzte Wort speit er aus wie einen unappetitlichen Brocken.

Sie weiß, dass es nichts nützt, dass es nur ein Hinausschieben ist, aber sie versucht es trotzdem. An Karels Werkzeug in ihrem Beutel denkt sie, das sie unterwegs verkaufen wollte.

»Ich habe einen guten Hammer«, sagt sie und sieht Lobinski

unverwandt an. »Das Werkzeug eines guten Zimmermannes.«
Sein höhnisches Lachen geht ihr durch und durch.
»Gestohlen, nehme ich an. Mit Diebesgut gebe ich mich nicht ab.«
»Es ist das Werkzeug meines Mannes – meines verstorbenen Mannes.«
Verächtlich verzieht er die Lippen und streckt ihr seine bleichen Hände entgegen. »Pah! Sag mir, was ich mit Hammer oder einer Maßstange anfangen soll.«
»Ebenso wenig können Sie mit dem, was in dieser Tasche ist, etwas anfangen.«
Lobinski beugt seine hagere Gestalt vor. Über die schmierige Tischplatte hinweg messen er und Anna sich mit kalten Blicken. Nach einer Weile lehnt er sich als Erster zurück.
»Emilia«, flüstert er heiser, und obwohl dieses eine Wort im Lärm um sie herum unterzugehen scheint, hallt der Name in Annas Ohren nach. »Ich will Emilia zurück. Sie ist dein Einsatz in diesem Spiel, Wölfin.«
Das Wort scheint ihm zu gefallen, Anna sieht es ihm an. Tief holt sie Atem, füllt ihren Mund, ihre Lungen, ihren Bauch mit dieser von Rauch und Bierdunst, von Ausdünstungen ungewaschener Leiber und den Gerüchen aus der Küche geschwängerten Luft, bis sie zu bersten meint. Dann greift sie entschlossen nach dem Kartenblatt.
»Gut«, sagt sie ruhig, »spielen wir um die Tasche und um Luises Tochter Emilia.«

Später, viel später, da tastet sich der grauende Morgen noch durch zerfasernde Nebelschleier über dem Städtchen, da holpern die ersten Karren der Bauern über das Kopfsteinpflaster am Markt, werden die ersten Gespräche über dies und das hörbar, durchbrochen vom Spotten der Amseln, dem Gezeter der Spatzen ... viel später also kehrt Anna in die Schlafkammer zurück. Erschöpft, frierend bis ins Mark beugt sie sich über die Kinder, die zusammengekuschelt und mit ineinander verschlungenen Gliedmaßen noch tief schlafen, die schmalen Gesichtchen von Hunger und anderen Entbehrungen gezeichnet. Emilia aber öffnet die Augen, als Anna ihre blasse Wange sanft berührt. Eine Weile schauen sich das Kind und die Frau schweigend an, während sich auf dem Dach direkt vor der geöffneten Fensterluke eine Taube niederlässt und eifrig gurrend umhertrippelt und etwas, vielleicht ein kleines Tier, vielleicht eine Maus, durch das trockene Strohlager raschelt.

»Du hast gewonnen«, wispert Emilia.

Und Anna zeigt auf die Tasche, die auf dem Boden neben dem Lager steht. In diesem Moment fällt der erste, noch etwas zittrige und dünne Sonnenstrahl dieses Tages schräg in die Kammer und genau auf das vom Alter dunkle Leder.

Über die Tasche hinweg sehen sie sich an, Anna und Emilia. Und sie lächeln – voller Stolz, voller Freude und Wärme. Vor allem aber voller Triumph.

»Wir Wölfinnen«, sagt Anna.

IX
Helene

~ ❦ ~

»Warum bist du zurückgekommen, Helene?«, fragt Katharina, die an diesem düsteren Tag mit dem schneeschweren Himmel mit den Sachen, die auf Helenes Einkaufsliste gestanden hatten, und einer Thermoskanne mit Kaffee und einer Tonschüssel mit frischem Hefegebäck im Korb plötzlich vor der Tür stand. Nun sitzen sie, die eine um ein paar Jahre jünger als die andere, beide fast gleich gekleidet mit langen Wollröcken, alten Pullovern, darüber ihre Schals, an ihren Füßen die unvermeidlichen Filzstiefel, ausgelatscht und flusig vom Alter, sitzen also die beiden Frauen sich am Tisch gegenüber, ihre Hände um die angeschlagenen Keramikbecher mit dem Rest Kaffee aus der Thermoskanne gelegt, in der Erwartung, sie doch noch zu wärmen, und Helene denkt über diese Frage nach: Warum bist du zurückgekommen?

Schweigen breitet sich zwischen ihnen aus. Ein Schweigen, das auch früher und trotz der nicht immer leichten Lebensumstände, in denen es Rivalität, Misstrauen, Verluste und Enttäuschung gab, stets eher freundschaftlich war und auch jetzt eher freundschaftlich ist und bleiben wird. Sie beide, Katharina und Helene, haben Erfahrung darin, in das gemeinsame Schweigen viele Gedanken zu legen, die sich gleichen. Deshalb ist es ihnen nie schwer gefallen, ihre Gespräche auch nach einer langen Unterbrechung weiterzuführen. Im Grunde genommen sind sie zwei Frauen, die sich mögen und seit vielen Jahren viele Gefühle teilen, auch wenn sie darüber und über die Dinge, die zwischen ihnen stehen, nie offen reden. Und doch betrachten sie sich oft heimlich, unter halb gesenkten Lidern, mustern sich, als wären sie sich dieser freundschaftlichen Atmosphäre zwischen ihnen nicht ganz sicher, als wäre etwas daran ihnen suspekt. Als Katharina sich als Erste rührt, hebt Helene die Schultern. Sie spürt die kratzige Wolle des alten Pullovers auf ihrer Haut.

»Es gibt viele Gründe für das Zurückkommen.«

Katharina lächelt und zeigt ihre Zähne, die so weiß sind und so gesund zu sein scheinen wie die Zähne ihrer Tochter Olga.

»Ich nehme nicht an, dass dich jemand zur Rückkehr gezwungen hat.«

Helene betrachtet sie. Der Ausdruck in ihrem rundlichen Gesicht mit den dunkelbraunen, fast schwarzen und leicht schräg gestellten Augen, der etwas zu breiten Nase und den schön geschwungenen Lippen ist sanft, wie alles an Victors Frau schon immer weich, sacht, rund und wunderbar in sich ruhend gewesen ist, zumindest nach außen hin. Ihre Vorfahren sind einst aus der Mongolei nach Sibirien gekommen. Katharina, in Nowgoje geboren, ist wie dieses Land, denkt Helene ein wenig neidvoll. Nachgiebig und gleichzeitig voller Kraft, ihre Geheimnisse, ihre Träume und Schätze zu bewahren und vor der Realität zu schützen. Ihr kann, so scheint es, nichts und niemand etwas anhaben, kein Sturm, kein Krieg, keine politischen Veränderungen. Keine andere Frau, der ihr Mann nicht nur schöne Augen macht, scheint sie wirklich zu berühren. Katharina wird immer Victors

Frau, wird immer Katharina sein. Wie dieser Teil Sibiriens östlich vom Uralgebirge immer Sibirien bleiben wird, auch wenn es hier nun keine Kolchosen mehr gibt, keine Brigaden und keine Brigadiers, die den Menschen vorschreiben, wie viele Kühe oder Schafe sie halten, was sie pflanzen oder wie viele Bäume sie im Jahr schlagen dürfen und ob sie zur Kur fahren können oder nicht. Moskau und die Regierung sind weit weg. Und bis vor einigen Jahren, als es noch keinen Strom gab, verstummten die von Batterien betriebenen Radios vor allem im Winter oft sehr schnell.
Ein seltsames, faszinierendes Land ist dieses Sibirien, überlegt Helene, während sie weiter Katharinas Gesicht betrachtet. Die alten Leute bleiben, weil sie nicht wissen, wohin sie gehen sollen. Die jungen gehen weg, wenn sie können, um irgendwann doch wieder zurückzukehren, weil dieses Land sie nicht loslässt, weil ihre Wurzeln hier tiefer reichen als die der Menschen anderswo. Vielleicht liegt es an der wechselvollen Geschichte Sibiriens, in der sich die Natur dem Menschen immer überlegen zeigte, denkt sie, vielleicht daran, dass die Bewohner dieses großen, unwirtlichen, lange Zeit menschenleer gebliebenen Landes eher als andere das Bedürfnis haben, sich im Boden zu verankern, egal, wie sumpfig, wie ausgedörrt, wie gefroren er ist.
Auf ihrer Reise hat sie in Gesprächen oft bemerkt, dass diesem Land kein guter Ruf anhaftet. Mit dem Namen »Sibirien« verbinden viele Menschen elendig erfrorene Kriegsgefangene, Straf- oder Arbeitslager für aus politischen Gründen Verfolgte, für Unbequeme oder Kriminelle, Hunger und Folter, ewigen Schnee und klirrende Kälte und geringe Überlebenschancen, Menschen, die in der Unendlichkeit und Einsamkeit für immer verschwunden bleiben.

Helene hatte nicht widersprochen. Dieses Sibirien mit seinen endlosen Wäldern, endlosen Sümpfen und Mooren hatte nach dem Krieg und bis in die jüngste Vergangenheit unzählige Menschen lautlos und ohne Erbarmen geschluckt, wie es die Kadaver von Bäumen und Tieren schluckte. Diese Erde trank das Blut und die Tränen der Verlorenen, sie nährte sich aus dem trotzigen Willen der Überlebenden. Hätte sie widersprechen, hätte sie sagen sollen: Aus diesen Tränen, diesem Blut in der sumpfigen, mit Öl und Gas getränkten Erde saugen die Menschen ihre Kraft, ihren Mut und die Wölfe Sibiriens die Energie für ihren machtvollen Gesang, der die Winternächte erfüllt und einen weiten, tröstlichen Bogen spannt über das Westsibirische Tiefland und seine Menschen? Es hätte ihr doch niemand geglaubt.

»Es wird wohl an mir selbst gelegen haben«, gibt sie zur Antwort, noch immer in die Betrachtung von Katharinas Gesicht versunken.

»Diese jüdische Familie – diese Goldbergs in Amerika«, sagt Katharina. »Du hast nie erzählt, in welcher Verbindung du zu ihnen stehst. Und warum sie so lange nach dir gesucht und dich dann sogar eingeladen haben. Du bist damals einfach weggegangen – für immer, so dachte ich.« Dann, als sie Helenes Zögern bemerkt, meint sie: »Du musst nichts erzählen, wenn du nicht willst.«

»Freunde von früher«, erwidert Helene nach einer Weile ausweichend. »Freunde aus Königsberg.«

»Es muss schön gewesen sein in diesem New York«, sagt Katharina vorsichtig. »Schön ist es auch, wenn sich eine Freundschaft über Jahrzehnte erhalten lässt. Ihr habt euch bestimmt viel zu erzählen gehabt.«

Und Helene starrt an ihr vorbei und erinnert sich an die

vielen und teilweise bedrückenden Gespräche, die sie vor allem mit Heshel geführt hat. Sie spürt ihr Herz klopfen, wie es damals in Heshels Wohnzimmer zu klopfen begann, als er ihr seine Leidenszeit schilderte, in knappen Sätzen und mit leidenschaftsloser Stimme, die trotzdem oder gerade deshalb so großes Entsetzen in ihr schuf.

»Ja«, sagt sie mit erstickt klingender Stimme.

»Stimmt es, dass du und …«

»Ja«, unterbricht Helene sie. »Aber darüber möchte ich nicht reden.« Unvermittelt und viel zu laut fragt sie dann: »Und du, singst du noch immer im Chor?«

Katharina blickt sie einen Moment lang an, seltsam wissend und mitfühlend, dann lächelt sie. In ihren Augenwinkeln bilden sich dabei unzählige winzige Falten. Um ihren Mund herum sind die Falten tiefer und senkrecht eingekerbt, ein leichter dunkler Flaum ist über der Oberlippe. Die Haut der Kinnpartie wirkt grobporig und erschlafft. Katharina ist siebenundfünfzig und wirkt älter, hat schon immer älter gewirkt, als sie ist. Die unbarmherzigen Winter und die kurzen warmen Sommer lassen die Frauen Sibiriens früher altern als anderswo.

»Ja, natürlich singe ich noch in unserem Chor. Einmal in der Woche fahre ich mit ein paar Frauen in die Stadt. Dort treffen wir uns mit denen aus den anderen Dörfern im Kulturhaus zu Proben oder bei Veranstaltungen, auf denen wir singen. Nur im Winter ist das manchmal wegen des Schnees und der Stürme schwierig. Dann singt eben jeder nur in seinem eigenen Dorf. Du siehst, nichts hat sich verändert.« Sie beugt ihren Oberkörper ein wenig vor und forscht, wieder ernst geworden, in Helenes Gesicht. »Warum bist du zurückgekommen?«

Helene erwidert ihren Blick und überlegt, was sie antworten soll. Es ist nicht, was du denkst, könnte sie behaupten, doch das wäre zu einfach und zu kompliziert zugleich. Sie zuckt mit den Schultern.
»Warum?«, wiederholt Katharina. »Warum ausgerechnet nach Nowgoje?«
Was willst du denn hören?, grübelt Helene. Dass es mir geht wie all jenen Menschen, die früh ihre Heimat verloren haben? Die glauben, Heimat zu fühlen, wo immer ihr Fuß länger verweilt? Das wäre eine gefährliche Selbsttäuschung, glaube mir, meine liebe Katharina. Gefährlich deshalb, weil man sehr schnell wieder den Halt verliert. Eine verlorene Heimat ist niemals zu ersetzen. Und deshalb ist es für mich wahrscheinlich einfacher, an jenen Ort zurückzukehren, der mir anders als alle anderen Orte, an denen ich bisher war, das Gefühl vermitteln kann, zu Hause zu sein.
»Es hat mit Lara zu tun – und mit Victor, nicht wahr?«
Hartnäckig bist du, sagt Helene in Gedanken zu Katharina und spürt Ärger in sich aufwallen. Warum fragst du, da du ohnehin alles zu wissen meinst? Warum legst du deinen Finger in Wunden, die schwer oder gar nicht heilen wollen?
Sie weicht Katharinas nachdenklichem Blick aus und schüttelt den Kopf. Über Lara wird sie nicht reden, auch nicht über Victor. Nicht mit Victors Frau, die ihr ihre Tochter genommen hat.
»Das alles ist nicht leicht zu erklären«, sagt sie und starrt auf einen Kaffeefleck auf der Tischdecke aus geblümtem Wachstuch. Sie steht auf, holt einen Lappen und wischt den Fleck mit heftigen Bewegungen weg. Am liebsten würde sie die Tischdecke, den Tisch und auch Katharina wegwischen.
Als sie den Lappen zurück in den Ausguss wirft und sich

dann wieder setzt, meint Katharina: »Versteh mich nicht falsch – ich mache mir eben meine Gedanken. Weißt du, um freiwillig nach Sibirien zurückzukommen, muss man, denke ich, mutig sein. Oder verrückt. Viele Leute hier haben nämlich ein kaltes Herz. Es ist so kalt wie dieser Winter. Man kann in diesem Land wirklich leicht erfrieren.«

»Das sagst du, ausgerechnet du?«, fragt Helene überrascht. »Gestern Abend – das Fest in deinem Haus. Ich hatte nicht den Eindruck von Kälte.«

»Pah!«, macht Katharina. »Lass dich nicht täuschen. Es ist nur der Wodka, der die Menschen lachen und reden lässt. Nimm diesen Menschen den Wodka weg, und du hast vor Kälte erstarrte Herzen. Es war immer der Wodka, den die Sibirier fürs Überleben brauchten. Der Wodka lässt dich die Dinge anders sehen, als sie sind. Du spürst keinen Hunger mehr, keine Kälte, wenn du genügend getrunken hast. Du merkst die Armut nicht mehr, in der du lebst. Sieh dir doch dein eigenes Haus an.« Mit dem Kinn deutet sie auf die schäbigen Möbelstücke im Raum. »Es gibt Öl und Erdgas und andere Bodenschätze in unserem Land. Sibirien ist ein reiches Land, aber seine Bewohner sind so arm wie eh und je. Unser Land hat seine Grenzen für ausländische Firmen geöffnet, aber wir Sibirier essen weiter unsere Kohlsuppen, wir sparen unsere Rubel und unsere Kopeken weiterhin für ein Auto und verbringen unseren Urlaub, wenn wir ihn uns überhaupt leisten können, in anderen sozialistischen Ländern wie Bulgarien, in denen die Menschen ebenso arm sind wie wir und die Touristen aus dem Westen uns übersehen. Ich habe dich beneidet, Helene«, gesteht sie. »Und ich hatte für dich gehofft, dass du deinen Platz auf dieser Reise in den Westen endlich finden wirst und nicht mehr zurückkommen musst.« Leiser, mit einer Inbrunst, die Helene betroffen macht, fügt sie hinzu: »Wenn ich die Möglichkeit hätte, aus Nowgoje wegzugehen – ich denke, ich würde nie, nie wiederkommen.«

»Du würdest fortgehen – für immer?« Helene starrt sie an. »Du bist doch hier geboren, hier hast du deine Familie, deine Freunde.« Deine Wurzeln, will sie sagen. Man kann doch seine Wurzeln nicht freiwillig kappen und fortgehen und woanders bleiben, als wäre nichts gewesen. »Du weißt nicht, wie das ist, seine Heimat zu verlieren.«

»Ich will meine Heimat nicht verlieren«, entgegnet Katharina. »Ich will sie verlassen.« Sie legt eine Hand auf ihre Brust. »Hier«, sagt sie, »hier drinnen ist manchmal ein solcher Druck, dass ich meine, nicht mehr atmen zu können. Sag mir, was ist das für eine Heimat, die mir die Luft abschnürt oder mich erfrieren lässt?«

»Und Victor … würde er …«

Katharina schüttelt den Kopf. Und auch Helene kann sich nicht vorstellen, dass Victor gehen würde, trotz seiner kritischen Äußerungen über die Rückständigkeit seines Landes. Vielleicht würde er nach Moskau oder in eine andere größere Stadt gehen und sich dort für eine Verbesserung seiner Lebensqualität einsetzen, ja, aber er würde nicht wirklich fortgehen, nicht in den Westen. Victor gehört zu diesem Land. Seine Beine sind Säulen, die den Rest seines Körpers mit dem Boden hier verbinden bis an sein Lebensende.

Helene starrt sie weiter an, grüblerisch nun. Katharina hat ihre Hände jetzt im Schoß verschränkt und den Kopf gesenkt. Ihr Rücken ist leicht gekrümmt. Sie sitzt da wie eine alte, vom Leben ermüdete Frau. Helene wird auf einmal bewusst, dass sie in Katharina immer nur diejenige gesehen hat, die ihr Victor und dann auch noch Lara genommen hat. Sie hat sie oft um ihr Leben innerhalb einer großen, meist fröhlichen Familie beneidet, sie war eifersüchtig, sie hätte sie hassen können, wenn Katharina ihr nicht stets mit Wärme und Ruhe und Verständnis begegnet wäre. Von ihren Träumen und Wünschen weiß sie nichts. Sie weiß nicht einmal, ob sie je glücklich mit ihrem Dasein als Victors Frau war.

Plötzlich hat Helene den Wunsch, ihren Arm um Katharinas Schultern zu legen, sie an sich zu drücken. Sie fühlt sich mit ihr verbunden, mehr als je zuvor. Aber sie schafft es nicht. Ihre Arme hängen bewegungslos an ihrem Körper, ihre Finger spielen nervös mit dem ausgefransten Rand der Tischdecke.

»Ich habe noch nie mit jemandem darüber gesprochen«, flüstert Katharina, ohne aufzusehen. »Es gibt im Dorf niemanden, mit dem ich reden könnte. Du bist die Einzige. Du bist anders.«

Helene sagt nichts. Sie denkt: Ich höre dir zu, Kathrinuschka.

»Ich kann eigentlich nicht klagen«, fährt sie fort. »Victor ist immer gut zu mir gewesen, obwohl auch du da warst. Es liegt an mir, dass ich nicht glücklich bin. In meiner Ehe habe ich viel von dem bekommen, was ich mir als junges Mädchen wünschte. Und trotzdem fehlt mir etwas. Ich kann nicht einmal sagen, was es ist. Ich bin … irgendwie …« Sie hebt die Schultern und wirkt ratlos. »Ach, ich kann es nicht erklären. Mir fällt kein geeignetes Wort für das ein, was ich vermisst habe und noch immer vermisse, Helene. Doch ich habe es Victor spüren lassen, jeden Tag. Deshalb hätte ich ihn verlassen sollen. Weil ich nicht gegangen bin, sondern ihm verübelt habe, dass er mir nicht geben kann, was ich vermisse, habe ich ihn ebenso verletzt, wie er mich verletzt hat. Ich will nicht so weiterleben, aber ich merke, dass es zu spät ist für eine Veränderung.« Nun hebt sie doch den Kopf, um Helene anzusehen. »Weißt du, wir sind trotz aller Schwierigkeiten und Enttäuschungen zusammen alt geworden, mein Mann und ich. Und ich denke, es wäre nicht richtig von mir, ihn jetzt, im Alter, allein zu lassen.«

»O Katharina!«

Mehr denn je möchte Helene ihre Hand ausstrecken und sie auf die Hände in Katharinas Schoß legen. Sie will sich neben Katharina auf die Bank setzen und ihren Arm um sie legen. Sie möchte sagen: Es tut mir Leid, dass es dir nicht gut geht, dass ich beteiligt bin an deinem Unglück. Aber sie kann sich nicht rühren, sie kann nichts anderes sagen als dieses »O Katharina«.

Dabei vergeht die Zeit. Sie sehen sich schweigend an, jede in ihre eigenen Gedanken versunken.

Nach einer Weile sagt Katharina: »Nun ja.« Sie streicht ihren Rock glatt, der über ihren Oberschenkeln spannt. »Ich hätte nicht davon anfangen sollen, du hast genug eigene Probleme. Es tut mir Leid, dass ich dich auch noch mit meinen belastet habe.«

»Aber du hast mich nicht ...«, beginnt Helene, doch Katharina schüttelt den Kopf.

»Lass nur. Worte allein ändern oft nicht viel. Vielleicht können wir ja ein andermal ...«

Sie lässt offen, was sie meint. Helene sitzt da und blickt sie an und empfindet Bedauern. Und als Katharina schweigend ihren Blick erwidert, kann sie in deren Augen ebenfalls Bedauern lesen.

»Ich bin nicht wegen Victor hier«, sagt Helene nach einer

Weile. »Wegen Lara – ja, vielleicht. Ich denke eher, dass ich eines Tages einfach nach Hause kommen wollte und musste.«

»Nach Hause.« Katharinas Gesicht wirkt plötzlich wieder alterslos. Sie streckt ihre Hände aus, die Handflächen wie eine Schale geformt. Und Helene legt ihre kalten, rauen nun doch für einen Moment in diese warmen, weichen Kuhlen.

»Erzähl mir noch ein bisschen mehr von deiner Reise«, bittet Katharina sie später, da hat Helene gerade Tee gekocht, weil die Thermoskanne mit Kaffee leer ist und das letzte Stück Hefegebäck auf dem Teller aufgeschnitten. »In einer Zeitschrift habe ich Fotos von Kaliningrad gesehen. Es wird viel gebaut, nicht wahr?« Als Helene nur nickt, redet Katharina weiter: »Weißt du, dass diese Stadt, die fast völlig zerstört war, demnächst ihre Gründung vor siebenhundertfünfzig Jahren feiern wird? Ich würde gern einmal nach Kaliningrad fahren. Ich war noch nie in einer großen Stadt. Ich stelle sie mir sehr lebendig vor. Und bestimmt würde ich mir bei der Gelegenheit auch das Land und die Küste und das Meer ansehen. Es ist dort alles wunderschön, nicht wahr?«

Helene nippt am Tee und nickt erneut, während Katharina weiterredet und Fragen stellt, ohne Antworten zu erwarten, und denkt: Vielleicht würden ihr ja die Nachtclubs und die Restaurants in Kaliningrad gefallen, weil sie nichts anderes kennt als das übliche Kulturhaus. Sie würde sich wahrscheinlich auch gern die Geschäfte ansehen und darüber das Marode, das Verfallende übersehen, das ihr in jeder Nebenstraße, in jeder Gasse, an jeder Ecke begegnen würde. Sie würde sich nicht einmal an den grauen Plattenbauten stören, die ganze Straßenzüge säumen, nicht einmal an den wolkigen Auspuffgasen altertümlicher Busse. Sie wird nicht darüber nachdenken, dass dieses Marode nicht nur etwas mit der Zerstörung der Stadt im letzten Krieg zu tun hat, sondern viel mit der Lethargie der Menschen, die dort leben, und mit den mangelnden Möglichkeiten, die sie haben. Und wenn Katharina wirklich auch über Land fahren sollte – nun, vielleicht würde ihr spätestens dort auffallen, wie schlimm es bestellt ist um diesen Flecken, der von Moskau nur deshalb gehalten wird, weil er der einzige Zugang zur Ostsee ist. Schon am Stadtrand von Kaliningrad schlägt der allgemeine Verfall meiner Heimat nämlich in Agonie um, weil Felder nicht mehr bestellt werden und in den Dörfern ein unbeschreibliches Elend herrscht und die Wälder, in denen wir Wölfinnen einst nach Heilkräutern suchten, nun abgeholzt, leer gejagt, öd und vereinsamt sind.

Sie unterbricht Katharina mitten im Satz: »Kaliningrad ist nicht Königsberg, und deshalb kann ich nicht sagen, ob irgendetwas in dieser Stadt noch wunderschön ist.«

Wahrscheinlich klingt ihre Stimme so sarkastisch oder so deprimiert, wie ihre Gedanken sind, denn Katharina verstummt und sieht sie betroffen an.

»Es tut mir Leid«, sagt sie nach einer Weile, greift nach Helenes Hand und umschließt sie sanft. »Dieses Wiedersehen mit deiner Heimat muss dich traurig gemacht haben. Ich hätte nicht davon anfangen sollen.«

Helene erwidert ihren Blick und sieht die Aufrichtigkeit, das Mitgefühl, aber auch das Erkennen der Hilflosigkeit in diesen schmalen Mongolenaugen. Sie spürt ihre Hand kalt zwischen Katharinas warmen Fingern liegen und sehnt sich plötzlich nach mehr Wärme. Sie möchte die weichen Arme ihrer toten Mutter oder die ihrer toten Großmutter um ihre Schultern fühlen und sich fallen lassen, sich öffnen, alles Harte, Erkaltete in ihrem Körper, in ihrem Denken niederreißen und endlich all die Tränen loslassen, die sich seit einer Ewigkeit in ihrem Innern stauen, bittere, scharfe Tränen, die Erinnerungen an erlittene Verluste wachhalten, die offene Wunden daran hindern zu heilen.

»Aber manchmal«, sagt Katharina vorsichtig, »tut es gut, wenn man das, was einem die Luft abdrückt, ausspricht.« Als Helene nichts sagt, meint sie nachdenklich: »Es ist nicht gerade leicht, man muss das wahrscheinlich üben. Unser Fedja – ja, ich bin der Meinung, Fedja kann seine Gefühle am besten ausdrücken. Er sagt alles geradeheraus.«

O ja, Fedja kann das, denkt Helene. Dieser Alte, der jeden Morgen und jeden Abend hinter seinem Karren mit den Milchkannen durchs Dorf geht und sein rechtes, im Sturm der sowjetischen Armee auf Königsberg zerschossenes Bein hinter sich herzieht und manchmal, wenn die Schmerzen ihn besonders plagen oder etwas anderes sein Gemüt verdunkelt, seine Faust gegen das kleine Haus am Wald, in dem »diese Faschistin« lebt, schüttelt, obwohl dieser Krieg doch schon so lange her ist. Bis heute hat Fedja Skuridin nichts von seinem Hass und Zorn auf alles Deutsche vergessen. Er wird seine Faust wahrscheinlich bis an sein Lebensende schütteln und sich dabei keine Gedanken darüber machen, was er mit dieser Geste anrichtet.

Sie begegnet wieder Katharinas wachem Blick und fragt dann scharf: »Fedja ist es egal, wenn er mit seiner Offenheit andere Menschen verletzt, nicht wahr? Ihm geht es nur um seine eigene Befindlichkeit.«

»Er hat seine Schwächen und Stärken wie jeder von uns,

Helene. Auch unser Nowgoje ist nie eine heile Welt gewesen. Überall müssen Menschen mit erlittenen Verletzungen zurechtkommen.«

»Ja«, sagt Helene mit erstickter Stimme und zieht ihre Hand aus der Wärme von Katharinas Fingern. Was haben wir dir angetan, dein Mann und ich?, fragt sie in Gedanken. Und wie kommst du wirklich damit zurecht?

Katharina steht auf, zupft an ihrem Rock, der ihr zu eng ist, dann an ihrem Schal, bevor sie die leere Thermoskanne in ihren Korb legt.

»Die Wirklichkeit kann schlimm erscheinen, ich weiß das selbst. Aber es gibt immer auch etwas Gutes in unserem Leben, das unsere Gefühle in der Waage hält. Ich denke, man muss nur lernen, das zu sehen und in Erinnerung zu behalten.« Sie lächelt Helene an. »Und nun werde ich heimgehen und mich um das Essen für Victor und Olgas Kinder kümmern. Wenn du willst, kannst du nachkommen, es wird genug für uns alle da sein.«

In der Tür dreht sie sich noch einmal um. Ihr Gesicht ist gerötet, vielleicht von der Wärme im Haus oder von der Intimität ihrer Gespräche an diesem Tag. Eine Weile sieht sie schweigend in Helenes Augen, dann sagt sie ernst: »Es fällt mir nicht leicht, das zu sagen, aber Victor wird dich immer lieben, auf eine ganz besondere Art, das weiß ich, und das weißt auch du. Früher habe ich darunter gelitten, sogar sehr gelitten, aber das ist schon lange nicht mehr so, weil ich erkannt habe, dass ich nichts daran ändern kann, und weil ich zufrieden bin mit dem, was ich bekomme – und das ist nicht wenig. Ich bin dankbar dafür.« Ihre Stimme verändert sich, wird fast trotzig, als sie hinzufügt: »Du sollst wissen, dass nicht nur Lara zu meiner Familie gehört, sondern auch du.

Und für mich hat und wird es nie etwas Wichtigeres als meine Familie geben.«
Helene sieht Victors Frau durchs Fenster nach, wie sie den schmalen Trampelpfad zwischen den aufgetürmten Schneewänden zur Straße geht. Nur der bei den schnellen Schritten auf und nieder hüpfende Oberkörper und der von einem Tuch bedeckte Kopf einer Frau, nicht mehr jung, älter schon und ein wenig behäbig, irgendwie aus der Form gegangen und dunkel, fast schwarz in ihrer Kleidung mitten im fahlen Dämmerlicht über der Landschaft, sind zu sehen.

Nachdenklich schließt Helene die Haustür und geht in den Raum zurück. Katharina ist ihr an diesem Tag auf berührende Weise nahe gekommen – und wird ihr trotzdem ein Rätsel bleiben. Wie an einem Felsen schien vor Jahren alles an ihr abzuprallen, auch Schmerz und Trauer um erlittene Verluste. Nur in ihren Liedern war zuweilen etwas von ihrem Leid. Das brach dann aus ihr heraus, als wollte sie mit ihrer Stimme ungezielt um sich schlagen. Beim Singen schien sie manchmal eine Schraube anzuziehen, fest, fester und fester, bis zur erschöpfenden Explosion. Damals hatte Helene das nicht richtig verstehen wollen, damals erschien ihr das eigene Leid viel größer – größer als jedes andere.
In Gedanken versunken räumt sie die benutzten Becher und Teller vom Tisch, fegt die paar Krümel mit der Hand zusammen und setzt sich auf die Bank am Ofen. Die Stille im Haus umgibt sie gleich einem Mantel, der nicht wärmt, aber Geborgenheit vermittelt.
»Sie haben im Wetterbericht im Radio Sturm vorausgesagt«, hatte Katharina beim Kaffeetrinken erzählt und besorgt die einfachen Fenster gemustert. »Es soll noch kälter werden.«

Auch Helene hat die verzogenen Rahmen betrachtet. Am Morgen, bevor Katharina kam, hatte sie im Schuppen nach den Winterfenstern gesucht und sie nicht gefunden. In allen Häusern in Nowgoje werden zu Beginn des Winters die Doppelfenster eingesetzt, um die Wärme im Innern zu halten.
»Jemand wird sie sich genommen haben. Es hat ja keiner gewusst, dass du zurückkommen wirst. Du hättest anrufen oder schreiben sollen.«
»Ich werde mir alte Decken borgen und sie vor die Fenster hängen.«
Katharina hat den Kopf geschüttelt. »Das hilft nicht viel, der Wind geht durch und durch, das müsstest du noch von früher wissen. Ich sage Fedja, dass er dir heute noch Läden für die Fenster zimmert. Glas ist im Moment knapp und schwer zu besorgen, aber ordentliche Holzläden halten den Wind und die Kälte genauso gut ab wie Glasfenster.«
Da hat Helene genickt und »danke« gesagt und ist auch jetzt noch dankbar für Katharinas Hilfe. Sie weiß, hätte sie selbst den Alten um diesen Gefallen gebeten, dann hätte er so getan, als könnte er sie nicht verstehen, oder er hätte andere Aufträge als Ausrede benutzt. Aber wenn Katharina etwas sagt, dann muss er tun, was sie ihm aufträgt. Katharina ist immerhin Victors richtige Frau. Sie und der Doktor haben vor etwa dreißig Jahren geheiratet, mit allem Drum und Dran, so etwas ist wichtig in Nowgoje. Katharina ist eine ehrbare Ehefrau, und sie arbeitet, obwohl sie doch genug mit Familie und mit der kleinen Landwirtschaft zu tun hat, noch halbtags in Victors Arztpraxis mit. Sie kann auch gut mit den Leuten reden, wie im Dorf gesagt wird. Sie kennt sie alle und ihre Beschwerden und weiß deshalb über deren Ursachen oft besser Bescheid als der Doktor selbst. Das alles zählt für Fedja.

Die »Nazideutsche, die Faschistin« dagegen, die hat nur Unruhe und Ärger ins Dorf gebracht, von Anfang an. Na gut, gibt Fedja manchmal offen zu, wenn er noch nicht zu viel getrunken hat und wenn er bemerkt, dass die Deutsche zuhört, na gut, sie versteht was von Wölfen und was von Heilpflanzen, Frauenkrankheiten und vom Kinderkriegen, doch lange nicht so viel wie unser Genosse Doktor und seine Katharina. Und was damals mit dem Kleinen, mit dem Enkelkind der Nazideutschen passiert ist, das wird Fedja und auch sonst niemand in Nowgoje jemals vergessen. Fedjas gegerbtes Gesicht wird ganz rot dabei, wenn er nur daran denkt. Den Kleinen einfach allein zu lassen in einer Nacht, die so kalt und stürmisch und schwarz war, dass die Wölfe bis an den Rand des Dorfes kamen und sich die Seele aus dem Leib heulten. Na gut, sagt Fedja manchmal, sie hat damals, in dieser Nacht, Andrejs Frau geholfen, ihr Kind zu kriegen, und sie hatte niemanden, der auf den Kleinen hätte aufpassen können. Hat ja keinen Babusch oder eine Babuschka zum Aufpassen wie normale Leute, sagt Fedja dann. Aber Andrejs Frau hatte doch schon viele Kinder ohne Probleme geboren und hätte auch dieses ohne Hebamme bekommen können, oder? Also, warum musste sie dann gehen und den Kleinen mutterseelenallein lassen mit seinem Asthma?
Helene legt beide Hände über die Ohren, um diese Stimme nicht hören zu müssen. Doch Fedjas Stimme ist in ihrem Kopf, quengelnd, quälend, trunken vom Wodka. Sie verfolgt sie auf ihrem Weg nach draußen, wo sie sich den Arm voller Holzscheite legt, folgt ihr bei dem rastlosen Hin und Her, mit dem sie die Wohnküche durchmisst. Diese Stimme hört erst auf, als sie das Heft mit Claras Namen auf dem Umschlag aus dem Medizinbeutel holt und zu lesen beginnt.

X
Clara
(um 1872)

Das Grab liegt auf dem Altstadtfriedhof unter den tief hängenden, blattlosen und zum Teil vertrockneten Zweigen einer alten Birke. Obwohl die Luft feucht ist und der Himmel bedeckt, ist der Friedhof in ein weiches Licht getaucht, das von den weiß gekalkten Mauern der Kirche reflektiert wird.

Nicht viel steht auf dem nur knapp einen Meter hohen Grabstein – »Anna, die Wölfin«. So hat sie es gewollt, und Clara hat sich daran gehalten. Sie ist ohnehin der einzige Mensch, der sich darum gekümmert hat, dass ihre Großmutter ein richtiges Begräbnis bekam. Von der Verwandtschaft war nur Thekla, Annas ältere, inzwischen fast achtzigjährige Schwester, zur Beerdigung gekommen. Luise, die jüngere, seit Jahren kränklich, hatte ihr Fernbleiben nicht einmal entschuldigt. Marek, der ältere von Annas beiden Söhnen und Claras Vater, ist nach dem polnischen Aufstand vor sieben Jahren gegen den russischen Zaren in den Untergrund gegangen und seither verschollen. Josef, der Zimmermann geworden ist wie sein Vater, ist nach Prag gezogen und hat dort geheiratet. Und Emilia – ja, auch Emilia, die Anna immer näher gewesen ist als ihrer leiblichen Mutter Luise, Emilia, die lange verschollen war und dann vor einigen Jahren völlig unvermutet auftauchte, hat Königsberg

schon vor vielen Monaten wieder verlassen und ist mit ihrem Mann nach Amerika gegangen.
Clara legt den mitgebrachten Zweig mit den roten Beeren und den herbstlich verfärbten Blättern auf die schon gefrorene Erde. Der Winter ist früh gekommen in diesem Jahr. Zwischen den lehmigen Krumen schimmert es gläsern. Zerbrechlich, wie Großmutter Anna zuletzt war, mit dünnen Knochen unter der papiernen Haut und rheumatischen Schwellungen und Verformungen an den Gelenken. Bis zu Annas letztem Atemzug hat Clara diese im Alter zart gewordene Hand in der ihren gehalten. Gleich einem gefangenen, fast erfrorenen Vögelchen hatten sich die Finger im Augenblick des Todes in der Höhlung bewegt. Clara hat die Hände ihrer Großmutter schon als Kind gern betrachtet und gehalten. Es waren einst schöne, weiche, ebenso zupackende wie zärtliche Hände. Später, als Erwachsene, sah sie in ihnen Werkzeug, Tastinstrument, in ihnen verbanden sich Sanftheit und die Kraft von Annas Heilkunst.
»Ich will einmal Hände wie du haben«, hat Clara als Kind manchmal gesagt, wenn Anna schlimme Träume, Ängste oder Kummer mit warmer Hand von ihrer Stirn strich. Später, als junges Mädchen, als sie ihre Großmutter zu den Schwangeren begleitete, klagte sie: »Schau dir meine Hände an! Nie, nie werde ich mit diesen ... diesen Wurstfingern ein Kindchen im Leib seiner Mutter fühlen können, wie du es fühlst.«
Doch Anna, ein seltsames Funkeln in den Augen, tröstete: »Hände sind lediglich die Instrumente deines Herzens und deines Wissens, deiner Erfahrungen. Wenn du mit deinem Kopf und vor allem mit deinem Herzen bei deiner Arbeit bist, dann können auch Wurstfinger nichts Falsches machen.«

Tatsächlich haben sich Claras Finger mit den Jahren gestreckt, sind empfindsam geworden für die sanfteste Bewegung des Fötus. Behutsam forschend sind sie, während feinste Nervenstränge das Ergebnis dieses Ertastens weitersenden in das Zentrum ihres Wissens. Und dass ihre Enkelin auch mit ihrem Herzen Hebamme sein wird, hat Anna ohnehin schon immer gewusst.
»Dein Vater mag ein Abenteurer sein, und deine Mutter, Gott hab sie selig, war nur eine kleine Dienstmagd, die nichts anderes kannte als die Arbeit für ihre Herrschaft. Aber du, meine Kleine, du hast die nötige Wissbegier, den richtigen Blick, die Achtung vor dem Leben und die Liebe zu den Menschen. Und was sonst noch wichtig ist für unseren Beruf, das werde ich dir mit der Zeit beibringen.«
Also trug Clara schon die schwere Tasche für ihre Großmutter, wenn diese zu Hilfe gerufen wurde, bevor sie mit vierzehn Jahren ihren Schulabschluss machte und danach ein einjähriges Seminar der Königsberger Hebammenvereinigung besuchte. Und eifrig kritzelte sie in das noch halb leere Arbeitsheft, das sie stets bei sich trug, was sie sah, hörte und erlebte, schrieb jeden Handgriff genau auf, jedes Wort, mit dem Anna ihn erklärte.
Nur über eine Ausbildung zur Hebamme an der Frauenklinik, die 1751 als erste deutsche Entbindungsanstalt an der Universität in Göttingen eingerichtet worden war und vor allem männliche Geburtshelfer wie Hebammen ausbildete, war mit Anna nicht zu reden.
»Pah!«, empörte sich ihre Großmutter. »Dort unterrichten Männer, die ihr Wissen doch nur aus Büchern haben! Nenn mir einen Mann, der weiß, was wir Frauen schon immer und von Natur aus über die Geheimnisse der Menschwerdung

und des Gebärens wissen. Nenn mir einen, der weiß, welche Kraft es von einer Frau erfordert, ein Kind auf die Welt zu bringen.«

»Tante Emilia ist auch in Göttingen gewesen«, gab Clara zu bedenken. Und Tante Emilia hatte damals, als sie nach vielen Jahren wieder in Königsberg aufgetaucht war, eine Menge über ihre Zeit in der Klinik zu erzählen gehabt. Tag und Nacht hatten Anna und sie miteinander geredet. Und naturgemäß hatte Clara Augen und Ohren aufgesperrt dabei und sich nur schlafend gestellt, wenn eine der beiden Frauen nach ihr sah.

»Willst du wissen, was Männer aus Büchern gelernt haben, oder willst du lieber all das lernen, was wir Frauen aus der Überlieferung von jahrtausendealten Erfahrungen wissen?«, fragte Anna ihre Enkelin.

Und Clara, die den Verdruss und die Sorgen ihrer Großmutter und anderer Hebammen, die sich in ihrem Haus regelmäßig zum Gedankenaustausch trafen, über die Verdrängung der Hebammen aus einer traditionellen Frauenkunst genau kannte und jetzt, selbst im Beruf, noch immer so mancher Polemik gegen Geburtshelferinnen und Heilkundige ausgesetzt ist, antwortete eifrig: »Ich will alles lernen, was du weißt, Großmutter.«

Die Möglichkeit, ihre Tante einmal allein zu sprechen, ergab sich nicht, denn Emilia, die vor Jahren nach der Auflösung ihrer Verlobung mit einem der führenden Ärzte an der Entbindungsanstalt Göttingen nach Polen gegangen war, blieb nur für ein paar Wochen in Königsberg. Sie war gekommen, um ihre Pflegemutter noch einmal zu sehen, bevor sie mit ihrem Mann, einem Arzt aus Warschau, nach New York in Amerika auswanderte, um dort in der von der britischen

Ärztin Elizabeth Blackwell gegründeten privaten Frauenklinik zu arbeiten.
Damals, als Emilia nach Königsberg kam, war Clara gerade elf Jahre alt geworden. Fast zehn Jahre sind inzwischen vergangen. Doch sie erinnert sich an diesen Tag, als wäre es gestern gewesen, denn die Fremde, die plötzlich in der Haustür stand, mager, blass, erschöpft und in abgerissenen Kleidern, das wirre, von grauen Strähnen durchzogene Haar nur notdürftig von einer Haube verdeckt, ihre goldgelben, tierhaften Augen aber erfüllt von einem sonderbaren Glühen, von einer Wildheit, die das Kind, das gerade die Kerze auf einem kleinen Geburtstagskuchen ausgeblasen hatte, als sich die Haustür öffnete, sofort gefangen nahm – diese Fremde also, die Emilia Wolf war, die Frau von Sergej Pristawkin, Annas Pflegetochter und Claras Tante, brachte jene Tasche zurück, jene alte Hebammentasche, von der Anna erzählt hatte, solange Clara zurückdenken konnte, und die sie wie auch Emilia für immer in Polen verloren geglaubt hatte.
Bei diesen Erinnerungen muss Clara lächeln. Mit den bloßen Fingern zieht sie die Namensspur auf dem schlichten, im Winterlicht nur matt glänzenden Stein nach. Anna, die Wölfin. Alle Frauen, die mit ihrer Großmutter zu tun hatten, und sogar die meisten der zu ihnen gehörenden Männer nannten sie Anna, die Wölfin. Auch wenn jemand nur »Anna« sagte, wusste man, dass damit Anna Wolf, die Hebamme aus der Altstadt, gemeint war. Anna, die nach ihrer Rückkehr aus Warschau wie ihre Mutter Barbara und ihre Großmutter Lena bis zu ihrem Tod in dem schmalen, unscheinbaren Häuschen in dieser Gasse direkt hinter dem Marktplatz im Kneipenviertel lebte, in der seit jeher der Geruch der Armut hängt und die mehr als hundert Jahre

alten Mauern nun bröcklig sind und voller Feuchtigkeit und Schimmel. Die Tür an Anna Wolfs Haus, das nun Clara gehört, schließt schon lange nicht mehr, wie alle Türen hier in dieser Gasse nicht richtig zu schließen scheinen. Durch die Risse und Ritzen dringt im Winter die Kälte, kaum abgehalten von den dünnen Wolldecken oder Sackleinen, die im Türrahmen aufgehängt werden. Kein Namensschild verwies je darauf, dass in dem schmalsten dieser Häuser eine Hebamme lebte, doch wer nach Anna rief oder suchte, der brauchte nur eines der Kinder, die johlend Steine auf flinke Ratten in den Torbögen warfen, nach Anna oder nach der Wölfin zu fragen.

»Nur mein Vorname und ›die Wölfin‹ auf dem Stein im Garten, du weißt, welchen Stein ich meine«, hat sie, im Gesicht, am ganzen Körper schon vom Tod gezeichnet, aber geistig klar und rege wie immer, bestimmt. »Das andere, Daten und so weiter, das ist stets unwichtig gewesen.« Sie kicherte, als sie fortfuhr: »Und keine lange Rede vom Pastor. Du weißt, Clarachen, mit dem Herrgott da oben habe ich erst noch ein großes Hühnchen zu rupfen für das, was er uns Frauen seit jeher und noch immer antun lässt.«

Clara nickte nur stumm. Es hatte sowieso keinen Sinn, ihrer Großmutter zu widersprechen, denn Anna war zeit ihres Lebens eine Rebellin gewesen, die sich gegen alles wehrte, was ihre eigene Arbeit und die Gedanken- und Bewegungsfreiheit der Frauen im Allgemeinen einengen konnte. »Lerne, lerne, lerne, was du nur lernen kannst!«, hielt sie ihre Enkelin an, wenn Clara wieder einmal die Schule geschwänzt hatte, weil im Nachbarhof eine Katze ihre Jungen warf oder sie, hinter dem Vorhang versteckt, Anna bei der Behandlung einer Schwangeren zusehen oder den Diskussionen der Frauen aus der Hebammenvereinigung lauschen wollte. »Nur das, was du in deinem Kopf hast, kann dir niemand nehmen.«

Anna hatte ihre Enkelin Clara als Fünfjährige bei sich aufgenommen, nachdem Claras Mutter Henriette Opfer einer Typhusepidemie geworden war und Marek, ihr Vater, sich einem Aufstand in Polen angeschlossen hatte.

»Lernen sollst du!«, rief Anna und riss und drehte sie dabei an den Ohren oder an den Haaren, bis Clara jaulte wie ein junger Hund. Einmal schrie Clara ihre Großmutter an: »Aber von Bildung allein kann man nicht satt werden!« Das hatte eine der Frauen, die sich in Annas Haus trafen, in einer Diskussion über das Los der meisten Frauen gesagt. Und dieser Satz hatte Clara, die genau wusste, dass sie so bald wie möglich als Hebamme arbeiten würde und dafür keine besondere Schulbildung, sondern einzig und allein das brauchte, was sie von Anna lernte, dermaßen beeindruckt, dass sie ihn sich merkte. Auf Anna machte dieser Einwand allerdings wenig Eindruck. Im Gegenteil, sie wurde nur noch wütender und drohte sogar damit, Clara nicht mehr zu Hausgeburten oder zur Nachsorge mitzunehmen.

Also besuchte Clara weiter die Volksschule, in der es vor allem um Unterordnung, Religion und Vaterlandsliebe ging; den Rest erfuhr sie ohnehin von ihrer Großmutter und in den Begegnungen mit anderen Frauen. Dass diese meist zur Unterschicht der Bevölkerung Königsbergs gehörten, nahm Clara anfangs gar nicht wahr. Erst später beim täglichen Umgang mit Not und Elend und Schmutz wurde ihr bewusst, dass gerade hier, in den ärmlichen Stuben arbeitslos gewordener Leinweber, ausgemergelter Fabrikarbeiterinnen oder kinderreicher und mittelloser Witwen die revolutionären Gedanken ihrer Großmutter geschürt wurden. Da fing auch sie an, sich Gedanken über die ungleiche Verteilung von Rechten und Freiheit zu machen und sich an den Diskussionen im Haus ihrer Großmutter zu beteiligen. Dabei ging es nicht nur um berufliche Fragen und Probleme, sondern oft auch um die politische Situation in Preußen, das sich in – zur Erleichterung aller Beteiligten schließlich siegreiche – Kriege gegen Österreich und Frankreich verwickelt hatte. Während die Mehrzahl der Frauen noch für den Erhalt eines unabhängigen preußischen Staates eintraten, blickte Anna bereits in die Zukunft.

»Wirst sehen, dass sich alles ändert«, orakelte sie noch kurz vor ihrem Tod vor zwei Jahren im Gespräch mit ihrer Enkelin. »Jetzt gehören auch wir Preußen zum großen Deutschen Reich. Und bald …« Sie kicherte wie ein junges Mädchen. »… bald ist's aus mit unserer Sonderstellung in Deutschland, dann geht unser Preußenland auf in diesem schönen Reich zwischen Nord und Süd und Ost und West. Das wird vielen Leuten nicht gefallen, ganz und gar nicht gefallen wird ihnen das.« Auch zur geplanten Erneuerung der Kaiserwürde hatte sie ihre eigene Meinung. »Was brauchen wir denn einen Kaiser!«, schimpfte sie. »Dieses Deutsche Reich kann gar keine Monarchie sein, wo doch alle Entscheidungen beim Bundesrat und nicht beim Kaiser liegen! Und hat nicht Reichskanzler Bismarck uns Deutschen die fortschrittlichste Gesetzgebung der Welt und die in ganz Europa vorbildlichste Friedensordnung gegeben? Warum also sollten wir den Bismarck gegen einen Kaiser austauschen? Jajaja«, meinte sie, als Clara den Mund zu Einwänden öffnete, »ich weiß, ich weiß, es ist gerade für uns Frauen nicht alles Gold, was glänzt, was unser Reichskanzler uns da vor die Nase gesetzt hat, vor allem nicht dieser Paragraph 218 im Strafgesetzbuch des Norddeutschen Bundes. Der ist gemacht worden, ohne die Frauen, die er doch am meisten betrifft, zu befragen.« Sie tätschelte Claras Hand. »Wirst sehen, Marjellchen, irgendwann einmal wird dieser unmenschliche Paragraph wieder aufgehoben werden. Vielleicht noch nicht in deiner Zeit, aber spätestens in hundert Jahren können die Frauen wieder selbst bestimmen, ob sie ein Kind haben wollen oder nicht. Dann werden sie nicht einmal die Kirche um Erlaubnis fragen müssen, wirst sehen.«

Clara hatte dazu nichts gesagt, sie hätte gar nichts sagen können, denn wer wusste schon, was in hundert Jahren sein würde? Außerdem hatte sie jetzt, zum Ende des 19. Jahrhunderts, genug mit sich selbst und mit jenen Frauen zu tun, die auf ihre Hilfe hofften. Sie war gerade neunzehn Jahre alt, eigentlich noch zu jung und unerfahren für ein Leben ohne Mutter und Vater, und doch auch schon zu alt für ein Leben ohne Ehemann.

Also wich sie dem Blick ihrer Großmutter aus, der forschend auf sie gerichtet war, und hing ihren eigenen und ein wenig sorgenvollen Gedanken um ihre Zukunft nach.

»Versprich mir, nur ›Anna, die Wölfin‹ auf dem Stein!«, hatte ihre Großmutter schließlich nochmals mit klarer, fester Stimme gefordert. »Und ja keinen anderen Stein! Und bloß nichts an seiner Form ändern lassen!«

Also hat Clara noch vor der Beerdigung jenen im Sonnenlicht grüngolden schimmernden Stein aus dem kleinen Kräutergarten hinterm Haus geholt, den Anna vor Jahren von einem ihrer Ausflüge ins Tapiausche, bei denen sie Jahr für Jahr nach besonderen Heilkräutern und Wurzeln suchte, auf ihrem zweirädrigen Karren mitgebracht hatte. Clara hat den rechteckigen Brocken, der fast zur Hälfte in die weiche Erde eingesunken war, mit viel Mühe ausgegraben, ihn gedreht und gewendet und kurz überlegt, ob sie die grüngelbliche Moosschicht in den Kuhlen und Rissen nicht doch abkratzen sollte, und es dann gelassen, weil noch nie jemand etwas gegen die Anordnungen ihrer Großmutter getan hat. Dann hat sie den Stein mit der Hilfe von zwei kräftigen Nachbarjungen auf einen Karren geladen, zum Steinmetz am Friedhof gefahren und »Anna, die Wölfin« einmeißeln lassen und die entgeisterten Fragen des Mannes, seine Vorschläge zur üblichen Gestaltung eines Grabsteins und auch seine missbilligenden Blicke ignoriert.

»Warum nur ihr Vorname und diese Bezeichnung ›die Wölfin‹?«, hatte sich Thekla am Tag des Begräbnisses laut aufgeregt. Da stand der seltsame Stein schon da, an die aufgeworfene Erde gelehnt, und nicht nur Clara hat sich über die Eile gewundert, mit der dieser ziemlich ungehaltene Steinmetz den Auftrag erledigt hatte.

Der Pfarrer auf der anderen Seite der ausgehobenen Grube hatte bei Theklas Worten in seiner Rede innegehalten und vorwurfsvoll zu ihr und Clara herübergesehen. Aber auch Thekla ließ sich wie Anna von niemandem einschüchtern, von einem Geistlichen schon gar nicht. Sie hat ihren Hutschleier hochgeschoben und den drohenden Blick so starr und kalt erwidert, dass der Pfarrer den seinen zuerst senkte und einen Moment lang hilflos mit den Händen fuchtelte, bevor er endlich weitersprach.

Auch Thekla redete weiter. »Ist es deine Großmutter nicht wert, dass man erfährt, wie sie wirklich hieß und wann sie gelebt hat, Clara? Kein anderes Grab auf diesem Friedhof sieht so … so erbärmlich aus, und dabei ist es doch schon

der Friedhof der armen Leute, auf dem du meine arme Schwester begraben lässt«, empörte sie sich. Verärgert hatte sie den Kopf geschüttelt, so heftig, dass sich einer der Hornkämme aus ihrem Haar löste und zu Boden fiel. »Und dann dieser Stein, Clara! Ein ordinärer Feldstein! Wie konntest du nur! Eine Schande ist das, also wirklich! Du hättest mich zumindest fragen können, ob ich damit einverstanden bin.«
Clara hätte viel zu diesen Worten zu sagen gehabt, aber sie schwieg lieber, bückte sich schnell nach dem Kamm und richtete sich ebenso rasch wieder auf. Sie wollte nicht, dass die scharfen Augen der alten Frau ihre schäbigen Schuhe und die mehrfach gestopften Strümpfe unter ihrem dünnen Rock entdeckten. Sie schämt sich der Armut normalerweise nicht, in der sie lebt. Aber unter dem kühlen, alles durchdringenden Blick dieser Großtante fühlte sie sich an diesem Tag einfach unbehaglich.
»Jetzt, da Anna tot ist, kannst du zu mir ziehen«, sagte Thekla später, als alles vorbei war und sich die Frauen, die zu Annas Begräbnis gekommen waren, wieder zerstreuten. »Es schickt sich nicht für eine junge Frau, allein in einem solchen Haus zu wohnen.« Sie musterte Clara kühl von der Seite. »Ich habe ein wenig Geld gespart, das können wir für eine gescheite Ausbildung für dich verwenden. Du könntest Kindergärtnerin werden oder Krankenschwester oder Handarbeitslehrerin, das sind ehrenwerte Berufe für ein Mädchen wie dich.«
»Ich habe einen Beruf, ich bin eine ausgebildete Hebamme«, hat Clara mit fester Stimme entgegnet. »Und ich arbeite gern weiter in diesem Beruf.«
Großtante Thekla blieb mitten auf dem Weg stehen. »Pah!«, empörte sie sich. »Ich kann mir schon vorstellen, wie Anna

dich beeinflusst hat, damit auch du Hebamme wirst.« Ihre dünnen Lippen verzogen sich zu einem höhnischen Lächeln. »Sie hat immer durchgesetzt, was sie wollte – fast immer, denn ihren Martin hat unser Luischen ihr weggeschnappt! Und du siehst ja, was aus ihr geworden ist. Anna, die Wölfin, die jetzt nicht einmal einen ordentlichen Grabstein bekommen hat.«
Clara hatte geschwiegen und diese gehässigen Tiraden mit unbewegtem Gesicht an sich abprallen lassen, während sie weitergingen. Zum Schluss aber stieß Tante Thekla, die Clara untergehakt hatte, deren Arm zur Seite und sagte ärgerlich: »Wenn du mir wenigstens zuhören würdest. Aber deine Undankbarkeit wird Folgen haben, das versichere ich dir.«

»Soll sie doch der Teufel holen«, murmelt Clara bei diesem Gedanken. Thekla ist eine alte verbitterte Frau. Hat gut geheiratet und ist früh wieder Witwe geworden. Kinderlos, natürlich, lebt sie sorgenfrei von der Hinterlassenschaft ihres plötzlich verstorbenen Mannes. Hat sich nie um jemand anderen kümmern oder sorgen müssen als um sich selbst. Nicht einmal hat sie ihrer Schwester, die sich neben ihrer aufreibenden Arbeit auch noch um ein verwaistes Enkelkind kümmerte, eine Unterstützung angeboten. Der Kontakt zwischen ihr und Anna war, wie Clara wusste, nie besonders eng gewesen, aber wohl doch besser als jener zu Luise, der jüngsten Tochter von Barbara und Gregor Baczko. Und das, obwohl es Anna gewesen war, die nach Polen gegangen war, um Luises kleine Tochter Emilia aus den Fängen des Grafen Cyprjan Lobinski zu befreien. Eine unvorstellbare Geschichte war das, die Anna ihrer Enkelin immer

wieder erzählen musste und bei der sie sich maßlos aufregen konnte. Während Anna nämlich in Polen ums Überleben kämpfte, hatte Luise in Königsberg den Verlobten ihrer Schwester geheiratet.
Clara fröstelt auf einmal und zieht ihren abgetragenen Mantel enger um ihre Schultern. Plötzlich ist Wind aufgekommen. Die dünnen langen Zweige der Birke zeichnen bizarre, geisterhafte Muster in die feuchte Luft. Die wenigen Friedhofsbesucher, die sich gerade noch zwischen den Gräbern bewegten, sind verschwunden. Das weiche Licht hat sich aufgelöst, es wird jetzt rasch dunkel.
»Was soll ich nur tun, Großmutter?«, fragt Clara und berührt mit kalten Fingerspitzen den Ilexzweig auf dem Grab. »Was ist richtig, was ist falsch? Soll ich in diesem einen Fall wirklich meine moralischen Bedenken vergessen und handeln, wie es mein Herz mir vorsagt?«
Sie weiß nicht, wie oft sie in den vergangenen Monaten an diesem Grab gestanden und ihre Großmutter um Rat bei diesem oder jenem Problem gefragt hat. Und immer hat sie von irgendwoher und irgendwie eine Antwort bekommen. Doch diesmal bleibt alles still.

Als sich die abendliche Dunkelheit in die Gassen der Stadt hängt und es nichts mehr zu tun gibt, was sie noch aufhalten kann, überprüft Clara die Instrumente in ihrer Tasche. Es ist eine Tätigkeit, die eigentlich überflüssig ist, denn alles ist an seinem Platz wie immer – das Stethoskop, das Spekulum, die Zange mit den glatten schaufelförmigen Enden, Scheren, Skalpell, der Löffel zum Ausschaben der Gebärmutter und anderes. Das kleine braune Fläschchen mit Chloroform steckt in einer der breiten Lederschlaufen an der Seite. Clara hat es, um es vor dem Zerbrechen zu schützen, zusätzlich mit einem weichen Tuch umhüllt. Das Betäubungsmittel ist relativ teuer und für eine Hebamme nicht leicht zu besorgen. Doch der alte Apotheker am Steindamm hat schon Anna gekannt und geschätzt und fragt auch bei deren Enkelin nicht lange nach dem Verwendungszweck. Und an diesem Abend wird sie es brauchen, denn Sophia ist noch ein halbes Kind, gerade elf Jahre alt, geistig behindert und bereits im fünften Monat schwanger, wie Clara bei der Untersuchung feststellen musste. Schwanger vom eigenen Vater oder von einem ihrer älteren Brüder, oder von jemandem aus der Nachbarschaft, genau kann das niemand sagen, auch Marie, Sophias Mutter, nicht.

»Warum hast du mich nicht früher gerufen?«, fragte Clara fassungslos.

Es ist zu spät, zu spät!, dachte sie und schloss die Augen, weil sie die Qual in den Augen ihrer Freundin nicht mehr ertragen konnte. Und sie dachte mit Schaudern an den Paragraphen 218 im Strafgesetzbuch, den sie auswendig gelernt hat wie alle ihre Kolleginnen in Königsberg und nach dem jede Schwangere, die ihre Frucht vorsätzlich abtreibt oder im Mutterleib tötet, mit Zuchthaus bis zu fünf Jahren bestraft wird, und dass dies auch alle Hebammen betrifft, die einen Abbruch vornehmen.

Clara starrte ihre Freundin in.

»Du musst mit Sophia zu einem Arzt gehen, Marie. Nur er ist zur so genannten Nothilfe berechtigt, wenn eine gegenwärtige oder drohende Lebensgefahr vorliegt.«

Marie hob die mageren Schultern. Ihre Stimme war rau. »Du weißt, dass ich das nicht tun kann. Du musst uns helfen!«

Ihre Worte waren im Lärmen der vier jüngeren Kinder, die

in der mit Möbeln voll gestopften Küche mit einem Welpen herumtobten, untergegangen. Aber Clara verstand und hat kaum merklich genickt, obwohl ihr das Herz schwer wurde dabei und sie krampfhaft nach anderen Lösungen suchte. Doch in diesem Fall gibt es keine andere Lösung als eine schnelle und heimliche Abtreibung. Maries Mann, Sophias Vater, kann sich einen Skandal aus verschiedenen Gründen nicht leisten. Peter Hader, ein herrschsüchtiger, rechthaberischer Mann von knapp fünfundvierzig Jahren, ist nämlich Lehrer an der Volksschule am Steindamm und hat eine neun-, bald zehnköpfige Familie zu ernähren, denn Marie, seine Frau, ist ebenfalls in anderen Umständen, ein knappes halbes Jahr nach der Geburt ihres jüngsten Kindes.

Auch jetzt, auf dem Weg zu ihrer Freundin, ist Claras Herz noch immer schwer. Die Tasche zerrt an ihrem Arm. Aber Besorgnis und Mitgefühl werden mit jedem Schritt mehr und mehr überdeckt von einem Zorn, der ihr die Röte ins Gesicht treibt und ihr fast den Atem nimmt, Zorn auf Hader, der seine Finger nicht von seiner Frau und nun wohl auch von seiner minderjährigen Tochter lassen kann, der sich dieses Recht nimmt, sie zu benutzen, und darin noch ein Beispiel für seine beiden ältesten Söhne ist. Über den Mann und das, was in seinem Haus passiert und in der Schule passieren soll, wird in der Altstadt hinter vorgehaltener Hand geredet, doch bisher ließ sich nichts beweisen, weil alle schwiegen und schweigen, die Kinder aus Scham, ihre Mütter aus Angst vor der Schande, die Väter, weil sie nicht glauben, was man erzählt, oder weil sie nichts Besonderes in Handlungen dieser Art sehen können. Auch Clara kann nichts sagen, obwohl die Anklage ihr schier das Herz abdrückt und ihr Mund überlaufen will. Aber sie kann nichts

beweisen, solange Marie oder andere Betroffene nicht sprechen. Sie kann nur darauf hoffen und darum beten, dass diesem Tun Haders bald ein Ende bereitet wird.
Und auch gegen Marie richtet sich nun Claras Zorn, weil sie seit jeher klaglos erleidet und leidet, ohne auch nur einmal den Gedanken an Abwehr oder gar Rebellion aufkommen zu lassen. Und weil sie ihren Töchtern und Söhnen diese weibliche Leidensrolle tagtäglich vorspielt und ihre Kinder von klein auf dazu erzieht, die sexuelle und familiäre Macht des Mannes in der Familie als gegeben, ja, als normal anzunehmen. Ich tu's nicht!, sagt Clara sich zornig und weiß doch, dass es keine andere Lösung für Sophia und für Marie, keine andere Lösung für alle Mitglieder dieser Familie gibt als das Vertuschen, das Verheimlichen. Wütend ist sie auf sich selbst, weil sie einen Beruf gewählt hat, der kein Honiglecken ist und in dem die Zeit immer drängt, der kaum genug zum Überleben einbringt und außerdem jetzt, im 19. Jahrhundert und noch gar nicht lange nach der letzten Hexenverbrennung in Deutschland, wieder gefährlich werden kann, da es diesen Paragraphen 218 gibt, der Frauen und manchmal auch noch ganz junge Mädchen so oft zum Leiden verdammt.
Ihre Ellbogen benutzend, bahnt Clara sich einen Weg durch eine Gruppe von jungen Männern, die diskutierend und lachend unter einer Straßenlaterne in der Nähe der Universität stehen. Studenten sind es, mit den Farben ihrer Verbindungen an Mützen und auf Brustbändern, zwei von ihnen mit frisch geschlagenen Schmissen im Gesicht, Trophäen aus unsinnigem Gemetzel. Clara geht rasch, sie hat nichts übrig für diese Demonstration von männlichem Mut und Kraft und Vaterlandsliebe. In diesem Moment hat sie überhaupt nichts übrig für jedes männliche Wesen, und so

schwingt sie ihre schwere Tasche resolut nach vorn und hinten und schafft sich so Platz für ihre eiligen Schritte, bis eine Hand ihren Arm packt und sie aufhält. Erbost wendet sie sich an den Mann, der sich ihr in den Weg gestellt hat.
»Lassen Sie mich los, Sie Mistkerl, sonst …!«
»Was sonst?«
Clara muss den Kopf in den Nacken legen, um dem Kerl ins Gesicht sehen zu können. Er ist schlank, eher dünn, fast mager, aber er überragt sie um einiges, und sie selbst ist auch nicht gerade die Kleinste. Gott sei Dank ist er kein Polizist in Uniform, ein Hüter von Gesetz und Ordnung also. So einer hätte mir jetzt gerade noch gefehlt, denkt sie.
»Oh!«, sagt sie, noch immer heftig atmend. »Ich bitte um Verzeihung, ich habe nicht Sie persönlich gemeint.«
»Das hätte mir auch nicht gefallen, mein Fräulein.«
Unter dem Gelächter und Gefeixe der anderen jungen Männer dreht er sie ins Licht und mustert sie ebenso aufmerksam und ernst wie sie ihn. Seine Augen sind braun, fast schwarz, die buschigen dunklen Brauen sind an der Nasenwurzel zusammengewachsen. Der dicke, waagerechte Strich bildet einen auffallenden Kontrast zur Blässe der Haut und den scharfen Formen seiner Wangenknochen. Auch wirkt er älter als die anderen, die sich um ihn scharen.
Mit der freien Hand deutet er schließlich auf Claras Tasche. »Da mir diese Tasche nicht ganz unbekannt ist, nehme ich an, dass Sie die Enkelin von Anna, der Wölfin, und auf dem Weg zu einer Geburt sind.«
»Nein … äh … ja«, antwortet sie verblüfft. »Woher …?«
Er lacht hell auf, und irgendetwas an diesem Lachen klingt warm und seltsam vertraut in ihren Ohren und berührt sie tief im Innern gleich einem schönen Glockenton.

»Goldberg, Ira Goldberg, Sohn des Salomon Goldberg und seiner Frau Rebecca.« Sein schlaksiger Oberkörper beugt sich leicht vor, als er eine Verbeugung andeutet. Er lächelt entschuldigend auf sie herunter. »Es tut mir Leid, dass ich Sie so überrumpelt habe. Aber ich habe Anna, Ihre Großmutter, gut gekannt. Sie hat mir vor siebenundzwanzig Jahren und später noch etlichen meiner jüngeren Geschwister dabei geholfen, das Licht dieser Welt zu erblicken.«

»Meine Großmutter ist vor zwei Jahren gestorben.«

Er nickt. »Ich weiß, und es tut mir sehr Leid. Sie war eine bemerkenswerte Frau, mit der ich mich gern unterhalten habe, wenn ich sie im Haus meiner Eltern oder auf der Straße traf. Zum letzten Mal habe ich sie gesehen, als Mirjam, meine ältere Schwester, ihr erstes Kind bekam. Das war kurz bevor sie starb.«

»O ja, Mirjam.«

Clara kann einfach nicht mehr oder etwas anderes sagen; ihr Kopf ist auf einmal ganz leicht, nur mit Luft gefüllt. Auch sonst fühlt sich alles an ihrem Körper wie schwebend an. Sie denkt daran, dass sie seit dem Morgen vor Aufregung nichts mehr gegessen hat. Der Magen, denkt sie, es kann nur der Magen sein, der dieses Schwindelgefühl erzeugt.

»Anna hat mir viel von Ihnen erzählt, Clara.«

»Oh.«

Der junge Mann hat ihren Arm nicht losgelassen. Da, wo er hingegriffen hat, ist ihre Haut unter dem Stoff von Kleid und Umhang sehr warm und prickelt. Das Gefühl der Nähe verwirrt Clara. Widerstandslos lässt sie sich von Goldberg die Tasche aus der Hand nehmen und die Gasse entlangführen. Die anderen bleiben zurück. Ihre Stimmen und ihr Lachen werden mit jedem Schritt leiser.

»Ich muss …«, beginnt Clara, verstummt dann aber. Sie will, dass er seine Hand von ihrem Arm nimmt, und wünscht sich doch, dass er sie da lässt, wo sie ist. So gehen sie und gehen, bis die Gasse in eine andere mündet. Ohne dass sie ihm sagt, in welche Richtung sie gehen muss, wendet er sich nach rechts. Wenn er einen Schritt macht, muss sie zwei Schritte machen, um an seiner Seite zu bleiben. Ihr Kopf reicht bis knapp unter seine Schulter. Im gelben Schein der Gaslaternen tanzen ihre Schatten nebeneinander über das Kopfsteinpflaster.

»Um diese Zeit sollten Sie nicht mehr allein unterwegs sein«, hört sie ihn sagen. »Der Kaiser hat zwar dafür gesorgt, dass unsere Polizisten ihre Aufgaben ernster nehmen als je zuvor, doch deshalb sind Räuber und Mörder in der Stadt nicht weniger geworden.«

»Ich fürchte mich nicht«, entgegnet sie atemlos.

»Das müssen Sie auch nicht«, versichert er in freundlichem Ton. »Ich bin ja jetzt bei Ihnen und werde Sie beschützen.«

Am Ende der Gasse bleibt Clara stehen, entzieht ihm ihren Arm und greift nach ihrer Tasche.

»Ich danke für Ihre Begleitung«, sagt sie, ohne Ira Goldberg anzusehen. Weil er keine Anstalten macht, etwas zu erwidern oder zu gehen, zeigt sie nach einer Weile auf eine der Haustüren vor ihnen. »Hier muss ich hinein.«

»Ja.«

Jetzt schaut sie doch zu ihm hoch. Das gelbliche Laternenlicht lässt sein dunkles Haar aufleuchten wie das Gefieder eines schwarzen Vogels. Clara denkt an eine Amsel im Regen. Sie hat noch nie einen Vogel berührt, und sie verspürt den Wunsch, ihre Fingerspitzen auf das leuchtende Schwarz zu legen.

Er lächelt warm. »Ich werde in der Nähe auf Sie warten und Sie nach Hause begleiten, wenn Sie Ihre Arbeit beendet haben.«
»Nein«, sagt sie laut, weil ihr plötzlich wieder bewusst wird, was sie in diesem Haus tun wird. »Sie können nicht warten. Es wird sehr spät werden.« Ihre Stimme wird fester. »Ja, ich denke, ich werde erst am Morgen nach Hause gehen können.«
»Dann treffe ich Sie morgen wieder.«
Sie sieht auf seinen lächelnden Mund. Er hat volle, sinnlich wirkende Lippen und schöne weiße Zähne. Sein Gesicht ist schmal und wohlgeformt, die lange Nase ist ein wenig nach unten gebogen, das Kinn wirkt markant und ist vorgeschoben. Seine Haut ist wirklich sehr blass, fast weiß, und unter seinen Augen sind violettschwarze Ringe.
Wieder verbeugt er sich kaum merklich vor ihr. »Ich glaube an Bestimmungen«, sagt er ernst. »Und es war Bestimmung, dass wir uns heute Abend trafen. Gute Nacht, Clara Wolf.«
Sie blickt ihm nach, wie er mit langen, raumgreifenden, seltsam federnden Schritten der Dunkelheit am Ende der Gasse entgegengeht. Erst als er verschwunden ist, wird sie rot vor Verlegenheit und ein bisschen auch vor Ärger und Scham. Doch sie kann nicht sagen, worüber sie sich eigentlich ärgert oder warum sie sich schämen sollte.

Etwa vier Wochen später sieht Clara ihn wieder, da hat man sie schon wegen einer gesetzlich verbotenen Schwangerschaftsunterbrechung mit Todesfolge in Haft genommen und in eine Zelle mit fünf anderen Frauen gebracht. Durch das schmale vergitterte Fenster kann Clara die Füße und Beine bis zum Knie der vorbeigehenden Passanten auf dem Bürgersteig sehen.

»Ich bin Rechtsanwalt«, erklärt er ihr seine Anwesenheit in dem düsteren Raum, in den man sie geführt hat. »Ich habe Ihren Fall übernommen und werde Sie vor Gericht verteidigen.«

Sie sieht ihn an, ohne ihn wirklich zu sehen. Dann schüttelt sie langsam den Kopf und sagt tonlos: »Es hat keinen Sinn. Ich habe einen Menschen getötet. Was ich getan habe, war gegen das Gesetz. Ich verdiene eine Strafe.«

Er nimmt ihre Hand. Nach einer Weile entzieht sie sie ihm.

»Es hat keinen Sinn«, wiederholt sie, ohne ihn anzusehen.

»Alles auf dieser Welt hat einen Sinn«, entgegnet er.

Er ordnet einen Stapel Papiere, die vor ihm auf dem grob gezimmerten Tisch liegen. »Sie werden mir erzählen müssen, was passiert ist, Clara.«

Sie starrt auf einen schwärzlichen Punkt an der Wand hinter ihm. Die Wand ist schmutzig weiß. Der Punkt bewegt sich. Vielleicht eine Fliege oder ein anderes Insekt, von denen es hier wimmelt.

»Warum lassen Sie mich nicht in Ruhe?«

Sie spürt mehr, als sie sieht, wie er sich vorbeugt, um ihr Gesicht zu betrachten.

»Es ist mein Beruf, Angeklagte zu verteidigen.«

»Ich kann Ihr Honorar nicht bezahlen.«

»Machen Sie sich darüber keine Gedanken.«

Nun blickt sie ihn doch an, mustert mit sachter Neugier sein schmales Gesicht mit den dunklen Augen.

»Ich habe Ihren Namen vergessen.«

»Sie müssen mir alles erzählen«, drängt er sie, da ist er schon einige Male ins Gefängnis gekommen und hat mit ihr zu sprechen versucht. »Nur so kann ich mir ein genaues Bild vom Geschehen machen und Ihre Verteidigung vorbereiten, Clara.«

Sie blickt schweigend auf ihre im Schoß gefalteten Hände und schüttelt dann den Kopf. Sie denkt an Marie, ihre Freundin, ihre einzige wirkliche Freundin unter all den Frauen in dieser großen Stadt, die zu ihr, der Hebamme, gekommen sind oder sie haben rufen lassen, um ihre Kinder unter ihrer Obhut auf die Welt zu bringen und hoffentlich am Leben zu erhalten. Oder um mit ihr, der sie ihren Körper vertrauensvoll überlassen, auch über ihre Sorgen, ihre Nöte und ihre Träume zu reden. Marie, der sie versprochen hat, nichts zu sagen. Nichts von der Schande, die ihr Ehemann über seine Familie gebracht hat, und nichts von dem, was in jener Nacht im Haus wirklich geschehen ist, welche Folgen das auch für sie, Clara, haben sollte.

»Schwöre es bei deiner Großmutter Anna!«, hatte Marie mit blutig aufgebissener Lippe immer wieder eindringlich gefordert. Sie legte eine Hand auf ihren noch flachen Leib, in dem neues Leben wuchs, und zeigte mit der anderen auf die Schar der Kinder, die sich auf dem breiten Bett in der Ecke der Schlafkammer zusammendrängten. Die größeren starrten mit furchtsam aufgerissenen Augen auf die tote Schwester im anderen Bett, die kleineren waren endlich in einen unruhigen Schlaf gefallen, die Glieder umeinander geschlungen, als wollte sich eins am anderen festhalten. Und Clara, schon vom Anfang dieser Freundschaft mit Marie an in diesem Gespinst von Verschweigen, Lügen und verbotenen Handlungen mitverfangen, hat auch für sich keinen Ausweg mehr sehen können. Sie zappelte ebenso wie Marie, wie die nun tote Sophia und all die anderen Kinder dieser Familie im Netz, das der Mann und Vater ausgelegt

hatte und in dem er darauf lauerte, über seinen Fang herzufallen.
»Man wird Fragen stellen«, wandte Clara ein, ihre Wut ob der eigenen Hilflosigkeit mühsam unterdrückend, während sie sich neben ihre Freundin auf die Bettkante setzte und einen Arm um deren Schultern legte. »Jemand muss den Totenschein ausstellen.«
»Du«, wisperte Marie.
»Nein, ich bin nur die Hebamme. Du wirst einen Arzt rufen müssen.«
Sie zögerte lange, dann sagte sie es doch: »Deine Tochter ist keines natürlichen Todes gestorben, es wird eine Untersuchung geben.«
Sie sagte nichts über ihren eigenen Schrecken, über die Furcht, die mit kalten Fingern über ihren Rücken strich. Über die Ahnung von dem, was auf sie zukommen würde. Kurz berührte sie ihre Hebammentasche. Anna, dachte sie, hilf, Anna!
Marie hatte mit zittrigen Händen Sophias weißes Gesicht gestreichelt und gestreichelt und das Laken endlich wieder darüber gezogen.
»Was soll aus uns werden, wenn er ins Gefängnis muss?«
»Er wird …«, begann Clara, doch Maries Gesicht verschloss sich, und sie drehte den Kopf zur Wand.
»Es ist schlimm, aber es ist besser so«, flüsterte sie nach einer Weile. »Besser für meine Sophia. Sie hat nun ihren Frieden.«
Wie kannst du so etwas sagen!, wollte Clara auffahren. Sie wollte sagen: Sophia ist nicht deine einzige Tochter. Willst du zulassen, dass dieser Mann auch die anderen benutzt? Und sie dachte: Eine Abtreibung lässt sich nicht verheim-

lichen. Und auch wenn Sophia nicht daran gestorben ist, sondern an den Folgen der Verletzungen, die ihr Vater ihr kurz vorher noch zugefügt hat, ändert das nichts daran, dass ich, die Hebamme, gegen ein Gesetz verstoßen habe.
Ihr wurde plötzlich übel vor Müdigkeit und Erschöpfung. Sie fühlte sich zu Tode erschöpft. Sie hatte keine Kraft mehr, sich von dieser Bettkante zu erheben, ihre Tasche zu nehmen und in die Dunkelheit hinauszugehen.
Und dann hatte Marie sie plötzlich angesehen. Ihre übergroßen Augen, dunkel und unendlich tief vor Qual, brannten Löcher in Claras Denken, bis nur noch ein einziges Wort übrig blieb. Clara sagte: »Ja.«
Maries Augen verfolgten sie, als sie im ersten Morgengrauen mit schleppenden Schritten heimwärts ging. Sie waren überall, diese Augen.
Sie sind auch jetzt, in diesem dunklen, muffig riechenden Raum mit einem Tisch und zwei Stühlen da. Als würde Marie in ihrem Haus auf eine Wand starren und durch sie hindurch, durch die Wände der Nachbarhäuser, durch alle Wände dieser Stadt, dieses Landes, dieser Welt und direkt in Claras Kopf sehen.
»Ich kann nichts sagen, Herr Rechtsanwalt.«
Clara blickt auf ihre Hände, die sie flach auf die Tischplatte vor sich gelegt hat. Unter den Nägeln und in den winzigen Falten der Haut meint sie das Blut des Mädchens erkennen zu können.

Irgendwie ist es Ira Goldberg gelungen, den Richter trotz all der Widersprüchlichkeiten in den Aussagen der Vorgeladenen und trotz des Schweigens der Angeklagten während der Verhandlung davon zu überzeugen, dass hier ein Fall der

Nothilfe vorliegt. Er hat dafür gesorgt, dass eine Autopsie vorgenommen wurde, gegen den Willen von Sophias Vater. Und diese Untersuchung hat, wie er dem Gericht erklärt, ergeben, dass der Fötus im Leib der jungen Toten bereits abgestorben war, und zwar durch starke Gewaltanwendung von außen, bevor die Hebamme Clara Wolf die Schwangerschaftsunterbrechung vorgenommen hatte, um wenigstens das Leben des jungen Mädchens zu retten. Der unmittelbar nach dem Vornehmen des Kaiserschnitts eingetretene Tod, so das Ergebnis der Untersuchung des Pathologen, ist die Folge einer massiven Gehirnblutung, verursacht durch einen vorangegangenen brutalen Schlag auf den Schädel des Mädchens.

Clara wird wegen des nach Paragraph 218 des Reichsgesetzes verbotenen Eingriffs einer Hebamme bei einer Schwangeren trotzdem zu einer Gefängnisstrafe von sechs Monaten verurteilt. Der Richter, ein älterer Mann, dessen hinter einer starken Brille eulenartig wirkende Augen bei der kurzen Urteilsbegründung zwischen der jungen Angeklagten und den Reihen der gespannt lauschenden Frauen im Publikum hin und her wandern, spricht mit ruhiger Stimme.

»Die Gefängnisstrafe wird gegen die Hebamme Clara Wolf deshalb verhängt, weil sie unberechtigterweise einen Kaiserschnitt vornahm, um den allerdings bereits abgestorbenen Fötus zu entfernen, statt nach Erkennen des lebensbedrohlichen Zustands der Sophia Hader sofort einen Arzt hinzuzuziehen.« Seine Eulenaugen heften sich einen Moment lang auf Clara, bevor er fortfährt: »Für die Angeklagte spricht, dass der Tod des jungen Mädchens auch beim rechtzeitigen Eintreffen des Arztes nicht zu verhindern gewesen wäre. Aus diesem Grund hat das Gericht bei der Urteilsfindung mildernde Umstände einbezogen und die Strafe auf sechs Monate Gefängnis begrenzt.«

Unzählige Hände recken sich Clara entgegen, als sie aus dem Saal geführt wird. Hände, die sie tröstend berühren, über ihr Haar streichen. Worte werden ihr zugerufen, die sie nicht versteht, weil das Tosen und Brausen in ihrem Kopf nicht nachlässt. Sie sieht in Gesichter, die sie kennt und die ihr trotzdem fremd sind. An einem dieser Gesichter aber bleibt ihr Blick hängen. Ira Goldberg überragt sie alle, alle diese vielen Frauen, die sich um sie drängen.

Anfang März im Jahr 1874 kehrt der Winter noch einmal mit Macht zurück. Es ist bitterkalt in dem kleinen Haus, und Clara und Ira kriechen unter die einzige warme Decke auf dem schmalen Bett in der Schlafkammer hinter dem Wohnraum. Die Decke ist kurz, und Iras große Füße ragen hervor. Clara betrachtet sie. Nie zuvor hat sie solch große, schmale und weiße Füße mit Zehen, die fast so lang sind wie ihr Daumen, gesehen.

Sie legt ihren Kopf dorthin, wo sein Herz ist. Jede einzelne Rippe kann sie unter ihren Fingern spüren, so mager ist er. Sie drückt ihr Ohr an seine Haut, die trotz der Kälte im Haus mit einem dünnen Schweißfilm überzogen ist. Wie so oft hört sie ein leises Rasseln bei jedem seiner Atemzüge.

Er dreht sich von ihr weg und kichert.

»Dein Haar kitzelt mich.«

Rasch schlüpft sie unter der Decke hervor, läuft nackt und auf Zehenspitzen durch die Kammer und kommt ebenso schnell mit dem Hörrohr aus ihrer Hebammentasche zurück. Bibbernd vor Kälte schmiegt sie sich an ihn.

Er will ihr das Instrument aus der Hand nehmen.

»Lass mich. Da ist etwas in deiner Lunge, ein Geräusch, ich weiß nicht, wie!«

»Es ist nichts, nur eine Erkältung, eine Verschleimung der Bronchien, ich habe das manchmal im Winter.« Er zieht Clara wieder an sich, die sich mit Mühe von ihm losmacht.

»Ich bin nur eine Hebamme, aber ich verstehe genug von Krankheiten, um zu wissen, dass …«

Ira legt ihr seine große weiße Hand zärtlich über den Mund. »Pst.«

Sie gibt nach. Behutsam nimmt er ihr das Instrument weg und legt es auf das Kästchen neben dem Bett, dann schlingt er seine langen mageren Arme um sie.

»Komm«, flüstert er in ihr Ohr. »Komm zu mir, meine einzige, meine große, du größte aller meiner Lieben.«

Sein warmer Atem ist eine schwebende weiße Wolke in der Kälte der Kammer.

Im Sommer weiß sie, dass sie ein Kind von ihm trägt. Hand in Hand wandern sie an einem lauen Abend am Pregel entlang, da, wo die Altstädter Wiesen bis ans Ufer reichen und weiter vorn die roten Schlote der Königsberger Zellstofffabrik in der Sonne leuchten.

»Unser Kind wird meinen Namen nicht tragen können«, sagt er verzagt.

»Ich weiß.«

Sie lächelt zu ihm hoch, voller Liebe und Wehmut und auch furchtsam. Wie immer wird er an diesem Abend zu seiner Familie zurückkehren – zu Esther, seiner Frau, zu seinem kleinen Sohn und seiner kleinen Tochter.

Er drückt ihre Finger.

»Ich werde dafür sorgen, dass es dir und dem Kind an nichts

fehlt.« Clara schmiegt sich an ihn. Sie sind allein auf diesem sandigen Weg. »Es tut mir so Leid, Liebste.«
Warum tut es dir Leid?, will sie ihn fragen. Mir tut es nicht Leid. Nein, es tut ihr nicht Leid, hat ihr nicht einen einzigen Moment Leid getan, obwohl ihr manchmal bang vor der Zukunft ist. Schon sieht sie das kleine Wesen vor sich, das, gerade geboren, noch die zarte Wärme ihres eigenen Blutes an sich trägt und nichts weiter möchte, als zur Blüte zu kommen. Ja, sie hat diese Verschmelzung von Iras und ihrem Körper gewollt, hat sie sich mit aller Kraft gewünscht, in einem dieser Momente, in denen nichts mehr zählt, keine Vorsicht, keine Vernunft, keine Furcht. In einem dieser Momente, in denen es keinen klaren Gedanken mehr gibt, keine Hölle, keine Ahnung von dem, was kommen wird, keine Trauer, kein Leid. Nichts mehr außer dieser alles verzehrenden Sehnsucht nach Nähe, nach Berührung, nach Hingabe und Einssein mit dem anderen, nichts außer einem weiten, einem unermesslichen Himmel von sonderbarer Bläue und der Leichtigkeit einer rasch segelnden Wolke darin.
Als ihr bewusst wurde, was geschehen war, ist sie zu Anna auf den Friedhof gegangen und hat Zwiesprache mit ihrer Großmutter gehalten wie in allen anderen Notsituationen. Doch auch auf diese, die wichtigste Frage aller Fragen gab Annas Stimme keine Antwort. Sie blieb stumm, wie sie damals, als es um die kleine Sophia ging, geschwiegen hat. Da wusste Clara, dass es wieder einzig und allein ihre Entscheidung war, was nun geschah, und sie akzeptierte ihr Schicksal.
»Du wirst allein sein«, hört sie Ira sagen.
Und Clara ist zum Weinen zumute und horcht auf seinen Atem, der sich mühsam, stoßweise Bahn bricht aus ver-

wachsenem Lungengebilde. Wie er weiß auch sie um Iras Krankheit. Sie wissen beide, dass ihm nicht mehr viel Zeit bleiben wird.

Als Claras Tochter im Januar des Jahres 1875 auf die Welt kommt, ist Ira schon seit einigen Wochen in einem Sanatorium in der Schweiz. Er schreibt ihr einen herzzerreißenden Brief, den sie nur einmal liest, dann wieder sorgsam verschließt und zwischen Außenleder und Futter ihrer Tasche steckt, um ihn nie wieder in ihrem Leben in die Hand zu nehmen. Sie gibt ihrem Kind den Namen Ruth und lässt es evangelisch taufen, obwohl der Pfarrer der kleinen Kirche Bedenken hat, dem Kind einer Christin einen jüdischen Vornamen zu geben. Doch da er schon Anna Wolf kannte und auch ihre Enkelin Clara zu seiner Gemeinde in der Altstadt zählt, besteht er auf einem zweiten Rufnamen und schreibt schließlich »Ruth Anna Wolf, geboren am 18. Januar des Jahres 1875 zu Königsberg, ledige Tochter der Hebamme Clara Wolf, Vater unbekannt« ins Taufregister. Claras Augen sind nass, als sie die Kirche verlässt und in das winzige, zarte Gesichtchen an ihrer Brust blickt. Ruth, in ein wollenes Tuch gehüllt, hat die lange, schmale Schädelform ihres Vaters und auch sein dunkles Haar. Die noch blauen Augen erwidern Claras Blick mit unkindlicher Ernsthaftigkeit.

»Wir schaffen es, meine Kleine«, flüstert Clara unter Tränen. »Wir beide schaffen es auch allein, das verspreche ich dir.«

Die Kleine verzieht ihr Rosenmündchen, entblößt den rosafarbenen, noch zahnlosen Gaumen.

»Das Lächeln der Wölfin«, sagt Clara, plötzlich erfüllt von heiterer Zuversicht.

XI
Helene

Helene hält inne im Nachdenken, im Grübeln, und horcht nach draußen, wo der Wintersturm tobt und gegen das Haus rennt, nach jeder Ritze zwischen den Balken sucht, an den Fenstern und an der Haustür rüttelt, im Schornstein faucht und röhrt und das Heulen der Wölfe und die fernen Geräusche und Stimmen aus dem Dorf mit sich bringt und im wilden Weiterrennen wieder verstummen lässt. Sie denkt an die schlanken Stämme der Birken im Wald, die sich graziös biegen und mit ihren zierlichen Zweigen den Schnee auf dem Boden berühren, und an das ächzende, knarrende Nachgeben der stämmigen Nadelbäume, die sich mit den Schneemassen aus ihren Wipfeln bestäuben und ihre Äste mit denen anderer Bäume verhaken, um nicht zersplittern und stürzen zu müssen.

Das Lesen, das Nachdenken haben Helene erschöpft. Sie flüchtet sich in einen kurzen Schlaf, der gnädig ist und ohne Traum. Am nächsten Morgen sieht sie schweigend Fedja zu, der Maß nimmt für die Fensterläden, die Katharina bei ihm in Auftrag gegeben hat. Der Alte würdigt Helene keines Blickes, keines Wortes. Er stapft mit seiner Messlatte in der einen Hand, in der anderen ein angegrautes Blatt Papier, den Bleistift zwischen die Lippen geklemmt, in der Hütte umher, als wäre Helene nicht anwesend. Das Glas Wodka, das sie ihm auf den Tisch gestellt hat, bleibt unbeachtet, und diese Nichtbeachtung trifft Helene schlimmer als sein Schweigen.

»Fedja«, sagt sie, als er fertig ist, seine Werkzeugkiste vom Stuhl nimmt und an ihr vorbei so eilig mit seinem Holzbein zur Tür humpelt, als wäre er froh, dieses Haus wieder verlassen zu können. »Danke, dass du so schnell gekommen bist.«

Sie sieht ihm mit einer seltsamen Mischung aus Ärger, Mitgefühl und Neugier nach. Der Ärger über Fedja ist schon alt. Neugierig ist sie, ob und wann er die Fensterläden bringen wird; Fedja war noch nie einer, der gern und schnell gearbeitet hat. Das Mitgefühl ist neu und beschäftigt sie, während sie ihn beobachtet, als er schwankend den Pfad zur Straße geht, dann sein Werkzeug auf den Karren lädt, sich schwerfällig auf den Sitz hievt und nach den Zügeln greift. Das Pferd scheint so alt und so müde und so verbittert zu sein wie Fedja. Im Zeitlupentempo und mit tief gesenktem Kopf zieht es den Karren die Dorfstraße entlang. Vielleicht tue ich ihm Unrecht, überlegt Helene. Vielleicht ist er nur ein alter Mann, der mit seinen eigenen Erinnerungen fertig werden muss. Katharina hat ihr vor vielen Jahren erzählt, dass Fedjas Frau im Kindbett gestorben ist, während er mit der 4. Armee Russlands in Ostpreußen einmarschierte. Als er mit nur einem Bein nach Sibirien heimkehrte, sagte man ihm, dass seine Frau und sein Kind in seiner armseligen Hütte erfroren seien.

»Vielleicht erklärt das seine Gefühle gegenüber allem, was deutsch ist«, hatte Katharina damals gemeint. »Dieser Krieg hat nicht nur seine Familie und sein Bein zerstört, sondern auch sein Leben, denn er hat nicht wieder geheiratet oder noch andere Kinder gehabt. Er ist ein einsamer und verbit-

terter Mann geworden – einer von vielen in unserem Land, die unser Mitleid und unseren Trost brauchen.«
Damals hatte Helene nicht gewagt zu fragen: Und was ist mit all jenen Deutschen, die in diesem Krieg verschleppt wurden und die in russischen Straflagern krepiert sind? Bin nicht auch ich Opfer dieses Krieges, dieses Schreckens, der so viele Namen hat, dass man sie nicht alle nennen kann? Ja, sie hat geschwiegen, damals im Gespräch mit Katharina und immer dann, wenn in ihrer Anwesenheit die Rede vom Krieg und seinen Folgen war. Sie war verängstigt, sie war allein in einem fremden Land unter fremden Menschen; sie hatte alles verloren. Also duckte sie sich unter der Anklage, unter der Wut in den schnellen heimlichen oder offenen Blicken von Fedja und den anderen und fühlte sich schuldig, obwohl sie doch, ein halbes Kind damals im Krieg, nichts hätte verhindern können.
Der alte Mann auf seinem Karren wird langsam von dem Grau des Wintertages verschluckt. Helene fragt sich, ob nicht auch er zuweilen Schuld empfindet, wenn er sich der Menschen erinnert, die er als Soldat der Roten Armee getötet oder verwundet hat. War dieser Russe, dieser Fedja, vielleicht einer von denen, die über sie, Helene, blutig vom Blut ihrer sterbenden Mutter, hergefallen waren und sie vergewaltigt und später mit Kolbenhieben auf die Straße getrieben hatten? Vielleicht, denkt sie, vielleicht ist Fedja nur deshalb so schweigsam und distanziert in meiner Gegenwart, weil auch er nicht vergessen kann, was damals geschah, weil auch er eine ungeheure Last mit sich trägt und weil seine Albträume ihn ebenfalls immer wieder einholen und quälen?
»Er spricht meistens nicht viel, unser Fedja«, hat Katharina

ihr einmal erzählt. »Nur wenn er genug getrunken hat, dann redet er eine Menge über das, was er im Krieg und danach erlebt hat. Manchmal«, sagte sie, »manchmal denke ich, es sind nur die paar Tiere, auf die er aufpassen muss, die ihn so lange am Leben erhalten haben. Und der Wodka. Natürlich der Wodka.«

Fedja auf dem Karren ist verschwunden. Helene schließt die Tür von innen, fest, ganz fest, und dreht den Schlüssel im Schloss herum. So lassen sich wenigstens die Gespenster von außen fern halten.

XII
Emma
(um 1911)

Als sie die Stimmen von August und einem Nachbarn vor dem Haus hört, legt Emma die medizinische Fachzeitschrift, in der sie gerade geblättert hat, beiseite und steht vom Stuhl auf. Rock und Schürze spannen über ihrem Bauch; das Kind hat sich schon vor mehr als einer Woche gesenkt und kann nun jeden Tag geboren werden. Die Wiege ist längst vorbereitet, Hemdchen und Jäckchen sind genäht und bestickt, Windeln gesäumt. Erst vor knapp einer Stunde hat Bertha, mit der Emma die winzigen Kleidungsstücke wieder und wieder betrachtet hatte, das Haus verlassen, um nicht mit August, dem Mann ihrer Freundin, zusammenzutreffen. Von Anfang an hat er sie als störend empfunden und mit Argwohn betrachtet, denn Bertha ist eine jener wenigen Frauen, die an einer deutschen Universität studiert haben, und zwar im Großherzogtum Baden, das vor elf Jahren als erstes Land des Deutschen Reiches die Immatrikulation von Frauen zugelassen hatte. Inzwischen hat auch die Universität in Königsberg, widerstrebend wie alle Hochschulen in Preußen, ihre Tür für Frauen öffnen müssen. Doch nur wenige der weiblichen Studierwilligen haben bisher den Schritt in einen der Hörsäle gewagt, verunsichert durch die neue Gesetzgebung vom 1. Januar 1900, wie Bertha berichtet hat, in der die Vormundschaft des Ehemannes über die Ehefrau erneut festgelegt wurde. Verunsichert aber auch durch die Häme, mit der die Redakteure und Karikaturisten der Zeitungen und Zeitschriften sogar drei Jahre nach dem Studium-Erlass noch in fast jeder ihrer Ausgaben das »Schreckensbild des akademischen Blaustrumpfs« zeichnen, des Mannweibes, das Herd und Heim verkommen lässt und deshalb eine »Gefahr für das gesamte Volkswohl« ist. Bertha stammt aus einem begüterten und weltoffenen Haus. Sie hat mit Unterstützung ihrer Familie Medizin studiert und sich dabei auf Frauenheilkunde spezialisiert. Doch trotz des jahrelangen Studiums mit hervorragendem Abschluss hat sie in Preußen keinen Anspruch darauf, diesen akademischen Beruf auch in der Praxis auszuüben. Ihr Berufswunsch ist, wie sie ihrer Freundin anvertraut hat, eine eigene Praxis. Bis vielleicht doch einmal eine offizielle Genehmigung zur Eröffnung vorliegt, arbeitet sie bei einem älteren Arzt im Kneiphof mit und wird außerdem als freie Hebamme zu vielen Hausentbindungen gerufen.

Doch das alles ist nicht der einzige Grund, warum August schon in Rage gerät, wenn in seinem Haus nur der Name von Emmas Freundin genannt wird. Das, was die beiden Frauen miteinander verbindet, irritiert ihn, ja, es ist ihm zuweilen sogar unheimlich, weil er nur mutmaßen kann, was hinter dieser Freundschaft steckt. August ist nun einmal ein Mann, der klare Verhältnisse liebt. Und dazu gehört, dass seine Frau eben eine ganz normale Frau ist, die ihre wichtigste Aufgabe in der Sorge um das Wohl ihres Mannes, in der Führung des Haushalts und in der Erziehung künftiger Kinder sieht.

»Meine Frau«, sagt er zuweilen und mit Nachdruck, »meine Frau hat ein anständiges und gehorsames Weib zu sein, wie unsereiner, der sich tagaus, tagein für seine Familie und für andere abrackert, es sich verdient hat.«

Emma zuckt zusammen, als August ins Haus tritt und die schwere Tür ins Schloss fallen lässt. In den Monaten ihrer Schwangerschaft ist sie ein wenig schreckhaft geworden. Ein ungewohntes Gefühl ist das für sie, denn sie hat sich stets als ziemlich robust und gelassen empfunden, körperlich wie seelisch. Ganz anders als Ruth, ihre schöne, sanfte, sensible Mutter, die seit jeher jede Art von Gewalt ablehnt und die kein Blut sehen kann und früher oft in Ohnmacht fiel, wenn eines ihrer drei Kinder sich ein Knie aufgeschlagen hatte. Deshalb sieht sie zum Beispiel den Hebammenberuf, den ihre Mutter Clara bis zu ihrem viel zu frühen Tod ausgeübt hat, als eine Abscheulichkeit an. Sie hat es auch nie nötig gehabt zu arbeiten, denn sie war bereits mit sechzehn Jahren mit einem wohlhabenden Mann verheiratet und hat ein Jahr darauf ihr erstes Kind bekommen. Kaum war ihre Mutter, Clara Wolf, unter der Erde, da hatte Ruth deren alte Hebammentasche eigenhändig auf den Dachboden geschleppt und hinter altem Gerümpel verstaut, um jede Erinnerung an ihre Kindheit und vor allem jeden Gedanken an Blut und Schmerz auszumerzen. Danach betrat sie den Dachboden nur noch einmal in ihrem Leben. Ansonsten tat sie das, was in der Öffentlichkeit dem allgemeinen Bild von einer guten, braven und hingebungsvollen Ehefrau und Mutter entsprach, übrigens in voller Übereinstimmung mit ihrem Ehemann Paul, dem Vater von Emma und den zwei Jahre jüngeren Zwillingen Kurt und Otto.

Beim Spielen mit ihren Brüdern auf dem Dachboden, was eigentlich streng verboten war, hatte Emma, damals etwa sieben Jahre alt, Großmutter Claras Tasche schließlich wiedergefunden. Etliche Wochen lang hatte sie dann deren Inhalt dazu benutzt, ihre und die Puppen der Nachbarskinder aufzuschneiden, ihnen getrocknete Kräuter und Flüssigkeiten aus winzigen Glasbehältern auf und in diese »Wunden« zu legen oder sie ihnen einzuflößen und ihre aufgeschnittenen Bäuche oder Gliedmaßen, aus denen das Werg quoll, wieder zu vernähen und anschließend mit Stoffstreifen zu verbinden. Als diese Tätigkeiten an den leblosen Puppenkörpern langweilig geworden waren, wurden die Zwillinge zu ersten lebenden Versuchs- und Behandlungsobjekten. Mit mehr oder weniger Erfolg behandelte Emma kleine Schnittwunden, aufgeschlagene Knie und einmal sogar einen verstauchten kleinen Finger, den sie mit einem passenden Holzspan schiente. Gegen Kopfweh verabreichte sie eine dunkle Tinktur, die nach Kampfer roch, gegen Bauchgrimmen gab es eine honiggelbe, in der goldene Fäden schwammen. Weil keines dieser Mittel besonders gut schmeckte, spuckten die Jungen, wenn Emma nicht hinsah, die Medizin auf den Boden oder in ihre Taschentücher, weshalb kein größerer Schaden entstand.

Diese Doktorspiele nahmen allerdings ein Ende, als Emmas Mutter einmal persönlich auf den Dachboden stieg, weil ihr die Stille dort oben irgendwie verdächtig vorkam und das junge Dienstmädchen, das sie zunächst hochgeschickt hatte, um nach den Kindern zu sehen, bei der Befragung nur herumdruckste und dann sogar zu heulen anfing. Also raffte Ruth ihre Röcke und quälte sich die steile Treppe hinauf. Sie ertappte ihre damals neunjährige Tochter dabei, wie sie gerade das angerostete Skalpell aus Großmutter Claras Tasche am nackten Bauch ihres Bruders Otto ansetzte, um im Innern nach der Ursache seiner häufigen Leibschmerzen zu forschen. Das war das erste und einzige Mal, dass Emmas Vater seine Hand gegen seine geliebte Tochter erhob. Auf den Hinterteilen von Kurt und Otto fanden sich die Striemen seines Gürtels ziemlich oft; nun bestrafte er Emma auf die gleiche Weise. Sie ertrug die drei kräftigen Schläge mit vor Zorn zusammengepressten Lippen, ohne zu weinen oder zu jammern. Sie hatte die malträtierten Hintern ihrer Brüder auf dem Dachboden mehr als einmal betupft und eingeschmiert. Diese Behandlung, die beide Jungen ohne einen Muckser und im festen Glauben an die Heilkunst ihrer großen Schwester ertrugen, war meistens erfolgreich, denn schon am Tag nach Emmas Behandlung hatten Kurt und Otto ihre Schmerzen vergessen und heckten schon wieder neue Streiche aus. Also schmierte Emma sich die roten Striemen auf ihrem Hintern ebenfalls kräftig mit Salbe ein. Und siehe da, die Medizin bewirkte auch bei ihr Wunder, denn als sie sich am nächsten Tag nackt vor dem Spiegel drehte und wendete, war nicht einmal ein winziger blauer Fleck zu entdecken.

Obwohl ihre Mutter es ihr streng untersagt hatte, noch einmal auf den Dachboden zu steigen, schlich sich Emma immer wieder heimlich nach oben. Und immer wieder kramte sie in der Tasche herum, roch am Inhalt der Fläschchen und Tiegel und hielt die Instrumente, die so ausgewogen in ihrer Hand lagen, als gehörten sie da hin, ins Licht. An einem dieser Tage entdeckte sie schließlich die leicht lösbare Naht zwischen Außenleder und Futter. Als sie den lockeren Faden ganz herauszog und neugierig in die so entstandene Öffnung griff, fand sie darin einen dicken Brief, der an Clara Wolf adressiert war. Das Siegel war erbrochen, aber ein rotes Band war mehrere Male um den fleckigen Umschlag geschlungen.

Lange hielt sie ihn in ihren Händen und starrte darauf. Großmutter Clara war schon seit mehreren Jahren tot, gestorben an der Grippe, die sich vor einigen Jahren epidemieartig in ganz Europa ausgebreitet und unzählige Menschenleben gefordert hatte. Und nun war die Erinnerung an jene Frau, der Emma ihre Begeisterung für die Heilkunst verdankte, schlagartig wieder da. Die Erinnerung an ihr Lächeln, an ihre weichen Hände, an ihre Geschichten über all jene Frauen, die in den Jahrhunderten vor ihr mit Hedwigas alter Tasche zu Kranken, Schwangeren und Gebärenden gegangen waren. Wer mochte ihr diesen Brief geschrieben haben?

Vielleicht, fragte sich Emma, vielleicht hat jemand Großmutter Clara von einem Geheimnis oder sogar noch eine andere von diesen wunderbaren Geschichten erzählt? Sie war furchtbar neugierig, es juckte sie in den Fingern, das Bändchen zu lösen und die beschriebenen Blätter aus dem Umschlag zu nehmen. Nein, dachte sie schließlich, Briefe sind etwas Persönliches. Und obwohl noch nie jemand an sie geschrieben hatte, sagte sie sich: Ich hätte es auch nicht gern, wenn jemand einen an mich gerichteten Brief lesen würde, ohne mich vorher um Erlaubnis zu fragen. Aber Großmutter Clara war tot, und wenn Emma ihre Mutter fragen würde, dann käme nur heraus, dass sie trotz Verbot weiter auf den Dachboden schlich und die Tasche aus ihrem Versteck holte. Und die Folgen wären bestimmt weitaus schrecklicher zu ertragen als diese Neugier.

Eine Weile drehte Emma den Brief hin und her, hielt ihn ans Licht und befingerte die brüchigen Ecken. Eine von ihnen war so weit eingerissen, dass sie ihren Zeigefinger ein Stückchen hineinbohren konnte. Aber sie hielt sich zurück und legte den Brief wieder in sein Versteck.

Die Tür zur Wohnstube öffnet sich, und Emma lächelt, wie sie seit Beginn ihrer Ehe automatisch zur Begrüßung lächelt, wenn August von der Arbeit nach Hause kommt. Ein rascher, unauffälliger Blick in sein Gesicht zeigt ihr, dass er bessere Laune hat als am Morgen beim Verlassen des Hauses. Von der Laune ihres Ehemannes hängt es ab, wie der Abend verlaufen wird, entweder mit den üblichen Streitereien, nach denen er das Haus verlassen und erst im Morgengrauen wieder zurückkehren wird, oder gemeinsam und in dieser trügerischen Harmonie, die das gemeinsame Schweigen zuweilen erzeugt.

Doch als August näher tritt, vergeht Emma das Lächeln. Die Dielen beben unter seinen Schritten. Er trägt noch seine hohen Winterstiefel mit den dicken Sohlen, die schmutzige Flecken und Striemen auf den sauber gescheuerten Dielen hinterlassen. Am Anfang ihrer Ehe hat Emma ihn mehrmals gebeten, seine Stiefel zusammen mit Hut und Mantel schon im Flur auszuziehen, und trotzdem ist er immer wieder mit diesen derben Arbeitsstiefeln in die Stube gekommen. Er müsste diese Stiefel nicht tragen, denn er hat sich längst vom einfachen Hafenarbeiter zu einem der Direktoren im Eisenwerk hochgearbeitet und sitzt nun in einem sauberen, ruhigen Büro. Aber August wird trotzdem nie vergessen, woher er gekommen ist, nämlich aus ärmlichen Verhältnissen. Deshalb ist das Haus, in das er Emma nach der Hochzeit geführt hat, ein sehr bescheidenes in der Altstadt. August besitzt auch nicht Pferd und Wagen, wie es einem Direktor des Werkes eigentlich zustehen würde, sondern mischt sich jeden Morgen und jeden Abend unter die einfachen Arbeiter, die zu Fuß durch die Stadt zur Fabrik gehen. Dass er sich trotz seines dunklen Anzugs aus gutem Wollstoff zu ihresgleichen zählt, das zeigt er auch, wenn er sein Büro verlässt und vor den glutheißen Schmelzöfen im Werk steht, um sich über den Fortgang der Arbeiten zu informieren und mit den Männern zu reden. Und deshalb begegnen die Leute ihm mit Hochachtung, ja, sogar Verehrung, und ziehen ihre Hüte vor ihm.

Ja, Emma sieht ein, dass er diese Stiefel tragen muss; sie sind so etwas wie sein Markenzeichen. Also schweigt sie. Morgen in aller Frühe, wenn August das Haus verlassen hat, um sich auf seinen täglichen Weg zum Hafen, wo das Flottenbauprogramm begonnen hat, zu machen, und gleich nachdem die Haushälterin Agathe Kunze mit ihrem Korb auf den Markt gegangen ist, wird Emma die Flecken selbst mit Seifenwasser und Bürste entfernen.

»Schau, schau«, sagt August, als er die Fachzeitschrift auf dem Tischchen neben dem Schaukelstuhl entdeckt. Seine Miene verdüstert sich. »Also war diese Suffragette, deine Herzensfreundin Bertha Vogt, wieder hier. – Streite es nicht ab, sonst gibt es wirklichen Ärger!«, warnt er sie mit erhobener Stimme, als sie ihren Mund zu einer Antwort öffnet. Seine kräftigen Hände zerknüllen die Titelseite der Zeitschrift mit dem Porträt des Leipziger Neurologen Paul Julius Möbius. »Ich habe dir verboten, solch einen Unsinn zu lesen!« Er nimmt die Zeitschrift und wirft sie in den Holzkorb neben dem Kachelofen. »Lesen verdirbt den Charakter einer Frau, und Zeitschriften sollten für Frauen verboten werden. Wie willst du überhaupt verstehen, was du da liest? Ihr Frauen könnt doch nichts anderes als alles nachplappern, was andere euch in den Mund legen.«

Emma senkt den Kopf über die Stickarbeit in ihrem Schoß und lächelt trotz ihres Ärgers über ihren Mann unmerklich vor sich hin. Sie denkt daran, dass sie und Bertha sich vor ein oder zwei Stunden noch heftigst über das Ergebnis einer vor einigen Jahren von Möbius durchgeführten Untersuchung aufgeregt haben, mit der dieser bekannte Neurologe anhand der verschiedenen Kopfformen bei Männern und Frauen die geistige Minderwertigkeit von Frauen bewiesen haben will.

»Ich weiß wirklich nicht, warum ich solchen Unsinn auch noch lese!«, hat Bertha sich aufgeregt. »Inzwischen haben wir Frauen doch längst gezeigt, dass der Kopfumfang nichts mit den geistigen Fähigkeiten zu tun hat. Oder hat etwa Marie Curie, die 1903 als erste Frau den Nobelpreis für Physik erhalten hat, den Kopfumfang eines Elefanten? Oder Bertha Suttner, die zwei Jahre später mit dem ersten Friedensnobelpreis ausgezeichnet wurde? Selma Lagerlöf, die vor zwei Jahren den Literatur-Nobelpreis bekommen hat! Oder denke an Rosa Luxemburg, an Clara Zetkin!«

Viele Namen von Frauen, die in der Öffentlichkeit bekannt geworden sind, sind ihnen eingefallen. Zum Schluss haben sie miteinander gelacht, ein wenig bitter und betroffen. Und dann hat Bertha auf einmal Helene Druskowitz, die streitbare Doktorin der Philosophie, zitiert: »Der Mann ist ein Zwischenglied zwischen Mensch und Tier, denn er ist eine Spottgeburt und als solche derart zynisch und lächerlich ausgestattet, sodass er weder das eine noch das andere in voller Wirklichkeit sein kann.«

»Und stell dir vor«, sagte Emma lachend, »Nietzsche, der Frauenfeind, hat die Druskowitz anfangs für sehr kompetent und für ein – ich zitiere wortwörtlich – ›edles und rechtschaffenes Geschöpf, welches meiner Philosophie keinen Schaden thut‹, gehalten.«

»Dieser Heuchler! Kurz darauf hat er sie schon ›Literatur-Gans‹ genannt«, fügte Bertha trocken hinzu.

Die frauenfeindlichen Philosophien von Friedrich Nietzsche und auch Arthur Schopenhauer haben die Freundinnen noch eine Weile beschäftigt, sodass sie sich von neuem aufgeregt haben und ihre Gesichter sich mehr und mehr röteten und ihre Stimmen heller und heller wurden.

»Bloß nicht auch noch Hysterie, die Sigmund Freud und Josef Breuer aus Wien zur typischen Frauenkrankheit gemacht haben!«, hat Emma plötzlich in komischer Verzweiflung gerufen. »Denn dann ist das Bild, das die Männer sich von uns Frauen machen, fast perfekt!«

»Die drei K einer modernen Frau: Küche, Kinder, Kirche.« Bertha zog ihre etwas zu kräftige Nase kraus.

»Falsch«, widersprach Emma. »Es heißt Küche, Kirche, Kinder, auch für uns Evangelische.«

»Wie ungerecht!«, rief Bertha. »Hat die Kirche jemals etwas für uns Frauen getan?«

»Bertha!«

»Was heißt hier ›Bertha!‹ Hast du nicht selbst erzählt, dass fast alle deine weiblichen Vorfahren Heilkundige und Hebammen waren? Es ist noch gar nicht so lange her, dass die Kirche Frauen als Hexen verdammte, sie folterte und auf dem Scheiterhaufen brennen ließ.«

»Unter meinen Vorfahren gab es keine Hexen«, beteuerte Emma.

Sie haben sich ernst angesehen; das Lachen war ihnen vergangen.

»Henrik Ibsens *Nora oder Ein Puppenheim*«, sagte Emma nach einer Weile. »Wenn dieser Norweger auch nur geahnt

hätte, welche Wirkung sein Theaterstück auf uns Frauen hat, hätte er es bestimmt nicht geschrieben.«
Bertha lachte nun doch wieder. »Man sagt, dass Ibsen sich maßlos darüber geärgert hat, dass sein Stück in Europa fast ausschließlich als ein Beitrag zur Frauenfrage betrachtet wird. Angeblich hat er behauptet, dass er gar nicht wisse, was die Sache der Frau eigentlich sei, für ihn habe sich das Thema als eine Angelegenheit des Mannes dargestellt.«
»O du lieber Gott«, hat Emma schließlich geseufzt und beide Hände auf ihren Leib gelegt. »Ich weiß wirklich nicht, ob ich mir ein Mädchen oder doch eher einen Jungen wünschen soll. Für beide wird es ein kompliziertes Leben in einer komplizierten Welt werden.«
»Mädchen«, sagte Bertha entschieden. »Nur starke Frauen werden diesen Kampf der Geschlechter überleben.«
»August wünscht sich einen Sohn.«
»Typisch Mann!«
Sie hatte ihre Hände ebenfalls auf Emmas Bauch gelegt, und so haben sie einen Moment lang dagesessen, nun schweigend, nach innen horchend.
»Freu dich auf eine Tochter«, hat Bertha beim Abschied gesagt und ihre Arme um Emmas Schultern gelegt. »Je mehr starke Frauen es auf dieser Welt gibt, desto eher erreichen wir unser Ziel, nämlich die Gleichberechtigung.«
»In unserem Leben nicht mehr«, meinte Emma bedrückt, weil sie an August, ihren Ehemann, denken musste. »Darauf wette ich.«

»Antworte mir – war sie also wieder hier, deine Busenfreundin?«

Die polternde Stimme ihres Ehemannes reißt sie aus ihren Gedanken.

»Ja«, gibt sie mit einem trotzigen Unterton zu. »Ich werde sie schon bald brauchen – als Hebamme und vielleicht auch als Ärztin.«

»Pah, Ärztin!«, braust August auf, während er nach der Karaffe mit dem Weinbrand greift und eines der geschliffenen Kristallgläser füllt, die Frau Kunze an jedem Nachmittag, bevor sie sich bis zur Abendbrotzeit auf ihr Zimmer neben der geräumigen Küche im unteren Stockwerk des Hauses zurückzieht, auf einem Tablett in die Wohnstube stellt. Er hält das Glas gegen das Licht und lässt die goldbraune Flüssigkeit darin kreisen, bevor er sie in einem Zug austrinkt. »Was hat sie denn von ihrem Studium!«, wendet er sich in sarkastischem Ton an Emma. »Sie spielt sich als große Frau Doktor auf, aber in Wirklichkeit ist sie doch nur eine unbedeutende Gehilfin in der Arztpraxis eines Mannes. Wäre deine Freundin nicht die Tochter aus reichem Haus, das sich die Gebühren für eine Privatschule und dann sogar noch für die Universität leisten konnte und nun anscheinend auch noch den Unterhalt für eine erwachsene, noch immer nicht verheiratete Frau zahlen kann, dann hätte sie sich schon längst eine anständige Arbeit suchen müssen wie die meisten unverheirateten Frauen in der Stadt.«

Bertha hat eine anständige Arbeit!, will Emma entgegnen. Doch lieber schweigen, schweigen, nur nicht provozieren oder provozieren lassen, sagt sie sich. Streitereien dieser Art haben wir doch schon vielfach hinter uns. Von Anfang an haben sie und August sich gestritten, bis er dann auf einmal die Hand gegen sie erhob und sie gelehrt hat, dass es besser für sie ist, zu schweigen.

Unauffällig beobachtet sie ihn, als er das Glas auf das Tischchen mit der Spitzendecke zurückstellt, sich schwer in einen der beiden Ohrensessel fallen lässt und dann seine Stiefel auszieht. Eine Weile bleibt er so sitzen, die Beine von sich gestreckt und mit halb geschlossenen Augen. Emma beugt sich noch tiefer über ihre Stickerei, damit er nicht merkt, dass sie ihn aus dem Augenwinkel beobachtet. August ist bereits über fünfzig, und obwohl sie schon seit zwei Jahren verheiratet sind, weiß sie herzlich wenig von ihm. Sie zuckt zusammen, als er sich plötzlich wieder an sie wendet.

»Manchmal frage ich mich, warum ich ausgerechnet so ein junges, unbedarftes Ding wie dich zur Frau genommen habe. Hätte ich geahnt, was mich erwartet, hätte ich mich anders orientiert«, meint er. »Die Auswahl war groß, das kannst du mir glauben. Aber nein, ich musste auf dein harmloses Getue und dein glattes Gesicht hereinfallen!« Er misst sie mit verächtlichem Blick, bevor er sein Glas erneut füllt und austrinkt. Dann sagt er: »Du hast allen Grund, mir dankbar zu sein, dass ich dich vor dem Los bewahrt habe, arbeiten zu müssen wie deine Bertha Vogt, die bereits zu alt und außerdem wohl nicht Frau genug ist, um noch einen Mann zu bekommen.«

»Du hättest mich nicht heiraten müssen. Ich wäre glücklich …«

»Du und arbeiten?«, unterbricht er sie grob. »Vielleicht als eine dieser zickigen Lehrerinnen, wie deine Mutter es wollte? Oder als Hebamme wie deine Freundin?«

»Ich …«, beginnt sie erneut, doch er fährt mit lauter Stimme dazwischen.

»Jede anständige Frau gehört ins Haus! Das bisschen Hirn, das ihr Frauen habt, solltet ihr für eure Familie einsetzen!«

Emma spürt aufsteigende Hitze in ihren Wangen. Hastig, viel zu hastig sticht sie die Nadel in den Stoff. Der feine Faden verheddert sich, und als sie daran zerrt, zerreißt er. Wütend wirft sie den Stickrahmen beiseite.
»Ich möchte nicht, dass du so mit mir redest!«
Er springt aus dem Sessel auf und stellt sich dicht vor sie hin.
»Du hast mir gar nichts zu verbieten, Weib!«
Sie starrt ihn mit weit aufgerissenen Augen an. Sein heißer Atem riecht unangenehm nach Alkohol und Rauch. An seiner rechten Schläfe pulsiert eine dicke blaue Ader gleich einer zuckenden Schlange. Und während Emma sein über sie gebeugtes, aufgeschwemmt wirkendes und jetzt hochrotes Gesicht mit den hervorquellenden Augen und dem vor Empörung gerundeten Mund mit den dicken Lippen betrachtet, unterdrückt sie mühsam ein hysterisches Kichern. Auch damals, vor drei Jahren, als August ihr im Haus ihrer Eltern am Esstisch gegenübersaß, hat sie gedacht: Er sieht aus wie ein Fisch. Und dabei hatte sie einen der dicken Karpfen im Schlossteich vor Augen gehabt, die sie als Kind manchmal gefüttert hatte. O nein, sie war und ist nicht verliebt in diesen August Lette, nein, wirklich nicht, denkt sie. Aber ihr Vater, in Gelddingen immer sorglos, hatte gerade ein Vermögen bei riskanten Aktienkäufen verloren, und da kam ein Mann wie August ihm gerade recht.
Dabei wollte Emma eigentlich nie etwas anderes werden als Ärztin.
»Doktor – das ist kein Beruf für eine Frau!«, hatte ihre Mutter entsetzt gerufen, wenn sich Emma, damals noch ein Kind, vor sie hinstellte, die kleinen Fäuste in ihre Taille gestemmt und Feuer im Blick.

»Dann werde ich wenigstens Hebamme – wie Großmutter Clara!«

Ruth legte ihre zarte Hand auf ihre weißhäutige Stirn und schloss mit dramatischer Langsamkeit die Augen. »Bitte«, hauchte sie, »nicht noch eine Hebamme in meiner Familie!«

Als Emma älter war, wurden die Streitereien subtiler.

Studierten inzwischen nicht an fast allen deutschen Universitäten Frauen? Warum dachte ihre Mutter nicht an jene Frauen, die es geschafft hatten, dass alle Welt über sie sprach? Würde sie denn keinen Stolz empfinden, wenn auch ihre Tochter studierte?

»Sieh sie dir doch an, diese Blaustrümpfe«, setzte Ruth dagegen, inzwischen außer sich vor Zorn. »Bist du denn blind, dass du nicht das süffisante Grinsen der Studenten erkennst, wenn sie eine Frau unter ihresgleichen entdecken? Eine Frau kann viel ertragen, aber nicht diesen Spott, diese Grobheit der Männer, glaube mir. Meine eigene Tochter ist mir zu schade für solche Späße.«

»Ich weiß am besten, was gut für mich ist!«, entgegnete Emma wütend.

Sie heiratete August und wurde das, was er von ihr erwartete, nämlich eine brave, anständige Frau – zumindest nach außen hin.

Und vor einem halben Jahr ist Bertha, die im Badischen Medizin studiert hat, zurück nach Königsberg gekommen und in ein Haus am anderen Ende der Gasse gezogen. Da war Emma schon schwanger. Es ging ihr sehr schlecht in der ersten Zeit. Und eines Tages musste sie ihren Einkaufskorb, mit dem sie gerade über den Markt gehen wollte, abstellen und sich gegen eine Hausmauer lehnen, weil ihr übel und schwindlig geworden war. Eine andere Frau hielt ihr, als sie sich in den Rinnstein übergab, den Kopf. Es war eine große, kühle und sanfte Hand, die sich auf ihre schweißnasse Stirn legte.

»Gut, so ist's gut, Kleine, spuck alles raus, was rauskommen will«, sagte eine warme, ein wenig raue Stimme. »In ein paar Wochen ist das vorbei, dann wird das Kindchen in deinem Leib zur Freude werden, glaub mir.«

Emma starrte aus schwimmenden Augen in das Gesicht über sich. Es war ein gutes Gesicht, nicht hübsch, nein, dazu war die Nase zu klobig, waren der Mund zu breit, die Knochen zu kräftig. Aber die Augen – die Augen waren groß und wunderschön, von einem hellen Grau, wie Emma es noch nie bei einem Menschen gesehen hatte, und von einem dunklen Wimpernkranz umgeben. Sie wirkten wie zwei strahlende Sterne. Emma schaute und schaute und verlor sich in der Tiefe dieser Augen und fühlte sich noch immer elend und plötzlich auf seltsame Weise von ihrer Mutter verraten, die sie nicht vorbereitet hatte auf diese überwältigende Übelkeit und alles andere, was mit ihrer Ehe und ihrem Dasein als Hausfrau und nun auch bald als Mutter zusammenhing.

Auf einmal musste Emma weinen. Die Tränen stürzten regelrecht aus ihren Augen, über ihre Wangen und auf ihr Kleid. Die andere Frau nahm ihr das Tüchlein, mit dem sie die Feuchtigkeit auftupfen wollte, aus der Hand und wischte ihr damit kräftig übers Gesicht.

»So, so und so, es wird wieder alles in Ordnung kommen, wirst sehen, Mädchen, ich bin ja jetzt da«, sagte sie dann mit dieser Stimme, die Emmas Haut zu streicheln schien. Sie legte ihren Arm um ihre Schultern. Es war ein fülliger Arm, schwer und leicht zugleich, und seine Wärme sprang auf Emmas Körper über. »Und jetzt gehen wir zu mir nach Hause, und ich mache dir eine Tasse guten Tee, damit du wieder auf die Beine kommst, meine Kleine.«

So begann die Freundschaft zwischen ihnen. Sie wuchs langsam, aber beständig, auch wenn sie sich zunächst eher zufällig trafen. Nach einigen Wochen, in denen sie sich immer näher gekommen waren, zeigte Bertha ihr, wie sie ihren in der Schwangerschaft sacht schwellenden Körper behandeln musste, damit er nach der Geburt seine Form wiedererlangte.

»Du brauchst Körperbewusstsein«, sagte sie. »Weißt du, bis zum Ende des vergangenen Jahrhunderts hat es sich für eine Frau nicht geschickt, Körperbewusstsein zu haben. Ein anständiges Mädchen hatte einen Kopf und zwei Hände und sonst nichts. Inzwischen werden die in den Vereinigten Staaten von Amerika schon vor einigen Jahren verbreiteten Körperübungen für Frauen auch in Europa praktiziert.« Sie erklärte Emma, worum es dabei ging. »Nach Dr. Bess Mensendieck, einer niederländischen Ärztin, sollte jede Frau den Aufbau ihres Körpers und seine Funktionen studieren und kennen. Sie wendet sich vor allem an die berufstätigen Frauen, aber vieles von ihrem Programm ist auch auf Schwangere übertragbar. Also musst du lernen, richtig zu sitzen, zu laufen und vor allem richtig zu atmen, zu spannen und zu entspannen, damit du deine Kräfte auch bei der Geburt vernünftig einsetzen kannst.«

Emma ließ den Stickrahmen in ihren Schoß sinken, als Bertha damit begann, sanft ihren Rücken zu massieren.

»Oh, das tut gut!« Sie schloss die Augen und machte einen

Buckel. »Früher habe ich mir eingebildet, einiges über den Hebammenberuf zu wissen«, sagte sie dann. »Clara, meine Großmutter, hat mir viel darüber erzählt. Aber seitdem ich selbst schwanger bin, merke ich, dass ich überhaupt nichts weiß.« Sie stöhnte vor Wohlbehagen. »Alle Frauen in meiner Familie waren Hebammen, nur Ruth, meine Mutter, und ich nicht. Ruth hat sehr früh geheiratet. Und ich ...« Sie hob die Schultern, und ihre Stimme klang auf einmal bitter. »Na ja, du siehst selbst, was aus mir geworden ist.«

»Das übliche Dilemma der Frauen unserer Zeit«, meinte Bertha in sachlichem Ton. »Es ist an uns und den Frauen, die nach uns kommen werden, etwas zu verändern. Wenn du den Weg, der vor dir liegt, akzeptierst, hast du schon verloren.« Doch dann wechselte sie das Thema, während sie den Druck ihrer Hände auf Emmas Rücken verstärkte. »Ruth – das klingt jüdisch.«

Emma nickte. »Mein Großvater war Jude. Aber er und Großmutter Clara waren nicht ...« Sie brach ab und biss sich auf die Lippe. Leise fügte sie nach einer Weile hinzu: »Er starb noch vor der Geburt meiner Mutter.«

»Erzähl mir von deiner Großmutter«, bat Bertha, die ihre Massage beendet hatte und ihre Hände ausschüttelte.

»Man nannte sie ›die Wölfin‹, ›Clara, die Wölfin‹. Als Kind wollte ich werden wie sie. Manchmal nahm sie mich ohne Wissen meiner Mutter mit, wenn sie zu einer Geburt ging. Dann erklärte sie mir alles, was sie gerade tat. Sie starb, als ich fünf Jahre alt war.«

Bertha beugte sich vor und berührte mit ihren Fingern zärtlich Emmas feuchte Wange. Und Emma schmiegte ihre Wange in diese gute, starke und doch so sanfte Hand.

»Nicht weinen, meine Kleine.«

»Alles in meinem Leben ist anders geworden, als ich es einmal wollte oder mir wünschte«, flüsterte sie. Nach einer Weile beruhigte sie sich wieder und erzählte ihrer Freundin auch von dem Liebesbrief, den sie in Claras Tasche gefunden und den sie schließlich doch geöffnet und gelesen hatte.
»Er war Jude!«
»Na und?«, fragte Bertha gelassen. »Hat es deine Großmutter gestört?«
»Nein, ich denke, nicht. Ich glaube, sie hat sich nie um das Gerede der Leute geschert.« Emma lächelte bei der Erinnerung an Clara. »Sie war eine Wölfin.«
»Sie muss eine sehr mutige, stolze und fortschrittliche Frau gewesen sein«, meinte Bertha nach einer Weile. »Wenn man bedenkt, welch ein Makel ein lediges Kind war und heute noch ist, dann muss es viel Kraft kosten, zu einer solchen Entscheidung zu stehen. Vor Frauen wie deiner Großmutter empfinde ich großen Respekt. Sie haben wesentlich dazu beigetragen, dass die organisierte Frauenbewegung in Europa überhaupt in Gang gekommen ist.« Sie lächelte Emma an. »Wölfin – das gefällt mir.«
»Sie hieß mit Nachnamen Wolf«, erklärte Emma. »Alle Frauen in meiner Familie wurden ›die Wölfin‹ genannt.«
»Auch du könntest eine Wölfin sein, Emma.«
»Dieser Traum ist ausgeträumt«, erwiderte sie mit erstickter Stimme.
»Sag so etwas nicht. Wenn jemand keine Träume mehr hat oder für nichts mehr kämpfen kann oder will, dann hat er ein wichtiges Stück seiner selbst verloren.«
»Aber …« Emma legte ihre Hand auf ihren Leib. »Ich bekomme etwas anderes dafür.«
»Du darfst dein Kind nicht als Ersatz für deinen verlorenen

Traum sehen«, widersprach Bertha energisch. »Denn dann wirst du in bestimmten Situationen unglücklich und vielleicht sogar wütend darüber sein, dass du seinetwegen auf etwas verzichtet hast, was dir einmal wichtig war. Auch wenn du es vor ihm verheimlichen willst, irgendwann einmal wirst du über diesen Verlust oder Verzicht oder wie immer du es nennen willst sprechen müssen, weil diese Wut in deinem Innern zu explodieren droht. Dein Kind wird das spüren und dir zuhören und Schuldgefühle dir gegenüber entwickeln, weil es denkt, dass es Ursache deines Unglücks und deiner Wut ist.« Sie hielt inne und betrachtete ihre schwangere Freundin mit prüfendem Blick, dann sagte sie: »Und wenn du nicht doch etwas in deinem Leben änderst, wirst du deiner Tochter schließlich vorleben, dass Frauen und vor allem Mütter zum Verzicht verdammt sind.« Sie verdrehte ihre schönen Augen. »So werden wir Frauen nie aus diesem Kreislauf, den die Männer uns seit jeher aufoktroyieren, ausbrechen können, Emma.«

»August wartet auf einen Sohn.«

»Wenn jeder Mann, der Söhne statt Töchter haben möchte, sie auch bekäme, dann würde es bald keine Frauen mehr geben. Eine furchtbare Vorstellung.«

Sie sahen sich an und lachten.

Dann seufzte Emma. »Du siehst das alles so … so einfach.«

»Falsch«, erwiderte Bertha. »Es ist nur so, dass du, wenn du etwas erreichen willst, bereit sein musst zu kämpfen.«

Sie ging mit großen Schritten im Zimmer auf und ab. Sie trat so fest auf, dass die Dielen leicht zitterten und die Gläser auf der Konsole leise klirrten.

»Aber was ist eine Ehe, die aus Kampf besteht?«, fragte Emma. »Wenn man in Frieden miteinander leben will, dann

muss sich einer von ihnen doch zwangsläufig anpassen und unterordnen. Und in allen Ehen, die ich kenne, ist das eben die Frau.«
Die Freundin blieb vor ihr stehen, beugte sich über sie und strich ihr eine Haarsträhne aus der Stirn.
»Jeder Mann hätte seine helle Freude an dir. Aber ich kenne dich besser, kleine Wölfin.« Ihr warmer, süßer Atem strich über Emmas Gesicht, ihre grauen Augen wurden zu Seen, in denen Emma sich verlor.
Und plötzlich legte Bertha ihren Mund fest, ganz fest auf Emmas Mund.

An all das muss Emma jetzt denken, während sie ihren Mann mustert, der im Sessel eingeschlafen ist. Sein Mund steht halb offen, seine Wangen sind erschlafft, seine Haut ist fleckig gerötet wie stets, wenn er getrunken hat. Sie denkt daran, dass er Frauen, die stark und mutig sind und keine Grenzen scheuen, ablehnt. Frauen wie Bertha. Vor solchen Frauen fürchtet er sich. Und vielleicht fürchtet er sich sogar vor seiner eigenen Frau, vor Emma, weil sie in keines seiner Klischees zu passen scheint?
»Ich werde dich verlassen, August«, sagt Emma laut, über ihren Stickrahmen gebeugt. »Ich werde mich von dir scheiden lassen.«
August reagiert nicht, er schläft fest. Sein kräftiger Brustkorb wölbt sich bei jedem Atemzug.
Aber eine Scheidung ist etwas, das überlegt sein muss. August ist nicht der Mann, der zulässt, dass ihm seine Frau einfach davonläuft, weil ihr gewisse Charakterzüge an ihm nicht behagen. Im schlimmsten Fall wird er Emma ihr Kind nehmen. Oder sie beide töten.

»Trunksucht und Gewalttätigkeit gegen die eigene Ehefrau sind für das Gesetz keine Scheidungsgründe«, hat Bertha Emma erklärt, als sie auch dieses Thema einmal ansprachen. »Wenn er allerdings ein ernsthaftes außereheliches Verhältnis haben sollte, könnte die Sache anders aussehen. Am besten ist es, wenn du dich in einer der Rechtsschutzstellen für Frauen über die Möglichkeiten und die Folgen einer Scheidung und deine Rechte beraten lässt.«

»Wo gibt es diese Rechtsschutzstelle?«

»In Berlin gibt es eine. Und in Frankfurt und einigen anderen größeren Städten.«

»Berlin!«, rief Emma verzweifelt. »Wie komme ich nach Berlin?«

Bertha umarmte sie. »Keine Panik, Kleine! Du weißt, ich habe einige gute Verbindungen. Ich werde mich für dich erkundigen.«

Doch es war nicht so leicht, nicht in Panik zu geraten.

»Er wird mir mein Kind nehmen!«

Sie dachten beide an den Paragraphen im Scheidungsgesetz, das im Bürgerlichen Gesetzbuch von 1890 verankert ist.

»Dem Vater werden die in einer Ehe geborenen Kinder und deren Vermögen zugesprochen, ich weiß«, murmelte Bertha, ihren Mund auf Emmas Haar gelegt. »Aber wir werden eine Lösung finden.«

Sie wiegte Emma wie ein kleines Kind in ihren Armen und küsste sie auf die Stirn. Emma legte ihren Kopf auf Berthas Brust und ihre Hände auf ihren Leib, in dem sich ihr Kind sachte bewegte.

»Ich möchte immer mit dir zusammen sein«, flüsterte sie. »Ich will mit dir leben.«

Doch so einfach ist das nicht, denkt Emma jetzt und betrachtet weiter ihren schlafenden Mann. Sein Atem geht schwer, sein Gesicht ist nun hochrot, und an der Schläfe pulsiert eine dicke Ader. Sein Arzt hat ihn vor einigen Monaten, als er sich nach Emmas Wohlbefinden erkundigte, vor übermäßigem Alkoholkonsum und anderen Ausschweifungen gewarnt. August lachte, und später sagte er in diesem zynischen Ton, den er sich zu Beginn der Freundschaft zwischen den beiden Frauen angewöhnt hat, zu Emma: »Das würde dir und deiner Freundin Bertha ganz gut passen, nicht wahr? Du und dieses Mannweib dann zusammen in meinem Haus, vielleicht auch noch in meinem Bett. Eine furchtbare Vorstellung ist das. Aber freue dich nicht zu früh, denn ich habe nicht vor zu sterben.«
August schnauft, öffnet die Augen und starrt Emma an.
»Hast du nichts anderes zu tun, als mich zu beobachten? Worauf wartest du – etwa darauf, dass ich einschlafe und nicht mehr aufwache?«
Ohne auf diese Provokation zu antworten, schiebt sie sich unbeholfen aus dem Sessel und läutet nach Frau Kunze. Als die alte Haushälterin später ein Tablett mit einem Becher Tee aus der Küche bringt, den sie nach Emmas Anweisung aus getrockneter Meisterwurz, Rosmarin, Ehrenpreis und Mistel zubereitet hat, schnuppert August misstrauisch in den aromatisch riechenden Dampf.
»Was ist das, das riecht ja furchtbar! Willst du mich damit umbringen?«
»Das wird deinen Blutdruck senken«, erklärt Emma ruhig. »Und am Morgen wirst du künftig einen Sud aus Klettenwurzel, Walnussblättern und Brennnessel bekommen, der dein Blut reinigt.«

»Ein Rezept deiner Busenfreundin, um einen überflüssigen Mann außer Gefecht zu setzen, nehme ich an.« Er schiebt den Becher mit angeekelter Miene beiseite. »Ein Bier ist mir lieber. Da weiß ich wenigstens, was ich trinke.«

Als zwei Nächte später seine Tochter Margarete geboren wird, da ist August schon seit ein paar Stunden so gut wie tot, gelähmt, hilflos, sprachlos nach einem Gehirnschlag, der ihn in den Armen einer seiner Geliebten, einer lebenslustigen Witwe aus höheren Kreisen, getroffen hat. Um einen Skandal zu vermeiden und weil sie um ihren Ruf in der Stadt fürchtet, verzichtet die Frau darauf, einen Arzt zu rufen. Mit Hilfe ihrer Bediensteten kleidet sie August an und lässt ihn in eine Kutsche setzen, die ihn im Morgengrauen nach Hause bringt. In dem Moment, in dem der Kutscher an der Tür läutet, kommt das kleine Mädchen zur Welt, leicht bläulich unter der Käseschmiere, das mit unerwartet energischer Stimme gegen den kräftigen Klaps der Hebamme auf sein winziges Hinterteil zu protestieren scheint.
»Eine prächtige Tochter!«
Ohne auf den Tumult und die Schreckensrufe von Frau Kunze unten im Hausflur zu achten, sehen sich Emma und Bertha lange an. Denn es war keine leichte Geburt und der Ausgang ungewiss, weil sich die Nabelschnur um den Hals des Kindes geschlungen hatte.
»Was ist mit …«, fragt Emma schließlich flüsternd und wendet ihren Kopf zur Tür, wo die Haushälterin steht und sie mit seltsamen Augen ansieht.
»Alles ist gut«, sagt Bertha ebenso leise und legt ihr das nackte Bündelchen Mensch auf die Brust. »Und nun lächle, meine Wölfin. Lächle.«

XIII
Helene

Man konnte ihnen nichts nachweisen, natürlich nicht, denkt Helene, als sie das Heft zur Seite legt. Geredet wurde damals viel in Königsberg, zunächst hinter vorgehaltener Hand, dann offen, das weiß sie aus dem Tagebuch ihrer Großmutter Emma, die alle Zeitungsberichte, in denen etwas über den Tod ihres Mannes August, die Verdächtigungen und die kurzfristige Verhaftung von Bertha Vogt stand, ausgeschnitten und eingeklebt sowie mit ihren eigenen Versionen und Kommentaren der Geschehnisse versehen hatte. Emma hatte es ihr zu lesen gegeben, als sie elf war.

»Sollst alles erfahren über deine Familie, also auch über diesen Mann, der dein Großvater war«, sagte sie zu ihrer Enkelin. Und Helene las die Aufzeichnungen und die eingeklebten Zeitungsausschnitte, obwohl sie nicht alles verstand, was da geschrieben war, und vieles sie irritierte. August Lette war, wie die Zeitung berichtete, »ein richtiger Mann« gewesen, der gern und viel trank, der anderen gegenüber immer großzügig war und gern Karten spielte. Dass er es mit der ehelichen Treue nicht so genau nahm, war bekannt – doch man sah großzügig darüber hinweg. Übel mitgespielt hatte man dem August Lette, wie zum Beispiel eine gewisse Agathe Kunze zu berichten wusste, die zwei Jahre lang in seinem Haus gedient hatte. Viel, sehr viel hatte sie da gesehen und gehört, wie nun öfter in der Klatschgazette zu lesen war. Und schließlich, als Lette starb, nur ein paar Tage nach der Geburt seines einzigen Kindes, einer Tochter, da war in der Stadt von Mord die Rede. Und dann wurde, für viele Zeitungsleser und die Nachbarn von den Lettes gar nicht überraschend, Bertha Vogt verhaftet, weil in der von ihr zubereiteten Kräutermischung für den Tee, den Emma, August Lettes junge Frau, ihm kurz vor seinem Tod zu trinken gab, Blausäure gewesen sein sollte – was sich später allerdings als Irrtum herausstellte.

Das eine oder andere von diesen Geschehnissen hat Emma ihrer Enkelin auch erzählt. Manches aber hat Helene aufgeschnappt, wenn sich ihre Großmutter und ihre Mutter an den Abenden manchmal noch lange unterhielten, während sie im Zimmer nebenan eigentlich schon längst hätte schlafen sollen. Schließlich, als die Russen im Winter 1944/45 schon vor Königsberg standen, da hat Helene, wenn der Kanonendonner vor den Toren der Stadt die Nacht zum Tag machte, sich immer wieder dieses dicke Tagebuch mit den Zeitungsausschnitten aus der Kommode in Großmutter Emmas Schlafzimmer geholt und im flackernden Schein einer Kerze darin gelesen. So hat sie auch erfahren, dass die beiden Freundinnen nach Berthas Entlassung aus der Haft mit Emmas Tochter Margarete in dieses Haus gezogen waren, das schon seit Mitte des 18. Jahrhunderts im Besitz der Familie gewesen war. Im oberen Stockwerk hatten sie sich eine gemütliche Wohnung eingerichtet, das Erdgeschoss nutzten sie als Labor und als Behandlungszimmer, in dem Bertha die eine oder andere Patientin empfing. In diesem Haus blieb Emmas Tochter Margarete nach ihrer Heirat gemeinsam mit ihrer Mutter. Und hier ist 1933 schließlich Helene geboren worden.

Was wohl aus Bertha Vogt geworden ist?, überlegt Helene jetzt, während sie, in Gedanken versunken, auf das kleine Fensterviereck und das spärliche Tageslicht des frühen Morgens dahinter starrt, dessen düsteres Grau sich im sibirischen Winter selten aufzulösen scheint. So bleischwer, wie der Himmel über Nowgoje und den im Norden liegenden Sümpfen hängt, so bleischwer ist die Müdigkeit, die Helene nach der schlaflosen Nacht in ihren Knochen spürt. Plötzlich wird ihr bewusst, wie stickig es im Haus ist. Sie befürchtet, ewig so bleischwer sitzen zu bleiben, eine Hand auf das Heft mit Emmas Geschichte gelegt, ihren Blick auf das Fenster gerichtet, während sich die Gedanken in ihrem Kopf unaufhörlich hin und her bewegen und sie langsam erstickt. Vehement schiebt sie das Heft beiseite; es rutscht über die glatte Tischdecke bis zum Rand, kippt und klatscht auf den Holzfußboden. Nach einer Weile bückt sie sich und hebt es wieder auf. Und obwohl sie ahnt, nein, weiß, dass in dieser Sammlung von Schicksalen ihr eigenes und auch das von Lara fehlt, blättert sie Heft für Heft durch und sucht nach Hinweisen, die auf ihr Schicksal hindeuten. Aber sie findet sie nicht. Diese Sammlung von Geschichten über ihre Familie ist beendet und doch unvollständig. Sie wird unvollständig bleiben, wenn sie selbst nicht fähig, nicht bereit ist, etwas dagegen zu tun.
Helene zwingt sich, aufzustehen. Sie beginnt sich über die Langsamkeit und das Hölzerne in ihren Bewegungen zu ärgern. Mit beiden Händen stützt sie sich auf die Tischplatte, der Schwere ihres Körpers bewusst. Mein Gott, schimpft sie mit sich selbst, ich bin doch noch keine achtzig, was soll denn das! Bloß nicht wieder eine Depression, bloß nicht wieder ein schwarzes Loch, in das ich falle. Ich habe ge-

dacht, das habe ich hinter mir. Sie richtet sich auf und macht ein paar schleppende Schritte nach vorn. Holz muss nachgelegt werden, redet sie sich weiter in Wut, ich muss ins Dorf gehen, ich muss frisches Wasser holen, ich muss den alten Fedja bezahlen, ich muss zu Katharina und ihr sagen, ich muss … ich muss …

Endlich hat sie die Haustür erreicht. Sie reißt sie auf. Der Schwall kalter Luft bringt sie zur Besinnung. Aber die Unruhe in ihrem Innern bleibt und auch der schwelende Ärger.

Victor kommt am Nachmittag völlig überraschend, stapft mit seinen vereisten Stiefeln direkt in die Wohnküche und hinterlässt nasse, schmutzige Spuren auf den Dielen.

»Also hast du sie gefunden, Laras Geschichten«, sagt er, als er die Schulhefte auf dem Tisch liegen sieht, schüttelt den Schnee von seiner Fellmütze, wie er es wahrscheinlich auch bei sich zu Hause macht, zieht dann seine Jacke aus und hängt sie auf den Haken an der Tür. Dort hängt sie, als würde sie genau dort hingehören. »Weißt du, dass sie von dem, was du ihr von den Frauen deiner Familie erzählt hast, sehr beeindruckt war und schon mit fünfzehn, sechzehn damit angefangen hat, das alles aufzuschreiben?« Als Helene nicht antwortet, fährt Victor fröhlich lachend fort: »Sie wollte so eine Art Familienchronik aufstellen, hat sie mir erzählt. Und du weißt ja, wie sie ist. Wenn sie sich etwas vorgenommen hat, dann zieht sie es auch durch, egal, auf welche Hindernisse sie dabei stößt. Manchmal musste Katharina mit ihr schimpfen, weil sie die halbe Nacht hindurch geschrieben hatte, obwohl sie doch am nächsten Morgen zur Schule musste. Und ab und zu hat sie mich in diesen Heften lesen lassen. Meine Deutschkenntnisse sind mehr als miserabel, also habe ich das bald wieder aufgegeben. Aber später hat Lara mir den einen oder anderen Text aus ihren Geschichten übersetzt. Ich muss sagen, das, was ich gehört habe, hat mir gut gefallen. Schade, dass Lara irgendwann aufgehört hat, an diesen Texten weiterzuarbeiten. Man könnte ein Buch daraus machen, meinst du nicht auch?« Er mustert sie kurz von der Seite. »Du hast mir nie viel von deiner Familie erzählt, und so kann ich nicht sagen, was in Laras Geschichten der Wahrheit entspricht und wo sie ihre eigenen Gedanken dazu verarbeitet hat. Doch das ist letztlich egal, nicht wahr? Wichtiger ist meiner Ansicht nach, dass sie sich mit dem, was sie von dir erfahren hat, auseinander setzt.«

»Vielleicht«, meint Helene vage.

Er zwängt sich auf die Bank am Ofen, legt seine Hände auf den Tisch vor sich, lächelt zu Helene hoch und sagt unvermittelt. »Wie wäre es mit einem deiner Kräutertees, Jelena? Ich bin völlig durchgefroren. Dieses nasskalte Wetter ist nichts mehr für meine alten Knochen. Ich brauche Väterchen Frost und seine trockene, klirrende Kälte, um mich wohl zu fühlen. Wie ein richtiger Sibirier eben.« Er reibt sich die Hände und die Wangen. »Gemütlich hast du es wieder.« Dann, nach einer Weile, als sie noch immer schweigend am Herd herumhantiert, sagt er: »Lara hat vorhin angerufen. Sie wird am nächsten Wochenende nach Hause kommen. Die Verbindung war schlecht, aber wenn ich sie richtig verstanden habe, wird sie mit einem Mann kommen. Einer ihrer Kollegen aus der Redaktion der Zeitung, für die sie jetzt arbeitet. Kathinka meint, da bahnt sich vielleicht etwas an. Zu wünschen wäre es unserer Tochter. Sie ist über dreißig, und in diesem Alter sollte eine Frau eine Familie haben.«

»Sie war verheiratet, Victor!«

»Ja, natürlich«, stimmt er ihr zu. »Aber Ilja ist seit zwei Jahren tot, und sie lebt allein, und das finde ich nicht richtig. Ich werde mit ihr darüber reden, wenn sie nach Hause kommt.«
Helene, die gerade den Kessel mit Wasser aus dem Kanister füllt, denkt: Sie kommt nach Hause!, während sie zusieht, wie das Wasser plätschernd in das Gefäß läuft und dann überläuft und im Ausguss und von dort aus durch ein primitives Rohr nach draußen verschwindet. Sie sagt sich: Aber meine Tochter wird in Victors Haus gehen, weil sie dort zu Hause ist und nicht bei mir, ihrer Mutter. Sie spürt erneut Ärger. Sie ist ärgerlich auf Lara und auf die Kälte in der Beziehung zwischen ihnen, ärgerlich auf Victor, der sich wie selbstverständlich in ihrem Haus aufhält und Ansprüche stellt, ärgerlich auf Katharina und auf sich selbst, weil ihr plötzlich alles das, was sie jahrelang, ohne ein Wort zu sagen, ertragen hat, bewusst wird. Sie wird auch jetzt wieder schweigen, wird ihren Ärger nicht artikulieren, und das macht sie nur noch wütender.
Hinter ihr ruft Victor fröhlich: »Das Wasser läuft über!«
Und Helene dreht rasch den fast leeren Kanister zu und stellt den übervollen Kessel hart auf die Herdplatte. Einige Wassertropfen zerplatzen zischelnd auf dem heißen Eisen.
»Lara freut sich auch auf dich, Jelena.«
Vom Kessel steigen luftige Dampffäden nach oben, und Helene folgt ihnen mit ihren Blicken.
»Ich nehme an, sie hat viel zu erzählen«, hört sie Victor in ihrem Rücken. »Bei ihrer Zeitung hat sich wohl einiges verändert, mit dem sie nicht mehr zufrieden ist. Sie will bald weg aus Surgut. Aber sie wollte nicht am Telefon darüber reden. Manche Sachen sollte man nicht besprechen, wenn andere zuhören, nicht wahr?«

Helene horcht auf seine Bewegungen, als er verstummt. Sein grob gestrickter und wahrscheinlich rauer Pullover schabt über oder gegen das Wachstuch auf dem Tisch, einer seiner Stiefel stößt ans Tischbein.

»Hörst du mir überhaupt zu?«, fragt er plötzlich.

»Ja, selbstverständlich höre ich dir zu«, antwortet sie schnell und bewegt sich wieder und schüttet eine Mischung aus getrockneten Himbeer- und Brombeerblättern sowie Blaubeeren aus einer Dose in die Kanne. Dann nimmt sie zwei Becher vom Regal und dreht sich langsam, ganz langsam zu Victor um, den Blick auf die beiden Becher gerichtet. »Nimmst du Zucker? Ja, doch, ich erinnere mich, du nimmst Zucker, du hast deinen Tee immer süß getrunken. Was für eine dumme Frage, nicht wahr, ich hätte mich daran erinnern müssen, ich dummes, altes Ding.« Dann fügt sie in scharfem Ton hinzu: »Aber ich habe keinen Zucker, denk dir nur, ich habe vergessen, ihn auf die Einkaufsliste für deine Frau zu schreiben. Du musst deinen Tee heute leider ohne Zucker trinken.«

»Ach Jelena«, sagt er, plötzlich ernst, steht auf und kommt auf sie zu. »Warum machst du es dir nur immer so schwer? Du bist wirklich ein kompliziertes Wesen.«

»Ach ja, bin ich das?« Sie mimt Verwunderung und hört doch selbst, wie sarkastisch und verletzend ihre Stimme klingt.

Die Dielen ächzen unter seinen Schritten, dann nimmt er Helene, die sich vergeblich zur Seite biegt, in die Arme und drückt ihren Kopf an seinen grobmaschigen Pullover. Die Wolle kratzt tatsächlich. Irgendwo unter diesem Pullover ist Victors Herzschlag zu hören, stark und gleichmäßig. Früher einmal hat dieses Pochen an ihrem Ohr sie beruhigen können.

»Hör auf damit!« Sie versucht, beide Handflächen auf den Pullover über diesem klopfenden Herzen zu stemmen.
»Entspann dich, Jelena«, sagt er, ohne sie loszulassen. »Du hast keinen Grund, dich vor irgendetwas oder irgendjemandem zu fürchten, auch nicht vor dem Wiedersehen mit Lara.«
Was weißt du schon von meinen Ängsten?, will sie fragen. Aber sie presst ihre Lippen nur noch fester zusammen und trommelt plötzlich mit den Fäusten auf seine Brust.
»Ruhig, ruhig, es wird alles gut, ich bin bei dir.«
Victor hat sich noch nie von Widerstand beeindrucken lassen. Er hält sie weiter mit seinen Armen umfangen. Und dann, für einen Moment, lässt Helene sich tatsächlich in diese wiegende Umarmung fallen, sie lässt sogar zu, dass sich das Jetzt in dieser Umarmung verflüchtigt. Wie in einem Film, der rasend schnell zurückgespult wird, laufen Bilder aus Jahren, aus Jahrzehnten hinter ihren geschlossenen Lidern vorbei. Und als der Film am Ende, das nun wieder der Anfang ist, angelangt ist, da ist sie wieder das junge Mädchen in einem Straflager, ein Kind fast noch, das nur aus Schmerz und Leid besteht und diesen Schmerz und dieses Leid in die Arme des Mannes im weißen Kittel zu wühlen versucht. Seine Stimme ist dunkel und rau; sie versteht die Worte nicht, die Sprache ist ihr fremd. Also horcht sie nur auf den Klang dieser Stimme, der sich sachte auf Schmerz und Leid legt wie der erste Schnee auf eine schwarze Landschaft. Und schwarz war Sibirien damals; der Filmausschnitt in ihrem Kopf zeigt schwarze, endlose schwarze, aufgebrochene, schweigende, fremde Erde. Von einem Zaun umgeben, so hoch, dass seine Dornen die schneeschweren Wolkenleiber zu berühren schienen.

»Victor …«
»Ich weiß. Ruhig, sei ruhig.«
Sie blickt in sein Gesicht, aus dem die Jahre ebenfalls gewichen zu sein scheinen; nun ist es wieder glatt, bartlos, faltenlos, jugendlich fast wie damals, im Frühjahr 1948, als sie sich zum ersten Mal trafen.
»Ich bin bei dir«, sagt Victor leise. »Alles wird gut, glaube mir. Auch du bist hier zu Hause, hier in Nowgoje, bei mir und meiner Familie.«
Sie sieht ihn noch immer an, sie kennt alles an und in diesem Gesicht, sie hat einmal mit ihren Fingerspitzen, mit ihren Händen und Lippen, mit ihrer Zunge, mit ihren Blicken alles an ihm erkundet und später vieles davon in einem anderen Gesicht, in dem ihrer Tochter Lara, wiederentdeckt. Und während sie Victor ansieht, kehren schnell, immer schneller die Jahre, die Jahrzehnte zurück in dieses Gesicht über dem ihren. Eine vorwärts jagende Zeit gräbt ihre Linien in seine Haut, modelliert seine Züge, bis das Gesicht wieder das von Victor und dem Heute ist.
Es ist das Gesicht von Katharinas Mann. Das Gesicht des Mannes, der ihr ihre Tochter weggenommen hat.
Sie ballt ihre Hände erneut und boxt ihn mit aller Kraft gegen die Brust. Diesmal weicht er verblüfft zurück und starrt sie aus schmalen Augen an.
»Was soll denn das?«
»Geh!«, fordert sie ihn auf. »Es ist besser, wenn du jetzt gehst!«
»Aber ich will dir doch nur …«
»… helfen?«, unterbricht sie ihn wütend. »So wie du mir damals im Lager helfen wolltest, als du mir versprachst, mich nicht im Stich zu lassen? Und doch bist du eines Tages

ohne mich fortgegangen. Jahrelang war ich auf der Suche nach dir. Aber als ich dich und dein Nowgoje endlich gefunden hatte, hast du eine andere geheiratet. Das kann ich nicht vergessen«, fügt sie bitter hinzu. »Das und alles andere, was du mir angetan hast.« Und nicht nur mir, sondern auch deiner Katharina!, schreit sie ihn in Gedanken an.

»Was ich dir angetan habe?«, fragt er ungläubig.

Sie stößt seine Hand beiseite, die er auf ihren Arm legen will. »Lass das!«

Er scheint noch immer eher verblüfft als ärgerlich zu sein. Doch plötzlich verhärten sich seine Gesichtszüge, und seine Augen ziehen sich zu Schlitzen zusammen.

»Ich denke, ich habe dich nie zu etwas gezwungen.«

»Wie einfach du es dir machst, Herr Doktor. Du hast wohl vergessen, dass du dabei meine Schwächen zu deinem Vorteil ausgenutzt hast.«

Er starrt sie an, dann weicht er doch ihrem Blick aus und setzt sich wieder auf die Bank. »Das war mir nicht bewusst. Und wenn es stimmen sollte, dass du so empfunden hast, dann tut es mir Leid.«

»Wir können die Zeit und das, was damals geschehen ist, nicht zurückdrehen«, meint sie bitter. »Wir können nur vergessen.«

»Lara ist der Beweis dafür, dass Vergessen nicht immer möglich und nicht immer gut ist, Jelena.«

»Lara ist von Anfang an eher deine und Katharinas Tochter gewesen.«

»Du hast sie damals gehen lassen.«

»Ja«, sagt sie, »ich habe nichts getan, um sie zurückzuhalten.«

Ein belastendes Schweigen breitet sich zwischen ihnen aus.

Von draußen, von irgendwoher aus der verschneiten Landschaft ist gedämpftes Kinderlachen zu hören. Ein Pferd wiehert, und das Geräusch eines langsam fahrenden Autos ist zu vernehmen.

»Lara kommt nach Nowgoje, um uns alle zu sehen, Jelena«, sagt er mit leiser Stimme. »Dich ebenso wie Katharina und mich oder Olga und die Kinder. Wir alle sind Teil ihrer Familie, auch wenn dieses Geflecht etwas kompliziert sein mag.«

»Helene«, korrigiert sie ihn. »Mein Name ist Helene, Helene Wolf.«

»O ja, ich vergaß. Helene, Helene Wolf«, wiederholt er. »Die Wölfin.«

Er sagt ihren Namen in ernstem Ton, doch als sie ihn misstrauisch ansieht, hat er seinen Mund verzogen, und um seine Augen bilden sich tiefe Faltenkränzchen. Er sieht aus, als würde er gleich zu lachen oder zumindest zu schmunzeln beginnen. Wütend wendet sie ihm den Rücken zu. Aus dem Wasserkessel auf der Herdplatte steigt in heftigem Rhythmus wolkiger Dampf nach oben. Helene sieht eine Weile auf die verstaubten Sträuße am Deckenbalken über dem Herd und in diesen Dampf. Plötzlich ist sie des Kämpfens müde, unendlich müde.

»Es tut mir Leid.«

»Es muss dir nicht Leid tun, nichts muss dir Leid tun, Helene Wolf.« Wieder schabt sein kratziger Pullover über die Tischdecke.

Sie gießt das kochende Wasser in die Teekanne und dreht sich zu Victor um.

»Du bist so großherzig, Victor Litowski – wie immer.«

»Und deine Zunge ist noch immer so spitz wie damals, Je… Helene.« Jetzt lacht er tatsächlich, zeigt seine schönen wei-

ßen Zähne und hebt seine Hände wie jemand, der um Vergebung bitten will. »Ist es nicht gut, immer wieder lachen zu können?« Erwartungsvoll sieht er sie an. »Auch du solltest es ab und zu tun oder es wenigstens versuchen.«
»Mir ist das Lachen schon vor sehr, sehr langer Zeit vergangen, Victor.«
Später, da ist er schon fort, und über das Dorf hat sich die Nacht mit einem sternenlosen tiefschwarzen Himmel gehängt, später also denkt sie, dass vieles in ihrem Leben nur deshalb so verkorkst ist, weil ihr diese gewisse Leichtigkeit des Seins zu fehlen scheint, die das Leben im Allgemeinen so viel heller machen kann. Warum, fragt sie sich, warum kann ich nicht vergessen, wie es andere Menschen tun? Warum gelingt es mir nicht, mich auf die Gegenwart zu konzentrieren, statt immer nur die Vergangenheit zu kultivieren? Verdammt, denkt sie, ich bin keine Zwölfjährige mehr! Für das, was mir damals geschehen ist, kann ich doch heute niemanden mehr verantwortlich machen. Es war Krieg, und im Krieg geschehen nun einmal schlimme Dinge. Ich bin schließlich nicht die Einzige, die gelitten hat. Irgendwann einmal muss es ein Ende geben mit dem Lamentieren.
Das sagt sie sich wieder und wieder, doch der Panzer, der sich um Herz und Seele gelegt hat, lässt sich nicht so einfach abstreifen.
Bevor Helene sich wieder an den Tisch setzt, um das letzte der von Lara mit flüchtiger Schrift gefüllten Hefte zu lesen, tritt sie noch einmal vor die Tür, um eine Weile dem tröstlichen Ruf der Wölfe zuzuhören.

XIV
Margarete
(1939)

Sie läuft rasch die Rosenstraße entlang, um kurz vor dem schon am frühen Morgen viel befahrenen Steindamm nach rechts in die stillere Kreuzstraße einzubiegen. Weiter, weiter, schnell, schneller läuft sie, mit tränenden Augen, weil sie die ganze Nacht hindurch am Bett der jungen Menuchah im Haus des Buchhändlers Joseph Goldberg gewacht hat, die ihr erstes Kind erwartete und sich angstvoll an Margarete geklammert hatte, bis der kleine Junge endlich auf die Welt kommen konnte. Die schwere Tasche schlägt bei jedem Schritt hart gegen den Oberschenkel, doch sie achtet nicht darauf, hat keine Zeit, keinen Gedanken übrig für den Schmerz in ihrem Bein, nicht an diesem Morgen, nicht an diesem Tag, an diesem 1. September 1939, der, das ahnt sie, das weiß sie, alles verändern wird, diese Stadt mit ihren Menschen, dieses Land, das die Heimat ihrer Familie, all ihrer Vorfahren ist. Dieser Tag, der gerade mit einem strahlend blauen Morgenhimmel über Königsberg begonnen hat, wird ihr Leben verändern, und sie wird nichts von dem, was jetzt kommt, abwenden können, denn die Spirale der Gewalt dreht sich schon seit geraumer Zeit unaufhaltsam in Deutschland, in ganz Europa, und reißt die Menschen, ihre Geschichten, ihre Werte erbarmungslos mit sich.

Margarete stößt die schwere Eingangstür des kleines Hauses

am Ende der Kreuzstraße auf und stürmt die schmale Treppe zum ersten Stockwerk hinauf, immer zwei Stufen auf einmal nehmend, bis sie, nun völlig außer Atem, oben ankommt und dann gegen die Wohnungstür hämmert: »Helene, Kind, um Gottes willen mach die Tür auf!«

Und als sich endlich die Tür ein wenig öffnet und das schmale, blasse Gesichtchen ihrer Tochter im Spalt erscheint, da wird ihr bewusst, dass diese Tür nie abgeschlossen ist, nie abgeschlossen sein muss, denn außer Emma, ihrer Mutter, der kleinen Helene und ihr selbst lebt derzeit niemand in diesem Haus, und dass sie wohl laut gerufen, nein, geschrien hat, denn das Echo ihrer Stimme hängt noch im Hausflur, und dass sich die Tür im Erdgeschoss ebenfalls geöffnet hat und Emma, noch im geblümten Morgenrock, langsam die Treppe heraufkommt und sie aus weit geöffneten Augen anstarrt.

Margarete fällt auf die Knie und zieht das verschreckte Kind in ihre Arme, hält es fest, hält sich an ihm fest und flüstert zusammenhanglos: »Nichts, es ist nichts, hab keine Angst, nur Hitler in Polen, und auch dein Papa dort, er muss schießen, stell dir vor, nun hat man auch den alten Herrn Goldberg zum Verhör abgeholt ...«

Sie verstummt, als sie die knochige Hand ihrer Mutter auf ihrer Schulter spürt.

»Pscht«, macht Emma. »Nicht vor Helene. Belaste doch das Kind nicht mit diesen Sachen.« Sie schiebt beide durch die Tür in die kleine Wohnung. »Geh dich waschen und anziehen, und je schneller du fertig bist, desto früher können wir zusammen unten in meiner Küche frühstücken, Kleine«, sagt sie zu Helene, dann wendet sie sich wieder ihrer Tochter zu. »Ich weiß davon, denn auch ich höre seit dem frühen Morgen Radio. Ich verstehe trotzdem nicht, dass du dich so aufregst, nach allem, was in diesem Deutschland unter Hitler schon passiert ist und was niemand von uns hat aufhalten können.«

»Ich habe Angst, einfach nur Angst«, erwidert Margarete mit erstickter Stimme. »Ich werd noch verrückt vor Angst.«

»Mach dich nicht lächerlich, Tochter!«, herrscht Emma sie an. »Dass es zum Einmarsch in Polen kommen wird, war schon lange kein Geheimnis mehr, das war absehbar.«

»Aber die Folgen, Mutter!«

Emma zuckt mit den Schultern: »Nun müssen wir eben damit rechnen, dass es nicht lange dauern wird, bis Großbritannien und Frankreich und wahrscheinlich auch Russland unserem Deutschland den Krieg erklären!« Sie nimmt Margarete die Tasche ab und stellt sie auf die Anrichte gleich neben der Tür. »Und jetzt setz dich endlich hin und entspann dich, du bist ja steif wie ein Klotz.«

»Die ganze Nacht hat es gedauert«, berichtet Margarete erschöpft, während sie ihre Strickjacke auszieht. »Der kleine Samuel ist erst am Morgen auf die Welt gekommen. Und gleich danach hat Heshel mir von Hitlers Rede im Radio erzählt. Und allein die Vorstellung, dass mein Mann einer jener deutschen Soldaten ist, die jetzt auf polnische Soldaten schießen müssen, ist für mich unerträglich.« Sie bricht in Tränen aus.

Emma legt ihren Arm um Margaretes Schultern und wiegt sie langsam hin und her. »Erzähl, was ist mit dem alten Herrn Goldberg passiert«, sagt sie dann.

Margarete schluchzt. »Die Gestapo kam, sie haben nicht geklopft oder geklingelt, sondern die Wohnungstür einfach aufgestoßen, sie war nicht abgeschlossen, und du weißt doch, wie schlecht sie schließt. Der alte Herr Goldberg war noch nicht aufgestanden. Er hat sich nicht einmal richtig anziehen dürfen und musste in Hausschuhen in das Auto steigen. Und trotzdem hat er gelacht und gemeint, dass er wegen solch einer Lappalie, nicht seine Straßenschuhe anziehen zu dürfen, nicht auch noch den Rest seines Humors verlieren werde.«

Emma drückt ihre Tochter kurz an sich, dann sagt sie: »Ich koche uns jetzt Kaffee, und du kommst mit Helene nach unten, dann reden wir über alles.«

Später sitzen sie in Emmas Küche und frühstücken, die beiden Erwachsenen mit ernsten Gesichtern, während im Radio Reden aus dem Reichstag in Berlin übertragen werden.

»Was ist das – Kriegszustand?«, fragt Helene mit vollem Mund. »Und warum müssen Soldaten im Krieg auf andere Leute schießen, und muss mein Papa jetzt auch schießen, weil er doch ein Soldat ist?«

Sie fragt das nicht zum ersten Mal, und nicht zum ersten Mal versucht Margarete ihrem Kind das zu erklären, vorsichtig und kindgemäß natürlich, denn Helene ist ja noch nicht einmal sechs Jahre alt. Und bei diesen Erklärungen muss Margarete die Schrecken verschleiern, die sie selbst als Kind im Alter ihrer Tochter und in einem anderen, die Welt erfassenden Krieg miterlebt hat. Sie kann Helene gegenüber nicht über ihre Ängste reden. Der Albtraum, der heute begonnen hat, wird nämlich auch schon bald dieses Kind erfassen und aus seiner Welt reißen und mit einer Wirklichkeit konfrontieren, die so furchtbar sein wird, dass ihr Herz schon bei dem Gedanken daran zu flattern beginnt.

Helene hört ihrer Mutter zu, hört nicht zu oder scheint

nicht zu begreifen und ist mit ihren Gedanken mal hier, mal da. Margarete schimpft schließlich mit ihr, weil Helene immer wieder und dann ganz andere Dinge fragt und nicht aufhört mit diesem offensichtlich genießerischen Herumkauen an einem Marmeladenbrötchen und mit dem lauten Schlürfen, wenn sie ihre Milch trinkt. Und zugleich fürchtet Margarete sich vor dem plötzlichen und vielleicht endgültigen Aufhören dieses allmorgendlichen Rituals von Geräuschen und Worten und Fragen in Emmas sonnendurchfluteter, gemütlicher Küche, an deren halb geöffnetem Fenster sich ein dicker Brummer stößt und stößt, bis Margarete so heftig von ihrem Stuhl aufsteht, dass er nach hinten umkippt, und den Brummer mit nervösen Handbewegungen ins Freie scheucht.

»O du lieber Gott, du lieber Gott!«, ruft Emma, aber das klingt, als wäre dieser Ruf tatsächlich an den Herrgott gerichtet, der sich an diesem Tag wohl wie immer in den vergangenen Jahren mit ganz anderen Themen beschäftigt, denn sonst hätte er doch zumindest diesem bedrohlichen Adolf Hitler nicht so viel Macht über die Menschen zugestanden und diesen neuen Krieg und bestimmt auch die Männer in dunklen Ledermänteln und mit tief in ihre Gesichter gezogenen Hüten verhindert, die im Morgengrauen in das Haus der Goldbergs gekommen sind und den alten Mann verhaftet haben, nur wenige Minuten bevor sein jüngster Enkel geboren war.

»Dabei ist er schon weit über siebzig, ein alter Mann!«, raunt Margarete ihrer Mutter zu, während sie nervös ein Brötchen zerbröselt. »Warum kann man ihn nicht in Ruhe lassen?«

»Er und seine Familie sind Juden«, antwortet Emma. »Ich muss dir nicht erklären, was das in diesem Deutschland unter einem Führer wie Adolf Hitler bedeutet.« Auch sie hat verhalten gesprochen, doch dann hebt sich ihre Stimme, sodass Margarete und Helene sie erschrocken anschauen: »Und nun iss endlich, das ist ja nicht mit anzusehen, was du mit deinem Brötchen machst!«

Margarete krümelt trotzdem weiter und betrachtet dabei ihre Mutter, die schmal, ihre Schultern nach vorn gebeugt, ihr gegenübersitzt. Und wie immer ist sie zutiefst berührt vom Anblick des Verfalls einst glatter Haut und vom plötzlichen und sichtbaren Schwinden schier unerschöpflicher Kraft. Es ist, als würde Emma, noch nicht einmal fünfzig Jahre alt, ihrer Tochter vormachen, wie man unerwartet alt wird, wie man unaufhaltsam schrumpft, Gewicht verliert, tiefe Falten und geschwollene Gelenke bekommt. Bis vor einigen Monaten ging Emma noch kerngesund, aufrecht und mit raumgreifenden Schritten zur täglichen Arbeit in die Königsberger Universitätsklinik, wo sie die von ihr selbst vor einigen Jahren eingerichtete Lehranstalt für Hebammen leitet. Doch dann erkrankte sie an einer schweren Grippe, die von ihr allerdings nicht ernst genommen wurde, denn alle Welt schien in diesem Januar 1939 an der Grippe zu leiden. Obwohl das Fieber nicht wich, arbeitete sie weiter und schonte sich nicht. Und wie von Margarete befürchtet, schwächte der ständige Husten bald Herz und Lunge ihrer Mutter, und schließlich traten die ersten massiven rheumatischen Beschwerden auf, die inzwischen jede Bewegung zur Qual werden lassen. Doch Emma weigert sich strikt, chemische Arzneien zu schlucken, und behandelt sich selbst mit Tees und Tinkturen aus Löwenzahn, Nachtschatten, Teufelskralle und anderen Heilkräutern und reibt die schmerzenden Stellen mit zerstoßenem Knoblauch ein oder massiert sie mit einer Mischung aus Lavendel-, Rosmarin- und Pflanzenöl. Sie hat auch früher nicht oft Fleisch gegessen, jetzt aber verzichtet sie völlig darauf und meidet außerdem alles Zuckerhaltige. Sie leidet, das erkennt Margarete an den dunklen Schatten unter den früher so schönen und strahlenden und nun tief in ihren Höhlen liegenden Augen, an den scharfen Falten, die sich von den Nasenflügeln bis hinunter zum Kinn ziehen, und an der gekrümmten und versteiften Haltung, in der ihre Mutter sich fortbewegt.

Spontan streckt sie ihre Hand aus und streichelt Emmas knotige Finger, erfüllt von der liebevollen Wärme, die sie für ihre Mutter empfindet. Sie kann nicht sagen, dass das Zusammensein mit ihr immer leicht ist. Emma hat an vielem in Margaretes Leben etwas auszusetzen und ist oft nörgelig, ja, sogar unausstehlich, wenn ihr etwas nicht in den Kram passt, aber diese schlechte Laune hat Gründe. Im Ersten Weltkrieg arbeitete Emma vorübergehend als Krankenschwester in einem Lazarett bei Tannenberg, wo Feldmarschall Paul Hindenburg und General Erich Ludendorff die russische Narew-Armee im August 1915 eingekesselt hatten und im September darauf dann an den Masurischen Seen endgültig schlagen konnten. Seitdem zieht Emma ihr linkes Bein etwas nach, das damals von einem Granatsplitter verletzt worden war. Bei regnerischem oder kaltem Wetter benutzt sie einen Stock.

Doch was sind diese körperlichen Beschwerden gegen die psychischen Belastungen, unter denen Emma zu leiden hat, denkt Margarete. Seit der Verhaftung einer ihrer Freundinnen, der Stuttgarter Ärztin und Leiterin einer Sexualberatungsstelle, Else Kienle, wegen angeblicher Beihilfe zur Abtreibung in mehr als hundertfünfzig Fällen und den darauf folgenden Demonstrationen und Tagungen der so genannten »Kampfausschüsse« gegen den Paragraphen 218 vor acht Jahren leidet Emma an Schlafstörungen. Diese Störungen haben sich noch verstärkt, weil sie sich immer wieder mit dem vor vier Jahren unter den Nationalsozialisten eingesetzten Erbgesundheitsgericht anlegt, indem sie sich als Ärztin an der Universitätsklinik Königsberg strikt weigert, Frauen nach erbgesundheitlichen Aspekten zu beurteilen und im Falle eines negativen Ergebnisses deren Zwangssterilisation zu befürworten. Und da Emma noch nie ein Blatt vor den Mund genommen hat, empört sie sich seit einiger Zeit auch öffentlich über den von Heinrich Himmler geplanten »Lebensborn« und bezeichnet den Verein gar als »Zuchtstelle rassenreinen SS-Nachwuchses«.

»Denk nicht so viel an die Goldbergs«, unterbricht Emmas energische Stimme Margaretes Gedanken. »Sie sind nicht die ersten und werden auch nicht die letzten Juden sein, die von der Gestapo abgeholt werden. Wir werden das nicht verhindern können. Wir können nur hoffen, dass es nicht noch schlimmer kommt.«

»Wie kannst du nur so destruktiv denken und reden!«, fährt Margarete auf, doch Emma schiebt ihr ungerührt die Butterdose hin.

»Und iss jetzt endlich dein Brötchen. Es hat niemand etwas davon, wenn du dir den Kopf zerbrichst und hungerst, du am wenigsten!«

»Ich bin fertig mit Frühstück, kann ich bitte aufstehen und spielen gehen?«, fragt Helene dazwischen und wischt sich mit dem Handrücken über ihren beschmierten Mund. Auf ihrer weißen Schürze über dem kurzärmligen Kleid ist ein roter Marmeladenfleck.

»Musst du immer kleckern, Kind!«, schimpft Margarete, durch die Bemerkungen ihrer Mutter aus der Fassung gebracht. Dann sieht sie ihrer Tochter nach, die singend aus der Küche hopst. »Worauf hoffst du, Mutter? Etwa darauf, dass wir selbst, du, ich und deine Enkelin, mit heiler Haut davonkommen?«

»Niemand weiß davon.«

»Bis jetzt.« Margarete steht auf und geht unruhig hin und her. »Aber eines Tages wird irgendjemand dahinter kommen. Vielleicht wird sogar Helene den Judenstern tragen müssen, obwohl sie inzwischen die vierte Generation nach Clara und Ira ist und in ihrem Blut wahrscheinlich nichts Jüdisches mehr feststellbar sein wird.« Sie lacht, es klingt schrill. »Aber nicht nur um das Blut meiner Tochter wird es gehen«, fährt sie dann fort. »Man wird auch noch ihren Kopf vermessen, die Länge ihrer Nase und die Farbe ihrer Augen prüfen. Und selbst dann, wenn sich da nichts, absolut nichts finden lässt, wird sie noch als Jude gebrandmarkt sein, so wie du und ich, Mutter. Und vor diesem Tag, an dem man die Geschichte unserer Familie bis zu Clara Wolf und Ira Goldberg verfolgt, fürchte ich mich.«

»Geh nicht dauernd so herum, das Gerenne macht mich ganz nervös«, sagt Emma ärgerlich. Dann fragt sie: »Hast du deinem Mann jemals von der Verbindung meiner Großmutter zu den Goldbergs erzählt?«

Margarete bleibt vor ihrer Mutter stehen.

»Ich werde mich hüten, jemals mit ihm darüber zu reden«, sagt sie bitter. »Du weißt selbst, wie er ist. Und dass er aus einer Familie stammt, die strammsteht, wenn sie eine Uniform sieht, und es als Ehre empfindet, ihren einzigen Sohn für Adolf Hitler und für sein Vaterland kämpfen zu lassen.

Diese Familie wird wahrscheinlich noch ›Heil Hitler‹ schreien, wenn ihr Sohn schon auf dem Schlachtfeld gefallen ist. Und Robert … nun ja.« Sie zuckt ratlos mit den Schultern.
Emma greift nach Margaretes Hand und drückt sie. Eine Weile schweigen sie miteinander, horchen auf den Straßenlärm vor dem Fenster und auf das unbeschwerte Singen und Lachen von Helene, die im Stockwerk über ihnen mit ihren Puppen spielt.
»Ich habe nicht nur meiner Freundin Bertha Vogt und vielen anderen Frauen, sondern auch der Familie Goldberg einiges in meinem Leben zu verdanken«, wechselt Emma schließlich das Thema. »Und ich weiß nicht einmal, ob ich ihnen dafür je etwas zurückgeben kann. Es ist nicht nur das Geld, das Iras Schwester damals meiner Großmutter Clara gegeben hat, damit sie mit ihrer unehelichen Tochter Ruth, also meiner Mutter, überleben konnte. Es ist mehr, bedeutend mehr, was ich von ihnen bekommen habe.«
Margarete ist am Fenster stehen geblieben und blickt auf die stille Nebenstraße. Im Haus gegenüber hat sich Irene Kobath, mit der sie befreundet ist und die manchmal auf Helene aufpasst, aus dem Fenster gebeugt und zupft wie jeden Morgen vertrocknete Blüten von den Geranien im Blumenkasten.
»Du sprichst von dem Geld, das Clara immer gespart hat und das du nach dem Tod meines Vaters für dein Studium genutzt hast, nicht wahr?«
Emma nickt. »Dieser Betrag hat es mir ermöglicht, doch noch Ärztin zu werden. Und wäre ich nicht Ärztin, hätte ich meinen lang gehegten Traum, in Königsberg eine Schule zur Ausbildung von Geburtshelferinnen aufzubauen, nie verwirklichen können. Du siehst, es gibt eine Menge in

meinem Leben, für das ich der Familie Goldberg dankbar bin.« Sie seufzt. »Wie abstrus ist doch diese Zeit, in der uns sogar unsere besten Freunde gefährlich werden können.«

»Hättest du mir damals nicht den Abschiedsbrief gezeigt, den Ira an Clara geschrieben hatte, dann hätte ich nichts von dieser Verbindung zwischen den Goldbergs und unserer Familie gewusst, Mutter.«

»Ich wollte, dass du es weißt. Ira und seine Schwester Judith waren einander sehr zugetan, und deshalb hat er ihr sein Geheimnis gebeichtet und sie gebeten, nach seinem Tod für Clara und ihr Kind zu sorgen. Judith hat ohne Wissen ihrer Familie ein Konto auf Claras Namen angelegt. Meine Großmutter hat das Geld aber nie angerührt. Und kurz vor ihrem Tod hat sie es auf meinen Namen überschrieben.« Emma presst die Lippen zusammen, dann erzählt sie weiter: »Meine Mutter wollte verhindern, dass ich damit meine Ausbildung finanzierte, dabei wünschte ich mir schon als Kind nichts anderes, als einmal Ärztin zu werden. Mein Gott, was habe ich mit Ruth gekämpft. Schließlich habe ich auch noch deinen Vater heiraten müssen.«

»Aber du hast es geschafft, Mutter.«

»Ja.« Emma nickt. »Und ich wünschte, auch du …«

»Nein«, unterbricht Margarete sie schnell. »Ich bin gern Hebamme. Außerdem habe ich nicht deinen Ehrgeiz.«

»Ich denke, dass ich Gynäkologin geworden bin, hatte weniger mit Ehrgeiz als mit Bestimmung und vielleicht auch mit meiner Freundin Bertha zu tun«, widerspricht Emma. Erneut lächelt sie, aber diesmal ist es ein weiches, ein wenig sehnsuchtsvolles Lächeln. »Du wirst dich erinnern, dass Bertha und ich nach dem Tod deines Vaters ein paar Jahre zusammen hier in diesem Haus gelebt haben. Sie hat, obwohl sie Ärztin war, weiter als Hebamme gearbeitet und sich in ihrer Freizeit um dich gekümmert, weil ich studierte, was damals für eine Frau noch etwas schwierig war. Aber Bertha hat all ihre Kontakte spielen lassen und mich unterstützt und mir vor allem bei meinem Examen sehr geholfen. Wir wollten einmal zusammen als Frauenärztinnen arbeiten.«

Wieder seufzt sie, dann sagt sie energisch: »Wir sollten jetzt nicht in Erinnerungen schwelgen, sondern uns mit den Scherereien der Gegenwart befassen.«

»Welche Scherereien meinst du?«

Emma schiebt ihre leere Tasse hin und her; plötzlich sind die weichen Linien aus ihrem Gesicht verschwunden, haben wieder den härteren Platz gemacht.

»Du bist weder dumm noch naiv und weißt genau, was ich meine. Frag also nicht!«, erwidert sie in barschem Ton.

»Die Goldbergs haben mich holen lassen, weil ich Hebamme bin«, erklärt Margarete. »Und Menuchahs Mann Heshel hat mich für meine Arbeit bezahlt wie jede andere Hebamme auch.«

Emma winkt ungeduldig ab. »Es gibt dutzende von guten Hebammen in Königsberg. Sie hätten jede andere in dieser Nacht haben können und nicht ausgerechnet nach dir schicken müssen.«

»Ach Mutter«, sagt Margarete, plötzlich unendlich erschöpft nach der durchwachten Nacht. »Warum sollen wir uns diese Gedanken machen. Es ist doch nur noch ein kleines bisschen jüdisches Blut, das wir in uns haben. Ira Goldberg war mein Urgroßvater.«

»In dieser Zeit kann sogar dieses kleine bisschen jüdisches Blut fatale Folgen haben, Tochter.«

Margarete weiß das, natürlich weiß sie das, und so schweigt sie lieber und räumt erst einmal das Geschirr zusammen. Dann, als nichts mehr zu räumen ist, sagt sie: »Niemand weiß davon. Sogar im Taufregister, in das Clara ihre Tochter Ruth damals eintragen ließ, steht ›Vater unbekannt‹. Ich habe mir das angesehen.«

»Kennst du die Nazis noch immer nicht?«, fragt Emma ungehalten. »Die Gestapo befasst sich nicht erst seit heute mit der Familie Goldberg. Also wissen sie auch, dass du Kontakt zu diesen Leuten hast. Und jeder Kontakt ist heutzutage schon verdächtig. Schließlich warst du letzte Nacht nicht das erste Mal in diesem Haus. Und Hermann Görings Spitzel erfahren alles.«

»Nun siehst du Gespenster, Mutter«, sagt Margarete, obwohl sie doch weiß, dass Emma Recht hat. Niemand ist sicher in dieser Zeit, da das so genannte Blutschutzgesetz unter anderem die Grundlage für die systematische politische Entmündigung aller Deutschen jüdischer Abstammung ist. Sie muss an Ruth, ihre Großmutter, denken, die schon lange vor der Machtübernahme durch Hitler ihren jüdisch klingenden Vornamen streichen ließ und bis zu ihrem Tod 1935 nur noch Anna genannt wurde. Sie gehörte zu den Frauen, die den Sieg Hitlers im Januar 1933 mit euphorischem Beifall feierten – als eine jener Frauen, die nicht ahnten oder erkannten, dass sie mit Beginn der nationalsozialistischen Bewegung eine untergeordnete Rolle zu spielen hatten.

Heshel Goldberg, Menuchahs Mann, ruft an, da versucht Margarete gerade einzuschlafen. Die Stimme des jungen Mannes klingt bedrückt, als er sagt: »Es ist etwas passiert. Können Sie zu uns kommen, bitte? Bald?«

»Ist etwas mit dem Kleinen oder mit Menuchah?«, fragt sie.
»Ja«, sagt er und im gleichen Atemzug: »Nein. Aber es wäre trotzdem gut, wenn Sie so rasch wie möglich kommen könnten, Margarete.« Noch leiser fügt er hinzu: »Wir brauchen jetzt jemanden, dem wir vertrauen können.«
Ich werde Helene mitnehmen, denkt sie spontan. Mutter wird bald zur Arbeit in die Klinik gehen, und ich weiß nicht, wie lange ich bei Goldbergs bleiben muss. Sie hat ihre kleine Tochter schon öfter mitgenommen, wenn sie zu einer Schwangeren oder Wöchnerin gegangen ist. Und im Haus der Goldbergs gibt es zwei Kinder in Helenes Alter, also wird ihr die Zeit nicht lang werden. Flüchtig denkt sie an das Gespräch mit ihrer Mutter an diesem Morgen; aber jetzt ist keine Zeit, sich noch mehr Gedanken zu machen.
»Ich komme, so schnell ich kann.«
»Danke«, sagt er. »Bitte, passen Sie auf sich auf.«
Er legt auf, bevor sie fragen kann, warum.
Sie lässt Helene die unförmige Hebammentasche tragen, bis sie den belebten Gesekusplatz an der Westseite des Schlosses erreichen.
»Ich werde auch einmal eine so gute Hebamme wie du«, versichert die Kleine eifrig. »Und ich will mit Nachnamen Wolf heißen, wie meine Oma. Ich mag Wölfe, weißt du. Ich habe welche im Tiergarten gesehen. Sie schauen aus wie Schäferhunde, aber sie sind viel wilder und auch schöner als Hunde. Sie können richtig heulen, nämlich so.«
Sie bleibt mitten auf der Stritzelstraße stehen, in die sie gerade vom Gesekusplatz aus eingebogen sind, und fängt tatsächlich an zu heulen und zu jaulen wie ein kleiner Wolf. Einige Passanten bleiben verwundert, andere lächelnd ste-

hen, und Margarete zieht ihr Kind hastig von der viel befahrenen Straße auf den Bürgersteig.

»Du kannst nicht einfach auf der Fahrbahn stehen bleiben!«, schimpft sie. »Was ist, wenn ein Auto oder eine Droschke kommt?«

»Dann lauf ich weg. Ich kann nämlich auch so schnell rennen wie ein Wolf, guck!«

Und schon hat die Kleine sich erneut losgerissen und läuft vor ihr weiter. Wider Willen muss Margarete lachen. Sie beeilt sich, um sie einzuholen.

»So«, sagt sie außer Atem und packt die Hand ihrer Tochter. »Von mir aus kannst du später einmal eine Wölfin sein und so wild rennen und heulen, wie du willst, aber jetzt gehst du ordentlich mit mir weiter.«

Das Lächeln vergeht ihr, als sie das schwarze Auto vor dem Haus der Goldbergs sieht. In ein solches Fahrzeug musste am Morgen der alte Goldberg einsteigen, im Schlafanzug unter seinem leichten Mantel und in Hausschuhen. Und noch ein Auto steht jetzt dort – ein Ambulanzwagen.

Schon will Margarete loslaufen, da bemerkt sie, dass sich an einem Fenster im oberen Stockwerk die Gardine bewegt. Ein weißes Gesicht ist kurz zu sehen – Rae, Heshels seit einigen Monaten verwitwete Schwester. Rae hat ihren Blick fest auf Margarete gerichtet, schüttelt den Kopf und deutet dann mit ihrer Hand nach rechts, bevor sie sich in das Innere des Zimmers zurückzieht. Zögernd geht Margarete weiter, setzt Fuß vor Fuß, während sich in ihrem Kopf die Gedanken überschlagen. An diesem Morgen, als Joseph Goldberg in der Tür zum Schlafzimmer seines Sohnes und seiner Schwiegertochter stand und mit einem verlorenen Lächeln in seinem weißen Gesicht einen blassen nackten Fuß in einem Pantoffel ausstreckte und von Galgenhumor sprach, bevor die beiden Männer in den dunklen Mänteln ihn die Treppe hinunterstießen, da war sie überrascht, sprachlos und erschrocken gewesen. Ihr hatten einfach die Worte für dieses Geschehen, das sich direkt vor ihren Augen abspielte, gefehlt. Es war das Unglaubliche, das Unfassbare, das ihren Verstand in diesem Moment lähmte. Und als sie wieder denken konnte, waren Goldberg und die beiden Männer schon nach unten gegangen, und Menuchahs Kind presste sich, begleitet vom hellen Triumphschrei seiner Mutter, ins Leben.

Auch jetzt weiß sie nicht, was sie tun soll. Sie weiß nicht recht, was Rae mit ihrem Kopfschütteln und mit ihrer Handbewegung gemeint hat. Doch dann fällt ihr plötzlich ein – der Seiteneingang!

In diesem Moment, als sie, Helene noch immer fest an der Hand, in die stille Seitengasse einbiegen will, wird ihr Blick von einer Bewegung vor dem Haus angezogen. Die hohe Eingangstür hat sich geöffnet, und zwei Rettungssanitäter bringen eine Trage die Treppe hinunter. Eine Frau liegt auf der Trage. Es ist Rachel, Joseph Goldbergs Frau und Heshels und Raes Mutter. Sogar aus der Entfernung ist zu sehen, dass sie unter der Sauerstoffmaske schwer atmet, sie kämpft verzweifelt nach Luft. Ihre weit aufgerissenen braunen Augen starren Margarete für einen kurzen Moment und aus großer Tiefe an, bevor die Bahre in den Rettungswagen geschoben wird. Hinter ihr steigt Rae in das Fahrzeug.

»Ihr Herz«, erklärt Heshel ihr wenig später, da sind sie und Helene schon im Haus, wo er gleich hinter der Tür auf sie gewartet hat. »Sie hat schon länger über Herzbeschwerden geklagt, aber kein Mensch hat sie ernst genommen, sie war doch immer gesund. Ich … ich kann meine Mutter und Rae jetzt nicht allein lassen.« Seine Stimme bricht. »Und ich kann doch auch Menuchah und den Kleinen nicht allein lassen, während diese Männer noch im Haus sind.« Er presst sich kurz beide Handflächen aufs Gesicht, dann blickt er Margarete starr an. »Ich weiß nicht mehr, was ich tun soll.«

»Gehen Sie ins Krankenhaus«, sagt Margarete. »Ich werde bei Ihrer Frau bleiben.« Sie schiebt Helene nach vorn. »Meine Tochter möchte bestimmt das Neugeborene sehen.«

Sie blicken beide auf das kleine Mädchen, und Helene nickt eifrig. »Ja, ich möchte mir sehr gerne das Baby ansehen, Herr Goldberg.« Sie strahlt Heshel an, der ihr kurz und geistesabwesend über ihr Blondhaar streicht. »Ich werde nämlich auch einmal Hebamme wie meine Mama, eine ›Wölfin‹. Deshalb will ich jetzt schon alles über Babys wissen.«

Er führt sie über eine schmale Treppe nach oben, die in der Küche endet. »Verzeihen Sie bitte«, sagt er mit schrecklich dünner und zittriger Stimme. »Über die andere Treppe können wir jetzt nicht gehen, sie sind gerade im Arbeitszimmer meines Vaters und durchsuchen seinen Schreibtisch.« Wer diese ›sie‹ sind, muss er Margarete nicht erklären. Sie hört die lauten Stimmen der Männer auch in diesem Teil des Hauses. »Verzeihen Sie bitte«, wiederholt Heshel. »Ich weiß, ich hätte Sie nicht in diese Angelegenheit ziehen sollen, Margarete. Aber Menuchah fühlt sich Ihnen sehr verbunden. Und sie hat mich gebeten, Sie anzurufen.« Er bleibt auf der Treppe stehen und hebt hilflos beide Hände, die Handflächen nach oben gerichtet. Auch seine Augen sind wie die seiner Mutter braun und unnatürlich groß und scheinen Margarete aus großer Tiefe anzusehen. »Wir wussten nicht, an wen wir uns sonst hätten wenden können. Es ist so schwer, in dieser

Zeit noch einen Menschen zu finden, dem wir vertrauen können. Es ist, als hätten sich alle von uns abgewendet, als wären wir Aussätzige, als hätten wir eine ansteckende Krankheit.«

»Sie können mir vertrauen, Heshel«, sagt sie spontan und legt ihm ihre Hand auf den Arm.

Er wendet den Kopf rasch zur Seite, aber sie hat seine Tränen trotzdem gesehen.

»Immer, sogar nach der Terrornacht vom 9. November im vergangenen Jahr, hat Heshels Vater zu uns gesagt, wir sollen warten, es wird eines Tages besser werden«, berichtet Menuchah weinend, als ihr Mann das Haus verlassen hat. »Ich weiß von vielen Bekannten und Freunden, dass sie seitdem emigriert sind, viele nach Amerika, andere nach Afrika oder in die Schweiz. Aber mein Schwiegervater hat gesagt, wir sind Deutsche wie jeder andere in Deutschland, deshalb müssen wir bleiben.« Die Tränen strömen nur so über ihr schmales apartes Gesicht, während sie ihr Neugeborenes stillt. »Heshel und seine Schwester Rae haben die Eltern schon vor Monaten dazu gedrängt, mit uns aus Königsberg wegzugehen. Ich habe Verwandte in Amerika, die haben uns angeboten, zu ihnen zu kommen. Aber Joseph und auch Rachel haben sich immer geweigert, wenn die Sprache auf dieses Thema gekommen ist. Vater hat gesagt, es könne nicht so weitergehen in Deutschland, nicht auf Dauer. Wir sollten ruhig bleiben und Geduld haben und so unauffällig leben wie bisher. Er sagte, wir sollten auf Gott und seine Hilfe vertrauen.« Der Kleine ist eingeschlafen, und Menuchah legt ihn vorsichtig zurück in die Wiege, dann sieht sie Margarete ratlos an. »Ich habe gehört, dass die USA Schiffe mit

jüdischen Einwanderern abweisen, obwohl sie gültige Einreisevisa haben. Auch die Schweiz und andere Länder weigern sich inzwischen, Juden aufzunehmen. Rae meint, wir sollten nach Holland gehen, dort hätte sie Freunde. Aber wir können die Eltern doch nicht allein lassen – nicht in dieser Zeit und in diesem Land, nicht wahr?«
»Darf ich das Baby ein bisschen schaukeln?« Helene zupft am Rock ihrer Mutter.
»Ja, aber sei vorsichtig.«
»Ich bin immer vorsichtig«, versichert die Kleine.
»Und nun ist es zu spät«, nimmt Menuchah den Gesprächsfaden wieder auf. »Bisher hat die Gestapo uns in Ruhe gelassen. Aber jetzt beschuldigt man Vater, in seiner Buchhandlung verbotene Literatur aufzubewahren und zu verkaufen.« Sie neigt den Kopf zur Seite und horcht auf die Geräusche im Haus. Auch Margarete lauscht auf die Stimmen, die durchs Haus hallen, und auf das Geschimpfe und dann das Weinen einer Frau im Untergeschoss. »Das ist Edda, eine Freundin meiner Schwiegermutter«, erklärt Menuchah. »Sie hilft schon seit über vierzig Jahren in der Buchhandlung.« Sie lächelt Margarete an; es ist ein kaum merkliches, seltsam berührendes Lächeln. »Sie hätte schon vor ein paar Jahren in Pension gehen können, aber sie ist wie Vater, sie kann ohne Bücher nicht leben. Und sie hat nur eine kleine Rente, weshalb sie bei uns wohnt. Wir alle lieben sie, sie gehört zu uns. Und sie weiß alles über unsere Familie. Alles.« Grüblerisch hält sie inne, dann fährt sie fort: »Vielleicht wäre es in dieser Zeit besser, von allem zu wenig oder gar nichts zu wissen. Aber«, sie sieht ihr Gegenüber nun doch wieder an, »aber auch Unwissenheit bedeutet nicht immer Schutz oder gar Sicherheit, nicht wahr? Oder«, sagt sie, als Margarete

schweigend den forschenden und doch auch vertrauensvollen Blick ihrer Freundin ebenso intensiv erwidert. »Denken Sie, dass Unwissenheit möglicherweise auch ein Freispruch sein kann?«
»Freispruch?«, fragt Margarete betroffen. »Ich denke, für das, was im November vergangenen Jahres in deutschen Städten passiert ist und seitdem immer wieder geschieht, gibt es keinen Freispruch, Menuchah. Jeder, der seine Augen vor der Verfolgung und Deportation unschuldiger Menschen verschließt, ob wissentlich oder unwissentlich, lädt Schuld auf sich. Und diese Schuld werden noch Generationen nach uns zu tragen haben.«
Menuchah steht auf und geht zu dem Sekretär in der Ecke des Zimmers.
»Ich habe hier etwas für Sie.« Sie reicht Margarete eine schon ältere Ausgabe der *New York Herald Tribune* und sagt: »Seite drei, der Kommentar von Dorothy Thompson.«
Margarete schlägt die Seite auf und betrachtet das Foto der amerikanischen Journalistin, einer resolut wirkenden Frau, bevor sie den Artikel überfliegt. Ihre Englischkenntnisse reichen aus, um zu erkennen, dass hier eine Befürworterin einer liberalen Einwanderungspolitik ihre Betroffenheit über die weltweite Gleichgültigkeit gegenüber dem Elend der vom Nationalsozialismus Verfolgten und die ausweglose Situation der jüdischen Flüchtlinge äußert und an das Verantwortungsbewusstsein der internationalen Politik appelliert.
»Dorothy Thompson gehört, wie man sagt, zu den bestinformierten Auslandskorrespondenten und Kennern der internationalen Diplomatie«, erklärt Menuchah. »Sie schreibt für mehr als hundert amerikanische Tageszeitungen.«

Margarete reicht ihr die Zeitung zurück.
»Eine bemerkenswerte Frau, aber sie scheint auch in ihrem eigenen Land auf verlorenem Posten zu stehen. Anders kann man die Tatsache, dass die USA sich weigern, weitere Einwanderer aufzunehmen, doch nicht erklären, oder?«
»Dabei ist dieses Amerika so ungeheuer groß, Margarete. Es braucht doch arbeitswillige und gebildete Menschen, die dabei helfen, Land zu bebauen oder Städte zu errichten.«
Die beiden Frauen sehen sich hilflos an und schweigen.
»Ich habe Angst«, sagt Menuchah nach einer Weile und blickt zu der kleinen Helene hinüber, die sachte die Wiege mit dem Baby schaukelt und dabei ein Bilderbuch anschaut. »Furchtbare Angst. Und ich verstehe nicht, warum wir Juden Menschen zweiter Klasse sein sollen, die niemand in seinem Land haben will. Wohin sollen wir denn gehen, wenn wir nirgendwo willkommen sind?«
Margarete beugt sich vor und umfasst ihre eisig kalten Hände. Sie hält sie fest, ganz fest, will Zuversicht, will Trost vermitteln mit dieser Berührung, obwohl sie ahnt, nein, weiß, dass es kaum Hoffnung, kaum Trost mehr gibt. Und – sie selbst fürchtet sich ja. Tief in ihrem Innern sitzt dieser Knoten aus Angst. Aber das kann, das darf sie nicht laut sagen, nicht in diesem Haus, in dem sich das Grauen schon breit macht.
»Obwohl ich Heshel gebeten hatte, Sie anzurufen – Sie hätten nicht kommen dürfen, Margarete«, sagt Menuchah. »Es ist in dieser Zeit gefährlich, sich mit Menschen wie uns einzulassen oder sogar mit ihnen befreundet zu sein.«
»Ich lasse mir weder in meinem Beruf noch in meinem Privatleben vorschreiben, mit wem ich Kontakt haben darf und mit wem nicht.« Margarete lässt Menuchahs Hände sanft los

und steht auf. »Es tut mir Leid, aber ich muss jetzt gehen. Ich werde so bald wie möglich wiederkommen, das verspreche ich. Und wenn Sie Hilfe brauchen – ich bin für Sie da.«

»Es wird schwierig werden, aber sie können es noch schaffen. Zumindest Rae, Menuchah und die Kinder.«
Emmas sonst eher blasses Gesicht hat sich vor Aufregung hektisch gerötet, und ihre Augen blitzen. Unablässig wandert sie in der geräumigen Küche im Untergeschoss ihres Hauses hin und her. Die milde Oktobersonne malt flirrende Kringel auf die Wand gegenüber dem Fenster, wo Margarete steht und abwechselnd ihre Mutter und die kleine Helene beobachtet, die mit einem Nachbarkind im Garten spielt. Sie trägt ein schwarzes Kleid, denn Robert ist vor drei Wochen, am 14. September, einen Tag bevor Hitler Polen für besiegt erklärte, noch gefallen. »Erschossen«, sagte sie, weil sie das Wort »gefallen« in keine Verbindung zu dem plötzlichen Bild von einem toten, blutüberströmten Robert bringen konnte, der mit verrenkten Gliedern im von einem herbstlichen Regen aufgeweichten Feld lag, eine einsame Gestalt in einer düster wirkenden Landschaft. »Er fiel für sein Vaterland«, hat der Mann in Uniform geduldig wiederholt. Er brachte ihr zusammen mit dieser Nachricht Roberts Uhr, die sie ihm erst im Sommer zu seinem Geburtstag geschenkt hatte, und seine abgegriffene Brieftasche, in der ein Foto von ihr und Helene steckte. Erst Tage danach konnte sie um ihn weinen. Bei der Gedenkfeier für den Gefallenen auf dem Altstadtfriedhof stand sie ruhig und mit versteinertem Gesicht neben ihren schluchzenden Schwiegereltern, ihr Kind fest an sich gedrückt und Emmas Hand in der ihren, seltsam unberührt von Worten und Gesten um sie

herum, als wäre sie ihrem Körper entflohen, irgendwohin, hätte nur die Hülle zurückgelassen. Die äußere Versteinerung hält an, Kummer und Trauer überfallen sie manchmal in den Nächten. Dann wacht sie weinend auf und tastet nach der leeren Stelle neben sich. Aber sie trauert weniger um den ihr mit den Jahren fremd gewordenen Mann Robert als um die Zeit, die sie in ihrer kurzen Ehe nicht öfter für sich genutzt haben, um das Gefühl von Nähe, von Gemeinsamkeit zwischen sich entstehen zu lassen, von dem sie jetzt zehren könnte.
Menuchah wird nicht ohne Heshel gehen wollen, überlegt Margarete jetzt. Und er wird nicht gehen, bevor er nicht weiß, was mit seinem Vater geschehen ist. Seine Mutter hat er bereits verloren, sie ist im Krankenhaus gestorben. Andere Verwandte haben das Land längst verlassen. Alle Verantwortung für seine eigene kleine Familie und für seine Schwester und ihre Kinder liegt nun auf Heshels Schultern. Schmale, knochige Schultern sind es, kaum geeignet für solch ein Gewicht. Margarete hat ihm nahe gelegt zu versuchen, mit seinen Angehörigen in die Schweiz zu gehen. Nicht nur einmal, sondern bei jedem ihrer Besuche im Haus der Goldbergs hat sie auf ihn eingeredet, ihn einmal sogar angeschrien. Er wiederholte stets dieselben Worte: »Ich muss bleiben, mein Vater braucht mich.«
»Sie haben nicht mehr viel Zeit«, hat Margarete ihn erst gestern wieder erinnert.
Von Rae erfuhr sie dann, dass die Familie an diesem Tag die Aufforderung zur Meldung auf dem Amt für Deportation erhalten hatte.
»Sie wissen, was das bedeutet?«, hat Margarete Heshel entsetzt gefragt. »Sie und Ihre Familie werden in eines dieser

Lager gebracht werden.« Er sah sie an, aber sie hatte nicht das Gefühl, dass er sie wirklich sah. Sein Gesicht war völlig grau und ausdruckslos, auch die Augen waren ohne Leben. Heshel ist knapp dreißig, doch an diesem Tag wirkte er älter als sein Vater. Am liebsten hätte sie ihn geschüttelt und geschüttelt, um diese Starre an und in ihm aufzubrechen. Sie wollte ihn nervös sehen, unruhig, voller Verzweiflung, bereit zum Handeln – aber nicht diese Bereitwilligkeit zur Aufgabe, dieses ganz und gar Erstorbene in ihm.

»Es war nicht leicht, Nora Ebert zu erreichen«, unterbricht Emma Margaretes Gedanken. »Die Telefonverbindungen zu den wenigen Mitgliedern des Jüdischen Frauenbundes, die noch in Berlin sind, wurden schon vor Monaten gesperrt. Aber ich kenne in der Charité eine Ärztin, auch Jüdin, mit einem Arier verheiratet. Sie habe ich erreicht und gebeten, sich mit Nora in Verbindung zu setzen. Das war vorgestern. Und schon heute kam die Nachricht, dass die Ausreisepapiere für die Goldbergs unterwegs sind. Frag mich nicht!«, wehrt sie ab, als Margarete ihren Mund öffnet. »Frag mich nicht, wie der Nachrichtendienst unter diesen jüdischen Frauen funktioniert. Aber er funktioniert, wie du siehst. Weißt du«, sagt sie dann, »es war mir schon länger bekannt, dass es Jüdinnen gibt, die aus politischen und humanistischen Gründen in Deutschland bleiben, untereinander Kontakt haben und vor allem jenen unter ihnen helfen, die nicht wissen, wohin sie gehen sollen, oder denen die Mittel zur Ausreise fehlen. Und das sind in erster Linie Ältere und Alleinstehende. Aber ich wusste nicht, wie stark und mutig, aktiv und einfallsreich diese Frauen sein können und sich für jene einsetzen, die nicht in der Lage sind, noch aus eigener Kraft zu handeln, um dieses Land zu verlassen.« Sie bleibt neben Margarete am Fenster stehen und schaut ebenfalls hinaus in den Garten. Er ist nicht groß, ist gerade groß genug, um Kräuter zu ziehen, ein paar Karotten und Zwiebeln, ein paar Kartoffeln und anderes Gemüse anzubauen. Am großen Apfelbaum hängen noch etliche rotbackige Früchte, die Schaukel bewegt sich im leichten Wind, und die beiden Kinder bauen eine Burg aus Sand. Welch ein friedliches Bild!, denkt Margarete und schluckt an dem Kloß in ihrem Hals.

»Ich werde einen Blechkuchen mit Äpfeln backen«, sagt Emma unvermittelt. »Der Krieg hat erst angefangen, aber wer weiß, wie lange wir in diesen Zeiten noch die Möglichkeit haben, einen Kuchen zu backen.«

»Einen Apfelkuchen mit dickem Zuckerstreusel. Den habe ich schon als Kind am liebsten gegessen.« Margarete lacht kurz auf, weil sie sich an die Kuchen ihrer Kindheit erinnert. Sie waren oft verbrannt oder klitschig, denn Emma war und ist keine gute Köchin.

»Oh, ich kann mir vorstellen, woran du denkst.« Emma lacht mit – es klingt mehr wie ein Schluchzen –, dann dreht sie den Kopf zur Seite und sieht Margarete ernst an.

»Sie haben nicht mehr viel Zeit«, sagt Margarete bedrückt. »Wenn sie zu dem angegebenen Termin morgen nicht auf dem Amt erscheinen, dann wird die Gestapo sie abholen.«

»Je weniger wir über das, was jetzt mit den Goldbergs geschieht, wissen, desto einfacher wird es für uns sein, Fragen zu beantworten, Tochter. Und Fragen kann es geben. Viele und sehr unangenehme.«

»Ich weiß.«

»Nora hat gesagt, dass die Aktion von Berlin aus organisiert wird. Sie haben Kontaktleute in Königsberg, über die alles läuft. Auch das Geld für die Ausreise soll hier besorgt werden.«

»Ich habe Menuchah das gegeben, was ich besitze. Es ist nicht viel, aber …« Sie denkt an das Sparbuch, das Robert und sie gleich nach ihrer Heirat angelegt haben und das sie an diesem Morgen ihrer Freundin in einem Umschlag überreicht hat.

»Tu, was du für nötig hältst«, sagt Emma, »aber bedenke, dass du ein Kind zu versorgen hast. Und dieser Krieg hat gerade erst angefangen.«

»Ich kann arbeiten. Auch in einem Krieg werden Kinder geboren, Mutter.«

»Ja.« Emmas Stimme klingt müde. »Doch die Mütter werden deine Hilfe bald nicht mehr bezahlen können.«

»Ich gehe heute Abend noch einmal zu ihnen, zu Menuchah und Heshel«, erklärt Margarete entschlossen. Mich von ihnen verabschieden, fügt sie in Gedanken hinzu. Verabschieden, ohne zu wissen, ob wir uns jemals wiedersehen werden. Sie weiß nicht, warum dieser Gedanke so viel Traurigkeit, sogar das Gefühl von Verlust in ihr erzeugt. Menuchah ist doch nur eine von vielen Frauen, die sie während der Schwangerschaft und Geburt betreut hat. Und trotzdem ist da mehr als nur eine lose Freundschaft.

»Andere werden sich jetzt um sie kümmern.«

Sie hört die Angst in Emmas Stimme.

»Ich muss sie noch einmal sehen«, sagt sie, als sie Emmas sorgenvollem Blick begegnet.

Sie greift nach ihrer Hand und horcht dabei auf das fröhliche Gelächter und Geplapper draußen im Garten.

Emma erwidert ihren Händedruck, und auch sie lauscht.

»Sie ist noch klein, sie versteht noch nicht, was es heißt, keinen Vater mehr zu haben.«
Margarete seufzt. »Sie hat sowieso nicht viel von ihm gehabt. Jedes Mal, wenn Robert nach Hause kam, hat sie sich zuerst vor ihm gefürchtet. Sie mochte seine Uniform nicht. Erst wenn er sie ausgezogen hatte, erkannte sie ihn wieder.«
Sie sieht erneut aus dem Fenster. »Ich bringe Helene für ein paar Tage zu Roberts Familie. Seine Eltern freuen sich, wenn sie ihre Enkelin bei sich in Amalienau haben und ein bisschen verwöhnen können. Ich habe ihnen gesagt, dass ich im Moment viel zu arbeiten habe und auch du wenig Zeit hast, um auf die Kleine zu achten. Sie kann für eine Weile dort bleiben, bis wir wissen, ob …«
Als sie verstummt, wiederholt Emma, was sie an diesem Tag schon öfter ausgesprochen hat: »Den Goldbergs wird nichts geschehen, sie werden es schaffen, alle miteinander. Auch Heshel. Du wirst sehen.«
Aber ihre Stimme zittert bei diesen Worten.

Sie geht, ihre Hebammentasche in der Hand, durch die Nebenstraßen, da ist es bereits dunkel. Schatten hocken in den Torbögen, die vom spärlichen Licht der Straßenlaternen nicht erhellt werden. Eine kleine Gruppe von leise miteinander schwatzenden Frauen begegnet ihr. Wahrscheinlich sind es Krankenschwestern auf dem Weg zum Nachtdienst in der Medizinischen Klinik an der Drummstraße. Es können aber auch Fabrikarbeiterinnen sein. Von einer ihrer Patientinnen hat Margarete erfahren, dass die NSDAP Frauen zur Arbeit in den Rüstungsbetrieben zwangsverpflichtet. »Es trifft immer die, die sowieso schon erwerbstätig sein müssen«, hat die junge Frau, die vergeblich auf ein Kind hofft, ihr erklärt. »Vor ein paar Jahren wurde ich vom Reichsarbeitsdienst für die weibliche Jugend zur Arbeit in der Landwirtschaft verpflichtet. Sechs Monate lang bestand mein Leben aus militärischem Drill und Hilfsarbeiten auf einem Bauernhof. Jetzt gehe ich nachts in die Fabrik. Und bald werde ich eben Bomben und Kanonen für unseren Führer bauen müssen.«

Und es wird nicht mehr lange dauern, überlegt Margarete, während sie in die Nicolaistraße abbiegt, dann werden Frauen auch noch als Soldaten im Kriegseinsatz sein.

Hier, in der stillen Nebenstraße, ist es dunkler als sonst, weil nur jede zweite Laterne brennt. Von irgendwoher erklingen markiger Gesang und die sich nähernden Schritte von Marschierenden. Margarete drückt sich in einen Torbogen und lässt die Fahnen schwingenden Jugendlichen vorbei, dann überquert sie die Fahrbahn, um zum Haus der Goldbergs zu gehen.

Niemand öffnet, kein Fenster ist erleuchtet, kein Laut dringt aus dem Gebäude.

An einem trüben Novembermorgen klopft Edda Stiebel, die ehemalige Verkäuferin in Goldbergs Buchladen, an die Tür. Als die drei Frauen in Emmas kleiner Küche sitzen, berichtet Edda, dass Heshels Frau Menuchah, seine Schwester und ihre Kinder sicher in Holland angekommen seien.

»Es ging alles so schnell«, erzählt sie mit brüchiger Stimme. »Sie hatten nicht einmal die Zeit, mehr als ein Köfferchen mit den Sachen für den kleinen Samuel zu packen. Nun versuchen sie, in Rotterdam auf ein Schiff zu kommen. Menuchah hat Verwandte in den USA, die werden für sie bürgen und sie aufnehmen. Mit den Papieren aus Berlin wird das hoffentlich kein allzu großes Problem sein, obwohl ja jetzt dieses Einreiseverbot für Auswanderer besteht.«

»Gehören Sie …?«, beginnt Emma leise, verstummt aber wieder, als Edda sie und dann Margarete forschend anblickt.

»Ich bin zu Ihnen gekommen, weil die Familie Goldberg Ihre Freunde sind und auch ich Ihnen vertraue. Und weil Menuchah mich gebeten hat, Ihnen diesen Brief zu geben, sobald sie und ihre Schwägerin in Sicherheit sind«, erklärt sie dann, während sie einen zerknitterten Briefumschlag aus ihrer Rocktasche zieht und auf den Küchentisch legt. »Um Ihre Frage zu beantworten: Nein, ich bin schon zu alt und nicht mutig genug für derlei Aktionen. Aber meine Tochter Hilde ist eine der Frauen in Königsberg, die diese Widerstandsgruppe in Berlin aktiv unterstützen. Sie nennen sich die ›Rote Kapelle‹ oder auch ›Schulze-Boysen/Harnack-Gruppe‹. Die wurde schon 1933 von politischen Oppositionellen gegründet, Männern und Frauen. Vor allem die Frauen arbeiten gegen den Krieg und den Terror des Naziregimes. Sie sind unter anderem mit dem Jüdischen Frauenbund und mit der auch bei uns bekannten Marga Meusel, die vor ein paar Jahren eine Denkschrift über die Aufgaben der Kirche an den evangelischen Nichtariern verfasst hat, in engem Kontakt. Und sie schmuggeln Nachrichten über das, was zurzeit hier passiert, ins Ausland und schleusen illegal Informationen von draußen ins Land.« Sie verzieht den Mund zu einem flüchtigen Lächeln. »Manchmal, aber wirklich nur manchmal helfe ich bei der Verteilung von antifaschistischen Schriften aus. Aber viel lieber bringe ich den Menschen gute Nachrichten. Wie heute Ihnen.«

»Und Heshel Goldberg?«, fragt Margarete schnell. »Was ist mit ihm und mit seinem Vater, Joseph Goldberg?«

Edda blickt an ihr vorbei und hinaus in den Garten, über dem dichter Nebel hängt. Ihr faltiges Gesicht unter dem ergrauten, im Nacken zu einem Knoten zusammengefassten Haar ist wieder ernst geworden, und Tränen rollen ihr über die Wangen.

»Es gibt keine offizielle Auskunft über Häftlinge der Gestapo«, antwortet sie schließlich tonlos. »Viele verschwinden einfach, sie werden totgeschwiegen. Es ist anzunehmen, dass der alte Herr Goldberg nicht mehr am Leben ist. Kein Mann in seinem Alter übersteht wochenlange Verhöre und Folterungen der Art, wie Hitlers Gestapo sie anzuwenden pflegt. Vielleicht ist es besser so für ihn«, sagt sie nachdenklich. »So wird ihm wenigstens das Elend eines Konzentrationslager erspart.«

Margarete legt ihre Hand kurz auf Eddas.

»Heshel, Menuchahs Mann, was ist mit ihm?«

»Ach Kindchen!« Edda seufzt wieder. »Er hatte sich im Haus verkrochen, nachdem seine Familie weg war. Er wollte ja nicht ohne seinen Vater gehen. Aber die Gestapo hat ihn schnell aufgespürt. Er ist deportiert worden, zusammen mit vielen anderen Juden, die sich der trügerischen Hoffnung ergaben, vielleicht doch verschont zu bleiben.«

»Aber wohin?«

Die alte Frau sieht sie schweigend an, und auch Emma bleibt stumm. Die Stille in der kleinen Küche wirkt bedrückend. Und Margarete denkt: Edda hat Recht, man muss kein Datum, keine Orte, keine Namen nennen, das Grauen kann immer und überall sein.

Plötzlich ist ihr kalt. Sie zieht ihren Wollschal fester um die Schultern und trinkt einen Schluck von ihrem Kaffee. Doch der ist nur noch lauwarm und schmeckt bitter. Unwillkür-

lich horcht sie auf; in der Wohnung über ihnen hat Helene gerade damit begonnen, ein Liedchen zu trällern.
»Mein Gott!«, sagt Emma in diese Stille hinein. »Wo soll denn das alles noch enden?«
Der Brief, den Edda Stiebel auf dem Küchentisch liegen gelassen hat, ist dünn und zerknittert, als hätten ihn unzählige Hände schon angefasst. Auf dem Umschlag steht Margaretes Vorname, aber keine Adresse, kein Absender. Ihre Finger zittern, als sie ihn öffnet. Es sind nur wenige Zeilen auf einem unlinierten Blatt, wahrscheinlich herausgerissen aus einem Schulheft. Die Flecken darauf erinnern an getrocknete Tränen.
»Liebe Freundin. Wir werden nie vergessen, was Sie und Ihre Mutter für uns getan haben. Und ich freue mich auf ein Wiedersehen mit Ihnen in einer anderen und besseren Welt. Wir werden uns finden, wo immer wir auch sein werden. Gott wird uns dabei helfen.«
Auch die Unterschrift fehlt, aber sie ist ohnehin nicht notwendig.

XV
Helene

Großmutter Emma hatte eines Abends auch ihr dieses Stückchen Papier gezeigt und vorgelesen.
»Versprich mir, dass du nicht darüber reden wirst«, sagte sie dann. »Und sprich den Namen Goldberg nicht aus, aber vergiss ihn nicht. Es wird eine Zeit kommen, in der er wichtig für uns sein wird.«
Helene machte sich damals ihre eigenen Gedanken über den Grund, warum ihre Mutter nicht mehr zu den Goldbergs gegangen war und sie mitgenommen hatte. Sie hatte scharfe Ohren und gute Augen und speicherte die unübersehbaren Veränderungen und Geschehnisse im Zusammenhang mit den Juden in der Stadt in ihrem Kopf. Es gab vieles, was ihr in dieser Zeit unheimlich war und was nur noch im Flüsterton zwischen ihrer Großmutter und ihrer Mutter besprochen wurde. Mit vielen dieser Andeutungen konnte Helene nichts anfangen, doch sie wagte es nicht, nachzufragen. Und obwohl die Zeit eine schlechte war, weil Krieg war und das Geld knapp und es keine Brötchen mehr zum Frühstück gab, die oft ohnehin schon dünne Suppe nochmals mit Wasser gestreckt wurde und das Brot immer mehr nach Sägespänen schmeckte, lief der Alltag in Großmutters Haus weiter wie gewohnt. Richtig beunruhigend wurde er erst mit den nächtlichen Besuchen von Edda Stiebel, ihrer Tochter Hilde und einigen anderen Frauen in Emmas Haus. Die Besuche-

rinnen kamen immer öfter und meist erst in der Dunkelheit, wenn es in den Straßen still geworden und die Gruppen grölender SS-Leute, die mit strammen Schritten und archaischen Liedern durch die Stadt zogen, verschwunden waren. Die eine oder andere der Frauen kam an manchen Abenden sogar durch den Garten und die Hintertür ins Haus, und alle schwiegen, bis sich Emmas Küchentür fest hinter ihnen geschlossen hatte. Dann erst hörte Helene sie miteinander murmeln und flüstern bis spät in die Nacht oder in den Morgen hinein.
Und an einem Morgen im Sommer 1943 kamen dann die Männer von Hitlers Gestapo und nahmen Margarete mit, die mit ihrer Hebammentasche gerade von einer Geburtshilfe im Stadtteil Vorderhufen heimgekehrt war, zum Umfallen müde nach der anstrengenden Nacht. Großmutter Emma hatte soeben das Pausenbrot für Helene eingewickelt, und Helene hatte nachgesehen, ob auch Tafel und Kreide und alle Bücher im Schulranzen steckten, da hörten sie vorm Haus die Stimmen der Männer und die von Margarete. Kurz darauf kam Margarete in die Küche, mit bleichem Gesicht und violetten Augenringen, und sagte in beschwörend klingendem Ton: »Ich bin bestimmt gleich wieder zurück, gleich wieder.«
Aber sie kam nicht gleich wieder, auch nicht nach Tagen und Wochen, sondern erst nach mehreren Monaten, da war es bereits Winter, und der Schnee lag so hoch wie schon seit Jahren nicht mehr. Ein eisiger Wind verbiss sich in alles Bewegliche, und das Holz brannte schlecht an, weil der Frost darin saß.
In dieser Zeit, in der Margarete wegen ihrer Teilnahme an einer Widerstandsaktion in Berlin im Gefängnis war, kramte

Großmutter Emma immer wieder in ihrem hölzernen Kästchen, nahm Menuchah Goldbergs Brief heraus und sagte zu Helene: »Sie werden uns helfen, wenn die Not am größten ist.«
Doch warum Emma sich dessen so sicher war, erfuhr Helene erst, nachdem Margarete wieder aus dem Gefängnis entlassen worden war.
»Hast du der Gestapo …«, begann Emma ihre Tochter zu fragen, behutsam und mit verhaltener Stimme, denn Margarete zuckte in den ersten Tagen und Wochen nach ihrer Heimkehr noch bei jedem Laut zusammen, machte sich ganz klein auf dem Stuhl am Frühstückstisch und hielt sich die Hände über den Kopf, als wollte sie ihn vor Schlägen schützen. »Haben sie dich dazu gezwungen?«
»Nein«, antwortete Margarete schließlich mit heiserer Stimme, weil sie schrecklich erkältet war und so hohl hustete, dass ihre Mutter immer wieder ihre Lunge abhorchte und ihr Thymiantee kochte oder Zwiebelsaft mit Honig einflößte, weil es in den Apotheken keine Medikamente mehr gab. »Und sie wissen nichts.« Margarete legte ihre eisig kalten Finger unter Helenes gesenktes Kinn und hob energisch ihren Kopf, sodass das Kind sie ansehen musste. »Aber meine Tochter soll und muss es wissen. Doch sie darf nicht …« Sie verstärkte den Druck ihrer Finger und schüttelte Helenes Kopf hin und her. »Hörst du, du darfst nie darüber reden, nicht in der Schule, nicht deinen Freundinnen, niemandem gegenüber – dass wir zu den Juden gehören.«
Helene nickte verschüchtert. Sie wusste das doch schon, weil Großmutter Emma ihr die Geschichte von Clara Wolf und Ira Goldberg erzählt hatte, die ihre Großeltern gewesen waren. Da hatte sie auf einmal die Zusammenhänge erkannt

und erschrocken gerufen: »Aber dann sind wir doch auch Juden!«
Jetzt erzählten die beiden Frauen Helene auch von den Vorbereitungen zur Flucht der jüdischen Familie und dass Margarete und auch Großmutter Emma ihnen ihre gesamten Ersparnisse gegeben hatten, weil die Konten der Goldbergs beschlagnahmt und die Buchhandlung geschlossen worden waren.
Nun verstand auch Helene, warum Menuchah Goldbergs Zeilen so kostbar waren. Sie sah zu, als ihre Mutter den Brief zwischen anderen persönlichen Papieren unter dem losen Boden in ihrer Hebammentasche versteckte. Und als diese Tasche später auf einem Feld in Polen aufplatzte, über das Helene mit ihrer Mutter gehetzt war, und der Wind nach den flatternden Papieren griff, auch nach dem Umschlag, da starrte sie ihm entsetzt nach. Gleich einem fröhlichen Papierdrachen wurde er in die Luft gehoben, kreiselte, stürzte, wurde wieder gepackt und weitergetragen, irgendwohin. Dann erst begriff sie, was der rote Fleck auf dem Mantel der vor ihr liegenden Mutter bedeutete.

Helene steht abrupt von der Bank auf. Sie muss vor diesen Bildern flüchten, sie will laufen, weglaufen, nur noch laufen. Sie ist aufgewühlt, diese Erinnerungen stürzen plötzlich auf sie ein, nehmen ihr den Atem. Sie schleudert das Heft mit der Geschichte ihrer Mutter, das sie noch immer in der Hand gehalten hat, so heftig weg, dass die Seiten umknicken und es mit dem Umschlag nach oben auf dem Boden liegen bleibt. Im Flur setzt sie sich ihre Fellmütze auf, streift sich die wattierte Jacke über, die einmal Lara gehörte, und zwängt ihre Füße in die klobigen Stiefel. Schnell, schnell nach draußen und Luft holen und laufen und Distanz bringen zwischen sich und diese Stimmen und Bilder der Vergangenheit. Kälte und Wind beißen ihr ins Gesicht, lassen es erstarren, machen es zu einer gefühllosen Maske, in der sich nur noch die Augen bewegen. So rennt sie und rennt auf einem weißen Band, das rechts und links von Schneewällen gesäumt ist, manchmal ein Baumstamm dazwischen, die Äste kahl und lebendig im eisigen Sturm. Dünne Zweige fingern nach ihr, reißen an ihren Haaren, ziehen Striemen über ihr Gesicht und ihren bloßen Hals. Und auf einmal löst sich ein dunkler Schatten aus dem Weiß, ein Hund, kein Hund, ein Wolf …

Plötzlich Stimmen, freundliche, bekannte Stimmen um sie herum. Heiße, brennend heiße Flüssigkeit rinnt durch ihren Hals. Sie verschluckt sich und muss husten. Wodka, denkt sie, natürlich Wodka, Katharinas Allheilmittel für jede Art von Schmerz, für jede Wunde. Ihre schmerzenden Hände werden vorsichtig von anderen, von warmen Händen gerieben, jemand zieht ihr die Stiefel aus und massiert ihre gefühllosen Zehen. Eine Wolldecke drückt auf ihre Schultern, der Ofen in ihrem Rücken glüht und sendet Wellen von Wärme durch ihren zitternden Leib.

»Bei minus dreißig Grad, wenn nicht noch mehr!«, schimpft Katharina. »Dazu der eisige Wind, und du nicht einmal die Jacke zugeknöpft! Wie alt musst du denn noch werden, dass du endlich begreifst, dass der sibirische Winter menschenfeindlicher ist als jeder andere Winter auf dieser Welt? Und dass man sich, sofern man sich hinaus in diese Kälte wagt, entsprechend anziehen und verhalten muss?«

»Was hast du dir dabei gedacht?«, fragt auch Victor ärgerlich, der eine weitere Decke auf ihre Schultern legt. »Du hast lange genug hier gelebt, um zu wissen, dass manchmal schon eine halbe Stunde in dieser Kälte genügt – und du bist erfroren!«

Helene zittert und zittert und fühlt sich schuldig bei dieser halb wütenden, halb sorgenvollen Schimpferei. So entrüstet Katharina sich manchmal gegenüber ihren Enkelkindern, wenn sie nicht hören wollen, und Victor poltert sowieso gern los, wenn ihm etwas nicht passt. Sie will etwas sagen und verzieht die Lippen, die vom Wind ausgetrocknete Haut reißt auf, es schmerzt, sie schmeckt Blut, und so sagt sie nichts, schlingt nur spontan ihre Arme um die Frau, die vor ihr auf einem Schemel hockt und ihre Waden knetet.

»Ach was!« Katharina löst sich sanft aus der Umarmung. »Sag lieber dem da danke, dass er dich rechtzeitig im Schnee aufgelesen und ins Haus gebracht hat.« Sie zeigt auf den alten Mann am Tisch, der sein Wodkaglas mit beiden Händen umfasst hält und irgendwohin schaut, nur nicht zu den beiden Frauen am Ofen.

»Danke, Fedja«, sagt Helene mühsam.

»Danke, danke – was kann ich mir dafür schon kaufen, noch nicht einmal eine Patrone!«, schimpft er und leert sein Glas in einem Zug. »Die Wölfe und ihr lästiges Geheul«, brummelt er dann weiter. »Abschießen muss man sie, es sind schon wieder zu viele hier in Nowgoje.«

»Du weißt, dass du eine Genehmigung dazu brauchst, Alter«, sagt Victor unwirsch zu ihm. »Und außerdem glaube ich nicht, dass du überhaupt noch ein Gewehr halten kannst, so besoffen, wie du jetzt immer bist. Deine Leber wird bald nicht mehr mitmachen.«

»Ich brauche keine Genehmigung«, behauptet Fedja und

sieht nun doch Helene an. »Ich habe Wölfe schon früher immer ohne Genehmigung abgeschossen.« Seine Stimme verschwimmt ein wenig, doch seine Augen sind überraschend klar. »Ich kann machen und reden, was ich will. Ich gehöre nämlich in dieses Land. Ich war schon immer hier – ich und die Wölfe. Ich kenne sie, seit meiner Kindheit kenne ich sie. Und ich weiß, dass sie kein feiges und schwaches Pack sind, wie manche sagen. Schlau sind sie, schlauer als unsereiner. Gerissen. Ich hab sie immer gejagt, und sie wissen das seit damals. Jetzt gehen sie mir aus dem Weg, wenn sie mich nur sehen.«

»Was redest du für einen Unsinn, Alter! Hör nicht auf ihn«, wendet Katharina sich wieder an Helene. »Er redet dummes Zeug, wenn er zu viel getrunken hat. Und er trinkt neuerdings jeden Tag zu viel, unser Fedja.«

Fedja grinst breit und gemein und deutet mit dem Kinn auf Helene.

»Die da soll nur froh sein, dass ich besoffen bin, denn nur wenn ich besoffen bin, sammle ich halb tote Deutsche von der Straße auf«, sagt er. »Wäre ich nüchtern gewesen, hätte ich sie wahrscheinlich liegen und krepieren lassen.«

Seine Augen sind unverwandt auf Helene gerichtet, provozierend und lauernd, und noch ein anderer Ausdruck ist darin, den Helene nicht deuten kann.

Katharina drückt ihr plötzlich einen Becher mit dampfender Flüssigkeit in die Hand.

»Hier, trink das, das wird dich wieder auf die Beine bringen.«

Helene trinkt und bewegt dabei ihre Zehen in den dicken Wollsocken, die viel zu groß sind und wahrscheinlich Victor gehören. Dann steht sie vorsichtig auf.

»Ich denke, ich kann jetzt nach Hause gehen.«
»Nichts da, du bleibst hier, bis du völlig aufgewärmt bist«, bestimmt Katharina und drückt sie resolut zurück auf die Bank. »Ich habe eine gute Kohlsuppe auf dem Herd, davon wirst du etwas essen, bevor du wieder nach draußen in die Kälte gehst.«
»Kannst du mir erklären, warum du bei diesem Wetter herumspazieren musstest?«, fragt Victor. Er wirkt noch immer aufgebracht, als er sich neben Helene setzt, nicht dicht genug, dass er sie berührt, trotzdem rückt sie unwillkürlich ein wenig zur Seite.
»Mein Gott«, sagt sie ärgerlich, »kann ich denn keinen Schritt mehr machen, ohne dass ihr erfahren wollt, warum und wohin?«
»Immerhin hast du bewusstlos im Schnee gelegen und auch nicht reagiert, als Fedja dich angesprochen und dann auf seinen Karren gehoben hat. Da macht man sich eben Gedanken.« Er legt seine Hand über ihre, ganz leicht nur und kurz. »Du solltest bald einmal zu mir in die Praxis kommen, Jelena. Am besten schon morgen. Ich möchte einige Tests machen.«
»Warum?«, unterbricht sie ihn grob. »Mir fehlt nichts, mir hat noch nie etwas gefehlt. Ich habe eine Rossnatur.«
»Seit wann hast du diese Ausfälle?«, fragt er ungerührt und ohne sie anzusehen.
»Ausfälle!«, empört sie sich. »Wovon sprichst du überhaupt?«
»Du weißt, was ich meine. Und du solltest das nicht auf die leichte Schulter nehmen.«
Sie weiß, selbstverständlich weiß sie, was er meint. Sie hat lange genug in seiner Arztpraxis mitgearbeitet, um zu wis-

sen, was eine kurze Bewusstlosigkeit bedeuten kann. Und es ist nicht das erste Mal, dass ihr das passiert ist. Kleine Schlaganfälle sind das, noch nicht gefährlich und ohne gravierende Folgen. Nach jedem Mal hat sie ihr Gesicht im Spiegel kontrolliert – nichts war verzerrt, nichts hing schief, das Denken nicht beeinträchtigt.

Sie rückt noch weiter weg von Victor und wiederholt störrisch: »Mir fehlt nichts.«

»Komm trotzdem morgen früh zu mir«, beharrt er.

Sie lassen sie tatsächlich irgendwann gehen, und nicht allein, Katharina begleitet sie, weil Victor zu einem Kranken muss. Es ist schon Abend, und die Fenster in den Häusern entlang der Dorfstraße leuchten gelblich. Die beiden Frauen gehen schweigend. Katharina hat Helenes Arm genommen, hält ihn fest, hält sich an ihm fest, genau ist das nicht zu sagen. Der Sturm hat nachgelassen, der wieder weite Himmel wirkt ausgeputzt, mit Sternen, die sehr nahe sind und auf den Baumwipfeln zu sitzen scheinen, und mit einem Halbmond, der einer Schüssel gleicht, die jeden Moment umkippen und ihren Inhalt verschütten wird. Der Schnee knirscht unter jedem ihrer Schritte. Das Geräusch wird begleitet vom fernen Ruf der Wölfe.

»Am Samstag«, sagt Katharina, als sie sich bei der Abzweigung zu Helenes Haus verabschiedet. »Sie kommt mit dem Auto.«

Am Samstag, denkt Helene, als sie allein weitergeht, und heute ist Mittwoch. In drei Tagen also wird Lara hier sein. Ihr Herz fängt an zu klopfen. Sie geht schneller, das dunkle Haus hebt sich von dem Weiß rundherum ab, fahles Mondlicht zaubert schattige Geheimnisse unter das tief hängende Dach.

Helene öffnet die Tür, tritt ins Innere, schließt sie sofort wieder und lehnt sich mit dem Rücken dagegen. Der Flur ist eng und niedrig. Als Lara noch ein Kind war und von der Schule heimkam, ist sie manchmal in diesen Flur gestürmt, zusammen mit einem Schwall frischer, kalter Luft, hat ihre Kleider auf den Boden geworfen, weil sie noch nicht an die Haken heranreichte, die Schultasche ebenfalls, die Helene ihr aus einer alten Decke genäht hatte, und hat laut und oft lachend gerufen: »Ich bin wieder zu Hause, Mamuschka!« Dann wich die Stille aus diesem kleinen Haus, dann begannen die Holzwände wieder zu atmen und zu knacken, die schäbigen Gardinen vor den Fenstern bewegten sich, obwohl kein Luftzug sie berührte, und das glosende Feuer im Herd flackerte lebendig auf und erzählte Geschichten von heimeliger Wärme.
Daran muss Helene denken, als sie ihre Jacke auf einen der Haken hängt und die Stiefel darunter stellt und dann die Tür zur Wohnküche aufstößt. Es ist dunkler im Raum als draußen, und für einen Moment meint sie Lara am Ofen sitzen zu sehen, so wie sie früher oft dort saß, den gerundeten Rücken an die brüchigen Kacheln gedrückt und die Knie bis zum Kinn hochgezogen. Und Helene hüllte ihr frierendes Kind in den alten Schal mit den abgefressenen Fransen. Damals war Lara noch so klein, dass sie beinahe darin verschwand, nur noch das spitze Gesichtchen mit den großen Augen war zu sehen. In diesen Momenten zärtlicher Nähe erinnerten Laras Augen an Wasser, das lange in Felsenmulden stand, kleine Pfützen, die plötzlich zu Abgründen wurden, wenn Helene sich unvermittelt wieder zurückzog, weil sie den Verlust, das Ende dieser Nähe schon fürchtete, bevor sie ihr wirklich bewusst geworden war.

»Erzähl mir von früher«, forderte Lara sie manchmal auf. »Erzähl mir von der Zeit, als du Kind warst.« Und Helene setzte sich neben ihre Tochter, nicht zu dicht, doch dicht genug, um ihr Kind atmen zu hören, seine Lebendigkeit noch zu spüren. Sie öffnete den Mund und suchte vergeblich nach Worten, nach Sätzen.
»Warum sagst du nichts?«, fragte Lara, schon enttäuscht, und rückte von ihr ab. »War das keine schöne Zeit, als du ein Kind warst?«

Daran muss Helene denken, als sie den Docht der neuen Petroleumlampe anzündet, die Victor am Tag zuvor gebracht hatte, und die Kerzen auf den Fensterbrettern. Das alte Schulheft liegt noch auf dem Boden. Sie hebt es auf und glättet die verknitterten Seiten. Mit Margaretes Geschichte endet Laras Sammlung, der Erzählfaden wirkt abgerissen. Die restlichen beiden Hefte sind leer. Helene nimmt eines davon in die Hand, blättert darin, berührt Seite für Seite mit den verblassten Linien. So vieles ist ungesagt geblieben, nicht erzählt worden, überlegt sie. Reden – ja, sie hätte mehr mit Lara reden sollen. Sie hätte sie nicht enttäuschen, nicht um den Rest dieser Geschichten um die Menschen, die vor ihr waren, betrügen dürfen. Ein Kind hat ein Recht darauf zu erfahren, woher es kommt, wer und was zu seiner Familie gehört. Vielleicht wird es eines Tages nach seinen Wurzeln suchen wollen. Und wenn es nicht weiß, wo es suchen soll, dann wird es wahrscheinlich nicht einmal den Boden finden, in dem seine Wurzeln einst wuchsen, bevor sie abgehackt wurden. Und vielleicht scheitert dieses Kind daran, die Gegenwart zu verstehen, weil ihm niemand die Gelegenheit gab, sich mit der Vergangenheit auseinander zu setzen.

Warum habe ich Lara meine Geschichte verweigert?, fragt Helene sich. Habe ich wirklich keine Worte gefunden für das Grauen? Keine Worte für die Scham in mir über das, was mir geschehen ist? Oder war es die Angst vor Laras Reaktion, die auf der Seite der Sieger eines furchtbaren Krieges aufwuchs, inmitten von Menschen wie Onkel Wanja und Fedja, für die das Leid der Verliererin eine Selbstverständlichkeit war und wahrscheinlich noch immer ist?

Unruhig ist sie bei diesen Gedanken hin und her gegangen, bleibt nun vor dem Spiegel über dem Ausguss stehen und betrachtet ihr Gesicht, als könnte sie die Antworten auf ihre Fragen in diesen graublauen Augen mit den grüngoldenen Sprenkeln, in diesen Falten und in diesen länglichen Gräben finden, die sich von ihren Nasenflügeln bis zum Kinn ziehen. Oder im Zug dieses Mundes, dessen Winkel nach unten hängen. Das Gesicht im Spiegel ist ernst, wirkt hart, abweisend. Es ist wie ein Buch, das enttäuscht und für immer beiseite gelegt wird, weil es sich als unleserlich erweist, muss sich Helene eingestehen.

Auch Lara hat sich einst für immer von ihr abgewendet, weil sie, Helene, nicht zeigen, nicht sagen, nicht spüren lassen konnte, dass sie ihr Kind in dem Moment zu lieben begann, als es auf die Welt kam. Welch eine überwältigende Liebe hatte sie für das winzige Wesen, das Victor ihr in den Arm legte, empfunden. Sprachlos war sie über die Intensität und die Unmittelbarkeit dieser Liebe zu einem bis zum Augenblick der Geburt ungewollten Kind gewesen, tief betroffen von dieser Kraft, die sie nicht in sich vermutet hatte, weil sie zuvor Barriere um Barriere um ihre Seele gebaut hatte. Doch die Liebe konnte nicht aufblühen, sie blieb zwischen diesen Barrieren gefangen. Es war ihr nicht gelungen, sich

aus dem Gefängnis zu befreien. Jeder Versuch eines Lächelns misslang, kein Lachen brach sich jemals Bahn, kein Wort konnte das erfassen, was im Innern aufgebrochen war, Nähe wurde angstvoll vermieden.
Mit der Spitze ihres Zeigefingers zieht Helene, noch immer vor dem Spiegel, die Konturen ihres Mundes nach. Die Haut fühlt sich spröde an, nicht elastisch.
Unnachgiebig.
Verbittert, plötzlich voller Zorn über ihr Versagen, schlägt sie sich den Handrücken auf diesen unnachgiebigen Mund.

Spät in der Nacht hört Helene das leise Tappen von Wolfspfoten rund ums Haus; lange liegt sie bewegungslos, mit angehaltenem Atem auf ihrem Lager und horcht auf das Geräusch. Und als sie am Morgen die Tür öffnet, sieht sie die Spur eines einzelnen Tieres im frisch gefallenen Schnee. Sie legt ihre flache Hand auf den Abdruck. Es muss ein großes Tier gewesen sein, groß und schwer. Sie blickt zum Waldrand hinüber, wo sich die Spur wieder verliert. Nichts regt sich dort. Als sie sich umdreht und in Richtung Dorf sieht, erkennt sie in der Ferne den Pferdekarren vom alten Fedja, der lautlos über die mit Schnee bedeckte Straße rollt. Helene kneift die Augen ein wenig zusammen. Über Fedjas Kopf ragt ein langer Stecken in die Höhe, der einem Gewehrlauf gleicht.
Der Tag beginnt unerwartet hell, die Weiße über der Landschaft glänzt wie poliertes Silber. Im Verschlag hinterm Haus findet Helene ihre alten Skistöcke und die Schneeschuhe, die Onkel Wanja ihr einst vererbt hatte. Er hatte sich damals neue machen lassen und fand, dass seine alten noch gut genug waren für die Deutsche. Sie benutzte sie tat-

sächlich noch viele Winter lang. Sie erneuerte die schmalen Lederschnüre, wenn sie gerissen und nicht mehr zu flicken waren, und rieb sie mit Fett ein, damit sie geschmeidig blieben. Diese Schneeschuhe trugen sie oft durch alle weglosen Wälder und durch das Moor in der Umgebung von Nowgoje.

So schreitet Helene nun auch an diesem Tag zügig aus und zieht ihre Spur in das noch unberührte Weiß, während sie durch die von der Schneelast tief gedrückten Äste der Fichten den gläsern wirkenden Himmel betrachtet. Der Frost beißt ihr in die Wangen und Ohren, und die Luft ist so kalt, dass ihre Zähne und sogar ihre Haarwurzeln unter der Kapuze ihrer Jacke schmerzen. Im Rucksack hat sie eine Thermoskanne mit heißem Tee, dazu ein Stück Hartwurst, ein Stück Brot und etwas Käse. Kurz denkt sie daran, dass sie nicht hätte gehen sollen, ohne jemandem Bescheid zu sagen, Victor oder Katharina oder zumindest Olga. Einer von ihnen kommt nach diesem Zwischenfall neulich, bei dem sie am Ende des Dorfes umgekippt war und fast erfroren wäre, hätte der alte Fedja sie nicht aufgesammelt und in Victors Haus gebracht, fast täglich zu ihr, um nach ihr zu schauen und ihr etwas zu essen zu bringen und unnötig viel Holz aufs Feuer zu legen – als könnte sie sich nicht mehr selbst versorgen, als wäre sie schon so gebrechlich und verwirrt wie die alte Marfa, die seit einem Jahr nicht mehr aus ihrer Hütte geht, wie Katharina erzählt hat, weil die Osteoporose ihre Knochen so zerbrechlich gemacht hat wie Glas.

Sie hat sich schon so weit vom Dorf entfernt, dass sie nicht mal mehr das übliche Hundegebell oder die Rufe spielender Kinder hören kann. Um sie herum ist nur Wald, dessen bisher spärliches Unterholz nun dichter wird, alles überzogen von einer dicken, festen Decke aus Schnee und Eis, über die ihre Schneeschuhe mit leisem Knirschen und Schaben gleiten. Sie entdeckt die Spuren von kleineren Raubtieren, von Eichhörnchen, Schneehasen und Schneehühnern und die größeren Eindrücke von Huftieren. Und die Spuren der Wölfe, weit auseinander gezogen zuweilen, dann dicht neben- oder hintereinander. So geht sie und geht, lauscht der Stille im Wald und horcht auf das rhythmische Klopfen in ihrer Brust. Einmal ist in der Ferne, irgendwo in diesem unendlich weiten und ruhigen Wald, ein Knall zu hören, der Gewehrschuss eines Jägers vielleicht, danach kehrt die Stille wieder, legt sich gleich einem Mantel zwischen die Bäume und auf den Erdboden. Mit dieser Stille um sie herum fühlt sie sich eins; in diesen Momenten öffnet sich ihre Seele, bereit, im Gleichgewicht mit der unendlichen Weite der Natur zu sein.

Sie hat die dunkelgraue Wolkenwand, dunkler als der übrige Winterhimmel, in ihrem Rücken nicht bemerkt, doch plötzlich beginnt es zu schneien, sachte zunächst und bald darauf immer stärker, wirbelnd im plötzlichen und heftigen Wind. Helene will umkehren und auf ihrer Spur zurück ins Dorf gehen, doch der Wind, von ihr bisher unbeachtet, hat ihre Abdrücke bereits verweht, der Neuschnee hat sie zugedeckt. Auf einmal werden die schwärzlichen und die weiß fleckigen Baumstämme um sie herum im dichten Schneetreiben zu geisterhaften Gestalten mit schwingenden Gliedern, dünne Zweige streifen Helenes Gesicht, und sie dreht sich mehrmals um sich selbst. Der Schnee nimmt ihr nun die Sicht, und plötzlich hat sie jede Orientierung verloren und blickt sich ratlos um. Nichts ist zu sehen, nichts ist zu hören außer diesem Geräusch unaufhörlich rieselnden Schnees. Helene fürchtet sich nicht, nein, sie ist auch früher zuweilen in ähnliche Situationen geraten und hat sich zu helfen gewusst, ohne jeglichen Anflug von Panik. Sie kann sich ein Schneeloch graben und darin warten, bis der Schneefall und der Wind nachlassen und der Tag wieder etwas heller wird, sie kann unter tief hängenden Zweigen Schutz suchen, wie die Tiere des Waldes das tun. In ihrem Rucksack ist eine noch volle Thermoskanne, und sie ist warm angezogen, sie muss nicht befürchten zu erfrieren. Sie kennt diese winterlichen Schneestürme, die meist bald wieder aufhören.

Doch als sie auf einmal direkt vor sich die Spur eines Wolfes entdeckt, folgt sie ihr, ohne nachzudenken, einfach nur froh darüber, nicht das einzige Lebewesen in dieser weißen Stille zu sein. Es ist eine frische Spur; wäre sie älter als ein paar Minuten, der Schnee hätte sie schon wieder verdeckt. Sie weiß nicht, wie lange sie so oder in welche Richtung sie geht. Automatisch setzt sie einen Fuß vor den anderen, den Blick fest auf die klaren Abdrücke vor sich im Schnee gerichtet. Deshalb bemerkt sie den verfallenen Schuppen erst, als sie fast dagegen stößt. Die Tür hängt schief in den Angeln, und immer wieder wird das zerbrechlich wirkende Gebilde von Windstößen gegen die Wand geschlagen. Das winzige Fenster ist mit Brettern vernagelt, die zwei Eingangsstufen sind halb verfault. Wahrscheinlich, denkt Helene, haben Jäger aus der Umgebung sich vor langer Zeit diesen Unterschlupf gebaut und ihn dann nicht mehr genutzt.

Einen Moment lang verharrt sie und lauscht, doch im Innern ist alles still. Sie blickt sich um, von der Wolfsspur ist nichts mehr zu sehen. Helene wartet, bis sich ihre Augen einigermaßen an das Dunkel im Innern der Hütte gewöhnt haben, dann löst sie die Schneeschuhe von ihren Filzstiefeln und tritt vorsichtig ein. Die Tür lässt sich nicht schließen. Sie wird ihr von einer Sturmböe aus der Hand gerissen und schlägt nun wieder gegen die Holzwand. Sie erkennt einen kleinen Tisch auf den teilweise durchgebrochenen Bodenbrettern, zwei, drei Stühle, einer ist umgefallen und kaputt. An einem schmalen Wandbord hängen ein paar Becher und eine zerbeulte Kanne aus Blech. Und an der gegenüberliegenden Wand steht ein bauchiger Ofen, dessen Abzugsrohr allerdings halb aus seiner Halterung gerutscht ist. Neben dem Ofen liegen einige aufgeschichtete Holzscheite. Helene tastet auf dem Bord vergeblich nach Zündhölzern. In einer Seitentasche ihres Rucksacks findet sie schließlich eine Schachtel, aber die Hölzer sind feucht und lassen sich nicht mehr entzünden. Also sucht sie sich die hinterste Ecke der Hütte zum Warten aus, wo der Sturm etwas weniger zu spüren ist. Eine muffige, von Mäusen angefressene Wolldecke liegt dort auf einer alten Matratze, die sie über ihre Beine legt. Als sie ihren Rücken an die Wand lehnt und auf das Heulen draußen horcht, spürt sie die Müdigkeit in ihren Gliedern. Eine Weile sitzt sie bewegungslos mit offenen Augen da. Ihr Kopf ist sonderbar leer vor Erschöpfung. Dann trinkt sie etwas Tee und knabbert an dem harten Brotkanten.

Schließlich ist sie so schläfrig, so entspannt, dass sie nicht einmal erschrickt, als sie plötzlich den Kopf eines großen Wolfes im vom Schnee erhellten Türviereck entdeckt. Schweigend, ohne jede Furcht, erwidert sie den Blick des Tieres. Im schwachen Licht kann sie erkennen, dass der Wolf seine Lefzen leicht hochgezogen hat. Als würde er lächeln, denkt sie erstaunt. Und sie sieht das geronnene Blut und die klaffende Wunde an seiner Schulter und auch den Welpen, der schlaff im Maul des Wolfes hängt.

»Was sollte ich denn mit ihm machen«, sagt sie später, da hat sie ihre nasse Kleidung bereits über die Stange am Ofen gehängt und den alten Wollrock und einen dicken Pullover angezogen, da knistert das Holz im Ofen und im Herd, im Kessel summt das Wasser für frischen Tee, das Wolfsjunge liegt zusammengerollt in einem Weidenkorb, ausgepolstert mit einer warmen Decke, auf dem Boden direkt neben dem Ofen.

»Seine Mutter war gestorben«, sagt sie aufgebracht, während sie hin und her geht. »Sollte ich ihn einfach neben ihr liegen und ebenfalls sterben lassen?«

»Es ist ein Wolf – nur ein Tier, Jelena!«, entgegnet Victor vorwurfsvoll. »Er wird so oder so verenden. Du solltest dein Herz nicht an ein Tier hängen.«

Sie zeigt auf den Welpen, schwer atmend vor Aufregung. »Sieh ihn dir doch an, er ist kräftig. Sein Fell ist dicht und glänzt. Er wird durchkommen! Er hat seine Augen schon geöffnet, also ist er mindestens vier, fünf Wochen alt.«

Victor umfasst ihren Arm. »Reg dich nicht auf. Es ist nicht gut, wenn du dich so aufregst.«

»Ich rege mich auf, wann und worüber ich will!«

»Erinnere dich an das, was dir neulich passiert ist«, sagt er wütend und zerrt an ihrem Arm. »Du hast mir versprochen, in die Praxis zu kommen. Ich habe vergeblich auf dich gewartet. Stattdessen …«

»Ich habe dir nichts versprochen!« Sie entzieht sich ihm mit einer heftigen Bewegung und wendet sich an den alten

Mann, der zwischen Katharina und Onkel Wanja auf der Ofenbank sitzt. »Du verstehst viel von Tieren, Fedja. Du weißt, was sie brauchen. Sag du etwas.«
Fedja hebt die Schultern, schaut Victor an und dann hierhin und dahin, nur nicht in Helenes Gesicht. Seine knochigen Finger umklammern das Wasserglas, das Victor schon zum dritten Mal seit ihrer Rückkehr ins Dorf mit Wodka bis zum Rand gefüllt hat. An seiner rot geäderten Nase hängt ein wässriger Tropfen, der jeden Moment auf seine Jacke oder, noch schlimmer, auf den Tisch fallen kann. Wie Victor und Onkel Wanja und die Brüder Sergej und Pjotr Jakuwitsch aus dem Nachbarhaus, beide fast achtzig Jahre alt und ebenso zahnlos und zäh wie Fedja, hat er im Wald nach Helene gesucht, als der Sturm nachgelassen und der Schneefall aufgehört hatte. Sie war schon auf dem Rückweg und hielt das Wolfsjunge auf ihrer nackten Haut unter ihrer Kleidung warm, als sie den Männern begegnete. Schimpfend, maulend, schließlich in vorwurfsvollem Schweigen hatten sie sie in ihre Mitte genommen und zurück ins Dorf und in ihr Haus gebracht.
»Probier es weiter mit verdünnter Ziegenmilch und etwas klein gehacktem Fleisch, wenn er es schon annimmt«, rät der Alte schließlich. Er grinst breit und zahnlos in Victors Richtung und tippt sich mit einem Zeigefinger an den Kopf. »Dumm, dümmer als die Welt erlaubt«, sagt er laut. »Aber sie hat Recht, er wird durchkommen bei ihrer Pflege. Er braucht eben noch eine Mutter. Ihm ist es egal, ob es eine mit nur zwei Beinen ist.«
»So ein Geschiss um einen Wolf«, knurrt Onkel Wanja ärgerlich. »Ich könnte ihr einen jungen Hund geben, wenn sie unbedingt ein Tier haben will. Meine Hündin wird bald

werfen. Und ein richtiger Hund im Bett ist doch etwas ganz anderes als ein räudiger Wolf, oder?« An Victor gewandt, fügt er leiser und augenzwinkernd hinzu: »Verrückt ist unsere Njemka schon immer gewesen, was? Sich jetzt auch noch ein wildes Tier ins Haus zu holen!« Auch er tippt sich an die Stirn.

»Die Wölfin ist angeschossen worden«, sagt Helene laut in das höhnische Gelächter der drei Männer hinein. »Und ich habe im Wald einen Schuss gehört, kurz bevor es anfing zu schneien. Ich denke, es ist verboten, die Wölfe einfach abzuschießen.« Sie sieht Fedja an.

»Was du nicht sagst.« Der Alte rutscht auf der Bank hin und her und vermeidet noch immer ihren Blick. Er hat ein schlechtes Gewissen, denkt sie erbost. Er war es, der geschossen hat. Und er hat eine säugende Wölfin getroffen. Er hätte doch erkennen müssen, dass sie Junge hat. Es war eine alte, aber gesunde und kräftige Wölfin, auf der Suche nach einem sicheren Platz für ihren Wurf. Wahrscheinlich hat sie mehr als dieses eine Junge gehabt. Aber sie hat es nicht mehr geschafft, alle in Sicherheit zu bringen. Die anderen werden nun verhungern.

Sie erinnert sich an die Spuren, die sie am Morgen rund ums Haus gesehen hatte. Die Abdrücke, denen sie später im Schneetreiben bis zur Jagdhütte gefolgt war, waren ebenfalls groß gewesen. Vielleicht hatte die Wölfin schon in der Nacht zuvor einen Platz für sich und ihren Nachwuchs gesucht? Aber nein, denkt sie, Wölfe meiden normalerweise die Nähe von Menschen.

Sie stützt sich mit beiden Armen auf den Tisch und beugt sich vor, bis ihr Gesicht beinahe das von Fedja berührt.

»Ich habe dich mit einem Gewehr gesehen, alter Mann. Heute am späten Vormittag. Als ich in den Wald ging.«

Nun schaut er sie doch an. Seine wässrigen blassblauen Augen funkeln zornig.
»Ich habe seit diesem gottverdammten Krieg, den ihr Faschisten angezettelt habt, auf nichts Lebendiges mehr geschossen. Auf keinen Menschen und auch nicht auf einen Wolf. Ich würde selbst dann nicht schießen, wenn ein Wolf dich angefallen hätte, das kannst du mir glauben.«
»Aber du hast ein Gewehr. Und mit diesem Gewehr habe ich dich heute auf deinem Karren gesehen.«
»Bist du sicher, dass es ein Gewehr war, was du gesehen hast?«, fragt er lauernd und schiebt seinen Kopf angriffslustig vor. »Könnte es nicht mein Peitschenstock gewesen sein, ha? Oder«, fügt er breit grinsend hinzu, »etwas ganz anderes von mir?«
»Da schau dir einer unseren alten Fedja an!«
Onkel Wanja boxt den Alten lachend in die Rippen. Und Victor lacht lauthals mit, und Tränen laufen ihm über die Wangen und verschwinden in seinem Bart.
Helene weicht ein wenig zurück. Der Wodkagestank aus Fedjas Mund nimmt ihr den Atem. Bevor sie etwas sagen kann, greift Katharina über den Tisch hinweg nach ihrer Hand und drückt sie.
»Lass es gut sein, Helene. Wenn Fedja sagt, dass er nicht geschossen hat, dann hat er auch nicht geschossen. Es wird jemand anders gewesen sein. Weißt du, in unseren Wäldern wird immer noch gejagt – nicht nur Wölfe. Solange es hier Hasen, Füchse, Wölfe oder Wild und Elche und den einen oder anderen Bären gibt, werden die Männer aus den Dörfern auf die Jagd gehen, ob dies nun erlaubt ist oder nicht.«
Sie schiebt Helene den Teller mit frischem Hefegebäck zu, das sie mitgebracht hat. »Nun setz dich endlich und iss

etwas, du wirst hungrig sein. Es war sicher kein Vergnügen, so lange durch den Schnee zu stapfen.«

»Es war für keinen von uns ein Vergnügen«, sagt Victor. »Und in deinem Zustand solltest du überhaupt nicht …«

»Ich weiß«, unterbricht Helene ihn aufgebracht. »Vergebt mir, dass ich euch die Arbeit gemacht habe, nach mir zu suchen.«

»Bissig!«, ruft Fedja trunken und zieht den Kopf zwischen die Schultern. »Seid vorsichtig, Genossen, unsere Wölfin zeigt die Zähne!«

»Kein Wunder, sie ist eine von uns – endlich«, meint Sergej grinsend und nickt in ihre Richtung. »Nur ein echter Sibirier geht doch bei diesem Wetter freiwillig nach draußen, was, Wölfin?«

Sie dreht sich abrupt um und geht zum Herd und gießt das kochende Wasser in die Teekanne. Der Dampf riecht streng, wahrscheinlich hat sie in der Aufregung nach den falschen Teedosen gegriffen. Sie öffnet die zweite der Wodkaflaschen, die Katharina, die zusammen mit Marja, der jungen Witwe, gekommen ist, in ihrem Korb mitgebracht hat, und gießt eine gute Portion in die Kanne. Der Tee riecht wirklich furchtbar, und so gießt sie noch mehr Alkohol dazu, dann dreht sie sich wieder zu den anderen um und betrachtet sie und hört auf ihr brüllendes Gelächter, auf ihre spöttischen Bemerkungen, und ihr Ärger verraucht langsam. Alte Männer, wird ihr bewusst. Sogar Victor, ein paar Jahre jünger als die anderen, der kräftigste und agilste unter ihnen, wirkt nach der stundenlangen Suche nach ihr im meterhohen Schnee irgendwie verbraucht. Aber auf ihren erschöpften Gesichtern und auch auf denen der beiden Frauen liegt etwas Berührendes, ein ganz bestimmter Ausdruck, den

Helene in keinem der Gesichter, denen sie in den vergangenen zwei Jahren und ein paar Monaten begegnet ist, entdeckt hatte, auch nicht im Gesicht von Heshel Goldberg und seiner Familie. Was ist es?, fragt sie sich. Freude, Zuneigung? Eine Liebe, die alles umfasst, sogar dieses Land, das ihnen Jahr für Jahr, Winter für Winter alle Kräfte abzutrotzen versucht?

Helene begegnet Katharinas forschendem und zugleich wissendem Blick. Eine Weile sehen die beiden Frauen sich an, dann lächelt Katharina. Ihr rundliches Gesicht ist freundlich, Nase und Kinn glänzend vom Schweiß, Wangen und Stirn gerötet von der Hitze in der kleinen Wohnküche.

»Komm, setz dich zu uns, Helene«, sagt sie mit ihrer melodischen Stimme. »Dein Tee riecht gut. Trink mit uns.«

Und plötzlich wird es Helene bewusst – ich habe sie vermisst, mein Gott, wie sehr habe ich diese Menschen, ihre Stimmen, ihren Spott, ihr Gelächter, ihre raue Herzlichkeit und Wärme vermisst!

Dieser Gedanke ist so neu, so überwältigend, so unerwartet, dass sie zu weinen anfängt.

Die anderen sind gegangen. Helene blieb in der Tür stehen und sah ihnen nach, unsicher tapsende, schwankende Gestalten, die hintereinander gehen mussten, weil der Pfad durch den Schnee vom Haus bis zur Straße so schmal ist. Onkel Wanja ging als Erster, Fedja, hinter ihm, hatte sich an seine Jacke geklammert, hing fast auf dem breiten Rücken vor ihm. Dann Katharina und Marja, Sergej und Pjotr, zuletzt Victor. Helene hörte Katharinas Kichern und Marjas fröhliches Kreischen, das trunkene Gelächter der Männer, dazu Fedjas kehliges Geschrei. Auch Victor ging etwas zu breitbeinig. Er drehte sich um, als er die Straße erreicht hatte, und winkte. Helene sah seine helle Hand in der Dunkelheit hin und her wedeln gleich einer kleinen Fahne.

Sie schloss die Tür hinter sich und lehnte sich einen Moment lang mit dem Rücken dagegen, zwar erschöpft bis ins Mark und erleichtert über die Stille im Haus, aber auch erfüllt von der plötzlichen Gewissheit, ihren Platz in dieser Gemeinschaft gefunden zu haben.

»Nein«, hat sie beim Abschied gesagt, als Katharina sie für den nächsten Tag schon wieder zum Essen einladen wollte. »Ich brauche ein bisschen Zeit für mich. Etwas Ruhe, um über alles nachdenken zu können.«

»Warum sollten wir dir nicht dabei helfen?«, hatte Onkel Wanja gebrüllt und Helene immer wieder zu umarmen versucht, wobei er ihr Gesicht so fest an seine Brust drückte, dass sie nach Luft schnappen musste. »Alleine nachzudenken bringt dich nur auf falsche Wege, und nur wir können dir helfen, nicht wieder in die Irre zu gehen.«

Und Fedja lallte immer wieder: »Aber die Milch für deinen Wolf, die muss ich der Njemka bringen – wenn sie es mir erlaubt!« Dabei machte er eine so tiefe Verbeugung, dass er gestürzt wäre, hätten ihn die anderen nicht aufgefangen und festgehalten.

Victor korrigierte ihn mit ebenfalls unsicherer Stimme: »Wölfin, Alter! Du selbst hast doch nachgesehen. Es ist eine kleine Wölfin, die unsere Wölfin sich ins Haus geholt hat. Und«, er zeigte auf Helene, »sie ist keine Njemka, verdammt noch mal! Sie ist eine von uns!«

»Vergiss nicht, Lara kommt am Wochenende«, rief Katharina. Sie trug eine karierte Jacke, die ihr zu eng war, über unförmigen Wollhosen und lehnte sich kurz und schwer an Helene, als sie sich ihre Fellmütze aufsetzte. »Ich werde kochen, für die ganze Familie. Alle werden da sein – du auch!«

»Wir kommen alle!«, schrie Fedja begeistert dazwischen. »Unsere drei Wölfinnen müssen doch gefeiert werden, die alte wie die junge und die ganz junge vierbeinige!«

Helene musste ihnen versprechen, keine Ausflüge ohne Begleitung mehr zu unternehmen, im Haus zu bleiben, sich zu melden, wenn sie etwas brauchte, zu ihnen zu kommen, bald, schon morgen.

»Ja, ja, ja!«, hat sie immer wieder versichert und schließlich ihre Haustür zugemacht, fest, aber leise.

Danach hat sie die Gläser weggeräumt und die Krümel von der Tischdecke gewischt. Nun sitzt sie am Ofen, den Korb mit der winzigen Wölfin neben sich. Sie hat den Welpen gefüttert, und der hat sich anschließend zufrieden in die Decke gekuschelt und nuckelt im Schlaf an ihrem kleinen Finger. Sie betrachtet ihn nachdenklich, mit Freude und auch mit Sorge. Sie kann nicht sagen, ob es wirklich möglich sein wird, ihn am Leben zu erhalten. Seine Mutter war schon fast tot, als Helene ihr das Junge aus dem Fang nahm. Sie hatte das leise fiepende Pelzknäuel mit der einen Hand an sich gedrückt, während sie mit der anderen das Muttertier behutsam abtastete und nach seinem Herzschlag forschte. Und dann, als sie kein Leben mehr fand, deckte sie die tote Wölfin mit der verdreckten, stinkenden Decke zu. Das Junge aber steckte sie unter ihren Pullover und ihr Hemd. Da lag es warm und weich auf ihrer bloßen Haut, ein winziges Stückchen atmendes Leben, das versuchte, an ihrer Haut zu saugen. Diese zarte Berührung erzeugte ein sonderbares, alles erfüllendes Gefühl in ihrem Innern, schmerzhaft und befreiend zugleich, als würde sie sich plötzlich aus einem festen Panzer, der sie unendlich lange umschlossen gehalten hatte, schälen. So hat sie bisher nur einmal empfunden, damals, als ihr eigenes Kind nach qualvollen Stunden geboren worden war und Victor es ihr auf ihre bloße Brust legte, so klein, so winzig, so schutzbedürftig und nach Wärme verlangend. Auch damals hat sie nicht überdacht, dass dieses kleine hilflose Wesen ihr Leben verändern und vielleicht mehr von ihr fordern könnte, als sie zu geben vermochte.

Noch lange bleibt Helene so sitzen. Sie horcht nach draußen, wo der Wind an einem losen Brett des Schuppens rüttelt und dann heulend und klagend ums Haus fährt. Sie horcht auf das Knistern und Knacken im Ofen und auf all die anderen bekannten Geräusche in dem kleinen Holzhaus, mit denen sich das schnelle, das leise Atmen des Wolfsjungen im Korb vermischt.

Als der Wind von ferne das an- und abschwellende Lied der Wölfe heranträgt, schlägt Helene eines der leeren Schulhefte auf. Sie benutzt einen der schlichten Stifte aus ihrer Sammlung, einen ohne Aufschrift, nur mit einem silberfarbenen Ring in seiner Mitte. Und sie beginnt zu schreiben. Sie schreibt und schreibt, und der alte Wecker auf dem Fensterbrett misst die Zeit mit bedächtigem Ticken und mit den klickenden Sprüngen seiner Zeiger über kaum noch sichtbare Ziffern.

XVI
Lara

Das Haus riecht nach ihr, fällt Lara beim Eintreten auf. Überall hat Helene ihre Spuren hinterlassen. Der alte Fransenschal, den schon Katharinas Babuschka getragen hatte, hängt über der Stuhllehne. Die grauen Filzstiefel liegen auf dem Ofen; wahrscheinlich waren sie feucht geworden und sollten rasch wieder trocknen. Holzscheite zwischen Ofen und Herd, ordentlich aufeinander geschichtet. Oder die verstreuten und dann vergessenen Teekrümel, schwarz geworden und eingerollt von der Hitze, auf der jetzt kalten Herdplatte, die angeschlagene Kanne im Ausguss, der Becher ohne Henkel auf dem Tisch. In einem alten Schulheft, das aufgeschlagen auf dem Tisch liegt, hat Helene irgendetwas in Deutsch aufgeschrieben. Lara erkennt die Schrift ihrer Mutter auf den ersten Blick, flüssige, schwungvolle Züge, die Zeilen rutschen am rechten Rand ein wenig nach oben.

Lara ist mitten in der Wohnküche stehen geblieben, den Rucksack noch über ihrer Schulter. Victor ist dicht hinter ihr, sie spürt seinen Atem in ihrem Nacken.

»Der Ofen ist ausgegangen«, sagt er, als sie sich für einen Moment an ihn lehnt.

»Ich werde gleich Feuer machen.« Lara nimmt den Rucksack ab.

»Lass!« Victor drängt sich an ihr vorbei. »Ich werde das tun.

Ich werde dafür sorgen, dass du es hier bald warm hast.« Er dreht sich zu ihr um, und sie sieht ihn an. Sein Gesicht ist ungewohnt blass und voller Falten, seine Augen sind gerötet, sie wirken entzündet. Sie hat immer gewusst, dass er Helene geliebt hat, und sie ahnt, dass er sie auch jetzt noch liebt, auf seine Art. Doch dass ihm diese Liebe noch immer so deutlich anzusehen ist, das hat sie nicht erwartet.

»Du bist müde«, sagt sie weich. »Du solltest nach Hause zu Katharina gehen und dich aufwärmen und ausruhen.«

Er achtet nicht auf das, was sie sagt, und bückt sich zum Holz hinunter, ohne den gewohnten Schwung.

»Das ist ein alter Ofen, aber er zieht trotzdem gut und wird schnell warm, du wirst sehen.«

Ich weiß, will sie sagen, ich kenne diesen Ofen seit meiner Kindheit. Aber sie schweigt und hört und sieht ihm weiter zu, während er versucht, das Feuer in Gang zu bringen.

»Vielleicht solltest du doch mit zu Katharina kommen, statt hier in der Kälte zu bleiben. Sie wartet auf uns. Und sie hat bestimmt etwas Gutes gekocht.« Victors Stimme wird heiser, er räuspert sich und lächelt kläglich zu Lara hoch. »Weißt du, so etwas Ähnliches habe ich auch zu Helene an dem Tag gesagt, als sie von ihrer Reise zurückkam. Sie blieb hier, in diesem eiskalten Haus, und schickte mich fort. Du bist wie sie – du hast ihren Sturkopf geerbt. Es gibt immer mehr sture Frauen. Was ist bloß mit euch los? Ich werde einfach nicht schlau aus euch.«

»Ach Papa!« Lara nimmt ihm die Holzscheite wieder ab, die er sich vom Stapel gegriffen hatte, und hilft ihm auf. »Nach all den Jahren kennst du Helene noch immer nicht.«

»Ja«, stimmt er ihr müde zu und wischt sich die Hände an der Hose ab. »Vielleicht ist es nicht so sehr ihre Sturheit, die mich stört. Vielleicht ist es einfach das Gefühl, dass sie macht, was sie will. Und dass ich trotzdem immer noch meine, sie beschützen zu müssen, weiß Gott, warum und wovor.«

»Sie kann gut auf sich selbst aufpassen.« Lara lächelt ihn an. »Weißt du, sie hat ihre Schwächen und ist wahrscheinlich auch etwas neurotisch, aber ich habe sie trotzdem immer als unabhängige und starke Frau empfunden. Und ich … nun ja, ich bin eben ihre Tochter.«

»In Ordnung.« Mit hängenden Armen steht er vor ihr und blickt an ihr vorbei. »Dann werde ich dich jetzt allein lassen und nach Hause gehen. Katharina wird sich schon fragen, wo wir … wo ich so lange bleibe.«

»Ich komme später nach«, verspricht sie ihm, als er im Flur seine Jacke zuknöpft. »Und versteh bitte, ich brauche eine Weile in diesem Haus für mich, nur für mich.« Eine Weile allein mit meinen Gedanken über und an Helene, fügt sie still hinzu.

»Ich verstehe«, erwidert er, da ist er schon draußen und zieht den Kragen seiner Jacke hoch. »Du kannst mir ja später sagen, was wir mit dem kleinen Wolf machen sollen, den deine Mutter vor ein paar Tagen aus dem Wald mitgebracht hat.«

»Helene hat einen Wolf?«

»Ja«, antwortet er und runzelt missbilligend die Stirn. »Eine Wölfin. Sie wird noch mit Milch aus der Pipette gefüttert und mit klein gehacktem Hühnerfleisch. Du kannst dir sicher vorstellen, was das für eine Arbeit ist, nicht wahr?« Er schaut Lara so groß an, als würde er sie zum ersten Mal sehen, und zuckt dann mit den Schultern. »Vielleicht sollten wir uns nicht so viele Gedanken über diesen Wolf machen,

er wird sowieso krepieren.« Er grinst sie an, seine Augen glänzen feucht. »Weißt du, niemand aus dem Dorf ist je auf den Gedanken gekommen, einen Wolf großzuziehen. So etwas bringt nur deine Mutter fertig. Aber jetzt ist sie nicht mehr da, und der Kleine wird eingehen. Was sollen wir auch mit einem Wolf? Verrückt, nicht wahr? Total verrückt ist sie, deine Mutter. Aber so war sie schon immer.«
Nicht verrückt, will Lara entgegnen, nur anders ist sie, widersprüchlich, anspruchsvoll und fordernd und nicht leicht zu verstehen. Ein Leben mit ihr kann sehr anstrengend sein, ich weiß das aus eigener und zuweilen bitterer Erfahrung.
Aber sie sagt es nicht, und als ihr Vater fort ist, begibt sie sich in die kleine Schlafkammer. Nichts hat sich in diesem Haus verändert, alles sieht so aus wie damals, als sie fortging. Lara nimmt Helenes Schal vom Stuhl und drückt ihr Gesicht in die alte, kratzige Wolle. Der Schal riecht schwach nach ihrer Mutter, und sie fängt an zu weinen, weil ihr bewusst wird, dass Helene wahrscheinlich nie wieder so sein wird, wie sie war.

»Deine Mutter ist zurückgekommen«, hatte Victor am Abend vorher am Telefon zu ihr gesagt. »Sie ist für immer zurückgekommen.«
Seine Stimme klang anders als sonst, irgendwie belegt. Anders als noch vor etwa zwei Wochen, als er Lara zum ersten Mal anrief, um ihr zu sagen, dass Helene wieder in Nowgoje sei. Auch jetzt rief er sie in der Redaktion an. Sie hatte gerade ihre Reportage über das Bergwerksunglück in der Nähe von Agand fertig geschrieben und dem Chefredakteur vorgelegt. Es war ihre letzte Reportage für diese Redaktion, ihre letzte Arbeit für diese Zeitung. Es war

Freitagabend. Ihr Rucksack mit den Dingen, die sie in Nowgoje brauchen würde, war schon gepackt, sie wollte am nächsten Morgen die Stadt verlassen. Sie hatte vor, sehr früh zu fahren. Das, was sie in Nowgoje tun wollte, würde einige Zeit in Anspruch nehmen. Sie hatte Sorge, das Auto, das sie sich für die nächste Woche von Alexej Bodin, der in der Nähe ihrer Wohnung wohnt, geliehen hat, könnte bei der Kälte nicht anspringen oder unterwegs irgendwo eine Panne haben.

»Ich weiß doch schon, dass Helene wieder da ist«, sagte sie am Telefon zu Victor und lachte und dachte: Papa wird langsam alt und ein bisschen vergesslich. »Du hast es mir schon vor etwa zwei Wochen erzählt. Deshalb komme ich doch morgen nach Hause.« Eine Weile sagte er nichts mehr, und sie fragte ungeduldig: »Victor, Papa, bist du noch dran?«, und dachte: Womöglich ist die Leitung wieder mal zusammengebrochen, kein Wunder bei diesem Sturm.

Er aber sagte klar und deutlich »ja, ja« und dann und sehr schnell, als wäre er in Eile oder als wäre ihm das, was er ihr mitzuteilen hatte, unangenehm: »Sie ist erkrankt, ich habe sie heute nach Nojabrsk ins Krankenhaus bringen müssen.«

»Erkrankt?«, fragte Lara verwundert – noch nicht besorgt, einfach nur verwundert. »Das klingt nicht nach Helene. Sie war nie krank.« Doch plötzlich begann ihr Herz heftig zu klopfen, und sie drückte den Hörer fester ans Ohr. »Was ist mit ihr – ein Unfall?«

Er wich ihrer Frage aus. Seine Stimme war drängend. »Komm! Komm rasch! Fahr am besten gleich los!«

»Morgen«, entgegnete Lara nach einer Weile. »Ich fahre früh, sobald es hell ist. Du weißt, ich bin nachtblind, und das Auto gehört meinem Kollegen Alexej. Ich habe lange darum bitten und ihm versprechen müssen, vorsichtig zu fahren. Er braucht sein Auto, er ist Fotograf und viel unterwegs. Gegen Mittag«, sagte sie. »Ja, ich denke, ich kann gegen Mittag in Nowgoje sein, wenn die Straßen einigermaßen frei sind.«

»Komm gleich nach Nojabrsk, ich warte dort im Krankenhaus auf dich. Du weißt, wo das ist.« Victor legte als Erster auf.

Sie räumte rasch die restlichen privaten Sachen aus ihrem Schreibtisch und verließ die Redaktion. Sie ging wie immer schnell und ohne Umwege durch die nach Einbruch der Dunkelheit stillen Straßen und über die Brücke zu ihrer Wohnung auf der anderen Seite des Flusses. An Wintertagen kann sie von der Brücke aus die Kinder sehen, die auf dem Eis am Ufer herumrutschen oder Schlittschuh laufen. Von Mai bis September kämpfen sich Lastkähne den nach Regentagen zuweilen unberechenbaren Ob hoch, und im Sommer schwimmen und tauchen die Kinder in seinen ruhigen Seitenarmen. Vom Fluss steigt manchmal der kräftige Geruch nach Moor und Sümpfen hoch. Sie mag diesen Geruch. Er erinnert sie an ihre Kindheit in Nowgoje, das vom Moor umgeben ist. Im Winter hat sie mit anderen Kindern aus dem Dorf manchmal die vereisten flachen Tümpel aufgehackt, warum, weiß sie nicht mehr. Wenn sie vom Spielen in der Kälte draußen genug hatte, lief sie heim zu Helene in dem alten kleinen Haus. Ihre Kindheit war voll von den Gerüchen, die trocknende Kräuterbündel, Blütenessenzen und Tinkturen in Gläsern und Flaschen verströmten, dicht an dicht an den Balken in der Wohnküche gehängt oder auf die Fensterbretter gestellt. Sie war voll von den Gesprächen der

Frauen aus dem Dorf, die sich bei Helene Ratschläge für die Behandlung grindiger Säuglingsköpfe, Schnupfnasen und anderes holten oder über ihre eigenen Leiden klagten. Manchmal hing in der Hütte noch das Echo von geflüsterten Worten und anderen Geräuschen, wenn Lara von draußen kam. Ein neugieriges Kind war sie, ein stets lauschendes Kind, immer ein Ohr an die manchmal geschlossene Tür zur Schlafkammer oder an die Wand gepresst, hinter der ihre Mutter und Victor redeten oder etwas anderes taten.

Daran erinnerte Lara sich auf dem Weg zu ihrer Wohnung in einem der grauen Plattenbauten am Flussufer. Die Wohnung war kalt, aber sie wollte den Ofen nicht mehr anmachen, weil sie ja in wenigen Stunden wegfahren würde. Sie hatte sich den alten Pelzmantel, den Katharina ihr vor Jahren überlassen hatte, aus dem Schrank geholt. Er riecht etwas komisch und ist ihr in den Schultern zu breit und in der Länge zu kurz, aber er wärmt. Und er erinnert sie an Katharina. Victors Frau hat den warmen, weichen und nachgiebigen Körper der sibirischen Frauen. Lara kennt sich damit aus, sie hat Helene, im Gegensatz zu Katharina knochig, voller Ecken und Kanten und stets ernst, ohne ein Lächeln, ohne ein Lachen – Lara hat also als Kind ihre Mutter oft zu diesen Frauen begleitet und ihr bei ihrer Arbeit als Hebamme zugesehen und manchmal sogar dabei helfen dürfen, ein Kind auf die Welt zu holen. Sie hat auf den Wegen durch die Dörfer oft diesen alten Medizinbeutel getragen, den ihre Mutter vor langer Zeit von einer sibirischen Schamanin bekommen hatte, zusammen mit einem grauen Wolfsfell.

Lara fror in ihrer eisig kalten Wohnung, obwohl sie Katharinas Pelzmantel über einem dicken Wollpullover und einer wattierten Hose trug. Und weil diese Erinnerungen an ihre

Kindheit und die Gedanken an ihre Mutter jeden Anflug von Müdigkeit vertrieben hatten, nahm sie ihren Rucksack, schloss ihre Tür ab und holte sich die Autoschlüssel bei Alexej. Er wollte sie nicht fahren lassen und bestand darauf, sie zu begleiten. Dann, als sie ihm aus lauter Nervosität in scharfem Ton erklärte, durchaus imstande zu sein, einmal ohne ihn zu fahren, sagte er: »Nicht mit meinem Auto und nicht bei diesem Wetter und nicht bei den schlechten Straßenverhältnissen.«

Sie wollte sofort fahren und nicht, dass er mit ihr kam. Sie stritten eine Weile, wie sie oft miteinander streiten, als Kollegen und als enge Freunde, dann gab er unerwartet nach, und sie ging mit dem Schlüssel zum Auto, das vor dem Haus stand. Die Straßen waren voller Schnee und glatt, der Wind trieb weiße Flockenmassen gegen die Windschutzscheibe, und Lara hockte angestrengt mehr über als hinter dem Lenkrad, ihre Nase fast an der Frontscheibe. Sie brauchte über sechs Stunden für die rund zweihundert Kilometer, die sie sonst in nicht einmal drei Stunden fährt. Der Sturm wehte ihr Auto kurz vor ihrem Ziel, da war es noch stockdunkel, von der Straße und in einen Schneehaufen an der Seite. Ein anderer Autofahrer, der Einzige, der um diese Zeit vorbeikam, ließ sein Licht brennen und half ihr beim Schaufeln und schob sie dann auch noch an, damit der Motor wieder ansprang. Sie hätte den Zug nehmen sollen, meinte er zum Abschied. Dann hätten sie sich beide diese Aufregung und Anstrengung erspart. Sein Gesicht war sehr rot unter seiner Fellmütze, und er keuchte und schwitzte. Lara winkte ihm aus dem noch langsam fahrenden Auto zu und dachte: Er ist bestimmt nicht aus der Gegend, sonst hätte er gewusst, dass im sibirischen Winter auch auf Züge oder andere öffentliche Verkehrsmittel kein Verlass ist und dass Menschen auch in Zügen erfrieren konnten, die in Schneewehen stecken geblieben waren.

Der alte Ofen in Helenes Haus zieht tatsächlich gut, im Nu knistert und knackt das Holz in seinem Innern. Als Kind hat Lara sich an ihn gedrückt, wenn sie aus der Kälte ins Haus kam. Manchmal, selten, wärmten sie und Helene sich gemeinsam an ihm. Dann schien eine behagliche Wärme zwischen ihnen hin und her zu springen und ließ sogar Helene für einen Moment weich und empfänglich werden für die sanften Berührungen sehnsüchtig ausgestreckter Kinderhände.

»Warum ist meine Mutter so anders als du?«, hat Lara später Katharina gefragt, wenn deren warme, weiche Arme sie umschlangen und manchmal fast erdrückten, sodass sie sich mit Gewalt aus ihnen befreien musste, um nicht darin zu ersticken. Als Lara daran denkt, muss sie lächeln. Ja, Katharinas Krakenarme! Zuweilen haben sie und auch ihre Halbschwester Olga es gar nicht so leicht gehabt, dieser Umschlingung für eine Weile zu entkommen. Sie, Lara, hat es geschafft, aus Nowgoje wegzugehen. Aber Olga ist schließlich ganz in Katharinas Umarmung hängen geblieben, obwohl sie mit ihrem Mann hätte weit weggehen können.

Sie entzündet weitere Scheite in dem kleinen Eisenherd mit den Ringen über den beiden Öffnungen, dann füllt sie den Kessel mit Wasser aus dem Plastikbehälter über dem Ausguss und setzt ihn auf. Auf dem Bord über dem Herd stehen die Dosen mit den verschiedenen Mischungen aus den Kräutern, die Helene in den kurzen Sommermonaten eines Jahres im Moor und in den Wäldern sammelte. Bis zu ihrem elften Lebensjahr hat Lara sie begleitet, wenn Helene es erlaubte. Manchmal waren sie dann tagelang gemeinsam unterwegs, in einem irritierend wechselnden Zustand von Nähe und Distanz. Sie suchten nach Kräutern, Wurzeln und Beeren, deren Heilkraft und Bedeutung Helene eifrig und mit ungewohnter Geduld erklären konnte, und übernachteten im weichen Moos unter den tief hängenden Zweigen von Büschen und Bäumen. Lara liebte diese Ausflüge; sie sehnte sich den ganzen langen Winter schon danach. Auf diesen Wanderungen durch die sommerliche Landschaft mit ihren betäubenden Gerüchen und ihren vielfältigen Geräuschen veränderte sich ihre Mutter. Sie wurde zu einer Frau, die ihr Kind plötzlich überrascht und sogar liebevoll ansah, wenn es ihr eine besondere Blüte brachte, die sanft mit ihm redete, deren Körper manchmal nachgiebig wurde und zum Anschmiegen einlud. Lara liebte es, mit ihrer Mutter zu schweigen, und sie liebte noch mehr die Geschichten, die Helene ihr vor dem Einschlafen erzählte, während sie in ihrem Nest aus altem Laub, Moos und Baumnadeln gemeinsam den Himmel mit blassem Mond und Sternen betrachteten und auf die Wölfe horchten, die in der Ferne sangen. Geschichten waren es, die Lara liebte und die alle von den »Wölfinnen« handelten, die vor Helene gelebt hatten.

Nur über sich selbst erzählte Helene so gut wie nichts. Und wenn Lara fragte: »Und wie ging es weiter, was war nach dem Krieg, wie bist du nach Nowgoje gekommen?«, dann verschlossen sich die Lippen ihrer Mutter zu der gewohnt schmalen, harten, manchmal sogar böse wirkenden Linie. Hart wurde auch ihre Stimme, ebenso hart wie ihre Hände, mit denen sie Lara unter der gemeinsamen Decke abrupt von sich schob und ihr dann den Rücken zudrehte. Dann hatte sich die seltsame Verzauberung dieser Nächte unter freiem Himmel wieder gelöst und ließ ein verstörtes, enttäuschtes Kind zurück. Und manchmal, wenn eines der Kinder aus dem Dorf fragte: »Warum lacht oder lächelt deine Mutter nie, ist sie immer so böse, kann sie nicht lachen, oder hat sie das nie gelernt, ist sie vielleicht eine Hexe oder von einem bösen Geist besessen?«, dann geriet Lara derart aus der Fassung, dass sie nicht wusste, ob sie Helene mit ihren Fäusten verteidigen oder einfach nur weinen sollte.

Während sie darauf wartet, dass das Wasser im Kessel zu sieden beginnt, blickt Lara sich in der kleinen Wohnküche um. Alles ist noch an seinem Platz wie damals, als sie Helenes Hütte zum letzten Mal betreten hatte. Das letzte Mal, das war kurz nach dem Tod ihres Sohnes Nicolai. Sie und Helene waren zusammen von der Beerdigung auf dem Friedhof am Ortsrand zum Haus gegangen, um Nicolais Sachen zusammenzupacken, die Lara mit in die Stadt nehmen wollte. Es war Anfang März, aber noch lag eine dicke Schneedecke auf dem Land. Und während Lara die kleinen Pullover, die Hosen und anderen Kleidungsstücke und die Spielsachen ihres toten Sohnes zusammenlegte, stand Helene mit ihrem wie üblich versteinerten Gesicht und mit völlig geradem Rücken mitten in der Wohnküche und sagte immer wieder und in einem Ton, der an Laras Nerven zerrte: »Es tut mir Leid – es tut mir so Leid!«

Lara wollte ihr nicht glauben, konnte ihr nicht glauben. Das, was geschehen war, passte doch in das Bild, das sie von ihrer Mutter hatte, nämlich dass sie gefühllos war, ein kaltes Herz hatte. Und trotzdem spürte sie, dass Helenes Worte diesmal anders klangen als sonst, wenn sie sich für irgendetwas entschuldigte. Aber sie war nicht fähig und auch nicht bereit, den ersten Schritt zu tun. Die Chance, ihre Hand auszustrecken und ihre Mutter zu berühren, vielleicht sogar in den Arm zu nehmen, ihr Leid mit dem ihren zu vermengen und es wieder zu teilen, sodass vielleicht doch Nähe und Gemeinsamkeit hätten entstehen können, verstrich ungenutzt.

Später hatte Lara manchmal gedacht: Vielleicht tue ich ihr Unrecht, vielleicht hat sie doch versucht, ihre Hand nach mir auszustrecken, aber ich konnte das nicht sehen, nicht spüren. Da war diese Leere, diese Schwärze zwischen uns, unüberbrückbar, undurchdringlich, wie mir schien. Das Einzige, was sie selbst an diesem Tag, an dem sie ihren Sohn und Helenes Enkelkind begraben hatten, ihrer Mutter noch hatte entgegenbringen können, das war diese kalte Wut, aus bitterer Enttäuschung entstanden und aus dem jahrelang gehegten Verdacht, nicht gewollt, nicht geliebt und nur eine Last zu sein.

Aus dem Wasserkessel steigt heißer Dampf, und Lara nimmt getrocknete Pfefferminz-, Huflattich- und Thymianblätter aus den Dosen. Sie taucht, nachdem sie das kochende Wasser auf die Mischung in der Kanne gegossen hat, einen Blechlöffel in ein halb volles Honigglas und süßt damit den Tee, dessen würziger Geruch ihr Tränen in die Augen treibt, weil er sie an Helene und an jene Zeiten erinnert, als sie von draußen gekommen waren und dann nebeneinander auf der Bank am Ofen saßen, noch mit der Kälte des Winters in ihren Kleidern und auf ihrer Haut, ihre Hände aber, um die vollen heißen Teebecher gelegt, schon Wellen von Wärme durch ihre Körper sandten.

Mit Kanne und Henkelbecher setzt Lara sich an den Tisch und denkt an die Frau, die Helene jetzt ist, eine alternde, halb gelähmte Frau ohne Bewusstsein in einem Krankenhausbett, das Gesicht schief verzogen, der Mund ein wenig offen, Speichelfäden auf dem Kinn, die Augen halb geschlossen und ohne Blick. »Mutter«, hat Lara gesagt, als sie sich über dieses maskenhafte Gesicht beugte. Aus der Bettwäsche stieg ihr der beklemmende Geruch nach Desinfektionsmitteln und Körperausdünstungen entgegen. Helenes Hände lagen auf der Decke, knochige Hände, dicke blaue Adern unter papierner Haut, die Finger dürr und verkrampft. Lara scheute vor diesen Händen zurück. Sie hätte sie in diesem Moment nicht anfassen können. Das schaffte sie erst später, als sie schon eine Weile am Bett saß und dieses Gesicht nicht mehr so fremd und erschreckend war. Da griff sie nach der nicht gelähmten Hand ihrer Mutter, aber sie lag kalt und bewegungslos in der ihren, und Lara ließ sie schnell wieder los.

»Mutter«, sagt sie auch jetzt, während sie den Becher mit heißem Tee umklammert und dabei auf die Tischdecke aus geblümtem Wachstuch starrt, ohne sie zu sehen. »Mutter.«

Das Wort schmeckt fremd und sperrig auf ihrer Zunge; sie hat schon zu lange »Helene« gesagt und gedacht und mit jedem Mal mehr Distanz erzeugt. Früher gab es ein »Mama« oder zuweilen auch ein »Mamuschka«, aber das ist lange her, schon sehr lange. »Mutter« hat sie im Krankenhaus gesagt, leise, fast flüsternd und mit dem Wissen, dass Helene dieses und auch jedes andere Wort in ihrer tiefen Bewusstlosigkeit gar nicht hören konnte.

Sie erinnert sich daran, was Victor auf dem Weg zu dem Krankenzimmer, in dem Helene mit fünf anderen Patientinnen liegt, zu ihr gesagt hatte. »Sie hat einen Schlaganfall erlitten.«

»Aber dann ... dann könnte ...«

»Einen schweren Schlaganfall«, unterbrach er sie. »In ihrem Alter ist das gefährlich. Und sie ist noch immer bewusstlos, das ist ein schlechtes Zeichen.« Wieder wollte sie etwas sagen, doch er redete hastig weiter. »Wir können nur warten.«

»Worauf warten, Papa?«

Er sah sie mit leerem Blick an. »Dass sie aufwacht.«

»O mein Gott, Papa!«

Später konnte sie die Augen nicht von diesem erstarrten Gesicht auf dem weißen Kissen abwenden. »Spürt sie, dass wir hier sind?«

»Ich weiß es nicht«, gestand Victor kaum hörbar. Monoton sprach er weiter: »Ich habe sie gestern gegen Mittag gefunden, da muss sie bereits Stunden oder sogar die Nacht davor schon ohne Bewusstsein gewesen sein. Dabei kommt es in so einem Fall auf jede Minute an.« Er verbarg sein Gesicht in beiden Händen. »Katharina hatte sie zum Essen erwartet. Und als sie nicht kam, bin ich zu ihr gegangen. Sie saß noch am Tisch, sie hatte wohl gerade etwas in eines dieser alten Schulhefte von dir geschrieben. Ihr Kopf lag auf diesem Heft.« Er schwieg eine Weile, dann sagte er: »Im ersten Moment sah es aus, als wäre sie nur müde geworden und im Sitzen eingeschlafen.« Er richtete sich wieder auf und blickte Lara mit Augen an, die in tiefen blauschwarzen Höhlen lagen. »Weißt du, als Arzt bekommst du eine ganze Menge zu sehen. Du siehst Krankheiten aller Art und Sterbende und Tote, du hast täglich mit Blut und anderem zu tun. Aber wenn der, den du dann in diesem Zustand findest, jemand ist, der zu deiner Familie gehört, jemand, den ... ja, den du liebst, nach all den Jahren noch immer liebst ...«

Sie schlang ihre Arme um ihn, als er vergeblich nach Worten suchte.
»Ich weiß, Papa. Ich weiß, was du empfindest.«

Aber was weiß ich wirklich von seinen Gefühlen für Helene?, fragt sie sich jetzt und trinkt den heißen, süßen Tee in kleinen Schlucken. Es lässt sich so leicht sagen, er hat sie geliebt, er liebt sie noch. Er liebt doch auch Katharina, die seine Frau ist, oder? Wie muss das sein, zwei Menschen gleichzeitig zu lieben? Und wie ertragen diese beiden Menschen das Wissen, dass die Liebe, die sie bekommen, eine geteilte ist?
Hätte Ilja, der Mann, mit dem sie mehr als zehn Jahre verheiratet war, außer ihr noch eine andere Frau lieben können? Nein, denkt sie, er hat alle seine Gefühle auf mich und auf seine Arbeit für die Partei konzentriert. Nicht einmal für seinen Sohn blieb da noch etwas übrig. Als er krank wurde, hätte er Zeit gehabt, aber da konzentrierte er seine Gefühle eben auf diesen Krebs in seiner Lunge und den von Anfang an aussichtslosen Kampf dagegen. Und das, was er ihr, Lara, einst an Liebe gegeben hatte, musste dabei wohl zwangsläufig irgendwo auf der Strecke bleiben. Nicht einmal der Tod seines Sohnes schien sein Inneres zu berühren.
»Ich habe Nicolai doch kaum gekannt«, sagte er einmal zu Lara. »Er war noch nicht mal ein Jahr alt, als du ihn zu deiner Mutter gebracht hast. Ich habe so wenige Erinnerungen an ihn.«
Vielleicht hat der Krebs schon sein Herz überwuchert, dachte sie damals, unfähig, außer Mitleid noch etwas anderes, vielleicht Liebe, vielleicht Zorn, zu empfinden.
Langsam leert sie den Becher, während sie sich ihrer eige-

nen Gefühle zu erinnern versucht, die sie bei Iljas Tod vor zwei Jahren und dem ihres Sohnes Nicolai vor viel längerer Zeit empfunden hatte. Ilja war unendlich langsam an seiner Krankheit gestorben, und so kam sein Ende für Lara und alle anderen Familienangehörigen und Freunde nicht unerwartet. Sie hatte sich auf diesen zweiten Verlust innerhalb weniger Jahre vorbereiten können. Der Schock, dass ihr Mann nun wirklich tot war, war wesentlich leichter als jener nach dem Tod ihres einzigen Kindes. Schon als Ilja krank und damit arbeitsunfähig geworden war, hatte sie neben ihrer Arbeit in der Fabrik für die Zeitung in Surgut zu schreiben angefangen, weil sie das Geld nötig brauchten; nun bot man ihr eine Anstellung als Redakteurin für besondere Aufgaben an, und sie griff sofort zu, dankbar über die neue Herausforderung.

Darauf, dass der kleine Nicolai sterben würde, war sie nicht gefasst gewesen. Ein Kind, das zwar nicht geplant, aber zumindest von ihr, seiner Mutter, geliebt wurde und das dann vor seinen Eltern starb, das war unvorstellbar. Das war ungerecht. Der Kleine hatte Asthma, schlimmes Asthma sogar, aber das war doch keine Krankheit, an der ein ansonsten gesunder und kräftiger Junge sterben konnte, oder? Lara, durch die unerwartet schwierige Geburt lange geschwächt und von der Schichtarbeit in der Fabrik und der beginnenden Krebskrankheit ihres Mannes überfordert, brachte den Kleinen nach Nowgoje in der Gewissheit, dass Helene sich nicht nur mit Geburten, sondern auch mit Kindern und deren Krankheiten auskannte, also auch mit Asthma. Sie vertraute ihr in dieser Hinsicht, wie sie jeder anderen Frau mit Helenes Fähigkeiten vertraut hätte. Außerdem war Victor da, der den Kleinen nicht nur als liebender Großvater,

sondern auch als Arzt beobachten konnte. Warum also sollte sie sich Sorgen machen? Oder Schuldgefühle haben? Auch andere Mütter überließen doch ihre Kinder den Babuschkas.
Auch noch aus einem anderen Grund hat sie Nicolai ihrer Mutter gegeben. Aber Lara will nicht darüber nachdenken, nicht jetzt, und so steht sie auf und gießt nochmals Tee in den Becher. Sie geht zu einem der kleinen Fenster und blickt in den frostigen Tag, der sich bereits neigt. Sie beobachtet eine Schar großer schwarzer Vögel, die in den kahlen Ästen eines Baums hockt. Der alte Fedja zieht mit seinem Pferdekarren auf der Straße vorbei. In sich zusammengesunken sitzt er auf dem Bock, den Kopf eingezogen. Das ist Nowgoje, denkt Lara – die Stille, der Schnee und die schwarzen Vögel darüber und Fedja auf seinem Karren. Sie will ihm winken, aber er wird sie nicht sehen, also lässt sie es und umfasst mit beiden Händen wieder den Teebecher und kehrt zurück zu ihrem Platz am Tisch.
Aber ihre Gedanken lassen sich nicht einfach abschalten.
»Warum Helene?«, hatte Victor sie damals gefragt, als sie Nicolai nach Nowgoje brachte. »Sie ist manchmal den ganzen Tag unterwegs. Sie hat gar keine Zeit, auch noch für ein kleines Kind zu sorgen. Warum kann Nicolai nicht zu uns kommen, wir haben Platz genug. Katharina wird sich um ihn kümmern, sie liebt dich und deinen Sohn, es ist auch ihr erstes Enkelkind. Erklär mir also, warum du darauf bestehst, dass Helene sich um ihn kümmert«, hatte er schließlich ärgerlich gefordert. Doch Lara hatte geschwiegen und war noch am selben Tag ohne Nicolai wieder zurück nach Surgut gefahren.
Sie erinnert sich plötzlich daran, dass sie allein in einem

Zugabteil saß und immer wieder gleichzeitig lachen und weinen musste. Sie weinte, weil sie Nicolai schon vermisste und sich nach ihm sehnte. Und sie lachte, weil sie noch immer Helenes erstarrtes Gesicht vor sich sah, als sie ihr den Jungen in den Arm drückte. Sie lachte, und es klang falsch und hohl. Sie dachte: Nun wird dieser kleine Junge von dir fordern, was du mir in meiner Kindheit versagt hast, nämlich eine besondere Zuwendung, weil er nicht richtig atmen kann. Sie selbst hatte sich als überhaupt nicht anfälliges Kind zuweilen gewünscht, krank, sogar ernsthaft krank zu werden, damit Helene sich um sie kümmern musste und darüber vielleicht ihre anderen Patienten vergaß. Als Kind sehnte Lara sich danach, von ihrer Mutter umsorgt zu werden, ihr ernstes Gesicht über sich gebeugt zu sehen, Sorge in ihren Augen, ein ermunterndes, liebevolles Lächeln auf ihren Lippen, wenn ihr Kind aus Fieberträumen erwachte. Sie sehnte sich nach weichen Armen und Geborgenheit und wusste, sie würde sie nur dann von ihrer Mutter bekommen, wenn sie krank war. Doch wenn sie wirklich einmal hustete oder eine Schnupfnase hatte, dann bekam sie einfach einen mit Gänseschmalz bestrichenen Lappen um den Hals gelegt und einen von Helenes Kräutertees vorgesetzt, musste inhalieren, und damit war das Thema »krank sein« auch schon erledigt. Wie anders würde Helene sich nun gegenüber ihrem Enkelkind verhalten müssen, denn Asthma war etwas anderes als eine harmlose Erkältung. Ein nächtlicher Asthmaanfall konnte wirklich lebensbedrohliche Ausmaße annehmen, das hatte Lara in den vergangenen Monaten schon mehrmals erfahren. Da hatte ein Medikament oft nicht ausgereicht, um das Kind zu beruhigen, und so hatte Lara ihren Sohn zu sich ins Bett genommen, wo er dann zwischen ihr und seinem Vater leichter einschlief. Nun war also Helene gefordert, sich tagaus, tagein um ein Kind zu kümmern, nicht um irgendeines in einem der Häuser, in die sie als Hebamme und Heilkundige ging und die sie wieder verlassen konnte, wenn ihre Patienten versorgt waren, sondern um eines, das von ihrem eigenen Fleisch und Blut war, mit ihr in einem Bett schlafen wollte und mehr als Nahrung von ihr verlangte.

Wahrscheinlich wäre Katharina damals die geeignetere Babuschka für Nicolai gewesen, sagt sich Lara jetzt und legt den Kopf auf ihre auf dem Tisch verschränkten Hände. Die warme, weiche, mütterliche, viel geliebte Katharina, die so sehnsüchtig auf Enkel gewartet hatte. Sie hätte ihre Krakenarme um den kleinen Nicolai geschlungen und ihn verhätschelt und mit selbst gebackenen, süßen Kuchen gefüttert, bis ihm übel geworden wäre.

Aber nein, Lara wollte Helene. Es musste Helene sein, auch deshalb musste sie es sein, weil sie alle Blumen, Gräser und Kräuter mit Namen wusste, weil sie heilende Kräfte durch ihre Hände auf Kranke fließen ließ, sich auch auf ihr unbekannten Wegen durch das Moor und die Wälder auskannte und vor allem wunderbare Geschichten von mutigen, starken Wölfinnen erzählen konnte. Diese Erinnerungen, dieses Wissen um diese Seite des Wesens ihrer Mutter bewahrte Lara in ihrem Innern gleich einem Schatz; nun sollte ihr Sohn Nicolai daran teilhaben können. Und obwohl sie es nicht zugab, hoffte Lara, dass der Kleine das schaffte, was ihr selbst unmöglich war, nämlich mit seinem fröhlichen, unkomplizierten Wesen Helenes Herz zu rühren.

Ach Helene!, denkt Lara, richtet sich auf und wischt sich mit dem Pulloverärmel über ihre feuchten Wangen. Ich kenne keine andere Frau, die mit meiner Mutter vergleichbar wäre, sagt sie sich. Keine andere mit so viel Kraft, mit so viel Mut. Aber auch keine, die so viel Distanz um sich herum schaffen kann.

Albina ist ihr ähnlich, was Kraft und Mut betrifft, überlegt Lara später, als sie ihren Rucksack ausräumt und die Kleidungsstücke in Helenes Kommode legt. Albina Schischkinowa, die heute wie einst ihre Urgroßmutter Raissa, die große und wahrscheinlich letzte wirkliche Schamanin Sibiriens, wochenlang durch Steppe und Wälder streift und den Geistern der Natur und den Stimmen von Bäumen, Pflanzen oder Steinen zuhört. Albina, die Zauberin, deren geheimnisvolles Lächeln das Publikum ebenso bannt wie ihre optischen Trügereien. Die moderne Hexe, die Schamanin des Heute, jung und begierig darauf, die Traditionen ihres Volkes im gesellschaftlichen und kulturellen Kontext neu zu bestimmen. Albina, die Frau, die die Sprache des Windes kennt und sich in ihm bewegt gleich einem Grashalm und in den Nächten mit den Wölfen spricht und singt.
Lara, im Auftrag ihrer Zeitung unterwegs, hatte Albina vor mehr als einem Jahr als Illusionistin in einer Magischen Schau des Moskauer Staatszirkus im Theater von Surgut kennen gelernt. Sie ist ihr mit Alexej, dem Fotografen, bis nach Swerdlowsk gefolgt und hat danach ein Aufsehen erregendes Porträt über diese Zauberfrau geschrieben, das sogar in einem deutschsprachigen Magazin veröffentlicht wurde. Als Albina nach dieser Tournee in ihr Heimatdorf im Norden zurückkehrte, nahm sie Lara und Alexej an einem Wochenende zu den mystischen Plätzen mit, die Raissa ihr einst, als Albina noch ein Kind war, gezeigt hatte.

»Diese Raissa war deine Urgroßmutter?«, fragte Lara. Und dann erzählte sie Albina das Wenige, das sie von Victor und Katharina gehört hatte, dass nämlich ihre Mutter eine Zeit lang bei einer sibirischen Schamanin gelebt hatte, bevor sie nach Nowgoje gekommen war.

»Ich erinnere mich«, sagte Albina nachdenklich. »Helene Wolf. Ein Verwandter hat mir vor Jahren erzählt, dass eine junge Deutsche bei Raissa lebte, bevor sie starb.«

Auch Albina konnte nicht mehr über Helenes Zeit in den Wäldern erzählen, als Lara ohnehin schon erfahren hatte.

»Du musst sie selbst fragen«, meinte die Magierin. Kryptisch fügte sie hinzu: »Und das solltest du so bald wie möglich tun.«

Lara wusste damals nicht, ob sie Helene, die sich gerade in Amerika befand, in nächster Zeit wiedersehen würde. Aber wenn, dann wollte sie sich nicht wieder durch ein böses Gesicht und hartnäckiges Schweigen einschüchtern lassen. Dann wollte sie ihre Mutter so lange mit Fragen bedrängen, bis sie redete.

In diesen zwei Tagen, in denen Albina Lara und Alexej durch eine unberührte Wildnis führte, mit ihnen um ein offenes Feuer tanzte und ihnen den Eingang zu jener Höhle zeigte, in der sich ihre Vorfahrin mit Hilfe ihrer Trommel in Trance versetzt hatte, um mit den Geistern und den Seelen ihrer Ahnen zu kommunizieren – in diesen zwei Tagen also sprachen sie auch über die Möglichkeit, ihr bisheriges Leben für eine Weile hinter sich zu lassen und sich Neuem zu öffnen.

»Kommt mit mir, lasst uns ein paar Wochen oder Monate die Wälder und die Steppe Sibiriens mit ihren Geheimnissen erfahren«, schlug Albina vor, nun ohne Schminke und zentimeterlange künstliche Wimpern, ohne Goldglanz im Kleid und kiloschweren Schmuck, sondern nur noch drahtig, schwarze Hose, schwarzer Pullover, schwarze Augen, schwarze Haare. »Meiner Fantasie wurden nie Grenzen gesetzt, aber meine Karriere auf der Bühne hat diese Fantasie erschöpft, hat sie dogmatisiert. Nun muss ich dorthin zurück, wo noch Raum ist für das Wunderbare, das Zauberhafte, für Visionen und Gesichte. Ich will das wiederfinden, was Raissa mich vor Jahren gelehrt und mir mit auf den Weg gegeben hat und das im Heute irgendwo verloren gegangen ist – nämlich die Bereitschaft, mich mit der Vergangenheit auseinander zu setzen, verlorene Traditionen zu erfahren und meinen Geist vom Körper zu lösen und ihn in andere Welten gehen zu lassen, um die Welt, die wir kennen, zu verstehen.«

Alexej hatte nur den Kopf geschüttelt und nach Laras Hand gefasst, als würde er sich davor fürchten, sich von der Magie in Albinas Worten mitziehen zu lassen, als wollte er sich und Lara mit dieser Berührung auf den Boden der Realität zurückführen. Vielleicht auch um sie daran zu erinnern, dass er mehr für sie sein wollte als nur der Fotograf, der sie zu ihren Terminen begleitete.

Doch Lara entzog ihm ihre Hand.

Als sie mit Alexej wieder allein war, erklärte sie ihm ihre Entscheidung. Dabei sah sie an ihm vorbei, denn in diesem Moment erschien er ihr verletzbar wie ein kleines verstörtes Kind. Und ein Kind rührte sie weitaus mehr als ein erwachsener Mann.

»Ich werde mit Albina gehen, Alexej. Ich muss gehen.«

»Warum – warum?«, fragte er. Sie saßen sich auf dem Fußboden in Laras Wohnung gegenüber, in Decken gehüllt. Es war am Anfang des Winters, und der alte Eisenofen war verstopft, in den offen liegenden Rohren gurgelten Luft und Wasser, und es roch nach kalter Kohlsuppe.

Lara zog die Decke enger um sich.

»Ich will auf Spurensuche gehen«, erklärte sie Alexej. »In Nowgoje wird noch immer über Raissa geredet, bei der meine Mutter gelebt hat. Ich will mehr über diese Zeit wissen. Ich muss wissen, wie sie gelebt hat, was ihr in diesen Jahren begegnet ist. Und vielleicht, nein, hoffentlich erfahre ich dabei etwas mehr über meine Mutter, vielleicht lerne ich sie dadurch besser kennen, besser verstehen.«

»Du wirst keine Schamanen mehr in den sibirischen Wäldern finden, Lara«, wandte er ein. »Diese Raissa war die letzte von ihnen. Und sie ist schon vor langer Zeit gestorben. Sie war schon tot, lange bevor du auf der Welt warst.«

»Das weiß ich!«, sagte sie ärgerlich und schärfer als beabsichtigt. »Es geht mir auch nicht darum, bei einem Schamanen zu leben. Ich brauche die Atmosphäre, um mir vorstellen zu können, wie meine Mutter damals lebte und was sie empfand.«

Alexej betrachtete sie nachdenklich, dann grinste er. »Vielleicht triffst du ja tatsächlich irgendwo den Geist dieser Raissa. Albina kann dir bestimmt dabei helfen. Sie wird ein bisschen mit ihrem Zauberstab herumfuchteln, ihr Mann wird hinter einem Baum irgendetwas explodieren lassen – und schwuppdiwupp ist diese Schamanin da und erzählt dir alles, was du wissen willst.« Als er ihren Gesichtsausdruck bemerkte, wurde er wieder ernst. »Ich meine doch nur …«, begann er schuldbewusst und wollte nach ihrer Hand greifen, doch sie stieß ihn weg.

»Du verstehst nichts, gar nichts!«

»Ich verstehe nur, dass du nichts mehr mit mir zu tun haben und unbedingt mit der Schischkinowa gehen willst – wohin auch immer«, meinte er bitter.
Eine Weile saßen sie schweigend da, dann strich sie mit ihren Fingern zärtlich über die Falten auf seiner Stirn. Sie mochte ihn, sie mochte ihn wirklich, er war so viel unkomplizierter, als Ilja gewesen war, und er brachte sie zum Lachen und ließ sie manchmal die Schattenseiten ihres einsamen Lebens vergessen. Aber sie liebte ihn nicht. Nicht so, wie er es verdient hätte. Und sie wollte auch nicht heiraten, nicht schon wieder.
»Helene ist meine Mutter«, erklärte sie ihm. »Und obwohl unsere Beziehung immer schwierig war und wahrscheinlich schwierig bleiben wird und wir uns in den vergangenen Jahren überhaupt nichts mehr zu sagen hatten, hänge ich mehr an ihr, als mir bewusst war.« Ihr Blick wanderte wieder über Alexej hinweg irgendwohin, als sie lächelte und weiterredete. »Sie hat sich immer gewünscht, dass ich Hebamme werde wie sie und die Tradition ihrer Familie fortführe. Ich sollte eine ›Wölfin‹ sein wie alle Frauen vor uns. Mit Händen und Füßen habe ich mich dagegen gesträubt, jahrelang und mit Erfolg, wie du siehst. Aber auf einmal, ja, seitdem ich Albina kenne, erscheint mir der Gedanke gar nicht mehr so unmöglich. Im Gegenteil.« Sie sah ihn wieder an. »Ich bin über dreißig Jahre alt. Und ich denke, es wird Zeit, dass ich endlich herausfinde, was für mich richtig ist. Es tut mir Leid für dich, Alexej«, fügte sie leise hinzu, als sie den Kummer und die Enttäuschung in seinen Augen sah. Und dann sagte sie noch: »Es kann sein, dass ich wieder zurückkomme. Irgendwann. Aber warte nicht auf mich. Lebe auch du dein Leben, deine Wünsche, deine Träume.«

Schon am nächsten Tag kündigte sie bei der Zeitung. Ihr Vorgesetzter protestierte: »Warum denn gleich kündigen? Ich kann dich für ein Jahr freistellen, wenn du unbedingt willst, aber dann kommst du zurück und machst das, was du bis jetzt getan hast. Eine gute Journalistin lasse ich nicht so einfach gehen – es sei denn, eine der ganz großen Zeitungen spannt dich mir aus.« Auch dieser Gedanke schien ihn zu entsetzen. Fassungslos fragte er: »Willst du wirklich aufhören mit dem Schreiben – endgültig aufhören, Lara?« Sie zuckte mit den Schultern. »Im Moment möchte ich etwas anderes tun. Vielleicht schreibe ich irgendwann mal wieder.« Und sie dachte: Ja, ich werde bestimmt wieder schreiben, vielleicht ein Buch über das Leben und Wirken einer sibirischen Schamanin – oder eines über das Leben von Helene.

Lara sagte weder ja noch nein zu dem Angebot, nach einem Jahr in die Redaktion zurückkehren zu können. Bevor sie sich mit Albina in Belojarski, einer kleineren Stadt im Westen, traf, wollte sie noch einmal nach Nowgoje fahren, um sich von Victor und Katharina und dem Rest der Familie zu verabschieden. Als sie dann erfuhr, dass Helene nach Nowgoje zurückgekehrt war, dachte sie: Gut, sehr gut, dann kann ich ihr selbst von meiner Entscheidung erzählen. Und sie nahm sich vor, Helenes Gesicht dabei genau zu beobachten.

Zwei Wochen später rief Victor an, um ihr noch einmal mitzuteilen, dass Helene in Nowgoje sei. Sie sei zurückgekommen, für immer. Seine Stimme klang ungewohnt leise und irgendwie belegt. Den Sinn seiner Worte verstand sie erst, als er sagte: »Sie ist erkrankt … Komm! Komm rasch!«

XVII
Helene

Stell dir ein Kind vor, ein Mädchen von sieben, acht Jahren, mit blonden Zöpfen, ordentlich gebunden mit hübschen Schleifen, das in einer Zeit der Verlogenheit und falschen Geborgenheit im Osten des vom Größenwahnsinn eines Adolf Hitler geführten Deutschen Reiches aufwächst. Dieses Mädchen ist eine wache Beobachterin. Sie trennt die Wärme und Helligkeit ihres Lebens im Haus ihrer Großmutter in einer kleinen Gasse im Herzen von Königsberg von dem, was draußen passiert. Noch ahnt dieses Kind nichts von der wirklichen Macht der Bedrohung, der Unsicherheit und Zerstörung, nichts vom Grauen, die sich langsam, aber unaufhaltsam um sein Fleckchen Welt aufbauen und die sein künftiges Leben prägen werden. Es sorgt sich um verlorene Freunde, Kinder und Erwachsene, die einen gelben Judenstern auf ihren Jacken trugen und in der Straßenbahn aufstehen mussten oder vom Gehsteig gestoßen wurden, ohne dass jemand sich darüber aufregte, und die dann plötzlich verschwanden. Und es folgt fasziniert und auch irritiert den Soldaten, die in Gruppen durch die Stadt ziehen, und fragt, warum diese Männer auf ihrem Weg in den Krieg lachen und fröhliche Lieder singen. Denn das Kind ahnt, was Krieg bedeutet, weil dieser Krieg, gerade begonnen, ihm bereits seinen Vater genommen hat. Schon kann sich das Kind nicht mehr an sein Gesicht oder an seine

Stimme erinnern, und wenn es mit den Püppchen im Puppenhaus Familie spielt, dann legt es, plötzlich schweigsam geworden, den Vater schnell beiseite. Auf sein weißes Hemd hat es mit Buntstift einen roten Fleck gemalt, da wo ihn eine polnische Kugel getroffen haben soll; das hat das kleine Mädchen von seiner Großmutter gehört.
Aber es erfährt in dieser Zeit, in der die Erwachsenen eine pathologische Normalität aufrechtzuerhalten versuchen, auch vom Wunder des Lebens und vom Geheimnis der Geburt. Oft begleitet es seine Mutter, wenn sie zu schwangeren Frauen geht. Dann vergisst es für eine Weile, dass die Welt rundherum immer dunkler wird. Und es will später einmal eine Hebamme, die »Wölfin«, sein wie Großmutter Emma und seine Mutter und all die anderen Frauen vor ihnen und dann diese alte schwarze, so gut nach Kräutern und Medizin riechende Ledertasche tragen, in der alles aufbewahrt wird, was eine gute Hebamme bei ihrer Arbeit braucht. Manchmal verspürt das Kind Glück und Leichtigkeit bei diesen Gedanken in sich, dann lacht es oft grundlos oder weil die Sonne beim Frühstück so schöne Kringel an die Wände von Großmutter Emmas Küche malt. Es duftet so gut nach frischen Brötchen oder nach Streuselkuchen, dass es laut singen und herumtanzen muss und ein Lächeln auf die Gesichter der beiden Frauen am Tisch zaubert.
Es gibt noch andere schöne Augenblicke in dieser Kindheit. Wenn sich Emma zum Beispiel einen freien Tag in ihrer Klinik nimmt und mit dem Kind in der Eisenbahn nach Cranz fährt, wo sie juchzend den von luftigem Schaum bekränzten Wellen der Ostsee nachlaufen oder nach kleinen Bernsteinstücken suchen und später im warmen Sand in den Dünen liegen, belegte und immer sandige Brote aus Emmas Korb

essen und in den blauen Himmel blicken, wo die sahnigweißen Wolken aussehen wie Katzen oder Hunde, wie ein Feuer speiender Drache, ein Schloss, ein Zauberer mit spitzem Hut oder wie ein galoppierendes Pferd mit wehender Mähne. Das leise Wispern und Knistern der Sandkörner, das Rascheln vom Strandhafer und das entfernte Rauschen, mit dem die Ostsee den Strand beleckt, machen schläfrig. Dann bettet das Kind seinen Kopf auf Emmas Arm und bittet: »Erzähl mir von den Wölfinnen. Erzähl mir von der Zeit, als du jung warst.«

Am schönsten aber sind die gemeinsamen Ausflüge von Großmutter, Mutter und Kind ins Tapiausche. Wo die Deime in den Pregel mündet, gibt es viel Wald, Wiesen und moorige Gegenden. Und dort bücken sich Emma und Margarete immer wieder nach dieser oder jener Blüte, nach Stauden, nach Kräutern und Blättern. Das Kind muss sich diese Schätze genau ansehen, muss ihre Beschaffenheit mit seinen Fingerspitzen prüfen, daran riechen, sie schmecken und dann sagen, was es darüber weiß, oder sich erklären lassen, was sie bedeuten und wofür sie gut sind, bevor das Gesammelte in Emmas oder Margaretes Rucksack verwahrt wird. Hier, in dieser Umgebung, haben auch die anderen Wölfinnen schon Heilkräuter gesammelt. Und dann erzählt Emma am liebsten die Geschichte von Lena Wolf, die Hedwigas verloren gegangene Hebammentasche in einem Pfandhaus wiederfand und gegen eine Medizin gegen die Leiden eines alten Mannes eintauschen konnte. Sogar Margarete, die seit einigen Monaten immer ernster wird, muss bei Emmas Schilderung laut lachen, wie Lena mit der Tasche davonrannte. »Als wäre der Leibhaftige selbst hinter ihr her gewesen!«, ruft Emma begeistert, rafft ihren Rock und hüpft und springt, dass der Rucksack auf ihrem Rücken wie toll hin und her schlackert und der Wind ihr das lange graue Haar, das sich aus dem Zopf gelöst hat, gleich einem Schleier auf die Schultern legt.

Auch nach Tapiau fahren sie mit dem Zug. Dann presst das Kind seine Nase am Fenster platt und sieht die Lastkähne auf dem Pregel und die friedliche Landschaft vorübergleiten, flach wie ein Pfannkuchen zwischen der Stadt an der Deime und Königsberg, sodass man nicht genau erkennen kann, wo der Horizont mit dem Land verschwimmt. »Ach Jottchen«, sagt Emma, die ihren Arm um die Schultern ihrer Enkelin und ihre Wange an deren Wange gelegt hat, manchmal. »Ist doch ein schönes, ein wunderschönes Stück Land, unser Ostpreußen, unsere Heimat.« Sie sagt das mit einer ganz komischen, erstickt klingenden Stimme, und das Kind spürt verwundert und auch beunruhigt Tränen auf sein Gesicht tropfen.

Das sind die Sonnentage in diesen Kriegsjahren. Sie gehen jäh zu Ende, als Margarete eines Tages von Männern in dunklen Mänteln abgeholt wird. Großmutter Emma erklärt es dem Kind mit einem einzigen Satz: »Deine Mama ist im Gefängnis, weil sie den Mund nicht halten konnte und sich wie viele andere deutsche Frauen nicht anpassen will und deshalb gegen Unterdrückung, Terror und Krieg kämpfen muss.« Das Kind versteht nicht recht, was die Großmutter damit meint. Deshalb belauscht es nun oft die flüsternden Gespräche zwischen Emma und anderen Frauen, die heimlich ins Haus kommen. Da hört es dann von Widerstandsgruppen, von Verhaftungen und Folter und von Hinrichtungen. »Sogar die Frauen – durch Erhängen oder unter dem Fallbeil!«, wird in Emmas Küche gemurmelt.

»Stellt euch vor, sie schlagen jetzt auch Frauen den Kopf ab!«
Das Kind schluckt schwer an dem Kloß in seinem Hals. Es hat in einer Zeitung, die Großmutter Emma vergaß wegzuräumen, Fotos von Erhängten gesehen. Nun hat es Albträume, in denen Frauen der Kopf mit einem Beil abgehackt wird und die Körper noch eine Weile herumtaumeln wie die Henne, die Großmutter Emma neulich geschlachtet hat. Wenn das Kind aus einem dieser furchtbaren Träume erwacht, dann muss es unter seinem Bett nachsehen, ob dort vielleicht Blut fließt oder ein Körper ohne Kopf liegt, vielleicht sogar der von seiner Mutter. Es sorgt sich sehr um seine Mutter, die noch immer nicht wieder nach Hause gekommen ist. Und es hat Angst, dass auch Großmutter Emma eines Tages abgeholt wird. Am Morgen geht es nur ungern aus dem Haus, und nach der Schule hetzt es zurück und kommt erst wieder zu Atem, wenn Emma die Haustür öffnet. Obwohl der Sommer hell und warm ist, versteckt sich das Kind im Haus, statt wie früher mit den Nachbarkindern im Garten oder in den Höfen zu spielen.
Es dauert ein paar Monate, dann kehrt Margarete zurück, auch sie nun still, mit verdunkelten Augen im hager gewordenen Gesicht. Von dem, was ihr im Gefängnis passiert ist, will oder kann sie nicht reden. In manchen Nächten hört das Kind, das eigentlich schlafen soll, sie im anderen Zimmer leise weinen. Dann kriecht es noch tiefer unter die Decke und hält sich beide Ohren zu.
Die Zeiten werden schlimmer, beängstigender. In den Nächten sind die Fenster verdunkelt. Manchmal heulen die Sirenen, und Lichter fingern in den Himmel. Dann greift Emma im Flur nach der Hebammentasche, Margarete nach einem

gepackten Koffer und das Kind nach seiner Schultasche. Wenn Margarete und ihre Tochter am Tag nach einem Bombenalarm durch die Stadt gehen, kommen sie manchmal an noch brennenden Ruinen und an Bombentrichtern vorbei. Bald reden die beiden Frauen im Haus laut über Flucht und stellen einen weiteren gepackten Koffer in den Flur. Sie streiten jetzt oft miteinander, weil Emma nicht mitgehen will auf die Flucht, die für jeden Tag geplant und im letzten Moment doch wieder aufgegeben wird. Das Kind, das Mädchen, inzwischen fast zwölf Jahre alt und eigentlich schon zu groß für Puppen, drückt sich bei diesen atemlosen Streitereien in eine Zimmerecke, eine Puppe mit langen Zöpfen an sich gepresst.

Irgendwie ist es dann zu spät für eine organisierte Flucht, weil die russische Armee schon vor den Toren der Stadt steht, in der sich der »Volkssturm« zur Verteidigung des Vaterlandes rüstet. Dieser »Volkssturm« besteht aus alten Männern und ganz jungen Jungen, die mit blassen Gesichtern und seltsam still in Gruppen durch die Straßen ziehen. Großmutter Emma berichtet, dass Adolf Hitler nun auch noch ein aus Frauen und Mädchen bestehendes Bataillon bilden will, weil es nicht mehr genug Soldaten für diesen Krieg gibt. Emma hat Angst um »die jungen Dinger«, die in ihrer Klinik lernen, wie man Kinder bekommt und auf die Welt bringt. Sie sitzt mit versteinertem Gesicht in ihrer Küche, bereit, auch an diesem Tag Ende Januar 1945 wieder in ihre Klinik zu gehen, in der trotz ständigem Bombenalarm und Schießereien im Osten der Stadt noch immer werdende Mütter und Wöchnerinnen mit ihren Neugeborenen liegen. »Ich kann sie nicht allein lassen, wo doch die meisten Ärzte schon abgezogen sind und die Schwestern zum Flakdienst müssen. Und«, sagt sie trotzig, »wenn ich schon sterben muss, dann in meiner Klinik oder hier in unserem Haus.« Margarete aber nimmt mit ebenso versteinertem Gesicht den einen Koffer, die alte Hebammentasche und noch eine weitere mit langem Riemen und ihr Kind und steigt in einen Zug, den letzten, der Königsberg noch verlassen kann. Der Zug wird kurz hinter Königsberg bombardiert und bleibt mit beschädigter Lokomotive stehen. Margarete und ihr Kind haben Glück, sie können auf einen Lastwagen mit verwundeten deutschen Soldaten, die auf dem Rückzug sind, klettern. Später, da sind sie kurz vor Danzig und noch auf polnischem Gebiet, schließen sie sich einem Flüchtlingstreck an mit Bauernkarren, die Pferde davor halb verhungert, müde und nicht schnell genug und bald von Soldaten, ob russisch, ob polnisch, das weiß niemand, eingeholt und vom Maschinengewehrfeuer aus tief fliegenden Jagdbombern beharkt. Wie die anderen Flüchtlinge rennen auch Margarete und ihr Kind querfeldein, doch die Verfolger sind schneller als die Flüchtlinge. Margarete stürzt plötzlich; sie fällt um und ist tot. Auch viele andere Frauen und sogar Kinder sind tot, jedenfalls bleiben sie einfach auf dem mit Schnee mit roten Flecken bedeckten Acker liegen, als Margaretes Kind mit den wenigen Überlebenden weggetrieben wird in ein halb zerstörtes Dorf. Dort werden sie aussortiert. Die alten Frauen und kleinen Kinder kommen auf die eine Seite, die jüngeren Frauen und die jungen Mädchen, von denen manche eigentlich noch Kinder sind, auf die andere. Das sind die, die arbeiten können und noch zu anderem zu benutzen sind. Später, in einem alten, nach Pferdemist riechenden Schuppen, an dessen Wänden eine Heugabel mit rostenden, aber sehr spitzen Zinken hängt, wird Margaretes Kind von mehreren Russen immer wieder vergewaltigt. Die Qual ist so groß, der Gestank im Schuppen so beklemmend und das Schreien der anderen Frauen und Mädchen im Stall so gellend, dass sich das Kind von einer Ohnmacht in die nächste flüchtet. Doch wenn es für einen Moment aus der Dunkelheit auftaucht, dann bleibt sein Blick an dieser Gabel mit den spitzen Zinken hängen.

Erst lange danach erinnert sich das Kind wieder an seinen Namen – Helene. Mehr will ihm nicht einfallen. Irgendwo in seinem Innern hat sich eine Sperre aufgetan. Die Erinnerung daran, dass es ein Mensch ist, entwickelt sich sehr, sehr langsam. Davor ist es ein Tier, ein gefangenes Tier, ständig auf dem Sprung, das vorwärts getrieben wird, das verdreckt ist und zunächst Nahrung verweigert und später, viel später dann vor Hunger doch frisst, was ihm vorgeworfen wird, das sich erst hinlegt, wenn es geschlagen, getreten wird, und das seine Zähne zeigt und Fäuste und Füße benutzt, wenn es angefasst wird.

Das Kind, das Mädchen, das nun wieder Helene ist, muss mit den anderen gefangenen Frauen und Mädchen viele Tage lang nach Osten marschieren, wo das große Auffanglager Insterburg ist. Von dort aus fahren sie irgendwann mit einem Zug weiter, eine oder auch zwei Wochen lang, zusammengepfercht in stinkenden, verdreckten Viehwaggons, die bei der winterlichen Kälte sogar innen bereifen. Wenn die anderen sich um einen Becher mit Wasser aus der Lokomotive oder die tägliche Ration Rübenschnitzelsuppe prügeln, verkriecht Helene sich in einer Ecke. Sie kann nicht denken, nicht sprechen, nicht weinen, weil ein Feuer in ihrem Innern brennt, das alle Bedürfnisse erstickt.

Bevor der nächste Winter beginnt, wird sie in einem Arbeitslager bei Ussinsk abermals mit anderen Überlebenden in einen Viehwaggon gepfercht und noch weiter nach Osten gebracht. »Sibirien!«, hört sie die Frauen jammern. »Die Kälte dort – nur Dunkelheit – da ist das Ende!« Diesmal überquert der Zug den Ural. Durch einen Fensterschlitz kann Helene die mit meterhohem Schnee bedeckten Berge und Wasserfälle aus bizarr geformtem Eis sehen. Und in den Nächten hört und sieht sie die Wölfe, die den im Gebirge nur langsam vorankommenden Zug eine Weile begleiten. Und plötzlich, als eines der Tiere an einer besonders steilen Strecke dem Waggon ganz nahe kommt, erinnert sie sich: Ich bin Helene Wolf – ich bin eine Wölfin! Und auf einmal kann sie weinen, schrecklich weinen. Sie fängt den Strom ihrer Tränen in ihren Handflächen auf und leckt das salzige Nass mit ihrer Zunge von der rissigen Haut ab. Mit jeder Träne wächst ihre Wut. Nie, nie wieder wird sie noch etwas hergeben, nicht einmal ihre Tränen.

Sie ist inzwischen fünfzehn Jahre alt und seit mehr als einem Jahr im Arbeitslager in der Nähe von Mushi, einer kleinen, unbedeutenden Stadt in der moorigen Ebene zwischen mehreren Flussläufen an den östlichen Ausläufern des Ural, als sie Victor Litowski, den jungen Arzt im Lager, zum ersten Mal trifft. Im Lager gibt es Typhus, und auch Helene hat Durchfall und Fieber und wird von der Aufseherin zum Lagerarzt geschickt. Obwohl sie inzwischen schon mehr als nur ein paar Worte Russisch versteht und auch sprechen kann, reagiert sie nicht, als der junge Mann im weißen Arztkittel mit ihr zu reden versucht. Sie hat ihn beim Eintreten in den Untersuchungsraum schnell und misstrauisch gemustert. Mit halb zusammengekniffenen Augen verfolgt sie die Bewegungen seiner Hände auf ihrem entblößten Oberkörper. Nur mit Mühe kann sie diese Berührungen ertragen, auch wenn diese Hände anders sind als die Hände der Männer, die sie bisher angefasst haben. Dann, als er ihren eingefallenen Leib abtastet, murmelt sie auf Deutsch: »Ich bin Helene, die Wölfin, und eine Deutsche, und du bist nur ein verdreckter dummer Russe, der sich einbildet, ein Arzt zu sein, ein verdammter Dreckhaufen, ein Mistkerl, das bist du.«

Als er nichts sagt, ihr nicht droht oder sie schlägt, wie es andere, die ein paar Brocken Deutsch verstehen, meistens tun, wenn sie ihren Mund nicht halten kann, als er auch nicht lacht oder in seiner Untersuchung innehält, sieht sie vorsichtig in sein Gesicht. Nichts ist ihm anzumerken außer der Konzentration, mit der er auf die Geräusche in ihren Gedärmen horcht, und irgendwie ärgert sie sich darüber, denn sie will diesen Mann, der noch gar kein richtiger Mann, sondern eher noch ein Junge ist, diesen Russen, der ein kragenloses Hemd unter seinem weißen Kittel trägt und dessen borstiges Haar so kurz und akkurat geschnitten ist wie das Haar aller Russen – sie will diesen Mann beleidigen, will ihn verletzen, möchte ihn treten, wie sie selbst schon so oft getreten wurde, sie will ihn anspucken und ihm schlimme Worte ins Gesicht schleudern, weil er es wagt, sie anzufassen. Schon sammelt sich Speichel in ihrem Mund, doch bevor sie ihn anfährt, ihn mit ihren Fingernägeln kratzt und ihm sonst noch viel antut, knurrt sie wütend: »Und ich bin Hebamme und Heilkundige wie meine Mutter, und wenn du jetzt nicht deine dreckigen Pfoten von mir nimmst, dann … dann …« Sie verstummt, weil ihr nichts einfällt, was ihren lodernden Zorn auf diesen Mann mildern könnte, diesen Mann, den sie verabscheut, den sie hasst, weil er in diesem Moment alle Männer und auch dieses kalte, schreckliche, albtraumhafte Land darstellt. So starrt sie ihn nur wild an und denkt, dass sie in all den Monaten seit ihrer Verschleppung schon viele Gesichter wie dieses gesehen hat, Gesichter mit hoch angesetzten Wangenknochen und kaum merklich geschlitzten dunklen Augen unter einer eher niedrigen, aber breiten Stirn. Sibirier und Kosaken sind die schlimmsten unter den Russen, haben ihr die anderen Frauen erzählt. Schlimm, weil sie in diesem Krieg am längsten von allen Russen von zu Hause, von ihren Familien, ihren Frauen weg sind und sich nun jede Frau unter den gefangenen, verschleppten Deutschen nehmen, alte und junge, sogar Kinder. Nun wartet Helene auf seine Reaktion, auf Zorn zumindest, weil sie ihn angeschrien hat, statt gehorsam, mit gesenktem Kopf und niedergeschlagenen Augen den Mund zu halten, bis sie angesprochen wird. Wartet auf scharfe Worte, Schreie, Schläge wahrscheinlich. Schon duckt sie sich, wie sie sich bisher immer lauernd geduckt hat, wenn jemand die Hand gegen sie erhob. Sie macht sich sprungbereit, ballt ihre Hände zu Fäusten, zeigt ihre Zähne. Ja, ja!, denkt sie fiebrig, fast frohlockend, schlag mich, tritt mich, ich bin eine Wölfin, und ich werde dich anspringen, ich werde dir mit meinen Zähnen die Kehle aufreißen, ich werde dich töten!

Sie schreit: »Ich bin Helene Wolf, Deutsche, geboren am …«

Da verändert sich das gerade noch glatte, undurchschaubare Gesicht dieses Mannes, seine Züge werden weich, sein Mund lächelt sie an, seine Augen lächeln mit.

Die explosive Anspannung in Helene, die sie seit jenem

Augenblick, in dem ihre Mutter auf einem polnischen Acker starb, nicht mehr verlassen hat, erschöpft sich mit einem Schlag. Sie fühlt sich sonderbar kraftlos, als hätten alle ihre Muskeln aufgehört zu funktionieren, und plötzlich möchte sie weinen, nur noch weinen und ihren Kopf auf diesen weißen Kittel legen und nichts mehr denken, sich nur fallen lassen und endlich wieder festgehalten werden. Unwillkürlich neigt sie sich dem Mann vor ihr zu. Da packt er ihre Hand und schüttelt sie und sagt in holprigem Deutsch und lächelt breit und warm und so, als würde er tatsächlich Helene mit diesem Lächeln meinen und sich tatsächlich freuen, sie zu sehen: »Ich freue mich außerordentlich, deine Bekanntschaft zu machen, Helene Wolf.«
Später sagt er, da hat er seine Arme um sie gelegt und hält sie fest und lächelt, und Helene weint noch immer, und sein Kittel ist an der Stelle, an der ihr Kopf liegt, ganz nass: »Ich bin Victor Litowski, du bist Jelena.« Er redet und redet, mit dunkler, rauer Stimme und nun in dieser fremden, gutturalen, melodischen Sprache, von der sie nicht mehr versteht als ein paar Wörter, und so lauscht sie dem Klang seiner Stimme. Er wärmt ihr Inneres, diese Wärme legt sich auf die Schwärze da drinnen und auch auf die Wut. Dann, als Helene nicht mehr weint, redet dieser Mann mit Händen und Füßen und in einem schrecklichen Kauderwelsch aus Russisch und Deutsch weiter. So erfährt sie, dass er aus einem Dorf in Westsibirien kommt, das Nowgoje heißt. Er erzählt, dass er keine Geschwister hat, dass sein Vater Lehrer ist und dass seine Mutter in der Landwirtschaft arbeitet. Er selbst studiert in Moskau Medizin und sammelt im Lager in Mushi Material für seine Doktorarbeit. An der Universität hat er ein bisschen Deutsch gelernt. Und wenn

er ein richtiger Doktor ist, wird er in seinem Dorf als Arzt arbeiten.
»Schönes Dorf, gute Menschen«, versichert er ihr immer wieder.
»Oh!«, macht Helene, nur »oh!«.
Sie kann sich alles vorstellen, wovon er erzählt. Mit verschwimmenden Augen sieht sie in sein Gesicht, ungläubig, misstrauisch und doch schon bereit dazu, ihm zu verfallen. Und je mehr er redet und sie anlächelt, desto mehr wünscht sie sich, mit ihm in dieses Dorf zu gehen, in dieses Nowgoje. Sie möchte dort sein, wo dieser Mann, der sie festhält wie noch kein anderer Mann, zu Hause ist. Und während dieser Victor Litowski erzählt, stellt sie sich den Ort vor, mit dem Wald am Dorfrand und dem Moor, mit niedrigen Häusern, deren Fenster am Abend gelb aufleuchten vom Licht aus Petroleumlampen oder Kerzen, und mit Blumen in kleinen Bauerngärten und den Hühnern auf der Wiese, umgeben von ein paar Rindern. Sie sieht die Kraniche, die über das Moor ziehen, sie hört das Plumpsen, mit dem der blecherne Eimer auf das Wasser im Dorfbrunnen fällt, sie riecht, obwohl sie noch nie auf einem Bauernhof war, die Schweine, die hinter den Ställen im Schlamm wühlen. Und sie hört die Wölfe, die in Nowgoje singen und nicht heulen und klagen wie sonst überall in diesem bedrückenden, eisigen Land. Alles an diesem Nowgoje, von dem Victor erzählt, erscheint ihr so schön, so friedlich. Sie ahnt, sie kann nicht zurück, woher sie gekommen ist, denn dort wird sie nichts und niemanden wiederfinden, weil der Krieg alles zerstört, alle Menschen getötet hat. Deshalb möchte sie nach Nowgoje, zu Menschen wie diesem Victor Litowski, der kein Russe sein kann, denn Russen sind böse und ge-

walttätig, sie schreien und spucken, sie sind dreckig und stinken.

»Nicht traurig sein, kleine Jelena«, sagt Victor und wischt ihr mit einem großen Taschentuch übers Gesicht. »Alles wird gut.« Und später bittet er sie: »Lächle, kleine Wölfin. Lach für mich – nur einmal.«

In diesem Moment ist sie bereit, ihm das Wenige zu geben, was sie noch hat.

Aber lächeln oder sogar lachen wird sie nicht. Das wird sie nie wieder.

Zuerst ist Victor nur jemand, an den sie sich halten kann und der nichts von ihr verlangt. Dann, so langsam wie der Winter in Mushi weicht, um dem sibirischen Sommer Platz zu machen, wird Victor zum Freund. Aus Misstrauen wird Vertrauen, aus vorsichtiger Distanz wird Nähe. Kann Helene ihn nicht sehen, nicht hören, geschieht Seltsames mit ihr. Manchmal, wenn sie auf den Rübenfeldern arbeitet, stützt sie sich auf ihre Hacke und träumt im Stehen, bis eine der anderen Frauen sie anstößt oder die Aufseherin sie anschreit.

»Bist verliebt, hast dich in seine schönen Augen verguckt?«, neckt Eva, mit der Helene sich angefreundet hat und die in der Baracke das Bett unter ihrem hat. Eva ist um die dreißig und stammt ebenfalls aus Königsberg. Sie hat mit ihrer verwitweten Mutter im Stadtteil Speichersdorf gewohnt und im Altersheim als Köchin gearbeitet, als die Russen kamen.

Abends schlüpft Helene heimlich durch die Barackentür, bemüht, nicht das schmutzige Holz zu berühren oder auf eine der Ratten zu treten, die auf der Suche nach Nahrung über den blanken Erdboden rennen. Victor wartet vor der

Baracke schon auf sie. Zuweilen greift er sacht nach ihrer Hand, wenn sie am Zaun entlanggehen, der mit seinen stählernen Spitzen bis in den Himmel zu reichen scheint. Manchmal singt er für sie, dann weitet sich ihr Herz zum Zerspringen. Oder sie sitzen auf der Erde, und Victor zeichnet im Mondlicht eine Karte in den Sand.
»Hier«, er zeigt mit dem Stöckchen auf einen Punkt an der linken Seite, »das hier ist Mushi. Und dort«, er zeigt auf die rechte Seite seiner Zeichnung, »das ist Nowgoje. Ungefähr vierhundert Werst durch Wald, Moor und sumpfige Ebenen, dann sind wir zu Hause.«
Dann, am Ende dieses Sommers, muss Victor zurück an die Universität in Moskau.
»Noch ein Jahr, dann bin ich ein richtiger Doktor. Dann komme ich dich holen und nehme dich mit nach Nowgoje. Ich werde dort Arzt sein. Und du wirst mir dabei helfen, die Patienten wieder gesund zu machen.«
»Ich bin Hebamme und Heilkundige«, sagt sie und blickt mit ernster Miene zu ihm hoch. Er überragt sie um mehr als einen Kopf. Sein Haar ist schwarz, es glänzt gleich Krähengefieder, und sie möchte es berühren. »Ich werde die Frauen in Nowgoje behandeln.«
»Ja«, versichert er ihr und lächelt sein schönes Lächeln, das auf seltsame Weise auch ihr Herz berührt. »Du bist Jelena, die Wölfin. Ich werde dir die Kraniche im Moor gleich hinter Nowgoje zeigen. Wir werden zusehen, wenn sie tanzen, um ihre Hochzeit zu feiern.«
Und Helene, noch nicht einmal sechzehn Jahre alt, glaubt ihm. Nur für ihn und für diesen Ort Nowgoje überlebt sie den nächsten langen Winter, der mit Frost bringenden Winden und wilden Schneestürmen aus dem Uralgebirge ins

flache Land einfällt und alles mit Eis überzieht. Als ein Jahr vergangen ist, steht Helene in den hellen Nächten des Sommers am Zaun und wartet auf Victor. Sie träumt wieder im Stehen, ihr Gesicht dem Himmel zugewandt, über den der Mond unaufhaltsam seine Bahn zieht. Sie steht noch immer da, als über dem Moor schon das süße Verströmen der Blüten und Gräser vor dem Zerfall liegt und sich die fernen Bergspitzen des Ural mit Wolken verhängen.

Aber Victor kommt nicht.

Vierhundert Werst, denkt sie. Immer nach Osten, hat Victor gesagt.

Sie wartet bis zum Beginn des nächsten Winters auf ihn. Und obwohl ihr die Vernunft zuflüstert, bis zum Ende des Winters im Lager zu bleiben, weil Sturm und Schnee und Kälte sie nicht einmal zwanzig oder vielleicht nur zehn Werst weit kommen lassen werden, kriecht sie in einer mondlosen Nacht unter dem Lagerzaun nach draußen und macht sich auf den Weg nach Nowgoje.

Leicht und schnell ist der Stift über diese Linien geglitten, als hätte die plötzliche Fülle meiner Erinnerungen ihn vorwärts getrieben. Ich betrachte diese vielen beschriebenen Seiten staunend – habe wirklich ich das alles geschrieben? Aufgeschrieben, was mein Mund bisher verweigert hat, was sich nicht artikulieren ließ?

So vieles ist noch zu schreiben, aber ich bin müde, erschöpft. Vielleicht liegt es an dem, was mir heute geschehen ist, als ich mich im Schneetreiben verirrte und eine Weile sogar daran dachte, mich einfach in den Schnee zu legen und einzuschlafen, für immer? Schnee kann so schön sein; ein

weiches, knisterndes Bett, dessen Kälte gnädig ist und den Tod auf leisen Sohlen kommen lässt zu dem, der sich nach ihm sehnt. Ich weiß es, denn ich war damals nach meiner Flucht aus dem Lager und auch später noch oft in Versuchung, mich diesem ewigen Schlaf zu ergeben. Ich habe das Lächeln auf den Gesichtern von Erfrorenen gesehen, damals, im Lager, weshalb der Tod für mich keine Schrecken hat. Ich kann nicht genau sagen, was mich bisher davon abgehalten hat, mich ihm zu ergeben. Jetzt, nachdem ich die Geschichten über die Frauen meiner Familie gelesen habe – Geschichten, die ich dir vor langer, langer Zeit erzählt hatte und die du wohl mit deinen eigenen Gedanken über die »Wölfinnen« verflochten hast –, jetzt also denke ich zuweilen, dass ich, ohne es zu wissen, ein großes Erbe von diesen Frauen übernommen habe, nämlich den trotzigen Willen zum Überleben, auch diesen gewaltigen Drang nach Freiheit, nach Unabhängigkeit, der es anderen Menschen so schwer macht, mich zu verstehen und zu akzeptieren.
Läge diese kleine Wölfin nicht neben mir in dem alten Korb, mit dem du früher das Brennholz aus dem Schuppen geholt hast, ich würde denken, ich hätte mich an diesem Tag durch einen Traum bewegt. Aber das im Schlaf fiepende Lebewesen neben mir ist kein Traum, es ist real. Ich kann meine Hand auf das Fellbündel legen und zusehen, wie sie sich mit seinem schnellen, leichten Atem hebt und senkt. Mit meinen Fingerspitzen erspüre ich den Rhythmus seines Blutes. Es ist ein gutes, ein warmes Gefühl, das dieses Pochen in mir erzeugt. Ich könnte so sitzen bleiben, untätig, meine Hand auf das atmende Körperchen im Korb gelegt, die Kacheln des Ofens in meinem Rücken, vor mir das aufgeschlagene Heft, der Stift und ein Becher mit duftendem Tee daneben,

die nächtliche Stille um mich herum, die mich zu nichts verpflichtet. Warum sollte ich nicht so sitzen bleiben und dieses schläfrige Nichtstun genießen? Die Nacht hat gerade erst begonnen, und ich denke, ich habe noch viel Zeit zum Weiterschreiben – obwohl Zeit doch stets etwas Flüchtiges an sich hat, etwas nicht Greifbares, Schwebendes. Vor allem für den, der alt wird wie ich, kann Zeit einen anderen Rhythmus haben als den in schon lange vergangenen Jahren. Als ich in den Wäldern lebte, lehrte mich Raissa, dass Zeit nicht endlos ist und dass sie nicht von Uhren, sondern von den Gesetzen der Natur geformt und bestimmt wird.
Ich werde dir von Raissa erzählen! Erst als sie gestorben war und ich mich auf den Weg nach Nowgoje machte, wurde mir bewusst, dass ich fast acht Jahre bei ihr gelebt hatte. Raissa war Heilerin, Wahrsagerin, Jägerin und Kriegerin in einem, aber auch Wissende und Philosophin. Eine Zauberin. Und sie war alt, uralt und ohne Alter gleichermaßen. Sie wob das Netz, das mich auffing – und in dem ich mich verfing, bis Raissa selbst es wieder löste, indem sie mich verließ.

XVIII
Raissa

Es ist einer dieser Winter, die mit Gebrüll von Norden einfallen und innerhalb weniger Tage eine dicke Decke aus Schnee auf das Land legen und an den Rändern von Flüssen, Bächen und Seen kunstvolle Schlösser aus Eis bilden. Mit dem Sturm heulen und klagen Dämonen und die Geister der Verstorbenen, große Wolfsrudel nehmen den wilden Gesang auf und tragen ihn weiter bis zu den einsam gelegenen Dörfern in der Steppe, wo die Sommer zu kurz sind, um den Frost, der im Erdboden sitzt, zu lösen, und zu den bewohnbar gemachten Höhlen und anderen Behausungen in den lichten Wäldern mit verkrüppelten Bäumen zwischen schlanken Birkenstämmen, manchmal auch bis an den Rand der Städte.

Auf ihrem Lager aus Reisig und Fellen hockt die Schamanin mit gekreuzten Beinen, einen silbrig schimmernden Wolfspelz um ihre Schultern gelegt, bunte Schnüre ins lange weiße Haar geflochten. Auf ihre Kleidung sind unzählige Rasseln und Glocken, Amulette und metallene Nachbildungen von Tieren genäht. Raissa hat die Augen geschlossen, wiegt sich sachte hin und her und schlägt die Trommel, leicht, noch in Gedanken versunken oder schon in Trance, das weiß Helene, die der alten Frau gegenüber auf einem Schemel sitzt und schweigend auf diese knochigen Hände starrt, nicht, obwohl sie nun schon so lange mit Raissa zusammen in dieser einsam gelegenen Hütte inmitten der Wälder lebt, die sich bis hin zur Steppe ausbreiten. Das dumpfe, einschläfernde Tönen der Trommel steigt mit dem spiraligen Rauch aus der Feuerstelle zum Abzugsloch im Dach. Es riecht betäubend nach den Kräutern, die Raissa vor einer Weile in die Flammen geworfen hat. Von weit her dringt ihre heisere, rauchige Stimme, die Unverständliches murmelt, in Helenes Bewusstsein.

Der Ton der Trommel wird für einen Moment lauter, füllt das Innere der Hütte mit rauschendem Dröhnen, das dem wütenden Nordwind ähnlich ist, der die Bäume beugt. Als es nachlässt, ist Raissas Stimme klar und eindringlich. »Hörst du mir zu, Mädchen?«

Helene starrt auf Raissas unbewegliche Lippen. Hat Raissa tatsächlich mit ihr gesprochen? Oft hat sie den Eindruck, dass die Schamanin das, was sie sagt, gar nicht mit Worten ausdrückt, sondern ihr auf eine andere und unerklärliche Weise vermittelt – als würde sie verbale Ausdrücke in Helenes Kopf durch einfache, helle Bilder ersetzen. Oder als würde sie durch ihre Trommel reden, so wie jetzt.

Helene nickt.

»Gut, denn ich habe dich noch vieles zu lehren, bevor ich sterbe. Du bist mir geschickt worden, damit ich einen Teil meines Wissens an dich weitergebe. Es wird nicht leicht sein, denn du bist keine von meiner Familie – und deine Seele verweigert sich mir.«

»Ich …«, beginnt Helene, doch die alte Frau unterbricht sie mit einem kräftigen Trommellaut.

»Ich spüre, dass du dich fremd und verloren fühlst in diesem Land«, sagt sie dann. »Du fürchtest dich vor seiner Dunkelheit und vor seinen Dämonen, die dich bis in deine Träume

verfolgen. Ich weiß es, denn ich höre dich in den Nächten weinen und nach deiner Mutter rufen.« Sie beugt sich ein wenig vor. Das flackernde Feuer zeichnet wirre Muster auf ihre faltige Haut, ihre Augen gleichen glänzend schwarzen Murmeln.
Helene schluckt an dem Kloß in ihrem Hals. Wieder möchte sie die Hand ausstrecken und diesmal irgendetwas an Raissa berühren, um sich zu vergewissern, dass sie wirklich da ist. Aber sie scheut sich davor, ihr Bedürfnis nach Nähe zu zeigen. Bisher haben alle Menschen, denen sie nahe gekommen ist, sie allein gelassen.
»Was ich tun kann, um diese Dämonen zu vertreiben, das werde ich tun«, flüstert Raissa. »Aber meine Kraft und mein Wissen können dir nur helfen, deine eigene Kraft wiederzufinden und für dich einzusetzen.«
»Ja«, sagt Helene, ohne den Blick von diesem vom Rauch umwaberten Gesicht nehmen zu können, das scheinbar körperlos im Raum schwebt, während der Körper weiter auf dem Lager ihr gegenüber hockt.
»Ängstige dich nicht, Kleine«, murmelt Raissa. »Das, was passiert, hat seine Berechtigung. Entspann dich. Versuch mir zu folgen. Hör auf meine Trommel. Sie ist das Pferd, das uns in eine andere Welt trägt. Dort, in unserer Trance, sind wir umgeben von freundlichen Menschen, hilfsbereiten Tieren und wunderbaren Blumen. Sie alle wollen dir helfen, deinen Platz in dieser dir noch unbekannten Welt zu finden.«
Helene horcht konzentriert und mit wieder geschlossenen Augen auf die Trommel, dann sagt sie: »Es geht nicht, Raissa. Ich fürchte mich.«
»Versuch es, Kleine. In jedem von uns Menschen steckt

etwas von einem Schamanen. Deshalb wird es auch dir gelingen, dich in dich selbst zu versenken und ein anderes Bewusstsein zu erlangen.«

»Ich kann nicht!«, ruft Helene. Und meint: Ich will nicht!

»Ich will nicht sein wie du, Raissa!«, sagt sie, plötzlich wütend. Sie denkt: Ich will sein wie Großmutter Emma und wie meine Mutter.

Wieder verziehen sich die Lippen im von Rauch umwölkten Gesicht der alten Frau zu einem sanften Lächeln. Ihre raue Stimme vermischt sich mit dem leiser gewordenen Dröhnen der Trommel und dringt bis in Helenes Inneres.

»Deine Seele ist verwundet worden. Sie leidet, ich weiß, meine Kleine. Und sie wird eine lange, eine sehr lange Zeit für ihre Heilung benötigen. Aber es wird gelingen, das weiß ich.«

Wann?, denkt Helene. Morgen, in einem Jahr oder erst am Ende meines Lebens?

»Du musst Geduld haben, viel Geduld«, hört sie Raissa flüstern. »Dein Weg durch die Dunkelheit ist weit. Ich kann sein Ende nicht erkennen, doch ich spüre, dass du es unbeschadet erreichen wirst. Du hast viel Mut in dir, viel Kraft, um deinen eigenen Weg zu gehen.«

Das Mädchen starrt in die Flammen, die hoch lodern und die Vision erzeugen, langsam, ganz langsam die alte trommelnde Frau auf ihrem mit Fellen bedeckten Lager zu fressen.

»Ich fürchte mich, Raissa. Hilf mir!«

Wieder möchte sie ihre Arme nach der alten Frau ausstrecken, aber sie kann sich nicht bewegen. Plötzlich erschöpft, schließt sie die Augen und horcht auf das, was Raissa sagt.

»Es gibt zwei Ursachen für eine Krankheit – etwas in deinem Innern, das es nicht geben soll, und etwas, das es im Innern geben müsste, das aber nicht vorhanden ist. Das eine ist eine fehlgeleitete Energie, das andere ein Verlust an Lebensenergie. Fehlgeleitete Energie entsteht durch Angst, seelische Belastungen, Furcht und Verletzbarkeit. Sie schwächen das Energiesystem und werfen es aus dem Gleichgewicht, weshalb wir vom Verlust der Lebensenergie sprechen.«

»Ich fühle mich allein, unvollständig.«

Der jetzt gemächliche Rhythmus der Trommel nimmt Raissas Stimme auf.

»Du brauchst eine Familie, die dir Geborgenheit vermittelt.«

»Ich habe keine Familie mehr, meine Angehörigen sind tot, Raissa, alle tot!«, ruft Helene verzweifelt. »Was also soll ich tun?«

Durch den rasenden Trommelschlag sagt die Alte ruhig: »Die Antwort liegt in dir selbst.«

Wieder ein Tag von endlosen Tagen in diesem Winter. Wieder rührt die alte Frau ihre Trommel. Die lodernden Flammen der Feuerstelle legen Licht und Schatten auf ihr faltiges Gesicht, ihre Augen sind dunkle, funkelnde Steine unter schweren Lidern, die Helenes Gesicht nicht loslassen.

»Auch wenn dir die Welt der Schamanen fremd bleiben wird«, beginnt sie, »so hast du doch wichtige Fähigkeiten in dir, die es dir ermöglichen, eine Heilerin für die Menschen in diesem Land zu werden. Aber du musst noch viel lernen, um das Vertrauen von Kranken und Gebärenden zu verdienen und nicht zu enttäuschen oder gar zu missbrauchen.

Wenn mir genug Zeit bleibt, werde ich dich alles lehren, was ich über die Heilkunst und das Geheimnis vom Werden eines Menschen und seiner Geburt weiß.« Sie beugt sich vor und streicht mit ihrer knochigen Hand mehrmals über Helenes Stirn. »Es ist schon viel Wissen in dir, das wir im Umgang mit den Kräften der Natur brauchen. Aber du musst dich davor hüten, dir selbst zu misstrauen, denn dann wird sich das Positive zum Negativen wenden.«

Sie nimmt eine weitere Hand voll getrockneter Kräuter aus dem Weidenkorb und streut sie in die Flammen. Der Rauch verdichtet sich, wird beißend, erstickend, und Helene schnappt nach Luft.

Raissa beobachtet sie und lacht kurz auf, krächzend wie eine der schwarzen Krähen, die an schneefreien Wintertagen über den Mooren kreisen.

»Gewöhn dich rechtzeitig an den Geruch des heilenden Feuers, Kindchen, dann wirst du in den verqualmten Jurten und Hütten Sibiriens deine Augen und Hände für deine Patienten nutzen können, statt zu heulen und dir den Rotz abwischen zu müssen.«

Helene dreht, während Raissa weiterredet, ihren Kopf zur Seite und starrt mit tränenden Augen auf die mit Hirschfellen bespannte Wand, an der verschiedene Gerätschaften hängen. Auch mehrere Figuren sind darunter, primitiven Schlenkerpuppen ähnlich, ihre Körper mit altem Laub oder Gras gefüllt, die Köpfe mit den kaum erkennbaren Gesichtern grob aus Lehm geformt. Das sind die kleinen Hilfsgeister der Schamanin, ihre Stützen, ihre Ratgeber, wenn sie nach den Ursachen für eine Krankheit oder Unheil sucht. Noch wichtiger aber ist für sie der Kontakt zu Hilfsgeistern aus der Tierwelt, die ihr Botschaften übermitteln, über sie wachen und sie beschützen.

»Hörst du mir zu, Mädchen?«, fragt die Alte hinter ihr.

Helene setzt sich wieder gerade hin und sieht Raissa an, die in ihrer sackähnlichen, mit bunten Schnüren, Federn und Muscheln verzierten Kleidung dicht am Feuer hockt und ihre Trommel schlägt – eine Gestalt aus einem Märchenbuch, aus einem schlechten Traum, faszinierend und gleichzeitig Furcht erregend. Doch das Märchenbuch lässt sich nicht zuschlagen und weglegen, Raissa ist real, der Traum ist kein Traum.

»Hörst du mir zu?«, wiederholt die Stimme der Schamanin streng.

»Ja, ich höre dir zu«, sagt Helene. Sie sagt es auf Russisch, sagt »da«.

»Ich sprach gerade über gute und schlechte Erinnerungen und Gedanken«, erklärt Raissa und bringt ihre Trommel wieder zum Singen. »Die guten sind für uns Menschen ein Geschenk, und deshalb sollten wir sie hüten wie unseren Augapfel. Die schlechten aber empfinden wir oft als eine Krankheit, die uns lähmt, die uns alle Kraft nimmt und manchmal sogar sterben lassen kann. Aber diese Erinnerungen und Gedanken, die uns krank machen, sind kein Geschwür, das ein studierter Doktor herausschneiden oder ausbrennen kann. Sie lassen sich auch durch Handauflegen oder durch die Medizin eines Schamanen nicht zum Verschwinden bringen. Also musst auch du lernen, mit deinen schlechten Erinnerungen und Gedanken zu leben. Nur so kann sich Neues entwickeln.«

»Hilf mir dabei, Raissa.«

Die Flammen steigen zischend und knisternd in die Höhe,

als die alte Frau nochmals Kräuter ins Feuer wirft. Ihre dunklen Augen hält sie unverwandt auf Helene gerichtet.
»Ich kann dir nur Wege weisen.«
»Aber …«, beginnt Helene, doch dann verstummt sie und blickt gedankenverloren auf ihre Hände, die flach auf ihren Knien liegen.
»Nutze sie!«, fordert die Schamanin sie auf und deutet mit dem Trommelschlegel auf Helenes Hände.
Und plötzlich erinnert Helene sich daran, was Raissa über diese Hände sagte. Das war im letzten Frühsommer, als Helene sie zum ersten Mal zu einer Kranken begleitet hatte. Wie von selbst waren Helenes Hände über den aufgetriebenen Leib der Frau geglitten, hatten hier und da gedrückt und geprüft. Raissa hatte schließlich Helenes Diagnose bestätigt. Es war ein durch einen oder mehrere Steine behinderter Gallenfluss, der die Pein der Kranken verursachte.
»Wer hat dich gelehrt, mit deinen Händen zu sehen?«, wollte sie wissen.
»Sehen?«, fragte Helene verständnislos. »Ich weiß nicht … ich habe manchmal meine Großmutter dabei beobachtet, wenn sie ihre Patienten untersuchte. Sie erklärte mir, was die inneren Organe bedeuten und wo sie liegen und welche Probleme sie bereiten können. Und mit meiner Mutter bin ich oft zu den Schwangeren gegangen und habe ihr helfen dürfen.«
»Erzähl mir von den Frauen deiner Familie«, forderte Raissa sie auf.
»Ich kann nicht. Ich weiß nichts«, wehrte Helene ab. Diese Erinnerungen waren zu kostbar, um sie mit jemand anderem zu teilen. Zu kostbar, weil sie flüchtig waren.

»Du hast die Gabe«, sagt Raissa eines Abends, als sie auf dem alten vom Rentier gezogenen Schlitten von einem Krankenbesuch in ihre Hütte zurückkehren.
»Welche Gabe?«
»Die Gabe zu sehen und zu fühlen, zu erkennen und zu heilen, auch wenn du keine studierte Doktorin bist.«
»Ich werde aber auf die Universität gehen«, entgegnet Helene, ohne zu überlegen. »Wenn ich wieder zu Hause in Königsberg bin, werde ich studieren und Ärztin werden wie meine Großmutter.«
»Wenn ich wieder zu Hause bin, dann werde ich Medizin studieren!«, wiederholt sie störrisch. Und dann beginnt sie zu weinen. Nach einer Weile wischt sie sich ihr Gesicht mit dem Jackenärmel ab und sagt: »Lehre mich alles, was ich wissen muss, um helfen zu können.«
»Ja«, erwidert Raissa, während ein sanftes Lächeln ihr runzliges Gesicht verschönt.

Raissa ist eine gute, fordernde und zuweilen auch ungeduldige Lehrmeisterin.
Zu allem, was Helene auf ihren Wanderungen durch die Natur und zu den wenigen Dörfern in der unendlichen Weite des Landes auffällt, weiß die alte Frau etwas zu erzählen. Sie selbst ist ein Quell für Geschichten, schier unerschöpflich ist ihr Wissen, sind ihre Kenntnisse über die Heilkräfte von Pflanzen und Blüten.
»Bist du eine Hexe?«, fragt Helene manchmal.
Und Raissa lacht, rau, heiser, und zeichnet mit ihren verknoteten Händen geheimnisvolle Geisterfiguren in den Rauch über ihrem Feuer, das sie am Abend in der Hütte oder unter freiem Himmel anzünden.

»Ich bin alles in einem – eine Schamanin.«
»Erzähl mir mehr darüber!«
Und Raissa erzählt. »Seit über fünftausend Jahren gibt es Schamanen in Sibirien. Ihre Rituale und anderen Praktiken, ihre Heilkräfte und ihre Mittlerrolle zwischen Menschen und Göttern waren für die Menschen in diesem dünn besiedelten und unwirtlichen Land wichtig für ihr Überleben unter lebensfeindlichen Bedingungen. Aber nun, da es sogar in unserer Einsamkeit Städte gibt, in denen Autos fahren und über die Flugzeuge fliegen, werden die alten Weisen und ihr Wissen nicht mehr gebraucht. Für die heutige Welt sind Schamanen nur noch Geisterbeschwörer und Scharlatane, die man gesellschaftspolitisch isoliert, deren Tradition und deren Kultur man am besten totschweigt – genauso wie die Kirchen und die Popen totgeschwiegen werden.« Sie lächelt Helene seltsam verloren an. »Ja, vielleicht bin ich das, was du eine Hexe nennst. Eine alte verrückte Frau, die sich merkwürdig kleidet, die ein bisschen zaubern kann und die sonderbarsten Lieder singt und dazu auch noch trommelt und mit den Geistern redet und manchmal gleich einer Wahnsinnigen tanzt. Aber ich bin auch eine Medizinfrau, deren Hilfe man in Anspruch nimmt, weil der nächste Doktor in der Stadt wohnt, und das ist ein weiter Weg für jemanden, der fiebert oder sich ein Bein gebrochen hat oder kein Geld hat, um den Doktor zu bezahlen.« Ihre Stimme wird leiser, und Helene beugt sich vor, um Raissas Worte verstehen zu können. »Aber ich weiß, ich bin die Letzte dieser Art in diesem weiten, ebenso schönen wie schrecklichen Land Sibirien.« Eine Weile schweigen sie miteinander, dann sagt Raissa: »Du wirst noch eine Weile bei mir bleiben müssen, Mädchen. Es gibt keine wie dich in dieser Gegend. Du

bist für mich diejenige, der ich einen Teil meines Wissens weitergeben kann.« Fast triumphierend fügt sie hinzu: »Und ich habe dir noch eine Menge beizubringen, bevor du mich verlassen und nach Nowgoje zu diesem Mann, dem deine Träume gehören, gehen kannst.«

Helene sieht sie verblüfft an; sie hat der alten Frau nie von Victor Litkowski und Nowgoje erzählt.

Raissa lacht breit, freundlich und zahnlos.

»Eine Hexe – ja, das bin ich wohl. Eine, die ein bisschen mehr als andere Leute sehen, hören und verstehen kann.«

Der Sommer hat das Land mit einem üppigen, duftenden Blütenteppich überzogen. Raissa geht schweigend voran auf dem schmalen Pfad durch das Moor. Bei jedem ihrer Schritte gluckst Wasser unter ihren nackten Füßen und färbt die Haut bräunlich. Helene folgt ihr, in ihre eigenen Gedanken vertieft.

Plötzlich bleibt die alte Frau stehen.

»Leben und Tod sind nicht zu trennen«, sagt sie zu Helene, die dicht hinter ihr ist, und zeigt auf den Kadaver eines großen Elchs, der am Rand eines Wassertümpels liegt, von Insekten umschwirrt. »Sieh diese alte Elchkuh, sie hat viele Male Junge getragen und geboren. Als ihr Körper erschöpft war, hat sie sich hingelegt und ist gestorben. Oder sie hatte nicht mehr die Kraft, sich gegen einen ihrer Feinde, zum Beispiel einen Wolf, zu wehren. Du siehst, Leben und Tod folgen in einem ununterbrochenen Zyklus unerbittlich aufeinander. Jedes Leben, auch das eines Menschen, ist ein Zyklus, in dem eins aus dem anderen hervorgeht, in dem das Leben mit dem Tod endet, um Platz für neues Leben zu schaffen.« Langsam geht sie weiter, bückt sich ab und zu, um ein Kraut, eine Blüte zu pflücken oder ein Insekt zu betrachten, bevor sie fortfährt: »Deshalb ist jede Geburt, jedes Kind ein besonderes Ereignis, denn in den Kindern leben nicht nur die Geister unserer Ahnen weiter, sondern auch wir selbst.«

»Aber warum musste dann Natalja sterben – und ihr ungeborenes Kind mit ihr?«, fragt Helene und schiebt sich den Riemen von Raissas Medizinbeutel auf die andere Schulter. Der Beutel ist schwer, weil die Schamanin außer den Instrumenten und Tinkturen sowie Salben und Tees, die sie bei Geburten benutzt, auch noch ihre Trommel und diverse Amulette, bemalte Steine, ein Behältnis für das Wasser einer Heilquelle und anderes in diesem Beutel verstaut, wenn sie unterwegs ist. Das alte Fuchsfell, an vielen Stellen schon abgeschabt, aus dem der Beutel gearbeitet wurde, ist mit Schnüren aus bunten Holzperlen und Lederfransen benäht. Als Verschluss dient ein kleiner Tierknochen, der durch eine Schlaufe gezogen wird.

Helene wischt sich mit dem Ärmel ihrer Bluse den Schweiß vom Gesicht und schlägt nach den Mücken, die sie umschwirren. Noch immer muss sie an die junge Frau denken, von der sie gerade kommen. Und sie quält sich mit Selbstvorwürfen, mit Schuldgefühlen.

»Natalja war so alt wie ich – gerade zweiundzwanzig. Sie war gesund und kräftig, und ihre Schwangerschaft ist normal verlaufen. Auch das Kind lag richtig – ich habe es bei der Untersuchung vor einer Woche doch genau gespürt. Ich hätte merken müssen, wenn etwas nicht richtig gewesen wäre, nicht wahr? Und doch sind sie beide gestorben! Habe ich etwas übersehen, etwas falsch gemacht?«

Raissa bleibt stehen und dreht sich zu ihr um. Ihr faltiges

Gesicht glänzt schweißnass, ihre dunklen, an anderen Tagen lebendig wirkenden Augen liegen in tiefen Höhlen. Die alte Frau wirkt müde, erschöpft, zu Tode erschöpft. Und ich bin ebenso ausgelaugt wie sie nach dieser langen, schrecklichen Nacht, denkt Helene. Es ist, als hätte der Tod nicht nur Natalja und ihr Kind mit sich genommen, sondern auch Raissa und mich mit seinen Knochenhänden berührt. Sie erschauert trotz der sommerlichen Hitze.

»Du hast alles richtig gemacht, Mädchen.«

»Aber warum, Raissa … warum ist Natalja dann gestorben, zusammen mit ihrem Kind?«

»Als Hebamme kannst du fühlen, ob die Gebärmutter fest verschlossen ist … wie der Hintern eines Huhns, in den man kein Weizenkorn stecken könnte«, antwortet die alte Frau. »Du kannst die Anzeichen einer der Krankheiten, die eine Schwangere zuweilen überfallen, erkennen und behandeln. Und du kannst die Lage des Kindes und seine Größe ertasten und es mit deinen Händen drehen, wenn es falsch liegt. Und du wirst immer spüren, ob ein Kind noch lebt oder bereits im Mutterleib gestorben ist.« Sie streicht mit ihren Fingern sanft über Helenes Wange. »Aber du kannst nie erspüren oder wissen, ob sich die Nabelschnur um seinen Hals geschlungen hat, ob sein Herz und seine Lungen für das Leben stark genug sein werden oder ob eine Krankheit es schon in Besitz genommen hat. Nicht wir Menschen entscheiden über Leben und Tod. Es liegt allein in den Händen des Allmächtigen, ob ein Wesen, ob Mensch oder Tier, leben wird oder schon vergeht, bevor es zu atmen beginnen kann. Wir müssen diese Entscheidung akzeptieren, ohne zu klagen.«

»Aber …«

»Nichts aber!«

Auf einmal wirkt Raissa unwirsch, und auch Helene ist ärgerlich. Manchmal versteht sie die alte Frau nicht; manchmal ist sie ihr unheimlich. Doch noch braucht sie Raissa und ihre Zuwendung. Sie muss sich an ihr stoßen, um Kraft sammeln zu können, die sie brauchen wird, wenn sie geht. Mehr als einmal hat Helene sich schon vorgenommen und es auch probiert, diese armselige Hütte, die sie mit der Schamanin teilt, einfach zu verlassen und wegzugehen. Nowgoje kann nicht mehr weit sein. Immer nach Osten, hatte Victor Litowski gesagt. Und Helene ist damals, als sie aus dem Lager in Mushi geflüchtet war, immer nach Osten gegangen, tagelang und auch in den Nächten nur gegangen und gegangen, bis ein heftiger Sturm meterhohe Schneewälle vor ihr und um sie herum aufgetürmt hatte. Sie sah die Wölfe, die sie begleiteten, als fließende Schatten zwischen den Stämmen; in der Dunkelheit glänzten ihre Augen wie vom Himmel gefallene Sterne auf dem Schnee. Die Nächte waren klar, die Tage fast ebenso dunkel wie sie. Es gab keine Sonne, nach der Helene sich hätte orientieren können. Aber der Wind blies in diesem Land immer aus Norden, das hatte Victor Litowski ihr erzählt, und deshalb hat sie darauf geachtet, dass der Wind beim Gehen stets an ihrer linken Seite war. Und doch war sie nicht in Nowgoje angekommen, und die Unendlichkeit um sie herum erschöpfte sie mehr und mehr. Wenn Raissa sie nicht gefunden hätte, wäre sie dort gestorben – dort, in dieser kalten, einsamen Höhle aus Schnee unter einem Baum, der im Sturm knarrte und der ächzte wie ein leidender Mensch.

»Die Wölfe«, hatte Raissa später erzählt, »es waren die Wölfe, die mich zu dir geführt haben. Sie hockten so dicht an deinem Körper, dass der Sturm und die Kälte dir nichts anhaben konnten. Sie wichen erst zurück, als ich mich dir näherte und durch meine Trommel mit ihnen sprach und sie bat, dich mir zu überlassen.«

Aber jetzt ist Sommer, die Sonne scheint den ganzen Tag, und dort, wo sie am Morgen steht, ist Osten. Das wusste Helene schon als Kind, denn Großmutter Emmas Küche lag zur Ostseite hin. Sie war am Morgen sonnendurchflutet, die Sonne ließ die Messer aufblitzen, die Butter weich werden, sie ließ winzige Wassertröpfchen auf den Wurstscheiben und auf dem Käse entstehen, und sie malte flirrende Kringel auf die weiße Tapete mit Streublümchen darauf. In der Küche roch es nach frischen Brötchen, nach Kaffee und Kakao und nach selbst gemachter Marmelade, manchmal auch ein bisschen nach Krankenhaus, denn Großmutter Emma war gerade aus der Klinik nach Hause gekommen.

»Warum musst du den Nachtdienst übernehmen«, sagte Helenes Mutter Margarete dann ärgerlich. »Du bist Leiterin dieser Klinik und nicht eine von deinen Krankenschwestern oder Hebammenschülerinnen.«

Und Emma blinzelte dem Kind zu, das ihr gegenübersaß und sich ein halbes Brötchen auf einmal in den Mund stopfte, weil es so gut schmeckte, und murmelte so etwas wie: »Schlafen werde ich noch lange genug können – später, wenn das hier alles vorbei ist.«

Damals wusste Helene nicht, was ihre Großmutter damit meinte. Alte Menschen, so denkt sie jetzt, während sie der Schamanin langsam durchs Moor folgt, reden nun einmal seltsame Dinge oder verhalten sich komisch. Sie blickt Raissa nach, die sich gemächlich von ihr entfernt. Ihr krummer Rücken schwankt von einer Seite zur anderen, das dünne weiße Haar gleicht einem feinen Schleier, der sich im warmen Wind hebt und senkt. Die Schamanin ist schon alt, uralt, viel älter jedenfalls als jeder andere alte Mensch, dem Helene bisher begegnet ist. Wahrscheinlich wird sie bald sterben, überlegt Helene, doch ich werde sie vorher verlassen, denn ich ertrage es nicht, noch mehr Menschen sterben zu sehen. Heute Nacht, denkt sie, heute werde ich gehen. Aber sie weiß, dass sie das nicht tun, dass sie nicht einfach so davongehen kann. Sie hat es probiert, mehr als einmal. Sie hat heimlich ein paar Sachen zusammengepackt, ist leise aufgestanden, wenn sie Raissas tiefen Atem hörte. Sie hat leise die Tür geöffnet und hinter sich geschlossen und ist den Pfad entlanggegangen, der aus dem Wald ins Moor und dann wieder in die Wälder führt und vielleicht irgendwann einmal irgendwo im Osten in Nowgoje enden wird. Helene ist jedes Mal am Anfang rasch ausgeschritten, raumgreifend, den frischen Atem der Nacht auf ihrem Gesicht und noch zaghafte, aber wachsende Zuversicht im Herzen. Doch je weiter sie sich von Raissa und der einsamen Hütte in diesem lichten Wald mit Nadelhölzern, Espen, Eschen und Birken entfernte, desto stärker spürte sie die Geister des Waldes, die sie aufzuhalten versuchten, desto dringender wurde der Wunsch, umzukehren und zurückzugehen. Eine Weile wehrte sie sich dagegen, doch dann klopfte ihr Herz so heftig, dass es fast zersprang, dann wurde ihr Schritt schleppend, ihre Füße waren schwer wie Eisen und ließen sich kaum noch heben. So schwer waren sie nur, wenn sie nach Osten ging. Wenn sie schließlich umkehrte, lief sie wieder leichtfüßig und im normalen Rhythmus ihres Herzschlags.

An einem dieser Tage in einem anderen Sommer presst Helene den Saft aus den Blättern der Brennnesseln. Mit der in dunkel gefärbten Flaschen verwahrten Essenz werden sie und die Schamanin im nächsten Winter wieder Frostbeulen und andere Erfrierungserscheinungen ihrer Patienten behandeln. Raissa hockt auf dem Boden und schlägt ihre Trommel, singt dazu eines ihrer sonderbaren Lieder und wiegt ihren Oberkörper im Rhythmus der Musik. Plötzlich hält sie inne und sieht Helene scharf an.

»Was ist – sind diese Blätter nicht gut zum Pressen?«, fragt Helene. »Oder mache ich etwas falsch?«

»Doch, doch«, erwidert die alte Frau. »Alles, was du tust, ist gut und richtig. Ich habe mich gefragt, ob du weißt, dass ich dich ›Wölfin‹ nenne, wenn ich mit anderen Leuten über dich rede.«

Als Helene sie überrascht anstarrt, lässt sie den Schlegel wieder über die straff gespannte Tierhaut ihrer Trommel gleiten, schnell, immer schneller, bis die Hüttenwände zu vibrieren scheinen.

»Bald werden dich alle ›Wölfin‹ rufen – wenn du in Nowgoje sein wirst.«

»Nowgoje«, sagt Helene verwundert.

Sie hat schon lange nicht mehr an diesen Ort und an Victor Litowski gedacht, die Erinnerung ist mit den Jahren blass geworden. Sie sieht sich in der Hütte um – eine einfache Behausung, ja, aber hier ist alles vertraut, hier kennt sie alles, sogar jedes Astloch, jede Maserung in den vom Rauch geschwärzten Balken kennt sie, hat sie mit ihren Fingerspitzen erspürt. Sie horcht auf den Klang der Trommel. Auch er gehört zu ihrem Leben, ebenso wie Raissas Gesänge und Rituale, die Gespräche und das gemeinsame Schweigen mit der

Schamanin oder die Geräusche und die Stimmen der Taiga und die der Tundra im Norden. Sie kennt die Namen der wenigen Menschen, die in der unermesslichen Weite dieses Landes den harten Lebensbedingungen trotzen und nach der Schamanin und ihrer Gehilfin rufen, wenn sie krank sind oder wenn sie den Rat ihrer Ahnen brauchen. Sie kennt die Gerüche des Waldes und die des Moores im Norden, wo große Gasblasen auf den Tümpeln treiben und die Luft mit Gas füllen. Und sie kennt die Plätze, wo sie das findet, was sie zum Leben und für ihre Arbeit als Heilerin und als Hebamme braucht. Die Unruhe und die Wut, die sie einst vorwärts trieben, haben nachgelassen. Zum ersten Mal, seit man sie aus der brüchig gewordenen Geborgenheit ihrer Kindheit gerissen hat, scheint ihr Inneres zur Ruhe gekommen zu sein.

»Ich will nicht mehr nach Nowgoje«, sagt sie.

»Ich sehe einen weiten Weg vor dir, und du wirst ihn gehen müssen«, murmelt die Alte, die jetzt mit geschlossenen Augen auf ihrem Lager hockt. »Deine Bestimmung ist nicht hier, sondern an einem anderen Platz. Du wirst ihn erkennen. Aber es wird lange, sehr lange dauern, bis zu weißt, dass du angekommen bist.«

»Ich werde nicht nach Nowgoje gehen, Raissa. Niemals!«

»Du wirst gehen müssen, Wölfin.«

»Ich verlasse dich nicht.«

»Ich habe dich alles gelehrt, was ich weiß. Jetzt musst du zeigen, dass du es auch umsetzen kannst, Wölfin.«

»Nenn mich nicht ›Wölfin‹!«, ruft Helene. Über das glosende Feuer hinweg sieht sie die scharfen, wissenden Augen der alten Frau nun wieder fest auf sich gerichtet.

»Sieh mich an, Wölfin. Sieh mich genau an.«

»Nein!«

Doch sie muss sie ansehen – und plötzlich erkennt Helene, was sie sich bisher verweigert hat: Raissas Leben ist seinem Ende nahe. Ihr einst rundliches Gesicht ist hager, hohlwangig geworden, die durchscheinend gewordene Haut spannt sich über den fein gemeißelten Knochen ihres fast kahlen Schädels. Das bunte Gewand mit all seinen Schnüren, Fransen, Amuletten und metallenen Plättchen wirkt viel zu groß für die zerbrechliche Gestalt. Unter der in der Taille durch einen Gürtel zusammengehaltenen Tunika schlottert die Hose um hagere Beine. Die nackten Füße sind blau geäderter Marmor, die Hände und Gelenke knotig und verkrümmt.

»Was siehst du, Wölfin?«, mischt sich Raissas heisere Stimme in das donnernde Lied der Trommel. Helene sucht noch nach einer Antwort, da redet die Schamanin schon weiter. »Ich bin fast am Ende meines Weges durch diese Welt angelangt. Auf mich wartet bereits eine andere. Und du wirst deinen Weg bald allein gehen und deinen eigenen Platz finden müssen.«

»Ich will hier bleiben!«, ruft Helene verzweifelt. »Hier – und bei dir!«

»Du wirst dich deinem Schicksal fügen müssen.«

»Nein! Ich will … ich werde …«

Die Alte lacht rau und schlägt wirbelnd die Trommel. Das Dröhnen wird zum Donnern, wird zur rasenden Wut aller Elemente, verschlingt alle anderen Geräusche. Dann wirft Raissa plötzlich das Instrument zur Seite, springt auf, packt Helenes Hände und reißt sie mit sich über den festgestampften Erdboden der Behausung.

»Komm, kleine Wölfin, lass uns ein letztes Mal miteinander tanzen!«

Sie haben viele Male so miteinander getanzt, in dieser Hütte oder im Kreis anderer Menschen, bei den Ritualen zum Wechsel der Jahreszeiten, auf Festen, bei Totenfeiern oder nach Geburten. Doch dieser Tanz jetzt ist mehr als das Wiedererleben ursprünglicher Bewegungen und Körperhaltungen, das in der Ekstase mündet. Nun wird ihr Singen, ihr Jammern, Stöhnen und Kreischen, ihr Seufzen und Ächzen überlagert vom Wissen um Abschied, Trennung und Verlust und von der Ahnung von neuer alter Einsamkeit.

»Weißt du, wie viel Zeit vergangen ist, seit ich dich fand und in meine Hütte brachte?«, fragt Raissa, als sie schwer atmend, erschöpft und auf allen vieren kriechend zu ihrem Lager zurückkehrt.

Auch Helene ist kraftlos nach diesem Ausbruch von Gefühlen. Sie ist auf einem Schemel zusammengesunken, sprachlos, kann nur schwach den Kopf schütteln.

»Sieben Winter, sieben Sommer! Der achte Winter beginnt schon bald.«

Raissa greift unter ihr Lager und zieht ein dickes Bündel hervor. »Hier, das ist für dich, Wölfin. Du wirst es brauchen, um dich zu wärmen und um dich zurechtzufinden.«

Helene starrt auf das glänzende silbergraue Wolfsfell in ihren Händen, sogar der Kopf ist erhalten geblieben, die grünen Augen funkeln, als wären sie nicht tot, sondern Teil eines lebendigen, Furcht erregenden und doch faszinierenden Wesens.

»Sie war die Alphawölfin der einst menschenleeren Taiga«, erzählt Raissa mit dünner Stimme. »Sie war stark, mutig und schnell und führte ein großes Rudel an. In mondhellen Nächten war sie mit ihren Gefährten unterwegs, um zu jagen und mit den Geistern der anderen, der unsichtbaren

Welten zu singen. Dann kamen die Menschen auch in diese Gegend. Ihre Gewehre waren die Verlängerung ihrer Furcht vor allem Starken und nicht Begreifbaren. Sie töteten viele Tiere aus dem Rudel der Wölfin und verjagten die anderen. Und sie wollten auch die Alphawölfin töten, weil sie diejenige war, die für Nachwuchs im Rudel gesorgt hatte. Aber sie konnte entkommen und flüchtete dorthin, wo die Wälder am dichtesten und dunkelsten sind und wo die verschiedenen Welten ihren Schnittpunkt haben. Sie fand genug Nahrung, um überleben zu können. Doch ein Gefährte fehlte ihr, sie war einsam, und ihre Lieder wurden zur Klage, zum Ausdruck ihres Leids. Dann brach ihr Herz, und sie legte sich zum Sterben vor die Höhle eines Weisen, der die Sprache der Natur verstand und mit der Hilfe seiner Trommel mit den Geistern wanderte. Er nahm das Fell der Wölfin und präparierte es so, dass der Kopf erhalten blieb. Es wärmte ihn in der Kälte und machte ihn unverwundbar. Die Menschen achteten ihn als den größten aller sibirischen Schamanen, weil er das Fell der Alphawölfin tragen konnte, ohne dass die Götter es ihm neideten.«
Als Raissa verstummt, sich in Gedanken verloren sachte hin und her wiegt, berührt Helene vorsichtig das silbrige Fell. Es knistert unter ihren Fingern, wirkt weich und warm. Es ist, als würde sie einen lebenden Wolf streicheln. Dabei hat sie noch nie einen lebenden Wolf berührt. Sie erinnert sich an die Zeit, als sie noch Kind war; auch damals haben diese Tiere sie fasziniert. Plötzlich kann sie sich genau an jenen Tag im Zoo erinnern, als sie an Großmutter Emmas Hand vor dem Wolfsgehege stand, das war ein paar Wochen bevor sie und ihre Mutter aus der Stadt flüchteten. Ein Teil des Zoos war bereits bombardiert und zerstört worden, die

Tiere getötet oder irgendwohin gebracht. Aber das Wolfsgehege gab es noch, und Emma war mit Helene durch das zerstörte Eingangstor des Zoos direkt darauf zugegangen.
»Damit du nie vergisst, wer du bist und woher du kommst«, hatte sie gesagt. Eines der Tiere war auf der anderen Seite des Zauns direkt vor ihnen stehen geblieben und hatte Helene angesehen. Seine Augen leuchteten wie der goldene Bernstein im Ring, den Emma in einer anderen und vergangenen Zeit getragen hatte. Und dann hatte dieser Wolf seinen Kopf zurückgelegt und – nein, nicht geheult, wie das die Wölfe in den Märchenbüchern taten, sondern gesungen, wirklich gesungen, wild und so schön, dass Helene einfach mitsingen musste, zuerst mit zittriger Stimme, dann plötzlich aus vollem Hals, richtig von innen heraus.
»Was tust du, Kind!«, rief Großmutter Emma, dann lachte sie und weinte gleichzeitig. Und plötzlich hoben auch die anderen Wölfe im Gehege ihre Köpfe, und die Kraft und die Wildheit ihres Chorgesangs ließen alle anderen Stimmen und Geräusche im Zoo, das Getöse des nahenden Krieges und die Angst vor dem, was kam, verstummen.
Als die Schamanin ihre Hand kurz und leicht, federleicht auf ihren Arm legt, blickt Helene auf.
»Ich spüre, dass du dieses Land, das mein Land ist, noch lange als fremd und feindlich empfinden wirst, weil du in deinen Erinnerungen dorthin zurückkehrst, woher du gekommen bist. Niemand wird den Ursprung seines Seins vergessen oder verleugnen können, seine Seele wird sich danach sehnen, solange er lebt. Er wird erkennen, dass sein Leben Teil eines Flusses ist, eines gewaltigen Stroms, der ihn mit sich reißt, und dass dieser Strom, wenn er hier und da über seine Ufer tritt, auch fremdes Land stärkt und nährt.

Und der Entwurzelte wird irgendwo den Boden finden, der ihm neuen Halt gibt.« Wieder beugt die Alte sich vor und berührt Helenes Arm. »Du wirst es nicht leicht haben, denn du bist jemand, dem es nicht genügt, sich tragen zu lassen. Fragen und Zweifel werden auch weiterhin zu deinem Leben gehören, sie werden dich Kraft kosten, aber sie sind nicht schlecht. Sie werden deinen Geist und deine Sensibilität für das Wesentliche dieser Welt schärfen. Das ist eine der Gaben, über die auch wir Schamanen verfügen müssen, um die Tradition unserer Ahnen fortführen zu können. Deshalb, und weil du mir alten Frau zur Freude geworden bist, wirst du das Fell der Wölfin tragen, wenn du gehst«, fügt sie warm hinzu.

Helene springt von ihrem Schemel auf. »Ich gehe nicht!«, entgegnet sie heftig. »Ich will nicht wieder allein sein!« Wie in Trance greift sie nach einem der Becher auf dem Wandbord und füllt ihn mit Wasser, das sie am Morgen von der nahen Quelle geholt hat. »Trink das!« Sie drückt Raissa den Becher in die Hand. Dann sagt sie: »Schamanen sind unsterblich!«

Die alte Frau leert den Becher in einem Zug.

»Ah«, sagt sie heiter, »einen solch köstlich kühlen Trunk werde ich da, wo ich hingehe, vermissen.«

Helene packt die knochige Hand der Alten, umklammert sie mit aller Kraft.

»Ich lasse nicht zu, dass auch du gehst!«

Als Raissa nichts sagt, sondern sie mit ihren dunklen, unergründlichen Augen ansieht, beginnt Helene zu reden. Sie redet und redet. Sie spricht, sie schreit alles das heraus, was sich an Worten, an Seufzern, Tränen, Klagen, an Grauen, Leid und Wut seit jenem Moment, in dem ihre Mutter erschossen wurde und mit ihr Wärme und Geborgenheit starben, in ihrem Innern gesammelt hat. Das alles bricht plötzlich aus ihr, das ist ein Fluss, ein gewaltiger Strom, der Ufer und Dämme mit sich reißt. Erst als sie innehält, erschöpft, seltsam entleert, wird ihr bewusst, dass sie deutsch gesprochen und die Schamanin kein einziges Wort und trotzdem alles verstanden haben muss, denn sie nickt und öffnet ihre Arme für sie. In diesem Moment, in dem Helene sich umfangen lässt, ist es ganz still um sie herum. Die Flammen im Erdloch brennen und bewegen sich ohne Knistern und Knacken, lautlos zerplatzen im offenen Kessel darüber die Blasen im kochenden Wasser, nichts, keine Maus, kein Käfer, raschelt wie sonst in den Ecken oder im Strohlager, sogar der Wind draußen scheint seinen Atem angehalten zu haben, obwohl die Wipfel der Bäume sich fast bis zur Erde neigen.

Raissa ging in der Nacht. Ihr Lager ist leer, als Helene am Morgen nach ihr sehen will. Sie hat nichts mitgenommen, nicht einmal ihre Trommel, die sie sonst immer bei sich trug. Ihr Medizinbeutel hängt am Haken neben der Tür, ihr buntes Gewand und ihre Stiefel liegen am Boden. Helene erinnerte sich schwach an einen Traum in der vergangenen Nacht, in dem sie Raissa zusammen mit anderen Schamanen auf den Ästen einer gewaltigen Birke sitzen sah. Jemand fällte den Baum, und Raissa und die anderen Schamanen fielen zu Boden und starben, während die Wölfe, die von einer riesigen, fast weißen, im Mondlicht silbern glänzenden Wölfin angeführt wurden, den Mond anheulten.
Sie nimmt die Trommel der Schamanin und schlägt sie, voller Trauer und Verzweiflung. Der Ton ist dumpf, ohne

Nachhall, und nichts geschieht, niemand antwortet. Die Stille rückt noch näher, als Helene die Trommel wieder an die Wand hängt. Sie legt sich das Wolfsfell um und setzt sich auf den Rücken des alten Rentiers und sucht nach Raissa an allen Orten, an denen sie in den vergangenen gemeinsamen Jahren gewesen sind. Sie fragt die Menschen, denen sie begegnet; sie weichen vor ihr zurück, als sie das Wolfsfell erkennen. Sie wühlt sich in die Schneehöhlen unter den tief hängenden Zweigen der Nadelbäume – und findet doch nichts anderes als die vertrocknete Losung eines Bären auf muffiger Erde und die schon gewohnte Leere und Einsamkeit. Eine Weile folgt sie den Spuren der Wölfe, aber sie verlieren sich, als ein Sturm aufkommt. Noch lange ruft sie Raissas Namen, wieder und wieder. Und nichts, nichts anderes als die Einsamkeit und das Heulen des Sturms antworten ihr.

XIX
Helene

Ich muss mir, bevor ich weiterschreibe, überlegen, ob ich dir von der Zeit erzählen soll, die ich allein in der Hütte blieb, allein mit mir selbst und mit meinen Ängsten. Du hast die Dunkelheit meiner Seele noch nie verstanden, noch nie vertragen, und weil ich dir selten etwas anderes geben konnte, hast du dich in das Lichte im Haus deines Vaters geflüchtet. Ich habe deine Entscheidung damals nicht verstanden, ich war zutiefst verletzt und zu sehr auf den Schmerz konzentriert, den Verlassensein erzeugt, dass ich keine Möglichkeit sah, dich zu halten. Nun, da die Zeit und das Alter die Wundränder geglättet haben, beginne ich zu verstehen. Du warst damals noch ein Kind – ein Kind, das sich durch mein Verhalten nur verwirrt fühlte und verängstigt war und deshalb den einfacheren Weg wählte. Und ich – nun, ich verweigerte dir die Nähe, die entstehen kann, wenn man sich dem anderen gegenüber öffnet. Ich hoffte auf Verständnis, ohne erklären zu können, was mich zu dem gemacht hatte, was ich war und bin. Heute weiß ich, dass ich schwieg, weil ich das, was mir geschehen war, verdrängen wollte – nein, verdrängen musste, um mich vor den Menschen in Nowgoje und vor der Wut in mir zu schützen. Ich wollte in Nowgoje nicht die »Nazideutsche« sein, nicht die Verschleppte, die Geschändete. Ich wollte wie Katharina oder wie eine der anderen Frauen sein und zu ihnen gehören, mit ihnen über

Alltägliches reden und mit ihnen singen und lachen. Und gleichzeitig musste ich mich hassen, weil ich mir das wünschte und weil ich damit meine Vergangenheit, meine Herkunft, mein wahres Ich verleugnete. Ich befand mich in einem ständigen Dilemma, in einem ständigen Widerstreit meiner Gefühle, meiner Wünsche.

Ja, doch, ich habe mich entschieden, dir mehr über mich zu verzählen, denn ich wünsche mir Verständnis – dein Verständnis. Ich wünsche mir Nähe zwischen uns. Gefühle, vielleicht sogar jene Liebe, die Mütter und Kinder für immer verbindet. Liebe – noch wage ich nicht, dieses Gefühl zu artikulieren, weiß ich doch, dass Liebe auch Verzeihen beinhaltet. Und ist Verzeihen nicht erst dann möglich, wenn man versteht?

Ich konnte nicht um Raissa weinen. In den Nächten waren Geistwesen um mich; ich sah meine Großmutter Emma, auch meine Mutter Margarete und die Gesichter anderer Frauen. Doch wenn ich meine Hände nach ihnen ausstreckte, um sie zu berühren, dann lösten sie sich auf. Zurück blieben nicht einmal ihre Schatten.

Ich war einsam, obwohl die Kranken weiter nach mir schickten oder riefen, damit ich sie heilte. Ich befestigte Raissas alten Medizinbeutel und die Behältnisse mit Kräutern und Tinkturen am Gestell auf dem Rücken des alten Rentiers, legte mir das Wolfsfell um und ging in die Dörfer und zu den abgelegenen Hütten. Aber die Menschen der Taiga können sehr schweigsam sein. Vielleicht hatte das Verschwinden der alten Schamanin, der letzten in diesem Teil Sibiriens, nicht nur mich, sondern auch sie in eine Art Schock versetzt – ich weiß es nicht. Wenn ich ihnen eine Medizin gegen ihre Schmerzen gegeben hatte oder eine Geburt beendet

war, schien ich mich für sie auf seltsame Weise aufzulösen und zu verschwinden. Sie sahen einfach durch mich hindurch und sprachen nicht mehr mit mir. Also nahm ich, ebenfalls schweigend, meine Sachen und ging wieder zurück in die Stille des Waldes. Um die Fähigkeit zu sprechen nicht zu verlieren, redete ich auf meinen einsamen Wegen manchmal laut mit Raissas Geist, dessen Gegenwart ich spürte. Mit Erstaunen bemerkte ich eines Tages, dass ich deutsch sprach, und in dieser Sprache redete ich auch mit dem alten Rentier. Ich redete mit den Bäumen, mit den Pflanzen und Pilzen und Beeren, die ich weiterhin sammelte und trocknete. Mir wurde bewusst, dass Raissa mich viel gelehrt hatte, auch das Überleben in dieser Wildnis mit ihren mannigfachen Gefahren, aber irgendwie hatten wir es versäumt, darüber zu sprechen, wie ich mich den Menschen nähern sollte, um vielleicht mit oder bei ihnen leben zu können.
Ich befand mich in einem Zustand des Wartens auf irgendetwas, auf irgendjemanden. Dann merkte ich plötzlich, dass um mich herum alles zu verfallen begann. Es war, als würde mich Raissas Geist zum Gehen zwingen. Zuerst löste sich eines der Fenster aus dem Rahmen und ließ sich nicht mehr befestigen, dann hing die Tür schief in den Angeln, einzelne Bretter lösten sich, das Dach wurde löchrig. Plötzlich fanden Mäuse Schlupflöcher in die Hütte, dann zogen Ameisen und andere Insekten ein. Die Kräuter, die ich zum Trocknen an die Balken gehängt hatte, faulten, obwohl das Wetter sonnig und nicht zu warm war. Schimmel setzte sich an die Wände. Und als ich schließlich nur noch leere Fallen vorfand und mich von verrotteten Wurzeln und zähen Beeren ernähren musste, als ich nicht mehr von Raissa träumte und auch ihren Geist nicht mehr um mich spürte, dachte ich zum

ersten Mal nach langer Zeit wieder daran, nach Nowgoje zu gehen. Ich dachte auch wieder an Victor Litowski, obwohl ich vergessen hatte, wie er aussah oder wie es sich anfühlte, wenn er meine Hand gehalten hatte. Als ich eines Morgens erwachte, spürte ich Schneeflocken auf meinem Gesicht. Der Sturm hatte in der Nacht das halbe Dach weggerissen, ohne dass ich es bemerkt hatte. Da packte ich mein Bündel, nahm Raissas Medizinbeutel und das Wolfsfell und lud alles auf den Rücken des Rentiers und machte mich auf den Weg weiter nach Osten, wo Nowgoje liegen musste. Ich blickte nicht zurück, ich hatte nichts mehr zu verlieren.

Ich versuche mich zu erinnern – an diesen endlosen Winter, in dem ich in den einsamen Wäldern und Sümpfen umherirrte, Tag für Tag, Nacht für Nacht und getrieben von eisigen Winden, fast erstickt vom Schnee. Mein einziger Gefährte, das Rentier, verendete in einem dieser Schneestürme, die aus dem Norden kommen und den Atem des ewigen Eises und des Todes mit sich tragen. Es blieb auf einmal stehen, seine Vorderbeine knickten ein, dann die hinteren. Ich bettete den Kopf des Tieres in meinen Schoß, als es starb, und sah den Wölfen zu, die ihren Kreis um uns immer enger zogen. Ich verstand ihren Hunger, sogar ihre Gier; auch ich war hungrig, meine armseligen Vorräte waren längst verbraucht. Hungrig und erschöpft war ich, so erschöpft, dass ich mich nicht mehr rühren konnte. Aber irgendetwas Unerklärliches hielt mich davon ab, mich neben das Rentier zu legen und mich ebenfalls zu ergeben. Vielleicht war es Raissas Trommel, die ich im Sturm zu hören meinte? Oder war es eines ihrer Lieder, mit denen sie die Geister beschwor? Die Erinnerung an unseren letzten Tanz, der wilder, entschlossener, ekstatischer war als alle anderen zuvor? Etwas riss an meinen Haaren, etwas schüttelte mich, flüsterte, redete, schrie mit mir. Es war, als hätte ein unsichtbares Wesen nach mir gegriffen, um mich am Leben zu halten. Es forderte mich heraus, lockte, drängte, zwang mich mit ungeheurer Kraft, gegen meine Schwäche anzukämpfen.

Und tatsächlich fühlte ich das Leben langsam in mich zurückkehren. Als die sanften Augen des Rentiers brachen und der größte der Wölfe seinen Kopf hob und ein triumphierendes Lied begann, als die anderen ihm folgten, nahm ich meine Sachen, zog das Silberfell enger um meine Schultern und ging an den Wölfen, die über den Kadaver herfielen, vorbei und weiter nach Osten. Es war ein langer, ein mühseliger Weg, aber eines Tages kam ich in Nowgoje an, und …

XX
Lara

Hier«, sagt sie und reicht ihm über das Krankenbett hinweg ein altes Schulheft. »Das habe ich bei ihren Sachen gefunden. Es ist ihre Schrift, nicht wahr? Sie hat mitten im Satz aufgehört zu schreiben.«
Victor nimmt das Heft, blättert geistesabwesend darin und gibt es ihr dann zurück.
»Behalte du es. Alle diese Hefte gehören doch dir.«
»Du hast mir nicht zugehört. Ich sagte, es ist Helenes Schrift.«
»Deine oder Helenes Schrift – das ist doch völlig egal.«
»Nein«, entgegnet Lara mit vor Aufregung überkippender Stimme. »Das ist überhaupt nicht egal. Denn ich habe gelesen, was meine Mutter in dieses Heft geschrieben hat. Alles habe ich gelesen!«
Er sieht sie an und doch nicht an; er wirkt irritiert. »Nun gut, du hast alles gelesen, was deine Mutter in dieses Heft geschrieben hat. Und was ist so Besonderes daran?«
Sie kann nicht still stehen oder sich auf den Stuhl neben dem Krankenbett setzen. Mit heftiger Bewegung zieht sie den Plastikvorhang weiter nach vorn, der Helene von den anderen Patientinnen im Zimmer trennt. Der Raum ist klein, die Betten stehen dicht beieinander. Es riecht nach den üblichen Putz- und Desinfektionsmitteln und aufdringlich nach Bohnerwachs; dieser Geruch hängt auch in Bahnsta-

tionen, in Schulen, in den Kulturhäusern und anderen öffentlichen Gebäuden des Landes.

»Es ist ihre Geschichte, Victor! Sie wurde aus Königsberg verschleppt – von russischen Soldaten! Sie war im Lager, und sie traf dich dort. Sie flüchtete und blieb jahrelang bei einer Schamanin. Sie hat mir nie davon erzählt. Sie wurde nur ärgerlich, wenn ich sie nach ihrer Vergangenheit fragte. Und jetzt«, sagt Lara und hält ihm wieder das Heft hin, »jetzt lese ich das – jetzt lerne ich auf einmal eine ganz andere Helene kennen, die wirkliche Helene!«

Er fängt ihre Hand auf, mit der sie vor seinem Gesicht herumgefuchtelt hat.

»Sie hat ihre Geschichte aufgeschrieben? Und ich dachte ...«

Victor spricht leise, kaum hörbar. Er wirkt übernächtigt, hat violett schimmernde Ringe unter seinen tief liegenden Augen, und seine Brauen wirken noch buschiger und störrischer als sonst. »Weißt du, sie hat in den vergangenen Tagen immer wieder in deinen Geschichten gelesen. Ich sah die Hefte auf der Bank am Ofen liegen.«

»Hast du dir dieses hier genauer angesehen?«, fragt sie, noch immer aufgeregt. »Und kannst du dir überhaupt vorstellen, was es für mich bedeutet?«

Er fährt sich mit der Hand durchs Haar und schüttelt dann den Kopf.

»Nein, Tochter. Als ich merkte, wie es um sie stand, musste ich dafür sorgen, dass sie so rasch wie möglich ins Krankenhaus kam.«

»Ja, natürlich.«

»Wir werden darüber reden – später, einverstanden?«

Lara nickt und betrachtet dann wieder das blasse, seltsam

ruhige Gesicht ihrer Mutter auf dem weißen Kissen. An dem Gestänge über dem Bett hängt eine Flasche mit klarer Flüssigkeit, die durch einen dünnen Schlauch und eine Nadel in Helenes Handrücken in ihre Vene tropft.

»Was ist das?«, fragt sie und deutet auf die Flasche.

»Kochsalzlösung.«

»Das ist alles? Keine Medikamente und so?«

Victor zuckt mit den Schultern und blickt an ihr vorbei.

»Es ist merkwürdig«, sagt Lara nach einer Weile mit hoher, kindlicher Stimme. »Ich bildete mir immer ein, meine Mutter sei stark, unbeugsam und hart. Ich dachte, nichts kann sie erschüttern, nichts wirklich berühren. Sie lachte nie, aber sie weinte auch nie. Ich dachte, sie hat eben keine Gefühle. Manchmal, das war, als ich schon in Surgut lebte, da dachte ich, wenn ich sie besuchte, jetzt, jetzt öffnet sie sich mir gegenüber, jetzt können wir endlich wie normale Menschen miteinander reden. Doch dann war sofort wieder die Mauer zwischen uns, und irgendwie war ich sogar froh darüber. Damit lebte ich, damit konnte ich umgehen; ich kannte sie ja nicht anders. Und jetzt …« Sie starrt Victor wieder an. »Jetzt, nachdem ich ihre Geschichte gelesen habe und sie hier liegen sehe, wirkt sie plötzlich ganz anders. So verletzlich. Das rührt mich, das macht mich betroffen. Und ich weiß nicht, ob und wie ich mich ihr nähern kann, ohne ihr noch mehr wehzutun.« Ihr Blick wandert zwischen ihm und Helene hin und her, bevor sie fortfährt: »Irgendwie habe ich das Gefühl, dass wir zwei Magnete sind, immer waren, die man falsch herum hält und die sich deshalb abstoßen, statt sich anzuziehen. Und nun, da sie hier liegt und sich nicht wehren oder mich zurückstoßen kann oder vielleicht gar nichts mehr spürt, da bringe ich es nicht fertig, sie einfach zu berühren oder … oder sie sogar zu umarmen, obwohl ich es möchte. Wie sehr ich es mir wünsche, gerade jetzt, da ich endlich anfange zu begreifen, wer sie ist. Und trotzdem – ich kann es nicht. Ich habe Angst davor. Ich fühle mich erneut betrogen, weil sie nicht spüren kann, dass ich ihr nahe sein möchte.«

Victor streckt seine Hand nach ihr aus und streichelt mit seinen Fingerspitzen ihre Wange.

»Sie weiß, dass du hier bist, Lara. Ich bin sicher, sie spürt deine Nähe. Sie ist nicht tot, weißt du.«

»Richtig«, bestätigt sie mit dieser dünnen Stimme. »Noch ist sie nicht tot. Aber für mich ist es zu spät. Für uns beide ist es zu spät. Wir sind uns fremd geworden. Fremde kann man nicht einfach in den Arm nehmen, nicht wahr?« Sie fängt an zu weinen.

Victor berührt nochmals ihre Wange, bevor er sich zurücklehnt und seine Schultern ganz langsam wieder nach vorn sinken lässt. Sie sieht ihm durch einen Tränenschleier dabei zu und denkt: Auch er ist ein alter, müder Mensch. Nie hat sie ihn oder Helene so sehen wollen oder gesehen, als so … so erschreckend sterblich.

»Manchmal gibt es Wunder, Lara.«

Sie kramt in ihrem Rucksack nach einem Taschentuch und wischt sich damit übers Gesicht.

»Ich glaube nicht an Wunder.«

»Ich auch nicht«, gesteht er ein. »Aber zuweilen tut es gut, irrational zu denken oder zu handeln.«

»Ein falscher Trost.«

»Aber immerhin ein Trost.«

»Gut, dann stelle ich mir vor, dass sie jeden Moment aufwachen wird und zu mir sagt: ›Schön, dass du endlich ge-

kommen bist, ich habe auf dich gewartet.‹ Ich bilde mir ein, dass sie mich ›Tochter‹ nennen wird oder ›mein Kind‹ zu mir sagt. Aber sie wird nicht aufwachen, und sie wird das auch nie zu mir sagen. Nie wieder wird sie ›Lara‹ zu mir sagen, in diesem kühlen, distanzierten Ton, für den ich sie stets gehasst habe, der mir aber seltsamerweise auch das Gefühl gab, dass ich ihr doch nicht ganz gleichgültig war.«
Abermals rollen Tränen über ihr Gesicht. Sie bemerkt, dass Victor sie hilflos und auch vorwurfsvoll anblickt. Jammernde oder weinende weibliche Wesen verursachen ihm Unbehagen, das weiß sie seit jenem Tag, an dem sie ihren kleinen Sohn Nicolai auf dem Friedhof in Nowgoje begraben hatten. Noch heute hat sie manchmal seine Stimme im Ohr.
»Heul nicht!«, hatte er sie barsch angefahren, als sie, ihren Kopf an seine Schulter gelegt, weinen wollte, endlich diese Qual, dieses ganze Leid, das dieser völlig unerwartete, in ihren Augen so sinnlose Tod ihres Kindes über sie gebracht hatte, herauslassen wollte. »Dieses Sibirien braucht starke, gesunde Menschen«, erklärte er so laut, dass die in der Nähe Stehenden zu ihnen herübersahen. »Dein Sohn war anscheinend zu schwach für unser Land, deshalb ist er gegangen.« Er hat sie von sich gehalten und gemustert und dann gesagt: »Du bist jung und kräftig, du wirst noch andere Kinder gebären können, die fähig sind, den notwendigen und gesunden Überlebenswillen zu entwickeln, ohne den ein Sibirier in diesem großen, anspruchsvollen Land verloren ist.«
Sie erinnert sich jetzt, ihm diese Reaktion auf ihren überwältigenden Kummer übel genommen zu haben, sehr übel sogar, obwohl sie auch spürte, dass er mit diesen harten

Worten letztlich seine eigene Trauer überdecken wollte. In diesem Moment hatte sie ihn sogar gehasst, denn Victor war für sie nicht nur der Mann, in dessen Familie sie aufgewachsen war, er war vor allem ihr Vater, ihr Freund, ihr Vertrauter. Und der hatte sie nun verletzt, sehr verletzt. Katharina hatte sie später zur Seite genommen. »Du weißt doch, dass ein Arzt dem Tod öfter begegnet als jeder von uns, und deshalb ist das Sterben für ihn nicht nur ein Verlust, sondern stets auch ein Teil des Lebens«, erklärte sie. »Er kann, weil er um unsere Sterblichkeit besser Bescheid weiß als andere, akzeptieren, dass er auch Menschen verliert, die ihm nahe, sehr nahe waren. Und trotzdem oder gerade deshalb muss er sich vor seinen eigenen Gefühlen schützen, um an einem solchen Verlust nicht zu zerbrechen.«

Ach Papa, denkt sie jetzt und betrachtet ihn voller Zuneigung und auch Trauer. Trotz seines Alters ist er noch immer ein gut aussehender Mann. Sie kann verstehen, dass Helene sich in ihn verliebt hatte, damals, im Arbeitslager in Mushi. Er muss überwältigend auf die jungen Gefangenen gewirkt haben, die nichts anderes kannten als harte Arbeit und Hunger, nichts anderes als Schikanen und Vergewaltigungen und andere Schrecken. Er musste für sie alles das, was sie verloren hatten, symbolisiert haben – Lebensfreude und vor allem Freiheit.

Laras Blick wandert von Victor zu dem eingefallenen Gesicht ihrer Mutter. Sie versucht sich Helene als Sechzehnjährige vorzustellen. Sie hat sie selten anders sehen können denn als erwachsene und allmählich alternde Frau. Streng, ernst, stets auf dem Sprung, wenn die Gefahr bestand, dass Lara oder jemand anders ihr zu nahe kam. Manchmal sprach sie tagelang kein Wort, blieb schweigsam, nur auf das konzentriert, was zu ihrer Arbeit gehörte.

Und doch kam es auch vor, dass Helene redete, unaufhörlich und mit einem ganz bestimmten Schwung in der Stimme, der Lara dazu brachte, fröhlich zu lachen und zu summen und unbekümmert herumzuspringen. Das geschah zuweilen, wenn sie gemeinsam unterwegs waren und Helene den wilden Thymian zwischen den Fingern zerrieb und Lara daran riechen ließ und dann von den Heilkräften der Natur berichtete, wenn sie im Moos lagen und den Sternenhimmel über sich betrachteten. Oder wenn Helene von der alten Hedwiga und ihrer Hebammentasche erzählte. Wenn sie so redete, dann veränderte sich die Welt, in der Lara lebte, dann verteilten Helenes Hände kleine zärtliche Streiche auf Laras Haut, dann zersprangen Laras Worte, Gedanken und Träume in glückliches Gelächter. Doch das waren die Ausnahmen.

Bei Victor ist das einfacher, ihn sich als jungen Mann vorzustellen. Ihn kennt sie genau, auch seine zeitweiligen Launen und die Grobheit, hinter der er wie viele andere Männer auch seine Gefühle verbirgt. Bestimmt war er schon damals charmant, liebenswert und von sich und seinem Wert für die Menschheit überzeugt. Was hatte er wohl für die Deutsche empfunden, er, der zu den Siegern des Krieges gehörte. Hatte er Helenes Gefühle erwidert? Oder hatte er die Zuneigung, die Helene ihm entgegenbrachte, nur ausgenutzt und es sogar genossen, dass sie um ein freundliches Wort von ihm, ein Lächeln, um eine zärtliche Berührung und um einen Moment der Geborgenheit bettelte? War sie auch für ihn nur eine von unzähligen anderen Kriegsgefangenen, Spielzeug in den Händen des Siegers? Die »Njemki«, wie

die Deutschen in den sibirischen Arbeitslagern genannt wurden, zählten noch viele Jahre nach Kriegsende nicht mehr als ein Stück Dreck. Das hatten jedenfalls der alte Fedja und Onkel Wanja berichtet, die im Krieg gewesen und als Sieger zurückgekehrt waren, triumphierend und von Hass gegen alles Deutsche erfüllt. Mit diesen Erzählungen und mit den Gefühlen der beiden Männer, die von den meisten Leuten in Nowgoje – auch von Victor – geteilt wurden, war Lara aufgewachsen. Und weil Helene, ihre Mutter, nichts dagegensetzte und sich allen Fragen nach ihrer Vergangenheit entzog, schloss das Kind Lara, dass diesem besiegten Deutschland und damit auch ihrer Mutter nur Recht geschah, wenn sie nun litten.
Plötzlich, während Lara noch nachdenkt und dabei die erstarrten Gesichtszüge ihrer Mutter betrachtet, bekommt das Harte, Unnahbare im Bild, das Lara von Helene hat, Sprünge. Langsam schält sich das Gesicht eines jungen, unerfahrenen Menschen aus dieser Maske. Es ist das weiche, verletzlich wirkende Gesicht eines jungen Mädchens, das sich, aus der Geborgenheit von Kindheit, Elternhaus und Heimat gerissen, in einer fremden, unbarmherzigen Umgebung, um sich nur Fremde, zurechtfinden muss. Ein Mädchen, noch nicht einmal Frau, das erniedrigt, gedemütigt, ausgenutzt wird, ohne zu wissen, warum ihm das alles geschieht. Das sich fügt, um vielleicht ein Stück Brot, einen Becher Suppe zu bekommen, um nicht zu verhungern. Und das an seiner Scham, an seinem Schuldgefühl zu ersticken meint.
In einer Aufwallung von Mitleid und plötzlichem Verstehen nimmt Lara Helenes schlaffe Hand in ihre. Früher, wenn sie ihrer Mutter bei der Behandlung eines Kranken oder einer schwangeren Frau zusehen durfte, fand Lara diese Hände

schön. Sie beneidete die Kranken um diese Berührungen. Sie stellte sich vor, diese Frau, dieses Kind oder dieser Mann zu sein und von diesen schönen, weichen, warmen Händen berührt zu werden.

»Erzähl mir, wie es war, als sie damals nach Nowgoje kam«, sagt sie unvermittelt und so laut, dass Victor hochschreckt und sie irritiert ansieht. Sie lächelt ihn entschuldigend an. »Ich weiß nichts darüber. Katharina hat mir zwar manches über diese Zeit berichtet, aber ich denke, es ist ihre Sichtweise. Und ich möchte wissen, was du, ja, du«, sagt sie und deutet mit dem Finger auf ihn, »was du empfunden hast, als Helene auf einmal hier in Nowgoje nach all den Jahren ankam. Ich muss das einfach wissen, hörst du?« Immerhin, denkt sie, bin ich das Ergebnis dieser Verbindung zwischen euch, und deshalb möchte ich zum Beispiel erfahren, ob ihr euch geliebt habt.

Gespannt schaut sie ihren Vater an, der von seinem Stuhl aufgestanden und ans Fenster getreten ist. Auch er wird meinen Fragen ausweichen, denkt sie, schon resignierend, als sie seine abweisende Miene sieht, auch er wird sich mir entziehen. Als Journalistin, geht ihr durch den Kopf, war sie immer dann besonders gut, wenn sie es bei Interviews mit zurückhaltenden oder schwierigen Gesprächspartnern beziehungsweise Themen zu tun hatte. Sie hat sich bisher nie Gedanken darüber gemacht, warum das so war. Es hat sich einfach ergeben, dass sich auch fremde Menschen ihr gegenüber schon nach wenigen Sätzen öffneten. Und ausgerechnet bei jenen, die mir am nächsten stehen, versage ich, denkt sie bitter.

»Was soll ich sagen, es ist schon so lange her«, antwortet Victor dann doch, und sie spürt seine Gereiztheit. »Drei-

ßig Jahre, nein, noch länger. Meine Güte, wie soll ich mich da noch erinnern können.« Er dreht ihr den Rücken zu. Lara legt die Hand ihrer Mutter behutsam zurück auf die Bettdecke, dann stellt sie sich neben Victor und blickt wie er in den grauen Tag mit seinem wolkenschweren Himmel über dem Städtchen. Eine Weile stehen sie so da, schweigend und dicht nebeneinander, aber nicht so nah, dass sie sich berühren.
»Es muss nicht gleich sein, nicht hier«, schlägt sie behutsam vor. »Wir könnten später ein bisschen spazieren gehen. Frische Luft wird uns beiden wahrscheinlich gut tun.«
»Es ist zu kalt zum Spazierengehen, es wird bald wieder schneien.«
»Dann setzen wir uns in ein Café.«
Victor sieht sie an. Er hat seine buschigen Augenbrauen über der Nasenwurzel zusammengezogen, ein sicheres Zeichen, dass er sich ärgert oder überfordert fühlt.
»Café?«, fragt er unwirsch. »Wo soll in diesem Kaff denn ein Café sein! Du scheinst zu vergessen, wo du bist.«
Sie lacht kurz auf, dann, wieder ernst, sagt sie: »Du hast Recht. Was für ein trister Ort ist doch dieses Nojabrsk. Nichts anderes als ein Haufen armseliger Häuser und menschenleerer Straßen.«
»Das liegt am Winter«, erklärt er geistesabwesend. »Im Winter sehen alle sibirischen Städte und Dörfer trist aus. Monatelang nicht ein einziger Sonnenstrahl, nur dieses Trübe, Graue. Kein Wunder, dass die Menschen an Depressionen leiden.«
Lara betrachtet ihn von der Seite. »Ich gehe fort, für länger«, sagt sie leise.
»Ich dachte es mir.« Er dreht sich zu ihr um und mustert

sie mit grüblerischem Gesichtsausdruck. »Kathinka meinte, du würdest vielleicht wieder heiraten, deinen Kollegen, diesen Alexej oder wie er heißt. Aber ich ahnte schon, dass du einen anderen Grund hast, eine gute Stellung zu kündigen und aus Surgut wegzugehen. Ich habe es gespürt – hier!« Er legt eine Hand auf seine linke Brustseite. »Ein Vater spürt es, wenn sein Kind ihn verlassen will.« Plötzlich wird seine Stimme aggressiv. »Was also hast du vor? Willst du reisen, fliegen, dir die Welt ansehen? Deine Mutter hat es schon getan. Fast drei Jahre war sie unterwegs. Stell dir vor, was sie in dieser Zeit alles gesehen und erlebt haben muss.«

»Das klingt verbittert und zornig, Papa«

»Ja«, sagt er, nun wieder ruhig, und wendet ihr sein Profil zu. »Ich bin ein alter, unbeweglicher, neidischer Mann geworden. Ich beneide Helene um ihren Mut. Und dich beneide ich um deine Jugend und vor allem um diese Freiheit, die du dir nimmst, um selbst über dein Leben zu entscheiden.« Er beugt sich nach vorn und legt seine Stirn ans Fenster. Sein Atem schlägt sich auf der Scheibe nieder. »Ich muss daran denken, dass unser Volk jahrhundertelang unter der Knute von diversen Zaren gelebt hat. Es wurde erobert, ausgebeutet, geknechtet, in Kriege geschickt, die es nicht verstand. Wir haben es ertragen. Wir haben uns geduckt und nur darauf gehofft, dass wir lebend aus dieser Sache herauskommen.«

»Du redest von der Vergangenheit, Papa.«

»Ja, ich rede von dem, was war«, stimmt er ihr zu, aber um seinen Mund liegt ein sarkastischer Zug. »Doch ich sehe keinen großen Unterschied zwischen dem Gestern und dem Heute.« Er schaut Lara eine Weile an, bevor er sagt: »Aber

du sollst wissen, dass ich verstehen kann, dass du fortgehen willst. Ich werde dich nicht zurückhalten. Doch du wirst mir fehlen, Tochter – sehr fehlen.« Er legt seinen Arm um ihre Schultern und zieht sie fest an sich.
»Aber Papa, ich …«, beginnt sie und unterdrückt mit Mühe die aufkommenden Tränen. »Ich will doch gar nicht verreisen und mir fremde Länder ansehen.«
»Warum zum Teufel redest du dann solch einen Unsinn?« Er lässt sie abrupt los.
»Es ist kein Unsinn«, widerspricht sie ihm sanft. »Ich gehe aus Surgut weg, weil ich nicht mehr als Journalistin arbeiten möchte. Ich … ich will Hebamme werden. Ich möchte das machen, was meine Mutter gemacht hat.«
Zwischen seinen dichten Brauen ist eine steile Falte entstanden. »Ich denke, du bist zur Zeitung gegangen, weil das der Beruf ist, den du immer wolltest und in dem du auch erfolgreich bist.«
»Ja«, sagt sie, »aber ein kleiner Erfolg mit einer Reportage über einen Menschen wie Albina Schischkinowa wiegt nicht viel in einer Welt, in der unzählige Männer in Bergwerken umkommen, weil nicht genug Geld da ist, um Stollen zu sichern. Er wiegt nichts im Vergleich zu den Berichten über Alte und Kranke, die jeden Winter in Sibirien erfrieren oder verhungern, weil ihre Rente nicht zum Leben gereicht hat. Ich könnte die Liste der Themen, über die ich bisher geschrieben habe und über die ich in den nächsten Jahren schreiben würde, fortsetzen, aber ich denke, du weißt, was ich meine und warum ich nicht mehr darüber schreiben will und kann. Und manchmal«, fährt sie entschlossen fort, »manchmal ist es einfach an der Zeit, eine andere Aufgabe zu finden, etwas zu tun, das beweist, dass unser Leben auch

einen erfreulichen und befriedigenden Aspekt haben kann. Wenn man zum Beispiel dabei hilft, ein Kind auf die Welt zu bringen.«

Victor schweigt. Lara kann seinem Gesicht ansehen, wie es in ihm arbeitet. Schließlich meint er: »Du wolltest nie das sein, was deine Mutter ist, erinnerst du dich?«

»Ja, aber ich bin älter geworden.«

Er starrt wieder nachdenklich aus dem Fenster. »Bist du nicht schon zu alt für einen neuen Anfang? Du bist bald vierunddreißig! In diesem Alter …«

»… sollte eine Frau längst verheiratet sein und eine Familie mit mindestens zwei Kindern haben – wie Olga, ich weiß.«

Lara seufzt. Er wird sich nie ändern, denkt sie, nie begreifen, dass es nicht nur eine gerade Linie im Leben gibt.

»Das heißt, du willst noch einmal eine Ausbildung beginnen. Vielleicht sogar noch studieren? Ich weiß nicht recht, ob das sinnvoll ist, Lara.«

Sie lacht kurz und ein wenig nervös auf. »Nein«, sagt sie dann, »kein Studium, keine Fachschule oder Ähnliches. Ich möchte lernen, wie Helene es getan hat.«

»Ph!«, macht er, und wenn sie nicht wüsste, dass ihm in dieser Situation nichts ferner liegt als Überheblichkeit, dann würde sie sich jetzt ärgern.

Sie fasst nach seiner Hand, hält sie fest und zwingt ihn, ihrem Blick standzuhalten.

Die tiefen Falten zwischen Nasenflügeln und Kinn, die auch der Bart nicht mehr völlig verdecken kann, fallen ihr auf. Behutsam streicht sie mit ihren Fingerspitzen über die Einkerbungen und sagt eindringlich: »Die Entscheidung, künftig als Hebamme zu arbeiten, kommt einzig und allein aus mir, Papa. Das musst du mir glauben.«

»Du bist bisher nie Philosophin gewesen«, meint er und grinst, ohne dass seine Augen daran beteiligt sind. »Aber ich muss sagen, dass es mir gefällt, wenn meine Tochter sich Gedanken macht. Und wenn du unbedingt als Hebamme arbeiten willst – meinen Segen hast du.«

»Es ist ein inneres Bedürfnis«, versichert sie nochmals. »Es liegt wohl in der Familie, weißt du. Und ich hoffe, dass ich jemanden wie Raissa finden werde, der mich lehrt, mit der Natur zu leben und zu arbeiten – und nicht gegen sie.«

»Ich weiß nicht, ob das am Ende des 20. Jahrhunderts noch möglich ist«, gibt er zu bedenken. »Alles hat sich verändert. Mag sein, du findest irgendwo in Sibirien tatsächlich noch eine Schamanin – es soll sie ja seit einigen Jahren wieder geben –, aber es wird keine zweite Raissa sein.«

»Es wird andere Menschen geben, von denen ich lernen kann, Papa.«

Lara blickt an Victor vorbei zu Helene. Obwohl sie reglos daliegt, hat Lara das Gefühl, dass ihre Mutter genau hört und versteht, was im Zimmer gesprochen wird. Fast meint sie ein winziges Lächeln auf ihrem blassen Gesicht erkennen zu können. Aber sie hat sich getäuscht, denn als sie genauer hinsieht, hat sich nichts im Gesicht ihrer Mutter verändert, es ist so still, so teilnahmslos wie vorher.

»Du wirst es nicht leicht haben – ebenso wie sie.«

»Darauf lasse ich es ankommen. Ich habe auch ihre Kämpfernatur – und«, fügt sie hinzu, »deinen Sturkopf.«

Er unterbricht sein Hin- und Hergehen. Eine Weile stehen sie so da, schweigsam und dicht nebeneinander, sodass sich ihre Schultern berühren.

»Du musst dir keine Sorgen um mich machen, Papa«, sagt Lara nach einer Weile. »Ich habe lange nicht gewusst, wo mein Platz ist, doch jetzt erkenne ich, was richtig für mich ist.« Sie sieht ihn von der Seite an. »Wusstest du, dass es Schamanen schon immer in den verschiedensten Kulturkreisen gegeben hat? Und dass sich der ursprüngliche Schamanismus aus Sibirien lediglich in der Symbolik und in den Erzählungen von den Traditionen der Medizinmänner in Amerika und Afrika unterscheidet?«

»Aha.« Er tritt einen kleinen, kaum merklichen Schritt von ihr weg. »Ich sehe, du hast dich ausgiebig mit diesem Thema beschäftigt. Und wohin in Asien oder Amerika oder sogar Afrika wirst du nun gehen, um zu lernen, wie Kinder entstehen und auf die Welt kommen?«

»Papa!«

Er grinst sie kurz an, ein bisschen Spott und viel mehr Kummer in seinen dunklen Augen.

»Nun, ich möchte doch wissen, wo ich dich in den nächsten Jahren erreichen kann.«

»Das wird tatsächlich etwas schwierig werden«, erwidert sie. »Wir wollen für eine Weile in die Wälder, vielleicht auch weiter nach Norden in die Tundra.«

»Und wer zum Teufel ist ›wir‹?«

Lara zögert, dann antwortet sie ruhig: »Eine Freundin – Albina Schischkinowa und ich.«

Es ist auf einmal so still im Raum, dass sie das Tröpfeln der Infusionslösung aus der Flasche in den dünnen Schlauch hört, dessen Ende in einer Infusionsnadel in Helenes Handrücken steckt. Von irgendwoher dringen weitere Geräusche. Eine der anderen Frauen atmet schnell und hörbar, jemand geht an der geschlossenen Tür vorbei, Geräte scheppern, Gummireifen quietschen über das Linoleum im Gang, Gesprächsfetzen wehen vorbei.

»Ich weiß, was du denkst«, sagt sie, weil sie es tatsächlich weiß, denn sie kennt ihren Vater. »Zauberei, Magie, Illusion – das alles ist dir als kopflastigem Menschen nicht ganz geheuer, nicht wahr? Und du kannst auch nicht verstehen, dass eine Frau ohne den Schutz eines Mannes leben will und kann.« Sie wartet seine Antwort nicht ab, obwohl er den Mund schon geöffnet hat. »Aber du kennst mich und weißt, dass ich mir alles, was ich bisher tat, selbst erarbeitet habe. Niemand, auch Ilja nicht, hat mir dabei helfen müssen, meine Vorstellungen von meinem Leben zu verwirklichen. Und Albina ist ebenfalls eine Frau, die ihre Träume nicht nur träumt, sondern sie lebt. Deshalb verstehen wir uns – obwohl sie wesentlich älter ist als ich.«

Victors dunkle, buschige Brauen bilden einen dicken Strich über seinen Augen.

»Ich traue ihr nicht. Sie ist schon von Berufs wegen Illusionistin. Sie wird auch dir etwas vormachen, dich verzaubern oder so etwas Ähnliches.«

Lara muss wider Willen lachen. »Ach Papa!«

Victor seufzt, hebt die Schultern und sieht wieder zum Krankenbett hin. »Ich kann mir vorstellen, dass diese Albina deiner Mutter gefallen würde.«

»Bestimmt! Albina ist nicht nur eine außergewöhnliche Frau, sondern auch die Urenkelin jener Schamanin, bei der Helene fast acht Jahre gelebt hat, bevor sie nach Nowgoje kam.«

»Ach, Laruschka«, sagt er und lächelt sie schwach an. »Dass deine Freundin zu Raissas Familie gehört, besagt gar nichts. Die Kultur der echten Schamanen hat die Zeit des Kommunismus nicht überlebt, da waren wir uns doch einig, oder?« Und als sie nichts sagt, dreht Victor sich wieder zum Fenster um, seine Hände in den Hosentaschen vergraben. Auch Lara sieht hinunter auf die menschenleere Straße, die am Krankenhaus vorbeiführt.

»Ja, von mir aus geh mit dieser Albina in die Wälder, aber komm bald zurück«, sagt er, plötzlich mürrisch. »Wir brauchen wieder eine Geburtshelferin in Nowgoje und Umgebung.« Seine Stimme wird leise. Lara hat Mühe, ihn zu verstehen. »Ich hattc gedacht, deine Mutter könnte das noch eine Zeit lang machen, ein oder zwei Jahre, vielleicht auch länger. Aber du siehst selbst – nun ist alles ganz anders gekommen.« Er schwankt plötzlich, und Lara fasst schnell nach seinem Arm. »Ich muss mich hinsetzen«, erklärt er. »Ich bin nicht mehr der Jüngste, weißt du. Es wird Zeit, dass mein Leben etwas weniger anstrengend wird.« Als er seinen Stuhl wieder dicht an das Krankenbett herangerückt hat, fragt er, ohne sie dabei anzusehen: »Willst du noch immer, dass ich dir erzähle, wie das mit Helene und mir war – damals?«

»Ja«, sagt sie erfreut. »Bitte.«

»In Ordnung. Du kannst es aufschreiben. Aber du musst Geduld mit mir haben. Ich bin kein guter Erzähler. Und es kann passieren, dass ich kein Ende finde, wenn ich einmal angefangen habe.«

XXI
Helene

Ich erinnere mich, dass ich etwas für meine Tochter aufschrieb, das unvollendet blieb. Ich weiß, ich hatte eine Lampe angezündet, obwohl noch Tag war. Der Docht brannte, das Licht flackerte gelb und warm, und plötzlich war Dämmerung um mich – nicht mehr hell, noch nicht dunkel. Ich spürte meinen Körper nicht mehr, und mein Geist war bereit, sich dem Dunkel zuzuwenden. Aber ich zögerte.
Es waren die Stimmen, die mich aufhielten. Ihre Stimmen. Lara, die sagte: Es ist Helenas Schrift. Es ist ihre Geschichte. Victor, der sagte: Ich wusste nicht.
Fragmente ihres Gesprächs bleiben in der Dämmerung hängen.

Ich weiß, was mir passierte.
Ich kann meine rechte Seite nicht fühlen, es ist etwas Lebloses, doch nicht tot. Es gibt zwischen meinem Arm und meinem Bein sowie der Zentrale meines Denkens keine Verbindung mehr, die Signale zum Fühlen, zum Bewegen leitet. Diese Blutung in meinem Hirn, von der Victor und Lara sprechen, hat bestimmte Regionen zerstört. Ich weiß, was das bedeutet, ich habe lange genug in seiner Praxis mitgearbeitet und die Auswirkungen von Schlaganfällen und Schlimmerem gesehen.

Nicht der Gedanke an den Tod beunruhigt mich, es ist der Gedanke an ein langes Dahinsiechen dieser gelähmten Körperhülle, ohne dass mein Geist sich verständlich machen, mit anderen Menschen kommunizieren kann.

Ich weiß, wo ich bin. In diesem Spital in Nojabrsk gibt es einen Krankensaal mit fünfzehn Betten, außerdem einige Zimmer, in denen vier bis sechs Patienten liegen. Ich bin in einem solchen Raum; ich höre die, die in den anderen Betten liegen, atmen. Kranke atmen anders als Gesunde. Ich erinnere mich plötzlich daran, dass ich einmal eine junge Frau, die ich während ihrer komplizierten Schwangerschaft betreut hatte, nach Nojabrsk zur Entbindung begleitete. Sie nannte ihre Tochter nach mir – Jelena. Aber das Kind starb kurz nach der Geburt; es war zu früh geboren worden.

Ja, ich bin wach, obwohl sich mein Denken und Empfinden auf einem seltsam schwammigen Boden bewegt. Ich rieche sogar den typischen Krankenhausgeruch. Und die Infusionslösung, die aus der Flasche über mir irgendwo in meine Ader tropft und in den Blutkreislauf gerät, erzeugt einen unangenehm süßen Geschmack in meinem Mund.
Ich kann sie hören, sie beide, Victor und Lara. Sie stehen wohl gerade am Fenster. Sie reden leise miteinander, manchmal flüsternd, und sie haben den Geruch nach Schnee und Kälte in ihren Kleidern, in ihren Haaren und auf ihrer Haut. Als hätten meine Sinne sich mit der zerstörenden Blutung in meinem Gehirn verschärft, rieche ich auch noch vieles andere, zum Beispiel den fauligen Geruch des Moores nach der Schneeschmelze und schwelende Torffeuer. Ich habe den Geschmack des bitteren Löwenzahns in Raissas Tee-

mischung auf meiner Zunge und die Schärfe des wilden Senfs. Ich höre die Trommeln und die Lieder der Schamanen, die raunenden Stimmen von Menschen, die ich kenne und die schon vor langer Zeit den Weg aus dem Leben gegangen sind. Ich kann ihre Worte nicht verstehen. Aber ich höre, und auf einmal sehe ich die Gesichter meiner toten Großmutter und meiner toten Mutter, die im Rauch eines Feuers entstehen und sich wieder auflösen, um sich zu den Gesichtern anderer Frauen zu formen. Sie sind mir bekannt, ich erinnere mich an sie, obwohl ich sie nur aus Emmas Erzählungen kenne. Und doch sind sie mir nahe, sehr nahe. Es sind freundliche Frauengesichter mit geschlossenen Augen und dem Lächeln der Wölfin auf den Lippen. Ein warmes, ein lockendes Lächeln ist es, das Verstehen und Verzeihen verspricht und dem ich folgen möchte, wie ich den Gerüchen und den Stimmen folgen möchte, die mich dazu verleiten wollen, in ihre Richtung zu gehen und mit ihnen dort, an einem Ort unendlicher Ruhe, vielleicht für immer zu verweilen.

Plötzlich riecht es stark nach Desinfektionsmitteln, nach Krankheit und nach Medikamenten, alle anderen Gerüche sind verschwunden. Nun sind es fordernde Stimmen, die mich führen, Stimmen mit verständlichen Worten in einer Sprache, die mir bekannt ist; sie zwingen mich zum Zuhören. Der Rauch – oder ist es Nebel? – scheint sich etwas zu lichten. Ich sehe hinter geschlossenen Lidern Victor und Lara – wie ähnlich sie sich doch sind, Vater und Tochter, das gleiche dunkle, fast schwarze Haar, die scharf gezeichneten Wangenknochen, darüber die leicht schräg stehenden dunklen Augen, die Haut mit ihrem sanften Olivton,

ein Erbe mongolischer Vorfahren, die vor Jahrhunderten aus der Hitze der Steppe im Süden in die Kälte Sibiriens kamen.
Ich bin kein guter Erzähler, höre ich Victor sagen.
Ich bin wach, und wenn ich könnte, würde ich zu ihm sagen: Du warst tatsächlich noch nie ein guter Geschichtenerzähler, mein Lieber – und doch habe ich dir einmal jedes Wort geglaubt. Ich bin auch jetzt wieder fasziniert von seiner vollen, schönen Stimme. Fasziniert bin ich seit jeher vom schönen, suggestiven Klang der Sprache seiner Heimat.
Seltsam, dass ich mich jetzt daran erinnere, was andere mir erzählten – dass allein in Sibirien fast hundert Völker und Sprachen existieren; es ist ein gigantisches, im Norden eisiges Territorium zwischen dem Uralgebirge im Westen und dem Stillen Ozean im Osten, reich an Bodenschätzen und arm an Menschen. War es Victor oder Raissa oder jemand, an den ich mich nicht mehr erinnere, der sagte: Dieses Land ist gnadenlos dem gegenüber, der in die Irre gegangen ist. Es umfängt die Menschen mit eisiger Kälte, mit Härte und Einsamkeit. Seine Weite und Stille, auch die Unermesslichkeit und Unbarmherzigkeit des Himmels über Sibirien spiegeln sich wider in den Stimmen der Menschen, in ihrer Musik und in den Liedern, mit denen sie den Lebensbedingungen des Landes trotzen.

Gedanken, Erinnerungen überfluten mich und schwappen wieder zurück.
Ich kann mich erinnern, dass ich in meinen einsamen Nächten in meiner Hütte abseits des Dorfes und auf meinen Wanderungen durch die Stille von Wald und Moor rund um Nowgoje oft den Wölfen zuhörte.

Seltsam kommt es mir vor, dass ich mich jetzt an den Gesang der Wölfe erinnere. Es mag damit zusammenhängen, was Lara zu Victor sagte – vor einer Weile, als ich ihnen noch zuhörte. Sie sagte etwas von Wölfinnen, es ist mir entfallen.

Lara – ich wünschte, ich könnte ihr Gesicht berühren. Ich möchte mich vergewissern, dass meine Tochter zu mir gekommen ist.

XXII
Lara

Ja, schreib auf, was ich dir erzählt habe«, hat Victor auf Laras Frage geantwortet; ganz spontan kam seine Reaktion. Mit einer fast unwirsch anmutenden Handbewegung hat er jede Erklärung von ihrer Seite aus unterbunden und nur wie nebenbei hinzugefügt, da waren sie schon in seinem alten Lada auf dem Weg zurück nach Nowgoje, und es dunkelte bereits: »Ich vertraue dir, Tochter. Du wirst es schon richtig machen.«

Nun sitzt sie am Tisch in der Hütte ihrer Mutter, vor ihr das aufgeschlagene Heft, halb voll, weil Helene in ihrem Erzählfluss durch ein Gerinnsel, eine verstopfte Ader in ihrem Kopf aufgehalten wurde. Im Kessel auf dem Herd beginnt das Wasser zu kochen, es blubbert, schon wallt Dampf aus der zerbeulten Kesseltülle. Es ist noch kalt in der Wohnküche, der Ofen muss ausgegangen sein, gleich nachdem Victor und sie am Morgen nach Nojabrsk aufgebrochen waren. Aus der Schlafkammer holt Lara sich Helenes alten Schal und legt ihn sich um die Schultern. Die Wolle riecht muffig, ein wenig auch nach ihrer Mutter. Sie weiß es, obwohl es lange Zeit her ist, dass sie ein Kleidungsstück von ihr in der Hand gehabt hat und diesen Geruch auch nie konkret beschreiben könnte, denn in dem Gemisch von trocknenden Kräutern, fauligem Moorwasser, frisch gerupftem Gras, erdigen Wurzeln, Schweiß, Seife und Desinfektionslösung ist noch vieles andere enthalten, was zu Helene gehört.

Einen Moment lang hat Lara das Bedürfnis, sich in diesen Schal zu wickeln, von oben bis unten und ganz dicht, um Helenes Nähe und Wärme zu spüren. Doch dann, bevor sie zu weinen anfängt, legt sie den Schal wieder weg und zieht einen ihrer eigenen dicken Pullover an. Sie gießt den Tee auf, würzigen Thymian und zarte zerbröselte Himbeerblätter, wahrscheinlich schon vor Jahren gesammelt und getrocknet. Sie stellt Kanne und Becher auf den Tisch und setzt sich auf die Bank. Victor hat ihr gesagt, dass auch Helene immer hier gesessen haben muss, wenn sie schrieb, denn auf diesem Platz hatte er sie gefunden, ihren Kopf auf das aufgeschlagene Heft gelegt.

»Als wäre sie beim Schreiben müde geworden und für einen Moment eingeschlafen«, sagte er zum wiederholten Mal, bevor er, nachdem er Lara ins Haus begleitet hatte, weiter zu seinem Haus am Dorfplatz fuhr. Er sagte auch: »Wir müssen über die kleine Wölfin reden, die Helene gefunden hat, bevor das mit ihr passierte. Keiner im Dorf will das Junge, auch Kathinka nicht. Du weißt, wie mühsam das ist, alle drei, vier Stunden füttern, auch in der Nacht. Und ein Wolf ist kein Hund, den man erziehen könnte, er ist ein wildes Tier. Das scheint Helene vergessen zu haben, als sie ihn mit nach Hause brachte.« Er rieb sich mit den Zeigefinger über die Falten auf seiner Stirn. »Aber man kann ihn auch nicht einfach wieder im Wald aussetzen, nicht wahr? Sie muss sich etwas dabei gedacht haben, als sie ihn mit zu sich nach Hause nahm, oder? Was sollen wir bloß machen?« Dabei hatte er Lara von der Seite angesehen, wohl in der Erwartung, dass sie ihm die Entscheidung abnahm.

Aber sie hat nicht gewusst, was sie antworten sollte, und außerdem war alles andere als dieser Wolf im Moment wichtiger für sie, und so meinte sie nur: »Ich werde darüber nachdenken und dir Bescheid geben.«
Das Knistern und leise Fauchen der Flammen im Ofen ist jetzt das einzige Geräusch im Raum. Draußen muss Wind aufgekommen sein. Es hat auch wieder zu schneien begonnen, und Lara sieht eine Weile den weißen Flocken zu, die lautlos an den kleinen Fenstern vorbeiwirbeln. Sie denkt daran, dass sie Albina verständigen muss, dass sie nicht rechtzeitig am Treffpunkt in Belojarski sein wird. Von dort aus wollten sie mit dem Zug zunächst nach Gorki und dann noch ein Stück weiter nach Norden fahren, wo die Straßen und Schienen in der Weite der Tundra enden. Sie muss auch Alexej in Surgut anrufen, er wird sein Auto brauchen.
»Wir müssen Geduld haben und hoffen, dass sie aufwacht«, hat Victor gesagt. Das war auf dem Rückweg vom Krankenhaus nach Nowgoje. Sie fuhr, und er sah sie von der Seite an. Sie spürte seinen Blick. »Du wirst nichts übereilen, nicht wahr? Du … du kannst auch von mir lernen, was eine Hebamme wissen muss.«
Sie war ärgerlich geworden, wollte protestieren, ihn daran erinnern, was sie im Krankenhaus besprochen hatten. Aber sie schwieg, sie war zu müde, um sich auf eine neuerliche Diskussion mit ihm einzulassen, in der nur das wiederholt würde, was bereits beredet war.
Und jetzt, nachdem er endlich angefangen hat, über sich und sein Verhältnis zu Helene zu reden, denkt Lara daran, dass ihr Vater von Spontaneität noch nie etwas gehalten hat, auch nichts von dieser Fähigkeit zur Leichtigkeit des Seins, die Lara an Albina so fasziniert. Er gerät nicht leicht in

Bewegung, sagt sie sich. Sein Leben wird von einem Rahmen gehalten. Nur einmal, während seines Studiums, hat er sein Dorf verlassen, um nach Moskau zu gehen und dann in das Lager bei Mushi, aber nur, weil die Partei ihm das Thema für seine Doktorarbeit diktiert hatte. Nach Beendigung seines Studiums ist er gleich wieder nach Sibirien zurückgekehrt und hier geblieben. Er hat Katharina geheiratet, die Tochter des Freundes seines Vaters. Er hat eine Arztpraxis eingerichtet, weil sein Vater und die Partei das so bestimmt hatten. Hier, in diesem Teil Sibiriens, wird er einmal sterben und begraben werden und nur selten bereuen, dass er von der Welt nicht viel mehr gesehen, gerochen, gehört und gespürt hat als dieses Stückchen Erde zwischen Nowgoje, Surgut und Nojabrsk und ein bisschen vom großen Moskau.
Und doch, denkt Lara, und doch hat es in Victors Leben etwas gegeben, das sein Leben durcheinander gebracht und Stolpersteine auf seinen geraden Weg gelegt hat – ein deutsches Mädchen. Helene, die Wölfin. Er hat ihr, seiner Tochter, davon erzählt. Nach vielen Jahrzehnten hat Victor endlich Worte für das gefunden, was zum Teil seines Lebens geworden ist.

XXIII
Victor

Er erkennt sie sofort, als er sie aus dem Wald kommen sieht. Und er muss eine entsprechende Bewegung gemacht haben, denn er hört Katharina neben sich fragen: »Wer ist diese Frau – du kennst sie, nicht wahr?« Sie verlassen gerade die alte Hütte, in der die Holzfäller für den Winter untergekommen sind. Dort haben sie einen der Männer versorgt, der unter einen fallenden Stamm geraten und verletzt worden ist. Während Victor ihn untersucht und einen Verband angelegt hatte, hatte Katharina den mitgebrachten Suppentopf auf den Eisenofen gestellt, nach dem Feuer gesehen und dem Patienten dann das aufgewärmte Essen in einem der Blechnäpfe zu seinem Lager gebracht.

»Sag mir, wer ist sie?«, drängt Katharina jetzt, während sie sich die Pelzhandschuhe überstreift. Es ist Januar und eisig kalt, und im Norden ziehen dicke Wolken auf. »Sieh sie dir an – sie gleicht einer Figur aus einem Märchen.«

»Ich weiß nicht, woher sie gekommen ist«, sagt Victor. Er weicht Katharinas Frage aus und auch ihrem schnellen, forschenden Blick und weiß, dass er sofort hätte antworten müssen, anders und ehrlich hätte antworten müssen, aber er sagt: Ich weiß nicht, woher sie gekommen ist.

Sie sind auf dem schmalen Pfad, der von der Hütte zur Straße zurückführt, stehen geblieben, als die seltsam gekleidete Frau plötzlich aus dem Wald getreten ist, eine sonderbare

Gestalt in weiter, bunt bestickter Hose, an deren Beinen kleine Glocken und Metallplättchen hängen, die bei jeder Bewegung aneinander schlagen. Die wattierte Jacke ist mit winzigen Federn und Glasperlen bestickt. Über ihrer Schulter trägt die Frau einen ebenso bestickten, prall gefüllten Beutel aus Fuchsfell, der mit einem Tierknochen verschlossen ist. Am beeindruckendsten aber ist das silbrige Wolfsfell, das sie sich um den Oberkörper geschlungen hat. Auf ihrem Kopf liegt der präparierte Schädel des Tieres, der weit aufgerissene Rachen mit den kräftigen Zähnen berührt ihre Stirn.

»Sieh doch nur, Victor«, flüstert Katharina atemlos und drängt sich an ihn, nicht etwa angstvoll, nein, eher gespannt vor Aufregung. »Dieses wunderbare Fell – das muss ein Ungeheuer von Wolf gewesen sein!«

»Vielleicht«, sagt er schnell, während die Gedanken in seinem Kopf herumwirbeln, »… vielleicht kenne ich sie.«

Eine eigentümliche Unbeweglichkeit hat ihn überfallen. Er kann nicht einmal die Hand heben und sich die Haare aus dem Gesicht streichen, an denen der Wind reißt und zerrt. Er kann nur dastehen und die seltsame Frau anstarren. Und obwohl inzwischen viele Jahre vergangen sind, erinnert er sich plötzlich wieder an diesen Tag, an dem Helene, die damals noch ein Mädchen war und nun gleich einem Geist, einem Wesen aus einer anderen Welt ähnlich, Furcht erregend, unheimlich wirkend in diesem Wolfsfell, im Schnee steht, in den kleinen, unordentlichen und nach Medikamenten und Desinfektionsmittel riechenden Raum trat, den er sich mit Dr. Dimitrij Juschkowitsch als Untersuchungszimmer teilte. Er schließt die Augen und erinnert sich, wie er sich halb über die rohen, splittrigen Bretter beugte, die an den Seiten auf zwei unterschiedlich hohen metallenen Kästen ruhten und als Schreibtisch dienten, um sich die neue Patientin anzusehen, die im Türrahmen stehen geblieben war, mehr Schatten als Körper. Die Beleuchtung im Raum bestand aus einer einzigen elektrischen Birne, die an einer defekten Schnur hing, auch daran erinnert er sich. Stieß jemand aus Versehen daran, dann ging in der gesamten Baracke das Licht aus. Das wirkte sich fatal aus, wenn Juschkowitsch eine Operation mit den wenigen vorhandenen Instrumenten vornahm; dann tasteten sich seine Finger blind durch weiches Gewebe oder gesplitterte Knochen, und er, ihm assistierend, hielt Wundhaken oder Kompressen an Schnittstellen, die er nur an der Blutmenge, die ihm über die Hände floss, erahnen konnte. An der Bretterwand über der Tür der Baracke in Mushi hing eine Uhr mit kaum noch erkennbarem Zifferblatt. Obwohl die Zeiger sich nicht mehr bewegten, tickte die Uhr. Meistens nahm er das ständige Geräusch gar nicht wahr; er musste aufpassen, um es zu hören. Doch wenn er einmal hingehört hatte, konnte er es nicht mehr lassen. Schließlich wurde das Ticken so laut, dass er sich Watte in die Ohren stopfte. Dann merkte er eines Tages, dass dieses Ticken in seinem Kopf war und dort auch blieb, wenn er den Raum verließ und nach draußen ging, um eine seiner selbst gedrehten Zigaretten zu rauchen. Da blieb ihm nichts anderes übrig, als es zu akzeptieren, auch wenn er immer wieder mit den Zähnen knirschte, um dieses Ticken zu übertönen.

Und an diesem Tag, an dem er Helene zum ersten Mal sah, hörte er das Ticken in seinen Ohren besonders laut. Nach drei Monaten auf der Krankenstation im Arbeitslager in Mushi, in dem fast hundert Frauen, die im Sommer tagsüber auf den Feldern der umliegenden Dörfer oder im Moor und in den Wintermonaten im Wald oder im Bergwerk arbeiteten, medizinisch zu versorgen waren, litt er bereits an chronischem Schlafmangel und anderen Stresssymptomen. Er war an diesem Tag seit fast zwanzig Stunden auf den Beinen, und er sehnte sich nach Ruhe und seinem Bett, das in einem schmalen Raum im Verwaltungsgebäude stand, in dem auch die Reinigungsgeräte aufbewahrt wurden. Die junge Frau, die eigentlich noch ein Mädchen war, sollte seine letzte Patientin an diesem Tag sein. Auf dem Untersuchungsblatt, das ihm eine der Krankenschwestern vorgelegt hatte, stand ihr Name – Helene Wolf, Deutsche.

Jetzt erinnert er sich, dass er ihr damals zuwinkte und dann zusah, wie sie zögernd ein, zwei Schritte näher kam. Sie litt wie die meisten Lagerinsassen an Unterernährung, das sah er sofort. Und sie hatte Fieber, denn ihr schmales Gesicht mit den riesigen glänzenden Augen und umrahmt von verfilztem Haar war hochrot, und sie zitterte so sehr, dass er hörte, wie ihre Zähne aufeinander schlugen. Obwohl es gerade März war und auf dem Land noch eine dicke Schneedecke lag, trug sie nur einen dünnen Kittel über der zerrissenen Arbeitshose. Sie sah aus wie die meisten Frauen im Lager, und ihre leicht nach vorn gebeugte Körperhaltung verriet ihre Unsicherheit und Angst. Doch ihr Blick unterschied sich von dem aller anderen Frauen, denen er bisher im Lager begegnet war. Er wich ihm nicht aus, seltsam ruhig und fest, trotzig und herausfordernd blieb er auf ihn gerichtet. Es war nicht die ungewohnte Farbe dieser Augen, die zwischen Blau, Grau und Grün und zuweilen sogar Gelb wechselte und ihn flüchtig an Tieraugen erinnerte, es war dieser Ausdruck in ihnen, der ihn faszinierte, seinen Blick

bannte; und er wusste schon in diesem Moment, dass er Helene Wolf nicht so schnell würde vergessen können.
Nun, nach fast zehn Jahren, in denen er nur ab und zu an sie gedacht hatte, weil er annahm, dass die junge Deutsche nach der Auflösung des Arbeitslagers in Mushi im Frühjahr 1948 wie die anderen Insassen, die diese Tortour überlebt hatten, in ihre Heimat zurückgekehrt war, hält dieser Blick den seinen abermals fest.
Victor spürt, dass Katharina, die Frau, die er in ein paar Tagen heiraten wird, ihn von der Seite ansieht. Als er weiterhin schweigt, schiebt sie ihre Hand unter seinen Arm und sagt ruhig: »Du kennst sie, du weißt, wer sie ist und warum sie nach Nowgoje gekommen ist, ich spüre es.« Sie drückt beruhigend seinen Arm. »Du musst mir jetzt nichts erklären, aber ich denke, wir sollten sie bitten, mit uns nach Hause zu kommen, es wird bald einen Schneesturm geben.« Mit ihrer freien Hand deutet sie auf den verdunkelten Himmel über dem Wald. Die Wolken hängen bereits so tief, dass sie die Spitzen der Bäume zu berühren scheinen. »Komm, lass uns zu ihr gehen und sie fragen.«
Victor aber hat noch immer das Gefühl, sich nicht von der Stelle rühren zu können, und so steht er einfach da und wartet, bis diese Frau, die Helene Wolf ist, begleitet von dem klingelnden Geräusch der metallenen Amulette an ihrer Kleidung, langsam, mit leichten, federleichten, fast tierhaft schleichenden Schritten, bei denen ihre Füße, die in dicken Filzstiefeln steckten, kaum den schneebedeckten Boden zu berühren scheinen, plötzlich auf ihn zukommt und vor ihm stehen bleibt und auf Deutsch sagt: »Habe ich dich und dein Nowgoje doch noch gefunden, Victor Litowski.«
Und da bricht auf einmal die Starre in Victors Körper. Er

nimmt die Hand, die sie ihm entgegenstreckt – sie ist nicht warm und nicht kalt, aber sie liegt in seiner, als würde sie da hingehören.

»Helene«, erklärt er, an Katharina gewandt. »Helene Wolf. Das deutsche Mädchen.« Und zu Helene sagt er in gebrochenem Deutsch: »Die Wölfin. Das Lager in Mushi. Ich erinnere mich.«

Später sitzen sie alle, Katharinas Eltern und Brüder, der alte Kosak Atamans, der nach dem Krieg in Nowgoje geblieben ist, weil er hier eine Frau, die bucklige Afronsija, gefunden und geheiratet hat, Victors Eltern Gregorij und Darja, Gregorijs Bruder Wanja und andere Leute aus dem Dorf, die von der Ankunft der Wolfsfrau im Ort gehört hatten und neugierig angelaufen kamen, zusammen in Katharinas Elternhaus. Es gibt Wodka und mit Hackfleisch und Zwiebeln gefüllte Kohlblätter und Piroggen mit Fisch, die Katharinas Mutter, Larissa Jewtuschenkowa, zubereitet hat, und alle essen und trinken wie immer, wenn sie zusammen sind, nur diesmal lange ungewohnt sprachlos. Sie wissen nicht recht, wohin sie sehen oder was sie sagen sollen, weil diese Fremde, diese Njemka, diese Wolfsfrau, die da gleich einem Geist aus dem Wald getreten ist und den Doktor, den Victor, einmal gekannt hat, als er noch gar kein richtiger Doktor war, so fremdartig und schweigsam neben Katharina auf dem alten Sofa sitzt, dieses beeindruckende und gleichzeitig Furcht erregende Wolfsfell noch auf ihren Schultern und ihre seltsamen, alles durchdringenden Augen einzig und allein auf Victor gerichtet hält.

»Erzähl, woher du die Wolfsfrau kennst, Doktor«, fordert Larissa schließlich ihren zukünftigen Schwiegersohn mit der ihr eigenen Strenge auf. Ihr Blick ist am Anfang flink und prüfend von der Tochter zu Victor, weiter zu Kiril, ihrem Mann, schließlich zu der Frau im Wolfsfell und wieder zurück zu Katharina und Victor gewandert, dann wird er nachdenklich, misstrauisch, und ihre niedrige Stirn unter dem glatten schwarzen Mongolenhaar verfinstert sich.

Und Victor, der hierhin und dorthin sieht, nur nicht auf die Deutsche, erzählt vom Leben im Arbeitslager in Mushi, erzählt von Krankheiten und von den Operationen in der primitiven Krankenstation, von schlaflosen Nächten auf einer durchgelegenen Matratze auf wackligem Feldbett und seinen Bemühungen, diese Monate einigermaßen heil zu überstehen, bis er wieder zurück an die Universität in Moskau gehen konnte.

»Nur Frauen waren in diesem Lager?«, fragt Larissa mit hochgezogenen Brauen. Und als Victor kurz nickt, sagt sie, indem sie auf die Fremde deutet, ziemlich barsch: »Na gut, aber das erklärt noch nicht, warum ausgerechnet diese da dir bis nach Nowgoje gefolgt ist – da du doch in knapp einer Woche meine Kathrinuschka heiraten wirst.«

Da blickt Victor doch schnell in das Gesicht der Wolfsfrau, aber darin kann er nichts lesen, ihre Miene bleibt ausdruckslos, nur in ihren klaren, durchdringenden Augen entdeckt er ein kurzes, fiebriges Flackern.

»Diese da, wie du sie nennst, heißt Helene«, sagt er steif. »Die Leute im Lager nannten sie ›die Wölfin‹, weil ihr Familienname Wolf ist. Sie versteht viel von der Naturheilkunst und von Geburten und hat damals auf der Krankenstation im Lager ausgeholfen. Wir haben dann darüber gesprochen, dass sie vielleicht einmal hier in unserer Gegend ansässig werden und arbeiten könnte. Ich denke, wir könnten auch in Nowgoje noch eine gute Hebamme brauchen«, meint er, als niemand etwas sagt. Dabei sieht er weder Katharinas Mutter noch sie oder jemand anderen direkt an.

»Ich weiß nicht recht, Doktor«, wendet Atamans ein, und alle schauen zu ihm hinüber, weil der alte Mann sonst fast nie etwas sagt, sondern seine Afronsija reden lässt, und die kann ihn und auch die anderen zuweilen in Grund und Boden reden. Nur an diesem Tag sitzt sie schweigend am Tisch und starrt die fremde Frau auf dem Sofa finster an.

»Die Marja, die Frau von meinem Schwager, die ist Hebamme, die kann …«, beginnt Atamans wieder, verstummt aber, als Afronsija ihn knufft und laut »Psst!« macht.

»Es ist Jahre her, dass du in Mushi warst«, sagt Katharina und sieht Victor erstaunt an. »Und das Lager ist bald danach aufgelöst worden. Wenn ich mich recht erinnere, war das im Winter 1948. Das heißt, seit der Auflösung des Lagers sind mehr als sieben Jahre vergangen.«

Victor nickt und sieht zu, als sie sich an Helene neben sich wendet und ihre Hand auf deren Arm legt.

»Verstehst du unsere Sprache?« Und als Helene nickt, sagt sie: »Du warst lange unterwegs, du Arme. Erzähl uns, wo und bei wem du in diesen sieben Jahren gewesen bist.«

»Acht Jahre, nicht sieben.« Die Stimme der Deutschen klingt seltsam, rau und heiser und trotzdem kehlig. Sie scheint es selbst zu merken, denn sie räuspert sich, sieht Katharina an und sagt dann verständlicher: »Ich bin schon vorher aus dem Lager weggegangen, geflohen, weil …« Sie verstummt und richtet ihren Blick wieder fest auf Victor.

Doch Victor schweigt. Was soll er auch sagen, hier, vor der versammelten Familie und den anderen, die ihn und

Katharina und die Fremde belauern. Sie alle sind schon ein wenig trunken vom Wodka, den Kiril freigiebig verteilt, und diese Trunkenheit spiegelt sich zusammen mit ihrer Erwartung auf ihren glänzenden, geröteten Gesichtern. Victor weiß, was sie wollen. Sie hoffen auf eine gute, vielleicht sogar ein wenig schlüpfrige Geschichte, über die sie dann noch Tage, nein, Wochen oder sogar Monate weiterreden würden, wie sie eben über alles und über jeden noch lange reden, das oder der ein wenig Abwechslung in die Eintönigkeit des winterlichen Alltags in diesem Land bringt, in dem das nächste Dorf, die nächste Stadt mehr als nur ein paar Werst entfernt liegen. Außerdem werden alle Geschichten begeistert aufgenommen, die irgendwie mit dem Krieg zu tun haben und mit dem Triumph, den die siegreiche russische Armee über das Faschistenregime errungen hat. Da ist zum Beispiel Fedja, ein Meister im Erzählen, im Ausschmücken der Tatsachen. Er ist immerhin der Einzige in Nowgoje, der den Sturm der russischen Armee auf die deutschen Städte im Osten mitgemacht und dabei auch noch ein Bein verloren hat. O ja, Victor weiß, warum die anderen hier in dieser großen Wohnküche ihn so erwartungsvoll mustern, ihm zuprosten, ihm ein Gebäck nach dem anderen aufdrängen, ihn anlächeln, ihm zugrinsen und nicken. Schließlich sitzt da auf dem Sofa mit dem verschlissenen Samtbezug diese Frau, die er unter mehr als aufregenden und ungewöhnlichen Umständen kennen gelernt hat, eine junge Frau, wild und schön und, wie er sich eingesteht, noch faszinierender als damals im Lager. Er weiß, sie ist für die Leute hier nicht nur eine Exotin, sie ist auch eine der noch immer verhassten Njemki, eine Feindin, die Faschistin, auch wenn der Krieg schon ein paar Jahre vorbei ist, eine Vertreterin des wachsenden Kapi-

talismus des Westens, da spielt es überhaupt keine Rolle, dass sie gleich nach dem Ende des Krieges nach Russland verschleppt worden ist.
Aber nicht nur deshalb steht sie nun im Mittelpunkt, sondern auch, weil sie dieses Fell trägt, das wohl dem größten sibirischen Wolf aller Zeiten gehört hat. Und weil sie aus den Wäldern gekommen ist – eben selbst ein wildes, unheimliches Wesen, von dem Geist des Wolfes wahrscheinlich besessen. Ein Dämon, vor dem man sich in Acht nehmen muss.
Victor ist erleichtert, dass Helene zurückhaltend, sogar schweigsam bleibt und vor Katharina und ihrer wachsamen, misstrauischen Mutter nichts von dem erzählt, was sich damals in Mushi zugetragen hat und warum sie ihm nach Nowgoje gefolgt ist. Ruhig sitzt sie da, unbeweglich fast, wären da nicht die angespannten Muskeln in ihrem Gesicht, die hin und wieder zu zucken beginnen, sodass die Haut darüber sich kräuselt. Aber auch wenn sie nichts erzählt – er weiß auch so, dass es Schwierigkeiten geben würde, sollte sie tatsächlich in Nowgoje bleiben. Er kann nicht einfach so tun, als würde ihn das alles nichts angehen. Er braucht nur seine Katharina anzusehen, die er nach etlichen Jahren als schlecht bezahlter Assistent am Krankenhaus in der Kreisstadt Nojabrsk nun endlich heiraten kann. Auch wenn sie es vermeidet, ihn länger anzuschauen – er spürt ihre schnellen, fragenden, zuweilen sogar wissenden Blicke, mit denen sie ihn streift, bevor sie sich wieder der Frau auf dem Sofa zuwendet.

Es ist Katharina, die auf ihre sanfte, geduldige Art etwas mehr als nur ein paar Informationen über Helenes Zeit in

den Wäldern und bei jener Schamanin erfährt, von der die ganz alten Leute im Dorf manchmal noch reden.
Und Katharina sieht und weiß auch mehr über Victors Gefühle für Helene, als ihm recht ist.
»Sie ist wegen dir nach Nowgoje gekommen«, sagt sie zu ihm am Abend vor ihrer Hochzeit. »Und du empfindest etwas für sie, was mir nicht gefällt.«
»Sie war so jung damals im Lager, gerade sechzehn, wenn ich mich recht erinnere. Und sie hatte nichts, sie hatte alles verloren. Ich war ein bisschen nett zu ihr, das ist alles«, weicht er aus.
»Sie hat sich in dich verliebt. Und du hast nichts dagegen unternommen, Victor.«
»Zum Teufel noch mal, nein!«, fährt er sie an. »Ich war auch jung und einsam in dieser Zeit im Lager. Und ich hatte Mitleid mit ihr. Es war nicht leicht, in diesem Lager zu überleben.«
»Sie hat geglaubt, was du ihr damals versprochen hast.«
»Was habe ich ihr denn versprochen! Was ich ihr erzählt habe, das waren kleine vage Träume, die sie vom Leben im Lager ablenken sollten. Man sagt und macht viel unter Bedingungen, wie sie damals in Mushi herrschten. Und nun lass uns über etwas anderes reden, Kathrinuschka.«
Doch sie bleibt hartnäckig bei diesem Thema. »Du hast ihre Zuneigung nicht abgewiesen, sondern auf eine Art erwidert, die sie mehr, viel mehr als nur Freundschaft erwarten ließ. Deshalb ist sie nach Nowgoje gekommen.«
»Was weiß ich, warum sie gekommen ist!«, sagt er wütend. »Ich habe für sie nur das getan, was jeder andere in meiner Situation auch getan hätte. Und glaub mir, sie hat sich letztlich als ziemlich zäh erwiesen. Sie hat zwei Arbeitslager

überstanden, in denen die Menschen reihenweise an Typhus, an Unterernährung und unzähligen anderen Krankheiten oder einfach an Erschöpfung gestorben sind. So etwas schafft nur jemand mit einem großen Lebenswillen.«

Er wagt es nicht, sie anzusehen. Sie sitzen sich gegenüber wie zwei Fremde.

»Kann sie deshalb nicht lachen oder wenigstens lächeln?«, fragt Katharina nach einer Weile.

Er zuckt mit den Schultern. »Ich weiß es nicht. Und jetzt …«

»Nein«, sagt sie. »Ich möchte unsere Ehe nicht mit einer Lüge beginnen.«

Er greift nach ihr, vergräbt seine Nase in ihrer Halsgrube. »Du bedeutest mir alles, Kathrinuschka.« Er schlingt seine Arme fest um sie und drückt ihren Kopf an seine Brust. »Alles!«, wiederholt er voller Inbrunst.

Es ist eine Lüge. Doch in diesem Moment, da sich ihre ihm vertrauten Rundungen weich an ihn drücken und er ihren feinen Geruch nach Küche, nach Krankenzimmer und ihrer Weiblichkeit einatmet, meint er das, was er sagt.

Aus der »Njemka« wird im Dorf bald die »Wölfin«; nur Onkel Wanja und sein Freund Fedja nennt sie noch so, wenn sie zu viel Wodka getrunken haben und sich in Erinnerungen an den letzten großen Krieg verlieren. Manchmal wird Helene, wenn die anderen über sie sprechen, auch die »Wolfsfrau« oder »die, die aus den Wäldern kam« genannt. Ein bisschen unheimlich ist sie ihnen mit ihrem Wolfsfell und ihrem sonderbaren Blick. Da sich vor allem die Kinder vor ihr fürchten und schreiend weglaufen, wenn sie sich ihnen nähert, trägt sie nach einiger Zeit ihr Wolfsfell nur

noch, wenn sie allein in den Wäldern unterwegs ist und niemand aus Nowgoje sie sehen kann.
Eines seiner früheren Versprechen macht Victor bald nach ihrer Ankunft im Dorf wahr – er lässt Helene in seiner Ordination mitarbeiten und nimmt sie mit zu den Patienten, die nicht selbst zum Doktor kommen können. Die Wölfin ist für ihn ein Gewinn. Er findet es immer wieder erstaunlich, wie sicher sie Körperteile abtastet und Diagnosen erstellt und wie ruhig und bestimmt sie mit Frauen, die in den Wehen liegen, spricht und umgeht. Doch es dauerte einige Zeit, bis die Leute sie akzeptierten, wenn sie ohne die Begleitung des »richtigen Doktors« oder seiner Frau Katharina, die Krankenschwester ist und der sie ebenfalls lange mehr zutrauten als der Wolfsfrau, ins Haus kam.
Im Laufe ihres ersten Sommers in Nowgoje hatte Helene die armselige und inzwischen verlassene Hütte der Holzfäller für sich hergerichtet. Nachdem Victor sie mehrmals aufgefordert hatte, halfen alle mit, sogar der immer missmutig und abweisend wirkende Fedja. Jeder gab, was er entbehren konnte. Der alte, schon brüchige Ofen wurde repariert, der eiserne Herd angeschlossen und der einzige große Raum durch Holzwände in Schlafkammer und Wohnküche und kleinen Flur unterteilt.
Manchmal, wenn Victor von einem späten Krankenbesuch heimkehrt, sieht er gelbliches Kerzenlicht hinter den fast blinden Fensterscheiben schimmern. Dann biegt er, von seltsamen Gefühlen getrieben, von der Straße in den schmalen Pfad ein, der zum Haus führt. Doch nach wenigen Schritten hält er inne und kehrt wieder um und geht zu dem anderen Haus, in dem seine Frau auf ihn wartet. Er und Katharina führen eine gute, eine eher ruhige Ehe. Sie haben

sich schon viele Jahre vor ihrer Heirat gekannt und gemocht, nichts Fremdes ist noch zwischen ihnen. Dass sie einmal heiraten würden, war für die Leute im Dorf eine Selbstverständlichkeit.

»Nun hat der Topf endlich seinen Deckel«, schrie Onkel Wanja nach einer langen und rührseligen Rede auf der Hochzeitsfeier im Kulturhaus von Nowgoje begeistert. Bei jedem Hochleben des jung vermählten Paares schwang er seine Wodkaflasche gefährlich dicht über Victors und Katharinas Köpfen hin und her.

Wenn Victor sich an diesen Tag erinnert, dann ziehen leicht vernebelte Bilder von feucht glänzenden Gesichtern hinter erhobenen Gläsern oder Flaschen an ihm vorbei, begleitet von lautem Singen, von schallendem Lachen und trunkenen Späßen, von trampelnden Füßen auf dem Holzboden zur Musik vom geliehenen Plattenspieler. Eine Hochzeit ist eben ein Fest wie alle Feste im Dorf. Es wird laut und ausgiebig gefeiert, jeder, ob Mann, ob Frau, trinkt, bis er nicht mehr richtig stehen kann und umkippt oder umfällt. Auch Victor war es so ergangen. Irgendwann in dieser lärmenden Nacht war er auf einer der harten Bänke im Saal, an dessen Wänden Parolen und Fahnen hingen, eingedöst, mit dem dringenden Wunsch, nie wieder aufwachen und in das bleiche, stille, schrecklich abweisend und fremd wirkende Gesicht der Wölfin sehen zu müssen, das er den ganzen Abend auf der anderen Seite des Tisches vor sich gehabt hatte.

Später, wenn Katharina in der Praxis bleibt, um die Patienten zu versorgen und zu trösten und mit ihnen über dies und das zu schwätzen, und Victor und Helene allein in seinem alten Lada, den er von seinem Vorgänger übernommen hat, zu Patienten unterwegs sind, verliert er sich zuweilen in den seltsamen Augen der Wölfin. Sie sind jetzt eher blaugrau, oft blass, und spiegeln ins Grüngelbliche nur dann, wenn sie zornig ist. Aber im Hintergrund brodelt ein dunkler Glanz, als hätten sich dort all die Dämonen und Schrecknisse versammelt, denen Helene in ihrem Leben bereits begegnet ist, aber auch all ihre Sehnsucht, jeder ihrer Träume. Der Glanz kommt ihm vor wie das Tor zur Hölle, und obwohl er befürchtet, eines Tages in diese dunkle Hölle hineingezogen zu werden, kann er nicht anders, als immer wieder hinzusehen.

»Sieh mich nicht so an«, sagt sie gereizt, wenn sie seinen Blick bemerkt. Victor grinst breit und gekünstelt, um der Situation die Schärfe zu nehmen. Doch er ist irritiert, wundert sich über sich selbst und die Gefühle, die ihn in ihrer Gegenwart stets überfallen. Seit seiner Heirat hat Helene sich in ihrem Verhalten ihm und auch seiner Frau gegenüber verändert, ist noch stiller als vorher, und das beunruhigt ihn. Nun ist er es, der ihre Nähe sucht, zum Teil aus Mitleid, zum Teil aus einem unangenehmen Schuldbewusstsein ihr gegenüber. Und – er empfindet weitaus mehr für sie, als er sich eingestehen will. Aber nur in seinen Träumen nähert er sich Helene.

Wieder ist es Katharina, die ihn darauf anspricht. »Es schmeichelt und gefällt dir, von zwei Frauen gleichzeitig geliebt zu werden«, sagt sie zu ihm. »Und du – du liebst uns beide.«

»Rede keinen Unsinn!« Er lacht etwas zu laut; er fühlt sich durchschaut und will einen Witz daraus machen.

Doch sie bleibt ernst. »Wenn sie in Nowgoje bleibt, wirst du dich eines Tages zwischen ihr und mir entscheiden müssen, Victor.«

Er sieht an ihr vorbei irgendwohin. »Ich bin mit dir verheiratet.«
»Ja«, sagt sie, »aber das wird dich nicht daran hindern, sie weiterhin zu lieben und eines Tages zu ihr zu gehen.«

Dann ist Katharina schwanger, endlich, nach mehr als drei Jahren Ehe, in denen sie beide vergeblich gewartet, gehofft haben. Aber sie verliert das Kind, und der gemeinsame Kummer und das Leid schaffen eine enge Bindung zwischen ihnen, in der Helene, zumindest vorübergehend, keinen Platz hat.
Im Frühsommer 1965 reist Victor zu einem Ärztekongress nach Moskau, wo er eine Vortragsreihe über die medizinische Versorgung im dünn besiedelten Norden Westsibiriens halten soll. Als er nach einer interessanten Woche nach Hause zurückkehrt, empfängt ihn eine aufgeregte Katharina.
»Denk dir nur, Victor, die Kraniche sind wieder da!«
Das halbe Dorf zieht ins Moor, um dem Hochzeitstanz der Kraniche zuzusehen. Einige Jahre lang waren die hochbeinigen schiefergrauen Stelzenvögel mit den langen Hälsen und den roten Flecken auf ihrem Hinterkopf ausgeblieben, ohne dass jemand den Grund dafür wusste. Nun ist eine kleine Gruppe der Zugvögel wieder in den flachen Tümpeln im Moor bei Nowgoje eingefallen, sucht dort nach Nahrung und beginnt auf den mit hartem Gras bewachsenen Inseln mit dem Nestbau.
»Komm mit, du musst sie dir ansehen!«, hat Victor auch die Wölfin aufgefordert. »Die Vögel bereiten sich jetzt auf die Paarung vor. Ihre Tänze sind ein ganz besonderes Schauspiel – du wirst staunen! In Afrika, wo der Kronen- und der

Pfauenkranich zu Hause sind, gibt es viele Volkstänze, deren Vorbild der Kranichtanz ist.«
Sie klappert mit den Instrumenten, die sie in eine Desinfektionslösung legt, ihm ihren Rücken zuwendend.
»Ich weiß, Raissa hat mir davon erzählt«, sagt sie dann mit ihrer etwas heiseren Stimme. »Und im Frühjahr hat sie manchmal den Kranichtanz auf den Dorffesten vorgeführt, zu denen wir gingen.«
Victor lacht. »Ja, von diesen Festen habe ich schon gehört. Davon erzählen die Alten noch heute. Und einmal durfte auch ich dem Tanz der Schamanin zusehen. Diese Raissa war wirklich eine außergewöhnliche Frau. Es gibt heutzutage niemanden mehr wie sie.« Er sieht Helene bei ihrer Arbeit zu und nickt versonnen. »Ich bin stolz darauf, sie gekannt zu haben.«
»Erzähl mir von diesem Fest«, fordert sie ihn auf.
Und er berichtet bereitwillig von ihrem Treffen. Als er sieben oder acht Jahre alt war, reiste er zusammen mit seinem Vater zu dem traditionellen Sommertreffen der sibirischen Volksstämme weit im Norden des Landes, wo in dieser Zeit eine bleiche Sonne Tag und Nacht am Himmel stand und der Frost trotzdem nie völlig aus dem Boden wich, sodass es so gut wie keine Vegetation gab. Dort, in der Tundra, hatte Victor die Schamanin Raissa, die damals schon eine alte Frau war, tanzen sehen. Noch lange danach hatten ihn das Dröhnen der Trommeln, der wilde Gesang der Anwesenden und das Bild der Alten, die unter dieser kalten, blassen Sonnenscheibe ihre dürren Arme unter dem flatternden silbergrauen Umhang hob und senkte wie ein Vogel seine Flügel und sich mit seltsam stelzendem Gang, dann wieder graziös hüpfend und springend im Kreis der Männer bewegte, bis in

seine Träume verfolgt. Das war kein Mensch, der da tanzte, das war tatsächlich ein Vogel, der seinen langen Hals in sanften Schwüngen hin und her bog, dessen Flügelspitzen sachte, federleicht über den Boden strichen, zuweilen so dicht vor den nackten Füßen des Jungen, dass dieser unter dem winzigen, kaum merkbaren Luftzug erschauerte. Manchmal, wenn es Victor gelang, seine Augen von Raissa abzuwenden, blickte er hoch zu seinem Vater und in die Gesichter der anderen Männer. Auf jedem von ihnen sah er den Ausdruck höchster Verzückung und gleichzeitig eine große Verlorenheit, die ihn ängstigte. So unvermutet, dass er, der Junge, zusammenzuckte, war sein Vater, der gerade noch neben ihm auf dem Boden gehockt hatte, plötzlich aufgesprungen und ahmte nun die Bewegungen der Frau nach, mit geschlossenen Augen und so beunruhigend fremd wirkend, dass der Junge zu weinen anfing und weggebracht werden musste.

In dieser Nacht war in der Jurte, in der einige Gäste des Dorfes schliefen, das Lager des Vaters und auch die seiner Freunde unbenutzt geblieben, und als sie sich am nächsten Tag auf den langen Rückweg nach Nowgoje machten, wagte der Junge es nicht, seinen Vater darauf anzusprechen, denn der wirkte seltsam abwesend, noch immer fremd, und war noch schweigsamer als sonst.

Später, als Victor älter war und im Moor nahe seines Heimatdorfes die Kraniche bei ihrem Hochzeitstanz beobachtete, ahnte er, was damals geschehen war, dass nämlich sein Vater in dieser Nacht nach dem Fest bei einer der Frauen aus dem Dorf gelegen hatte, vielleicht sogar bei der alten Schamanin. Ihn schauderte, wenn er sich an ihre dürren Gliedmaßen und an ihre verschrumpelte Haut unter dem flatternden Umhang erinnerte, und gleichzeitig durchfuhr ihn ein seltsames Prickeln, ein süßes Sehnen und Begehren, das er vergeblich in Worte zu fassen versucht hatte, als er zum ersten Mal allein mit Katharina ins Moor ging, um den Kranichen zuzusehen, wie es alle jungen Leute aus der Umgebung taten.

So wie damals umfasst er sie auch jetzt auf dem Wagen, mit beiden Armen von hinten. Sie dreht sich nicht zu ihm um, sie lehnt sich leicht an ihn, eine sanfte Berührung ihrer Körper ist es, an die er sich im Lauf ihrer gemeinsamen Jahre und Nächte gewöhnt hat und die ihm das Gefühl von Sicherheit und Ruhe, aber auch Kraft vermittelt. Er drückt kurz seinen Mund in ihren Nacken und schnuppert nach ihrem warmen, vertrauten, nach Stall und Küche und Gartenkräutern duftenden Geruch, der für ihn irgendetwas mit Kindheit zu tun hat und auch mit dem Älterwerden. Und trotzdem muss er plötzlich wieder an die Wölfin in ihrem kleinen Haus mit der niedrigen rauchschwarzen Holzdecke denken, an Helene, die er für sich Jelena nennt, die nicht mitgegangen ist und einen Krankenbesuch in der Hütte der Waldarbeiter als Ausrede benutzt hat. Victor weiß von keinem Kranken oder Verletzten, der an diesem Tag hätte versorgt werden müssen. Aber er kann sich denken, warum Helene nicht hat mitkommen wollen. Als die beiden Leiterwagen auf dem Weg zum Moor auf der Straße vorbeiziehen, da sieht er ihren Schatten hinter der Gardine am Fenster ihres kleinen Hauses. Auch Katharina blickt zum Haus am Waldrand hinüber.
»Das Alleinsein tut einer jungen Frau nicht gut«, sagt sie leise. »Sie zieht sich immer mehr von uns zurück. Ich mache

mir manchmal Sorgen um sie. Es wird Zeit, dass sie heiratet und Kinder bekommt. Sie ist zweiunddreißig, eigentlich schon zu alt für Kinder. Vielleicht kann ihr eine eigene Familie dabei helfen, die Vergangenheit zu vergessen und die Fröhlichkeit der Gegenwart zu erkennen.«
Victor drückt sie an sich und genießt kurz das Weiche, Mollige ihres Körpers, bevor er sie wieder loslässt.
»Vielleicht will Helene gar keinen Mann. Ich denke, sie kommt ganz gut allein zurecht.«
Er will sich keine Gedanken darüber machen, nicht jetzt, da um ihn herum alles so hell, so fröhlich und leicht ist. Er zupft an dem bunten Schal, den er seiner Frau aus Moskau mitgebracht hat und den sie sich um die Schultern gelegt hat. Er hätte gern das Stückchen bloßer Haut zwischen Bluse und Schal berührt, doch er zögert, weil er an Helene denkt und an die zwangsläufigen, unbeabsichtigten Berührungen ihrer Hände, ihrer Haut, wenn sie gemeinsam einen Kranken behandeln. Jedes Mal durchfährt ihn eine Art Schock dabei, und er hat Mühe, sein Gleichgewicht wiederzufinden.
Katharina lehnt ihren Rücken erneut an ihn und hält mit der freien Hand den Korb auf ihrem Schoß fest, in den sie frisches Hefegebäck und ein paar Flaschen gelegt und mit einem Tuch bedeckt hat. Dann dreht sie sich zu ihm um.
»Sie hätte heute mit uns kommen sollen. Ich habe gehört, dass eine Gruppe von Leuten aus Nojabrsk ebenfalls ins Moor kommt, um den Kranichtanz zu sehen. Vielleicht ist ja ein junger Mann darunter, der eine hübsche und tüchtige Frau sucht, mit der er eine Familie gründen kann.«
Victor zieht sich die Kappe, die er sich zum Schutz vor der Sonne aufgesetzt hat, tiefer ins Gesicht.

»Sie ist eine Deutsche«, sagt er schließlich. »Sie ist keine von uns. Sie würde nicht verstehen, was die Kraniche in uns Nowgojern bewirken.«
Katharinas Augen weiten sich. »Das sagst ausgerechnet du?«, fragt sie vorwurfsvoll. »Du, der sie zu uns geholt hat?«
»Du weißt, dass ich sie nicht geholt habe«, entgegnet er in scharfem Ton.
Sie erwidert nichts darauf. Victor nimmt seinen Arm von ihrer Schulter und rückt dabei von ihr ab. Mit zusammengezogenen Brauen blickt er nach vorn, wo der Birkenwald sich lichtet und die ersten Wasserlachen zwischen rundlichen Grasinseln in der Sonne glitzern. Fedja zieht die Zügel an. Der Weg wird schmaler, zu schmal und zu nachgiebig für die robusten Leiterwagen mit ihren schweren Rädern und den vielen Menschen auf den Ladeflächen. Von hier aus müssen die Ausflügler zu Fuß weitergehen. Victor sieht Fjodor Makarow nach, einem blutjungen, kräftig gebauten Burschen aus dem Dorf, der seinen Arm um die breithüftige Anna Arsenjewa, einem Mädchen aus dem Nachbardorf und nicht viel älter als er, gelegt hat und mit ihr rasch und lachend hinter den Büschen verschwindet.
»Noch nicht trocken hinter den Ohren, aber schon auf Freiersfüßen, unser Fjodor«, sagt Katharina kichernd, als sie Victor den Korb reicht und dann ebenfalls vom Wagen springt. Sie geht vor ihm her. Trotz ihres mit den Jahren fülliger gewordenen Körpers bewegt sie sich mit viel Grazie. Victor beobachtet sie und denkt an Helenes schmale, fast hager wirkende Figur und daran, wie ihr nacktes Fleisch sich anfühlt, würde er seine Hände darauf legen können. Die Vorstellung, dass Helene sich mit einem anderen Mann

einlassen, ihn womöglich heiraten und mit ihm Kinder haben könnte, gefällt ihm nicht, ganz und gar nicht. Wütend kickt er ein loses Grasbüschel zur Seite.

Ein paar Tage nach diesem Ausflug sieht er Helene vom Fenster des Behandlungszimmers aus am späten Nachmittag aus dem Dorf in Richtung Moor gehen. Obwohl es einer jener sommerlich warmen Tage ist, an denen Wolken von Mückenschwärmen noch am Abend über dem Moor tanzen, hat sie sich das silberne Wolfsfell um die Schultern gelegt. Den alten Medizinbeutel der Schamanin trägt sie auf dem Rücken. Rasch schreitet sie aus, als hätte sie vor, noch eine weite Strecke zu gehen. Sonne liegt auf ihrem Haar, das sie offen trägt, statt es wie sonst zu einem dicken Zopf zu flechten, der ihr bis zur Taille hängt. Die Helligkeit lässt es aufglänzen, schimmern. Es erinnert Victor an ein reifendes Kornfeld im Wind, an eifrige Wellen auf einem See, auf dem Meer, das Victor nie gesehen hat, sondern nur von Bildern kennt. Und in seinem Blut ist plötzlich der eindringliche Rhythmus einer Schamanentrommel. Er dröhnt durch seinen Schädel, schiebt ihm die plötzliche Erinnerung an jenen Tag in seiner Kindheit vor Augen, als sein Vater und andere Männer aus den Dörfern den fordernden Bewegungen einer Schamanin folgten, als würde sich unter ihrer alten, faltigen Haut der kraftvolle, Lust versprechende Körper einer jungen Frau verbergen. Und bei diesem Bild bricht in Victor das auf, das er bis zu diesem Moment unterdrückt hat, vergraben geglaubt hat unter jenen warmen, beruhigenden Gefühlen, die sein Leben mit Katharina an seiner Seite ausgefüllt und in eine stete Bahn geleitet haben.
Schlagartig wird ihm bewusst, dass er alles gesammelt und

gespeichert hat, was sich an Störungen an den Rändern dieser Bahn seit Jahren staute – die Erinnerung an die Rührung und vorsichtige Leidenschaft, mit der er damals im Lager von Mushi die junge, verwirrte Frau, die Helene einmal war, umfangen hatte, das irritierende Kribbeln auf seiner Haut, als sie so unvermutet aus dem Wald bei Nowgoje getreten war, ihr wilder Blick, der ihn sofort wieder in seinen Bann gezogen hatte, ihre Enttäuschung, ihr Zorn an dem Tag, an dem er Katharina geheiratet hatte. Gespeichert hat er auch alle Empfindungen, die ihn danach durchströmten und es heute noch tun, wenn Helenes und seine Hände sich bei der Arbeit wie zufällig berühren, wenn der Wind den Duft ihres Haares zu ihm trägt oder er ihre zerbrechlichen Knochen unter Haut und Fleisch fühlt, wenn er in einer freundschaftlich gemeinten Geste seinen Arm um sie legt.

Gleich einem Erdbebenstoß zerstört nun Helenes Anblick auf dem Weg da draußen den sorgsam gebauten Damm in ihm, lässt das, was ihn mit Katharine verbindet, verblassen, fegt jeden Gedanken an Vernunft beiseite. Lässt nur pulsierendes, drängendes Begehren übrig.

»Ich will …«, beginnt er, und als Katharina von ihrer Arbeit am Schreibtisch aufsieht, kommt ihm die Lüge ganz leicht über die Lippen, »… noch einmal nach Oleg schauen. Sein Bein, du weißt, die Wunde hat sich entzündet.«

Er sieht sie an und sieht schon die künftigen Verletzungen seines Verrats an ihr, an ihrem gemeinsamen Leben, an ihren gemeinsamen Träumen und Wünschen und Zielen in ihrem Gesicht. Er empfindet Bedauern und tritt zu ihr und berührt zärtlich und schnell ihre Wange mit den Fingerspitzen. Dann wendet er sich zur Tür und wirft sich im Gehen seine Jacke über. »Ich beeile mich, ich bin bald wieder zurück.«

Er beeilt sich tatsächlich, er rennt hinter Helene her, die am Ende der Dorfstraße nach links abbiegt und zwischen den zierlichen Birkenstämmen verschwindet. Er ahnt, nein, er weiß, Katharina steht in der Tür und sieht ihm nach. Doch das Unbehagen, das Erschrecken über sich selbst und die Wucht seiner Begierde weichen, je näher er Helene kommt. Und als er sie erreicht, seinen Schritt dem ihren angepasst hat und neben ihr ins Moor geht, weiter und weiter, als er ihren Duft einatmet, bitter und süß zugleich, und auch das Würzige der Heilpflanze riecht, nach der Helene sich bückt, um eines ihrer Blätter zwischen ihren Fingern zu zerreiben, als vor ihnen, halb verdeckt von niedrigem Gebüsch, ein Kranichpaar sich voreinander verneigt, graziös in die Luft springt, sich umtänzelt und dabei Stöckchen hochwirft und sie mit den glutroten Schnäbeln wieder auffängt, ein langsames Werben und Ergeben zunächst, ein Liebesspiel, ein rauschender, ein eleganter Tanz im Rhythmus kreischender Trompetenstöße, der sich zur Ekstase steigert – da bleibt Helene plötzlich stehen, lässt ihren Beutel und das Wolfsfell auf den Boden fallen und dreht sich zu Victor um. Sie sieht ihn an mit Augen, die ihn an Wasser erinnern, das lange im Algengrün der Felsenmulden stand und in denen sich das Blau des Himmels spiegelt, und sagt ernst: »Ich habe gewusst, dass du zu mir kommen wirst.«

Später, im Winter, der nicht strenger oder länger ist als andere, da trägt Helene bereits sein Kind, und die Wölfe kommen in manchen Nächten dem Dorf näher als sonst. Auch früher hatten sie hin und wieder den Schutz des Waldes verlassen und umstrichen dann das abseits stehende Stallgebäude, in dem Fedja in einem Verschlag lebt und sein Pferd und die Kühe des Dorfes versorgt. Doch als Victor eines Tages Wolfsspuren sogar rund um Helenes kleines Haus entdeckte, machte er sich doch ernsthafte Gedanken über das ungewöhnliche Verhalten des Rudels. Wölfe gehören seit jeher zum Alltag in Sibirien, aber sie sind scheue Tiere und nähern sich einer menschlichen Siedlung nur dann, wenn Hunger oder Neugier sie dazu treibt. Er hat sie als Junge oft an ihren Plätzen oder vor ihren Höhlen beobachtet, wenn sie gemeinsam ein Reh oder ein anderes Opfer jagten, wenn sich ihre Welpen spielerisch balgten oder der Alphawolf oder seine Gefährtin die markierten Reviergrenzen überwachten und Raufereien zwischen den jüngeren Rudelmitgliedern schlichteten. Seinen Vater hatte er begleitet, wenn dieser nach seinen Fallen sah und im Frühjahr oder Herbst mit den anderen Männern aus Nowgoje die staatlich genehmigte Anzahl von Wölfen jagte und abschoss.

»Man redet im Dorf darüber, dass die Wölfe bald abgeschossen werden«, erzählt er Helene, als er am Abend zu ihr kommt. »In den letzten Jahren haben sie sich stark vermehrt, und sie verhalten sich auffällig. Die Leute kriegen langsam Angst.«

»Wage es nicht, dich an der Jagd auf sie zu beteiligen!«, fährt sie ihn an. »Wenn die anderen es tun müssen, kann ich es nicht verhindern. Aber wenn du einen Wolf tötest, dann … dann wirst du nicht ein Tier, sondern mich und dein Kind erschießen!«

Er lacht, verwundert und dann nachsichtig und will seinen Arm um sie legen und sie damit beruhigen. Schließlich weiß er, dass sich schwangere Frauen zuweilen sonderbar benehmen. Doch Helene entzieht sich ihm mit einer heftigen Bewegung.

»Lass das!«

Befremdet sieht er sie an. Sie ist blass, ihr Gesicht wirkt aufgedunsen. Unter ihren Augen liegen dunkle Schatten. Sie ist im siebten Monat, und ihr Bauch ist unter dem weiten Pullover deutlich zu sehen, aber alles andere an ihrem Körper wirkt noch magerer als sonst. Als sie sich von ihm abwendet und sich zum Waschbecken in der Ecke begibt, fällt ihm auf, dass ihr Gang schwerfällig und merkwürdig unsicher ist. Ihre Schwangerschaft ist von Anfang an problematisch gewesen, und obwohl er und auch Katharina ihr davon abgeraten haben, hilft sie weiterhin in der Praxis und betreut die Frauen, die ein Kind erwarten oder unter ihrer Obhut geboren haben.

»Ich möchte morgen deinen Blutdruck überprüfen und noch einige andere Untersuchungen machen, komm also etwas früher als sonst ins Haus.« Als sie störrisch den Kopf schüttelt, wird seine Stimme energisch: »Du wirst tun, was ich dir sage. Keiner von uns will, dass du das Kind verlierst.«

»Denkt auch deine Katharina so?«

»Lass Katharina da raus!«, fährt er sie an.

Dann schweigt er, fühlt sich unbehaglich. Er ahnt nur, was seine Frau über sein Verhältnis zu Helene denkt. Er weiß nicht, wie sie mit seinem Verrat an ihr fertig wird. Dieses Thema gibt es zwischen ihnen nicht – nicht mehr seit jener Nacht, als er aus dem Moor zurückgekehrt war und sofort über das, was dort geschehen war, gesprochen hatte. Es kostete ihn Überwindung, das zu tun, aber er kennt die Leute im Dorf und wollte ihr ersparen, von anderen davon zu erfahren. Zunächst hatte Katharina, die auf der Bettkante saß, ihm nur zugehört, ihre Augen unverwandt auf ihre im

Schoß gefalteten Hände gerichtet. Er ging im Zimmer umher gleich einem gefangenen Tier, war zerknirscht, fühlte sich schuldig und litt darunter, sie verletzt zu haben. Über all das redete er, während auf seiner Haut noch Helenes Geruch war, ihr Geschmack in seinem Mund, und seine Nerven noch vibrierten.

Schließlich hatte er erschöpft geschwiegen. Und da erst hatte Katharina ihn wieder angesehen, ein oder zwei Herzschläge lang, die ihm wie eine Unendlichkeit vorkamen, weil das, was er in ihren Augen sah, schlimmer war, viel schlimmer, als wenn sie mit den Fäusten auf ihn losgegangen wäre, wenn sie ihn angespuckt und getreten oder sogar damit gedroht hätte, ihn zu verlassen oder seine Geliebte umzubringen. Betrogene Ehefrauen tun das und äußern derartige Gedanken, sie werden bösartig oder verfallen in Depressionen. Er hat das von anderen gehört, schließlich gibt es im kleinen Nowgoje und in den Dörfern in der Umgebung immer wieder Liebschaften, über die sich die Leute die Mäuler zerreißen. Und ab und zu kommt einer der Männer in seine Praxis, um sich den blutenden Schädel oder eine gebrochene Rippe oder andere Blessuren versorgen zu lassen. Oder ihn, den Genossen Doktor, um Rat zu fragen, wie sie ihre enttäuschte Braut oder Ehefrau wieder beruhigen können. Und so manche Frau sitzt ihm gegenüber und klagt über Leiden, für die er keine organische Ursache finden oder erkennen kann.

»Und wie soll es nun weitergehen?«, hatte Katharina ihn in dieser Nacht gefragt.

Er wollte sie nicht wieder anlügen, sie nicht noch mehr verletzen oder mit Worten etwas in Gang setzen, was vielleicht doch zu vermeiden war. Aber er wusste in diesem Moment schon, dass er wieder zu Helene gehen würde. Dass er zu ihr gehen musste.

Er hob nur die Schultern.

»Ich habe immer gespürt, dass sie dich liebt.« Katharina war aufgestanden, vor ihn getreten und hatte ihn wieder angesehen. »Und ich weiß, dass auch du sie liebst.«

Er hatte den Mund öffnen wollen, wollte ihr erklären, dass es nicht Liebe ist, was ihn zu Helene trieb, jedenfalls nicht diese Art von Liebe, die ihn mit ihr, seiner Frau, noch immer verbindet und die aus Vertrautheit, aus Wärme, aus dem Wunsch, den anderen zu beschützen, ihm Gutes zu tun, und aus dem Gleichklang von Gefühlen und gemeinsamen Träumen besteht. Er wollte ihr auch all diese banalen Versprechungen geben, die alle Männer in Augenblicken wie diesen ihren Frauen geben. Doch Katharina hatte ihm die Hand fest auf die Lippen gelegt. »Sag nichts, was du nicht ehrlich meinst. Und versprich nichts, was du nicht halten kannst. Ich tue es auch.«

Dass sie nach dieser Nacht lange schweigsam ihm gegenüber blieb, dass sie sich für eine Weile von ihm zurückzog, das hatte er eher ertragen können als die Angst, eines Morgens aufzuwachen und sie nicht mehr neben sich zu finden. Unruhe und Schuldgefühle überfielen ihn, wenn er bei Helene war. Dann trieb es ihn aus ihren Armen zurück zu Katharina. Und auch sein Begehren, das ihn dazu zwang, immer wieder von der Dorfstraße in den Pfad zu Helenes Haus einzubiegen, wurde nicht schwächer.

Aber Katharina schwieg dazu, sie verließ ihn nicht, sondern schlief neben ihm, und allmählich kehrte der Alltag mit seiner Routine, mit seinen Gewohnheiten zurück. Nur einmal in dieser Zeit der Entspannung, als der Chor, dem Katharina seit vielen Jahren angehörte, zu einem Auftritt nach Nowgoje kam, da hatten ihr stilles Leiden und ihre verborgene Enttäuschung Victor erneut tief betroffen gemacht. Nie zuvor hatte sie ihr Solo in einem der sibirischen Liebeslieder mit solcher Wucht vorgetragen, nie zuvor war ihre Stimme so voller Klage, so fordernd gewesen wie an diesem Abend im dörflichen Kulturhaus, wo er, Victor, in der ersten Reihe saß und ihr blasses und angespanntes Gesicht genau sehen konnte. Auch sie hatte ihn angeblickt, nein, angestarrt, mit einem ungewohnten und erschreckenden Lodern in ihren schönen dunklen Mongolenaugen. Nach einer Weile hatte er diesen brennenden Blick nicht mehr ausgehalten und den Kopf gesenkt.

Und dann war Helene schwanger von ihm und verbot ihm ihr Haus. Wenn er trotzdem kam, behandelte sie ihn wie einen Fremden.

Und Katharina, die Kinder liebt, die unbedingt Mutter werden will, deren fraulicher Körper sich danach sehnt, Kinder zu empfangen und auf die Welt zu bringen, sie zu umarmen und zu lieben, hatte wieder eine Fehlgeburt. In manchen Nächten hört er sie weinen, dann umfängt er sie, hilflos schweigend, von Schuldgefühlen geplagt, mit seinen Armen und wiegt sie hin und her und schläft mit ihr, sanft und zärtlich. Einen anderen Trost weiß er nicht.

Er beobachtet Helene, die Wasser in einen Kessel füllt und auf den Herd stellt. Er hört sie mühsam atmen, als sie sich bückt, um Holz aus dem Korb zu nehmen und nachzulegen. Dabei wirft sie ihm schnelle, undeutbare Blicke zu.

»Wirst du unser Kind lieben?«, fragt er, verunsichert und

auch leicht verärgert über ihren abweisenden Gesichtsausdruck und auch, weil ihm plötzlich bewusst wird, dass er bisher nichts Ähnliches von ihr gehört hat. Er fragt sich, warum sie so spröde, so distanziert ihm gegenüber ist und ob sie das womöglich auf ihr Kind überträgt. Sie war anders, weicher, fraulicher gewesen, bevor sie ihm mitteilte, dass sie schwanger ist. Das war sechs, sieben Wochen nach ihrer ersten Begegnung im Moor. Dann zog sie sich plötzlich von ihm zurück, vor allem körperlich. Er durfte nicht einmal mehr den Arm um sie legen, schon schreckte sie zurück oder fuhr ihn an wie … ja, wie eine gereizte Wölfin.

»Was ist das schon – Liebe!«, unterbricht sie schroff seine Gedanken.

Er sieht wieder zu ihr hinüber. Sie steht noch immer vor dem Herd und reckt sich jetzt ein wenig, um die Teekanne und zwei Becher aus dem Regal zu nehmen. Dabei spannt sich der Pullover über ihrem Bauch. Plötzlich macht er sich Sorgen und fragt sich, ob mit dem Kind alles in Ordnung ist und warum es jetzt, zwei Monate vor dem Geburtstermin, schon so viel Platz in ihrem Körper braucht.

Schließlich dreht sie sich zu ihm um, das Geschirr in den Händen, und sieht ihn hohläugig an. »Ich habe vergessen, was Liebe ist«, sagt sie, und ihre Stimme klingt bitter. »Es ist lange, sehr lange her, weißt du? Damals war ich noch ein Kind.«

»Aber wir haben uns doch geliebt«, entgegnet er, in der Hoffnung, sie mit der Erinnerung an ihre Zärtlichkeiten in etlichen warmen Nächten unter freiem Himmel oder in der Behaglichkeit ihres Hauses freundlicher, versöhnlicher zu stimmen.

»Verstehst du das, was zwischen uns passiert ist, etwa als

Liebe?« Sie zieht die Augenbrauen hoch, dann sagt sie in scharfem Ton: »Ich will nicht darüber reden, nie wieder, hörst du!«
»Aber was zum Teufel meinst du denn sonst mit ›Liebe‹!«, ruft er ärgerlich. Er fragt sich, warum er hier sitzt und nicht in seinem Haus bei Katharina. Er ist durstig, ihm ist kalt, denn er ist gerade von einem Krankenbesuch zurückgekommen. Er weiß selbst nicht, warum er in den Pfad zu Helenes Haus eingebogen ist, statt nach Hause zu gehen.
»Sag mir, was du meinst«, bittet er nach einer Weile.
»Ich rede über das, was eine Mutter für ihr Kind empfinden sollte.« Sie drückt Kanne und Becher so fest an sich, dass ihre Finger weiß werden. »Ich weiß zu wenig davon, und das macht mir Angst. Ich glaube nämlich nicht, dass diese Liebe einfach über einen kommt, wie das viele Mütter behaupten. Ich denke, dass Mutterliebe erlernt werden muss. Dass man nur das, was man selbst erfahren hat, weitergeben kann.«
»Auch du hattest eine Mutter, Jelena.«
Jetzt schreit sie fast, verzweifelt, aber ebenso wütend: »Ja, ich hatte eine, vor langer, sehr langer Zeit! Doch du scheinst vergessen zu haben, dass ich diese Mutter verlor, als ich noch ein Kind war!« Sie starrt ihn wild an, ihr Haar, fahl und strohig in der Schwangerschaft, fällt ihr unordentlich ins Gesicht. »Sie wurde vor meinen Augen erschossen! Von einem Soldaten in russischer Uniform! Was, meinst du, fühlt ein Kind, das zusehen muss, wie seine Mutter stirbt?« Sie atmet plötzlich schwer und ringt nach Luft.
»Jelena!«, ruft er erschrocken und springt auf. »Beuge dich nach vorn, dann wirst du leichter atmen können.« Er streckt seine Hände aus, um sie zu halten, aber er wagt es dann doch nicht, sie anzufassen.

»Helene!«, schreit sie und weicht zurück. »Mein Name ist Helene Wolf!« Plötzlich lässt sie die Teekanne aus Ton fallen, die mit hellem Klirren auf der Herdplatte zerspringt. Sie legt eine Hand auf ihren gewölbten Leib, beugt sich nach vorn und holt keuchend Luft. Dabei sieht sie Victor aus geweiteten Augen an. Als sie wieder normal atmen kann, fragt sie flüsternd: »Sag mir, wie kann ich wissen, ob ich für dieses Kind eine liebende Mutter sein werde, wenn ich mich nicht mehr an die Liebe meiner eigenen Mutter erinnere – wenn ich nicht einmal weiß, was Liebe bedeutet?«

Victor starrt sie wortlos an. Er ist erschüttert über diesen Ausbruch und weiß nicht, wie er darauf reagieren soll. Er denkt plötzlich daran, dass er mit ihr gleich zu Beginn ihrer Schwangerschaft über einen Abbruch reden wollte. Aber sie war ihm sofort über den Mund gefahren und hatte erklärt, dass so etwas für sie als Hebamme nicht in Frage komme. Er selbst sah kein Problem darin, dass sie das Kind behielt; er hatte sich ja mit Katharina ausgesprochen. Und uneheliche Kinder hat es schon immer und überall gegeben, auch in der Dorfgemeinschaft von Nowgoje, wo ohnehin fast jeder mit jedem irgendwie verwandt ist.

Doch jetzt nach diesem Ausbruch fühlt er sich schlecht. Er fühlt sich überfordert. Schließlich hat er zu wenig Erfahrungen mit den Emotionen schwangerer Frauen. Dafür sind die Hebammen im Bezirk oder die anderen Frauen im Dorf zuständig. Er sorgt als Arzt dafür, dass die Zeit bis zur Geburt körperlich beschwerdefrei verläuft.

Er steht auf und geht mit ausgestreckten Armen auf Helene zu. Er will sie an sich ziehen, sie an sich drücken, sie streicheln, weil dies für ihn die einzige Möglichkeit ist, ihr seine Bereitschaft zu vermitteln, für sie da, auf ihrer Seite zu sein,

sie nicht im Stich zu lassen, wie andere Männer das in der Regel mit ihren außerehelichen Beziehungen tun.
Doch sie weicht ihm aus, und seine Arme fallen ins Leere.
Das Wasser im Kessel beginnt zu summen. Für eine Weile ist es das einzige Geräusch in der Wohnküche. Dann sammelt Helene die Scherben der Teekanne auf, wirft sie in den Holzkorb und räumt die beiden Becher wieder ins Regal.
»Es tut mir Leid, du wirst heute keinen Tee bei mir bekommen«, sagt sie kühl. »Du wirst nach Hause zu deiner Frau gehen müssen, wenn du etwas Warmes willst. Und was die Wölfe betrifft – du weißt, ich fürchte mich nicht vor ihnen, sie sind meine Freunde. Ich fürchte mich vor etwas viel Schlimmerem«, fügt sie leise hinzu.

XXIV
Lara

Was war so schlimm, dass du dich davor fürchten musstest, Mama?, fragt Lara in Gedanken und legt den Stift auf die letzte, ebenfalls voll beschriebene Heftseite. Ihre rechte Hand ist völlig verkrampft vom stundenlangen Schreiben. Mit ihrer linken krault sie geistesabwesend den Wolfswelpen im Korb neben sich auf der Bank, den Victor ihr am Nachmittag gebracht hatte.
»Katharina ist zu Jelena ins Krankenhaus gefahren, und ich bin bis zum späten Abend unterwegs«, hatte er ihr erklärt. »Du weißt, du musst den Welpen alle drei, vier Stunden mit Milch und vielleicht ein paar Fleischbröckchen füttern. Er ist ziemlich schwach. Ich verstehe deine Mutter nicht, sie hätte das arme Ding nicht mitnehmen sollen.« Er verzog sein Gesicht zu einem schiefen Grinsen. »Aber so ist sie nun mal – mit diesem komischen Tick für die Wölfe.«
Ja, so ist sie, meine Mutter, denkt Lara und betrachtet den kleinen Wolf neben sich, der ihre Fingerspitze erwischt hat und hingebungsvoll daran nuckelt. Helene mit diesem komischen Tick, sich in ihr altes Wolfsfell zu hüllen, sich sogar den präparierten Schädel über den Kopf zu ziehen und in winterlichen Mondnächten vors Haus zu treten und den Wölfen zu antworten. Sie selbst nannte das »mit den Wölfen singen«. Das klang für Lara, damals noch ein Kind, schön, irgendwie geheimnisvoll. Aber wenn die Leute im

Dorf in verächtlichem Ton über die »Wölfin« redeten und sogar über sie lachten, dann schämte Lara sich ihrer Mutter. Doch oft war sie auch stolz auf sie und fühlte sich bei ihr geborgen, denn Helene zeigte niemals Furcht, wenn sie und Lara auf ihren Wanderungen durch die Wälder oder durchs Moor auf Wölfe, Luchse oder sogar den einen oder anderen Bären trafen. Sie war vorsichtig, ja; nie reizte sie eines der Tiere mutwillig, wie es die jüngeren Leute aus Nowgoje oft taten, sondern beobachtete sie aus sicherer Entfernung und machte manchmal Umwege, um sie nicht zu stören. Sie lehrte Lara auf ruhige und besonnene Art, die Natur, ihre Tiere und deren Lebensraum und Bedürfnisse kennen zu lernen und sie zu respektieren. Ja, stark, mutig und allwissend war Helene ihr in dieser Zeit vorgekommen. Andere Mütter lachten und alberten mit ihren Kindern herum, und darum beneidete Lara diese Kinder. Aber ihre Mütter gingen nie ohne Angst oder ohne Begleitung ihrer Männer oder erwachsenen Söhne in die Wälder. Und sie übertrugen diese Angst auf ihre jüngeren Kinder, die schon schreiend davonliefen oder nach Stöcken griffen, wenn sie einen Wolf am Waldrand stehen sahen. Sie wurden auch ständig beaufsichtigt und zurückgerufen, während Lara bereits mit fünf oder sechs Jahren allein und oft stundenlang nach Kräutern und Beeren suchen und Astholz sammeln konnte, ohne dass ihre Mutter sich um sie sorgte oder mit ihr schimpfte.
Und war das nicht Vertrauen, großes Vertrauen? Und Liebe?
Lara entzieht dem kleinen schläfrig gewordenen Wolf ihren Finger, und er kuschelt sich wieder in den Schal, der Helene gehört und den sie wahrscheinlich noch selbst in den Korb gelegt hat, als sie ihn für den Welpen herrichtete. Es ist ein

alter, ein uralter Schal, schon löchrig an manchen Stellen, an anderen hauchdünn, aber er riecht nach Helene. Lara weiß es, denn sie hat daran gerochen, nachdem Victor gegangen war. Sie kann diesen Geruch nicht beschreiben – es ist einfach der ihrer Mutter, nicht vergleichbar mit dem Geruch anderer Frauen. Sie kennt ihn von früher, als sie noch ein Kind war und mit Helene in einem Bett schlief. Manchmal, wenn Victor zu ihnen kam, musste sie in der Küche auf der Ofenbank schlafen. Aber dort fühlte sie sich einsam, konnte lange nicht einschlafen und horchte auf die Gespräche und die Geräusche in der Kammer nebenan. Oft stritten sich die beiden. Dann lag Lara da und hielt sich die Ohren mit den Händen zu oder zog sich die Decke über den Kopf, bis sie meinte, darunter ersticken zu müssen. Dass irgendetwas an dem Verhältnis zwischen ihrer Mutter und Victor nicht stimmte, das konnte sie aus den Redereien der anderen Leute heraushören, auf die sie an jedem Abend traf, wenn sie Wasser aus dem Dorfbrunnen holte. Am Anfang war sie zu jung, um zu wissen, warum die Leute nicht gut über ihre Mutter sprachen und warum sie plötzlich verstummten und sich nur noch vielsagende Blicke zuwarfen, wenn Lara mit ihren Kannen am Brunnen auftauchte. Victor hatte nie ein Geheimnis daraus gemacht, dass er ihr Vater war, und sie sagte »Papa« zu ihm. Klar, es gab außer Helene noch Katharina in Victors Leben und außerdem noch Olga, Katharinas Tochter. Aber warum sollte ihr Vater nicht zwei Frauen und mit jeder dieser Frauen ein Kind und sie, Lara, nicht zwei Mütter haben, die eine stark und mutig und unabhängig, die andere weich und warm und immer darauf bedacht, dass sie genug aß und sich eine Mütze aufsetzte und mit ihr und Olga sang und lachte?

Lara seufzt und denkt an die vielen Fragen, die sie an ihre Mutter hat. Fragen, auf die sie wahrscheinlich keine Antworten mehr bekommen wird.
»Ihr Zustand ist stabil, doch ihre Bewusstlosigkeit dauert schon zu lange an«, hat Victor ihr heute erklärt. »Aber …«, er strich ihr müde übers Haar, und sie musste weinen, weil sie diese kleine Geste als so ungeheuer zärtlich, als so liebevoll empfand. Wahrscheinlich war das auch eine emotionale Reaktion auf ihre Sorge um Helene und im Zusammenhang mit all den Gedanken zu sehen, mit denen sie sich in den einsamen Nächten im stillen Haus ihrer Mutter auseinander setzt. »Aber auch im positivsten Fall wird deine Mutter nie mehr so sein, wie sie einmal war. Es gibt keine Wunder.«
»Doch!«, widersprach sie ihm heftig. »Manchmal gibt es sie! Und ich will daran glauben!«
»Das hast du vor kurzem noch nicht getan.«
»Ich weiß. Aber inzwischen habe ich viel über meine Mutter nachgedacht. Sie ist eine Kämpferin. Sie wird auch jetzt nicht aufgeben.«
»Um was sollte sie kämpfen? Vielleicht um ein Leben als gelähmte, ans Bett gefesselte, sprachlose Frau, die auf die Hilfe anderer Menschen angewiesen ist?«
Sie starrte ihn an, dann wollte sie auf ihn einschlagen, doch Victor fing ihre Hände ab.
»Nicht, Tochter«, sagte er leise, als sie wieder zu weinen anfing. »Es ändert nichts, gar nichts.«
»Sie wird trotzdem kämpfen!«
»Ja«, sagte er, umfing sie mit seinen Armen und drückte ihr Gesicht so fest an seine Brust, dass sie kaum atmen konnte.
Und auch jetzt glaubt Lara fest daran, dass irgendetwas mit ihrer Mutter passieren wird, was sie ins Leben zurückbringt.

Sie will eine gesunde, eine mutige, eine starke, harte, unbeugsame, widerspenstige, zänkische, vielleicht sogar einmal, nur ein einziges Mal lächelnde Wölfin, an der sie sich wärmen, über die sie sich ärgern, gegen die sie sich auflehnen, die sie lieben, auf die sie stolz sein kann. Sie braucht so eine Mutter; sie braucht sie, um sich an ihr messen zu können.
Sie betrachtet das Heft vor sich, klappt es zu und legt es auf den Stapel der anderen.
»Hast du schon aufgeschrieben, was ich dir erzählt habe?«, wollte Victor wissen, bevor er an diesem Tag wieder ging. »Und hast du dir überlegt, was du mit Helenes Lebensgeschichte machen wirst? Vielleicht ein Buch?«
»Ach Papa!«
»Du solltest diese Texte ins Russische übersetzen«, dachte er laut nach. »Es gibt bestimmt Menschen, die sich dafür interessieren.«
»Der Krieg war vor fast sechs Jahrzehnten zu Ende«, erinnerte sie ihn sanft.
»Ja«, sagte er. »Aber bis vor einigen Jahren war es bei uns nicht möglich, ein Buch mit diesem Inhalt zu publizieren.«
»Inzwischen hat sich vieles verändert. Und es ist vieles vergessen worden. Oder verdrängt.«
Er blickte an ihr vorbei und seufzte dann. »Wahrscheinlich hast du Recht. Wahrscheinlich will niemand mehr wissen, was damals war. Vielleicht wollen die Menschen gar nicht mehr wahrhaben, wie viel Leid der Krieg auf allen Seiten verursacht hat. Und dass auch wir Russen uns viel Schuld aufgeladen haben.«
Lara wollte ihn nicht an die Gespräche zwischen Onkel Wanja und Fedja erinnern. Früher hatte sie mit den beiden alten Männern gelacht oder sie für ihre Taten sogar bewun-

dert. Als Heranwachsende fand sie es richtig, dass die Städte der Verlierer zerbombt und besetzt wurden und dass Menschen gefangen und verschleppt wurden und dann starben.
»Weißt du, Papa«, sagte sie, »damals, als ich anfing, Helenes Erzählungen über die Frauen unserer Familie aufzuschreiben, da war es für mich nur die Lust am Formulieren, am Schreiben. Heute weiß ich, dass ich schon damals, wenn auch unbewusst, versuchte, meine Mutter zu verstehen, indem ich über ihre Vergangenheit schrieb.«
Wieder lächelte er sie müde, unendlich müde an. »Verstehst du sie denn jetzt?«
Sie sah ihn an, forschte in seinem Gesicht, in dem sie lesen konnte wie in einem Buch, und dachte an das stille, in sich ruhende ihrer Mutter.
»Ich weiß es nicht«, antwortete sie hilflos. »Ich hätte so viele Fragen an sie.«
Er berührte mit seinen Fingerspitzen ihre feuchte Wange.
»Sie ist nicht mit Absicht krank geworden, Lara.«
»Ja«, sagte sie und wischte sich mit dem Handrücken energisch über die Augen. »Ich muss versuchen, meine Mutter auf eine andere Art zu finden.«
Bevor er ging, deutete er auf die Hefte, die auf dem Tisch ausgebreitet lagen, und blätterte dann in einem von ihnen.
»Ich würde es gern lesen – nicht nur das, was du über mich geschrieben hast. Aber mein bisschen Deutsch wird dafür nicht ausreichen.«
»Ich werde die Texte für dich übersetzen«, versprach sie spontan. »Vielleicht nicht gleich, aber bald. Und wenn du sie gelesen hast, wirst auch du meine Mutter anders als bisher sehen können.«
»Ich kenne sie seit über vierzig Jahren, Lara.«

»Ja, ja, ich weiß«, sagte Lara leicht ungeduldig. »Du kennst sie als Frau. Aber kennst du den Menschen Helene? Bist du dir sicher, dass du die Zusammenhänge erkennst, die sie zu dem gemacht haben, die sie ist?« Sie wollte hinzufügen: Warum wirktest du dann oft so ratlos in ihrer Gegenwart, warum konntest du ihr manchmal nicht in die Augen sehen, warum habt ihr euch so viel gestritten, wenn ihr zusammen wart? Und warum hatte ich so oft das Gefühl, dass ihr euch gegenseitig quälen wolltet – vor allem damals, als es diese beiden anderen Männer in Helenes Leben gab und du vor Eifersucht nicht wusstest, was du tun solltest? Doch sie schwieg. Sie begleitete ihn bis zur Tür. Als er schon halb draußen war, sagte sie: »Trotzdem – du wirst dir Zeit zum Lesen und auch zum Zuhören und zum Erzählen nehmen müssen, Victor.« Er wandte sich überrascht zu ihr um, die Brauen zusammengezogen, und sie fuhr rasch fort: »Ich denke, du hast mir bei unserem Gespräch vieles verschwiegen. Ich weiß zum Beispiel noch immer nichts Genaues über deine Gefühle für Helene. Alles, was du mir bisher erzählt hast, klingt so … na ja, irgendwie distanziert. Als hätte jemand anders all das erlebt, und du erzählst nur über ihn.«

»Oh!«, machte er, während er sein Gesicht dem ihren näherte, um sie zum Abschied auf die Wange zu küssen. Seine borstigen Brauen und sein Bart kitzelten sie. Dann sah er sie mit einer Mischung aus Verständnislosigkeit und Vorwurf an. »Du fragst nach meinen Gefühlen für deine Mutter – aber selbstverständlich habe ich sie geliebt. Ich liebe sie auch heute noch.«

Damit drehte er sich um und ging mit schweren Schritten über den schmalen Pfad vom Haus zur Dorfstraße.

»Selbstverständlich«, wiederholte sie laut, als sie ihm nach-

blickte. Und dachte: Arme Mama, und im selben Atemzug: Arme Katharina. Und dann dachte sie daran, dass es den meisten Männern, die sie kannte, nicht gelungen war oder nicht gelang, Gefühle zuzulassen, sie sogar zu akzeptieren oder sie in Worte zu fassen. Schon der Versuch, sich selbst zu erklären, war ihnen suspekt.
Aber es fiel ihr schwer, ihren Vater deshalb zu verurteilen. Sie empfand auch kein Mitleid mit ihm; er konnte mit dem, was er war und was er tat, anscheinend ganz gut leben. Ihr Mitleid galt ihrer Mutter und Katharina. Mitleid – vermischt mit plötzlichem Zorn über die Leidensfähigkeit der meisten Frauen, die sie kannte.

XXV
Helene

Ich spüre, dass die Lebenden oft um mich sind, dass sie mich mit ihrer Gegenwart und mit ihren Stimmen aufhalten wollen. Doch ich entziehe mich ihnen. Mir ist, als würde ich wieder durch die weiten, unberührten Wälder Sibiriens wandern, die jetzt nicht licht sind, sondern voll von einer dichten, beruhigenden Dunkelheit, die mich keinen Weg, keinen Pfad zwischen den Bäumen erkennen lässt. Es kümmert mich nicht, ich gehe und gehe einfach voran, wie ich so oft und allein gewandert bin, wenn ich den Zugang zu anderen Menschen verloren hatte.

Aber diesmal bin ich nicht allein, ich fühle die Anwesenheit der Toten, doch ich kann sie nicht sehen. Ich weiß, dass ihre Leidenschaften, Gefühle, Gedanken und Träume, die mich begleiten, lebendig sind. Es sind die Empfindungen der Frauen, die meine Familie sind, und deshalb muss das, was sie einst gefühlt haben, auch in mir zu finden sein. Diese Frauen sind schon lange tot, doch nun sind sie als Geister von weit her gekommen und drängen sich flüsternd um mich gleich kleinen Fischen eines Schwarms um einen größeren Fisch. So leiten sie mich durch die Dunkelheit, drängen mich sanft dazu, diese Empfindungen in mir zu erkennen und mich ihnen zu überlassen. Ich spüre den Atem dieser Geistwesen, ich höre ihr Murmeln und das Schlagen von Herzen. Zuweilen berühren sie mich, zart, federleicht, tröstlich gleich dem sanften Flattern eines Schmetterlingsflügels. Hoffnung erfüllt mich plötzlich, Zuversicht und auch Ruhe, da ich weiß, dass ich auf einem Weg bin, der mich an ein Ende bringen wird.

Doch auf einmal wird das Flüstern, das Raunen erregt, wird drängend. Worte bilden sich aus dem Fluss von gemurmelten Lauten: »Zurück – komm zurück!« Ich halte inne in meiner Wanderung nach vorn und horche. Ich weiß nicht, was ich tun soll. Ich möchte weiter vorwärts gehen und gleichzeitig zurück. Ich spüre das Verblassen der Geistwesen in diesem Ruf und strecke meine Hände nach ihnen aus, um sie zu halten. Meine Hände gleiten durch sie hindurch. Sie entwinden sich mir und lösen sich auf, wie Nebel sich auflöst, wenn Wind nach ihm greift.

»Komm zurück!« Immer wieder dieses drängende: »Komm zurück!«

Ich kenne diese Stimme, sie berührt mich tief im Innern. Ich erinnere mich. Einmal, vor einer langen Zeit, rief diese Stimme auch andere Worte. Sie … sie rief … sie sagte …

»Mama – Mamuschka.«

XXVI
Lara

Albina hat sich, nachdem Lara sie angerufen hatte, entschlossen, für ein paar Tage nach Nowgoje zu kommen, damit sie in Ruhe besprechen können, was aus ihrem Vorhaben werden soll, gemeinsam in die Wälder zu gehen.

Und auch mit Alexej in Surgut hat Lara telefoniert und ihm erklärt, dass sie ihm sein Auto jetzt nicht zurückbringen könne.

»Es wäre schön, wenn ich es vorläufig hier behalten könnte«, bat sie ihn. »Aber wenn du es brauchst …«

»Mach dir keine Sorgen, ich kann auch noch ein, zwei Wochen darauf verzichten«, beruhigte er sie. »Wenn so viel Schnee liegt wie im Moment, dann fahre ich sowieso ungern. Und es gibt für mich gerade nicht viel zu tun. Also ruf mich an, wenn du sagen kannst, was mit deiner Mutter ist. Wenn es sich einrichten lässt, komme ich das Auto dann selbst holen. Viel Glück«, fügte er noch hinzu.

»Ja, danke«, sagte Lara. »Ich rufe dich an, wenn ich mehr weiß.«

Am Nachmittag waren Victor und Katharina aus dem Krankenhaus in Nojabrsk zurückgekehrt und gleich zu ihr gekommen.

»Es hat sich nichts Wesentliches an Helenes Zustand geändert«, berichtete Victor, »doch als Arzt achtet man zwangsläufig auch auf die kleinsten Zeichen im Zustand eines Patienten. Und da …«

»Was heißt das?«, unterbrach Lara ihn alarmiert. »Ich wollte auf Albina warten und gleich morgen früh mit ihr zusammen nach Nojabrsk fahren, aber ich werde ihr eine Nachricht hinterlassen, dass ich schon im Krankenhaus bin.«

Sie stand hastig auf und wollte nach ihrer Jacke greifen, die über der Stuhllehne hing.

Katharina legte ihren Arm um Laras Schultern und drückte sie an sich.

»Ruhig, Kind! Es geht ihr gut, jedenfalls nicht schlechter als vorher.« Sie warf Victor einen vorwurfsvollen Blick zu. »Aber du kennst doch deinen Vater. Typisch Doktor. Manchmal ist er lieber übervorsichtig statt Hoffnungen zu schüren.«

Lara hielt den Atem an. »Dann …«

»Ja«, sagte Katharina. »Es gibt Hoffnung, dass sie es schaffen wird. Wir beide«, sie deutete auf Victor, »wir haben miteinander geredet, und auf einmal sieht sie uns an und fragt laut und deutlich: ›Wo ist Lara, wo ist meine Tochter?‹ – ›Zu Hause‹, sage ich, ›bei dir zu Hause.‹ Und sie sagt: ›Es gibt noch so viel zu erzählen.‹ Und dann macht sie die Augen wieder zu.« Sie drückte Lara noch fester an sich. »Ich denke, jetzt ist es kein Koma mehr, jetzt ist es Schlaf, einfach Schlaf, verstehst du?«

Lara blickte in Victors Gesicht, wollte dort etwas anderes als Besorgnis sehen, aber er blieb ernst.

»Es ist ein Anfang, eine winzige Besserung. Jetzt braucht sie mehr denn je unsere Hilfe, damit sie den Weg zurück ins Leben findet.«

»Soll ich …«

»Fahr morgen«, sagte er. »Es wird schnell dunkel, und außerdem ist wieder Schneefall angesagt. Und ich möchte nicht, dass du allein und in der Nacht unterwegs bist.«

Nun wartet Lara also auf ihre Freundin, und als Albina endlich eintrifft, da hängt der Himmel schwarz über der Landschaft, und die Häuser ducken sich als Schatten zwischen hohe Schneewälle. Auf der Dorfstraße ist kein Mensch mehr zu sehen, als die Magierin ihr Fahrzeug abstellt und über den schmalen Trampelpfad zum Haus kommt.
»Wie geht es deiner Mutter – und dir?«, ist ihre erste Frage, und als Lara ihr berichtet, was Katharina und ihr Vater erzählt haben, nickt sie nachdenklich.
»Seltsam«, sagt sie dann, als Lara ihr Mantel und Tasche abnimmt. »Nirgendwo anders habe ich je so viele Wölfe wie hier in der Umgebung von Nowgoje gesehen und gehört.«
Sie betreten nacheinander die Wohnküche, wo die kleine Wölfin aus ihrem Korb gekrabbelt ist und nun auf wackligen Beinen über den Fußboden tapst.
»Oh!«, macht Albina. »Das erklärt manches.«
Lara hebt das Tierchen auf und setzt es zurück in den Korb. »Ein Waisenkind. Helene hat es aus dem Wald mitgebracht, weil man seine Mutter erschossen hatte.«
»Kein Rudel lässt seine Jungen im Stich, deshalb sind die Wölfe hier.«
»Mag sein. Aber es gibt noch einen anderen Grund, nämlich meine Mutter«, erklärt Lara. »Helene hat schon immer behauptet, dass sie eine von ihnen ist – eine Wölfin. Sie redet und singt sogar mit ihnen«, sagt sie, während sie ihrer Freundin einen schnellen, prüfenden Blick zuwirft.
»Das erklärt tatsächlich alles«, meint Albina, ebenfalls völlig

ernst, und krault den Wolf. »Wir werden gleich morgen früh zu ihr fahren und ihr den Kleinen bringen.«
»Ins Krankenhaus?«
»Junge, hilflose Tiere bewirken bei Kranken manchmal wahre Wunder«, erklärt Albina gelassen.
Lara macht im Schrank in der Schlafkammer Platz für die Sachen ihrer Freundin. Dabei findet sie unter einem Stapel alter Pullover eine Tunika aus grobem Leinen, reich mit bunten Symbolen bestickt, der Gürtel dazu mit metallenen Glöckchen und Schellen versehen, die bei jeder Bewegung hell und melodisch klingen. Vorsichtig breitet sie die eigenartige Bluse auseinander, deren Stoff an den Faltstellen schon leicht brüchig ist.
»Wenn du jetzt auch noch die passende Hose findest, dann hast du die Alltagskleidung einer Schamanin.« Albina berührt die Kleidungsstücke vorsichtig, die Lara auf die Decke über dem Bett gelegt hat. »Ich erkenne es wieder, es ist das Gewand meiner Urgroßmutter. Raissa wird es deiner Mutter gegeben haben.«
Lara nimmt ein weiteres Kleidungsstück aus dem Schrank und faltet es auseinander.
»Hier ist die Hose.« Sie hält sie vor Albinas Körper. »Sie hat genau deine Größe. Probier sie an.«
»Nein, das kann ich nicht, Lara. Ich bin keine Schamanin. Nur wer mit seinen Ahnen in Verbindung treten und mit ihnen reden will, darf eine solche Kleidung tragen.« Albina betrachtet die Kleidungsstücke eingehender und deutet dann auf die aufgenähten Amulette aus Metall. »Sieh her, jede Verzierung hat eine eigene Symbolik. Und hier – mit diesen kleinen Spiegeln können Schamanen die guten und bösen Taten der Menschen erkennen und feindliche Mächte abwehren.«

»Und was bedeuten diese metallenen Tüten und Glöckchen an dem Gürtel?«, will Lara wissen. Auch sie hat sich neugierig über die seltsamen Kleidungsstücke gebeugt.

»Das ist ein Rasselgurt. Mit dem Lärm rufen Schamanen ihre Hilfsgeister an. Ich kann mich erinnern, dass Raissa ihren Rasselgurt wild schüttelte, um diese Geister, die in verschiedenen Welten wandeln, anzulocken. Sie trat mit ihnen in Zwiesprache, wenn die Leute sie baten, Seelen von Verstorbenen an ihren Bestimmungsort zu geleiten, die entführte Seele eines erkrankten Kindes zurückzuholen oder schlechte Geister zu vertreiben.« Albina lacht hell auf, als sie Laras grüblerischen Gesichtsausdruck bemerkt, mit dem sie ihre Freundin betrachtet. »Nein, ich habe mit den Geistern der Schamanen schon lange nichts mehr im Sinn, das ist vorbei. Mein Hilfsgeist besteht aus Fleisch und Blut. Du kennst ihn – Anatol Jankoff.«

»Ich erinnere mich an ihn.« Lara lächelt bei der Erinnerung an ihr erstes Zusammentreffen mit den Zirkusleuten. »Der gut aussehende, in dich verliebte Techniker in deiner Show. Er hat mir damals, als ich euch interviewte, erzählt, dass er an der technischen Umsetzung eines deiner Tricks manchmal mehrere Jahre arbeitet. Und dass er sich Tag und Nacht den Kopf zermartert, wie er die Leute zum Staunen bringen kann.«

»Verblüffen lässt sich das Publikum mit einem guten Trick immer. Aber begeistern oder verzaubern kann man es nur über die persönliche Beziehung.« Sie sieht Lara an. Obwohl ihre Augen jetzt ungeschminkt sind und ohne die überlangen, schwarz gefärbten Wimpern irgendwie nackt wirken, ist Lara fasziniert von der Intensität dieses Blicks.

»Wie machst du das nur?«, fragt sie staunend und auch betroffen. »Mir ist, als könntest du mir geradewegs in mein Inneres schauen.«

»Das tue ich tatsächlich«, gibt Albina mit leiser Stimme zu. »Und wenn ich könnte, dann würde ich mit meinem Lächeln den Kummer und die große Traurigkeit in deinem Herzen zum Verschwinden und den kleinen Funken Hoffnung zum Aufflammen bringen.«

»Und warum kannst du das nicht?«

»Ach Lara, manchmal müssen Kummer und Traurigkeit einfach bis auf den Grund reichen, um die Seele wieder frei zu machen.«

Später finden sie Helenes altes Wolfsfell und ihren Medizinbeutel, die in der kleinen Holztruhe am Fußende des Bettes verwahrt sind.

»Katharina waren diese Sachen immer unheimlich, und deshalb hat sie sie wohl weggeräumt, als abzusehen war, dass meine Mutter nicht so bald wieder heimkehrt«, überlegt Lara laut. »Helene ist nicht so ordentlich, bei ihr liegt immer etwas herum. Wie oft bin ich zum Beispiel über diesen Medizinbeutel gestolpert, wenn ich ins Haus kam. Er lag immer griffbereit im Flur oder manchmal auch auf der Ofenbank herum, ein altes, unförmiges, abgeschabtes Pelzding, das schon damals bei feuchtem Wetter stank wie ein nasser Wolf. Victor wollte, dass Helene einen Arztkoffer mit zu ihren Patientinnen nahm, aber sie weigerte sich und benutzte weiterhin den Beutel. Er war für sie sehr wichtig, eine Art Fetisch wahrscheinlich.« Sie nimmt das Wolfsfell auseinander und schüttelt es aus. »Und dieses Fell hätte sie nie so zusammengeknautscht. Deshalb bin ich sicher, dass Katharina die Sachen weggeräumt hat. Weißt du«, fährt sie fort, »manchmal habe sogar ich mich vor Helene gefürchtet, wenn sie sich das Wolfsfell um die Schultern legte und sich den Schädel auf den Kopf setzte. Dann war sie irgendwie nicht mehr Mensch, sondern mehr ein Geist. Oder eine Gestalt aus einem russischen Märchen. Etwas Wildes, Unberechenbares. Fremd war sie mir, ja, vor allem fremd. Und trotzdem faszinierte sie mich.«

Sie beobachtet ihre Freundin, die mit beiden Händen andächtig über das silbrig schimmernde Wolfsfell streicht. Im Licht der Petroleumlampe scheint es unter dieser Berührung Funken zu sprühen, lebendig zu werden.

»Und manchmal, als ich noch bei ihr lebte, habe ich mich geschämt, weil Helene ›Wölfin‹ genannt wurde. Sie lachten auch über mich, weil ich das Kind einer Wölfin war.«

Mit einem seltsam kehligen Laut richtet Albina sich wieder auf und blickt Lara beunruhigend starr an. Ihr Gesicht ist auf einmal sehr blass, die Haut wirkt fast durchsichtig.

»Was ist?«, fragt Lara erschrocken. »Ist dir nicht gut?«

Doch Albina antwortet nicht; stattdessen sagt sie leise: »Es ist etwas Besonderes, eine Wölfin zur Mutter zu haben, Lara.«

»Ja.« Lara mustert ihre Freundin noch immer besorgt. Langsam kehrt Farbe in ihr Gesicht zurück, auch ihre Augen wirken wieder normal. »Aber du weißt doch, wie Kinder sind. Es tat mir weh, wenn sie so über uns redeten.«

Albina betrachtet sie nachdenklich und streicht ihr dann eine Haarsträhne aus der Stirn.

»Nein, ich weiß nicht, wie Kinder sind, denn ich bin nicht oft mit ihnen in Berührung gekommen«, beginnt sie zu erzählen. »Ich selbst durfte nicht lange Kind sein. Meine Eltern, die beide im Bergwerk im Norden arbeiteten, überließen mich schon als Kleinkind meiner Urgroßmutter, die allein im Wald lebte. Ich nehme an, sie fürchteten sich vor mir, denn ich sah und hörte Dinge, die andere nicht sehen und hören konnten. Und Raissa lehrte mich die Trommel zu schlagen und mit den Geistern zu reden und Kranke zu heilen, obwohl das alles schon lange verboten war. Ich sollte eine Schamanin werden wie sie. Doch ich erkannte ziemlich schnell, dass auch ich mich dann in den Wäldern verstecken und meine Kunst mehr oder weniger nur für mich selbst und für ein paar Menschen in versteckten Dörfern ausüben würde. Ich aber wollte unter Menschen und nicht unter Geistern sein. Deshalb legte ich die Trommel beiseite, verließ Raissa und ging zu meiner Sippe zurück. Da war ich sieben Jahre alt, und mein Vater war gerade an der Staublunge gestorben. Meine Mutter wollte nicht, dass ich mit ihr und meinen Geschwistern unter einem Dach lebte, und so verkroch ich mich in einem Stall. Eines Tages kam ein Zirkus in unser Dorf, und ich ging fort. Ich versteckte mich in der Requisitenkiste des Zauberers, und als er sie für seinen nächsten Auftritt wieder öffnete, waren wir schon weit entfernt von meinem Heimatdorf.«

»Komm, setz dich«, fordert Lara sie auf, räumt die Schamanenkleidung und anderes beiseite und zieht Albina zu sich auf die Bettkante. »Ist es dir nicht schwer gefallen, deine Mutter zu verlassen? Und hat sie dich vermisst, als du so plötzlich verschwunden warst?«

»Ich weiß nicht, ob sie mich vermisst hat. Ich habe sie nie wiedergesehen und auch nicht mit ihr gesprochen. Sie ist ein paar Jahre später gestorben.«

»Es muss für ein Kind schrecklich sein, ohne Mutter aufzuwachsen«, sagt Lara und denkt an Helene.

Einen Moment lang sehen sich die beiden Frauen schweigend an und horchen auf die seufzenden Schlaflaute der kleinen Wölfin in ihrem Korb auf der Ofenbank nebenan. Draußen ist Wind aufgekommen. Er heult und faucht im Kamin und schlägt die schlanken, mit Eis überkrusteten Zweige der Birke neben dem Haus über das Dach und gegen die Fensterscheiben.

»Ja.« Albina streicht Lara sanft über die feuchte Wange. »Denn du wirst nie ihren letzten Blick auf dich vergessen können. Du wirst dich, obwohl es dir vielleicht gar nicht bewusst wird, bis zu deinem letzten Atemzug an ihr Lächeln, an ihre Stimme, an ihre Zärtlichkeiten erinnern und dich nach ihrer Wärme sehnen. Menschen, die als Kind ihre Mutter verloren haben oder verlassen mussten, werden ihr Leben lang auf der Suche nach ihr sein.«

»Helene war zwölf, als ihre Mutter starb«, berichtet Lara im Flüsterton. »Sie wurde 1945 auf der Flucht erschossen. Sie hat das in einem meiner alten Schulhefte aufgeschrieben. Ich habe das vorher nicht gewusst, ich habe das alles erst jetzt erfahren. Und jetzt weiß ich auf einmal, dass ich sie gar nicht richtig gekannt habe. Ich verstand sie nicht, deshalb habe ich sie oft verletzt, wirklich schlimm verletzt.« Sie fängt an zu weinen, schnieft, sucht in ihrer Jackentasche nach einem Tuch und putzt sich die Nase. »Und jetzt, da nicht sicher ist, ob sie überleben wird, da es vielleicht zu spät ist, wünsche ich mir nichts sehnlicher, als mit ihr zu reden und ihr alles das, was ich ihr in all den Jahren verweigert habe, zu geben – endlich zu geben!«

Albinas Stimme kommt von weit her, sanft und doch fordernd. »Erzähl mir von dieser Zeit, Lara.«

Und Lara erinnert sich.
Sie ist die Tochter der Wölfin, der »Wolfsfrau«, vor der sich sogar die erwachsenen Leute immer etwas fürchten, obwohl sie so viel über Krankheiten weiß und bei Geburten hilft. Die Jungen und Mädchen in Nowgoje mögen das Kind aus dem Haus am Waldrand nicht besonders, denn Wölfe sind den Dorfbewohnern verhasst, weil sie in manchen Wintern in großen Rudeln ums Dorf streichen und mit ihrem Geheul Erinnerungen an schlechte Zeiten, an Hunger und Gefahren wecken. Vielleicht ist im Kind der Wölfin ja ebenfalls etwas von einem Wolf – obwohl Lara so aussieht wie ihr Vater, der Doktor Victor Litowski, eben wie ein richtiger Mensch. Aber man könne trotzdem nie wissen, was in diesem Balg noch alles stecke!, murrt der alte Fedja manchmal, wenn er zu viel vom Selbstgebrannten getrunken hat und beim Nachhausehumpeln dann sein Holzbein abschnallen muss, weil der Phantomschmerz ihn auch zwei Jahrzehnte nach Kriegsende noch plagt.
Nur Ilja Nefremow, der magere, spitzgesichtige Ilja mit den stechenden Augen, der fürchtet sich vor keinem Wolf und auch vor Fedjas Gerede nicht, denn sein Vater ist einer der Großen bei der Partei und geht manchmal sogar mit Leuten aus Moskau auf die Jagd in der Tundra im Norden oder in die östlichen Wälder. Ilja also ist an Laras Seite, wenn im Winter die Schneebälle hin und her fliegen oder die paar Hügelchen rund ums Dorf zu Rutschbahnen für alte Reste von Autoreifen oder die Deckel von Benzin- oder Ölfässern werden. Er hilft ihr, wenn die Kinder im Sommer in den sumpfigen Tümpeln bei Nowgoje nach Fröschen und Lurchen und dicken Würmern angeln, die sie dann, aufgespießt auf Stöcken, über dem Feuer rösten, bis sie platzen. Ilja

beobachtet mit Lara eine der Erdkröten. Ihr dicker Bauch ist das Abbild der Erde im alten Schulatlas, über den Ilja und Lara sich gemeinsam beugen. Der melancholisch angehauchte Singsang dieser Kröte gehört einen Sommer lang zu den friedvollen Tagen ihrer Kindheit. Und wenn Lara im Spätsommer auf der Suche nach Heidelbeeren durchs Moor oder den Wald streift, weiß sie Ilja in der Nähe, der die Umgebung wachsam im Auge behält, denn auch die Bären, die sich zu anderen Jahreszeiten lieber in menschenleeren Gegenden aufhalten, mögen die pralle Süße der dunkelblauen Früchte, die bei Nowgoje in Massen reifen.

Und Olga steht zu Lara. Aber Olga ist ihre Halbschwester, und als Schwestern muss man sich eben mögen, auch wenn man in verschiedenen Häusern lebt und sich den Vater und seine Zuneigung teilen muss. Olga ist fast ein Jahr jünger als Lara; sie hat wie ihre Halbschwester das gleiche dunkle, fast schwarze Haar ihres Vaters und seine leicht schräg stehenden Augen.

Olga wächst behütet auf. Katharina, ihre Mutter, ruft nach ihr, wenn sie sich vom Haus entfernt. Lara folgt, kaum dass sie laufen kann, ihrer Mutter, die mit ihrem Medizinbeutel, ein Wolfsfell um ihre Schultern gelegt, eilig zu den Frauen geht, die ein Kind erwarten oder gerade bekommen haben. Olga trägt bunt bestickte Blusen zu hübschen Röcken. Das Kind der Wölfin muss Jungenhosen anziehen, weil sie praktischer sind auf den Wegen durch Wälder und Moor. Katharina, Olgas Mutter, erzählt ihrer Tochter im melodischen Rhythmus der russischen Sprache das Märchen von der schönen Wassiljissa und der Hexe Baga-Jaga, sie berichtet von wundervollen Geheimnissen und Zaubereien in sibirischen Sagen. Helene sagt auf Deutsch zu Lara: »Erinnere dich immer an die Frauen, die vor uns waren – sie alle waren starke und mutige Frauen, die ihr Schicksal ohne Klagen gemeistert haben. Du musst werden wie sie, unbeugsam und stolz und frei, denn nur dann wirst du in diesem Land unter Fremden überleben können. Und«, fügt sie hinzu und blickt an ihrem Kind vorbei in die Ferne, wirkt fremd für das Kind, irgendwie nicht anwesend, »nie, hörst du, nie darfst du die Sprache deiner Mutter und ihre Erinnerungen vergessen, denn sie sind das einzige Band, das dich mit der Vergangenheit deiner Familie verbinde.«

»Warum ...«, fängt Lara an zu fragen, doch das Gesicht, das ihre Mutter ihr zuwendet, ist eines, das alle Fragen verbietet, das allzu bekannt ist und Enttäuschung und Fremdheit und auch eine unbestimmte Angst aufkommen lässt. Bevor Lara begann, dieses Gesicht zu hassen, war sie irritiert und verletzt und musste ihren Blick abwenden, weil sich ihre Augen plötzlich mit Tränen füllten. »Warum ...?«

»Sei still, frag nicht so viel! Ich habe dir gesagt, was du wissen musst.«

In diesem Winter sieht Lara, da ist sie sieben oder acht Jahre alt, eine Theateraufführung im Festsaal in Nowgoje. Aber nicht vor der Hexe auf der Bühne fürchtet sie sich, sondern vor der Stiefmutter, deren Stimme so klingt wie die Stimme ihrer Mutter, wenn sie das bestimmte Gesicht macht. Am Schluss des Märchens wird die böse Stiefmutter verbrannt. Und Lara, die mit Olga und Katharina in die Aufführung gekommen ist, rennt durch den Eissturm nach Hause, weil sie befürchtet, ihre Mutter könnte ebenfalls lichterloh brennen. Sie rennt so schnell, dass ihr die Fellmütze vom Kopf fliegt und die Eiskristalle wie Nadeln in ihr Gesicht stechen.

»Warum?«, fragt sie Katharina, die Mutter ihrer Halbschwester, die überall weich und rund und warm ist und eine schöne Stimme hat und so klangvoll redet wie alle Leute in Nowgoje, »warum darf ich meine Mutter nichts fragen? Warum erzählt sie mir so wenig von der Zeit, als sie Kind war? Warum sagt sie mir nicht, wovon sie träumt und wovor sie sich fürchtet? Warum leben wir, sie und ich, im Haus außerhalb des Dorfes und nicht wie die anderen? Warum nennen die Leute sie ›die Wolfsfrau‹, wenn sie böse auf sie sind? Und warum kann sie nicht lachen, nicht lächeln – so wie du oder Afronsija oder Marja?«

Lara hat viele Warum-Fragen, und Katharina beantwortet sie so gut sie kann, aber auch das ist für Lara nicht genug. Katharina streichelt bei diesen Gesprächen mit ihren rundlichen, warmen, weichen Händen über Laras Gesicht, über ihre Haare, über ihren Körper. Das tut gut, sehr gut, und manchmal möchte das Kind eine Katze sein, dann macht es einen Buckel und dehnt und streckt sich unter Katharinas Berührungen und möchte schnurren vor Wohlbehagen.

Laras Mutter mag keine Katzen, sie liebt nur Wölfe, die Victor, Onkel Wanja und Ilja Nefremows Vater und die anderen Männer im Dorf manchmal jagen, erschießen und deren Fell sie dann als Trophäe nach Hause bringen. Sie jagen auch Zobel und Füchse, die sie für ein paar Rubel heimlich an einen Händler verkaufen.

»Erzähl von der Zeit, bevor du nach Nowgoje gekommen bist«, bittet Lara ihre Mutter wieder einmal. Es ist Frühling, der in Nowgoje so kurz und heftig ist, dass man meint, zusehen zu können, wie die Pflanzen und Gräser wachsen. »Erzähl mir von früher.«

Lara, die eigentlich in der Schule sein sollte, und ihre Mutter wandern, Körbe auf ihren Rücken, durch den Wald ins

Moor, um Heilkräuter und Wurzeln zu sammeln, die Helene für ihre Arbeit als Hebamme braucht. Während sie sich bücken, Blättchen und Blüten abknipsen oder behutsam Wurzeln aus dem Erdreich ziehen, erzählt Laras Mutter von Hedwiga, die Heilkundige und Hebamme war und ihre Enkeltochter Lisbeth alles das, was sie wusste, lehrte, auch die Wölfe zu lieben. Sie bekommt komische Augen dabei, und ihre Stimme zittert ein wenig, als würde sie gleich anfangen zu weinen.

»Diese Geschichte kenne ich doch schon«, sagt Lara, ärgerlich und doch berührt in ihrem Innern von dem ungewohnten Feuchten in den Augen ihrer Mutter. »Auch die anderen Geschichten hast du mir bereits erzählt, die von Ilsa und Lena und Barbara und Anna und Clara und von Emma und Margarete. Aber dann hast du aufgehört mit dem Erzählen. Ich will jetzt wissen, was danach war. Erzähl mir, was ist damals in Königsberg geschehen, im Krieg und danach? Und warum bist du nach Nowgoje gekommen? Wo warst du vorher? Erzähl, bitte erzähl!«

Laras Mutter aber verstummt, verfällt in Schweigen. Ihre Augen bekommen wieder den harten, kalten Glanz, ihre Lippen bilden einen geraden Strich in ihrem Gesicht.

»Warum ...«

»Frag nicht, das geht dich nichts an, das verstehst du nicht!«

Obwohl es warm ist im Wald und noch Tag, fröstelt es Lara plötzlich. Nichts Vertrautes ist mehr zwischen den Bäumen, die sich gerade noch zu den beiden Wanderinnen beugten und mit ihren Blättern sachte über Haar und Haut strichen. Schatten ziehen auf. Durchs Unterholz rascheln, vielleicht von ihrer Mutter in diesem seltsamen Wolfsgewand beschworen, Geister und Ungeheuer, die nach Laras nackten Beinen und Armen greifen, sie umklammern, festhalten. Unter den Sträuchern hocken Schrecken, bereit, über das Kind herzufallen. Blätter und Gräser werden zu klebrigen Fingern, zu zahnigen Mäulern, die sein Fleisch, sein Blut wollen.

»Warum …«

Lara rennt hinter ihrer Mutter her, die jetzt mit großen Schritten vorwärts eilt, mitten hinein ins Dunkel des Waldes, ohne noch einmal auf die Rufe, die Fragen ihres Kindes zu achten. Als das Herz in Laras Brust vor Wut und vor Enttäuschung zu zerspringen droht, hockt sie sich unter einen Busch. Sie wühlt sich in den weichen Waldboden, möchte verschwinden, sich auflösen für immer. Und sie möchte sehen, ob sich in dem harten Gesicht ihrer Mutter etwas verändert, wenn sie bemerkt, dass ihr Kind für immer verschwunden, vielleicht tot ist.

Wenn die Verletzung, die Irritation über das Verstummen zwischen ihnen und die Zurückweisungen groß werden und die Träume beängstigend, dann flüchtet Lara sich in Katharinas Arme, dort ist Platz für viele Kinder. Aber es sind nur zwei, Olga und Lara, denn Katharina ist nach der Geburt ihrer Tochter nicht mehr schwanger geworden. Sie sehnt sich nach mehr Kindern; sie sagt, sie sei nur ein halber Mensch mit nur einem eigenen Kind. Deshalb und weil Lara ebenfalls die Tochter ihres Mannes ist, spricht sie das aus, was Lara schon länger denkt und wovon sie träumt: »Wie schön wäre es, wenn du für immer bei uns bleiben könntest. Wenn ich auch deine Mama sein könnte.« Dann wird Lara krank. Grippe, wie Victor diagnostiziert.

Und weil ihre Mutter tagtäglich zu ihren Kranken unterwegs ist oder für Tage einfach irgendwohin verschwindet und deshalb keine Zeit hat, für ihr krankes Kind zu sorgen, wird Lara in Katharinas und Victors Haus gepflegt. In ihren Fieberträumen sieht sie ihre Mutter mit einem Wolfsrudel durch die Taiga laufen, weiter, immer weiter weg. Vergeblich ruft sie nach ihr, streckt die Arme nach ihr aus. Und als das Fieber nachlässt, sitzen Victor und Katharina neben Lara auf der Bank am Ofen in Katharinas gemütlicher Küche und Helene ganz allein auf der anderen Seite des Tisches auf einem Stuhl.
Victor sagt: »Du wirst bald wieder in die Schule gehen können und ins Haus deiner Mutter. Aber wenn du möchtest, kannst du noch für eine Weile bei uns bleiben.«
Lara schlingt einen Arm um ihren Vater, den anderen um Katharina und antwortet, ohne nachzudenken: »Ich möchte für immer bei euch bleiben.«
Sie weiß, dass sie ihre Mutter mit dieser Entscheidung verletzt, sie sieht es an ihrem versteinerten Gesicht, liest es in ihren jetzt verschleierten Augen. Aber es ist ihr egal.
»Es ist besser so, Helene. Ich will nicht sagen, dass das Kind bei dir verwahrlost, aber Lara ist auch meine Tochter, und sie braucht eine konsequente und liebevolle Erziehung und eine gute Schulbildung. Lara soll einmal wie ich in Moskau auf die Universität gehen und Medizin studieren. Und dazu braucht sie mehr als das Wissen um Kräuter und Geburten.«
In Helenes starrer Miene ist nichts zu lesen, und so schaut Lara wieder ihren Vater an, der sich an sie gewandt hat. In seinem Gesicht sieht sie nur Zuneigung und Wärme.
»Es ist besser so, für uns alle. Glaube mir, Tochter.«

»Aber ich glaube dir doch, Papa.«
Und Katharina nimmt Laras Hände in ihre und hält sie fest, ganz fest.
Laras Blicke huschen zwischen ihrer Mutter und Victor und Katharina hin und her. Sie zieht die Nase kraus und schnuppert. Es riecht immer so gut und so heimelig hier im Haus ihres Vaters. Es duftet nach frischem Hefegebäck, nach den mit Hackfleisch gefüllten Piroggen, die sie so gern mag, nach dem Wodka in Onkel Wanjas Glas, der gerade hereingekommen ist und sich mit auf die Ofenbank gesetzt hat, und ein bisschen auch nach Katharina, die noch immer ihre Hände hält.
»Ja, ich werde bei dir und Katharina und Olga leben«, sagt Lara. Dann fügt sie mit zittriger Stimme hinzu, während nun doch Tränen über ihre Wangen kullern, weil ihr auf einmal bewusst wird, dass etwas Unwiderrufliches, etwas Schreckliches geschehen ist, weil ihre Mutter den Kopf gesenkt hat und sie nur noch ihren Scheitel sieht, wo das Blond schon ein wenig grau wird, und weil die anderen Gesichter, die sich ihr zugewendet haben, so freundlich und zufrieden wirken und plötzlich vor ihren Augen verschwimmen: »Aber manchmal will ich auch bei meiner Mama sein und mit ihr in die Wälder und zu den kranken Frauen gehen.«
Da hebt Helene doch den Kopf und sieht sie wieder an. Über das gewohnt Unbewegte hat sich plötzlich etwas anderes gelegt, und die Trauer und die Einsamkeit darin schneiden Lara ins Herz.

»Aber danach sah ich nichts mehr«, erzählt Lara ihrer Freundin Albina. »Nach meiner Entscheidung war ich blind für den Kummer meiner Mutter. Es ging mir bei Victor und

Katharina gut, und deshalb erkannte ich nicht, was wir, mein Vater, Katharina und ich, Helene angetan hatten.«
Sie haben sich die kleine Wölfin aus dem Korb geholt und zwischen sich auf die Bettdecke gelegt, auf der sie sich, während Lara erzählte, ausgestreckt haben. Nun wärmt sich eine an der anderen, und das Wolfsjunge leckt mit einer winzigen, eiligen, ein wenig rauen Zunge abwechselnd über Laras Wange und Albinas Hand.
»Katharina ist ein herzensguter Mensch, und ich bin sicher, dass sie meiner Mutter nie bewusst wehtun wollte. Es waren keine Worte, mit denen sie mich gegen Helene beeinflusste. Es waren einfach ihr liebevolles Verhalten mir gegenüber und die entspannte Atmosphäre in ihrem Haus, die mich fasziniert und schließlich gegen Helene eingenommen haben. Im Haus meines Vaters wurde viel gelacht und gesungen. Immer gab es etwas zu bereden, immer war jemand aus der Familie da, wenn ich aus der Schule kam. Ich trug zum ersten Mal in meinem Leben bunt bestickte Blusen und hübsche Röcke wie Olga und die anderen Mädchen im Dorf. Meine langen Haare wurden jeden Morgen zu ordentlichen Zöpfen geflochten. Ich wurde umarmt und geküsst und bekam Märchen und Sagen erzählt. Es war ein wunderbares Gefühl zu spüren und zu wissen, dass ich geliebt wurde. Dass ich das trotz aller Schwierigkeiten zwischen uns zuweilen auch bei Helene empfunden hatte, vergaß ich in dieser Zeit.«
Sie verstummt, als der Wind, der inzwischen zum Sturm geworden ist, an den hölzernen Fensterläden rüttelt. Sie krault den Welpen am Hals, und er schließt genießerisch seine bernsteinfarbenen Augen.
»Wäre diese Wölfin eine Katze, dann würde sie jetzt schnur-

ren«, meint Albina lächelnd. »Es gibt niemanden, der seine Gefühle ehrlicher und vorbehaltloser zeigen kann als ein Tier. Aber erzähl weiter.«
Lara seufzt, dann sagt sie: »Weil Helene sich weigerte, mich ihnen für immer zu überlassen, aber nicht versprechen wollte, mich nach seinen Vorstellungen zu erziehen, hat Victor schließlich die Adoption beantragt. Ich wurde von Leuten, die ich nicht kannte, über mein Leben bei meiner Mutter ausgefragt. Von Helene hatte ich gelernt, nicht zu lügen, auch wenn die Wahrheit unangenehme Folgen haben sollte. Also berichtete ich offen von den Tagen, an denen mich meine Mutter die Schule schwänzen ließ, damit ich sie auf ihren Gängen begleiten und ihr bei ihrer Arbeit helfen konnte, und das kam eben häufig vor. Ich sollte einmal Hebamme werden wie sie, weil in jeder Generation unserer Familie eine der Töchter das Wissen für diesen Beruf von ihrer Mutter übernommen hatte. Ich sagte den Leuten auch, dass Helene von Anfang an deutsch mit mir gesprochen hatte und mich dazu anhielt, ihr in dieser Sprache zu antworten, und dass sie mich dazu zwang, nie zu vergessen, dass ich eine Deutsche war und dass ich irgendwann in das Land meiner Vorfahren zurückkehren werde. Auch von ihren Geschichten über unsere Familie habe ich erzählt und davon, dass ich oft kein richtiges Essen bei ihr bekam, weil sie nicht so gut kochen konnte wie Katharina.« Sie zuckt mit den Schultern. »Was man als knapp Zwölfjährige eben so sagt, wenn man froh ist, von den anderen Kindern und auch von den Erwachsenen akzeptiert zu werden und nicht mehr allein dazustehen. Weißt du, irgendwie war ich so erleichtert über mein Leben bei Victor und Katharina, dass ich nicht merkte, wie sehr ich meine Mutter mit meiner Rederei ver-

letzte. Sie war bei diesem Gespräch natürlich dabei, doch ich kann mich nicht erinnern, sie auch nur einmal angesehen zu haben, bevor ich auf die Fragen antwortete. Ich denke, ich sagte tatsächlich die Wahrheit.«

»Einen Teil der Wahrheit«, unterbricht Albina sie. »Alles andere, was dich und deine Mutter damals verband, hast du verschwiegen. Und Verschweigen, ob nun absichtlich oder unbedacht, ist meiner Meinung nach schlimmer als eine Lüge.«

»Ja. Doch das wurde mir erst später bewusst. Als ich älter war und mehr sah und besser zuhörte.«

»Und das machst du dir jetzt zum Vorwurf.«

»Irgendwie ja.«

Lara rückt ein wenig von dem warmen Tierkörper zwischen ihnen ab und richtet sich dann auf. Ihre Hand zittert, als sie das Wolltuch über der Bettdecke glatt zu streichen versucht.

»Kannst du dir vorstellen, dass Katharina nicht nur darunter gelitten hat, dass Victor sie mit einer anderen Frau betrogen hat, sondern das auf eine ganz besondere und schreckliche Weise auch gutgeheißen hat?« Sie wartet Albinas Reaktion nicht ab, sondern fährt fort: »Victor hat mir vor ein paar Jahren erzählt, dass Katharina, als Helene mit mir schwanger war, sich einbildete, ebenfalls ein Kind zu erwarten. Sie nahm zu, ihre Periode blieb für Monate aus. Er sah sie Babysachen nähen und stricken, die sie dann in ihrer Kommode verwahrte, statt sie Helene zu geben. Und als meine Mutter in den Wehen lag, zeigte auch Katharina die Symptome einer bevorstehenden Geburt! Als Victor ihr dann mich, also Helenes Kind, zum Säubern und Wiegen in die Arme legte, nahm sie es an wie … wie ihr eigenes. Das ist doch irgendwie … nun ja, irgendwie krank, oder?«

»Sag es freundlicher«, schlägt Albina ruhig vor. »Nenn es Suggestion, die Umgehung des rational nicht Erklärbaren. Immerhin ist Victors Frau nach deiner Geburt dann ebenfalls schwanger geworden und hat Olga geboren.«

»Ja.« Lara ist wieder nachdenklich geworden und zupft weiter an der Decke herum. »Aber ein Kind genügte ihr nicht. Sie wollte uns beide, Olga und mich. Und sie hat mich tatsächlich bekommen. Jahrelang hat sie mich ›mein Baby‹ genannt. Aber ich war, als ich zu ihr kam, kein Baby mehr, ich war zwölf Jahre alt. Es ging mir gut, ja. Zuerst war ich dankbar; ich sog ihre vorbehaltlose Zuwendung auf gleich einem Schwamm. Dann, eines Tages, ich denke, da war ich ungefähr siebzehn, wurde Katharinas Liebe für mich plötzlich zur Umklammerung. Sie erdrückte mich, ich konnte nicht mehr frei atmen. Und als ich merkte, dass ich von Ilja schwanger war, sah ich das als Möglichkeit, mich von Katharina zu lösen. Also habe ich Ilja geheiratet, obwohl ich dieses Baby verlor und wir beide nicht reif für die Ehe waren. Aber er wollte mit mir zusammen sein. Und zwei Jahre später kam Nicolai!«

»Das Verhältnis zu deiner Mutter – wie war das in dieser Zeit vor deiner Ehe?«

»Nicht gut«, gesteht Lara. »Ich war noch immer wütend auf sie, und ich hatte ein schlechtes Gewissen ihr gegenüber, Schuldgefühle, weil ich sie allein gelassen hatte. Ich ging ihr aus dem Weg, obwohl sie mir manchmal schrecklich fehlte. In dieser Zeit begann ich übrigens damit, ihre Geschichten, die sie mir erzählt hatte, aufzuschreiben, und zwar auf Deutsch. Ich las alle deutschen Bücher, die Victor in seinem Bücherschrank hatte, ich lernte die Texte auswendig, um die Sprache meiner Mutter nicht zu vergessen. Ich weiß nicht, warum, aber irgendwie hatte ich das Bedürfnis, wenigstens durch die Verwendung ihrer Sprache in ihrer Nähe zu bleiben.«

Sie schweigen eine Weile, jede in ihre eigenen Gedanken versunken, und horchen wieder auf den Sturm, der ums Haus tobt, und auf das Knacken im Holz. Auf dem Herd summt das Wasser im Kessel, und Lara steht auf. »Ich werde uns Tee machen.«

Albina folgt ihr in die Wohnküche, das Wolfsjunge im Arm.

»Hast du nie versucht, mit deiner Mutter über deine Gedanken und Gefühle zu reden?«

»Du kennst sie nicht. Sie macht es einem nicht leicht. Ich wartete immer auf eine günstige Gelegenheit, mich ihr wieder zu nähern.« Lara reckt sich und greift nach den Teedosen im obersten Regalfach. Sie schaut auf die Beschriftungen. »Was magst du lieber, eine Mischung aus Kräutern oder schwarzen Tee?« Bevor Albina antworten kann, fährt sie fort: »Doch wenn ich dachte, jetzt ist die Gelegenheit da, dann habe ich es wieder mit der Angst zu tun bekommen und lieber geschwiegen. Und ich fühlte mich schlecht dabei, furchtbar schlecht.« Sie dreht sich zu Albina um, in jeder Hand eine Teedose. »Damals, als mein kleiner Sohn gestorben war und ich sah, wie meine Mutter sich mit Vorwürfen quälte und sich die Schuld an seinem Tod gab, weil sie ihn allein gelassen hatte, da dachte ich: Jetzt, jetzt müssen wir miteinander reden. Wenn wir es jetzt nicht tun, dann werden wir es nie wieder können, dann werden wir es nie wieder schaffen, uns wie Mutter und Tochter gegenüberzutreten. Wir standen beide vor Nicolais Grab, es schneite, und es war so kalt, dass ich wusste, wenn ich jetzt weine und dabei auch nur einmal versuche zu zwinkern, dann werde ich meine Augen nicht mehr aufmachen können, weil sie zugefroren sind. Helene und ich standen so dicht nebeneinander, dass wir uns hätten berühren können, wenn eine von uns sich nur ein bisschen zur Seite geneigt hätte. Hin und wieder sahen wir uns an, nein, wir starrten uns an. Wir waren in diesem Moment beide ohne Tränen, und ich dachte: Mein Sohn hatte Augen wie seine Großmutter, mit dieser Qual darin hat er mich angesehen, wenn er keine Luft bekam, seine Lippen bewegten sich ebenso lautlos wie Helenes jetzt, wenn er einen seiner Asthmaanfälle hatte und nicht mehr reden konnte. Aber dann ... ich weiß bis heute nicht, was uns daran hinderte, unsere Hände zu heben und uns zu berühren. Vielleicht wartete ich darauf, dass Helene den ersten Schritt machte, vielleicht lag es an dieser Erstarrung, an dieser Lähmung, an der mein Körper seit jenem Moment litt, in dem ich von Nicolais Tod erfahren hatte. Ich weiß auch nicht, was ich von ihr erwartete. Irgendetwas in mir fürchtete sich vor Vorwürfen, Anklagen, weil ich mich nicht selbst um meinen Sohn gekümmert, sondern ihn zu ihr abgeschoben hatte, während etwas anderes in mir sich nach ihrer Umarmung sehnte. Ich kann einfach nicht erklären, was da mit uns passierte«, sagt sie, plötzlich erschöpft, und sieht an Albina vorbei irgendwohin. »Und dann war auch dieser Augenblick vorüber, weil Katharina sich plötzlich zwischen Helene und mich schob. Sie weinte, die Tränen strömten nur so über ihr Gesicht. Und sie sagte mir trotzdem irgendetwas Tröstliches und nahm mich in die Arme, und da konnte ich plötzlich um meinen Kleinen weinen, das war wie eine Erlösung.«

Auch jetzt, bei der Erinnerung an jenen Tag auf dem Friedhof in Nowgoje kommen ihr wieder die Tränen; energisch wischt sie sich mit dem Handrücken über die Wangen.

»Entschuldige«, sagt sie, »aber im Moment könnte ich nur noch heulen. Weißt du«, fährt sie dann fort, entschlossen, sich das, was sie seit Jahren bedrückt, von der Seele zu reden, »jemand hat mir mal gesagt: ›Verschiebe das Wichtigste im Leben nicht auf später. Wenn es Worte sind, dann sprich sie aus. Wenn es eine Geste ist, dann mach sie. Wenn man von Katastrophen hört, denkt man, das kann mir nicht passieren. Aber man sollte immer daran denken, dass man, wenn jemand aufsteht und zur Tür hinausgeht, nicht weiß, ob er jemals wiederkommt. Man weiß es einfach nicht.‹ Und das«, sagt sie, flüstert fast, »das ist das Schrecklichste, Albina. Daran zu denken, etwas sehr Wichtiges immer wieder verschoben zu haben, aus Bequemlichkeit, aus Furcht oder Feigheit oder einfach aus Sorglosigkeit, ich weiß es nicht. Und nun ist es vielleicht zu spät. Meine Mutter und ich werden keine Möglichkeit mehr haben, uns je wieder näher zu kommen.«

Albina legt die kleine Wölfin in ihren Korb, dann nimmt sie Lara die Teedosen ab, stellt sie auf den Tisch, fasst nach ihrer schlaffen Hand und hält sie fest.

»Warum gibst du auf?« Und als Lara nur mit den Schultern zuckt, sagt sie: »Als ich noch bei Raissa lebte, hat sie manchmal gesagt: ›Nur mutlose Menschen, die meinen, etwas mit Streicheln nicht öffnen zu können, zerschlagen es.‹ Und du bist gerade dabei, einen Teil deiner selbst zu zerstören.«

Am frühen Morgen machen sie sich auf den Weg nach Nojabrsk. Vorher ist Victor zu ihnen gekommen und hat

erzählt, dass auch Onkel Wanja und Fedja, Atamans und Afronsija und wahrscheinlich noch ein paar andere Leute aus Nowgoje ebenfalls nach Nojabrsk fahren wollen.
»Ich war dumm und habe dem einen und anderen beiläufig erzählt, dass es ein bisschen Hoffnung für Helene gibt – und plötzlich will das halbe Dorf ins Krankenhaus und sich selbst davon überzeugen, dass es ihr besser geht«, hat er ärgerlich gemeint. »Vor allem Fedja geht mir auf die Nerven. Stell dir vor, er will deiner Mutter sogar eine Flasche Wodka mitbringen, sein Allheilmittel gegen alles. Er sagt, wenn sein Wodka schon seinem alten Gaul geholfen habe, als der beinahe an einer Kolik krepiert war, dann würde er auch eine Wölfin davon abhalten, ins Gras zu beißen.«
Victor versprach, dass er die anderen abwimmeln und nur mit Katharina und erst ein wenig später kommen werde. »Ihr beide sollt Zeit für Helene haben. Sei behutsam mit ihr«, bat er Lara, bevor er ihre Autotür zuschlug. »Erwarte nicht gleich wieder zu viel, Tochter. Es wird noch eine Weile dauern, bis wir sagen können, sie hat es geschafft. Und auch dann hat sie noch einen langen, einen sehr langen Weg vor sich, bis sie wieder auf den Beinen sein wird.«
Albina ist während der Fahrt ungewöhnlich schweigsam. Bevor sie aufbrachen, hat sie Raissas Schamanenkleidung und das silbrige Wolfsfell aus Helenes Schrank genommen und in ihre Reisetasche gelegt und diese zusammen mit dem Korb mit dem Wolfsjungen auf den Rücksitz gestellt.
»Vertrau mir einfach«, hat sie gesagt, als Lara sie fragend ansah. »Ich weiß, was ich tue.«
Jetzt sitzt Lara auf dem Stuhl an Helenes Bett, die kleine Wölfin halb auf ihrem Schoß, halb auf der Bettdecke und direkt neben Helenes leblos wirkender Hand, während Al-

bina schweigsam am Fenster steht und in den trüben Tag hinausschaut. Lara betrachtet aufmerksam das stille, blasse Gesicht ihrer Mutter, forscht nach der Veränderung, von der Katharina und Victor am Tag vorher berichtet hatten, aber sie sieht nichts. Sie fragt sich, ob Helene nicht doch wieder in die Bewusstlosigkeit zurückgekehrt ist oder ob sie tatsächlich nur schläft, wie Katharina gestern meinte. Wenn das Schlaf ist, dann muss es ein tiefer, ein sehr tiefer Schlaf sein, denkt sie enttäuscht und deprimiert.

Sie will die Wölfin zurückhalten, die angefangen hat, Helenes Hand abzulecken, die auf der Decke liegt. Dabei arbeitet sich das kleine Tier aus ihrem Schoß und immer weiter auf der Bettdecke vor.

»Lass sie«, sagt Albina, die sich vom Fenster weggedreht hat und sie beobachtet. »Tiere haben meistens ein gutes Gespür für das, was ein Mensch braucht. Und die Nähe wird beiden gut tun. Sie brauchen sich.«

Lara sieht der Wölfin zu.

»Auch ich brauche meine Mutter«, sagt sie nach einer Weile.

»Und sie dich. Sie wird es dir zeigen.«

»Wann – und wie denn?«, begehrt Lara auf. »Sie merkt doch nicht einmal, dass ich da bin.«

»Erwarte nicht alles zugleich, hab Geduld.«

Der Welpe hat jetzt Helenes Hals erreicht und leckt ihn ebenso eifrig ab wie vorher ihre Hand. Lara muss lächeln, als das kleine pelzige Etwas plötzlich innehält und sich platt an Helenes Brustkorb schmiegt, als wollte es ihren Atem, vielleicht auch ihren Herzschlag spüren.

Schau nur – verstehst du jetzt die Beziehung zwischen den Wölfen und meiner Mutter?, will Lara fragen und blickt kurz zum Fenster hinüber, wo Albina noch immer steht. Bevor sie gestern aufgehört hatten, über Helene zu reden, über die Wölfe draußen, deren Rufe nicht verstummten, über die kleine Wölfin im Korb auf der Ofenbank und ihren gemeinsamen Traum von der Einsamkeit der Wälder und der baumlosen Tundra im Norden und schließlich wieder über Helene, bat die Magierin: »Lass mich diese Geschichten über die Wölfinnen und das, was deine Mutter über sich selbst geschrieben hat, lesen.« Lara nickte. Dann, als sie noch ein letztes Mal nach dem Ofen gesehen hatte und Albina zu lesen begann, ging sie nach nebenan in die Schlafkammer und ließ sich einfach auf Helenes Bett fallen und zog die Decke über sich und wühlte ihr Gesicht in das Kissen, das weich und nachgiebig war und nach ihrer Mutter roch. Sie schlief tief und traumlos, zum ersten Mal seit ihrer Ankunft in Nowgoje.

»Schau nur!«, sagt sie, doch als sie wieder auf den Welpen auf Helenes Brust blickt, wird ihr schockartig bewusst, dass dies nicht mehr ihre Freundin Albina ist, die da vor dem Fenster steht, sondern etwas, das kein Mensch ist, eher ein fremdartiges Wesen, etwas, das aus einer anderen Welt gekommen zu sein scheint, ein Geist, vielleicht, beängstigend, ja, und umgeben von einer Aura beeindruckender Macht, die Vorsicht und Respekt erfordert und gleichzeitig etwas anderes, noch nicht Begreifbares verheißt. Als Lara, schnell jetzt, mit klopfendem Herzen und bereit zur Flucht, erneut zum Fenster hinübersieht, voller Abwehr noch und doch schon fasziniert, begegnet sie dem ruhigen, freundlichen Blick aus Albinas stark geschminkten Augen unter dem riesigen, weit aufgerissenen Wolfsrachen. Und der Schock in ihr klingt ab, macht Platz für Erleichterung, für Wundern, für Staunen und für die Bereitschaft, sich auf die-

sen Zauber einzulassen, ihm zu folgen, ohne Zaudern, ohne Angst.
Albina nickt kaum merklich, als könnte sie Laras Gedanken lesen, und das Silbrige im Wolfsfell auf ihren Schultern und auf ihrem Kopf verschmilzt bei dieser sachten Bewegung am Rand mit dem samtig wirkenden Grau des Himmels über der Stadt im Fensterrechteck – ein Stück Himmel, über das Lara einen Moment lang eilig fedrige Wolken ziehen sieht, die sich ständig verändern, die mit Schnee beladenen Bäumen gleichen, Tierkörper formen, pelzige Wolfsschädel bilden. So, denkt Lara, so muss es meiner Mutter damals ergangen sein, als sie nach ihrer Flucht aus dem Lager nicht mehr weiterkam im Schnee – so wie ich muss sie gedacht, gefühlt haben, als die Schamanin sich über sie beugte, ihr Gesicht umgeben von Wolfsköpfen.
Auch Raissa trug wohl damals unter dem Wolfsfell die bunt bestickte, mit Federn, Muscheln und Metallplättchen bestückte Schamanenbluse und die Hose, die in der Taille von dem breiten Rasselgurt zusammengehalten werden. Auch ihre rechte Hand ließ wohl den Schlegel gemächlich über die gespannte Tierhaut einer bunt bemalten Trommel mit langen Lederfransen an den Seiten gleiten, im auf und ab schwellenden, zwingenden Rhythmus.
Das sonderbare Dröhnen aus Albinas Trommel beginnt in Laras Körper zu vibrieren, scheint jeden Nerv zu erfassen. Noch immer starrt sie ihre Freundin an, gebannt von dieser Ausstrahlung von Macht und Güte.
»Jetzt sieh deine Mutter an«, fordert Albinas Stimme sie sanft auf.
Und Lara dreht gehorsam den Kopf. Helenes Gesicht ist noch immer eine helle, fast weiße Fläche, still, ohne Regung,

die blassen Lippen ein schmaler Strich mit nach unten gebogenen Winkeln, scharf gezeichnete senkrechte Falten zwischen Nasenflügeln und Kinn, waagerechte auf der Stirn. Die Haut wirkt dünn, fein und schimmernd wie kostbares Porzellan vor dem Bemalen, darunter die Konturen von zarten Knochen. Die Augen sind geschlossen, die Lider leicht lilafarben und mit feinen Wimpern.

Doch unvermittelt beginnt sich die Fläche dieses Gesichts zu verändern. Es ist, denkt Lara, seltsam berührt, als würde ein unsichtbarer Stift angesetzt – hier zeichnet er den Schmerz als dunklen Schatten ein, dort modelliert er Verluste aus Knochen und Muskeln, gräbt die Zeichen von Leid ins nachgiebige Fleisch der Wangen, graviert Kummer in die hohe Stirn. Und während Lara noch schaut und schaut, erfüllt von aufwallendem Mitgefühl und von Traurigkeit, scheint sich der harte Stift in einen breiten, weichen Pinsel zu verwandeln, der behutsam Zartheit und berührende Verletzlichkeit über dieses Gesicht wischt und alle scharfen Konturen mildert.

Zum ersten Mal seit langer, langer Zeit hat Lara das Bedürfnis, dieses Gesicht lange zu betrachten, ohne Vorwurf, ohne Klage, auch ohne diese Wut, ohne diesen Hass, die sie zuweilen ihrer Mutter gegenüber empfunden hat. Sie beugt sich vor und umfasst mit sanften Händen das schmale Oval zwischen dem strähnigen, fast ergrauten Haar.

»Mama«, flüstert sie zärtlich. »Mamuschka. Komm zurück.«

XXVII
Helene

Sie hört den lockenden Ruf der anderen, der Toten: Komm!
Ihre Seelen berühren sie, flüstern: Komm.
Gesichter formen sich in der nebligen Helligkeit, die sie wispernd umgibt. Da – unter vielen anderen Frauen, fremd sind sie und doch nah –, da Emma, hier Margarete, mit geschlossenen Augen beide, sanft lächelnd. Raissa ist unter ihnen, alt und wissend, Zauberin und Märchenwesen. Und dort, ja, dort Heshels gütiges Gesicht, sein verständnisvolles Lächeln, noch im Sterben hat er sie so angelächelt und doch auch die ganze Welt damit gemeint, weise und zum großen Verzeihen bereit. Heshel, der sie lehrte, dass Liebe auch Verzeihen ist.
Komm.
Komm zurück!
Und während sie noch zögert, zieht ihr Leben als ein Fluss aus Bildern an ihr vorbei. Sie sieht zu, wie alles das, was sie gekannt hat, was ihr vertraut war, von diesem Fluss davongetragen und durchsichtig wird und sich auflöst – zerfließende Fotografien ohne Farbe mit Landschaften, durch die sie gefahren ist, mit Städten, durch die sie einst ging, mit Häusern, in die sie eintrat oder die sie verließ, Straßen, die sie durcheilte. Wellen mit festgefrorenen Schaumkronen auf einem stillen Meer, an dem sie stand, Schnee auf der unendlichen Weite eines Landes, in dem sie lebte.

Zurück – zurück!
Eine Trommel nimmt diesen Ruf auf – komm, tanz mit mir!, fordert die Stimme der Schamanin –, getrommelter Rhythmus, der Lebendigkeit erzeugt.
Komm zurück!
Sie zögert. Sie möchte sich dem Sog des Flusses ergeben, Teil seines Strömens werden, auf dem Weg ins Nirgendwo. Und doch …
Schon vermisst sie, sie weiß nicht, was – die Rufe der Vögel nach einem langen Winter vielleicht, das Lachen eines Kindes, tanzende Kraniche im Moor, den Atem eines Mannes auf ihrer Haut oder den Geruch des Rauchs in ihrer Nase, der gekräuselt aus einem Schornstein steigt, das Flüstern fallenden Schnees, das Wispern und Knacken im Eis, den Gesang der Wölfe, das Jaulen und Fiepen ihrer Jungen vor den Höhlen in lichten Wäldern.
Federleichter Atem irgendwo – eine Last, süße, pelzige, atmende Last auf ihrem Körper –, ein Herzschlag, schnell, drängendes Leben, das auf sie überspringt, Erinnerung an etwas Junges, Hilfloses, das sie sich unter ihr Hemd steckte, um ihm Halt und Wärme zu geben, das sich an sie schmiegte.

Und plötzlich spürt sie Hände, warme Hände, die sich sanft um ihr Gesicht legen. Vertraute Hände, deren Berührung den Fluss aufhält, der ihr Leben mit sich nehmen will. Hände, deren Bewegung die lockenden Rufe der Toten zum Verstummen bringen und ihre stillen Gesichter ins Nichts zurückweichen lassen, die den vorbeigeglittenen Bilderstrom zurückspulen und ihn mit Farbe, mit Leben überschütten.

Und sie möchte ihre Wangen in diese weichen Handflächen schmiegen und um alle Verluste, um alles Leid in ihrem Leben weinen – und auch vor Freude lachen.

»Mama«, sagt Lara. »Mamuschka.«

Plötzlich beginnen Helenes Lider zu zittern, sich langsam zu öffnen. Die schmale, scharf gezeichnete Linie ihres Mundes wird weich, nachgiebig und fängt an, sich zu öffnen, zu schwingen.

»Sieh nur!«, sagt Lara zu Albina, der Zauberin, die noch immer die Schamanentrommel schlägt, drängend, fordernd jetzt, schnell, schneller, in mitreißend lebendigem Rhythmus. »Seht doch!«, sagt sie staunend.

Sie dreht sich nicht um, sie weiß, dass sie da sind, alle da sind. Sie spürt sie – Victor und Katharina, Onkel Wanja, Fedja, Olga und ihre Kinder und all die anderen aus Nowgoje, die auf Zehenspitzen ins Zimmer gekommen sind und sich jetzt um das Krankenbett mit Helene drängen, ein lebendiger, atmender, staunender, wispernder Schutz aus Menschenleibern vor dem Wintersturm draußen vor dem Fenster des Krankenzimmers, ein Schirm gegen das Stöhnen, das Ächzen der anderen kranken Frauen im Raum, gegen die eiligen Schritte, die Rufe im Flur vor der Tür.

»Seht doch, seht!«, ruft Lara mit sich vor Aufregung überschlagender Stimme. »Meine Mutter – das Lächeln der Wölfin!«

Jo Schulz-Vobach

Die Bernsteinfrau

Roman

Johanna und Charlotte sind Schwestern und entstammen einer ostpreußischen Familie. Für Johanna lebt die verlorene Heimat weiter in den Geschichten von der »Bernsteinfrau«, die ihre Großmutter ihr einst erzählte. Und sie lebt weiter in jenem Bernsteinamulett, das in ihrer Familie von einer Generation an die nächste weitergegeben und stets von der ältesten Tochter getragen wurde. Wer das Schmuckstück besitzt – so will es die Legende –, dem ist eine besondere Kraft verliehen …

»Eindrucksvolle Familiensaga vor dem Hintergrund der wechselvollen deutschen Geschichte.«
Echo zum Sonntag

Knaur Taschenbuch Verlag